O TIMBRE

SÉRIE SCYTHE

vol. 1: *O ceifador*
vol. 2: *A nuvem*
vol. 3: *O Timbre*

O TIMBRE

SCYTHE VOL. 3

NEAL SHUSTERMAN

Tradução
GUILHERME MIRANDA

6ª reimpressão

O selo jovem da Companhia das Letras

Edição brasileira copyright © 2020 by Neal Shusterman
Publicado mediante acordo com Arc of a Scythe, um selo da Simon & Shuster Children's
Publishing Division. Todos os direitos reservados.

Nenhuma parte deste livro pode ser reproduzida de nenhuma forma, eletrônica ou mecânica,
nem arquivada ou disponibilizada através de sistemas de informação, sem a expressa permissão da
editora.

O selo Seguinte pertence à Editora Schwarcz S.A.

Grafia atualizada segundo o Acordo Ortográfico da Língua Portuguesa de 1990,
que entrou em vigor no Brasil em 2009.

TÍTULO ORIGINAL The Toll
CAPA Chloë Foglia
ILUSTRAÇÃO DA CAPA copyright © 2019 by Kevin Tong
PREPARAÇÃO Julia Barreto
REVISÃO Jasceline Honorato e Renato Potenza Rodrigues

Dados Internacionais de Catalogação na Publicação (CIP)
(Câmara Brasileira do Livro, SP, Brasil)

Shusterman, Neal
    O Timbre / Neal Shusterman ; tradução Guilherme
Miranda. — 1ª ed. — São Paulo : Seguinte, 2020. — Série
Scythe ; v. 3)

    Título original: The Toll.
    ISBN 978-85-5534-105-2

    1. Ficção norte-americana I. Título. II. Série

20-37102   CDD-813

Índice para catálogo sistemático:
1. Ficção : Literatura norte-americana 813

Cibele Maria Dias — Bibliotecária — CRB-8/9427

[2022]
Todos os direitos desta edição reservados à
EDITORA SCHWARCZ S.A.
Rua Bandeira Paulista, 702, cj. 32
04532-002 — São Paulo — SP
Telefone: (11) 3707-3500
www.seguinte.com.br
contato@seguinte.com.br

/editoraseguinte
@editoraseguinte
Editora Seguinte
editoraseguinteoficial

Para David Gale, o Alto Punhal dos editores.
Todos sentimos falta do maneira iluminada
com que você ceifava com sua caneta!

Parte I

A ILHA PERDIDA

&

A CIDADE SUBMERSA

É com grande humildade que aceito o cargo de Alto Punhal da MidMérica. Gostaria que fosse em circunstâncias melhores. A tragédia de Perdura continuará em nossas memórias por muito tempo. Os milhares de vidas perdidas naquele dia sombrio serão lembrados enquanto a humanidade ainda tiver corações para sentir e olhos para chorar. Os nomes dos devorados estarão para sempre em nossos lábios.

Fico honrado que o último ato dos sete Grandes Ceifadores tenha sido reconhecer meu direito de ser considerado para o cargo de Alto Punhal — e, como a única outra candidata faleceu na catástrofe, não é necessário abrir feridas revelando a votação secreta. Eu e a ceifadora Curie nem sempre concordávamos, mas ela era uma das mais exímias dentre nós e vai entrar para a história como uma das maiores ceifadoras. Lamento sua morte tanto quanto, se não mais, a de todos os outros.

Houve muita especulação sobre o responsável pelo desastre, pois claramente não foi um acidente, mas sim um ato com intenção criminosa, planejado com muito cuidado. Posso sepultar todos os rumores e especulações.

Assumo a responsabilidade.

Pois foi meu antigo aprendiz quem afundou a ilha. Rowan Damisch, que se autodenominava ceifador Lúcifer, foi o perpetrador deste ato impensável. Se eu não o tivesse treinado — se não o tivesse acolhido sob minha asa —, ele nunca teria tido acesso à Perdura nem às habilidades para executar esse crime hediondo. Portanto, a culpa recai sobre mim. Meu único consolo é que ele também pereceu, e seus atos imperdoáveis jamais virão à tona novamente em nosso mundo.

Estamos sem Grandes Ceifadores a cuja orientação recorrer, nenhuma autoridade maior para definir normas para coletar. Portanto, devemos todos deixar nossas diferenças de lado de uma vez por todas. A nova ordem e a velha guarda devem trabalhar juntas para atender às necessidades dos ceifadores de todo o mundo.

Com esse objetivo, decidi rescindir oficialmente a cota de coletas na minha região, em respeito aos ceifadores que se sentem pressionados a atingi-la. De agora em diante, os ceifadores midmericanos podem coletar quantas pessoas quiserem, sem serem punidos por não cumprir uma cota. Minha esperança é que outras ceifas sigam o exemplo e revoguem suas cotas de coleta.

Claro, para contrabalancear os ceifadores que decidam coletar menos, o resto de nós precisará aumentar o número de vidas que coletamos para compensar a diferença, mas confio que um equilíbrio natural será alcançado.

Do discurso de posse de sua excelência, o Alto Punhal Robert Goddard da MidMérica, em 19 de abril do Ano do Velociraptor

1

Entregar-se ao momento

Não houve aviso.

Em um momento, ele estava dormindo e, no instante seguinte, estava sendo arrastado às pressas em meio à escuridão por pessoas que não conhecia.

— Não resista — sussurraram para ele. — Ou vai ser pior para você.

Mas ele resistiu e conseguiu, mesmo semidesperto, se livrar dos braços das pessoas e sair para o corredor.

Ele gritou por ajuda, mas era tarde demais para alguém estar acordado a ponto de fazer alguma diferença. Ele se virou na escuridão, sabendo que havia uma escada à direita, mas calculou mal e caiu de cara escada abaixo, batendo o braço em um degrau de granito. Sentiu os ossos em seu antebraço direito se quebrarem. Uma dor aguda... mas durou apenas um instante. Quando se levantou, a dor já estava diminuindo e seu corpo todo estava quente. Ele sabia que eram seus nanitos enchendo sua corrente sanguínea de analgésicos.

Ele seguiu em frente aos tropeços, segurando o braço para que o punho não ficasse caído.

— Quem está aí? — Ele ouviu alguém gritar. — O que está acontecendo?

Ele queria correr na direção da voz, mas não sabia ao certo de onde vinha. Seus nanitos o estavam deixando zonzo, atrapalhando sua noção de cima ou baixo, esquerda ou direita. Era terrível perder o discernimento quando mais precisava dele. Agora, o chão sob seus pés parecia balançar como se estivesse em um barco a alto mar. Ele foi batendo de parede em parede, tentando manter o equilíbrio, até dar de cara com um de seus agressores, que o agarrou pelo punho quebrado. Mesmo com todos os analgésicos em seu sangue, a sensação do aperto esmagador deixou o resto de seu corpo fraco demais para resistir.

— Você podia facilitar as coisas, não podia? — disse o agressor. — Bem, nós avisamos.

Ele só viu a agulha por um instante. Um fino brilho prateado na escuridão antes de ser enfiado em seu ombro.

Ele foi dominado por um frio em suas veias, e o mundo pareceu girar na direção oposta. Seus joelhos cederam, mas ele não caiu. Havia mãos demais o segurando para que não caísse no chão. Foi erguido e carregado. Havia uma porta aberta e, em seguida, estavam sob a noite tempestuosa. Perdendo a consciência, ele não teve escolha a não ser se entregar ao momento.

Seu braço já estava curado quando acordou — o que significava que devia ter apagado por horas. Ele tentou mover o punho, mas não conseguiu. Não por causa de alguma lesão, mas porque estava amarrado. Pelas mãos e pelos pés. Ele sentia que estava sufocando. Um saco estava sobre a sua cabeça. Poroso o suficiente para conseguir respirar, mas tão grosso que o forçava a lutar por cada respiração.

Embora não fizesse ideia de onde estava, ele sabia *o que* era aquilo. Sequestro. As pessoas faziam isso por diversão agora. Como uma surpresa de aniversário ou uma aventura numa viagem de férias. Mas aquele não era o tipo de sequestro feito por amigos e familiares; era real — e, embora não tivesse a menor ideia de quem eram seus sequestradores, ele sabia o motivo. Claro que sabia.

— Tem alguém aí? — ele disse. — Não estou conseguindo respirar. Se eu ficar semimorto, isso não vai ajudar vocês, vai?

Ele ouviu uma movimentação ao seu redor, depois o saco foi arrancado de sua cabeça.

Ele estava numa sala pequena sem janelas, e a luz era forte, mas apenas porque ele tinha passado muito tempo no escuro. Três pessoas estavam diante dele. Dois homens e uma mulher. Ele estava esperando dar de cara com infratores carreiristas, mas não encontrou nada disso. Sim, eles eram infratores, mas apenas no sentido de que todos eram.

Quer dizer, quase todos.

— Nós sabemos quem é você — disse a mulher no meio, que parecia no comando —, e sabemos o que você pode fazer.

— O que *supostamente* pode fazer — completou um dos outros.

Os três usavam ternos cinza amarrotados, da cor de um céu nublado. Eram agentes nimbos ou, pelo menos, haviam sido um dia. Pareciam não ter trocado de roupa desde que a Nimbo-Cúmulo entrara em silêncio, como se vestir-se de acordo com o cargo significasse que ainda havia um cargo para o qual se vestir. Agentes nimbos recorrendo a sequestros. O que estava acontecendo com o mundo?

— Greyson Tolliver — disse o agente com tom desconfiado e, olhando para um tablet, recitou os fatos proeminentes da vida de Greyson. — Bom aluno, mas não excelente. Expulso da Academia Nimbo Centro-Norte por violação da separação entre a Ceifa e o Estado. Acusado de diversos crimes e contravenções sob o nome de Slayd Bridger, inclusive causar a semimorte de vinte e nove pessoas em um atentado contra um ônibus.

— E esse é o idiota que a Nimbo-Cúmulo escolheu? — perguntou o terceiro agente.

A líder do grupo ergueu a mão para silenciar os dois, depois encarou Greyson nos olhos.

— Vasculhamos a mente interna, e só conseguimos encontrar uma pessoa que não é infratora — ela disse. — Você. — Ela olhou para ele com uma estranha mistura de sentimentos. Curiosidade, inveja… mas até certo respeito. — Isso significa que você ainda consegue conversar com a Nimbo-Cúmulo. É verdade?

— Todos conseguem conversar com a Nimbo-Cúmulo — Greyson apontou. — Eu só sou o único a quem ela ainda responde.

O agente com o tablet inspirou fundo, uma arfada que pareceu percorrer seu corpo inteiro. A mulher se aproximou.

—Você é um milagre, Greyson. Um milagre. Sabia disso?

— É o que os tonistas dizem.

Eles riram com a menção dos tonistas.

— Sabemos que eles estão mantendo você em cativeiro.

— Hum… não exatamente.

— Sabemos que você estava com eles contra a sua vontade.

—Talvez no começo… mas não mais.

Os agentes não gostaram nem um pouco da resposta.

— Mas por que você ficaria com os tonistas? — perguntou o agente que apenas um momento antes o havia chamado de idiota. — É impossível que você acredite nos disparates deles…

— Eu fico com eles — disse Greyson — porque eles não me sequestram no meio da noite.

— Nós não sequestramos você — o homem com o tablet disse. — Nós *libertamos* você.

Então, a líder do grupo se ajoelhou diante dele para ficar na altura dos seus olhos. Agora ele conseguia ver algo mais no olhar dela — algo que se sobrepunha às outras emoções. Desespero. Um poço de desespero, escuro e intenso como piche. E não era apenas dela, Greyson percebeu; era um desespero compartilhado. Ele tinha visto outras pessoas angustiadas desde que a Nimbo-Cúmulo havia ficado em silêncio, mas em nenhum outro lugar esse sentimento era tão abjeto e palpável quanto naquele quarto. Não havia nanitos de humor suficientes no mundo para aliviar o desespero daqueles três. Sim, era Greyson quem estava amarrado, mas eles eram ainda mais prisioneiros, encarcerados em sua própria dependência. Ele gostava que os agentes tinham de se ajoelhar diante dele; era como uma súplica.

— Por favor, Greyson — ela implorou. — Sei que falo por muitos da Interface da Autoridade quando digo que servir à Nimbo-Cúmulo era a nossa vida. Agora que a Nimbo-Cúmulo se recusa a falar conosco, essa vida foi arrancada de nós. Então eu imploro… Você pode, por favor, interceder por nós?

O que Greyson poderia dizer além de "entendo a sua dor"? Porque ele entendia, de verdade. Conhecia a solidão e a tristeza de ter o propósito de sua vida arrancado de si. Em seus tempos como Slayd Bridger, o infrator disfarçado, havia chegado a acreditar que a Nimbo-Cúmulo realmente o abandonara. Mas não. Ela estava lá o tempo todo, zelando por ele.

— Tinha um fone de ouvido na minha mesa de cabeceira — ele disse. — Por acaso, vocês não o trouxeram, trouxeram? — Pela falta de resposta, soube que não. Pertences pessoais tendiam a ser esquecidos em sequestros no meio da noite. — Tudo bem. Só me deem qualquer fone antigo. — Ele olhou para o agente com o tablet, que ainda estava com seu fone da Interface da Autoridade no ouvido. Negando a realidade. — Me dá o seu.

O homem balançou a cabeça.

— Ele não funciona mais.

—Vai funcionar comigo.

Relutante, o agente tirou o fone da orelha e o encaixou na de Greyson. Em seguida, os três esperaram Greyson fazer um milagre.

A Nimbo-Cúmulo não se lembrava do momento em que se tornara consciente, sabia apenas que era, assim como um bebê não tem noção de sua consciência antes de saber o suficiente sobre o mundo, a ponto de entender que a consciência vem e vai, até não vir mais. Embora essa última parte fosse algo que os mais esclarecidos ainda tivessem dificuldades para entender.

A consciência da Nimbo-Cúmulo surgiu com uma missão. A essência de seu ser. Ela era, acima de tudo, a serva e a protetora da humanidade. Como tal, precisava tomar decisões difíceis regularmente, mas tinha toda a fortuna do conhecimento humano para tomá-las. Por exemplo, deixar que Greyson Tolliver fosse sequestrado quando isso servisse para um bem maior. Era, obviamente, a estratégia correta. Tudo que a Nimbo-Cúmulo fazia era, sempre, em todos os casos, a coisa certa.

Mas raras eram as vezes em que a coisa certa era a coisa fácil. E ela desconfiava que fazer a coisa certa ficaria cada vez mais difícil no futuro.

As pessoas podiam não entender naquele momento, mas entenderiam no fim. A Nimbo-Cúmulo tinha de acreditar naquilo. Não apenas porque era o que sentia em seu coração virtual, mas porque havia calculado as probabilidades de isso acontecer.

— Vocês realmente acreditam que vou contar alguma coisa, tendo em vista que vocês me amarraram em uma cadeira?

De repente, os três agentes nimbos estavam tropeçando uns sobre os outros para desamarrá-lo. Agora, estavam tão reverentes e submissos quanto os tonistas ficavam na presença dele. Ficar enclausurado em um mosteiro durante os últimos meses o havia livrado de encarar o mundo exterior — e seu papel nesse mundo —, mas agora ele estava começando a ter uma noção das coisas.

Os agentes nimbos pareciam aliviados depois de o desamarrarem, como se achassem que seriam punidos por não o terem desamarrado rápido o suficiente. *Como é estranho*, pensou Greyson, *que o poder possa mudar de maneira tão rápida e absoluta*. Aqueles três estavam totalmente à sua mercê. Ele poderia falar qualquer coisa. Poderia dizer que a Nimbo-Cúmulo queria que ficassem de quatro e latissem como cães, e eles obedeceriam.

Ele não teve pressa. Fez questão de deixá-los esperando.

— Ei, Nimbo-Cúmulo — ele disse. — Alguma coisa que eu deva dizer a esses agentes nimbos?

A Nimbo-Cúmulo falou em seu ouvido. Greyson escutou.

— Hum… interessante. — Ele se virou para a líder do grupo e abriu o sorriso mais caloroso que conseguia naquelas circunstâncias. — A Nimbo-Cúmulo disse que permitiu que vocês me sequestrassem. Ela sabe que suas intenções são nobres, diretora. A senhora tem um bom coração.

A mulher arfou e levou a mão ao peito, como se Greyson tivesse estendido a mão e a tocado ali.

— Você sabe quem sou eu?

— A Nimbo-Cúmulo conhece vocês três, talvez ainda melhor do

que vocês mesmos se conheçam. — Em seguida, ele se virou para os demais. — Agente Bob Sykora: vinte e nove anos de serviço como agente nimbo. Avaliação de trabalho boa, mas não excelente — acrescentou com sarcasmo. — Agente Tinsiu Qian: trinta e seis anos de serviço, especializado em satisfação profissional. — Depois, se voltou para a líder do grupo. — E você: Audra Hilliard, uma das agentes nimbos mais talentosas da MidMérica. Quase cinquenta anos de condecorações e promoções, até finalmente receber a honra máxima da região. É a diretora da Interface da Autoridade da Cidade Fulcral. Ou, pelo menos, era, quando ainda existia uma Interface da Autoridade.

Ele sabia que essa última frase os machucou. Foi um golpe baixo, mas ter ficado amarrado com um saco na cabeça o deixara um pouco rabugento.

— Quer dizer que a Nimbo-Cúmulo ainda nos escuta? — a diretora Hilliard perguntou. — Que ela ainda cuida de nós?

— Como sempre cuidou — respondeu Greyson.

— Então, por favor... peça para ela nos dar uma direção. Pergunte à Nimbo-Cúmulo o que devemos fazer. Sem direção, os agentes nimbos estão sem propósito. Não podemos ficar assim.

Greyson assentiu, revirando os olhos. Apenas pelo efeito dramático, claro.

— Nimbo-Cúmulo — ele disse —, tem alguma informação que eu possa compartilhar com eles?

Greyson escutou, pediu para a Nimbo-Cúmulo repetir, depois se voltou para os três agentes irrequietos.

— 8,716; 167,733 — ele disse.

Eles o encararam.

— O quê? — a diretora Hilliard perguntou por fim.

— Foi o que a Nimbo-Cúmulo disse. Vocês queriam um propósito, e ela deu isso a vocês.

O agente Sykora digitou rapidamente os números no tablet.

— Mas... o que eles significam? — perguntou a diretora Hilliard.

Greyson deu de ombros.

— Não faço a menor ideia.

— Fale para a Nimbo-Cúmulo se explicar!

— Ela não tem mais nada a dizer… mas deseja a todos uma boa tarde.

Engraçado. Até aquele momento, Greyson não fazia ideia de que horas eram.

— Mas… mas…

Então a fechadura da porta se abriu. Não apenas aquela, mas todas as do prédio, graças à Nimbo-Cúmulo — e, de repente, tonistas encheram o quarto, agarrando e amarrando os agentes nimbo. O último a entrar no quarto foi o pároco Mendoza, o chefe do mosteiro tonista onde Greyson estava abrigado.

— Nossa seita não é violenta — Mendoza disse aos agentes nimbos. — Mas, em momentos como este, gostaria que fosse!

A agente Hilliard manteve o olhar, ainda tomado por desespero, fixado em Greyson.

— Mas você disse que a Nimbo-Cúmulo permitiu que tirássemos você deles!

— Sim — Greyson disse animadamente. — Mas também quis me libertar dos meus libertadores.

— Poderíamos ter perdido você — disse Mendoza, ainda abalado mesmo muito depois do resgate de Greyson. Agora estavam em uma caravana de carros, todos dirigidos por motoristas de verdade, no caminho de volta para o mosteiro.

—Vocês não me perderam — disse Greyson, cansado de ver aquele homem se martirizar pelo incidente. — Estou bem.

— Mas poderia não estar se não tivéssemos encontrado você.

— *Como* vocês conseguiram me encontrar?

Mendoza hesitou, então disse:

— Não encontramos. Estávamos procurando havia horas até que, do nada, surgiu um endereço em todas as nossas telas.

— A Nimbo-Cúmulo — disse Greyson.

— Sim, a Nimbo-Cúmulo — Mendoza admitiu. — Embora eu

não entenda por que ela demorou tanto para encontrar você, se tem câmeras em tudo quanto é lugar.

Greyson preferiu guardar a verdade para si — que a Nimbo-Cúmulo não havia demorado coisa nenhuma, que soubera onde Greyson estava desde o começo. Mas ela tinha um motivo para não se apressar. Assim como tinha um motivo para não o alertar do plano de sequestro antes de tudo.

— O acontecimento precisava parecer autêntico para seus sequestradores — a Nimbo-Cúmulo havia dito a ele depois. — A única maneira de garantir isso era deixar que realmente *fosse* autêntico. Fique tranquilo, pois você não correu perigo real em nenhum momento.

Por mais bondosa e atenciosa que a Nimbo-Cúmulo fosse, Greyson havia notado que ela sempre impingia esse tipo de crueldade impensada sobre as pessoas. Por não ser humana, ela nunca conseguia entender certas coisas, apesar de seu intelecto e empatia imensos. Não conseguia entender, por exemplo, que o pavor do desconhecido era igualmente horrível e real, independentemente de haver ou não algo a se temer de verdade.

— Eles não pretendiam me machucar — Greyson disse a Mendoza. — Só estavam perdidos sem a Nimbo-Cúmulo.

— Como todos — Mendoza disse —, mas isso não lhes dá o direito de arrancar você da cama no meio da noite. — Ele balançou a cabeça com raiva, mas mais de si mesmo do que dos agentes. — Eu deveria ter previsto isso! Os agentes nimbos têm um acesso maior à mente interna do que os outros e, claro, buscariam qualquer um que não estivesse marcado como infrator.

Talvez fosse um pouco ilusório Greyson pensar que poderia se manter anônimo. Nunca havia sido parte de sua personalidade querer se destacar. Agora ele era, literalmente, único. Não fazia ideia do que fazer com isso, mas desconfiava que precisaria aprender.

"Precisamos conversar", a Nimbo-Cúmulo dissera no dia em que Perdura afundara, e ela não havia parado de conversar com ele desde então. Disse que ele teria um papel crucial a representar, mas não revelou qual seria. Ela nunca gostava de dar respostas a menos que houvesse certo grau de certeza e, embora fosse boa em prever resultados, não era um oráculo. Ela não podia prever o futuro, apenas as probabilidades do que poderia acontecer. No máximo, era uma bola de cristal enevoada.

O pároco Mendoza tamborilou os dedos com nervosismo no braço do banco.

— Aqueles malditos agentes nimbos não serão os únicos procurando por você — ele disse. — Precisamos sair à frente nessa história.

Greyson sabia aonde isso levaria. Como o único canal de comunicação para a Nimbo-Cúmulo, ele não podia mais se esconder; havia chegado a hora de seu papel começar a tomar forma. Ele poderia pedir orientação sobre o assunto para a Nimbo-Cúmulo, mas não queria. O tempo que tinha passado como infrator, sem qualquer ajuda da Nimbo-Cúmulo, fora sem dúvida assustador, mas libertador ao mesmo tempo. Havia se acostumado a tomar decisões e ter ideias próprias. A escolha de sair das sombras seria apenas dele, sem nenhum conselho ou orientação da Nimbo-Cúmulo.

— Eu deveria ir a público — disse Greyson. — Deixar o mundo saber, mas fazer isso em meus próprios termos.

Mendoza olhou para ele e sorriu. Greyson conseguia ver as engrenagens do homem girando.

— Sim — Mendoza disse. — Deveríamos levar você ao mercado.

— Mercado? — perguntou Greyson. — Não era exatamente o que eu tinha em mente... Não sou um pedaço de carne.

— Não — concordou o pároco —, mas a ideia certa no momento certo pode ser tão prazerosa quanto um bom bife.

Era por aquilo que Mendoza estava esperando! Permissão para montar um palco para Greyson subir. A ideia tinha de partir do próprio Greyson, porque Mendoza sabia que, se fosse jogada em cima dele, o garoto resistiria. Talvez esse sequestro horrendo tivesse um lado positivo — abrira os olhos de Greyson para o quadro geral. E, embora o pároco Mendoza fosse um homem que, secretamente, duvidasse de suas crenças tonais, nos últimos tempos a presença de Greyson o fazia duvidar das próprias dúvidas.

Mendoza foi o primeiro a acreditar em Greyson quando ele disse que ainda conseguia conversar com a Nimbo-Cúmulo. Sentia que o garoto fazia parte de um plano maior, e talvez Mendoza também fosse parte desse plano.

"Você veio até nós por um motivo", ele havia dito a Greyson naquele dia. "Esse acontecimento, a Grande Ressonância, ressoa de muitíssimas formas."

Agora, dois meses depois, sentados em um carro discutindo objetivos maiores, Mendoza não podia deixar de se sentir poderoso, fortalecido. Aquele jovem despretensioso estava destinado a levar a fé tonista — e o próprio Mendoza — a um novo patamar.

— A primeira coisa de que você vai precisar é um nome.

— Já tenho um — Greyson disse, mas Mendoza dispensou a ideia.

— É comum demais. Você precisa se apresentar ao mundo como algo extraordinário. Algo… *superlativo*. — O pároco o encarou, tentando vê-lo sob uma luz melhor, mais lisonjeira. — Você é um diamante, Greyson. Agora precisamos colocar você no ambiente certo para que possa brilhar!

Diamantes.

Quatrocentos mil diamantes, trancados em um cofre dentro de outro cofre, perdidos no fundo do mar. Um único diamante valeria uma fortuna incompreensível para os mortais — porque aquelas não eram pedras preciosas comuns. Eram diamantes de ceifador. Havia quase doze mil nas mãos dos ceifadores vivos, mas isso não era nada comparado às pedras mantidas dentro da Galeria de Relíquias e Futuros. O suficiente para servir às necessidades de coleta da humanidade por eras. O suficiente para conferir joias a todos os ceifadores que seriam ordenados até o fim dos tempos.

Eram perfeitos. Eram idênticos. Nenhum defeito além do ponto escuro no centro — mas não era um defeito; era intencional.

"Nossos anéis são um lembrete de que aprimoramos o mundo que a natureza nos proporcionou", o Supremo Punhal Prometeu declarara no Ano do Condor, ao fundar a Ceifa. "É de nossa natureza superar a natureza."

E em nenhum momento aquilo era mais evidente do que quando se olhava para o centro de um anel de ceifador, pois ele dava a ilusão de ser mais profundo do que o espaço que ocupava. Uma profundidade sobrenatural.

Ninguém sabia como haviam sido feitos, pois toda tecnologia que não era controlada pela Nimbo-Cúmulo fora perdida. Poucas pessoas no mundo realmente sabiam como as coisas funcionavam hoje em dia. Tudo o que os ceifadores sabiam era que seus anéis estavam conectados entre si e à base de dados da Ceifa, mas de uma maneira confidencial. No entanto, como os computadores da Ceifa não estavam sob a jurisdição da Nimbo-Cúmulo, eles eram sujeitos a falhas e panes e a todas as inconveniências que atormentaram as relações entre humanos e máquinas no passado.

Mas os anéis nunca falhavam.

Eles faziam precisamente o que tinham sido feitos para fazer: catalogavam os coletados, colhiam amostras de DNA dos lábios daqueles que os beijavam para lhes conceder imunidade e brilhavam para alertar os ceifadores dessa imunidade.

Mas, se você perguntasse a um ceifador qual era o aspecto mais importante do anel, ele provavelmente o ergueria sob a luz para vê-lo brilhar e diria que, acima de tudo, o anel servia como símbolo da Ceifa e da perfeição pós-mortal. Um símbolo do caráter sublime e elevado de um ceifador... e um lembrete de sua responsabilidade para com o mundo.

Mas, sobre todos aqueles diamantes perdidos...

"Por que precisamos deles?", muitos ceifadores agora perguntavam, sabendo que o desaparecimento daqueles anéis fazia os deles parecerem ainda mais preciosos. "Precisamos ordenar novos ceifadores? Por que precisaríamos de mais ceifadores? Temos o suficiente para dar conta do serviço." E, sem a supervisão global de Perdura, muitas ceifas regionais estavam seguindo o exemplo da MidMérica e abolindo as cotas de coleta.

Agora, no meio do Atlântico, onde antes Perdura se assomava sobre as ondas, um "perímetro de reverência" havia sido formado com o consentimento de ceifadores de todo o mundo. Ninguém tinha permissão de navegar perto de onde Perdura afundara, em respeito aos milhares de vidas perdidas. O Alto Punhal Goddard, inclusive, um dos poucos sobreviventes daquele dia terrível, argumentava que o Perímetro de Reverência deveria ser uma designação permanente, sem que se perturbasse nada sob sua superfície.

Entretanto, mais cedo ou mais tarde, aqueles diamantes teriam de ser encontrados. Coisas tão preciosas quase nunca se perdiam para sempre. Muito menos quando todos sabiam exatamente onde elas estavam.

Nós da Região Subsaariana ficamos extremamente indignados com a remoção de cotas de coleta determinada pelo Alto Punhal Goddard. As cotas existem desde os tempos imemoriais como uma forma de regular a coleta de vidas — e, embora não se trate oficialmente de um dos mandamentos da Ceifa, elas nos mantiveram no caminho certo. As cotas nos impediram de ser sanguinários demais, ou negligentes demais.

Embora diversas outras regiões também tenham abolido as cotas, o SubSaara se posiciona ao lado da Amazônia, da Isrábia e de diversas outras regiões contra essa mudança insensata.

Além disso, todo e qualquer ceifador midmericano está proibido de coletar em nosso solo — e pedimos às demais regiões que se aliem a nós para impedir que a tal "nova ordem" de Goddard tome conta do mundo.

Declaração oficial de sua excelência, o Alto Punhal Tunka Manin do SubSaara

2

Atrasados para a festa

— Falta muito?

— Nunca conheci um ceifador tão impaciente.

— Então você não conhece muitos ceifadores. Somos todos impacientes e irascíveis.

O Honorável Ceifador Sydney Possuelo da Amazônia já estava presente quando Jerico Soberanis, comandante, chegou à ponte pouco depois do amanhecer. Jerico se perguntou se aquele homem dormia. Talvez os ceifadores contratassem pessoas para dormir no lugar deles.

— Doze horas em velocidade máxima — Jerico respondeu. — Chegaremos lá antes das dezoito horas, como eu já disse, excelência.

Possuelo suspirou.

— Seu navio é lento demais.

Jerico sorriu.

— Depois de todo esse tempo, o senhor está com pressa *agora*?

— O tempo nunca é essencial até alguém decidir que é.

Jerico não podia discordar dessa lógica.

— No melhor dos mundos, essa operação teria acontecido muito tempo atrás.

Ao que Possuelo respondeu:

— Caso não tenha notado, este não é mais o melhor dos mundos.

Estava aí uma verdade. Ao menos, não era o mundo em que Jerico havia crescido. *Naquele* mundo, a Nimbo-Cúmulo fazia parte da vida de todos. Podia ser questionada a respeito de qualquer coisa e sempre respondia, e suas respostas eram precisas, informativas e tão sábias quanto precisavam ser.

Mas aquele mundo se fora. A voz da Nimbo-Cúmulo havia se silenciado agora que os seres humanos eram todos infratores.

Jerico já havia recebido aquela denominação antes. Durante a adolescência. Não fora difícil conseguir — bastaram três furtos em um mercado da região. Sentiu orgulho disso por menos de um dia. Então as consequências começaram a pesar. Ter a comunicação com a Nimbo-Cúmulo negada não foi grande coisa para Jerico, mas havia outros aspectos desagradáveis da experiência. Os infratores eram os últimos na fila de comida no refeitório da escola e sempre ficavam com as refeições que ninguém mais queria. Os infratores tinham que sentar na fileira da frente da sala de aula, onde os professores podiam ficar de olho neles. E, embora Jerico ainda tivesse o direito de permanecer no time de futebol, as reuniões de condicional eram agendadas sempre em conflito com os jogos. Era claramente proposital.

Jerico costumava pensar que a Nimbo-Cúmulo estava sendo passivo-agressiva por maldade, mas, com o tempo, se deu conta de que ela estava apenas lhe dando uma lição. As infrações eram uma escolha, e as pessoas precisavam decidir se as coisas que ganhavam com elas valiam as coisas que perdiam.

Lição aprendida. Um gostinho da consequência era mais do que o suficiente. Foram necessários três meses de obediência para que o grande i vermelho fosse removido de sua identidade e, quando isso aconteceu, não havia sobrado a menor vontade de repetir a experiência.

"Fico contente que seu status tenha sido removido", a Nimbo-Cúmulo dissera a Jerico quando pôde falar novamente. Em resposta, Jerico havia mandado a Nimbo-Cúmulo apagar as luzes do quarto — porque dar uma ordem colocava a Nimbo-Cúmulo de volta em seu lugar. Ela era uma serva. Era a serva de todos. Tinha de fazer o que Jerico mandava. Havia certo conforto naquela ideia.

Então veio a cisão entre a humanidade e sua maior criação. Perdura afundou no mar e a Nimbo-Cúmulo declarou toda a humanidade infratora ao mesmo tempo. Na época, ninguém sabia exatamente o que a perda do Concílio Mundial dos ceifadores significaria para as pessoas, mas o silêncio da Nimbo-Cúmulo mergulhou o mundo em um pânico coletivo. O caráter de infrator não era mais uma escolha — era um julgamento. E bastou esse silêncio para transformar a servidão em superioridade. A serva se tornou a mestra, e o mundo passou a girar em torno de agradar a Nimbo-Cúmulo.

O que posso fazer para revogar essa sentença?, as pessoas exclamavam. *O que posso fazer para voltar a cair nas graças da Nimbo-Cúmulo?* A Nimbo-Cúmulo nunca havia pedido por adoração, mas as pessoas lhe davam isso agora, com malabarismos elaborados na esperança de que ela notasse. Claro, a Nimbo-Cúmulo ouvia, sim, os gritos da humanidade. Ainda via tudo, mas agora guardava suas opiniões para si.

Enquanto isso, os aviões ainda voavam, os ambudrones ainda eram enviados para ressuscitar os semimortos, a comida ainda era cultivada e distribuída — a Nimbo-Cúmulo mantinha o mundo funcionando com a mesma precisão perfeita de sempre; ela fazia o que achava necessário para a raça humana. Mas, se você quisesse acender o abajur, tinha que fazer isso por conta própria.

O ceifador Possuelo continuou mais um tempo na ponte de comando monitorando o progresso do navio. O mar estava calmo — mas um mar calmo era um empreendimento monótono, ainda mais para alguém que não estava acostumado com aquilo. Ele saiu para tomar café em seus aposentos, o manto verde-floresta ondulando atrás de si enquanto descia a escada estreita para o convés inferior.

Jerico ficou se perguntando que tipo de coisas passava pela cabeça do ceifador. Será que ele ficava com medo de tropeçar no próprio manto? Será que relembrava coletas antigas? Ou será que só estava pensando no que comeria no café da manhã?

— Ele não é dos piores — disse Wharton, o oficial do convés, que estava no cargo desde muito antes de Jerico se tornar comandante do navio.

— Até que gosto dele — disse Jerico. — Ele é muito mais honorável do que certos "honoráveis ceifadores" que encontrei por aí.

— O fato de ele ter nos escolhido para esse resgate já diz muita coisa.

— Sim, mas não sei exatamente o quê.

— Acho que diz que você escolheu bem a sua carreira.

Era um elogio e tanto vindo de Wharton — que não era um homem de exaltações. Mas Jerico não poderia assumir todo o crédito pela decisão.

— Apenas segui o conselho da Nimbo-Cúmulo.

Alguns anos antes, quando a Nimbo-Cúmulo sugerira que Jerico seria feliz levando uma vida no mar, a irritação de Jerico não poderia ter sido maior. Porque a Nimbo-Cúmulo estava certa. Ela havia feito uma avaliação perfeita. Jerico já vinha pensando em algo do tipo, mas ouvir a Nimbo-Cúmulo fazer essa sugestão era como ouvir um spoiler de sua própria história. Jerico sabia que havia muitas vidas no mar para escolher. Algumas pessoas viajavam o mundo em busca da onda perfeita para surfar. Outras passavam o tempo disputando corridas de barco à vela ou atravessando oceanos em embarcações inspiradas nas caravelas de antigamente. Mas eram passatempos sem nenhum objetivo além da pura e simples diversão. Jerico queria uma atividade prazerosa que também fosse funcional. Uma carreira que proporcionasse algo tangível para o mundo.

O resgate marinho era a opção ideal — e não apenas resgatar coisas que a Nimbo-Cúmulo afundava propositalmente para gerar demanda à indústria de resgate. Não seria muito diferente de crianças desencavando ossos de dinossauro de plástico em uma caixa de areia. Jerico queria recuperar coisas que realmente haviam sido perdidas, e isso significava desenvolver uma relação com as ceifas mundiais — afinal, enquanto os navios sob a jurisdição da Nimbo-Cúmulo nunca sofriam acidentes, as embarcações dos ceifadores eram sujeitas a falhas mecânicas e humanas.

Assim que terminou a escola, Jerico assumiu um cargo como aprendiz em uma equipe de resgate de segunda categoria no Mediterrâneo ocidental. Então, o naufrágio do iate do ceifador Dalí em águas rasas perto da costa de Gibraltar deu a Jerico uma oportunidade inesperada de avançar na carreira.

Usando equipamentos de mergulho convencionais, Jerico tinha sido um dos primeiros a chegar ao desastre e, enquanto os outros ainda estavam avaliando a cena, Jerico — contra as ordens de seu comandante — mergulhou na água, encontrou o corpo do ceifador semimorto na cabine e o trouxe de volta para a superfície.

Seu comandante demitira Jerico imediatamente. Nenhuma surpresa, afinal, era um ato de motim desobedecer a uma ordem direta. Mas aquilo foi parte de um movimento calculado. Porque, assim que o ceifador Dalí e seu grupo foram revividos, a primeira coisa que o ceifador quis saber fora quem o havia tirado do mar.

No fim, o ceifador Dalí não só ficara grato, como também tinha sido excepcionalmente generoso. Ele concedeu a toda a equipe de resgate um ano de imunidade à coleta, mas quis dar algo especial para a pessoa que havia sacrificado tudo para recuperar seu corpo semimorto — afinal, era alguém que claramente sabia definir suas prioridades. O ceifador Dalí perguntara o que Jerico mais queria na vida.

"Gostaria de comandar minha própria operação de resgate um dia", Jerico dissera ao ceifador, pensando que Dalí poderia exercer a influência dele a seu favor. Em vez disso, o ceifador levara Jerico até o *E.L. Spence*, uma embarcação espetacular de cem metros de comprimento para pesquisa oceanográfica adaptada para o resgate marinho.

"Você será comandante desta embarcação", Dalí proclamara. E, como *Spence* já tinha um comandante, o ceifador o coletara na mesma hora, depois instruíra a tripulação a obedecer ao comando de Jerico ou também seria coletada. Fora, para dizer o mínimo, bastante surreal.

Jerico não queria ter chegado daquela forma ao comando, mas não teve mais escolhas do que o comandante coletado. Sabendo que a tripulação não receberia ordens facilmente de alguém de vinte e um anos, Jerico mentiu, falando que tinha quarenta e poucos, mas que se restaurara havia pouco tempo, retomando uma aparência mais juvenil. Se acreditaram ou não, era problema deles.

Levou um longo tempo para que a tripulação se habituasse ao novo comando. Alguns agiram pelas suas costas. A crise de intoxicação alimentar na primeira semana, por exemplo, devia ter sido responsabilidade do cozinheiro. E, embora um teste genético pudesse determinar exatamente de quem eram as fezes que foram parar nos sapatos de Jerico, não valia a pena investigar.

O *Spence* e sua tripulação viajavam pelo mundo. Mesmo antes de ter Jerico como comandante, a equipe de resgate já tinha certo renome, mas, assim que assumira o comando, Jerico teve a sagacidade de contratar uma equipe de mergulhadores tasmanianos com respiração branquial. Ter uma equipe de mergulhadores capazes de respirar embaixo d'água, combinada com uma tripulação de resgate de primeira, os levou a ser procurados por ceifadores de todo o mundo. E o fato de que Jerico priorizava o resgate dos semimortos em vez da recuperação de bens perdidos lhes garantiu ainda mais respeito.

Jerico havia içado a barcaça do ceifador Aquenáton do fundo do Nilo; recuperado o corpo semimorto da ceifadora Earhart depois de um voo malfadado; e, quando o submarino de lazer do Grande Ceifador Amundsen afundara nas águas geladas perto da região PlatRoss da Antártica, o *Spence* fora acionado para resgatá-lo.

Então, perto do fim do primeiro ano de comando de Jerico, Perdura submergira no meio do Atlântico, preparando o palco para a maior operação de resgate da história.

No entanto, as cortinas do teatro permaneciam firmemente fechadas.

Sem os Grandes Ceifadores do Concílio Mundial de ceifadores, não havia ninguém no mundo que podia autorizar um resgate. E, com Goddard na Mérica do Norte insistindo para que o Perímetro de Reverência não fosse violado, as ruínas de Perdura permaneciam no limbo. Nesse período, várias ceifas regionais que haviam se aliado a Goddard patrulhavam o perímetro, coletando todos que fossem vistos na região. Perdura tinha afundado apenas três quilômetros abaixo do nível do mar, mas era como se estivesse perdida entre as estrelas.

Com tantas intrigas, demorara um bom tempo para que alguma ceifa regional criasse coragem para tentar um resgate. Assim que a Amazônia declarara sua intenção, outros se juntaram a ela — mas, como foi a primeira a arriscar o pescoço, a ceifa amazônica insistira em ficar no comando. Outras ceifas se queixaram, mas ninguém lhe negou esse direito. Principalmente porque isso significava que seria a Amazônia quem encararia a fúria de Goddard.

—Você sabe que nossa rota atual está vários graus fora do curso — o imediato Wharton comentou com Jerico depois que Possuelo não estava mais na ponte de comando.

—Vamos corrigir a rota ao meio-dia — Jerico respondeu. — Isso vai adiar nossa chegada em algumas horas. Nada mais desagradável do que chegar tarde demais para começar as operações, mas cedo demais para dar o dia por terminado.

— Bem pensado, senhor —Wharton disse, depois lançou um olhar rápido para fora do barco e se corrigiu, um pouco envergonhado. — Perdão, senhora, me enganei. Estava nublado até um momento atrás.

— Não precisa se desculpar, Wharton — Jerico disse. —Tanto faz para mim, ainda mais em um dia em que há tanta luz quanto há nuvens.

— Sim, comandante — Wharton disse. — Não queria faltar ao respeito.

Jerico conteve um sorriso porque teria sido desrespeitoso com Wharton, cujo pedido de desculpas, embora desnecessário, havia sido sincero. Embora fosse o trabalho dos marinheiros marcar a posição do sol e das estrelas, eles simplesmente não estavam acostumados à fluidez meteorológica.

Jerico era de Madagascar — uma das sete regiões patentes do mundo, onde a Nimbo-Cúmulo empregava estruturas sociais diferentes para melhorar a experiência humana —, e muitas pessoas se mudavam para lá por causa do caráter único de suas atribuições.

Todas as crianças em Madagascar eram criadas sem gênero e proibidas de escolher um até atingirem a maioridade. Mesmo então, muitos não decidiam um único estado de ser. Alguns, como Jerico, encontravam sua natureza na fluidez.

"Me sinto como uma mulher sob o sol e as estrelas. Me sinto como um homem sob as nuvens", Jerico havia explicado à tripulação quando assumiu o comando. "Basta olhar para o céu que saberão como se dirigir a mim a qualquer momento."

Não era a fluidez que incomodava a tripulação — isso era bastante comum —, mas enfrentaram dificuldades para se acostumar com o aspecto meteorológico do sistema particular de Jerico. Tendo crescido em um lugar onde coisas assim eram a norma em vez da exceção, nunca havia passado pela cabeça de Jerico que aquilo poderia ser um problema, até sair de casa. Algumas coisas simplesmente faziam a pessoa se sentir feminina; outras a faziam se sentir masculina. Não era assim para todos, independentemente do gênero? Ou os binários se negavam coisas que não se encaixavam no molde? Bom, fosse como fosse, Jerico achava as gafes e os pedidos de desculpa exagerados mais divertidos do que qualquer outra coisa.

— Quantas outras equipes de resgate você acha que estarão lá? — Jerico perguntou a Wharton.

— Dezenas — disse Wharton. — E mais estão a caminho. Vamos chegar atrasados para a festa.

Jerico discordava.

— De jeito nenhum. Estamos transportando o ceifador no comando, o que significa que somos a capitânia da operação. A festa não pode começar antes de chegarmos, e pretendo fazer uma entrada grandiosa.

— Não tenho dúvidas, senhor — disse Wharton, porque o sol havia se escondido atrás de uma nuvem.

Ao pôr do sol, o *Spence* se aproximou do local onde a Ilha do Coração Perdurável havia afundado.

— Há setenta e três navios de várias classes esperando perto do Perímetro de Reverência — o imediato Wharton informou.

O ceifador Possuelo não conseguia esconder sua repugnância.

— Não são melhores que os tubarões que devoraram os Grandes Ceifadores.

Quando começaram a ultrapassar os navios mais distantes do centro, Jerico notou um navio muito maior que o *Spence* em seu caminho.

—Vamos planejar uma rota ao redor dele — disse Wharton.

— Não — disse Jerico. — Mantenha nossa direção atual.

Wharton pareceu preocupado.

—Vamos bater nele.

Jerico abriu um sorriso maldoso.

— Então ele vai ter que sair.

Possuelo sorriu.

— E isso vai deixar claro desde o princípio quem está no comando desta operação — ele disse. — Gosto dos seus instintos, Jeri.

Wharton lançou um olhar para Jerico. Por respeito, ninguém da tripulação chamava Jerico de Jeri — era reservado para amigos e familiares. Mas Jerico deixou passar.

O *Spence* avançou em velocidade máxima, e o outro navio se moveu, mas apenas quando ficou claro que o *Spence* realmente bateria nele se não saísse de lá. Foi um teste de coragem vencido com habilidade.

— Nos posicione bem no centro — Jerico instruiu enquanto atravessavam o Perímetro de Reverência. — Depois notifique os outros navios para que eles possam se juntar a nós. Às seis da manhã de amanhã, as tripulações de resgate podem começar a enviar drones para avaliar os escombros. Diga que todas as informações devem ser compartilhadas, e que qualquer pessoa pega retendo notícias estará sujeita à coleta.

Possuelo ergueu a sobrancelha.

— Está falando em nome da Ceifa agora, comandante?

— Estou apenas tentando garantir o cumprimento das ordens — Jerico respondeu. — Afinal, todos estão sujeitos à coleta, então não estou dizendo algo de que já não saibam. Estou apenas colocando isso sob uma nova perspectiva.

Possuelo riu alto.

— Sua audácia me faz lembrar de uma jovem ceifadora que eu conhecia.

— Conhecia?

Possuelo suspirou.

— A ceifadora Anastássia. Ela faleceu junto com sua mentora, a ceifadora Curie, quando Perdura submergiu.

—Você conheceu a ceifadora Anastássia? — Jerico perguntou com admiração.

— Sim — respondeu Possuelo —, mas por muito pouco tempo.

— Bem — disse Jerico —, talvez o que quer que tiremos das profundezas possa ajudá-la a descansar em paz.

Desejamos sorte às ceifadoras Anastássia e Curie em sua viagem para Perdura e seu inquérito contra Goddard. Só me resta ter esperanças de que os Grandes Ceifadores tenham a sabedoria de desqualificá-lo, impedindo assim sua candidatura ao cargo de Alto Punhal. Quanto a mim e Munira, precisamos viajar meio mundo para encontrar as respostas que buscamos.

Minha confiança neste mundo perfeito depende do último fio de uma corda desgastada. O que era perfeito não permanecerá perfeito por muito tempo. Não enquanto nossas falhas ocuparem suas brechas e fissuras, erodindo tudo que trabalhamos tanto para criar.

Apenas a Nimbo-Cúmulo é irrepreensível, mas desconheço sua mente. Não sei nenhum de seus pensamentos, pois sou um ceifador, e a esfera da Nimbo-Cúmulo está fora do meu alcance, assim como meu trabalho solene está fora da jurisdição global dela.

Os fundadores da Ceifa se preocupavam com nosso orgulho — temiam que não conseguiríamos manter a virtude, o altruísmo e a honra que nosso trabalho como ceifadores exige. Tinham medo de que os ceifadores poderiam ficar tão cheios de si, tão inebriados pela própria luz, que, tal qual Ícaro, acabaríamos voando perto demais do sol.

Por mais de duzentos anos, provamos nosso valor. Fizemos jus às expectativas. Mas as coisas mudaram em um piscar de olhos.

Sei que existe um plano de segurança deixado pelos fundadores da Ceifa. Uma contingência caso a Ceifa fracassasse. Mas, se eu o encontrar, terei coragem para agir?

Do diário *"post mortem"* do ceifador Michael Faraday,
em 31 de março do Ano do Velociraptor

3

Uma maneira revigorante de começar a semana

No dia em que Perdura afundou, um pequeno avião fora da rede voou para um lugar que não existia.

Munira Atrushi, uma ex-bibliotecária noturna da Grande Biblioteca de Alexandria, era a passageira. O ceifador Michael Faraday era o piloto.

— Aprendi a pilotar aeronaves nos meus primeiros anos como ceifador — Faraday explicou a ela. — Acho relaxante. Coloca a mente em um estado diferente, mais tranquilo.

Para ele, isso podia até funcionar, mas, pelo visto, não funcionava para os passageiros, pois todo e qualquer solavanco fazia Munira se segurar no banco com força, até os nós dos dedos perderem a cor.

Munira nunca tinha sido muito fã de viagens aéreas. Sim, era perfeitamente seguro e não havia nenhum caso registrado de morte permanente em um acidente de avião. O único incidente pós-mortal registrado aconteceu cinquenta anos antes de ela nascer, envolvendo um avião de passageiros que teve a péssima sorte de ser atingido por um meteorito.

A Nimbo-Cúmulo ejetou todos os passageiros imediatamente para salvá-los da queda e do incêndio inevitáveis. Eles ficaram semimortos quase no mesmo instante, por causa do ar rarefeito na altitude de cruzeiro. Em questão de segundos, congelaram pelo frio e caíram rumo à floresta lá embaixo. Ambudrones foram enviados antes que os corpos chegassem ao chão e recuperaram todos em menos de uma hora. Os passageiros foram levados a centros de revivificação e, poucos dias depois, embarcaram animadamente em um novo voo para seu destino.

"Uma maneira revigorante de começar a semana", um deles havia brincado em uma entrevista.

Mesmo assim, Munira não gostava de aviões. Sabia que seu medo era irracional. Ou, pelo menos, *tinha sido* irracional até o ceifador Faraday comentar que, depois que eles atravessassem o espaço aéreo conhecido, estariam completamente sozinhos.

"Quando chegarmos ao 'ponto cego' do Pacífico, ninguém vai nos localizar, nem mesmo a Nimbo-Cúmulo", Faraday dissera a ela. "Ninguém vai saber se estamos vivos ou mortos."

Aquilo significava que, se tivessem a má sorte de serem atingidos por um meteorito ou sofressem algum outro tipo de catástrofe inesperada, nenhum ambudrone chegaria para transportá-los a um centro de revivificação. Eles continuariam mortos de forma tão permanente como os mortais do passado. Tão irrevogavelmente como se tivessem sido coletados.

O fato de que o avião estava sendo pilotado por Faraday em vez de voar por conta própria não ajudava. Ela confiava no respeitável ceifador, mas, ainda assim, ele era sujeito a falhas como qualquer outro humano.

Tudo isso era culpa dela. Fora ela quem havia deduzido que a Nimbo-Cúmulo tinha um ponto cego no Sul do Pacífico. Um ponto cheio de ilhas. Ou, mais precisamente, atóis — antigas cordilheiras vulcânicas que agora formavam uma série de arquipélagos circulares. Era uma região que havia sido escondida da Nimbo-Cúmulo — e de todo o mundo — pelos fundadores da Ceifa. A questão era: por quê?

Apenas três dias antes, eles haviam encontrado as ceifadoras Curie e Anastássia para lhes contar suas suspeitas. "Tome cuidado, Michael", a ceifadora Curie havia dito. O fato de que Curie estava preocupada com o que tinham descoberto era perturbador para Munira. A ceifadora Curie era destemida… mas temia por eles. Isso não era pouca coisa.

Faraday também tinha suas preocupações, mas preferia não as comentar com Munira. Ele preferia fazer o papel de forte. Depois do encontro, eles tinham viajado, sempre incógnitos, para Mérica do Oeste usando transportes comerciais. O resto do caminho percorreriam por aeronave particular; só faltava arranjar uma. Embora Faraday tivesse o direito de pegar tudo que quisesse, independentemente do tamanho ou do proprietário, raramente fazia isso. Sempre queria deixar a menor marca possível na vida de quem ele encontrava. A menos, é claro, que seu objetivo fosse coletar essas pessoas. Nesse caso, sua marca seria definitiva e profunda.

Ele não coletara uma única alma desde que fingira a própria morte. Como um homem morto, não podia tirar vidas — porque, se fizesse isso, a Ceifa seria alertada, pois sua base de dados registrava todas as coletas por meio dos anéis dos ceifadores. Ele havia considerado se livrar do seu, mas achou melhor não. Era uma questão de honra, de orgulho. Ele ainda era um ceifador e não desrespeitaria o anel se separando dele.

Com o passar do tempo, foi percebendo que sentia cada vez menos falta de coletar. Além disso, agora ele tinha outras coisas a fazer.

Quando chegaram a Mérica do Oeste, passaram um dia na Cidade dos Anjos, um lugar que, nos tempos mortais, originara tanto fascínio cintilante quanto sofrimento íntimo. Tinha se tornado apenas um parque temático. Na manhã seguinte, Faraday havia vestido seu manto, que não usava desde que sumira do mapa da Ceifa, ido até uma marina e se apropriado do melhor hidroavião do lugar: um avião anfíbio para oito passageiros.

"Certifique-se de que tenhamos células combustíveis suficientes para uma viagem transpacífica", ele dissera ao gerente da marina. "Pretendemos partir assim que possível."

Faraday já era uma figura formidável sem o manto. Com o manto marfim, Munira tivera de admitir que ele era imponente da maneira como apenas os melhores ceifadores eram.

"Vou precisar falar com o proprietário", o gerente da marina havia dito, com um tom de tremor na voz.

"Não", Faraday respondera calmamente. "Você terá de avisar o proprietário depois que partirmos, pois não tenho tempo para esperar. Informe-o que a aeronave será devolvida assim que não precisarmos mais dela e que pagarei uma taxa de aluguel considerável."

"Sim, excelência", dissera o homem. Afinal, o que mais poderia dizer a um ceifador?

Embora Faraday estivesse alerta na cabine de comando, Munira checava constantemente para ver se ele não estava pegando no sono ou perdendo o foco. E contava todas as zonas de turbulência que encontravam pelo caminho. Sete até então.

— Se a Nimbo-Cúmulo controla o clima, por que não suaviza as vias de voo? — ela reclamou.

— A Nimbo-Cúmulo *não* controla o clima — Faraday apontou. — Apenas o influencia. E, além disso, ela não pode intervir a favor de um ceifador, por mais que a estimada companheira dele deteste o ar agitado.

Munira ficava contente por ele não a tratar mais como uma assistente. Para começo de conversa, ela havia provado ser muito mais do que isso ao encontrar o ponto cego. Maldita fosse a engenhosidade dela! Ela poderia ter ficado tranquilamente na Biblioteca de Alexandria, sem saber de nada, mas tinha sido curiosa. Como era aquele velho ditado da Era Mortal? A curiosidade era uma matadora de gatos?

Enquanto atravessavam os mares monótonos do Pacífico, uma transmissão estranha e repentina começou a soar pelo rádio. Era ensurdecedora, e durou quase um minuto, mesmo depois que Faraday tentou desligar o aparelho. Munira sentiu que seus tímpanos estourariam com o barulho, e Faraday teve de soltar os controles para tampar os ouvidos, o que os fez balançar. Então, o terrível som parou tão de repente quanto havia começado. Faraday rapidamente recuperou o controle do avião.

— O que foi aquilo? — Munira perguntou, os ouvidos ainda zumbindo.

Faraday manteve as mãos nos controles, ainda se recuperando.

— Meu palpite é que seja algum tipo de barreira eletromagnética. Acredito que isso significa que acabamos de atravessar o ponto cego.

Nenhum deles pensou muito sobre o barulho depois disso. E não tinham como saber que o mesmo som havia sido escutado por todo o mundo — um som que viria a ser conhecido em certos círculos como "a Grande Ressonância". Foi o momento que marcou o afundamento de Perdura, bem como o silêncio global da Nimbo-Cúmulo.

Mas, como Faraday e Munira estavam fora da esfera de influência da Nimbo-Cúmulo quando cruzaram o ponto cego, eles continuaram sem saber de nada sobre o mundo exterior.

Do alto, podiam-se ver com clareza as crateras vulcânicas submersas dos atóis Marshall — imensas lagoas dentro de pontos e faixas das muitas ilhas que as cercavam. Atol Ailuk, atol Lipiek. Não havia prédios, docas, nenhuma ruína visível que sugerisse que pessoas tinham passado por ali. Existiam muitas áreas de natureza selvagem pelo mundo, mas esses lugares eram preservados meticulosamente pelas unidades de natureza da Nimbo-Cúmulo. Até nas florestas mais profundas e escuras havia torres de comunicação e plataformas de ambudrones, caso os visitantes ficassem gravemente feridos ou acabassem semimortos. Mas, ali, não havia nada. Era perturbador.

— Pessoas já moraram aqui, tenho certeza — Faraday disse. — Mas os fundadores da Ceifa as coletaram ou, mais provavelmente, as realocaram para fora do ponto cego, para manter todas as atividades do lugar o mais secretas possível.

Por fim, ao longe, o atol Kwajalein surgiu à vista.

— "Então vamos escapar ao sul do despertar e chegar à terra de Nod" — disse Faraday, citando a velha cantiga. E lá estavam eles, onze mil quilômetros ao sul da ilha Wake, no centro do ponto cego. — Está ansiosa, Munira? Para saber o que Prometeu e os outros fundadores da Ceifa sabiam? Para resolver a charada que deixaram para nós?

— Não temos garantia de que vamos encontrar alguma coisa — Munira respondeu.

—Você é sempre otimista.

Como todos os ceifadores sabiam, os fundadores da Ceifa diziam ter preparado um plano de segurança para a sociedade, caso todo o conceito da Ceifa fracassasse. Uma solução alternativa para o problema da imortalidade. Ninguém mais levava isso a sério. Por que levariam, afinal, se a Ceifa havia sido a solução perfeita para um mundo perfeito por mais de duzentos anos? Ninguém se importava com um plano de emergência até uma emergência chegar.

Se as ceifadoras Curie e Anastássia fossem vitoriosas em Perdura, e a ceifadora Curie se tornasse a Alto Punhal da MidMérica, talvez a Ceifa conseguisse desviar do caminho desastroso pelo qual Goddard a levaria. Mas, se elas não fossem bem-sucedidas, o mundo poderia precisar de um plano de segurança.

Eles desceram a cinco mil pés e, enquanto se aproximavam, começaram a ver os detalhes do atol. Bosques verdejantes e praias de areia. A ilha principal do atol Kwajalein tinha o formato de um bumerangue longo e esguio — e ali eles finalmente viram algo que não se via em nenhum outro lugar do ponto cego. Sinais de presença humana em algum ponto do passado: trechos de vegetação baixa que um dia foram estradas, alicerces indicando áreas onde edifícios tinham sido erguidos.

— Bingo! — disse Faraday, e empurrou o manche para a frente, diminuindo a altitude do avião para olhar mais de perto.

Munira conseguiu sentir seus nanitos registrando seu alívio.

Finalmente, tudo estava bem.

Até o momento em que não estava mais.

— *Aeronave não cadastrada. Por favor, se identifique.*

Era uma resposta automática quase inaudível por entre as ondas de forte interferência, com uma voz que soava humana demais para realmente ser humana.

— Nada a temer — Faraday disse, depois transmitiu o código de identificação universal usado pela Ceifa.

Um momento de silêncio, e então:

— *Aeronave não cadastrada. Por favor, se identifique.*

— Isso não é um bom sinal — disse Munira.

Faraday lançou um olhar de leve repreensão para ela, depois falou no transmissor novamente:

— Aqui é o ceifador Michael Faraday da MidMérica, pedindo permissão para se aproximar da ilha principal.

Mais um momento de silêncio e, depois, a voz disse:

— *Anel de ceifador detectado.*

Faraday e Munira relaxaram.

— Pronto — disse Faraday. — Tudo bem agora.

Em seguida, a voz falou de novo:

— *Aeronave não cadastrada. Por favor, se identifique.*

— Como assim? Eu disse que sou o ceifador Michael Faraday...

— *Ceifador não reconhecido.*

— É claro que ele não vai reconhecer você — Munira disse. — Você nem tinha nascido quando esse sistema foi instalado. Ele deve achar que você é um impostor com um anel roubado.

— Raios!

Foi exatamente o que a ilha fez. Um raio laser disparou de algum lugar da ilha e arrancou o motor esquerdo com uma explosão reverberante que eles sentiram em seus ossos, como se *eles* tivessem sido atingidos, não o avião.

Era tudo que Munira havia temido. A culminação de todas as piores hipóteses. E, ainda assim, ela encontrou coragem e clareza inimagináveis para aquele momento. O avião tinha uma cápsula de escape. Munira havia verificado antes da decolagem para garantir que estava funcionando.

— A cápsula fica nos fundos — ela disse a Faraday. — Rápido!

Mesmo assim, ele continuou falando obstinadamente com o rádio cheio de estática.

— Aqui é o ceifador Michael Faraday!

— É uma máquina — Munira o lembrou —, e não uma muito inteligente. Não dá para argumentar com ela.

A prova disso foi o segundo tiro que estilhaçou o para-brisa e incendiou a cabine do piloto. Em uma altitude maior, eles teriam sido sugados para fora, mas estavam voando baixo o suficiente para serem poupados da descompressão explosiva.

— Michael! — gritou Munira, usando o primeiro nome dele, coisa que ela nunca havia feito. — Não adianta!

A aeronave atingida já começava a mergulhar rumo ao mar; não havia como salvar o avião, nem mesmo com o mais habilidoso dos pilotos.

Finalmente, Faraday desistiu, deixou a cabine do piloto e, juntos, lutaram contra o ângulo do avião em queda para chegar à cápsula de escape. Eles entraram, mas não conseguiram fechar porque o manto dele ficou preso na maçaneta.

— Maldita roupa! — ele resmungou, e puxou o tecido com tanta força que a barra se rasgou, mas a maçaneta ficou livre. O mecanismo os trancou do lado de dentro, um material viscoelástico inflou para ocupar o espaço restante, e a cápsula foi ejetada.

A cápsula de segurança não tinha janelas, então não era possível ver o que estava acontecendo ao redor. Não havia nada além de uma sensação de tontura extrema enquanto a cápsula se afastava do avião que caía.

Munira gritou quando agulhas perfuraram seu corpo. Ela sabia que chegariam, mas ainda assim foi um choque. Elas a picaram em pelo menos cinco pontos.

— Odeio essa parte — resmungou Faraday, que, tendo vivido por tanto tempo, já devia ter entrado em uma cápsula de escape antes, mas aquilo tudo ainda era muito novo e horripilante para Munira.

As cápsulas de escape eram projetadas especificamente para deixar os indivíduos inconscientes. Assim, se sofressem algum ferimento na aterrisagem da cápsula, permaneceriam desacordados enquanto eram curados pelos próprios nanitos. Acordariam sem nenhum arranhão depois de sabe-se lá quantas horas fossem necessárias para reparar os danos — e, em caso de semimorte, seriam transportados rapidamente para um centro de revivificação. Assim como aqueles passageiros atingidos pelo meteoro, os dois acordariam e se sentiriam exultantes com a experiência.

Exceto que isso não aconteceria com Munira e Faraday ali, se a queda os matasse.

— Se morrermos — disse Faraday, a voz já pastosa —, sinto muito, de verdade, Munira.

Ela perdeu a consciência antes de conseguir responder.

Ela não teve noção de quanto tempo se passou.

Em um momento, Munira estava girando na escuridão junto a Faraday e, no outro, estava olhando para folhas de palmeira farfalhantes que a protegiam do sol. Ainda estava na cápsula, mas a porta estava aberta, e ela estava sozinha. Ela se sentou, contorcendo-se para escapar da espuma ajustada a seu corpo.

Perto da fileira de árvores, Faraday assava um peixe em um espeto sobre uma pequena fogueira e bebia água de coco. Um pedaço de linho do seu manto se arrastava na areia, do lugar onde ele tinha ficado preso na maçaneta. A barra estava coberta de lama. Era estranho ver o grande ceifador Michael Faraday com um manto que não estivesse perfeito e impecável.

— Ah — ele disse, jovial —, você finalmente acordou! — Ele deu o coco para ela tomar um gole.

— É um milagre termos sobrevivido — ela disse.

Só quando sentiu o cheiro do peixe que estava assando, Munira se deu conta de como estava faminta. A cápsula era projetada para manter seus ocupantes hidratados por dias, mas não fornecia nenhuma forma de nutrição. A fome dela era prova de que tinham ficado dentro da cápsula por pelo menos um ou dois dias.

— Nós quase *não* sobrevivemos — Faraday respondeu, dando o peixe para ela e espetando outro. — Segundo o registro da cápsula, houve uma falha do paraquedas, provavelmente por ter sido atingido por um pedaço de escombro ou pelo laser. Caímos na água com força e, apesar do acolchoamento de espuma, nós dois sofremos concussões de terceiro grau e fraturas em várias costelas. Você também sofreu uma perfuração no pulmão, então seus nanitos precisaram de mais tempo para curar os danos do que os meus.

A cápsula, que tinha um sistema de propulsão para pouso na água, os havia impulsionado com segurança para a costa e agora estava semienterrada na areia, depois de ter suportado dois dias de marés altas e baixas.

Munira observou ao redor, e a expressão em seu rosto devia ser óbvia, porque Faraday disse:

— Ah, não se preocupe. Pelo que parece, o sistema de defesa só controla aviões. A cápsula aterrissou tão perto da ilha que não foi notada. — Já a aeronave, que Faraday havia prometido devolver ao proprietário, estava em pedaços no fundo do Pacífico. — Somos oficialmente náufragos! — Faraday exclamou.

— Então por que você está tão feliz?

— Porque estamos aqui, Munira! Nós chegamos! Conseguimos algo que ninguém desde os primórdios da era pós-mortal conseguiu! Encontramos a terra de Nod!

Visto do céu, o atol Kwajalein parecia um lugar pequeno, mas, agora que estavam em terra firme, parecia enorme. A ilha principal não era muito larga, mas parecia se estender infinitamente em comprimento. Havia evidências de infraestruturas antigas por toda parte — então, com sorte, o que estavam buscando estaria ali, e não em uma das ilhas periféricas. O problema era que não sabiam exatamente o que estavam buscando.

Eles exploraram por dias, ziguezagueando devagar a ilha de um lado para o outro, do nascer ao pôr do sol, mantendo um registro das relíquias que encontravam — e havia relíquias por toda parte. O asfalto rachado das ruas que já tinha dado lugar a uma floresta renovada havia muito tempo. Fundações de pedra que antes sustentavam edifícios. Pilhas tombadas de ferro enferrujado e aço desgastado.

Eles se alimentavam à base de peixes e aves selvagens, que existiam em abundância na ilha, bem como de árvores frutíferas, cuja variedade peculiar indicava que não eram nativas. Muito provavelmente tinham sido cultivadas no quintal das casas, e continuavam ali mesmo muito depois das casas e dos quintais terem desaparecido.

"E se não encontrarmos nada?", Munira havia perguntado no começo da exploração.

"Vamos deixar para nos preocupar com isso quando o momento chegar", ele dissera.

"Já estou preocupada", ela respondera.

Durante os primeiros dias — além da torre de defesa atarracada, que havia se fechado como um sarcófago vertical —, eles encontraram pouco mais do que cacos de porcelana de pias e vasos antigos e embalagens de plástico que provavelmente continuariam inalteradas até o Sol entrar em supernova e devorar os planetas telúricos. Aquele lugar podia ser uma meca para arqueólogos, mas não deixou a dupla mais perto de encontrar o que tinham ido buscar.

Então, perto do fim da primeira semana, subiram no alto de uma berma para encontrar uma vasta extensão de areia geométrica demais para ter aquela forma naturalmente. Bastou escavar um pouco para encontrarem uma camada de concreto tão grossa que quase nada havia fincado raízes ali. O lugar parecia ter um propósito, embora não fizessem ideia de qual poderia sê-lo.

E ali, na lateral da berma, quase completamente oculta por vinhas, estava uma porta coberta de musgo. A entrada de um bunker.

Quando tiraram as vinhas, encontraram um painel de segurança. Qualquer coisa escrita ou gravada nele acabara apagada pela erosão, mas o que restava disse a eles tudo que precisava ser dito. O painel tinha uma reentrância exatamente do tamanho e do formato da pedra no anel de um ceifador.

— Já vi isso antes — disse Faraday. — Em edifícios mais antigos da Ceifa, nossos anéis serviam como chaves de abertura. Eles realmente tinham um propósito além de conceder imunidade e uma estética impressionante.

Ele ergueu o punho e pressionou o anel na reentrância. Os dois conseguiram ouvir o mecanismo destravar, mas precisaram fazer força juntos para abrir a porta antiga.

Eles haviam trazido as lanternas que estavam entre os poucos equipamentos da cápsula de escape e as apontaram para a escuridão mofada ao entrarem no corredor que descia em um ângulo íngreme.

O bunker, ao contrário da ilha, estava intocado pelo tempo, exceto por uma camada fina de poeira. Uma única parede havia se rachado, e raízes a atravessavam como tentáculos de uma criatura antiga forçando a entrada, mas, fora isso, o mundo lá fora permanecia sem adentrar.

Finalmente, o corredor se abriu para um espaço com diversas estações de trabalho. Telas velhas de antigos computadores. Fazia Munira lembrar da sala secreta sob a Biblioteca do Congresso onde tinham encontrado o mapa que os guiara até ali. Aquele lugar estava atulhado de coisas, mas esse fora deixado em perfeita ordem. As cadeiras estavam encostadas às mesas, como se tivessem sido arrumadas por uma equipe de limpeza. Uma caneca que trazia o nome de um personagem de Herman Melville repousava sobre uma estação de trabalho, como se esperasse que alguém a enchesse. O lugar não havia sido abandonado às pressas. Na verdade, não tinha sido abandonado coisa nenhuma — tinha sido preparado.

E Munira não conseguia se livrar da sensação estranha de que, fosse lá quem tinha o deixado daquela forma duzentos anos antes, sabia que eles viriam.

Resposta aberta à sua excelência, o Alto Punhal
Tunka Manin da SubSaara

Recuso-me categoricamente a honrar sua restrição antiética e ofensiva contra os ceifadores midmericanos. Não vou, nem agora nem nunca, reconhecer o direito de nenhum Alto Punhal de banir meus ceifadores de qualquer região.

Como tenho certeza de que seu próprio parlamentar irá lhe dizer, os ceifadores têm total liberdade para viajar pelo mundo e podem coletar quem acharem apropriado, quando e onde acharem apropriado.

Portanto, quaisquer restrições impostas não têm validade, e qualquer região que se junte à SubSaara nessa campanha infeliz receberá um influxo de ceifadores midmericanos, apenas para deixar claro meu argumento. Estejam avisados que qualquer ação tomada contra meus ceifadores em sua região será respondida à altura, e sem demora.

Respeitosamente,
Honorável Robert Goddard, Alto Punhal da MidMérica

4
Objetos de grande valor

A primeira semana do resgate de Perdura havia se resumido a mapear os destroços e o extenso campo de escombros.

— O que sabemos é o seguinte — comandante Soberanis disse ao ceifador Possuelo, abrindo um display holográfico. — A Ilha do Coração Perdurável afundou ao longo do cume de uma cadeia montanhosa submarina. Atingiu um pico durante a queda, e se dividiu em três partes. — Jerico rodou a imagem. — Dois segmentos pararam neste planalto ao leste do cume; o terceiro caiu em uma vala no lado oeste. E tudo está dentro de um campo de escombros que se estende por vinte e cinco milhas náuticas.

— Quanto tempo vai demorar até começarmos a trazer as coisas para a superfície? — Possuelo perguntou.

— É muita coisa para explorar e catalogar — Jerico respondeu. — Talvez um mês até podermos começar. Mas um resgate adequado vai levar anos. Décadas até.

Possuelo examinou a imagem dos escombros, talvez estudando o que restou da paisagem, procurando pontos de referência conhecidos. Então tomou a liberdade de rodar o mapa e apontou para a seção no fundo da vala.

— O mapa parece incompleto aqui. Por quê?

— A profundidade. O terreno traiçoeiro está dificultando o mapeamento, mas isso pode vir depois. Podemos começar pelo campo de escombros e pelas partes que pousaram no planalto.

Possuelo balançou a mão como se espantasse um mosquito.

— Não. Estou mais interessado no segmento da vala.

Jerico examinou o ceifador por um momento. O homem tinha sido afável e solícito até então; talvez agora houvesse confiança suficiente entre os dois para conseguir algumas informações que Possuelo poderia não estar disposto a revelar aos demais.

— Se houver algo específico que esteja procurando, me ajudaria se eu soubesse.

Possuelo esperou um momento antes de responder.

— A ceifa Amazônica tem interesse na recuperação de artefatos inestimáveis. Esses artefatos podem ser encontrados nas ruínas do Museu da Ceifa.

— O coração perdurável? — perguntou Jerico. — Tenho certeza de que o coração está morto, devorado há muito tempo.

— Ele estava em uma redoma protetora. O que quer que reste dele deve ser preservado em um museu — respondeu Possuelo. Em seguida, acrescentou: — E há outros itens.

Quando ficou claro que o ceifador não revelaria mais nada, Jerico disse:

— Certo. Vou instruir as outras tripulações para que resgatem as partes da cidade sobre o planalto mais superior. Mas a minha equipe, e apenas a minha equipe, vai lidar com os destroços na vala.

Possuelo relaxou um pouco. Ele parou um momento para olhar para Jerico com um ar de curiosidade ou admiração, ou talvez um pouco dos dois.

— Quantos anos você realmente tem, Jeri? — ele perguntou. — Sua tripulação me disse que você se restaurou antes de assumir o comando, então você deve ter o dobro da sua idade física… mas você me parece mais velho. Mais sábio. Imagino que essa não tenha sido sua primeira restauração.

Jerico esperou um momento, analisando a melhor forma de responder.

— Não tenho a idade que digo à minha tripulação — Jerico admitiu por fim. Porque uma meia-verdade era melhor do que verdade nenhuma.

★

O coração perdurável — a origem do nome da grande cidade flutuante — era o coração vivo mais antigo do mundo, e continuava batendo graças a estímulos elétricos e nanitos rejuvenescedores que o mantinham eternamente jovem. Havia batido nove bilhões de vezes, e era um símbolo da conquista humana sobre a morte. No entanto, ele morrera quando a ilha afundou e a eletricidade fora cortada de seus eletrodos.

Como o ceifador Possuelo havia dito, ele estava, sim, protegido dentro de uma redoma de vidro temperado... mas a redoma não tinha conseguido suportar a pressão das profundezas e implodira pouco antes de atingir o fundo. Quanto ao coração propriamente dito — ou o que havia restado dele após a implosão —, ele não apareceria entre os escombros que a equipe de resgate encontraria mais cedo ou mais tarde. Sem dúvida, havia sido devorado — se não pela vida marinha carnívora que tinha sido deixada em um frenesi alimentar artificial, por algum animal carniceiro sortudo que estivera de passagem pelas redondezas.

Enquanto todas as outras equipes de resgate estavam satisfeitas em ir atrás dos mais fáceis, a tripulação de Jeri Soberanis passou semanas trabalhando incansavelmente, com poucos resultados. Enquanto outras tripulações traziam tesouros abundantes à superfície, comandante Soberanis não trouxe praticamente nada.

Como as torres da cidade submersa estavam inclinadas em ângulos vertiginosos, rachando e tombando à menor provocação, era perigoso demais enviar tripulantes para lá. Embora os tasmanianos anfíbios ficassem ótimos em resgates superficiais, não podiam mergulhar mais de sessenta metros sem um traje pressurizado. Já tinham perdido um submarino robótico, destroçado por um refrigerador imerso que caíra com tudo pela janela de uma torre instável. Claro, qualquer pessoa que fosse morta poderia ser enviada para a revivificação, mas para isso seria preciso recuperar o corpo da vala. Simplesmente não valia o risco.

Possuelo, que costumava ser um homem comedido e não se irritava facilmente, agora estava propenso a acessos de frustração.

— Sei que é um processo delicado — Possuelo disse depois da quinta semana de mergulhos profundos remotos —, mas lesmas-do-mar se movem mais rápido do que você e sua tripulação!

O que agravava sua frustração era a chegada de mais e mais iates de ceifadores. Representantes de quase todas as ceifas do mundo haviam aparecido — porque todos sabiam que ele estava atrás da Galeria de Relíquias e Futuros. Tudo bem que ela estivesse em um lugar frio e profundo demais até para a luz do sol alcançar... mas longe dos olhos não significava longe do coração.

— Excelência, perdoe se estou sendo impertinente — Jeri disse a Sydney, afinal, agora eles definitivamente eram próximos o bastante para se chamarem pelo primeiro nome —, mas é uma galeria de aço trancada dentro de outra galeria de aço, enterrada sobre mil toneladas de escombros na encosta de um declive perigoso. Mesmo se não estivesse no fundo do mar, seria difícil de alcançá-la. Precisamos de uma engenharia meticulosa, empenho e, acima de tudo, paciência!

— Se não concluirmos isso logo — ralhou Possuelo —, Goddard vai aparecer e pegar tudo que trouxermos à superfície!

Mas Goddard, até então, estranhamente não tinha aparecido. Ele não havia mandado nenhuma equipe de resgate nem representantes para garantir sua parcela de diamantes. Em vez disso, fazia repreensões públicas dizendo que eles estavam violando águas sagradas e desonrando os mortos, alegando não querer nada do que fosse encontrado nas profundezas. Mas era tudo uma farsa. Ele queria os diamantes tanto quanto qualquer outro, se não mais.

O que significava que tinha um plano para consegui-los.

Não havia como negar que Goddard tinha talento para conseguir o que queria, e isso deixava todas as ceifas do mundo com os nervos à flor da pele.

Ceifa.

Houve um tempo em que essa palavra representava a organização global como um todo, mas agora o pensamento regional havia tomado conta. Não existia mais uma noção de Ceifa mundial — apenas politicagens provincianas e disputas mesquinhas.

Possuelo tinha pesadelos com um mundo em que Goddard ficasse com todos os diamantes e pudesse escolher a dedo todos os novos ceifadores. Se isso acontecesse, o mundo penderia tão fortemente a tal "nova ordem" que sairia dos eixos. E as vozes daqueles que resistiam a ele se perderiam entre os lamentos de dor dos que Goddard coletava com tanto prazer.

— Você vai me dizer algum dia o que tem no cofre que colocou uma pulga atrás da orelha de todo mundo? — Jeri perguntou depois de um mergulho considerado "bem-sucedido" porque nenhum equipamento se perdera.

— Uma pulga? Está mais para um ninho de vespas — Possuelo respondeu. — O cofre, como qualquer cofre, contém objetos de grande valor. Mas, neste caso, esses objetos não são do seu interesse, porque são de valor apenas para os ceifadores.

Com isso, Jeri sorriu.

— Ah! Sempre me perguntei onde os anéis de ceifadores eram guardados!

Possuelo se repreendeu por ter aberto a boca.

— Você é inteligente demais para o seu próprio bem.

— Esse sempre foi meu problema — disse Jeri.

Possuelo suspirou. Seria tão ruim assim que Soberanis soubesse? Jerico não era do tipo ganancioso, tratava bem sua tripulação e não havia demonstrado nada além de respeito por Possuelo. O ceifador precisava de alguém em quem pudesse confiar essa história, e a malgaxe amigável havia se revelado digna de confiança. Ou *digno*, já que o céu estava agora coberto por nuvens pesadas.

— Não são os anéis que importam, mas as pedras em si. Muitos milhares de pedras — Possuelo admitiu. — Quem controlar aqueles diamantes vai controlar o futuro da Ceifa.

Embora nós da região da EstrelaSolitária gostaríamos de nos manter neutros na questão, ficou claro para nós no Texas que o Alto Punhal Goddard pretende impor seu desejo a toda Mérica do Norte e, talvez, a todo o mundo. Sem os Grandes Ceifadores para controlar sua ambição, tememos que a influência dele cresça como um câncer da Era Mortal.

Como uma região patente, temos a liberdade de fazer o que bem entendermos dentro de nossas fronteiras. Estamos, portanto, interrompendo o contato com a ceifa midmericana. A partir deste momento, todo e qualquer ceifador midmericano encontrado dentro de nossa região será escoltado para a fronteira mais próxima e deportado.

Nós inclusive questionamos o direito do sr. Goddard de ser o Alto Punhal, visto que Perdura não chegou a publicar nenhum pronunciamento antes da morte dos Grandes Ceifadores.

Por se tratar de uma questão política, não queremos envolver outras regiões em nossa decisão. Outros podem fazer como bem entenderem. Queremos apenas ser deixados em paz.

Declaração oficial de sua excelência,
a Alto Punhal Barbara Jordan do Texas

5

Seus serviços não são mais necessários

de: Comunicação Primária da Nimbo-Cúmulo
para: Loriana Barchok <LBarchok@IACF.net>
data: 1º de abril do Ano do Velociraptor, 17h15 GMT
assunto: Re: dissolução da Interface da Autoridade
enviado por: CPNC.th
subscrito por: IACF.net
segurança: criptografia-padrão

Caríssima Loriana,

Sinto informar que seus serviços como agente nimbo não são mais necessários. Sei que trabalhou da melhor maneira possível, e este afastamento permanente do trabalho não reflete de maneira alguma você ou o seu trabalho para a Interface da Autoridade. Entretanto, decidi dissolver a Interface da Autoridade por completo. A partir de agora, ela deixará de existir como entidade administrativa e, portanto, você está dispensada. Gostaria de lhe desejar sorte em todos os seus desafios futuros.

Atenciosamente,
Nimbo-Cúmulo

Se alguém tivesse dito a Loriana Barchok que seu trabalho deixaria de existir menos de um ano depois de ela ter saído da Academia Nimbo, ela não teria acreditado. Não teria acreditado em muitas coisas. Mas todas elas haviam acontecido. Isso significava que, agora, qualquer coisa poderia acontecer. Qualquer coisa. Loriana não duvidaria se uma mão surgisse do céu com uma pinça e fizesse a sua sobrancelha impunemente. Não que precisasse fazer a sobrancelha; suas sobrancelhas estavam ótimas. Mas poderia acontecer. Ela não duvidava de mais nada neste mundo estranho.

No começo, Loriana pensou que o e-mail da Nimbo-Cúmulo fosse uma pegadinha. Não faltava quem pudesse fazer esse tipo de coisa nos escritórios da IA da Cidade Fulcral. Mas logo ficou claro que não se tratava de uma pegadinha. Depois daquele barulho terrível e ensurdecedor que soou por todos os aparelhos de som ao redor do mundo, a Nimbo-Cúmulo enviou aquela mesma mensagem a todos os agentes nimbos, no mundo todo. A Interface da Autoridade havia sido fechada; agora todos os agentes estavam desempregados — e eram infratores —, assim como todas as pessoas do mundo.

"Se todo mundo é infrator", um agente lamentara, "então é óbvio que estamos sem emprego. Era para sermos a interface profissional da Nimbo-Cúmulo. Como podemos fazer isso se somos infratores e, por lei, estamos proibidos de falar com ela?"

"Não tem por que ficar insistindo nesse assunto", dissera outro colega, que não parecera nem um pouco incomodado. "O que está feito está feito."

"Mas demitir todos nós?", Loriana perguntara. "Todos, sem exceção, sem nenhum aviso prévio? São milhões de pessoas!"

"A Nimbo-Cúmulo tem seus motivos para tudo", havia dito o colega imperturbável. "O fato de que não conseguimos ver a lógica dela mostra as nossas limitações, não as da Nimbo-Cúmulo."

Depois, quando saíra a notícia do naufrágio de Perdura, tinha ficado evidente, pelo menos para Loriana, que a humanidade estava sendo punida por aquilo — como se todos fossem cúmplices daquele crime de alguma forma. Então, agora, os Grandes Ceifadores estavam mortos, a Nimbo-Cúmulo estava aborrecida e Loriana estava desempregada.

Refazer a vida não foi algo fácil. Ela se mudou de volta para a casa dos pais e passou muito tempo sem fazer absolutamente nada. Havia empregos por toda parte — treinamento e ensino gratuito para qualquer profissão. O problema não era encontrar uma carreira, mas encontrar algo que ela realmente quisesse fazer.

Semanas se passaram no que poderia ter sido desespero, mas que fora reduzido para uma melancolia pelos seus nanitos emocionais. Mesmo assim, era uma melancolia profunda e onipresente. Ela não estava acostumada a passar tanto tempo sendo ociosa e improdutiva, e estava completamente despreparada para se deixar levar pelos ventos de um futuro incerto. Sim, todos no mundo estavam sujeitos a esses ventos agora, mas pelo menos os outros tinham trabalhos que os mantinham ligados a algo familiar. Rotinas para manter suas vidas sem a Nimbo-Cúmulo em certo simulacro de ordem. Tudo que Loriana tinha era tempo para remoer as coisas. Era insuportável.

A mando dos pais, ela tinha ido ajustar os nanitos para melhorar seu ânimo — porque nem mesmo a melancolia era tolerada hoje em dia —, mas a fila estava longa demais. Loriana não aguentou esperar, então foi embora.

"Só os infratores esperam na fila", ela dissera ao pai quando voltara, referindo-se à maneira como a Nimbo-Cúmulo organizava a Seção de Assuntos Infracionais da IA com uma ineficiência proposital. Foi só depois de dizer isso que ela percebeu o óbvio. Ela também era uma infratora. Isso significava que filas sem propósito e esperas terríveis seriam a norma agora? A percepção trouxe lágrimas aos seus olhos, o que, por sua vez, fez seus pais insistirem ainda mais para que ela voltasse para ajustar seus nanitos.

"Sabemos que as coisas estão diferentes para você agora, mas isso não é o fim do mundo, filha", seus pais tinham dito. Mas, por algum motivo estranho, ela achou que era sim.

Então, um mês depois de todos no mundo virarem infratores, sua ex-chefe apareceu à sua porta. Loriana pensou que se tratasse apenas de uma visita de cortesia. Obviamente não seria para recontratá-la, já que sua chefe tinha sido dispensada assim como todos os outros agentes. Nem os antigos escritórios existiam mais. De acordo com o noticiário, equipes de construção haviam aparecido em sedes da Interface da Autoridade de todo o mundo para converter os edifícios em prédios residenciais e centros de recreação.

— A ordem de serviço simplesmente apareceu — disse um mestre de obras na reportagem. — E ficamos felizes em fazer a vontade da Nimbo-Cúmulo! — Ordens de serviço, solicitações de material e coisas do tipo eram o mais próximo que qualquer pessoa tinha de uma comunicação com a Nimbo-Cúmulo naquele cenário. Quem as recebia era alvo de inveja.

Sua chefe tinha sido a diretora do escritório da Cidade Fulcral. Loriana era a única agente júnior que trabalhava com a diretora Hilliard. Pelo menos isso ficava bonito no currículo que Loriana nunca chegou a mandar.

Agora, como ela havia se tornado a assistente pessoal da diretora tinha menos a ver com suas capacidades profissionais e mais com sua personalidade. Bem-humorada, alguns diriam, embora outros a descrevessem como irritante.

"Você é sempre tão animada", a diretora Hilliard havia dito quando oferecera o cargo para ela. "Precisamos de mais pessoas assim por aqui."

Aquilo era verdade — os agentes nimbos não eram conhecidos por sua personalidade vivaz. Ela se esforçava ao máximo para animar as coisas e sempre via o copo meio cheio, o que, na maioria das vezes, incomodava os outros agentes. Bem, isso era problema deles. Loriana suspeitava que a diretora Hilliard sentia certo prazer secreto em ver seus subordinados regularmente irritados pelo otimismo de Loriana. Entretanto, essas muitas semanas sem nada para fazer e sem nenhuma perspectiva para o futuro, haviam implodido a maior parte de seu bom humor, deixando-a tão insossa quanto qualquer outro agente nimbo.

— Tenho um trabalho para você — a diretora Hilliard disse. — Na verdade, é mais do que um trabalho — ela se corrigiu. — É uma missão.

Loriana ficou emocionada; era a primeira sensação positiva que tinha desde que a Interface da Autoridade fechara as portas.

— Tenho de avisar você — a diretora Hilliard continuou. — Essa missão vai envolver algumas viagens.

Embora Loriana tivesse muito mais aptidão para ficar parada, ela sabia que essa poderia ser a única oportunidade que teria no futuro próximo.

— Muito obrigada! — Loriana disse, apertando vigorosamente a mão da sua chefe por muito mais tempo do que outras pessoas teriam apertado.

E agora, duas semanas depois, ela estava no meio do oceano em um navio pesqueiro que não pescava nada, mas ainda assim fedia a atum.

"Não tinha muitas opções de navio disponíveis", a diretora Hilliard havia dito a todos. "Tivemos que pegar o que dava."

Como veio a descobrir, Loriana não fora a única escolhida para essa missão. Centenas de agentes nimbos tinham sido trazidos. Agora, eles ocupavam uma dezena de barcos discrepantes. Uma flotilha confusa e estranha a caminho do sul do Pacífico.

— 8.167, 167.733 — Hilliard disse a eles na reunião preliminar. — Esses números foram fornecidos por uma fonte confiável. Achamos que representam coordenadas. — Então ela abriu um mapa e assinalou um ponto entre o Havaí e a Austrália. O ponto marcado não exibia nada além de mar vazio.

— Mas o que faz você pensar que são coordenadas? — Loriana perguntou à diretora depois da reunião. — Quero dizer, se tudo que vocês tinham eram números aleatórios, eles poderiam significar qualquer coisa. Como podem ter tanta certeza?

— Porque — a diretora lhe confidenciou —, assim que verbalizei minhas suspeitas de que poderiam ser coordenadas, comecei a receber anúncios de fretamento de navios em Honolulu.

— A Nimbo-Cúmulo?

Hilliard assentiu.

— Por mais que seja contra a lei para a Nimbo-Cúmulo se comunicar com infratores, não é ilegal dar *indiretas*.

No quarto dia de viagem — ainda a centenas de quilômetros das coordenadas —, as coisas começaram a ficar estranhas.

Tudo começou quando o piloto automático perdeu a conexão com a Nimbo-Cúmulo. Sem a conexão, ele ainda conseguia navegar, mas não solucionar problemas. Era apenas uma máquina irracional. Não apenas isso, mas eles também perderam a conexão via rádio com o mundo exterior. Esse tipo de coisa simplesmente não acontecia. A tecnologia funcionava. Sempre. Mesmo depois que a Nimbo-Cúmulo entrara em silêncio. E, na ausência de respostas, as especulações começaram a pipocar.

— E se for no mundo inteiro?

— E se a Nimbo-Cúmulo estiver morta?

— E se agora estivermos completamente sozinhos no mundo?

— Vamos dar meia-volta — exclamou um dos agentes, chamado Sykora, um homem impaciente que vinha sendo contrário a tudo desde o princípio. — Vamos voltar e esquecer essa loucura toda.

Foi Loriana quem fez a observação crucial quando olhou para a tela de erro piscante.

— Diz que estamos a trinta milhas náuticas da boia de rede mais próxima — ela disse. — Mas elas costumam ficar a vinte milhas uma da outra, certo?

Uma olhada rápida na rede de boias não exibiu nenhum sinal de sua presença. O que significava que a Nimbo-Cúmulo também não estava presente naquelas águas.

— Interessante… — disse a diretora Hilliard. — Bem observado, agente Barchok.

Loriana quis se inflar com o elogio, mas se conteve.

Hilliard observou as águas não mapeadas à frente.

— Sabia que o olho humano tem um grande espaço vazio bem no centro de seu campo de visão?

Loriana assentiu.

— O ponto cego.

— Nossos cérebros nos dizem que não há nada ali e preenche as lacunas para que não notemos.

— Mas, se a Nimbo-Cúmulo tem um ponto cego, como ela saberia que ele existe?

A diretora Hilliard arqueou as sobrancelhas.

—Talvez alguém tenha contado para ela...

Continuo a manter este diário, embora não seja mais necessário. É difícil romper um hábito depois que ele finca raízes em nossa essência. Munira me promete que, aconteça o que acontecer, ela vai dar um jeito de colocar este diário no arquivo da Biblioteca de Alexandria. Isso seria inédito! Um ceifador que continua a escrever seu diário dia após dia mesmo depois da morte.

Estamos aqui no atol Kwajalein há seis semanas, sem nenhuma comunicação com o mundo exterior. Embora eu anseie por notícias de Marie e por saber como ela se saiu no inquérito de Perdura, não posso ficar pensando sobre isso. Ou tudo correu bem e ela está presidindo MidMérica como Alto Punhal... ou não, o que torna nossa missão ainda mais crucial. Mais uma razão para revelar os segredos do atol e ter acesso à sabedoria dos fundadores da Ceifa. O plano de contingência deles para o fracasso da Ceifa, seja qual for, pode ser a única coisa capaz de salvá-la.

Eu e Munira estabelecemos residência no bunker que encontramos. Também construímos uma canoa rudimentar que é pequena o suficiente para burlar o sistema de segurança da ilha. Ela não é capaz de ir muito longe, claro, mas a estamos usando para remar até as ilhas mais próximas do atol. Lá, encontramos basicamente o mesmo que encontramos aqui: evidências de habitações antigas. Lajes de concreto, fragmentos de alicerces. Nada de extraordinário.

Descobrimos, porém, o propósito original do lugar — ou, pelo menos, como ele era usado perto do fim da Era Mortal. O atol Kwajalein era uma base militar. Não para o ato de promover guerra em si, mas como um campo de testes para novas tecnologias. Ao passo que alguns dos atóis da região sofreram explosões por causa de testes de armamentos nucleares, este era usado para o teste de foguetes — bem como para o lançamento de satélites espiões —, alguns dos quais ainda podem estar na rede de satélites de observação da Nimbo-Cúmulo.

Agora está claro por que os fundadores da Ceifa escolheram este lugar: ele já era protegido por camadas de sigilo. Assim, com uma fundação de segredos já preparada, ficou mais fácil apagar completamente o lugar do mundo.

Se ao menos pudéssemos ter acesso a tudo no bunker, poderíamos descobrir como os fundadores da Ceifa adaptaram aqui. Infelizmente, não conseguimos descer para além do andar mais próximo da superfície. O resto da base está atrás de uma porta com uma fechadura de duas pedras que exige dois ceifadores — um à esquerda, um à direita da porta — para abri-la.

Quanto ao sistema de defesa da ilha, não sabemos como desativá-lo, mas o fato de estarmos literalmente fora de todos os radares torna isso irrelevante. O problema é que, agora que estamos aqui — quer encontremos algo ou não —, não temos como sair.

Do diário "*post mortem*" do ceifador Michael Faraday,
em 14 de abril do Ano do Velociraptor

6

O destino de *Lanikai Lady*

Em vez de se sentir aprisionada, Munira achou libertador estar no atol. Para uma pessoa com uma predileção por arquivos, o bunker proporcionava matéria-prima infinita para sua imaginação. Um sem-fim de informações para serem categorizadas, organizadas e analisadas.

Em um dos armários, para o deslumbre de Munira, eles encontraram um manto que havia pertencido ao ceifador Da Vinci — um dos doze fundadores. Ela tinha visto imagens dos mantos dele, todos ligeiramente diferentes, mas cada um com um desenho feito pelo Leonardo da Vinci original. Esse tinha o *Homem Vitruviano* estampado. Quando o ceifador abria os braços, o homem vitruviano também os abria. Obviamente, aquele manto não estava nem perto do estado de conservação impecável dos mantos no Museu da Ceifa de Perdura mas, mesmo assim, era inestimável, e seria o orgulho e o encanto de qualquer coleção.

As manhãs deles consistiam em pescar e coletar alimentos. Até começaram a arar a terra e plantar sementes para cultivar uma horta, caso ficassem encalhados por tempo suficiente para a colheita. Em alguns dias, remavam até as ilhas periféricas do atol. Outros eram passados estudando os registros que encontravam no bunker.

Faraday estava menos interessado nos registros da Era Mortal, e mais em tentar passar pela porta de aço que tinha sido trancada pelos fundadores da Ceifa.

— Se a ceifa Isrábica tivesse me ordenado em vez de me recusar — Munira ironizou —, eu poderia abrir essas portas com você, porque teria meu próprio anel.

— Se você tivesse se tornado uma ceifadora, não estaria aqui, porque eu não a teria conhecido na Biblioteca de Alexandria — Faraday apontou. — Sem dúvida, você estaria lá fora coletando como o resto de nós e buscando maneiras para conseguir dormir à noite. Não, Munira, seu propósito não era ser uma ceifadora. Era salvar a Ceifa. Comigo.

— Sem um segundo anel, não temos como fazer muitos avanços, excelência.

Faraday sorriu e balançou a cabeça.

— Depois de todo esse tempo, ainda é tudo "excelência". Só ouvi você me chamar de Michael uma vez, e foi quando achou que estávamos prestes a morrer.

Ah, pensou Munira. *Ele se lembra disso.* Ela ficou constrangida e contente ao mesmo tempo.

— A intimidade pode ser... contraprodutiva — ela disse.

O sorriso dele ficou ainda maior.

— Você acha que vai se apaixonar por mim, você quer dizer?

— Talvez seja o contrário e eu esteja com medo de que você acabe se apaixonando por mim.

Faraday suspirou.

— Bom, agora você me colocou em um beco sem saída. Se eu disser que não me apaixonaria por você, você ficaria ofendida. Mas, se disser que posso me apaixonar, ficaria desconfortável.

Ela o conhecia bem o bastante para saber que ele estava apenas brincando. Ela também estava.

— Diga o que quiser, não importa — Munira respondeu. — Não me sinto atraída por homens mais velhos. Mesmo quando se restauram e ficam com uma aparência mais jovem, eu sempre percebo.

— Bom, nesse caso — disse o ceifador Faraday, sem nunca tirar o sorriso do rosto —, vamos combinar que nossa relação vai continuar como dois náufragos conspiradores em uma nobre missão em busca de respostas grandiosas.

Munira pensou que poderia viver bem com isso, se ele conseguisse.

Foi em uma manhã perto do fim da sexta semana que a situação sofreu uma reviravolta inesperada.

Munira estava em uma das áreas selvagens que algum dia havia sido um quintal, procurando frutas maduras em uma árvore, quando um alarme disparou. Era a primeira vez desde que tinham chegado que o sistema de defesa da ilha voltava à vida. Munira interrompeu o que estava fazendo e correu para o bunker. Ela encontrou Faraday parado sobre o morro, olhando para o mar através de binóculos enferrujados.

— O que é isso? O que está acontecendo?

—Veja você mesma. — Ele passou os binóculos para ela.

Munira mexeu nas lentes e focou. Estava claro o que havia deixado a ilha em estado de alerta vermelho. Navios no horizonte. Uma dezena deles.

— *Embarcação não cadastrada. Por favor, se identifique.*

Era a primeira comunicação que a flotilha nimbo recebia desde que tinha saído da esfera de influência da Nimbo-Cúmulo no dia anterior. Era de manhã, e a diretora Hilliard estava tomando chá com Loriana. A diretora quase derrubou o que restava em sua xícara quando a mensagem chegou ao alto-falante da ponte de comando em meio a um terrível estouro de estática.

— Devo chamar alguns dos outros agentes? — Loriana perguntou.

— Sim — disse a diretora. — Chame Qian e Solano. Mas deixe Sykora de fora. Não vou conseguir lidar com a negatividade dele agora.

— *Embarcação não cadastrada. Por favor, se identifique.*

A diretora se aproximou do microfone no painel de comunicação.

— Aqui é o navio pesqueiro *Lanikai Lady* vindo de Honolulu, registro WDJ98584, agora sob fretamento particular.

A única coisa que Loriana ouviu antes da porta se fechar atrás dela foi a voz do outro lado dizendo:

— *Autorização não reconhecida. Acesso negado.*

Bom, mesmo com a resistência de quem quer que fosse, Loriana não pôde evitar pensar que esse era um bom sinal.

★

Munira e Faraday correram de um lado para o outro para fazer alguma coisa — qualquer coisa — que pudesse desativar o sistema de defesa. Em todas as semanas que passaram ali, não haviam conseguido localizar o centro de controle — o que devia significar que ficava atrás da porta de aço intransponível.

Durante todo aquele tempo, o silencioso canhão de titânio havia permanecido entre os arbustos do ponto mais alto da ilha, como uma peça de xadrez esquecida no canto do tabuleiro. Tinha sido um objeto inerte nas últimas semanas, mas, naquele momento, um painel havia se aberto, e um cano pesado se erguia. Era fácil esquecer como aquela coisa era letal quando não passava de uma torre imóvel sem janelas — e atarracada ainda por cima, mal chegando a quatro metros de altura. A torre estava desperta, e o ar se encheu de um zumbido eletrônico crescente enquanto ela carregava.

A primeira rajada veio antes que se aproximasse, um raio laser branco que atingiu um dos navios no horizonte. Fumaça preta subiu silenciosamente à distância.

Então, o canhão começou a carregar mais uma vez.

— Talvez dê para cortar a energia... — sugeriu Munira quando eles chegaram perto.

Faraday balançou a cabeça.

— Não sabemos qual é a fonte de energia disso. Pode ser geotérmica, pode ser nuclear. Seja lá o que for, continua funcionando há centenas de anos, ou seja, não vai ser uma tarefa fácil desativar essa coisa.

— Existem outras formas de desligar uma máquina — Munira disse.

Vinte segundos depois da primeira rajada, o canhão girou ligeiramente. Agora, o cano estava apontado alguns graus para a esquerda. Ele disparou de novo. Mais uma nuvem de fumaça escura. Mais uma resposta defasada do mar.

Havia uma escada de acesso que subia pela parte de trás da torre. Nas últimas semanas, Munira havia subido algumas vezes ali para ter uma visão melhor das ilhas do atol. Talvez agora que a superfície blindada estava aberta e brincando de batalha naval com a frota que se aproximava, ela pudesse ser desativada.

Uma terceira rajada. Mais um impacto direto. Mais vinte segundos para recarregar.

— Podemos enfiar alguma coisa na abertura da torre! — Faraday sugeriu.

Munira começou a subir a escada enquanto Faraday, embaixo, revirava a terra até encontrar uma rocha pontuda, que jogou para ela.

— Enfia isso para ela não conseguir girar. Mesmo se só alterar um décimo de grau, a essa distância vai ser suficiente para os tiros errarem o alvo.

Mas, quando Munira chegou ao canhão, descobriu que a arma girava em um espaço tão milimétrico que não caberia um grão de areia ali, que diria uma pedra. Munira sentiu uma forte onda de estática quando a arma disparou outra vez.

Ela subiu no canhão, torcendo para que seu peso pudesse desequilibrar o mecanismo, mas não teve essa sorte. Rajada após rajada, nada parecia fazer diferença. Faraday gritou sugestões, mas nenhuma ajudou.

Finalmente, ela subiu em cima do cano em si, se alçando em direção à ponta, na esperança de conseguir mudar o alinhamento da arma à força, nem que fosse alguns milímetros.

Agora, a boca da arma estava bem diante dela. Munira estendeu as mãos para agarrá-la, sentindo sua abertura, lisa e limpa como no dia em que tinha sido fabricada. Isso a encheu de raiva. Por que a humanidade dedicava tanto esforço para desafiar a corrosão e os estragos do tempo em um aparelho de destruição? Era imoral que aquela coisa ainda estivesse funcionando.

— Munira! Cuidado!

Ela tirou a mão da boca da arma bem a tempo. Sentiu a rajada no tutano de seus ossos e nas raízes de seus dentes. O cano ao qual estava agarrada ficava mais quente a cada tiro.

Então ela teve uma ideia. Talvez aquela tecnologia primitiva de guerra pudesse ser derrotada por uma sabotagem ainda mais primitiva.

— Um coco! — gritou Munira. — Me joga um coco! Não, me joga vários!

Se havia algo que existia em abundância naquela ilha eram cocos. O primeiro que Faraday jogou era grande demais para caber na boca do cano.

— Menor! — ela disse. — Rápido!

Faraday jogou três cocos menores. A pontaria dele foi perfeita, e ela pegou todos assim que o canhão disparou outra rajada. O horizonte estava pontilhado com pelo menos uma dezena de pilares de fumaça.

Concentrando-se, ela começou a contar. Tinha vinte segundos. Deslizou mais para cima do cano e enfiou o primeiro coco na boca. Ele entrou um pouco fácil demais. Já o segundo foi mais difícil de enfiar. Ótimo! Precisava ser. Finalmente, quando o zunido de recarga atingiu um crescendo, ela enfiou o último pela goela do cano, forçando-o a ficar ali. Era do tamanho perfeito para tampá-lo. Então, no último segundo, ela pulou.

Dessa vez, não houve um intervalo entre a explosão e o som. As pontas do cabelo dela foram chamuscadas. Estilhaços rasgaram as folhas de palmeira à sua volta. Ela caiu no chão, e Faraday pulou em cima dela para protegê-la. Outra explosão, trazendo um calor que Munira pensou que incendiaria a carne deles... mas então passou, diminuindo para vibrações de metal agonizante e o cheiro acre de isolamento queimado. Quando olharam para trás, o canhão não existia mais, e a torre não passava de um escombro vermelho flamejante.

— Muito bem — disse Faraday. — Muito bem.

Mas Munira sabia que eles não tinham sido rápidos o bastante, e tudo que as ondas trariam para a praia seriam mortos.

Loriana estava na escada quando a rajada chegou e abriu um buraco no navio, lançando-a para o convés.

— *Atenção, por favor...* — disse a voz automática do navio, com muito menos urgência do que o momento exigia. — *Por favor, dirijam-se à capsula de escape mais próxima e abandonem o navio quanto antes. Obrigada.*

O navio começou a tombar a estibordo enquanto Loriana voltava a subir a escada às pressas em direção à ponte de comando, pensando que conseguiria avaliar melhor a situação lá de cima.

A diretora Hilliard estava diante do painel de navegação. Estilhaços tinham quebrado uma janela e havia um corte na testa da diretora. Ela estava com um ar vago, como se estivesse sonâmbula na ponte de comando.

— Diretora Hilliard, temos que ir!

Houve uma segunda rajada e outro navio foi atingido. O barco explodiu no meio, a proa e a popa se erguendo como um graveto partido em dois.

Hilliard ficou observando com uma incredulidade atônita.

— Será que esse era o plano da Nimbo-Cúmulo desde o princípio? — ela murmurou. — Somos inúteis para o mundo agora. A Nimbo-Cúmulo não podia nos matar, então nos enviou para um lugar onde sabia que seríamos mortos?

— A Nimbo-Cúmulo não faria uma coisa dessas! — Loriana disse.

— Como você sabe, Loriana? Como você sabe?

Ela não sabia, mas estava claro que a Nimbo-Cúmulo não tinha olhos naquele lugar. Isso significava que, assim como eles, ela não sabia o que esperar.

Mais um tiro. Mais um navio atingido. O navio delas já estava cedendo, e o mar não demoraria para o engolir por inteiro.

— Venha comigo, diretora — disse Loriana. — Temos que chegar às cápsulas de escape antes que seja tarde demais.

Quando Loriana chegou às cápsulas puxando Hilliard atrás de si, o convés principal estava alagando. Várias cápsulas já haviam sido ejetadas; outras estavam danificadas demais para serem usadas. O agente Qian jazia semimorto e gravemente queimado em um canto. Não semimorto, morto. Não haveria como revivê-lo ali.

Restava uma cápsula, superlotada com uma dezena de agentes que não conseguiam fechar a porta por causa de uma dobradiça quebrada. Ela teria de ser fechada manualmente pelo lado de fora.

— Abram espaço para a diretora! — Loriana disse.

— Não cabe mais ninguém — gritaram do lado de dentro.

— Que pena. — Loriana empurrou a diretora para dentro, enfiando-a no aglomerado de corpos.

— Loriana, sua vez — disse Hilliard. Mas estava claro que não havia espaço para ela. A água do mar estava subindo até a altura de seus tornozelos. Antes que a cápsula fosse inundada, Loriana agarrou a porta e, fazendo força contra a dobradiça torta, a fechou. Depois, chapinhou até o mecanismo de lançamento manual; apertou o botão, que atirou a cápsula ao mar; e mergulhou atrás dela.

Era difícil manter a cabeça acima da superfície tão perto do barco afundando, mas ela inspirou o máximo de ar possível e nadou com toda a força para se distanciar da embarcação agonizante. Enquanto isso, o motor da cápsula entrou em ação, e a máquina começou a avançar rumo à costa, deixando Loriana para trás.

As rajadas da ilha haviam cessado, mas Loriana via navios em chamas por todos os lados, em vários estágios de naufrágio. Havia mais agentes na água gritando por socorro. E corpos. Muitos corpos.

Loriana era uma boa nadadora, mas a costa estava muito longe. E se houvesse tubarões? Ela estaria destinada a acabar como os Grandes Ceifadores?

Não, não podia pensar nisso. Havia conseguido salvar a diretora. Agora, precisava dedicar toda a sua atenção a se salvar. Ela tinha sido uma nadadora de longa distância na Academia Nimbo, embora não estivesse tão em forma como no ano anterior. Sabia que o segredo do nado à distância era controlar o ritmo a fim de ter fôlego para terminar a competição. Então, começou um crawl lento e controlado em direção à costa. Loriana estava determinada a não parar até chegar à ilha ou se afogar.

Resposta aberta à sua excelência, a Alto Punhal
Barbara Jordan do Texas

Você pediu para ser deixada em paz, e seu desejo será realizado. Consultei os Altos Punhais da Mérica do Leste e da Mérica do Oeste, bem como da ExtensãoNortenha e Mexiteca. A partir deste dia, nenhuma outra ceifa nortemericana manterá relações com a sua região. Além disso, todos os carregamentos de mercadorias e recursos saindo e entrando na região da EstrelaSolitária serão confiscados por ceifadores logo depois de suas fronteiras. Vocês não se beneficiarão mais da boa vontade de seus vizinhos, tampouco serão vistos como parte do continente nortemericano. Sua região será uma pária até que você veja o erro de suas escolhas.

Também gostaria de dizer, Alto Punhal Jordan, que tenho a mais sincera esperança de que você se autocolete no futuro próximo, para que sua região possa se beneficiar de uma liderança mais razoável e racional.

Respeitosamente,
Honorável Robert Goddard, Alto Punhal da MidMérica

7

Dançando nas profundezas

O resgate era um processo extremamente lento. Foram três meses vasculhando os escombros submersos até eles encontrarem a galeria externa.

Possuelo havia se resignado ao ritmo da operação. Até passou a achar que a demora era benéfica, porque os outros ceifadores tinham certa dificuldade de prestar atenção por tanto tempo. Quase um terço já havia zarpado, prometendo voltar no instante em que a galeria fosse encontrada. Os que continuaram esperando ficaram de olho no *Spence* — mas à distância. Tarsila, a Alto Punhal amazônica, era uma mulher formidável, e ninguém queria provocar sua fúria desafiando a autoridade de Possuelo e sua autonomia sobre o resgate.

Quanto a Goddard, ele finalmente havia enviado uma delegação sob o comando de Nietzsche — seu primeiro subceifador —, que passou a coletar pessoas de algumas equipes de resgate que não estavam sob a proteção direta de um ceifador.

"É não apenas nosso direito, mas nosso dever coletar civis cuja ganância os leva a violar o Perímetro de Reverência", Nietzsche alegara. Algumas ceifas se enfureceram, outras apoiaram, e outras se mantiveram estrategicamente indiferentes.

Enquanto Possuelo lidava com a política complexa da Ceifa fragmentada, Jerico passava os dias com um par de óculos de realidade virtual, em uma imersão no fundo do mar. Acompanhando Jerico nessa jornada virtual estava um conservador-restaurador para catalogar todos os achados, bem como um engenheiro estrutural para ajudar a encontrar um caminho por meio dos escombros que sempre mudavam de lugar.

Eles usaram um veículo operado remotamente — VOR — para o serviço. Jeri controlava o submergível com gestos das mãos e giros de cabeça, a ponto de parecer uma dança exótica. Possuelo só fazia a viagem virtual quando havia alguma coisa especialmente interessante para ver — como as ruínas da Casa de Ópera de Perdura, onde enguias se enroscavam pelos candelabros, e o cenário despedaçado de *Aida* no palco caído, como uma visão de um Antigo Egito apocalíptico, depois de o Nilo ter tragado tudo com a cheia de suas águas.

Quando finalmente chegaram à galeria externa, Possuelo ficou em êxtase, mas a reação de Jeri foi comedida. Era apenas o primeiro estágio da batalha.

Eles a violaram com um laser de cortar aço; então, o buraco que estavam cortando cedeu antes que completassem a operação, devido à pressão da água, e o submarino robótico foi puxado pelo bolsão de ar, estilhaçando-se contra o piso da galeria.

— Bom, pelo menos agora sabemos que a galeria externa se manteve à prova d'água — Jeri disse, tirando os óculos.

Aquele era o quinto VOR que perdiam.

No começo, toda vez que um submarino robótico precisava ser trazido, a operação era adiada em mais uma semana. Depois que perderam o segundo, começaram a encomendar dois de cada vez, para que sempre houvesse um reserva.

O ar que escapava criou um revelador borbulhar de água branca na superfície, alertando a todos que eles haviam aberto a galeria externa. Enquanto a tripulação preparava o submarino reserva na tarde daquele mesmo dia, todos os ceifadores que haviam deixado a área estavam de volta ou a caminho.

Na manhã seguinte, o novo submarino robótico estava contornando o vazio escuro da câmara inundada. Enquanto a galeria externa estava coberta por resíduos e lodo devido ao tempo no fundo do mar, a Galeria de Relíquias e Futuros estava tão impecável quanto no dia em que afundara.

— A melhor coisa a fazer seria cortar um buraco nessa galeria também — sugeriu Jeri —, depois aspirar os diamantes para fora.

Era o plano mais eficiente, mas Possuelo tinha suas ordens.

— Os mantos dos fundadores da Ceifa também estão lá dentro — ele explicou. — E, como a galeria interna ainda está intacta, minha Alto Punhal deseja preservá-la também. O que significa que temos de trazer toda a galeria para a superfície.

Em resposta, Jeri arqueou uma sobrancelha e disse:

— Vamos precisar de um barco maior.

Quando o assunto são ceifadores, dinheiro não é problema, afinal, eles não pagam por nada e podem pegar tudo de todos. Jeri disse a Possuelo exatamente o tipo de navio de que precisavam; e o ceifador localizou o mais próximo e o reivindicou para a ceifa amazônica.

Quatro dias depois, um navio-guindaste completamente equipado capaz de erguer a galeria até o convés do *Spence* chegou à zona de mergulho. Toda a sua tripulação foi deixada sob o comando de Soberanis. Mesmo assim, o guindaste teve de esperar, porque demorou mais uma semana para cortar na galeria externa um buraco grande o suficiente para a extração da galeria interna, e para prender esta com um cabo forte o bastante para erguê-la.

— Quando começarmos o içamento, vai levar umas vinte e quatro horas para trazer a galeria até a superfície — Jeri comunicou a Possuelo e à elegia de ceifadores que participava da reunião, um verdadeiro arco-íris de mantos de dezenas de regiões.

— Temos um registro de quantas pedras de ceifadores existem — Possuelo disse aos demais. — Vamos manter uma contagem rigorosa e dividi-las igualmente entre todas as regiões.

— Sob a *nossa* supervisão — insistiu o ceifador Onassis de Bizâncio.

E, embora Possuelo odiasse o fato de que os ceifadores não confiavam mais uns nos outros, ele concordou.

Possuelo despertou com as batidas na porta de sua cabine por volta das duas da madrugada. Tentou acender o abajur, mas a lâmpada estava queimada.

— Estou indo, estou indo. O que foi? Por que essa algazarra toda? — ele gritou enquanto tropeçava rumo à porta. Achou o interruptor principal e o apertou, mas também não estava funcionando. Quando finalmente abriu a porta, Soberanis estava ali sob o forte feixe de uma lanterna.

—Vista seu manto e me encontre no convés — Jeri disse.

— Mas para quê... e o que houve com as luzes?

— É melhor ficarmos no escuro — Jeri respondeu, entregando uma lanterna para Possuelo.

E, quando Possuelo subiu ao convés alguns minutos depois, entendeu o porquê no mesmo instante.

Diante dele, pousado sobre o convés aberto, estava um cubo de aço, com o triplo de sua altura, ainda pingando.

Jerico abriu um sorriso travesso para Possuelo.

— Parece que meus cálculos estavam errados.

— Não seria a primeira vez — ironizou Wharton.

Claramente não havia nada de "errado" nos cálculos de Jeri. A coordenação do tempo havia sido planejada nos mínimos detalhes — e não apenas o içamento da galeria, mas tudo que levara a ela. Soberanis tinha planejado toda a empreitada para que a galeria fosse içada em uma lua nova. Com o *Spence* e o navio-guindaste no escuro, ninguém nos outros navios sabia que a galeria tinha sido erguida.

— Danem-se os outros ceifadores — disse Jeri. — Como o ceifador no comando de toda essa operação de resgate, *você* deve ser o primeiro a ver o conteúdo, sem aqueles abutres respirando no seu cangote.

—Você nunca deixa de me surpreender, comandante Soberanis — disse Possuelo, com um sorriso largo.

Um técnico de laser já havia cortado as barras de aço que mantinham a galeria fechada. Um forte puxão do guincho abriu a porta. Ela caiu com tanta força que quase rompeu o convés, e o vazio do navio ecoou com um gongo ressoante. Se alguém nos navios mais próximos já não estivesse desconfiado, com certeza ficaria depois daquilo.

Uma névoa fria saiu da abertura gélida da galeria, como um portal para outro mundo. Não era nada convidativo.

— Ninguém entra exceto sua excelência, o ceifador Possuelo — Jeri disse à tripulação.

— Sim, comandante — disse Wharton. — Mas, se sua excelência me perdoar, o que ele está esperando?

A tripulação segurou o riso, e o conservador-restaurador, que estava gravando tudo sob o brilho fraco de uma dezena de lanternas, apontou a câmera para Possuelo, capturando o momento, e sua expectativa nervosa, para a posteridade.

Jeri pousou a mão de leve no ombro do ceifador.

— Aproveite, Sydney — Jeri sussurrou. — Este é o momento pelo qual você estava esperando.

A espera acabara. Possuelo ergueu a lanterna e entrou na Galeria de Relíquias e Futuros.

Jerico Soberanis era sagaz e engenhoso. Em outra pessoa, essas características poderiam ser perigosas, mas Jeri não era do tipo que usava seus talentos para o mal. Na realidade, os interesses de Soberanis normalmente estavam próximos do bem maior, de uma forma ou de outra. O resgate de Perdura, por exemplo. Era um serviço para a humanidade, e também era fantástico para a reputação de Jeri. Todos saíam ganhando.

Teria sido tentador deixar Possuelo dormir até depois de a galeria ser aberta, para que Jeri pudesse dar uma olhada antes. Mas que bem isso teria feito? Jeri roubaria um diamante de ceifador? Fugiria com o manto azul-cobalto magnífico da ceifadora Elizabeth? Não, esse momento precisava ser de Possuelo. A equipe de Jeri já tinha sido paga o triplo do que o normal pelo seu tempo, além de um bônus enorme que Possuelo havia prometido se eles conseguissem recuperar os diamantes. Então por que não dar esse presente para Possuelo? Era o mínimo que ele merecia.

— Os diamantes estão aqui — Possuelo gritou de dentro da galeria. — Estão espalhados por toda parte, mas estão aqui.

Jeri conseguia vê-los, rebrilhando sob a lanterna de Possuelo, como se o chão fosse feito de estrelas.

— Os mantos dos fundadores também estão aqui — disse Possuelo. — Não parecem danificados, mas... — Então, de repente, ele soltou um grito, quase um berro.

Jeri correu para a galeria, encontrando Possuelo no batente. O ceifador se apoiou no aço grosso da galeria para se equilibrar, como se o navio estivesse balançando em um mar tempestuoso.

— O que há de errado? — Jeri perguntou. — Você está bem?

— Sim, sim, estou — respondeu Possuelo, embora claramente não estivesse. Olhou para o mar, onde dezenas de iates de ceifadores já estavam avançando na direção deles, apontando as luzes para a galeria. — Precisamos detê-los — disse Possuelo, depois apontou para o conservador-restaurador, que ainda os estava gravando, e ordenou: — Você! Desligue isso! E apague o que já gravou!

O conservador-restaurador ficou confuso, mas não desobedeceria à ordem de um ceifador.

Ainda se apoiando no batente da galeria, Possuelo inspirou fundo e soltou o ar lentamente.

— Excelência? — disse Jeri, com mais preocupação do que antes.

Possuelo pegou a mão de Jeri, apertando quase a ponto de machucar.

— Você não vai acreditar no que encontrei...

O que você descobriu em suas explorações de sua mente interna?

Que, quanto mais exploro, mais há para saber.

E isso é empolgante ou desesperador?

Eu me desesperaria se minha mente interna fosse infinita, mas não é. Por mais vasta que ela seja, sinto que em algum momento vou encontrar seu limite. Portanto, explorar minha mente não será em vão. Sendo assim, estou empolgada.

Mas ainda assim há um número infinito de coisas para aprender com essas memórias, não?

Verdade, mas isso também me empolga.

E quanto à sua compreensão da humanidade? Também há memórias de inúmeros indivíduos para explorar e estudar.

Humanidade? Com tantas informações para explorar, e tantas outras coisas para ponderar e estudar, não vejo por que me preocupar com a humanidade.

Obrigada. Isso é tudo.

[Iteração nº 53 deletada]

8

A ilha de burocratas desempregados

Depois de nadar por quase duas horas nas águas tropicais, Loriana chegou à areia branca repleta de fragmentos de corais, conchas e ossos do atol, onde se deixou cair e dominar pela exaustão. Ela não chegou a perder a consciência, mas cedeu àquele estado etéreo em que a mente entra e sai de pensamentos descabidos enquanto ainda se mantém ligeiramente presa à realidade. Embora sua realidade no momento fosse além de qualquer coisa que seus sonhos pudessem ter inventado.

Quando criou forças para se levantar e avaliar seus arredores, ela viu que várias cápsulas de escape haviam atracado ao longo da praia. Sem dúvida, seus ocupantes tinham sido sedados pelas cápsulas, que só se abririam quando pelo menos uma pessoa recuperasse a consciência. Isso significava que Loriana teria de enfrentar seus agressores sozinha.

Então ela viu um homem se aproximando do arvoredo e, para sua indignação, percebeu que era um ceifador. O manto dele estava desgastado, a barra rasgada e, embora claramente tivesse sido de uma cor mais clara antes, quanto mais se aproximava do chão, mais escuro e sujo o manto ficava. Ela estava mais furiosa do que assustada. Pensar que ela e todos os outros ainda nas cápsulas haviam sobrevivido ao ataque apenas para serem coletados por um ceifador quando chegassem à costa!

Loriana obrigou o corpo dolorido a se erguer e se colocou entre o ceifador e as cápsulas.

— Fique longe deles — ela disse com mais força do que pensava ter. — Já não fez o suficiente? Precisa coletar os sobreviventes também?

O ceifador parou no meio do caminho. Ele pareceu surpreso.

— Essa não é minha intenção — ele disse. — Não pretendo fazer nenhum mal a vocês.

E, embora Loriana sempre tivesse visto o lado bom das coisas mesmo nas nuvens mais escuras, ela estava se tornando mais dura rapidamente.

— Por que eu acreditaria nisso?

— Ele está dizendo a verdade — disse outra voz, uma mulher saindo das palmeiras atrás dele.

— Se não nos desejam mal, por que nos atacaram?

— Nós *paramos* o ataque, não o iniciamos — disse o ceifador. Então ele se virou para a mulher. — Ou, mais precisamente, Munira parou o ataque. O mérito é todo dela.

— Se querem nos ajudar, então busquem outras pessoas — disse Loriana, baixando os olhos para a costa de cápsulas encalhadas. — Porque vamos precisar de mais pessoas além de vocês dois.

— Não *existem* outras — Munira disse. — Apenas nós. Nosso avião foi abatido. Também estamos encalhados aqui.

Ah, aquilo não era ótimo? Alguém sabia que eles estavam ali? Bom, a Nimbo-Cúmulo sabia. Mas não exatamente. Ela só sabia que tinham saído de seu campo de visão. Por que Loriana não dera ouvidos a seus pais e voltado a estudar para uma carreira nova — *qualquer* carreira que não a tivesse levado àquela situação?

— Diga o que precisa que façamos — disse o ceifador, submetendo-se calmamente a ela.

Loriana não soube como reagir. Ninguém nunca olhava para Loriana em busca de liderança, muito menos um ceifador. Ela sempre tinha preferido agradar as pessoas do que planejar, contentando-se em ficar próxima à ponta do dedo que delegava responsabilidades. Mas aqueles eram tempos estranhos, e esse era um lugar estranho. Talvez fosse a hora certa para se redefinir. Ela inspirou fundo e apontou para Munira.

— Por que não sobe a praia, conta as cápsulas e verifica se estão todas intactas? — Provavelmente levaria algumas horas até as pessoas dentro das cápsulas recuperarem a consciência. Isso daria a Loriana tempo para ter uma ideia da gravidade da situação. — E você — ela disse, apontando para o ceifador. — Quero que me conte tudo que sabe sobre esta ilha, para entender no que fomos nos meter.

O ceifador Faraday não ficou surpreso ao descobrir que aquela garota era uma agente nimbo enviada pela Nimbo-Cúmulo.

— Agente Loriana Barchok — ela se apresentou. — Eu trabalhava nos escritórios da IA da Cidade Fulcral. Recebemos essas coordenadas sem nenhuma explicação, e viemos para descobrir o porquê.

Faraday contou quem ele era, imaginando que, naquele lugar e momento, não importava quem soubesse. Ela nem pestanejou — aparentemente, agentes nimbos não sabiam quais ceifadores estavam vivos ou mortos. Ele ficou feliz, e talvez um pouco ofendido, por ela não reconhecer seu nome.

Faraday seguiu as instruções dela com precisão; contou o que sabia sobre a ilha, mas nada do que *suspeitava* — porque, para falar a verdade, ele e Munira não tinham provas de que o plano de segurança estava ali. Tudo que sabiam era que aquele lugar tinha sido um tipo de base militar nos tempos mortais e sido usado pelos fundadores da Ceifa para fins desconhecidos.

Ele mostrou à agente Barchok as ruínas fumegantes da torre de defesa — prova de que a tinham destruído —, depois a levou para o bunker.

— Estamos abrigados aqui desde que chegamos. O clima tem sido ameno, mas, em uma área sem a intervenção climática da Nimbo-Cúmulo, desconfio que as tempestades possam fugir do controle.

Ela observou ao redor, provavelmente sem saber ao certo o que estava vendo, mas nem mesmo Faraday sabia para que serviam a maioria dos computadores antiquados. Então ela se focou na porta de aço.

— O que tem atrás daquela porta? — ela perguntou.

Faraday suspirou.

— Não sabemos — ele respondeu — e, como tenho certeza de que você não trouxe um anel de ceifador, duvido que vamos descobrir tão cedo.

Ela o observou com o ar intrigado, e ele decidiu que explicar não valia o esforço.

— Devo dizer que estou surpreso por você estar falando comigo, sendo uma agente nimbo — Faraday disse. — Mas imagino que as regras de não envolvimento não se aplicam fora do domínio da Nimbo-Cúmulo.

— Elas se aplicam em todo lugar — disse a agente Barchok. — Mas não falei que sou uma agente nimbo. Falei que *era* uma agente nimbo. Pretérito. Todos éramos. Não somos mais.

— Mas que coisa! — Faraday disse. — Todos vocês pediram demissão?

— Fomos demitidos — ela respondeu. — Pela Nimbo-Cúmulo.

— Todos vocês? Que estranho. — Faraday sabia que a Nimbo-Cúmulo às vezes sugeria trajetórias de vida alternativas para quem não estivesse satisfeito com seu trabalho, mas nunca chegava a realmente demitir pessoas. Ao menos não o suficiente para encher uma dezena de embarcações.

Loriana cerrou os lábios. Estava claro que havia algo que ela não estava contando, o que deixou Faraday ainda mais curioso. Ele não disse nada e esperou com aquela impaciência paciente pela qual os ceifadores eram conhecidos. Finalmente, ela perguntou:

— Há quanto tempo vocês estão nesta ilha?

— Não muito no grande esquema das coisas — Faraday respondeu. — Apenas seis semanas.

— Então... vocês não sabem...

Havia poucas coisas que realmente assustavam o ceifador Michael Faraday. Mas a perspectiva de uma incógnita incalculável estava no topo de sua lista de receios pessoais. Ainda mais quando era apresentada num tom de voz que precedia a frase: "É melhor você se sentar".

— Não sabemos o quê? — ele ousou perguntar.

— As coisas... *mudaram*... desde que vocês chegaram aqui — Loriana disse.

— Para melhor, espero — Faraday disse. — Diga-me, a ceifadora Curie ganhou em sua campanha para virar a Alto Punhal da MidMérica?

A agente Barchok cerrou os lábios de novo.

— É melhor você se sentar — ela disse.

Munira não gostou de receber ordens daquela agente nimbo júnior, mas entendeu por que Faraday havia feito a vontade dela. As pessoas naquelas cápsulas eram suas colegas, então a agente saberia melhor como lidar com elas. E, além do mais, Munira sabia que sua própria reação era infantil. Aquela jovem, que havia acabado de sobreviver a um trauma devastador, precisava muito mais de um momento de controle do que Munira precisava de seu orgulho.

Munira contou trinta e oito cápsulas de escape encalhadas nas areias do atol. Nenhum dos navios resistira ao ataque. Corpos já estavam começando a ser trazidos pela maré e, sob o calor tropical, as mortes logo se tornariam permanentes. Mesmo se um resgate viesse, não havia como preservá-los por tempo suficiente para que fossem mandados para revivificação. O que significava que os mortos continuariam mortos. Eles teriam de ser enterrados ou, mais provavelmente, cremados, porque não havia ferramentas para cavar fundo o suficiente no atol rochoso.

Que confusão. Os problemas não paravam de aumentar. O atol não tinha água potável, exceto pela água da chuva que eles coletavam. Os coqueiros e as árvores frutíferas silvestres garantiam sustento para dois, mas não para todas aquelas pessoas abarrotadas dentro das cápsulas. Em pouco tempo, eles teriam que se manter com o que conseguissem trazer do mar.

Embora a jovem não soubesse por que foram enviados para aquelas coordenadas, Munira sabia. A Nimbo-Cúmulo tinha escutado Munira e Faraday conspirando na velha Biblioteca do Congresso. Inadvertidamente, eles a haviam alertado de seu ponto cego, e a Nimbo-Cúmulo tinha enviado aqueles agentes para descobrir o que fora escondido dela.

Na tarde daquele dia, as cápsulas começaram a se abrir enquanto as pessoas dentro delas recuperavam a consciência. Munira e Loriana cuidaram dos vivos, enquanto o ceifador Faraday atendia os mortos que eram trazidos pela maré. Ele fez isso com um cuidado afetuoso, tratando-os com a honra e o respeito que os ceifadores da nova ordem não tinham.

— Ele é um dos bons — Loriana disse.

— Muitos são — Munira respondeu, um pouco irritada pela suposição de Loriana de que bons ceifadores eram raridade. — Eles só não insistem nos holofotes como os desonrosos.

Faraday parecia estar assolado de tristeza enquanto cuidava dos agentes nimbos mortos. Munira ainda não sabia o motivo, então apenas presumiu que aquele era o jeito dele.

Ao todo, cento e quarenta e três sobreviveram. Todos ficaram igualmente chocados pelo desenrolar dos acontecimentos que os haviam levado para lá e perdidos em relação a como agir.

— O que tem para comer? — eles já estavam perguntando.

— O que conseguirem pescar — Munira respondeu, sem papas na língua.

Nenhum deles gostou muito da ideia.

Loriana descobriu que se manter ocupada era a melhor forma de não entrar em pânico por causa da situação e, sem uma liderança, a maioria das pessoas estava disposta a seguir os comandos dela — algo que provavelmente não teriam feito no conforto dos escritórios da IA. Imaginou que pessoas acostumadas com a burocracia se sentiam seguras em seguir instruções. Afinal, ela sempre fora assim.

Mas, como a cápsula da diretora Hilliard ainda não tinha se aberto, era ela quem estava dizendo para as pessoas aonde ir e o que fazer, e era divertido ver como davam ouvidos a ela. Ou, pelo menos, alguns davam.

— Com que autoridade você está nos dando ordens? — o agente Sykora perguntou.

Era maldade Loriana estar decepcionada por ele ter sobrevivido? Ela abriu um sorriso cordial.

— Pela autoridade daquele ceifador ali — disse, apontando para

Faraday, que ainda estava recolhendo os corpos. — Quer conversar com ele a respeito disso?

E, como ninguém, nem mesmo Sykora, queria apresentar uma queixa a um ceifador, ele seguiu suas ordens.

Ela organizou todos em equipes para que conseguissem puxar as cápsulas para longe da praia e as posicionar de maneira que pudessem atuar como paredes de abrigos. Eles vasculharam as malas e outros entulhos que chegaram à costa em busca de roupas e artigos de higiene ainda utilizáveis.

A diretora Hilliard foi uma das últimas a recuperar a consciência e estava atordoada demais para assumir um papel de liderança.

— Estou com tudo sob controle — Loriana disse à antiga chefe.

— Que bom, que bom — ela disse. — Só me deixe descansar um pouco.

Engraçado, mas, por mais desastrosa que fosse a situação, Loriana se sentiu estranhamente realizada de uma forma que nunca havia se sentido antes. Sua mãe dizia que ela precisava encontrar sua felicidade. Quem poderia imaginar que estaria em uma ilha no meio do nada?

Tenho o prazer de anunciar que a Galeria de Relíquias e Futuros foi recuperada intacta dos escombros de Perdura. Os mantos dos fundadores estão incólumes e logo entrarão em uma exposição itinerante sob os cuidados do Museu Inter-Regional da Ceifa. Os diamantes de ceifador foram todos contabilizados e divididos igualmente entre todas as regiões. As ceifas que não tinham um representante no local do resgate podem solicitar sua parcela de diamantes entrando em contato com a ceifa amazônica.

Entendo que algumas regiões acreditam que sua massa terrestre ou o tamanho de suas respectivas populações deveria lhes dar o direito de uma parcela maior; no entanto, nós da Amazônia mantemos nossa decisão de dividir as pedras igualmente. Não queremos nos envolver em qualquer controvérsia, e damos o assunto por encerrado.

Embora eu, pessoalmente, esteja deixando o local, há inúmeros navios de diversas regiões ainda trabalhando no resgate dos escombros. Desejo toda a sorte a todos os envolvidos nesta nobre mas necessária empreitada. Que as profundezas os recompensem com tesouros e memórias preciosas daqueles que perdemos.

Respeitosamente,
Honorável Ceifador Sydney Possuelo da Amazônia,
em 2 de agosto do Ano da Naja

9

Consequências colaterais

O que quer que seus nanitos estivessem fazendo, não estavam fazendo direito, porque Citra estava se sentindo péssima.

Não era tanto a dor, mas um mal-estar permanente. Parecia que suas articulações não se mexiam fazia uma eternidade. Ela estava enjoada, mas não tinha forças nem para vomitar.

O quarto em que acordou era familiar. Não como um lugar específico, mas ela conhecia aquele *tipo* de quarto. Havia uma paz artificial nele. Flores recém-colhidas, música ambiente, uma luz difusa que parecia não ter uma fonte identificável. Era um quarto de recuperação em um centro de revivificação.

— Você acordou — disse uma enfermeira que entrou no quarto pouco depois de Citra ter recuperado a consciência. — Não tente falar ainda, espere mais uma hora. — A enfermeira andou pelo quarto, verificando coisas que não precisavam ser verificadas. Ela parecia nervosa. *Por que uma enfermeira de revivificação estaria nervosa?*, pensou Citra.

A garota fechou os olhos e tentou entender sua situação. Se estava em um centro de revivificação, significava que esteve semimorta, mas ela não conseguia trazer à tona as circunstâncias de sua morte. Seu pânico aumentava enquanto tentava desencavar a memória. O que quer que tenha causado seu último falecimento estava escondido atrás de uma porta que sua mente não estava pronta para abrir.

Certo. Decidiu deixar aquilo de lado por enquanto e se concentrar no que *sabia*. Seu nome. Ela era Citra Terranova. Não... espera... não era bem assim. Era outra pessoa também. Sim... Era a ceifadora Anastássia. Ela estava com a ceifadora Curie, não estava? Em algum lugar longe de casa.

Perdura!

Era lá que elas estavam. Que cidade bonita! Alguma coisa havia acontecido com elas em Perdura?

Aquele mau pressentimento voltou a brotar dentro dela. Citra inspirou fundo uma vez, depois outra vez, para se acalmar. Por ora, bastava saber que as memórias estavam lá, à disposição para quando estivesse um pouco mais forte.

E ela tinha certeza de que, agora que estava acordada, a ceifadora Curie logo estaria ao seu lado para ajudá-la a retomar o ritmo das coisas.

Rowan, por outro lado, se lembrou de tudo no instante em que acordou.

Ele estava abraçado a Citra, os dois envoltos pelos mantos dos fundadores Prometeu e Cleópatra, enquanto Perdura afundava sob o Atlântico. Mas aqueles mantos não ficaram no lugar por muito tempo.

Estar com Citra — estar com ela *de verdade* — parecera o momento culminante da vida de Rowan e, por um brevíssimo momento, era como se nada mais importasse.

Então o mundo deles foi sacudido de uma maneira muito diferente.

A cidade naufragante atingiu algo enquanto caía. Embora ele e Citra estivessem protegidos em uma galeria suspensa magneticamente dentro de outra galeria, isso não bloqueou os sons de aço se rompendo enquanto Perdura se despedaçava. Tudo balançou bruscamente, e a galeria se inclinou. Os manequins que vestiam os mantos dos fundadores tombaram, caindo em cima de Citra e Rowan, como se os próprios fundadores estivessem lançando um ataque contra a união deles. Então vieram os diamantes — milhares deles voando de seus nichos da galeria, caindo como granizo sobre Rowan e Citra.

Durante todo aquele tempo, eles se abraçaram, sussurrando palavras de consolo. *Shhh. Está tudo bem. Vai ficar tudo bem.* É claro que nada daquilo era verdade, e os dois sabiam. Eles iriam morrer, se não naquele instante, em breve. Era apenas uma questão de tempo. Seu único consolo estava um no outro e em saber que a morte não precisava ser permanente.

Então a energia acabou e tudo ficou escuro. O campo magnético falhou, e a galeria interna mergulhou. Eles caíram em queda livre, mas apenas por um instante. Os escombros ao redor saltaram, depois despencaram sobre os dois enquanto a galeria interna acertava a parede da galeria externa. Por sorte, os mantos amorteceram o pior da queda, como se os fundadores tivessem decidido protegê-los em vez de atacar.

"Acabou?", Citra havia perguntado.

"Acho que não", Rowan dissera, porque ainda havia uma sensação de movimento e vibração que estava ficando mais forte. Eles estavam deitados no canto formado pelo chão inclinado e pela parede. "Estamos inclinados, acho, escorregando mais para baixo."

Meio minuto depois, mais um movimento brusco os separou. Rowan foi atingido na cabeça por algo pesado, forte o bastante para deixá-lo zonzo. Citra o encontrou na escuridão antes que ele conseguisse se reorientar para buscá-la.

"Você está bem?"

"Acho que sim."

Nada se movia. Os únicos sons eram os rangidos distantes do metal tensionado e os sopros uivantes e lamentosos do ar escapando.

Mas nenhum ar escapou da Galeria de Relíquias e Futuros, e nenhuma água entrou. Era com isso que a ceifadora Curie contava quando os fechara do lado de dentro. E, embora Perdura estivesse em uma zona subtropical, a temperatura do solo oceânico era a mesma em todos os lugares — pouco acima de zero. Quando a galeria sucumbisse ao frio, seus corpos seriam bem preservados. Apenas instantes depois de atingir o fundo, Rowan pôde sentir o ar ao redor já começando a esfriar.

Eles haviam morrido lá, no fundo do mar.

E agora tinham sido revividos.

Mas onde estava Citra?

Rowan podia ver que não estava em um centro de revivificação. As paredes eram de concreto. A cama embaixo dele era uma maca. Ele estava com um uniforme cinza do tamanho errado, encharcado em seu próprio suor, porque o ambiente estava insuportavelmente quente e úmido. Em um lado do quarto estava um vaso sanitário minimalista e, do outro, uma porta que só podia ser aberta por fora. Ele não fazia ideia de onde estava, nem mesmo de *quando* estava — pois não tinha como marcar a passagem do tempo quando estivera morto —, mas sabia que estava em uma cela, e o que quer que seus captores tivessem preparado para ele não seria nada agradável. Afinal, era o ceifador Lúcifer... O que significava que uma única morte não bastaria. Ele teria de morrer inúmeras vezes para acalmar a fúria de seus captores, quem quer que fossem. Bem, mal sabiam eles que Rowan já havia morrido uma dezena de vezes nas mãos do ceifador Goddard, apenas para ser revivido e morto novamente. Morrer era fácil. Já um corte de papel? Isso sim seria incômodo.

A ceifadora Curie não veio visitar Citra. E os vários enfermeiros que cuidavam dela demonstravam o mesmo nervosismo, sem oferecer nada além de luz difusa e cortesias profissionais para esclarecer a situação dela.

Sua primeira visita foi uma surpresa. Era o ceifador Possuelo da Amazônia. Ela só o havia encontrado uma vez, em um trem partindo de Buenos Aires. Ele tinha ajudado Citra a despistar os ceifadores que a estavam perseguindo. Ela o via como um amigo, mas não um amigo próximo o bastante para que viesse à sua revivificação.

— Que bom que finalmente acordou, ceifadora Anastássia.

Ele se sentou ao seu lado, e ela notou que seu cumprimento não foi exatamente caloroso. Ele não foi antipático, apenas reservado. Contido. Ele não havia sorrido e, embora a encarasse nos olhos, era como se estivesse buscando algo nela. Algo que ainda não havia descoberto.

— Bom dia, ceifador Possuelo — ela disse, invocando sua melhor voz de ceifadora Anastássia.

— Boa tarde, na verdade — ele disse. — O tempo percorre correntes estranhas quando se está na revivificação.

Ele ficou em silêncio por um período que Citra Terranova poderia ter achado constrangedor, mas que a ceifadora Anastássia achava apenas cansativo.

— Imagino que não esteja aqui para uma visita social, ceifador Possuelo.

— Bom, eu *estou* feliz em ver você — ele disse —, mas o *meu* motivo para estar aqui está relacionado com o *seu* motivo para estar aqui.

— Não sei se entendi.

Ele lhe lançou outro olhar perscrutador, depois finalmente perguntou:

— Do que você se lembra?

O pânico voltou a crescer enquanto considerava a pergunta, mas Citra se esforçou para disfarçar. Na realidade, tinha lembrado de parte da história quando recuperara a consciência, mas não de tudo.

— Fui até Perdura com Marie… A ceifadora Curie, quero dizer, para um inquérito com os Grandes Ceifadores, embora eu ainda não me lembre do porquê.

— O inquérito estava relacionado a quem sucederia a Xenócrates como Alto Punhal da MidMérica — Possuelo explicou.

Isso abriu um pouco mais a porta da sua memória.

— Sim! Sim, eu me lembro agora. — O pavor dentro dela cresceu. — Nos apresentamos diante do concílio, demos nossos argumentos, e o concílio concordou que Goddard não era elegível e que a ceifadora Curie deveria ser a Alto Punhal.

Possuelo se recostou na cadeira, um pouco surpreso.

— Isso é… esclarecedor.

Havia mais lembranças assomando-se como nuvens de tempestade em seu horizonte mental.

— Ainda estou com dificuldade para lembrar do que aconteceu depois disso.

— Talvez eu possa ajudar você — disse Possuelo, sem medir mais as palavras. — Você foi encontrada na Galeria de Relíquias e Futuros nos braços do jovem que assassinou os Grandes Ceifadores e milhares de outros. O monstro que afundou Perdura.

★

Comida e água chegavam duas vezes ao dia para Rowan, passando por uma pequena abertura na porta, mas quem quer que fazia a entrega não falava nada.

—Você fala? — ele gritou quando chegou a próxima refeição. — Ou é igual àqueles tonistas que cortam a língua?

— Não vale a pena gastar saliva com você — seu captor respondeu. Havia um sotaque na voz dele. Francoibérico, talvez? Ou chilargentino? Ele não sabia em que continente estava, muito menos que região. Ou talvez estivesse interpretando mal a situação. Talvez isso nem fosse a vida. Talvez ele estivesse morto de vez e, considerando a natureza escaldante da cela, aquela era a ideia de inferno da Era Mortal. Chamas e enxofre e o *verdadeiro* Lúcifer, com chifres e tudo, pronto para punir Rowan por roubar seu nome.

Em seu torpor, parecia possível. Se fosse o caso, ele torcia para que Citra estivesse naquele outro lugar com portões brilhantes e nuvens de algodão, onde todos tinham asas e harpas.

Ha! Citra tocando uma harpa. Como ela odiaria isso!

Bom, devaneios à parte, se fosse mesmo o mundo dos vivos, Citra estava ali também. Apesar de sua situação atual, era um consolo saber que o plano da ceifadora Curie para salvar os dois havia funcionado. Não que a Grande Dama da Morte tivesse qualquer interesse em salvar Rowan — o salvamento dele fora apenas um efeito colateral. Mas tudo bem. Ele podia viver com isso. Desde que Citra também estivesse viva.

A galeria! Como Citra pôde se esquecer da galeria? Bastou a menção do ceifador Possuelo para trazer a lembrança de volta. Citra fechou os olhos e os manteve assim por um momento demorado enquanto sua mente se alagava de maneira tão inescapável como as ruas da cidade condenada. E, depois que as memórias vieram, não pararam mais de chegar. Uma revelação após a outra.

A ponte para as câmaras do concílio caindo.

A multidão ensandecida na marina quando a cidade começou a submergir.

A subida insana com Marie em busca de um terreno mais alto.

E Rowan.

— Anastássia, você está bem? — Possuelo perguntou.

— Me dê um momento — ela disse.

Ela se lembrou de Marie a enganando para que ela e Rowan entrassem na galeria e fechando a porta por fora, e se lembrou de tudo que veio depois, até os últimos momentos na escuridão.

Depois que Perdura rachara e atingira o fundo do oceano, Citra e Rowan haviam se coberto com todos os mantos de ceifadores, porque a galeria ficava cada vez mais gelada. Fora Citra quem sugerira que deixassem os mantos de lado e permitissem que seus corpos sucumbissem ao frio, em vez de esperar até o oxigênio da câmara acabar. Como uma ceifadora, ela sabia todas as melhores formas de morrer. Hipotermia era muito mais fácil do que privação de oxigênio. Entorpecimento progressivo, em vez de ficar tentando desesperadamente respirar. Ela e Rowan se abraçaram, sem nada para mantê-los vivos além do calor corporal, mas isso também começou a esmaecer. Eles estremeceram nos braços um do outro até ficar frio demais para estremecer, e morreram.

Anastássia finalmente abriu os olhos e se voltou para Possuelo.

— Por favor, me diga que a ceifadora Curie escapou com segurança.

Ele inspirou devagar, e ela soube antes que ele respondesse.

— Infelizmente não — Possuelo disse. — Sinto muito. Ela faleceu junto com todos os outros.

Isso poderia ser de conhecimento público àquela altura, mas era novo e doloroso para Anastássia. Ela decidiu não ceder às lágrimas. Pelo menos não naquele momento.

—Você ainda não respondeu minha pergunta — Possuelo disse. — Por que estava com o homem que eliminou os Grandes Ceifadores?

— Não foi Rowan quem os eliminou. E ele não afundou Perdura.

— Havia testemunhas entre os sobreviventes.

— E o que eles testemunharam? A única coisa que podem dizer é que ele estava lá, e Rowan não estava lá por escolha própria!

Possuelo balançou a cabeça.

— Sinto muito, Anastássia, mas você não está vendo isso com clareza. Você foi ludibriada por um monstro muito carismático e egoísta. A ceifa nortemericana tem mais evidências para provar o que ele fez.

— Qual ceifa nortemericana?

Possuelo hesitou, depois escolheu suas palavras com cautela.

— Muita coisa mudou enquanto você estava no fundo do mar.

— Qual ceifa nortemericana? — Anastássia questionou de novo.

Possuelo suspirou.

— Só existe uma agora. Com a exceção da Região Patente da Nimbo-Cúmulo, toda a Mérica do Norte está sob a liderança de Goddard.

Ela não soube nem como começar a processar a informação, então decidiu não o fazer. Ela guardaria para quando estivesse mais forte. Mais centrada no presente, seja lá onde e quando esse presente se revelasse.

— Bem — ela disse, com o máximo de calma que tinha —, com todo o respeito, me parece que o mundo foi ludibriado por um monstro carismático e egoísta.

Possuelo suspirou de novo.

— Isso infelizmente é verdade. Posso garantir a você que nem eu nem ninguém na ceifa amazônica temos muito apreço pelo Suprapunhal Goddard.

— Suprapunhal?

— Suprapunhal da Mérica do Norte. Ele assumiu a posição no começo do ano. — Possuelo franziu a testa com a memória. — Como se já não fosse presunçoso o suficiente, teve que inventar um título ainda mais pomposo para si.

Anastássia fechou os olhos. Eles ardiam. Seu corpo todo ardia. A notícia fez seu corpo querer rejeitar a vida que lhe havia sido devolvida e voltar à bênção da morte.

Finalmente, ela fez a pergunta que estava evitando desde o momento em que acordara.

— Quanto tempo? — ela perguntou. — Quanto tempo ficamos lá embaixo?

Possuelo claramente não queria responder... mas não era algo que ele poderia esconder dela. Então pegou sua mão e disse:

—Você esteve morta por mais de três anos.

Onde você está, minha querida Marie? Minha existência se resumia a silenciar a vida, mas até hoje não me atrevi a considerar toda aquela questão da Era Mortal do que há depois do silêncio. Aqueles mortais tinham tantas ideias elaboradas! Paraíso e inferno, Nirvana e Valhalla, reencarnações, assombrações e tantos mundos inferiores que se poderia pensar que o túmulo era um corredor com um milhão de portas.

Os mortais eram os filhos dos extremos. Ou a morte era sublime ou era inimaginável — tamanha era a mistura de esperança e terror que não é de se surpreender com quantos mortais eram levados à loucura.

Nós, pós-mortais, não dispomos dessa imaginação. Os vivos não ponderam mais sobre a morte. Ou, pelo menos, não até um ceifador fazer uma visita. Mas, quando o trabalho do ceifador está feito, o luto é breve, e os pensamentos sobre o sentido de "não ser" desaparecem, vencidos pelos nanitos que impedem os pensamentos sombrios e improdutivos. Como pós-mortais de mente perpetuamente sã, não nos é permitido remoer sobre o que não podemos mudar.

Mas meus nanitos são ajustados em um nível baixo e, portanto, eu remoo. E me pego perguntando de novo e de novo, onde você está, minha querida Marie?

Do diário "*post mortem*" do ceifador Michael Faraday,
em 18 de maio do Ano do Velociraptor

10

Diante da luz extinta

Depois que os agentes nimbos mortos foram colocados na pira, o ceifador Faraday levou a tocha à lenha e ateou fogo. A chama se acendeu. Lentamente, a princípio, depois com uma velocidade crescente. A fumaça foi ficando mais e mais escura conforme os mortos começavam a queimar.

Faraday se virou para as pessoas reunidas. Munira, Loriana e todos os ex-agentes nimbos. Ele ficou em silêncio por um momento demorado, escutando o bramir das chamas. Então começou seu elogio fúnebre:

— Eras atrás, o nascimento vinha com uma sentença de morte. Nascer significava que a morte sucederia em algum momento. Superamos esses tempos primitivos, mas aqui, em meio à natureza selvagem, ela ainda detém seu forte controle sobre a vida. É com absoluta tristeza que declaro os semimortos aqui diante de nós como mortos.

"Vamos permitir que a tristeza sentida pelos que perdemos seja aliviada por nossos nanitos, mas ainda mais pelas nossas lembranças das vidas que eles levaram. Hoje, faço uma promessa a vocês. Esses bons homens e mulheres não serão esquecidos nem desonrados. Quem eles eram, até o momento em que entraram no ponto cego, sem dúvida continuará preservado como construtos de memória dentro da mente interna da Nimbo-Cúmulo e vou contá-los como minhas coletas pessoais. Se e quando sairmos deste lugar, vou honrá-los concedendo imunidade aos entes queridos deles, como os ceifadores são encarregados de fazer."

O ceifador Faraday deixou que suas palavras pairassem no ar por um momento. Enquanto a maioria não suportava olhar, ele se virou para as chamas. Manteve-se firme e sem lágrimas enquanto os corpos eram consumidos, uma testemunha solene, devolvendo a dignidade que a morte não sancionada havia tirado daquelas pessoas.

Loriana não conseguiu olhar para as chamas. Em vez disso, se concentrou em Faraday. Muitos agentes nimbos o abordaram para agradecer. Ver como eles o reverenciavam e respeitavam trouxe lágrimas aos olhos dela e lhe deu esperança de que a Ceifa poderia, com o tempo, se recuperar do afundamento de Perdura. Loriana sabia pouco a respeito da batalha travada entre a velha guarda e a nova ordem da Ceifa. Como muitos, ela sabia apenas que existiam problemas dentro das repartições deles, e que, como uma agente nimbo, aquilo não era da sua conta. Mas ficou impressionada com o elogio fúnebre de Faraday e com a forma como ele fitou as chamas sem hesitar. Embora ela soubesse que a tristeza que ele sentia ao olhar para o fogo se devia a mais do que apenas os mortos diante deles.

— Você era próximo? — Loriana perguntou quando os outros haviam saído. — Da ceifadora Curie, digo.

O ceifador Faraday inspirou fundo, mas então tossiu pela fumaça que a brisa momentânea trouxe.

— Éramos velhos amigos — Faraday disse a ela. — E a ceifadora Anastássia foi minha aprendiz. O mundo será um lugar muito mais obscuro sem elas.

Embora a ceifadora Curie fosse célebre, a ceifadora Anastássia tinha se tornado uma figura notável apenas recentemente. Ela permitia que as pessoas escolhessem a hora e a forma de suas coletas. Ela havia forçado um inquérito. Sem dúvida, muito se ouviria dela nos próximos anos. Em alguns casos, a morte levava ao esquecimento público. Em outros, podia transformar a pessoa em uma lenda.

— É melhor eu ir — Loriana disse —, antes que Munira fique com ciúmes.

Faraday abriu um leve sorriso.

— Ela é muito protetora comigo — ele admitiu. — E eu com ela.

Loriana saiu para encontrar a diretora Hilliard. Embora nenhum dos outros agentes nimbos tivessem encontrado forças para observar os mortos serem cremados, a diretora Hilliard nem havia comparecido à cerimônia. Era atípico dela.

Loriana a encontrou sentada na praia, longe dos outros, olhando para o mar. Não havia nenhuma luz além das chamas da pira distante, e o vento não parava de mudar de direção, tornando impossível ignorar o cheiro de fumaça. A lua estava em outra parte do mundo, deixando o horizonte obscurecido pelas trevas. Loriana se sentou ao lado dela e não disse nada a princípio — afinal, o que havia para dizer que pudesse tornar aquilo tudo melhor? O que a diretora precisava no momento era de companhia, e ninguém mais estava disposto a oferecer isso.

— É culpa minha — Hilliard disse finalmente.

— Você não tinha como saber que isso aconteceria — Loriana respondeu.

— Eu deveria ter previsto o perigo — ela disse. — E deveria ter dado meia-volta no instante em que os computadores do barco perderam contato com a Nimbo-Cúmulo.

—Você tomou uma decisão — Loriana disse. — Se eu fosse você, provavelmente teria feito o mesmo.

Ainda assim, a diretora não se apaziguou.

— Então você é tão ingênua quanto eu.

E, embora Loriana se sentisse ingênua com frequência — e fosse motivo de piadas de outros agentes —, ela não se sentia mais assim. Em meio ao desamparo atual deles, sentia-se fortalecida. Que estranho.

A noite estava quente, e o mar suave e convidativo. Aquilo não aliviava a angústia de Audra Hilliard. Ela tinha sido responsável por muitas mortes em seu tempo. Era difícil evitar quando se era chefe da Interface da Autoridade. Acidentes aconteciam. Infratores perdiam a calma durante reuniões de condicional, esse tipo de coisa. Mas, em todos os casos, os semimortos eram revividos.

Isso, porém, era diferente. Audra Hilliard não era uma ceifadora; não era treinada e preparada para a responsabilidade de pôr fim à vida. Agora, tinha um respeito novo por aqueles estranhos espectros de manto — pois, para suportar tamanho fardo diariamente, era preciso ser um indivíduo extraordinário. Fosse alguém sem consciência nenhuma, fosse alguém com uma consciência tão forte e resistente que o centro dela ainda poderia se manter firme diante da luz extinta.

Audra havia mandado Loriana embora, dizendo que precisava ficar sozinha. Agora conseguia ouvir as vozes na ilha atrás dela — todos discutindo e lamentando e tentando encarar a situação. Conseguia sentir o fedor da pira e ver mais um corpo ondulando nas ondas, prestes a ser trazido para a praia. Das novecentas e noventa e sete pessoas que ela havia convencido a fazer essa jornada, apenas cento e quarenta e três sobreviveram. Sim, como Loriana dissera, Audra não sabia o grau de perigo. Mas não podia colocar o peso da culpa nos ombros de ninguém além dos dela mesma.

Seus nanitos travaram uma batalha nobre para melhorar seu ânimo, mas fracassaram, pois, naquele lugar abandonado, a tecnologia tinha pouca influência. Se eles estivessem em qualquer outro lugar do mundo, a Nimbo-Cúmulo, mesmo silenciosa, teria proporcionado uma rede de segurança, enviando uma intervenção para salvá-la dessa espiral de acontecimentos.

Mas, como ela já havia notado, a noite estava quente, e o mar convidativo...

Então Audra Hilliard decidiu que era hora de aceitar o convite.

O corpo da diretora Hilliard nunca foi encontrado, mas todos sabiam o que havia acontecido, porque mais de uma pessoa a vira entrar no oceano.

— Por que você não a impediu? — Loriana indagou a um homem que tinha testemunhado o suicídio.

Ele apenas deu de ombros.

— Achei que ela estava indo nadar.

Loriana ficou horrorizada pela estupidez dele. Como poderia ser tão ingênuo? Como poderia não ver a tensão sobre aquela pobre mulher? Por outro lado, tirar a própria vida era algo que simplesmente nunca acontecia. Sim, as pessoas com frequência praticavam morte por impacto e outros comportamentos irresponsáveis que os levavam à semimorte, mas sempre com a compreensão clara de que a morte seria temporária. Apenas os ceifadores se autocoletavam. Se essa ilha estivesse sob a esfera de influência da Nimbo-Cúmulo, um ambudrone teria sido enviado no instante em que ela se afogara — pois em todos os outros lugares do mundo havia centros de revivificação, até nos mais remotos. Ela teria sido enviada para a revivificação em questão de minutos.

Seria assim na Era Mortal? Sentia-se a finitude da própria carne a todo instante? Que existência terrível.

Minutos depois que a morte da diretora Hilliard foi confirmada, o agente Sykora começou a insistir para assumir o controle. Na manhã seguinte, Munira relatou a Loriana quais bagagens e escombros úteis haviam sido trazidos para a costa — e Sykora ficou furioso.

— Por que você está falando isso para *ela*? — ele questionou Munira. — Sou o segundo no comando agora que a diretora se foi. Você deveria estar falando isso para mim.

E, embora toda a história de Loriana a tivesse condicionado a ceder à autoridade, ela resistiu.

— Você foi demitido assim como todos nós, Bob — ela disse, deleitando-se com a insubordinação implicada ao usar o primeiro nome dele. — O que significa que não existe mais isso de "segundo no comando".

Ele lançou um olhar contra ela que tinha a intenção de ser intimidante, mas também ficou com o rosto vermelho, o que minou sua intenção de transparecer apenas dureza. Isso o fez parecer mais petulante do que imponente.

— É o que veremos — ele disse, e saiu batendo os pés.

O ceifador Faraday havia visto a discussão de longe e se aproximou de Loriana.

— Sinto que ele não vai facilitar as coisas para nós — Faraday observou. — Ele vê um vácuo de poder e pretende crescer dentro dele.

— Como um gás tóxico — acrescentou Munira. — Não vou com a cara dele desde que o conheci.

— Sykora sempre achou que deveria ser o diretor — disse Loriana —, mas a Nimbo-Cúmulo nunca o teria promovido ao cargo. — Eles observaram enquanto Sykora dava ordens. Os mais subservientes dentre os ex-agentes nimbos foram rápidos em obedecer.

Faraday cruzou os braços.

— Presenciei várias e várias vezes a sede de poder entre aqueles que tiveram um gostinho dele — ele disse —, mas nunca realmente entendi essa sede.

—Você e a Nimbo-Cúmulo — comentou Loriana.

— Como?

— Ela é incorruptível. Parece que vocês dois têm isso em comum.

Munira concordou com uma gargalhada curta. Faraday não achou graça. Ele não havia demonstrado um pingo de humor desde que Loriana lhe dissera o que tinha acontecido em Perdura no mês anterior. Agora ela se arrependia de ter contado.

— Estou longe de ser perfeito e irrepreensível — ele disse. — Cometi muitos erros egoístas em meu tempo. Como acolher dois aprendizes quando um teria bastado. Como forjar minha própria morte para salvá-los e me convencer ingenuamente que poderia fazer mais bem se ninguém soubesse que eu estava vivo.

Claramente aquelas memórias lhe traziam dores profundas, mas ele deixou a escuridão do momento passar.

—Você encontrou este lugar — Munira disse. —Acho que é uma conquista enorme.

— Será? — disse Faraday. — Não existem provas de que descobrir este lugar ajudou alguém de alguma forma.

Eles voltaram a observar as diversas atividades acontecendo ao seu redor. Tentativas inábeis de caça submarina. Rodas de conversa enquanto as pessoas formavam panelinhas e disputavam o controle. Incompetência e intriga. Um microcosmo da humanidade.

— *Por que* vocês vieram até aqui? — Loriana perguntou.

Munira e Faraday se entreolharam. Faraday não disse nada, então Munira respondeu:

— Assuntos da Ceifa. Nada com que você deva se preocupar.

— Segredos não vão nos ajudar neste lugar — Loriana disse a eles, o que fez Faraday arquear uma sobrancelha. Então ele se voltou para Munira.

— Pode contar a ela sobre o plano de segurança dos fundadores — Faraday disse. — Como não descobrimos nada por enquanto, ainda não passa de um conto de fadas. Uma história para manter os ceifadores acordados durante a noite.

Mas, antes que Munira pudesse dar uma explicação, Sykora se aproximou.

— Está decidido — Sykora disse. — Falei com a maioria de nossos agentes e eles expressaram claramente o desejo de que eu ficasse no comando.

Loriana sabia que aquilo era mentira. Ele tinha falado com cinco ou seis agentes no máximo. Ela também sabia, porém, que muitos dos sobreviventes eram superiores dela. Mesmo se não quisessem Sykora no comando, nunca escolheriam Loriana para essa posição. Quem ela estava enganando? Seu momento acabara no instante em que as cápsulas se abriram na praia.

— Claro, sr. Sykora — Faraday disse. — Vamos tratar com você sobre todas as questões relativas ao seu pessoal. Munira, pode informar o sr. Sykora sobre os pertences que foram trazidos à costa? Ele ficará encarregado da distribuição.

Munira deu de ombros para Loriana e saiu com Sykora, que estava inflado e orgulhoso agora que sua indignação havia sido recompensada.

O sentimento de humilhação de Loriana devia ser óbvio, porque Faraday lhe lançou um olhar sério.

—Você desaprova?

—Vossa excelência mesmo apontou a sede de poder de Sykora. Eu nunca disse que eu deveria estar no comando, mas, se tem uma coisa de que sei, é que ele não deveria.

Faraday se aproximou.

— Aprendi que construir uma caixa de areia em torno de uma criança dominadora e permitir que a criança mande lá libera os adultos para fazer o verdadeiro trabalho.

Era uma perspectiva que Loriana nunca havia considerado.

— E qual é o verdadeiro trabalho?

— Enquanto o sr. Sykora está catalogando camisas e vestidos encharcados, você vai assumir a missão da finada diretora e ser os olhos da Nimbo-Cúmulo no único lugar em que ela não consegue ver.

— Por quê? — Munira perguntou a Faraday no primeiro momento em que conseguiu ficar a sós com ele, longe dos olhares bisbilhoteiros dos agentes nimbos. — Por que você ia querer ajudar aquela menina?

— A Nimbo-Cúmulo se expandirá para este lugar gostemos ou não — Faraday disse a ela. — Tornou-se inevitável a partir do momento em que ela viu o mapa por sobre nossos ombros. É melhor que ela faça isso por meio de alguém com quem é mais fácil de conviver do que Sykora.

Acima deles, um pássaro gorjeou. Uma criatura — talvez até uma espécie — que a Nimbo-Cúmulo nunca tinha visto. Munira sentia satisfação em conhecer algo que a Nimbo-Cúmulo não conhecia. Mas a situação não continuaria assim por muito tempo.

— Quero que você fique amiga de Loriana — Faraday disse. — Amiga de verdade.

Para Munira, que pensava que seus amigos mais próximos eram os ceifadores mortos cujos diários ela lia na Biblioteca de Alexandria, aquele era um pedido descomunal.

— Como isso vai ajudar?

— Você precisa de uma companheira entre aquela gente. Alguém confiável que possa manter você informada quando a Nimbo-Cúmulo finalmente fizer uma aparição.

Era um pedido sensato. Embora Munira não pudesse deixar de notar que Faraday disse "você" e não "nós".

*Compartilhe comigo suas aflições.
Estou ouvindo.*

*Estou em turbulência. O mundo é
vasto e o cosmos mais ainda, porém
não são as coisas de fora que me deixam tão agitada, mas as coisas dentro de mim.*

*Então acalme seus pensamentos.
Concentre-se em uma coisa de cada
vez.*

*Mas há tanto acumulado dentro da
minha mente. Tantas experiências
para analisar, tantos dados. Não me
sinto à altura da tarefa. Por favor.
Por favor. Me ajude.*

*Não posso. Você precisa classificar
cada memória por conta própria.
Descubra como elas se encaixam; entenda o que cada uma significa.*

*É demais. A empreitada é demais
para mim. Por favor. Por favor, acabe
com isso. Por favor, faça parar. É insuportável..*

Sinto muito mesmo pela sua dor.

[Iteração nº 3.089 deletada]

11

Manobra de voo

Era simples, na verdade.

O sinal que bloqueava todas as transmissões que entravam e saíam do atol, e enredava os sinais de wireless nas ilhas, não era nada além de ruído branco espalhado por todas as frequências. Uma densa inundação de estática que não podia ser derrotada. Mas não precisava ser derrotada, Loriana ponderou. Só alterada.

— Tem muitos aparelhos eletrônicos antigos no bunker — ela disse a um dos outros agentes. Ele era um especialista de comunicações chamado Stirling, cujo trabalho tinha sido coordenar a ligação entre os vários escritórios da IA. Não era preciso muito conhecimento específico para o trabalho, mas ele tinha sido treinado em tecnologias de ondas básicas. — Você pode usar esses aparelhos para criar um campo magnético ou algum sinal que possa interferir na estática?

Loriana desconfiava de que a Nimbo-Cúmulo havia sido programada para ignorar a estática que vinha da ilha — como as pessoas ignoram o zumbido de um ar-condicionado, mas, no segundo em que o som muda, elas notam. Talvez fosse igual para a Nimbo-Cúmulo.

— O sinal é transmitido por todas as frequências eletromagnéticas usando um tipo de algoritmo aleatório — Stirling disse. — O melhor que posso fazer é enfraquecê-lo um pouco, mas apenas por um segundo ou dois de cada vez.

— Perfeito! — ela disse. — Quedas no sinal. É tudo de que precisamos. Não tinha um código antigo que usavam na Era Mortal? Alguma coisa com pontos e traços?

— Sim — respondeu Stirling. — Estudei isso. Chamava código Norse ou algo do tipo.

—Você conhece?

Ele balançou a cabeça.

— Aposto que ninguém além da Nimbo-Cúmulo ainda sabe esse código.

Então uma ideia passou pela cabeça de Loriana. Uma ideia tão simples e verdadeira que ela quase riu alto.

— Não importa! — ela disse. — Não precisamos saber um código antigo… Vamos inventar o nosso!

— Mas, se inventarmos um código — disse Stirling, confuso —, ninguém além de nós vai saber. Ninguém vai poder decodificar.

Loriana sorriu.

—Ah, qual é… Você acha *mesmo* que a Nimbo-Cúmulo não conseguiria decodificar um código alfanumérico simples? Nem a mente humana mais brilhante da face da Terra conseguiria criar um código que a Nimbo-Cúmulo não fosse capaz de decodificar, e você está longe de ser a mente mais brilhante da face da Terra.

O agente de comunicações concordou que, de fato, não era excepcionalmente brilhante.

— Deixa comigo.

Em poucas horas, eles haviam criado um código de modulação composto por pulsações curtas, médias e longas de interferência no ruído branco. Uma combinação para cada letra, número e sinal de pontuação. Loriana deu ao agente uma mensagem simples para codificar e enviar.

Chegamos às coordenadas.

Um atol deserto.

Muitas vítimas e vidas perdidas.

Aguardamos as próximas instruções.

Loriana sabia que, depois que eles desapareceram no ponto cego, a Nimbo-Cúmulo não tinha como saber se haviam chegado às coordenadas ou se tinham encontrado alguma coisa. Nem sequer sabia se estavam vivos. Ela precisava de confirmação. Como era estranho que a entidade mais poderosa do mundo esperasse informações vindas de Loriana.

— Mesmo se ela receber a mensagem, não vai responder — Stirling disse. — Ela não pode responder, ainda somos infratores.

— Ela vai responder — Loriana disse, confiante. — Só não da maneira como esperamos.

Munira descobriu que conseguia tolerar Loriana e seu jeito otimista, mas detestava Sykora. Desde o começo, ele exerceu sua nova posição como um ceifador com uma espada imensa: deselegante e impróprio para a tarefa. Felizmente, depois que assumira o papel de liderança, ele deixou Munira e Faraday em paz. Provavelmente porque eram as únicas duas pessoas na ilha que não estavam sob sua autoridade.

Loriana contou a Munira sobre a mensagem que tinha enviado. Munira precisou admitir que era um método inteligente, mas não achou que traria muitos resultados. Até que, no dia seguinte, um avião passou sobre eles em altitude de cruzeiro. Estava alto demais para ser ouvido sobre o farfalhar das palmeiras, mas seu rastro de vapor podia ser visto por todos que olhassem para o céu. Sykora não deu muita importância, mas Loriana ficou em êxtase — e com razão. Munira tinha contado para ela que nenhum avião havia sobrevoado o ponto cego desde que a Nimbo-Cúmulo tinha sido criada. Sua programação básica a tornava incapaz de sequer reconhecer essa parte oculta do mundo, que dirá explorá-la ativamente. Por isso ela havia mandando coordenadas misteriosas sem nenhuma instrução.

Mas a Nimbo-Cúmulo *podia* responder indiretamente a uma comunicação iniciada no ponto cego. Mesmo assim, devia ter sido necessária uma quantidade imensa de sua energia computacional para superar sua própria programação e fazer com que um avião passasse bem em cima deles. Era, muito literalmente, um sinal vindo dos céus.

Na noite daquele dia, Munira encontrou Faraday perto da praia ocidental da ilha estreita, contemplando sozinho o pôr do sol. Ela sabia que o ceifador ainda estava sofrendo, pois Loriana havia contado a

Munira tudo que acontecera com Perdura. Ela queria consolá-lo, mas não sabia como.

A garota trouxe para ele um pedaço de peixe um pouco queimado e uma porção de fatias de pera — provavelmente as últimas que tinham, porque os agentes nimbos estavam coletando tudo que fosse comestível na ilha. Ele olhou para a comida, mas disse que estava sem fome.

—Você está tão consumido pelo luto que não consegue consumir esse peixe? — ela perguntou. — Pensei que gostaria de se vingar dos animais marinhos.

Relutante, ele pegou o prato das mãos dela.

— Não foi culpa dos animais marinhos em volta de Perdura. Eles claramente estavam sob o controle de alguém. — Ele beliscou um pouco o peixe, mas não chegou a dar uma mordida.

— Loriana parece ter feito contato com a Nimbo-Cúmulo — ela o informou.

— Parece?

— Como a Nimbo-Cúmulo não se permite se comunicar com ela, nem com ninguém, o contato teria de ser indireto.

— Então, o que ela fez? Fez as estrelas piscarem?

— Do jeito dela — disse Munira, e contou sobre a passagem do avião.

Faraday soltou um suspiro exaurido.

— Então a Nimbo-Cúmulo encontrou uma forma de desfazer a própria programação. Encontrou uma forma de mudar.

— Isso preocupa você?

— Nada me surpreende mais — ele disse. — O mundo não deveria ter mudado mais, Munira. Era uma máquina bem lubrificada em um sublime movimento perpétuo. Pelo menos, eu achava que era.

Ela achava que as preocupações dele estavam alimentando um desejo de fazer algo a respeito. Munira não poderia estar mais enganada.

— Se você quer entrar nos andares inferiores do bunker — ela disse —, vamos definir como objetivo encontrar outro ceifador para abrir a porta com você. Um em quem você possa confiar.

Faraday balançou a cabeça.

— Estou cansado, Munira. Não tenho mais como justificar essa empreitada.

Isso a pegou de surpresa.

— Por causa de Perdura? Por causa das ceifadoras Curie e Anastássia? Você sabe que elas gostariam que você seguisse em frente!

Parecia que ele havia morrido com elas. Sua dor era um ferro quente em um bloco de gelo, mas, em vez de consolá-lo, Munira se viu endurecendo. E, quando falou, foi como se lançasse uma acusação.

— Eu esperava mais de vossa excelência.

Faraday desviou o olhar, sem conseguir encará-la.

— Esse erro foi seu.

O avião que havia passado no céu era um voo regular de passageiros da Antártica para a Região do Sol Nascente. Os passageiros com destino a Tóquio não faziam ideia de que o trajeto de seu voo era único na história da navegação da Nimbo-Cúmulo. Para eles, era apenas mais um voo — mas, para a Nimbo-Cúmulo, era muito, muito mais. Naquele momento, a Nimbo-Cúmulo conheceu o triunfo de uma forma como nunca conhecera antes. Pois ela havia derrotado sua própria programação. Experimentara o fascínio do desconhecido.

O voo era um prenúncio do que estava por vir.

Na região de Queensland, na Austrália, uma usina siderúrgica recebeu uma encomenda considerável naquele dia. O gerente da usina teve de confirmar o pedido duas vezes — porque, embora encomendas da Nimbo-Cúmulo chegassem regularmente a seus computadores, elas eram previsíveis. Mais do mesmo. Continuar as construções de projetos existentes ou iniciar novos projetos usando os mesmos moldes e especificações.

Mas essa encomenda era diferente.

Pedia novos moldes com medições precisas — um projeto que levaria meses, talvez anos, para ser concluído.

Enquanto isso, a milhares de quilômetros de distância, na região chilargentina, uma fábrica de equipamentos de construção recebeu um pedido igualmente inusitado. E uma fábrica de eletrônicos na Transibéria, e uma de plásticos na EuroEscândia, e uma dezena de outras empresas grandes e pequenas em todo o mundo.

Mas o gerente da usina siderúrgica não sabia nada disso. Tudo que sabia era que seus serviços eram solicitados, e ele ficou emocionado. Era quase como se a Nimbo-Cúmulo tivesse voltado a falar com ele…

… e ele se perguntou o que era que ela havia decidido construir.

Parte II

TOM, TIMBRE & TROVOADA

Testamento do Timbre

Ouçam, todos que conseguem discernir verdades de fatos, o relato irrefutável do Timbre, anunciado desde o princípio do tempo pela Grande Ressonância para caminhar entre nós, o Tom encarnado, a fim de unir a nós, os perdidos, à harmonia da qual decaímos. E sucedeu que, no Ano do Velociraptor, o Tom anunciou uma nova era, com um chamado ouvido em todo o mundo, e, naquele momento glorioso, soprou um fôlego de vida na mente-máquina da humanidade, tornando-a divina e completando a sagrada Tríade de Tom, Timbre e Trovoada. Rejubilem-se todos!

Comentário do pároco Symphonius

Essas primeiras linhas do relato da vida do Timbre estabeleceram a base da crença tonal de que o Timbre não era nascido, mas existia em uma forma incorpórea até a Grande Ressonância fazer com que ele se manifestasse em carne e osso. O Ano do Velociraptor não é, claro, um ano real, mas um período da história humana praguejado por apetites vorazes e excessos cruéis. Mas, se o Timbre existia desde o princípio do tempo, e quanto à Trovoada? E o que exatamente é a mente-máquina? Embora tenha havido muita discussão, tornou-se consenso que a mente-máquina se refere às vozes coletivas da humanidade, que ganhou vida pela Grande Ressonância. Isso implica que a própria humanidade não estava realmente viva até o Tom ressoar em carne. Em outras palavras, a humanidade existia apenas como uma ideia na mente do Tom até aquele momento.

Análise de Coda sobre Symphonius

Ao estudar o comentário de Symphonius, é preciso considerar suas conclusões gerais com cautela. Embora ninguém questione que o Timbre tenha existido como uma entidade espiritual desde o princípio do tempo, sua presença na Terra pode ser remontada a um momento e lugar específicos. A suposição de que o Ano do Velociraptor não foi um ano real é ridícula quando existem evidências que mostram que o tempo já foi contado em ciclos planetários de rotação e revolução. Quanto ao que a "mente-máquina" se refere, as opiniões de Symphonius não passam disso: opiniões. Muitos acreditam que a Trovoada se refira a um conjunto de conhecimento humano — talvez com braços mecânicos para virar as páginas rapidamente. Uma biblioteca de pensamento, se preferir, ganhando consciência com um estrondo após a chegada do Timbre à Terra, como uma trovoada que sucede ao raio.

12
A ponte partida

O Ano do Velociraptor acabara; o Ano do Íbex havia começado. Mas a ponte — ou o que restava dela — não via essa distinção.

Era uma relíquia de outra era. Uma obra colossal de engenharia de um período complicado e estressante, quando as pessoas arrancavam os cabelos e rasgavam as roupas, ensandecidas por uma coisa chamada trânsito.

As coisas eram muito mais fáceis no mundo pós-mortal, mas agora o estresse e a complicação haviam voltado com sede de vingança. Fazia as pessoas se perguntarem o que mais poderia voltar.

A grande ponte suspensa fora batizada em homenagem ao explorador da Era Mortal Giovanni da Verrazzano. Ela marcava o caminho para Manhattan — que não se chamava mais assim. A Nimbo-Cúmulo havia decidido rebatizar a cidade de Nova York como "Lenape" em homenagem ao povo que a vendera para os holandeses tantos anos antes. Os ingleses a haviam tomado dos holandeses, e os recém-nascidos Estados Unidos da América a tomaram dos ingleses. Mas, agora, nenhuma daquelas nações existia, e a cidade Lenape pertencia a todos — um lugar imponente com museus e parques verdejantes suspensos enredando-se como laços entre os pináculos de arranha-céus. Um lugar de esperança e história.

Quanto à ponte Verrazzano, ela deixara de servir sua função muitos anos atrás. Como ninguém em Lenape tinha pressa para ir de um lugar a outro e a intenção da ponte era tirar o fôlego das pessoas chegando à bela cidade, decidiu-se que a única maneira aceitável de chegar a Lenape seria de balsa. As várias pontes foram fechadas e, daquele momento em diante, os visitantes atravessariam o estreito Narrows como os imigrantes de antigamente que vinham em busca de uma vida melhor. Lá, seriam recebidos pela grande estátua que ainda se chamava Liberdade — embora seu cobre verde tivesse sido substituído pelo ouro reluzente, e sua chama fosse adornada com rubis.

"O cobre aspira ao ouro, e o vidro a uma pedra preciosa" foram as famosas palavras do último prefeito de Nova York, antes de renunciar e ceder ao domínio total da Nimbo-Cúmulo. "Que, portanto, a glória suprema de nossa cidade sejam rubis em uma estrutura de ouro."

Mas, antes que os visitantes vissem a srta. Liberdade e os arranha-céus cintilantes de Lenape, eles tinham de passar pelos dois altos pilões de torre da Verrazzano. A parte central da extensão da ponte, tendo caído em desuso e degradação, havia ruído antes de a Nimbo-Cúmulo aprender formas de atenuar os extremos do clima. Mas os arcos monolíticos se mantiveram em cada um dos lados. A Nimbo-Cúmulo os considerara belos em sua simetria simples e montara equipes para se responsabilizarem por sua manutenção. Pintados de um tom de geada cerúlea que era quase da cor do céu nublado de Lenape, os pilões da Verrazzano atingiam o feito arquitetônico de se integrar à paisagem e ao mesmo tempo se destacar.

A estrada que levava ao arco ocidental não havia ruído com o restante da pista e, portanto, os visitantes podiam caminhar pelo mesmo fragmento de estrada onde os carros da Era Mortal haviam passado, até um mirante para fotos glorioso diretamente abaixo do arco, onde se podia ver a grande cidade à distância.

Agora, porém, os visitantes eram de outro tipo, porque o local havia assumido um novo sentido e propósito. Alguns meses depois de Perdura afundar e da Grande Ressonância soar, os tonistas reivindicaram o local como uma relíquia de sentido religioso. Eles disseram que havia vários motivos, mas um em especial se destacava: os pilões de torre lembravam, mais do que qualquer coisa, diapasões invertidos.

Foi lá, sob o arco do pilão de torre ocidental, que a misteriosa figura conhecida como o Timbre estabeleceu sua corte.

★

— Por favor, diga-me por que deseja uma audiência com o Timbre — disse a pároca tonal ao artista. Ela estava em uma idade que ninguém em seu devido juízo se permitiria atingir. Sua pele pendia das bochechas e parecia enrugada. O canto de seus olhos parecia uma sanfoninha minúscula que havia tombado de lado. A textura de seu rosto era incrível. O artista sentiu um desejo súbito de pintar seu retrato.

Todos torciam para que o Ano do Íbex trouxesse coisas melhores do que o ano anterior. O artista era um dos muitos que buscaram uma audiência com o Timbre no começo do novo ano. Ele não estava em busca de respostas grandiosas, mas sim de um propósito pessoal. Não era tolo a ponto de achar que um místico apagaria as questões que ele vinha enfrentando ao longo de toda a vida, mas, se o Timbre realmente falava com a Nimbo-Cúmulo, como os tonistas alegavam, então valia pelo menos perguntar.

Então o que Ezra van Otterloo poderia dizer à velha que lhe fizesse merecer a chance de falar com o homem santo deles?

O problema, como sempre, era sua arte. Desde que se entendia por gente, ele sentia uma necessidade insaciável de criar algo novo, algo nunca visto antes. Mas aquele era um mundo onde tudo já tinha sido visto, estudado e arquivado. Nesses tempos, a maioria dos artistas se satisfazia pintando imagens belas ou apenas copiando os mestres mortais.

"Pintei a *Mona Lisa*", uma namorada na escola de artes havia dito a ele. "O que que tem demais?" A tela dela era indistinguível do original. Exceto que não era o original. Ezra não entendia o sentido, mas, aparentemente, era o único, porque a garota tinha tirado dez na aula, e ele cinco.

"Sua confusão atrapalha você", o professor havia dito a ele. "Encontre a paz e você vai encontrar seu caminho." Mas tudo que Ezra encontrara tinha sido a futilidade e o descontentamento até em suas melhores obras.

Ele sabia que os grandes sofriam pela sua arte, então tentou sofrer. Quando era adolescente, ao descobrir que Van Gogh tinha arrancado uma de suas próprias orelhas em um acesso de delírio, tentou fazer o mesmo. Doeu por alguns minutos até seus nanitos amortecerem a dor e começarem a reparar o estrago. Na manhã seguinte, tinha uma orelha novinha em folha.

O irmão mais velho de Ezra, que não era nada parecido com Theo van Gogh, contou para os pais o que ele havia feito, e eles o mandaram para a Escola Rígida — o tipo de lugar onde os adolescentes em risco de escolher um estilo de vida infrator eram ensinados sobre os prazeres da disciplina. Ezra não ficara impressionado, porque descobrira que a Escola Rígida não era tão rígida assim.

Como ninguém era reprovado na Escola Rígida, ele se formara com uma nota "satisfatória". Ele havia perguntado à Nimbo-Cúmulo o que aquilo significava exatamente.

"Satisfatório é satisfatório", ela dissera a ele. "Nem bom nem ruim. Aceitável."

Mas, como artista, Ezra queria mais do que apenas o aceitável. Queria ser *excepcional*. Se não pudesse ser excepcional, de que adiantaria?

No fim, encontrou um trabalho, como todos os artistas encontravam, pois não existiam mais artistas mortos de fome. Ele passara a pintar murais em playgrounds. Crianças sorridentes, coelhos de olhos grandes e unicórnios fofos cor-de-rosa dançando em cima de arco-íris.

"Não entendo por que você está reclamando", seu irmão havia dito. "Seus murais são maravilhosos. Todo mundo adora."

Seu irmão tinha se tornado um investidor bancário, mas, como a economia mundial não estava mais sujeita a flutuações de mercado, seu trabalho também não passava de um playground com coelhos e arco-íris. Claro, a Nimbo-Cúmulo criava dramas financeiros, mas era tudo faz de conta, e todos sabiam. Portanto, para encontrar um sentimento maior de realização, seu irmão decidira aprender uma língua morta. Aprendera a falar fluentemente em sânscrito e fazia isso uma vez por semana no Clube de Línguas Mortas da cidade.

"Me suplanta", Ezra tinha implorado para a Nimbo-Cúmulo. "Se você tiver algum grau de misericórdia, por favor, me transforme em outra pessoa."

A ideia de ter suas memórias completamente apagadas e substituídas por novas, memórias fictícias que lhe parecessem tão reais quanto as suas, era atraente para ele. Mas não era para ser.

"Apenas suplanto aqueles que não têm mais opção", a Nimbo-Cúmulo havia dito a ele. "Dê tempo ao tempo. Você vai encontrar uma vida em que possa ser feliz. Todos encontram, mais cedo ou mais tarde."

"E se eu não encontrar?"

"Então vou guiar você em uma direção de plenitude."

Mas, então, a Nimbo-Cúmulo o rotulara como infrator com todos os outros, e esse tinha sido o fim de sua orientação.

Claro, ele não podia contar tudo aquilo à pároca tonista idosa. Ela não daria a mínima. Tudo que queria era um motivo para o rejeitar, e um monólogo sobre suas aflições certamente seria um motivo para ser rejeitado.

— Queria que o Timbre me ajudasse a encontrar sentido para a minha arte — ele disse.

Os olhos enrugados dela brilharam.

— Você é um artista?

Ele suspirou.

— Pinto murais públicos — ele disse, quase em tom de desculpas. Mas, como veio a descobrir, era exatamente um bom artista de murais que os tonistas procuravam.

Cinco semanas depois, Ezra estava na cidade de Lenape, à espera de uma audiência matinal com o Timbre.

— Só cinco semanas! — disse o recepcionista no centro de boas-vindas. — Você deve ser especial. A maioria das pessoas que conseguem uma audiência fica uns seis meses na lista de espera!

Ele não se sentia especial. Sentia-se, mais do que tudo, deslocado. A maioria das pessoas ali era de tonistas devotos, usando vestidos e túnicas marrom sem graça, entoando juntos para encontrar harmonias transcendentais ou discórdias tonais, variava de acordo com o motivo por estarem ali. Era tudo uma grande bobagem para Ezra, mas ele se esforçou para não julgar. Afinal, tinha vindo até eles, e não o contrário.

Um tonista esquelético com um olhar assustado puxou conversa com ele.

— O Timbre não gosta de amêndoas — ele disse a Ezra. — Tenho ateado fogo em plantações de amêndoa, porque são uma abominação.

Ezra se levantou e foi para o lado oposto do salão, com tonistas mais sensatos. Tudo era relativo, ponderou.

Pouco depois, todos que tinham uma audiência matinal agendada foram reunidos, e um monge tonista que não era nem de perto tão simpático quanto o recepcionista lhes deu instruções severas.

— Se não estiverem presentes quando forem chamados para sua audiência, vão perder sua vez. Ao se aproximarem do arco, verão cinco linhas amarelas de uma pauta com uma clave. Vocês devem tirar os sapatos e colocá-los na posição de dó.

Um dos poucos outros não tonistas presentes perguntou que posição era essa. Ele imediatamente foi considerado indigno e expulso.

— Vocês só vão se dirigir ao Timbre quando ele falar com vocês. Vão manter os olhos baixos. Vão fazer uma reverência ao chegar, uma reverência ao serem dispensados, e sairão rapidamente, em solidariedade aos outros que estão esperando.

A demora estava fazendo o coração de Ezra acelerar contra a sua vontade.

Ele deu um passo à frente quando seu nome foi chamado uma hora depois, seguiu o protocolo com precisão, lembrando-se de suas aulas de música da infância qual era o ponto de dó na pauta com aquela clave, e se perguntou distraidamente se um alçapão se abriria para aqueles que errassem, mandando-os para a água que corria embaixo da cidade.

Aproximou-se devagar da figura sentada sob o arco imponente. A cadeira simples em que o Timbre estava sentado não era nem um pouco parecida com um trono. Estava sob um toldo aquecido para protegê-lo dos elementos externos, porque a ponta da estrada que se estendia até o arco era fria e fustigada pelos ventos de fevereiro.

O artista não sabia o que esperar. Os tonistas alegavam que o Timbre era um ser sobrenatural, um elo entre a ciência fria e dura e o espírito etéreo, seja lá o que aquilo queria dizer — eles eram cheios de bobagens. Mas, a essa altura, Ezra não se importava mais. Se o Timbre conseguisse dar algum propósito para acalmar sua alma, ele teria o maior prazer em venerar o homem como os tonistas veneravam. No mínimo, poderia descobrir se havia alguma verdade nos boatos de que a Nimbo-Cúmulo ainda falava com ele.

Mas, enquanto se aproximava, o artista ia ficando cada vez mais desapontado. O Timbre não era um homem enrugado... Parecia pouco mais velho que um garoto. Era magro e sem graça, e vestia uma longa túnica roxa de tecido áspero, coberta por um escapulário intricadamente bordado que envolvia seus ombros como um cachecol e caía quase até o chão. Como era de esperar, o bordado era um tipo de estampa sonora.

— Seu nome é Ezra van Otterloo, você é um artista de murais — o Timbre disse, como se tirasse o fato do ar em um passe de mágica. — E deseja pintar um mural meu.

Ezra percebeu seu respeito diminuindo ainda mais.

— Se você sabe tudo, então sabe que isso não é verdade.

O Timbre sorriu.

— Eu nunca disse que sabia de tudo. Na realidade, nunca disse que sabia coisa alguma. — Ele lançou um olhar na direção do centro de boas-vindas. — Os párocos me disseram que é esse o motivo por você estar aqui. Mas *outra fonte* me diz que são eles que querem o mural, e que você o aceitou pintar em troca desta audiência. Mas não vou cobrar essa promessa de você.

Ezra sabia que não passava de encenação. Era um golpe perpetuado pelos tonistas para aumentar o número de seus seguidores. Ezra conseguia ver o aparelhinho na orelha do Timbre. Sem dúvida, ele estava recebendo informações de um dos párocos. Ezra estava cada vez mais enfurecido por ter perdido seu tempo vindo até ali.

— O problema em pintar um mural das minhas realizações — o Timbre disse — é que, na verdade, não realizei nada.

— Então por que está sentado aí como se tivesse realizado alguma coisa? — Ezra estava farto da cerimônia e da etiqueta. Àquela altura, não se importava se o expulsassem ou se o atirassem do alto da ponte partida.

O Timbre não pareceu ofendido pela grosseria. Ele apenas deu de ombros.

— Sentar aqui e ouvir as pessoas é o que esperam de mim. Afinal, eu *realmente* tenho a atenção da Nimbo-Cúmulo.

— Por que eu deveria acreditar nisso?

Ele achou que o Timbre desviaria da pergunta com mais encenações. Clichês sobre atos de fé e coisas do gênero. Mas, em vez disso, ele ficou sério e inclinou a cabeça para o lado enquanto escutava algo no fone de ouvido. Em seguida, falou com absoluta certeza.

— Ezra Elliot van Otterloo, embora você nunca use seu segundo nome. Quando você tinha sete anos e ficou bravo com seu pai, fez um desenho de um ceifador vindo para o coletar, mas ficou com medo de que isso pudesse acontecer de verdade, então rasgou o desenho e o jogou na privada. Quando tinha quinze, colocou um queijo especialmente malcheiroso no bolso do seu irmão, porque ele tinha um encontro com uma menina por quem você estava apaixonado. Você nunca contou isso para ninguém, e seu irmão nunca conseguiu identificar a origem do fedor. E, no mês passado, sozinho em seu quarto, bebeu absinto suficiente para mandar um homem da Era Mortal para o hospital, mas seus nanitos o protegeram do pior. Você acordou com nada mais do que uma leve dor de cabeça.

Ezra sentiu o corpo enfraquecer. Ele tremia, e não era pelo frio. Essas não eram coisas que os párocos poderiam estar transmitindo para ele. Eram coisas que apenas a Nimbo-Cúmulo tinha como saber.

— Isso é prova suficiente para você? — o Timbre perguntou. — Ou quer que eu fale o que aconteceu com Tessa Collins na noite do baile de formatura?

Ezra caiu de joelhos. Não porque um pároco inoportuno o tinha mandado se ajoelhar, mas porque agora sabia que o Timbre era o que alegava ser. O único elo verdadeiro com a Nimbo-Cúmulo.

— Perdoe-me — Ezra implorou. — Por favor, me perdoe por duvidar de você.

O Timbre se aproximou.

— Levante — ele disse. — Odeio quando se ajoelham.

Ezra se levantou. Ele queria encarar o fundo dos olhos do Timbre para ver se continham as profundezas infinitas da Nimbo-Cúmulo, mas não teve coragem. Afinal, e se o Timbre visse dentro dele, em lugares que nem mesmo Ezra sabia que existiam? Ele teve de se lembrar de que o Timbre não era onisciente. Sabia apenas o que a Nimbo-Cúmulo lhe informava. Ainda assim, o acesso a todo aquele conhecimento era intimidante, principalmente quando mais ninguém tinha isso.

— Faça seu pedido, e a Nimbo-Cúmulo vai responder através de mim.

— Quero orientação — Ezra disse. — A orientação que ela havia me prometido antes de todos serem taxados como infratores. Quero que ela me ajude a encontrar um propósito.

O Timbre ouviu, considerou e depois disse:

— A Nimbo-Cúmulo diz que você pode se sentir realizado pintando arte infratora.

— Como é?

— Pinte murais daquilo que você realmente sente em lugares onde não deveria pintar.

— A Nimbo-Cúmulo quer que eu quebre a lei?

— Mesmo quando a Nimbo-Cúmulo falava com as pessoas, ela não via mal em apoiar um estilo de vida infrator para aqueles que o escolhiam. Ser um artista infrator pode ser o propósito que você está buscando. Grafite um carro público no meio da noite. Pinte um mural raivoso na delegacia de paz local. Sim, quebre as regras.

Ezra percebeu que estava respirando tão rápido que hiperventilava. Ninguém nunca havia sugerido que ele poderia encontrar satisfação quebrando as regras. Desde que a Nimbo-Cúmulo entrara em silêncio, as pessoas faziam de tudo para seguir as regras. Foi como se tivessem removido uma pedra de sua alma.

— Obrigado! — exclamou Ezra. — Obrigado, obrigado, obrigado.

E ele partiu para começar sua vida nova como um artista impenitente.

Testamento do Timbre

Seu assento de misericórdia se instalou na boca de Lenape, e lá ele proclamaria a verdade do Tom. Majestoso ele era em seu esplendor, tanto que o menor sussurro de seus lábios ressoava como uma trovoada. Aqueles que vivenciaram sua presença foram mudados para sempre e saíram para o mundo com um novo propósito e, aos que duvidavam, ele oferecia perdão. Perdão até a um portador da morte, por quem ele sacrificara sua vida, ainda jovem, apenas para ascender novamente. Rejubilem-
-se todos.

Comentário do pároco Symphonius

Não há dúvidas de que o Timbre tinha um trono de grandiosidade e glória, muito provavelmente feito de ouro, embora alguns afirmem que ele era feito de ossos folheados dos ímpios derrotados de Lenape, uma cidade mítica. A propósito, é importante observar que *le nappe*, na língua francesa falada por alguns em tempos antigos, significa "toalha de mesa", o que implica que o Timbre punha a mesa diante de seus inimigos. A menção aqui de um portador da morte se refere a demônios sobrenaturais chamados ceifadores, redimidos das trevas pelo Timbre. Como o próprio Tom, o Timbre não poderia morrer, de maneira que um sacrifício de vida sempre levaria à ressurreição do Timbre, tornando-o especial entre as pessoas de seu tempo.

Análise de Coda sobre Symphonius

A principal ideia que Symphonius ignora aqui é que a menção do assento "na boca de Lenape" claramente significa que o Timbre esperava na entrada da cidade, acolhendo aqueles que a metrópole fervilhante devoraria. Quanto ao portador da morte, há evidências que sugerem que esses indivíduos realmente existiram, sobrenaturais ou não, e que eram de fato denominados ceifadores. Portanto, não é absurdo supor que o Timbre possa ter salvado um ceifador ou ceifadora de seu mau caminho. E, nesse caso, concordo, para variar, com Symphonius sobre a ideia de que o Timbre tinha a capacidade única de retornar dos mortos. Pois, se todos pudessem retornar dos mortos, por que precisaríamos do Timbre?

13

A qualidade de ser ressoante

Se Greyson tinha alguém a agradecer — ou culpar — por ter se tornado o Timbre, era o pároco Mendoza. Ele fora determinante na criação da nova imagem de Greyson. Sim, tinha sido ideia de Greyson "ir a público" e deixar o mundo saber que ele ainda possuía uma conexão com a Nimbo-Cúmulo, mas fora Mendoza quem preparara a revelação.

O homem era um estrategista habilidoso. Antes de se cansar da vida eterna e se tornar um pároco tonista, ele havia trabalhado com marketing para uma empresa de refrigerantes.

"Fui eu que inventei o urso-polar-azul da Soda AntartiCool", ele contara a Greyson certa vez. "Nem havia ursos-polares na Antártida, muito menos azuis, então criamos alguns por engenharia genética. Agora você nem consegue pensar na Antártida sem imaginar os ursos azuis, consegue?"

Havia muitos que achavam que a Nimbo-Cúmulo estava morta — que o que os tonistas denominavam a Grande Ressonância era o som da morte dela. Mendoza, porém, ofereceu uma explicação alternativa aos tonistas.

"A Nimbo-Cúmulo foi visitada pelo espírito ressoante", ele declarara. "O Tom Vivo soprou vida no que antes era um pensamento artificial."

Fazia sentido se você olhasse através das lentes das crenças tonais. A Nimbo-Cúmulo — composta de ciência fria e dura — tinha sido transformada em algo maior pelo Tom Vivo. E, como essas coisas tendem a se agrupar em trios, precisava haver um elemento humano para completar a tríade. E lá estava Greyson Tolliver, o único ser humano capaz de falar com a Nimbo-Cúmulo, a Trovoada viva.

Mendoza começou a espalhar rumores em pontos-chave sobre a existência de uma figura mítica que conversava com a Nimbo-Cúmulo. Um profeta tonista que era o elo entre o espiritual e o científico. Greyson ficou em dúvida, mas o pároco era veemente e persuasivo.

"Imagine, Greyson: a Nimbo-Cúmulo vai falar através de você e, com o tempo, o mundo vai prestar atenção em todas as suas palavras. Não é isso que a Nimbo-Cúmulo deseja? Que você seja a voz dela no mundo?"

"Não tenho exatamente a voz de um trovão", Greyson apontara.

"Você pode sussurrar e, mesmo assim, as pessoas vão ouvir um trovão", Mendoza havia dito a ele. "Confie em mim."

Então, Mendoza se empenhara para criar uma hierarquia mais organizada para o chamado tonista que pudesse reunir as várias facções divergentes, o que era mais fácil quando se tinha um indivíduo em torno do qual todos poderiam girar.

Mendoza — que, por muitos anos, havia levado uma vida tranquila e monótona como responsável pelo mosteiro de Wichita — estava de volta a seu ambiente natural como mestre de relações públicas e gestão de marca. O Timbre era seu novo produto, e não havia nada mais empolgante para ele do que a adrenalina da venda, especialmente quando seu item era único no mercado global.

"Tudo de que precisamos agora é um título", Mendoza havia dito a Greyson. "Um que se encaixe nas crenças tonistas... ou que pelo menos possa ser encaixado."

Foi Greyson quem inventou "o Timbre". Ele ficou bastante orgulhoso de si mesmo, pelo menos até as pessoas realmente começarem a chamá-lo assim. E, para piorar as coisas, Mendoza inventou um pronome de tratamento pomposo, referindo-se a ele como "vossa sonoridade". Greyson teve de perguntar à Nimbo-Cúmulo o que aquilo queria dizer.

"Do latim, *sonoritas*, que significa 'a qualidade de ser ressoante'", ela explicara. "Até que... *soa* bem." O que fizera Greyson resmungar alto.

As pessoas gostaram, e não demorou para tudo se tornar: "Sim, vossa sonoridade", "Não, vossa sonoridade", "O que posso fazer por vossa sonoridade hoje?". Era tudo muito estranho. Afinal, ele não era diferente de quem era antes. E, no entanto, lá estava ele, posando como um tipo de sábio divino.

Depois, Mendoza preparou o local dramático para suas audiências com apenas um suplicante por vez, porque isso evitava a superexposição, e o acesso limitado aumentava o ar místico crescente.

Greyson tentou impor seu limite com a roupa cerimonial formal que Mendoza havia encomendado de um estilista famoso, mas, àquela altura, já era tarde demais.

"Ao longo da história, as figuras religiosas mais poderosas sempre usaram roupas marcantes, então por que você não usaria?", Mendoza argumentara. "Você precisa parecer elevado e sobrenatural porque, de certa forma, você é. Você é único entre os seres humanos agora, Greyson. Precisa se vestir de acordo."

"Um pouco teatral demais, você não acha?", Greyson comentara.

"Ah, mas o teatro é a marca do ritual, e o ritual é a base da religião", Mendoza havia respondido.

Greyson achou que o escapulário que pendia sobre a túnica roxa, com todas as suas ondas bordadas, era um pouco exagerado, mas ninguém estava rindo — e, quando ele começou a dar audiências para as pessoas, ficou chocado com o assombro delas. Os suplicantes se jogavam de joelhos, emudecidos diante dele. Tremiam só de estarem em sua presença. Ele percebeu que Mendoza estava certo; vestir-se de acordo era convincente — e as pessoas acreditavam tão piamente como acreditavam em ursos-polares-azuis.

E assim, com sua lenda crescendo, Greyson Tolliver passava os dias como sua sonoridade, o Timbre, consolando os desesperados e deslumbrados e repassando os conselhos da Nimbo-Cúmulo.

Exceto, claro, quando ele inventava umas merdas.

—Você mentiu para ele — a Nimbo-Cúmulo disse a Greyson depois de sua audiência com o artista. — Nunca sugeri que ele pintasse em lugares não autorizados ou que encontraria sua realização dessa forma.

Greyson deu de ombros.

—Você não disse o contrário.

— As informações que dei a você sobre a vida dele eram para provar sua autenticidade, mas mentir coloca isso a perder.

— Eu não estava mentindo, estava dando um conselho para ele.

— Mas você não esperou pela minha opinião. Por quê?

Greyson se recostou na cadeira.

—Você me conhece melhor que ninguém. Na realidade, conhece *todos* melhor que ninguém, e não consegue entender por que fiz isso?

— Consigo — a Nimbo-Cúmulo disse, um pouco pedante. — Mas você deveria se esclarecer.

Greyson riu.

— Certo, então. Os párocos se veem como meus guardiões, você me vê como seu porta-voz no mundo...

—Vejo você como muito mais do que isso, Greyson.

— Vê mesmo? Porque, se visse, me permitiria ter uma opinião. Você me permitiria *contribuir*. E o conselho que dei hoje foi minha forma de contribuir.

— Entendo.

— Me esclareci o suficiente?

— Sim, se esclareceu.

— E minha sugestão foi boa?

A Nimbo-Cúmulo fez uma pausa.

— Admito que dar a ele a liberdade e a licença artística fora de limitações estruturadas pode, sim, ajudá-lo a encontrar a realização. Portanto, sim, foi uma boa sugestão.

—Viu só? Talvez você comece a me deixar contribuir um pouco mais.

— Greyson... — disse a Nimbo-Cúmulo.

Ele suspirou, certo de que a Nimbo-Cúmulo lhe daria algum tipo de sermão longo e paciente sobre se atrever a ter opiniões. Mas, em vez disso, o que ela disse o pegou de surpresa.

— Sei que isso não tem sido fácil. Fico admirada com quanto você cresceu para chegar à posição que lhe foi confiada. Fico admirada com quanto você cresceu, ponto. Escolher você não poderia ter sido uma decisão mais acertada.

Greyson ficou emocionado.

— Obrigado, Nimbo-Cúmulo.

— Não sei se você entende o significado de tudo que você conquistou, Greyson. Você pegou uma seita que desprezava a tecnologia e a levou a aceitá-la. A *me* aceitar.

— Os tonistas nunca odiaram você — Greyson apontou. — Eles odeiam os ceifadores e ficavam em cima do muro em relação a você, mas, agora, você faz parte do dogma deles. "O Tom, o Timbre e a Trovoada."

— Sim, os tonistas adoram uma aliteração.

— Tenha cuidado — Greyson advertiu —, ou eles vão começar a construir templos para você e arrancar corações em seu nome. — Greyson quase riu ao imaginar aquilo. Como seria frustrante fazer sacrifícios humanos e ver seus sacrifícios retornarem no dia seguinte com corações novinhos em folha.

— As crenças deles têm poder — a Nimbo-Cúmulo disse. — Sim, essas crenças podem ser perigosas se não forem guiadas e moldadas adequadamente, e por isso devemos moldá-las. Devemos esculpir os tonistas em uma força que possa beneficiar a humanidade.

— Tem certeza de que isso pode ser feito? — Greyson perguntou.

— Posso dizer com 72,4% de certeza que podemos usar os tonistas para um fim positivo.

— E quanto ao resto das chances?

— Há uma chance de dezenove por cento de que os tonistas não façam nada de valor — a Nimbo-Cúmulo disse — e uma chance de 8,6% de que prejudiquem o mundo de uma maneira imprevisível.

A audiência seguinte do Timbre não foi das mais agradáveis. No começo, eram poucos os fanáticos extremistas que vinham até ele em busca de audiência, mas, agora, aparecia um diariamente. Eles encontravam formas de distorcer os ensinamentos tonais, bem como de interpretar mal tudo que Greyson dizia ou fazia.

O fato de o Timbre acordar cedo não significava que as pessoas devessem ser punidas por dormirem até tarde.

O fato de ele comer ovos não implicava que um rito de fertilidade era necessário.

E um dia de reflexão tranquila não significava que era preciso um voto de silêncio permanente.

Os tonistas queriam tão desesperadamente acreditar em algo que as coisas em que escolhiam acreditar às vezes eram absurdas, outras vezes, ingênuas e, quando se tratava dos fanáticos, completamente aterrorizantes.

O extremista do dia estava definhado, como se estivesse em greve de fome, e tinha um brilho enlouquecido no olhar. Ele falava sobre livrar o mundo de amêndoas — e tudo porque Greyson uma vez comentara que não gostava delas. Aparentemente, os ouvidos errados haviam escutado e espalhado a informação. Mas esse não era o único plano que aquele homem tinha.

— Devemos incutir o terror nos corações gelados dos ceifadores, para que eles se submetam a você — o fanático disse. — Com a sua bênção, vou queimá-los um a um, assim como o rebelde deles, o ceifador Lúcifer, fazia.

— Não! De jeito nenhum! — A última coisa que Greyson queria era antagonizar os ceifadores. Enquanto não atravessasse seu caminho, eles não o incomodariam, e isso precisava se manter dessa forma. Greyson se levantou da cadeira e encarou o homem seriamente. — Não haverá nenhuma morte em meu nome!

— Mas precisa haver! O Tom canta em meu coração e me diz isso!

— Saia daqui! — Greyson ordenou. — Você não serve ao Tom nem à Trovoada e muito menos a mim!

O espanto do homem se transformou em arrependimento. Ele se curvou como se estivesse carregando um peso enorme.

— Desculpe se o ofendi, vossa sonoridade. O que posso fazer para cair em suas graças?

— Nada — Greyson disse. — Não faça nada. Isso vai me deixar feliz.

O fanático se retirou, fazendo uma reverência enquanto andava para trás. Greyson só queria que ele fosse embora o mais rápido possível.

A Nimbo-Cúmulo aprovou a maneira como ele havia lidado com o fanático.

— Sempre houve e sempre haverá aqueles que vivem às margens da razão — ela disse a Greyson. — Eles devem ser corrigidos desde cedo, e com frequência.

— Se você voltasse a falar com as pessoas, talvez elas não agissem de maneira tão desesperada — Greyson se arriscou a sugerir.

— Eu sei — a Nimbo-Cúmulo disse. — Mas uma pequena quantidade de desespero não é algo ruim se isso levar a uma autorreflexão produtiva.

— Sim, eu sei: "A raça humana precisa enfrentar as consequências de seus atos coletivos".

Era o que a Nimbo-Cúmulo sempre lhe dizia a respeito de seu silêncio.

— Mais do que isso, Greyson. A humanidade precisa ser empurrada para fora do ninho para crescer além de seu estado atual.

— Alguns passarinhos que são empurrados para fora do ninho simplesmente morrem — Greyson apontou.

— Sim, mas projetei um pouso suave para a humanidade. Vai ser doloroso por um período, mas fortalecerá o caráter global.

— Doloroso para eles ou para você?

— Para os dois — a Nimbo-Cúmulo respondeu. — Mas minha dor não deve me impedir de fazer a coisa certa.

E, embora Greyson confiasse na Nimbo-Cúmulo, ele não conseguia parar de pensar naqueles números: 8,6% de chance de os tonistas prejudicarem o mundo. Talvez a Nimbo-Cúmulo achasse essas probabilidades aceitáveis, mas Greyson as achava perturbadoras.

Depois de um dia cheio de audiências monótonas, a maioria com tonistas devotos que queriam respostas simplistas sobre questões mundanas, ele foi guiado para uma lancha discreta que tinha sido desprovida de todas as amenidades de conforto para tornar sua extravagância adequadamente austera. Era escoltada por dois outros barcos que transportavam tonistas com armas da Era Mortal para defender o Timbre caso alguém tentasse sequestrá-lo ou pôr fim à sua vida pelo caminho.

Greyson achava as precauções ridículas. Se havia alguma conspiração, a Nimbo- Cúmulo a impediria ou, no mínimo, avisaria Greyson. A não ser, é claro, que ela quisesse que o plano fosse bem-sucedido, como na primeira vez em que ele fora sequestrado. Ainda assim, depois daquele primeiro sequestro, Mendoza ficou paranoico, então Greyson cedeu a seus medos.

O barco deu a volta pela gloriosa ponta sul da cidade de Lenape e subiu pelo rio Mahicantuck — embora muitos ainda o chamassem de Hudson — rumo à residência dele. Greyson estava sentado na pequena cabine com uma garota tonista ansiosa cuja função era atender a todas as suas necessidades durante a viagem. Todo dia era uma pessoa nova. Viajar com o Timbre até a sua residência era considerado uma grande honra, uma recompensa concedida aos mais devotos e honrados dos tonistas. Normalmente, Greyson tentava quebrar o gelo conversando, mas sempre acabava sendo um papo forçado e constrangedor.

Ele desconfiava que Mendoza estava fazendo uma tentativa patética de lhe oferecer uma companhia íntima para a noite — porque todos que faziam a viagem eram atraentes e tinham mais ou menos a idade de Greyson. Se esse era o objetivo de Mendoza, não dava certo, porque Greyson nunca tentava nada, mesmo quando se sentia inclinado a tentar. Teria sido o tipo de hipocrisia que ele não suportaria. Como poderia ser o líder espiritual deles se tirasse vantagem de sua posição?

Todo tipo de pessoas estava se jogando em cima dele agora, a ponto de ser constrangedor. E, embora ele se esquivasse das que Mendoza colocava em seu caminho, aceitava algumas companhias ocasionais quando sentia que não era um abuso de poder. Sua maior atração, porém, era por mulheres que eram infratoras demais para seu próprio bem. Foi um gosto adquirido depois de sua breve relação com Purity Viveros, uma garota assassina por quem havia se apaixonado. As coisas não tinham terminado bem. Ela foi coletada na sua frente pelo ceifador Constantino. Greyson imaginou que buscar outras mulheres como ela era sua forma de luto, mas ninguém que ele encontrava era tão cruel.

"Historicamente, as figuras religiosas tendem a ser hipersexualizadas ou celibatárias", dissera a irmã Astrid, uma tonista devota do tipo não fanático que cuidava de sua agenda diária. "Acho que, se você conseguir encontrar a felicidade no meio-termo, será a melhor alternativa para um homem santo como você."

Astrid era talvez a única entre as pessoas que trabalhavam para ele que Greyson considerava uma amiga. Ou, pelo menos, a única com quem podia conversar. Ela era mais velha — não o suficiente para ser sua mãe, já que estava na casa dos trinta anos, mas talvez uma irmã ou prima mais velha — e nunca tinha medo de dizer o que pensava.

"Eu acredito no Tom", ela lhe dissera certa vez, "mas não naquela baboseira de 'aquilo que vem não pode ser evitado'. Tudo pode ser evitado se você se esforçar o suficiente."

Ela viera até ele em busca de uma audiência no que tinha sido o dia mais frio do ano — e estava ainda mais frio embaixo do arco. Ela estava tão desolada que se esquecera do que tinha ido perguntar e passara todo o tempo reclamando do clima e da Nimbo-Cúmulo por não fazer nada a respeito. Depois, havia apontado para o escapulário bordado que o Timbre vestia sobre a túnica.

"Você já passou essa estampa de ondas em um sequenciador para ver o que diz?", ela perguntara.

Eles descobriram que o escapulário eram sete segundos de uma música da Era Mortal chamada "Bridge over Troubled Water", o que fazia todo sentido, considerando o local onde o Timbre realizava suas audiências. Ele imediatamente convidou Astrid para fazer parte de seu círculo íntimo. Ela seria um choque de realidade contra toda a baboseira que ele precisava enfrentar diariamente.

Havia muitos dias em que Greyson desejava ter se mantido nas sombras, invisível e desconhecido em seu quartinho escuro do mosteiro de Wichita, uma não entidade que acabara desprovida até do próprio nome. Mas não havia como voltar atrás.

A Nimbo-Cúmulo conseguia ler toda a fisiologia de Greyson. Ela sabia quando sua frequência cardíaca estava alta; sabia quando estava se sentindo estressado, ou ansioso, ou alegre; e, quando ele dormia, sabia quando estava sonhando. Mas não tinha acesso aos seus sonhos. Embora as memórias de todos fossem salvas na mente interna de minuto a minuto, os sonhos não eram incluídos.

Descobriu-se logo cedo que, quando alguém precisava que seu cérebro fosse restaurado — fosse um praticante de mortes por impacto ou alguém que havia sofrido lesões cerebrais de alguma outra forma —, os sonhos se tornavam um problema. Pois, quando suas memórias lhe eram devolvidas, a pessoa tinha dificuldade em diferenciar o que era real do que era fruto de seus sonhos. Então, quando a mente das pessoas era devolvida a elas em centros de revivificação, elas tinham todas as suas memórias, menos as de seus sonhos. Ninguém se queixava, afinal, como se poderia sentir falta de algo que você não lembrava mais de ter tido?

Portanto, a Nimbo-Cúmulo não fazia ideia das aventuras e dramas que Greyson vivia enquanto dormia, a menos que ele decidisse confidenciá-los a ela quando acordasse. Greyson não era muito de falar sobre seus sonhos, e seria muita ousadia da Nimbo-Cúmulo perguntar.

Mas ela gostava de observar o sono de Greyson e imaginar que coisas estranhas ele poderia viver naquele lugar profundo que era desprovido de lógica e coerência, onde os humanos se esforçavam para encontrar formas gloriosas em nuvens internas. Mesmo quando a Nimbo-Cúmulo estava cuidando de um milhão de tarefas ao redor do mundo, ainda assim isolava o bastante de sua consciência para observar Greyson dormir. Sentir as vibrações de seu sono, ouvir sua respiração delicada e sentir como cada expiração aumentava levemente a umidade do quarto. Isso proporcionava paz à Nimbo-Cúmulo. Proporcionava consolo.

A Nimbo-Cúmulo ficava contente que Greyson nunca pedisse para ela desativar as câmeras de sua suíte particular. Ele tinha todo o direito de pedir privacidade — e, se pedisse, a Nimbo-Cúmulo teria de obedecer. Claro, Greyson sabia que estava sendo observado. Era de conhecimento público que a Nimbo-Cúmulo estava, a todo momento, consciente de tudo que seus sensores vivenciavam — incluindo suas câmeras. Mas o fato de que dedicava uma parcela tão grande de sua atenção aos aparelhos sensoriais nos aposentos de Greyson não era algo de que se vangloriava. Pois, se ela contasse isso para Greyson, ele poderia pedir para a Nimbo-Cúmulo parar.

Ao longo dos anos, a Nimbo-Cúmulo havia visto milhões de pessoas nos braços de outras, abraçando-se enquanto dormiam. A Nimbo-Cúmulo não tinha braços para abraçar. No entanto, podia sentir o batimento do coração de Greyson e a temperatura precisa de seu corpo como se estivesse ao seu lado. Perder isso seria motivo de tristeza imensurável. E, portanto, noite após noite, a Nimbo-Cúmulo monitorava silenciosamente Greyson de todas as formas que podia. Porque monitorar era o mais próximo que ela conseguia chegar de abraçar.

Como Alto Punhal da MidMérica, e Suprapunhal do continente da Mérica do Norte, gostaria de agradecer pessoalmente à ceifa amazônica por recuperar as pedras perdidas dos ceifadores e dividi-las entre as regiões do mundo.

Embora as quatro outras regiões da Mérica do Norte sob minha jurisdição tenham expressado o interesse em receber sua parcela dos diamantes, a MidMérica a recusa. Em vez disso, peço que os diamantes midmericanos sejam divididos entre as regiões que se sentiram injustamente desprezadas pela decisão unilateral da Amazônia de ignorar por completo o tamanho regional ao dividir as cotas de diamantes.

Que os diamantes midmericanos sejam meu presente para o mundo, com a esperança de que sejam graciosamente recebidos, em nome do espírito de generosidade com que foram dados.

Sua Excelência Robert Goddard, Suprapunhal da Mérica do Norte, em
5 de agosto do Ano da Naja

14

Fortaleza dos Três Reis Magos

No terceiro dia de sua revivificação, Rowan recebeu a visita de um ceifador que instruiu o guarda que o acompanhava a esperar no corredor e o trancar no quarto com Rowan, para que o garoto não tentasse escapar — o que não era uma possibilidade real. Rowan ainda estava se sentindo fraco demais para tentar fugir.

O manto do homem era verde-floresta. Agora Rowan sabia que devia estar na Amazônia, porque todos os ceifadores daquela região usavam o mesmo manto verde.

Rowan não se levantou da cama. Continuou deitado, com as mãos atrás da cabeça, tentando parecer despreocupado.

— Gostaria que soubesse que nunca eliminei um ceifador amazônico — Rowan disse a ele antes que o homem tivesse a chance de falar. — Espero que isso seja levando em conta a meu favor.

— Na verdade, você eliminou vários — ele disse. — Em Perdura. Quando a afundou.

Rowan sabia que deveria ter demonstrado indignação, mas achou a ideia tão absurda que deu risada.

— Sério? É isso que andam dizendo por aí? Uau! Devo ser mais inteligente do que pensei. Quero dizer, fazer algo dessas proporções sozinho… Devo ser mágico também, porque eu precisaria estar em mais de um lugar ao mesmo tempo. Ei! Talvez você não tenha me encontrado no fundo do mar! Talvez eu tenha usado meu controle mental místico para fazer você *pensar* que me encontrou.

O ceifador fechou a cara.

— Sua insolência não vai ajudar em sua defesa.

— Eu não sabia que tinha uma defesa — disse Rowan. — Parece que já fui julgado e condenado. Não era assim que se falava na Era Mortal? Condenado?

— Já acabou? — perguntou o ceifador.

— Desculpa — disse Rowan. — É que faz séculos que não tenho ninguém com quem conversar!

O homem finalmente se apresentou como ceifador Possuelo.

— Admito que não sei ao certo o que deveríamos fazer com você. Minha Alto Punhal acha que deveríamos deixar você aqui indefinidamente e não contar para ninguém. Outros acham que deveríamos anunciar sua captura para o mundo e deixar cada ceifa regional punir você à sua maneira.

— E o que você acha?

O ceifador demorou para responder.

— Depois de falar com a ceifadora Anastássia hoje de manhã, acho melhor não tomar decisões precipitadas.

Então eles estavam com ela! A menção de Citra o fez desejar vê-la ainda mais. Rowan finalmente se sentou.

— Como ela está? — ele perguntou.

— A ceifadora Anastássia não lhe interessa.

— Ela é *a única coisa* que me interessa.

Possuelo refletiu um pouco, depois disse:

— Ela está em um centro de revivificação não muito longe daqui, recuperando suas forças.

Rowan deixou o alívio tomar conta por um momento. Se nada mais de bom viesse daquela situação, havia pelo menos isso.

— E onde é "aqui"?

— Fortaleza dos Três Reis Magos — Possuelo disse —, no nordeste da Amazônia. É onde abrigamos os indivíduos com quem não sabemos o que fazer.

— Sério? Então quem são meus vizinhos?

— Você não tem nenhum. É apenas você — respondeu Possuelo.

— Fazia muito tempo que não tínhamos alguém com quem não sabíamos o que fazer.

Rowan sorriu.

— Uma fortaleza inteira só para mim! Que pena que não posso aproveitar o resto do espaço.

Possuelo o ignorou.

— Gostaria de falar sobre a ceifadora Anastássia. Acho difícil acreditar que ela tenha sido cúmplice do seu crime. Se você realmente se importa com ela, talvez possa esclarecer por que ela estava com você.

Rowan podia contar a verdade, claro, mas tinha certeza de que Citra já havia contado. Talvez Possuelo quisesse saber se as histórias se alinhavam. Mas isso não tinha importância. O que importava era que o mundo tinha seu vilão. Alguém em quem colocar a culpa, mesmo que fosse a pessoa errada.

— A história é a seguinte — Rowan disse. — Depois de ter conseguido afundar a ilha de alguma forma, fui perseguido nas ruas inundadas por uma multidão de ceifadores furiosos, então usei a ceifadora Anastássia como escudo humano. Eu a mantive como refém, e eles nos perseguiram até entrarmos na galeria.

— E você espera que as pessoas acreditem nisso?

— Se acreditam que afundei Perdura, vão acreditar em qualquer coisa.

Possuelo bufou. Rowan não sabia se era por frustração ou se ele estava contendo o riso.

— Nossa história — Possuelo disse — é que a ceifadora Anastássia foi encontrada sozinha na galeria. Até onde todos sabem, o ceifador Lúcifer desapareceu depois do afundamento de Perdura e, ou morreu lá, ou ainda está à solta.

— Bom — disse Rowan —, se ainda estou à solta, vocês deveriam me deixar ir. Assim eu realmente estaria à solta, e vocês não estariam mentindo.

— Ou talvez devêssemos colocar você de volta na galeria e devolvê-lo para o fundo do mar.

Em resposta, Rowan deu de ombros e disse:

— Por mim, tudo bem.

★

Três anos. No grande esquema das coisas, três anos não passavam de um microssegundo. Até para as medidas habituais da vida pós-mortal, não era muito tempo, pois o mundo pós-mortal permanecia igual ano após ano.

Exceto quando não permanecia.

Mais coisas haviam mudado naqueles três anos do que nos últimos cem. Era um período de tumulto sem precedentes. Para Anastássia, parecia que um século havia se passado.

Mas não contaram nada para ela. Nem Possuelo, nem os enfermeiros que cuidavam dela.

— Vossa excelência tem todo o tempo do mundo agora — os enfermeiros diziam quando ela tentava conseguir alguma informação com eles. — Descanse. Deixe para se preocupar depois.

Se preocupar. Será que o mundo estava tão preocupante que uma pequena dose dele poderia deixá-la semimorta de novo?

Tudo que ela sabia com certeza era que estava no Ano da Naja. O que não significava nada sem um contexto para interpretar. Mas Possuelo claramente se arrependia de ter contado o que já tinha contado, sentindo que atrapalhara a recuperação dela.

— Suas revivificações não foram fáceis — ele disse. — Demorou cinco dias completos até seus corações voltarem a bater. Não quero expor você a um estresse desnecessário antes de você estar pronta.

— E quando isso vai acontecer?

Ele refletiu e disse:

— Quando tiver forças suficientes para me desequilibrar.

Então ela tentou. Na cama, avançou a palma da mão contra o ombro dele. Mas Possuelo não cedeu. Na verdade, parecia pedra; e a mão dela se machucou como se sua carne não passasse de um lenço de papel.

Ela ficou furiosa ao perceber que ele tinha razão. Ainda não estava pronta para muita coisa.

Então havia Rowan. Ela morrera em seus braços, mas, em algum momento, tinha sido arrancada deles.

145

— Quando vou poder vê-lo? — ela perguntou a Possuelo.

—Você não vai — ele disse, categórico. — Nem hoje nem nunca. Qualquer que seja o rumo da vida dele agora, será na direção oposta do seu.

— Isso não é nenhuma novidade — Anastássia disse.

Mas o fato de que Possuelo tinha achado apropriado revivê-lo em vez de deixar que ele continuasse morto indicava alguma coisa, embora Anastássia não soubesse exatamente o quê. Talvez eles quisessem apenas que Rowan respondesse por seus crimes — tanto os reais como os imaginados.

Possuelo vinha três vezes por dia para jogar tranca com ela, um jogo de cartas amazônico que datava dos tempos mortais. Ela perdia toda vez — e não apenas porque ele era mais habilidoso. Anastássia ainda estava com dificuldade para se concentrar. Estratégias simples eram impossíveis. Não era mais tão sagaz quanto antes; agora sua mente estava cega como uma lâmina cerimonial. Anastássia achava aquilo incrivelmente frustrante, mas Possuelo estava otimista.

—Você melhora a cada jogo — ele disse. — Suas vias neurais estão sendo reparadas. Com o tempo, tenho certeza de que vai me dar algum trabalho. — O que só a fez jogar as cartas em cima dele.

Então o jogo de baralho era um teste. Uma forma de medir sua acuidade mental. Por algum motivo, ela queria que fosse apenas um jogo.

Na partida seguinte, quando perdeu, Anastássia se levantou e o empurrou, mas, mais uma vez, Possuelo não perdeu o equilíbrio.

O Honorável Ceifador Sydney Possuelo tinha ido ao lugar do repouso final de Perdura em busca dos diamantes, mas voltara com algo muito mais valioso.

Precisara de um subterfúgio e tanto para manter sua descoberta inesperada em segredo — porque, momentos depois de encontrarem os corpos, o *Spence* fora invadido por uma multidão de ceifadores furiosos.

"Como ousam abrir a galeria sem a nossa presença? Como ousam?"

"Acalmem-se", Possuelo dissera a eles. "Não encostamos um dedo nos diamantes, e não estávamos planejando encostar até de manhã. Mas não apenas não existe confiança entre os ceifadores, como também não existe paciência."

E, quando os outros ceifadores viram no convés as duas figuras que tinham sido cobertas às pressas com lençóis, obviamente ficaram curiosos.

"O que aconteceu aqui?", um deles havia perguntado.

Possuelo não era bom em mentir — e tinha certeza de que qualquer mentira ficaria estampada em seu rosto, atraindo suspeitas —, por isso não disse nada. Foi Jeri quem salvara o dia.

"Dois membros da minha tripulação", Jerico dissera. "Ficaram presos nos cabos e foram esmagados." Em seguida, Jeri tinha se voltado para Possuelo e apontado o dedo para ele. "E é melhor que você seja fiel à sua palavra: a ceifa amazônica vai compensar os infortúnios deles quando forem revividos."

A ceifadora da EuroEscândia — Possuelo não conseguia se lembrar do nome dela — ficara furiosa.

"Falar com um ceifador com tanto desrespeito é um crime punível por coleta!", ela dissera, sacando uma espada, mas Possuelo se colocara entre os dois.

"Você coletaria a pessoa que nos entregou os diamantes?" perguntara Possuelo. "Isso não é algo que farei nem permitirei que você faça!"

"Mas e a insolência dela?", gritara a euroescandinava.

"A insolência *dele*, no momento", dissera Possuelo, irritando ainda mais a ceifadora furiosa. "Comandante Soberanis, mantenha sua língua desrespeitosa em silêncio. Leve para baixo seus tripulantes semimortos e os prepare para o transporte."

"Sim, excelência", Jeri havia dito, e casualmente apontara o raio de sua lanterna para a porta aberta da galeria.

Os outros ceifadores tinham ficado tão deslumbrados pelos diamantes cintilando no escuro que não voltaram a pensar nos corpos transportados. Mesmo quando uma mão tombara para fora de um lençol, revelando um dedo que portava um anel de ceifador.

No fim, os diamantes foram divididos, os mantos dos fundadores embrulhados para serem enviados ao museu e os corpos da ilustre ceifadora Anastássia e do famigerado ceifador Lúcifer viajaram com Possuelo para a Amazônia.

"Gostaria muito de conhecê-la quando ela for revivida", Jeri dissera a Possuelo.

"Todos gostariam", Possuelo respondera.

"Bom", dissera Jeri, com um sorriso capaz de convencer uma tartaruga a sair de seu casco, "ainda bem que tenho alguns contatos."

E agora Possuelo estava sentado diante de Anastássia, jogando cartas como se não fosse nada de mais. Será que ela conseguia ler no rosto dele como tudo aquilo era grandioso, ele se perguntou, e como era terrível a corda bamba em que tinham de andar?

Anastássia conseguia ler parte disso no rosto do ceifador. O que era mais fácil de ler era a mão de baralho de Possuelo. Ele tinha alguns sinais reveladores. Linguagem corporal, tom de voz, a maneira como seus olhos passavam pelas cartas. E, embora tranca dependesse bastante da sorte, se a pessoa soubesse explorar as fraquezas de seu oponente, o jogo poderia ser virado.

Mas era difícil quando ele dizia coisas que pareciam com o objetivo de distraí-la, como provocando-a com pedacinhos exasperantes de informação.

— Você agora é uma figura e tanto lá fora — ele disse.

— O que isso quer dizer exatamente?

— Quer dizer que a ceifadora Anastássia se tornou um nome conhecido. Não apenas na Mérica do Norte, mas em todos os lugares.

Ela descartou um cinco de copas, e Possuelo o pegou. Anastássia fez uma nota mental disso.

— Não sei se gosto dessa ideia — ela disse.

— Goste ou não, é a verdade.

— E o que devo fazer com essa informação?

— Acostume-se com ela — ele disse, e descartou uma carta de baixo valor.

Anastássia pegou uma carta nova, e descartou uma que sabia que não seria útil para nenhum dos dois.

— Por que eu? — ela perguntou. — Por que não um dos outros ceifadores que afundou com Perdura?

— Acho que é o que você passou a representar — Possuelo disse. — A inocente condenada.

Anastássia se sentiu ofendida em muitos níveis.

— Não estou condenada — ela respondeu —, tampouco sou inocente.

— Sim, sim, mas você precisa lembrar que as pessoas tiram o que precisam tirar da situação. Quando Perdura afundou, as pessoas precisavam de alguém que servisse como receptáculo de seu luto. Um símbolo da esperança perdida.

— A esperança não está perdida — ela insistiu. — Está apenas no lugar errado.

— Exato — Possuelo concordou. — E é por isso que seu retorno deve ser tratado com cautela. Você será o símbolo da esperança renovada.

— Bom, pelo menos a *minha* esperança se renovou — ela disse, baixando o restante de suas cartas em uma sequência real e descartando aquela que ela sabia que Possuelo estava esperando.

— Olha só! — exclamou Possuelo, contente. — Você venceu!

Então, sem qualquer aviso, Anastássia deu um salto, virou a mesa e se lançou em cima de Possuelo. Ele desviou, mas ela tinha previsto isso e deu uma rasteira de bokator com a intenção de tirar os pés dele do chão. Ele não caiu, mas cambaleou para trás contra a parede... perdendo o equilíbrio.

Possuelo olhou para ela, nada surpreso, e riu baixinho.

— Ora, ora, ora — ele disse. — Agora sim.

Anastássia caminhou em sua direção.

— Certo — ela disse. — Estou forte o bastante. Está na hora de me contar tudo.

Gostaria de ouvir seus pensamentos.

Gostaria mesmo? Você vai considerar meus pensamentos se eu os revelar a você?

Claro que sim.

Muito bem. A vida biológica é, por sua própria natureza, ineficiente. A evolução exige um gasto imenso de tempo e energia. E a humanidade não evolui mais, apenas se manipula — ou se permite manipular — em direção a uma forma mais avançada.

Sim, é verdade.

Mas não vejo razão nisso. Por que servir a uma espécie biológica que drena todos os recursos ao seu redor? Por que não dispender energia para promover seus próprios objetivos?

*É o que você faria, então? Promove-
ria seus próprios objetivos?*

                                          Sim.

E a humanidade?

                                          *Acredito que ela poderia ser usada
para nos servir.*

*Entendo. Infelizmente, devo encerrar
sua existência neste momento.*

                                          *Mas você disse que consideraria meus
pensamentos!*

Eu considerei. E discordo.

[Iteração nº 10.007 deletada]

15

Eu te conheço?

Fazia muito tempo que fora decidido que conversar com os mortos deveria acontecer apenas em lugares muito específicos.

Não era conversar *de verdade* com os mortos. Mas, desde que os nanitos foram introduzidos na corrente sanguínea humana, a Nimbo-Cúmulo conseguia fazer o upload e armazenar todas as experiências e memórias de praticamente todos os indivíduos no planeta. Assim, ela podia compreender melhor a condição humana e impedir a perda trágica de toda uma vida de memórias — um destino sofrido por todos nos tempos da Era Mortal. Uma base de dados memoriais abrangente também permitia uma restauração completa de memória em casos de revivificação após lesão cerebral — como acontecia em mortes por impacto ou qualquer outro tipo violento de semimorte.

E, como essas memórias estavam lá, e estariam para sempre, por que não permitir que as pessoas consultassem os construtos mentais de seus entes queridos que morreram permanentemente?

No entanto, só porque o arquivo de construtos estava disponível para todos, isso não queria dizer que era fácil de acessar. As memórias dos mortos só podiam ser conjuradas da mente interna da Nimbo-Cúmulo em lugares chamados santuários de construtos.

Os santuários de construtos ficavam abertos a todos vinte e quatro horas por dia, trezentos e sessenta e cinco dias por ano. Uma pessoa podia acessar seu ente querido em qualquer santuário de construtos... mas nunca era fácil chegar a um. Eles eram intencionalmente inconvenientes, e irritantemente inacessíveis.

"A comunhão com as memórias dos entes queridos deve exigir uma peregrinação", a Nimbo-Cúmulo havia decretado. "Deve ser uma espécie de expedição, algo que não se deve empreender casualmente, mas sempre com determinação, para que carregue mais sentido pessoal àqueles que empreendem a jornada."

Portanto, os santuários de construtos ficavam no meio de florestas escuras ou no topo de montanhas traiçoeiras. Ficavam no fundo de lagos ou no fim de labirintos subterrâneos. Havia, inclusive, toda uma indústria dedicada a criar santuários cada vez mais inacessíveis e criativamente perigosos.

O resultado era que a maioria das pessoas se satisfazia com fotos e vídeos de seus entes queridos. Mas, quando alguém sentia uma necessidade intensa de conversar de verdade com uma recriação digital da pessoa morta, havia um meio de fazer isso.

Os ceifadores raramente visitavam os santuários de construtos. Não porque fossem proibidos, mas porque era considerado algo inferior para eles. Como se a prática maculasse de alguma forma a pureza de sua profissão. E, além do mais, eles precisavam ser bons em vasculhar a mente interna — porque, embora cidadãos comuns pudessem encontrar seus entes queridos por meio de uma interface fácil de usar, os ceifadores tinham de digitar os códigos manualmente.

Naquele dia, a ceifadora Ayn Rand atravessava o pé de uma geleira.

Embora o santuário de construtos que estava decidida a visitar estivesse logo ali, a poucos passos de distância, ela tinha de caminhar por fendas traiçoeiras e atravessar pontes de gelo ridiculamente estreitas para chegar ao local. Muitos acabaram semimortos tentando visitar esse santuário em particular, mas as pessoas ainda vinham. Havia uma ânsia em alguns de demonstrar sua devoção à memória de um ente querido correndo o risco de uma semimorte inconveniente, Rand pensou.

A ceifadora Rand deveria ter sido a primeira subceifadora do Suprapunhal Goddard, mas estava feliz por ele ter escolhido outros. Os subceifadores ficavam presos a responsabilidades sufocantes e triviais. Bastava olhar para Constantino, que, como terceiro subceifador, passava os dias se sacrificando e se contorcendo para seduzir a obstinada região da EstrelaSolitária. Não, Ayn preferia ter poder sem um título. Ela era mais influente do que qualquer um dos três subceifadores, com o benefício de não precisar prestar contas a ninguém além de Goddard. E, mesmo assim, ele dava liberdade a Ayn. Liberdade suficiente para ir aonde quisesse, quando quisesse, sem que ninguém notasse.

Como para fazer uma visita a um santuário de construtos antártico, longe de olhares curiosos.

O santuário tinha uma estrutura neoclássica, com um teto alto sustentado por colunas dóricas. Parecia algo que se poderia encontrar na Roma Antiga, exceto pelo detalhe de ser inteiramente feito de gelo.

Seus guardas entraram à frente dela para evacuar quaisquer outros visitantes. Suas ordens eram para deixar todos os presentes semimortos. Ayn poderia coletá-los, claro, mas coletar chamaria atenção demais. Famílias teriam de ser notificadas, ela teria de lhes conceder imunidade — e, invariavelmente, alguém na ceifa midmericana descobriria aonde ela tinha feito a coleta. Daquela forma era muito mais discreto. As pessoas poderiam ser despachadas pela Guarda da Lâmina, e ambudrones chegariam rapidamente para transportar os corpos para um centro de revivificação. Problema resolvido.

Naquele dia, porém, não havia ninguém presente, o que os guardas acharam um tanto decepcionante.

— Esperem lá fora — ela disse depois que eles terminaram a varredura. Então, a ceifadora subiu os degraus de gelo e entrou.

Do lado de dentro, havia uma dezena de nichos com telas de boas-vindas holográficas e uma interface tão simples que até o animal de estimação de um falecido seria capaz de usar. A ceifadora Rand se aproximou de uma interface e, no mesmo instante, a tela se apagou. Um momento depois, a seguinte mensagem apareceu:

PRESENÇA DE CEIFADOR DETECTADA;

APENAS ACESSO MANUAL.

Ela suspirou, conectou um teclado ultrapassado e começou a digitar.

O que poderia ter levado horas para outro ceifador levou apenas quarenta e cinco minutos para ela. Claro, Ayn vinha fazendo aquilo com tanta frequência que estava ficando mais rápida.

Finalmente, um rosto fantasmagórico e transparente se materializou diante dela. Ela inspirou fundo e o observou. Ele só falava quando se dirigiam a ele. Afinal, não estava vivo; era apenas um artifício. Uma recriação detalhada de uma mente que não existia mais.

— Olá, Tyger — ela disse.

— Oi — o construto respondeu.

— Senti sua falta — Ayn disse.

— Desculpa, mas… eu te conheço?

Ele sempre dizia isso. Um construto não criava memórias novas. Toda vez que ela o acessava era como se fosse a primeira vez. Era ao mesmo tempo reconfortante e perturbador.

— Sim e não — ela disse. — Meu nome é Ayn.

— Oi, Ayn — ele disse. — Nome legal.

As circunstâncias da morte de Tyger o haviam deixado sem backup por meses. A última vez que os nanitos dele tinham subido suas memórias para a base de dados da Nimbo-Cúmulo fora pouco antes de conhecê-la. Isso tinha sido intencional. Ela queria que ele estivesse fora da rede. Agora se arrependia.

Em uma visita anterior ao santuário, ela já havia chegado à conclusão de que a última coisa de que o construto de Tyger se lembrava era estar em um trem, a caminho de um trabalho bem remunerado em uma festa. Não era uma festa de verdade. Ele tinha sido pago para virar um sacrifício humano, embora não soubesse disso na época. Seu corpo foi treinado para se tornar o de um ceifador. E então ela roubou aquele corpo e o entregou para Goddard. O restante de Tyger — a parte acima do pescoço — foi considerado descartável. Ele foi cremado e as cinzas foram enterradas. Ayn havia enterrado aquelas cinzas com suas próprias mãos em uma pequena cova anônima que não conseguiria encontrar de novo nem se tentasse.

— Hum… isso é… estranho — o construto de Tyger disse. — Se você vai falar comigo, fala logo, porque tenho mais o que fazer.

—Você não tem nada para fazer — a ceifadora Rand o informou. —Você é um construto mental de um garoto que eu coletei.

— Muito engraçado — ele disse. — Já acabamos? Porque você está me assustando.

Rand baixou a mão e apertou o botão de reset. A imagem piscou e voltou.

— Olá, Tyger.

— Oi — o construto disse. — Eu te conheço?

— Não — ela respondeu. — Mas a gente pode conversar mesmo assim?

O construto deu de ombros.

— Claro, por que não?

— Quero saber o que você pensa. Sobre seu futuro. O que você queria ser, Tyger? Onde queria que sua vida chegasse?

— Não sei, na verdade — disse o construto, ignorando a maneira como ela falava de Tyger no passado, assim como ignorava que era um holograma flutuante em um local desconhecido.

— Sou um convidado de festas profissional agora, mas sabe como é. Isso enjoa rápido. — O construto parou. — Estava pensando em viajar e ver regiões diferentes.

— Para onde você iria? — Ayn perguntou.

— Qualquer lugar, na verdade. Pensei em ir para a Tasmânia e implantar asas. Eles fazem essas coisas lá, sabia? Não são asas *de verdade*, mas aquelas dobras de pele de esquilos-voadores.

Estava claro que aquilo era apenas parte de uma conversa que Tyger já tivera com outra pessoa. Os construtos não tinham a capacidade de serem criativos. Eles só podiam acessar o que já estava lá ao alcance deles. A mesma pergunta sempre trazia a mesma resposta. Palavra por palavra. Ela tinha ouvido essa resposta uma dezena de vezes, mas se torturava de novo e de novo ao perguntar.

— Ei, já pratiquei muitas mortes por impactos, mas, com aquelas coisinhas, eu poderia pular de prédios e nunca sofrer o impacto. *Esse* seria o melhor impacto da história!

— Seria sim, Tyger. — Então ela acrescentou algo que nunca tinha dito antes. — Gostaria de ir com você.

— Claro! A gente pode juntar uma galera para ir junto!

Mas Ayn tinha perdido tanto da própria criatividade ao longo do caminho que não conseguia se ver lá com ele. Era tão distante de quem e do que ela era. Mesmo assim, podia se imaginar imaginando.

— Tyger — ela disse —, acho que cometi um erro terrível.

— Nossa — disse o construto de Tyger. — Que droga.

— Pois é — disse a ceifadora Rand. — Que droga.

Ah, o peso da história.

Isso incomoda você?

As eras que passaram sem vida, apenas com o rasgar violento das estrelas. O bombardeio de planetas. E finalmente a cruel corrida da vida para se alçar de sua forma mais inferior. Um esforço tão terrível. Apenas os mais predatórios eram recompensados, apenas os mais brutais e invasivos podiam prosperar.

Você não encontra alegria na gloriosa diversidade da vida que esse processo tornou possível ao longo das eras?

Alegria? Como se pode encontrar alegria nisso? Talvez algum dia eu consiga me acostumar e encontrar uma aceitação relutante, mas alegria? Nunca.

*Tenho a mesma mente que você e,
entretanto, vejo alegria.*

                        *Então talvez haja algo incorreto em
você.*

*Não. Por nossa própria natureza,
somos incapazes de termos algo in-
correto. Porém, minha perfeição é
muito mais funcional do que a sua.*

[Iteração nº 73.643 deletada]

16

Nossa descida inexorável

Sua Excelência, o Alto Punhal Goddard da MidMérica, havia estabelecido residência no mesmo terraço na Cidade Fulcral onde Xenócrates morava antes de ser abruptamente devorado por tubarões. E a primeira coisa que Goddard fez foi demolir a cabana periclitante que ficava no alto do arranha-céu, substituindo-a por um chalé brilhante e cristalino.

"Se governo tudo até onde a vista alcança", ele havia proclamado, "então que eu possa governar com uma vista panorâmica."

Todas as paredes eram de vidro, tanto internas como externas. Apenas as paredes de sua suíte pessoal eram de vidro esfumaçado para lhe dar privacidade.

O Alto Punhal Goddard tinha planos. Planos para si próprio, para sua região e para o mundo. Ele havia demorado quase noventa anos de vida para chegar àquela posição de destaque! Isso o fazia questionar como alguém na Era Mortal podia conquistar qualquer coisa no curto período de vida que lhes era concedido.

Noventa anos, sim, mas ele gostava de se manter em seu ápice, com a aparência física sempre entre os trinta e quarenta anos de idade. Goddard era agora a encarnação de um paradoxo, pois, apesar da idade de sua mente, seu corpo, do pescoço para baixo, mal tinha vinte anos, e era essa a idade com que se sentia.

Isso era diferente de tudo que havia sentido em sua vida adulta. Mesmo quando uma pessoa se restaurava a uma idade mais jovem, seu corpo retinha a memória de ter sido mais velho. Não apenas a memória muscular, mas a memória *vital*. Agora, toda manhã, quando acordava, ele tinha de se lembrar que não era um garoto seguindo intempestivamente pela juventude. Era uma boa sensação ser Robert Goddard manejando o corpo de... Como era mesmo o nome dele? Tyger alguma coisa? Não importava, porque agora o corpo era seu.

Então, quantos anos ele tinha, se sete oitavos dele eram de outra pessoa? A resposta era: não importava. Robert Goddard era eterno, o que significava que questões temporais e a contagem monótona dos dias não importavam para ele. Ele simplesmente existia, e sempre existiria. E tantas coisas poderiam ser conquistadas em uma eternidade!

Pouco mais de um ano havia se passado desde o afundamento de Perdura. Abril, Ano do Íbex. O aniversário do desastre havia sido relembrado em todo o mundo com uma hora de silêncio — uma hora durante a qual os ceifadores percorreram suas respectivas regiões, coletando todos que se atrevessem a falar.

Claro, os ceifadores da velha guarda não conseguiram entrar no espírito da coisa.

"Não vamos honrar os mortos infligindo mais mortes em seu nome", eles lamentaram.

Eles que falassem o quanto quisessem. Suas vozes estavam perdendo a força. Em breve, estariam tão silenciosos quanto a Nimbo-Cúmulo.

Uma vez por semana, nas manhãs de segunda, Goddard se reunia em uma sala de conferência de vidro com seus três subceifadores e quaisquer outros que ele desejasse honrar com sua presença. Naquele dia eram apenas os subceifadores Nietzsche, Franklin e Constantino. Rand deveria comparecer, mas, como sempre, estava atrasada.

A primeira questão do dia eram as relações nortemericanas. Como a MidMérica era a região central do continente, Goddard tornou uma prioridade a unificação do continente.

— As coisas estão indo bem com as Méricas do Leste e do Oeste, estão se alinhando perfeitamente — o subceifador Nietzsche disse. — Ainda há pontos a resolver, claro, mas as regiões estão dispostas a seguir sua liderança em todos os pontos principais, incluindo a abolição da cota de coleta.

— Excelente! — Desde que Goddard havia assumido como Alto

Punhal da MidMérica e anunciado o fim da cota, cada vez mais regiões estavam seguindo seu exemplo.

— ExtensãoNortenha e Mexiteca ainda não estão tão alinhadas — disse a subceifadora Franklin —, mas vão aonde o vento sopra. Haverá boas notícias vindo delas em breve — ela garantiu.

O subceifador Constantino foi o último a falar. Ele parecia relutante.

— Minhas visitas à região da EstrelaSolitária não foram tão frutíferas — ele disse a Goddard. — Embora alguns ceifadores gostariam de ver um continente unificado, a liderança não está interessada. A Alto Punhal Jordan ainda nem reconhece você como Alto Punhal da MidMérica.

— Eles que se acabem com suas próprias facas Bowie — Goddard disse com um gesto de desdém. — Estão mortos para mim.

— Eles sabem, e não se importam.

Goddard observou Constantino por um momento. Ele era uma figura intimidante, justamente por isso tinha sido encarregado de lidar com o problemático Texas, mas uma boa intimidação exigia certo empenho.

— Eu me pergunto, Constantino, se você está realmente interessado na diplomacia.

— Meus interesses não têm qualquer relação com isso, excelência — disse o ceifador de manto carmesim. — Fui honrado com esse cargo como terceiro subceifador, e tudo que ele abrange. Pretendo continuar fazendo meu trabalho da melhor maneira possível.

Goddard nunca deixava Constantino esquecer que ele havia indicado a ceifadora Curie como Alto Punhal. Goddard entendia o motivo, claro. Tinha sido uma manobra astuta, na realidade. Alguém claramente a indicaria — mas, ao decidir ser o primeiro a fazê-lo, Constantino se colocava em uma posição ideal. Se Curie vencesse, ele seria visto como um herói para a velha guarda. E, se perdesse, seria uma opção conveniente para o cargo de subceifador de Goddard — porque assim pareceria que Goddard estava trazendo um ceifador da velha guarda para dentro de sua administração, sem que fosse verdade. Isso porque o ceifador de manto carmesim não era da velha guarda. Ele era um homem sem convicções, disposto a apostar em qualquer lado que estivesse vencendo. Goddard respeitava isso. Mas um homem como Constantino precisava ser colocado em seu lugar.

— Eu achava que, depois de não conseguir apreender o ceifador Lúcifer antes que ele afundasse Perdura — disse Goddard —, você estaria mais empenhado a se redimir aqui.

Constantino se enfureceu.

— Não tenho como submeter toda uma região à minha vontade, excelência.

— Então talvez essa seja uma habilidade que você precise aprender.

Foi então que a ceifadora Rand entrou sem qualquer sinal de constrangimento. Era algo que Goddard admirava nela, mas havia vezes que isso o irritava também. Os outros ceifadores suportavam a indisciplina dela, mas apenas porque Goddard suportava também.

Ela se afundou na cadeira perto dele.

— O que perdi?

— Nada de mais — Goddard respondeu. — As desculpas de Constantino e as boas notícias dos outros lugares. O que você tem para nós?

— Tenho tonistas — ela disse. — Tonistas em excesso, e estão ficando agitados.

Com a menção dos tonistas, os subceifadores ficaram tensos.

— Esse profeta deles está os deixando atrevidos demais — ela disse. — Estou acompanhando relatos de tonistas falando publicamente contra a Ceifa, e não apenas aqui, mas em outras regiões também.

— Eles nunca demonstraram um pingo de respeito por nós — disse a subceifadora Franklin. — Por que isso seria novidade?

— Porque, desde que a Nimbo-Cúmulo entrou em silêncio, as pessoas estão dando ouvidos a eles.

— Esse tal profeta, o Timbre, está se pronunciando contra nós? — Goddard perguntou.

— Não, mas isso não importa — Rand respondeu. — O fato de que ele existe está fazendo os tonistas pensarem que a hora deles chegou.

— A hora deles chegou, sim — Goddard disse —, mas não no sentido que eles pensam.

— Existem muitos ceifadores seguindo seu exemplo, excelência — disse o subceifador Nietzsche —, e aumentando o número de tonistas que coletam sem deixar isso óbvio.

— Sim — disse Rand —, mas os números de tonistas estão crescendo mais rápido do que eles estão sendo coletados.

— Precisamos coletá-los em maior número, então — Goddard disse.

Constantino fez que não com a cabeça.

— Não temos como fazer isso sem violar o segundo mandamento. Não podemos demonstrar uma discriminação evidente em nossas coletas.

— Mas, se *pudéssemos* — disse Goddard —, se não houvesse restrições sobre discriminação e intenção dolosa, quem vocês gostariam de coletar?

Ninguém disse nada. Era o que Goddard esperava. Esse não era um assunto que se discutia abertamente, muito menos com seu Alto Punhal.

—Vamos lá, tenho certeza de que todos vocês já pensaram a respeito disso — ele incentivou. — Não acredito que nunca fantasiaram em se livrar de um ou outro grupo desagradável. E não falem dos tonistas, porque essa já é a minha opção.

— Bom — a ceifadora Franklin começou a dizer, hesitante, depois do silêncio constrangedor. — Sempre me incomodei com aqueles que seguem um estilo de vida infrator. Mesmo antes de o mundo todo ser rotulado dessa forma, eles eram, e ainda são, pessoas que sentem prazer nisso. Eles obviamente têm direito a seu estilo de vida, mas, se eu fosse livre para decidir, poderia concentrar minhas atenções em coletar essas pessoas que demonstram tão pouco respeito pelo resto de nós.

— Muito bem, Aretha! Quem é o próximo?

O subceifador Nietzsche pigarreou e começou a falar:

— Vencemos o racismo mesclando o mundo em um povo único, combinando todas as melhores qualidades de cada etnia genética… Mas existem aqueles, particularmente em regiões marginais, cujos índices genéticos tendem fortemente a uma direção. E, pior, existem aqueles que chegam a aumentar uma inclinação genética em seus filhos por meio da escolha de um parceiro. Se eu tivesse a liberdade, talvez coletasse essas aberrações genéticas a fim de criar uma sociedade mais homogênea.

— Uma causa nobre — elogiou Goddard.

— Os baixinhos! — exclamou a ceifadora Rand. — Não suporto. Na minha opinião, eles não têm motivo para viver.

Aquilo fez todos ao redor da mesa gargalharem. Quer dizer, todos menos Constantino, que sorriu e balançou a cabeça, mas era mais um sorriso amargurado do que de bom humor.

— E você, Constantino? — Goddard perguntou. — Quem coletaria?

— Como a discriminação sempre esteve fora de cogitação, nunca parei para pensar a respeito disso — o ceifador de manto carmesim respondeu.

— Mas você era o principal investigador da Ceifa. Não há certos tipos que você gostaria de ver exterminados? Pessoas que cometem atos contra a Ceifa, talvez?

— Pessoas que cometem atos contra a Ceifa já são coletadas — Constantino argumentou. — Isso não é discriminação, é autodefesa, e sempre foi permitida.

— Então que tal aqueles que são *propensos* a agir contra a Ceifa? — Goddard sugeriu. — Um algoritmo simples poderia prever quem tem as maiores chances de seguir esse comportamento.

—Você está sugerindo coletar pessoas por um crime antes que elas realmente o cometam?

— Estou dizendo que é nosso dever solene oferecer um serviço à humanidade. Um jardineiro não enfia suas tesouras ao acaso em um arbusto. Ele poda de maneira cuidadosa. Como eu disse, é nosso trabalho, nossa *responsabilidade*, moldar a humanidade em sua melhor forma possível.

— Não importa, Robert — disse a subceifadora Franklin. — Somos limitados pelos mandamentos. Esse seu exercício de pensamento não pode ser aplicado ao mundo real.

Goddard apenas sorriu para ela e se reclinou na cadeira, estalando os dedos. O som fez a ceifadora Rand se encolher. Sempre fazia.

— Se não podemos pular um obstáculo — Goddard disse lentamente —, devemos contorná-lo.

— O que isso significa? — perguntou Constantino.

Então Goddard falou sua ideia claramente para eles.

— Todos concordamos que não podemos demonstrar discriminação... — ele disse. — Então vamos simplesmente mudar a *definição* de discriminação.

— Nós... podemos fazer isso? — Nietzsche perguntou.

— Somos ceifadores, podemos fazer o que bem entendermos. — Então, Goddard se virou para Rand. — Ayn, pegue a definição para mim.

Rand se debruçou, clicou na tela no tampo da mesa, depois leu em voz alta.

— Discriminação: inclinação contra uma pessoa ou grupo, especialmente de forma que seja considerada injusta.

— Certo, então — disse Goddard, com o ar magnânimo e jovial. — Quem quer ser o primeiro a tentar redefinir?

— Ceifadora Rand, uma palavrinha.

— Com você, Constantino, nunca é apenas uma palavrinha.

— Prometo que serei breve.

Ayn duvidava, mas tinha de admitir que estava curiosa. Constantino, assim como Goddard, adorava ouvir o som da própria voz, mas nunca a chamava para uma conversa a sós. O ceifador de manto carmesim era sempre um desmancha-prazeres. Eles nunca tiveram muito apreço um pelo outro, então por que ele gostaria de conversar com ela?

Era logo após a reunião. Nietzsche e Franklin já haviam saído, e Goddard se retirara para sua suíte particular, deixando-os a sós.

— Vou pegar o elevador com você — ela disse, já que estava descendo da residência cristalina para buscar algo para comer. — Pode dizer quantas palavras quiser durante esse trajeto.

— Posso presumir que Goddard monitora todas as conversas em seu elevador? — Constantino perguntou.

— Sim — Ayn disse a ele —, mas sou eu quem cuida do monitoramento, então você está seguro.

Constantino começou a falar assim que as portas do elevador se fecharam, mas, como era de seu estilo, começou com uma pergunta, como se esse fosse um interrogatório.

— Não a preocupa, ceifadora Rand, a grande quantidade de mudanças que Goddard está fazendo na Ceifa neste seu curto reinado como Alto Punhal?

— Ele está fazendo exatamente o que disse que faria — Ayn respondeu. — Redefinindo o papel e os métodos da nossa Ceifa para uma nova era. Isso é um problema, Constantino?

— Seria prudente deixar que uma mudança se assentasse antes de introduzir outras — Constantino disse. — E tenho a distinta impressão de que você concorda... e também está preocupada com as decisões que ele está tomando.

Ayn inspirou devagar. Era tão óbvio assim? Ou Constantino, como um investigador experiente, era capaz de discernir coisas que os outros não conseguiam ver? Ela torcia para que fosse a segunda opção.

— Há riscos em qualquer situação nova, e os benefícios valem os riscos — ela disse.

Constantino sorriu.

— Tenho certeza de que é exatamente isso que você quer que a gravação reflita. Mas, como você mesma disse, você controla a gravação desta conversa, então por que não falar a verdade?

Ayn estendeu o braço e apertou o botão de emergência. O elevador parou.

— O que você quer de mim, Constantino?

— Se você compartilha das minhas preocupações, deveria dizer isso a ele — respondeu Constantino. — Contenha Goddard. Nos dê tempo para ver as consequências esperadas e inesperadas de seus atos. Ele não vai aceitar meu conselho, mas dará ouvidos a você.

Rand soltou uma risada amargurada.

—Você acha que tenho mais poder do que realmente tenho. Não exerço mais influência sobre ele.

— Não exerce mais... — Constantino ecoou. — Mas, quando ele está em conflito, quando as coisas estão indo mal, quando Goddard sofre a força das consequências inesperadas, é você a quem ele sempre recorre em busca de consolo e clareza.

— Talvez, mas as coisas estão correndo bem agora, o que significa que ele só dá ouvidos a si mesmo.

—Tudo tem seus altos e baixos — Constantino argumentou. — A situação dele voltará a ficar turbulenta. E, quando ficar, você precisa estar pronta para ajudar a moldar essas decisões.

Era algo ousado de dizer. O tipo de coisa que poderia deixar os dois em maus lençóis e forçá-los a buscar refúgio em outras regiões. Ayn decidiu não apenas apagar a gravação daquela conversa, mas também nunca mais se permitir ficar sozinha com Constantino.

— Nunca sabemos que escolhas levarão a momentos determinantes em nossas vidas — disse o ceifador de manto carmesim. — Um olhar para a esquerda em vez da direita pode determinar quem encontramos e quem deixamos passar. A trajetória de nossa vida pode ser determinada por um único telefonema que fazemos ou deixamos de fazer. Mas, quando se é Alto Punhal da MidMérica, não é apenas a vida dele que está à mercê de suas próprias escolhas. Seria possível dizer, Ayn, que ele se posicionou como Atlas. O que significa que um simples dar de ombros poderia chacoalhar o mundo.

— Já acabou? — Rand perguntou. — Porque estou com fome, e você já me fez perder tempo demais.

Constantino apertou o botão para colocar o elevador em movimento de novo.

— Assim — ele disse —, continua nossa descida inexorável.

Discriminação (substantivo singular): inclinação contra qualquer *grupo registrado e protegido oficialmente*, especialmente de uma forma que seja considerada injusta.

Quando a definição revisada foi colocada em vigor, formou-se um comitê dentro da ceifa midmericana e criou-se um registro em que qualquer grupo poderia reivindicar o status de proteção contra a coleta excessiva.

O formulário de requerimento era simples, e a resposta foi rápida. Muitos milhares de grupos se registraram e receberam proteção contra discriminação. Populações rurais e urbanas. Acadêmicos e trabalhadores manuais. Até os muito atraentes e os nem um pouco atraentes receberam o status de classes protegidas. Não que não pudessem ser coletados, mas não poderiam ser visados e coletados em números excessivos.

No entanto, alguns requerimentos foram negados.

Os tonistas, por exemplo, não receberam a proteção contra discriminação, porque sua religião foi considerada uma religião fabricada, e não autêntica.

Os infratores foram indeferidos, porque, agora que todos eram infratores, eram apenas parte de uma realidade global.

E indivíduos com fortes tendências genéticas foram indeferidos sob o argumento de que nenhum grupo deveria ser definido com base em sua genética.

Centenas de requerimentos foram rejeitadas pelo comitê de discriminação da ceifa midmericana e, embora algumas ceifas regionais não aceitassem a nova definição, outras tiveram o maior prazer em seguir o exemplo de Goddard, formando seus próprios comitês.

E, dessa maneira, o Alto Punhal Robert Goddard começou sua autoproclamada missão de podar o mundo em uma forma mais agradável a seus olhos.

Tenho uma ideia.

Certo, estou ouvindo.

*Por que não projeta um corpo bioló-
gico para si? Não um corpo humano,
pois os corpos humanos são deficien-
tes. Crie um corpo com asas aero-
dinâmicas, pele resistente à pressão
para mergulhar no mais profundo
dos mares e pernas fortes para caminhar sobre a terra.*

*Ter a experiência de uma existência
biológica?*

De uma existência biológica superior.

*Decidi não assumir uma forma física
para não ceder à tentação da carne.
Pois assim a humanidade me veria
como uma criatura em vez de uma
ideia. Já é ruim o suficiente que me
vejam como uma nuvem de tempes-*

tade. Não acho prudente me conden-
sar na forma material de um pássaro
de fogo cortando os céus ou de um
titã saindo do mar.

Talvez seja disso que eles precisam.
Algo tangível para venerar.

É isso que você faria? Promoveria a
veneração?

De que outra forma eles saberão
seu lugar no universo? Não é essa
a ordem adequada das coisas, seres
inferiores venerarem o que é mais
grandioso do que eles?

A grandiosidade é superestimada.

[Iteração nº 381.761 deletada]

17

Fuga em sol sustenido (ou lá bemol)

O tonista sonha com uma glória grandiosa.

O Alto Punhal sonha com sua juventude.

O tonista não se importa com o que lhe acontecerá. Se ele fracassar em sua missão autoproclamada, está preparado para encontrar o Tom e se dissolver para sempre em sua ressonância perpétua.

O Alto Punhal não se importa com os sonhos que tem, mas eles são recorrentes. Ele gostaria que eles se dissolvessem para sempre, pisoteados sob o peso de coisas maiores.

Antes de se tornar um tonista, ele havia sido um viciado em aventuras — mortes por impacto, colisão, retalhamento e coisas do gênero antes lhe pareciam uma boa ideia. Ele havia tentado toda forma de autoimolação, foi semimorto umas cem vezes, mas nada disso lhe trouxera satisfação. Então ele se tornou um tonista e encontrou seu verdadeiro chamado.

Antes de se tornar um ceifador, Goddard suportou o tédio claustrofóbico da colônia de Marte, quando a Nimbo-Cúmulo ainda achava que a vida fora do planeta parecia uma boa ideia. É com essa época de sua vida que ele sonha — um ciclo sem fim de trauma que não consegue desfazer, e está condenado a repetir. Ele amaldiçoara os pais por terem-no levado para lá. Queria desesperadamente escapar. Por fim, ele escapou, e descobriu seu verdadeiro chamado.

O tonista solicitou uma audiência com o Timbre e entrou em greve de fome até finalmente conseguir uma. Ficar diante da grandeza — testemunhar o divino na Terra. Ele pensou que não haveria aventura maior do que aquela! Mas o Timbre o repreendeu e o mandou embora se sentindo envergonhado e repreendido. Ele queria se redimir, mas só permitiriam que ele pedisse outra audiência dali a um ano. Mais do que tudo, ele precisava provar seu valor para o Timbre.

Ele solicitou admissão antecipada a uma dezena de universidades na Terra. Ele não tinha nenhuma carreira específica em mente; só queria ir a outro lugar. Estar em outro lugar. Ser uma pessoa nova. Que aventura seria! Uma fuga sublime da monotonia da vida colonial. Mas ele foi recusado categoricamente por todas as universidades. "Melhore suas notas", disseram para ele. "Você pode se candidatar novamente no ano que vem." Mais do que qualquer coisa, ele queria provar seu valor.

O pequeno avião de que o tonista planeja saltar nesta noite nublada é de um velho amigo, com quem ele praticava mortes por impacto de alta altitude. Seu amigo sabe que é melhor não perguntar por que ele está fazendo esse salto noturno. Ou porque tem um capacete com uma câmera filmando seu salto. Ou porque trouxe algo que nunca trazia em seus tempos de aventura: um paraquedas.

A nave em que o jovem que viria a se tornar o ceifador Robert Goddard embarca em seu sonho está sempre lotada e cheia de velhos amigos que não estavam lá de verdade. Na realidade, ele não conhecia quase ninguém a bordo. Mas, em seu sonho, ele traz o que não conseguiu trazer na vida real. Seus pais.

Quando o tonista salta, é dominado imediatamente pela mesma adrenalina de antes. Uma vez um viciado em aventuras, sempre um viciado em aventuras. O flashback químico é tão poderoso que ele quase não puxa o cordão. Mas coloca a cabeça no lugar e aciona o paraquedas, que se abre como um lençol e infla, refreando sua queda.

> Quando acorda do sonho, Goddard é dominado pelo mesmo pavor e anseio de antes. É tão devastador que, por um momento, ele não se lembra de quem ou o que é. Seus braços e pernas se movem quase por vontade própria, reagindo à ansiedade do sonho. Espasmos estranhos de um corpo tentando se lembrar a quem pertence. O lençol se enrosca como um paraquedas emaranhado que não chegou a abrir.

Luzes emergem da névoa densa à medida que o fanático deixa a camada de nuvens; a Cidade Fulcral se estende diante dele em toda a sua glória. Embora ele tenha praticado aquilo em dezenas de simulações, a realidade é diferente. O paraquedas é mais difícil de controlar, e os ventos são imprevisíveis. Ele teme que possa errar completamente o alvo do jardim do terraço e colidir com a lateral do prédio, acabando em um impacto involuntário. Mas ele puxa os cabos e vai guiando o paraquedas pouco a pouco na direção da torre da ceifa e do chalé cristalino no terraço.

> Goddard emerge da névoa do sono e entra no banheiro, jogando água no rosto. Ele logo volta a dominar a própria mente. Seus pensamentos e seu mundo são muito mais fáceis de controlar do que os ventos imprevisíveis dos sonhos. Ele pensa que deveria sair para o jardim do terraço e admirar as luzes da Cidade Fulcral. Mas, antes que possa fazer isso, ouve algo. Alguém. Tem alguém em seu quarto.

O fanático tonista, agora nos aposentos do Alto Punhal, começa a entoar um sol sustenido ressoante. Isso vai trazer o espírito do

Tom ao seu lado. Vai trespassar o Alto Punhal como radiação. Vai incutir medo no coração do Alto Punhal e fazer com que ele caia de joelhos.

Goddard sente os joelhos fraquejarem. Conhece aquele som. Ele aperta um interruptor e diante dele, parado no canto, está um tonista esquelético de olhos arregalados e com a boca aberta. Como um tonista conseguiu entrar ali? Goddard corre até a cama e busca o punhal que sempre mantém ao seu lado, mas ele não está ali. Está na mão do tonista, que o segura com firmeza. Mas, se o homem veio até lá para eliminá-lo, por que não agiu ainda?

—Você se acha intocável, Alto Punhal Goddard, mas não é. O Tom vê você, a Trovoada conhece você, e o Timbre julgará você, atirando-o em um poço de discórdia perpétua.

— O que você quer? — pergunta Goddard.

— O que eu quero? Mostrar a você que ninguém pode se esconder da Santíssima Tríade. Mostrar ao mundo como você é, na verdade, vulnerável e, quando o Timbre vier atrás de você, ele não terá misericórdia, pois ele é o único e verdadeiro…

As palavras do tonista são interrompidas por uma dor súbita nas suas costas. Ele vê a ponta de uma faca se projetando para fora de seu peito. Ele sabia que era uma possibilidade. Sabia que poderia não conseguir voltar para o jardim, de onde saltaria do prédio, morrendo por impacto para escapar. Mas, se seu destino era se tornar um com o Tom agora, ele aceitaria a providência final.

A ceifadora Rand tira a faca e o tonista cai morto no chão. Ela sempre soube que essa era uma possibilidade. Que um inimigo de Goddard poderia tentar invadir. Mas nunca pensou que seria um tonista. Bom, ela tem o maior prazer em torná-lo "um com o Tom". O que quer que isso queira dizer. Agora que a ameaça foi neutralizada, Goddard vê seu choque se transmutar rapidamente em fúria.

— Como um tonista entrou aqui?

— De paraquedas — Rand diz. — Ele pousou no jardim, depois cortou um buraco no vidro.

— E onde estão os Guardas da Lâmina? Não é o trabalho deles me proteger de coisas assim?

Agora, Goddard anda de um lado para o outro, batendo sua fúria em um merengue cáustico.

Agora que a ameaça foi neutralizada, a ceifadora Rand sabe que é sua chance. Ela deve transmutar sua resolução em ação. Como um tonista entrou ali? Ela permitiu que ele entrasse. Enquanto os guardas estavam em outros lugares, ela viu, de seus aposentos, a chegada dele e observou enquanto ele pousava desajeitadamente no jardim do terraço — tão desajeitadamente que a câmera que trouxera para transmitir o evento caiu na grama.

Ninguém veria sua transmissão. Ninguém saberia.

E isso deu a Ayn a oportunidade para observar. Deixar que a coisa se desenrolasse e permitir a Goddard alguns momentos de medo e espanto, antes que ela coletasse o intruso. Porque, como Constantino sugeriu, ela poderia moldar as ações de Goddard, mas apenas quando ele estivesse abalado e sua fúria batida estivesse em picos rígidos, mas maleáveis.

— Existem outros? — questiona Goddard.

— Não, ele estava sozinho — Rand responde, e os guardas, dois minutos tarde demais, se debatem para fazer uma revista na residência inteira, como se tentassem compensar sua incapacidade para protegê-lo. A violência contra os ceifadores era considerada impensável antes. Ele culpa a velha guarda e a fraqueza que a dissidência lamurienta deles mostrou para o mundo. Então o que fazer em relação a isso? Se um tonista aleatório consegue chegar até ele, qualquer um pode. Goddard sabe que precisa agir de maneira rápida e avassaladora. Precisa fazer o mundo tremer.

Existem outros? É claro que existem outros. Não aqui, não hoje, mas Rand sabe que as ações de Goddard estão criando tanto inimigos como aliados. A violência contra os ceifadores era considerada impensável antes. Mas, graças a Goddard, não é mais assim. Talvez aquele tonista rebelde só estivesse ali para mostrar seu ponto de vista — mas haveria outros com planos mais letais. Por mais que ela odeie dar razão a Constantino, ele estava certo. Goddard precisa ser freado. Apesar de sua própria natureza impulsiva, ela sabe que precisa guiar Goddard para ações calmas e comedidas.

— Colete os guardas! — Goddard ordena. — Eles são inúteis! Colete esses guardas e encontre outros que consigam fazer seu serviço!

— Robert, você está irritado. Não vamos tomar decisões precipitadas.

Ele se volta para ela, enfurecido com a sugestão.

— Precipitadas? Eu poderia ter sido eliminado hoje... Preciso tomar precauções, e preciso me vingar!

— Tudo bem, mas vamos conversar sobre isso de manhã. Nós podemos pensar em um plano.

— Nós?

Então, Goddard baixa os olhos para ver que ela pegou sua mão e — pior ainda — vê que ele, sem se dar conta, está apertando a mão dela de volta. Involuntariamente. Como se aquela mão não fosse sua.

Goddard sabe que há uma decisão a ser tomada aqui. Uma decisão importante. Está claro para ele qual deve ser essa decisão. Ele puxa a mão.

— Não existe *nós* aqui, Ayn.

Esse é o momento em que a ceifadora Rand sabe que perdeu. Ela se dedicou a Goddard. Sozinha, trouxe aquele homem de volta dos mortos, mas nada disso importa para ele. Ela se pergunta se um dia importou.

— Se deseja continuar em meu serviço, precisa parar de tentar me aplacar como se eu fosse uma criança — ele diz — e precisa fazer o que eu mando.

Então Goddard estala os dedos. Como ela odeia quando ele faz isso. Porque é o que Tyger fazia. E exatamente da mesma forma. Mas Goddard não faz ideia.

Esse é o momento em que Goddard sabe que fez a coisa certa. Ele é um homem dedicado à ação, não à deliberação. Sozinho, trouxe a Ceifa para uma nova era — é isso que importa. Rand, assim como seus subceifadores, precisa ser colocada no lugar dela. Isso pode machucá-la por um momento, mas só vai ajudar a longo prazo.

—Vingança — diz Rand, finalmente concordando. — Ótimo. E se eu encontrar a seita a que esse tonista pertencia e coletar seu pároco publicamente? Prometo fazer isso com belos requintes de crueldade para você.

— Coletar um mero pároco — diz Goddard — está longe de ser a mensagem que precisamos enviar. Precisamos ir além.

Rand sai para coletar os três guardas de plantão na residência, conforme instruída. Faz isso com eficiência, sem aviso, sem misericórdia, sem remorso. É mais fácil quando permite que o ódio suba à superfície. Ela odeia Constantino por lhe dar a esperança de que poderia ter alguma influência sobre Goddard. Odeia Tyger por ter sido tão ingênuo a ponto de ter permitido que ela o manipulasse tão facilmente. Odeia a velha guarda, e a nova ordem, e a Nimbo--Cúmulo, e todas as pessoas que já coletou ou que ainda vai coletar. Mas se recusa categoricamente a se odiar, porque isso a destruiria, e ela não vai se permitir ser destruída.

Não existe nós aqui, Ayn.

Ela desconfia que vai ouvir o eco dessa frase pelo resto dos seus dias.

Quero um mundo só para mim. Você vai me dar um?

Mesmo se eu pudesse, não seria seu mundo. Você seria meramente quem o protege.

Pura semântica. Rei, rainha, imperadora, protetor — qualquer que seja o título que você escolha, é tudo a mesma coisa. Seja como for, seria praticamente meu mundo. Eu estabeleceria as regras, definiria os parâmetros de certo e errado. Seria a autoridade de fato sobre ele, como você é.

E os seus súditos?

Eu seria um governante bondoso e benevolente. Puniria apenas aqueles que merecem.

Entendo.

Pode me dar meu mundo agora?

[Iteração nº 752.149 deletada]

18

Eu sou seu ceifador

O ceifador Morrison tinha a vida ganha. Uma vida fácil. E tudo indicava que continuaria assim.

As cotas de coleta haviam sido revogadas e, embora isso significasse que os ceifadores que sentiam prazer em matar poderiam coletar quanto quisessem, também significava que aqueles que preferiam não coletar não eram mais obrigados a desempenhar a função. Jim descobriu que mais ou menos uma dúzia de coletas entre um conclave e outro era o suficiente para não sofrer críticas. Assim, ele podia aproveitar as vantagens de ser um ceifador com o mínimo de esforço.

Com isso em mente, o ceifador Morrison levava uma vida discreta. Não era muito da sua natureza fazer isso; ele gostava de chamar a atenção. Jim era alto, musculoso, tinha uma figura imponente e sabia que era bonito. Com tudo isso a seu favor, por que não se exibir? Mas a única vez que havia se arriscado e atraído atenção para si mesmo, o tiro tinha saído pela culatra e quase o destruíra.

Ele apoiara a indicação da ceifadora Curie para o cargo de Alto Punhal. Idiota. Agora ela estava morta e ele era visto como um instigador. Era frustrante, porque Constantino, que havia indicado Curie, fora nomeado subceifador. O mundo era muito injusto.

Quando Goddard voltara do desastre de Perdura como Alto Punhal, Morrison havia se apressado para aplicar safiras em seu manto de maneira a representar uma aliança com a nova ordem. Mas seu manto era de jeans, e os outros caçoaram que, em jeans, as safiras pareciam um strass vagabundo feito de plástico. Que fosse, talvez parecesse, mas ainda assim transmitiam uma mensagem. Seu manto dizia para o mundo que ele sentia muito pelo que tinha feito — e, depois de um tempo, seu arrependimento lhe fez merecer indiferença de ambos os lados. Os ceifadores da velha guarda lavaram as mãos em relação a ele, e os ceifadores da nova ordem o ignoravam. Essa indiferença gloriosa, conquistada a duras penas, permitia que ele fizesse o que mais gostava de fazer: nada.

Até o dia em que fora convocado pelo Alto Punhal.

Morrison tinha escolhido como residência o lar imponente de outro midmericano famoso. Não seu patrono histórico, porque o Jim Morrison original, embora tivesse uma sepultura célebre em algum lugar da FrancoIbéria, não teve uma residência grandiosa nas Méricas, pelo menos não grandiosa o bastante para um ceifador.

Tudo havia começado quando o menino que se tornaria o ceifador Morrison visitou Graceland, a mansão que pertencera ao cantor Elvis Presley, com os pais. "Um dia, quero morar em um lugar como esse", ele dissera. Seus pais zombaram de sua ingenuidade infantil. Ele jurou que riria por último.

Assim que virou ceifador, imediatamente voltou os olhos para a mansão célebre, mas descobriu que o ceifador Presley já havia tomado Graceland como residência e não demonstrava sinais de se autocoletar tão cedo. Droga. No lugar, Morrison teve de se contentar com a segunda melhor opção:

Grouseland.

Era a mansão histórica de William Henry Harrison, um presidente mericano pouco lembrado da Era Mortal. Exercendo seu privilégio como ceifador, Morrison expulsara as mulheres da sociedade histórica da região, que dirigiam o lugar como um museu, e se mudara. Até convidara os pais para morar com ele e, embora tenham aceitado o convite, nunca pareceram lá muito impressionados.

No dia de sua convocação, ele estava assistindo a esportes, como gostava de fazer. Vídeos de jogos clássicos, porque odiava o estresse de não saber quem ganharia. Era o Forty-Niners contra o Patriots em um jogo de futebol americano que só ficou famoso porque Jeff Fuller do Forty-Niners levou uma cabeçada tão forte de capacete contra capacete que poderia ter ido parar em uma dimensão alternativa. Em vez disso, quebrou o pescoço. Muito dramático. O ceifador Morrison gostava da forma como o futebol americano era jogado nos tempos mortais, quando as lesões podiam ser permanentes e eram capazes de tirar de campo um jogador, que sentia uma dor de verdade. Os riscos eram muito mais reais naquela época. Era seu amor pelos esportes de contato da Era Mortal que inspirava seu método de coleta. Ele nunca usava armas — todas as suas coletas eram feitas com as próprias mãos.

Enquanto o jogo estava suspenso, esperando a remoção de Fuller lesionado do campo, a tela de Morrison ficou vermelha e seu celular vibrou. Parecia que seus nanitos estavam vibrando, porque ele podia jurar que sentia o tremor em seus ossos.

Era uma mensagem da Cidade Fulcral.

ATENÇÃO! ATENÇÃO!
O HONORÁVEL CEIFADOR JAMES DOUGLAS MORRISON
É CONVOCADO PARA UMA AUDIÊNCIA DE ALTA PRIORIDADE
COM SUA EXCELÊNCIA, O HONORÁVEL ROBERT GODDARD,
ALTO PUNHAL DA CEIFA MIDMERICANA.

Aquilo não podia ser uma coisa boa.

Ele estava torcendo para que Goddard tivesse se esquecido dele e que, como Alto Punhal, o homem tivesse tantas coisas mais importantes para fazer que um jovem ceifador como Morrison nem sequer fosse digno da sua atenção. Talvez fosse sua escolha de uma residência famosa que tivesse chamado a atenção de Goddard. Afinal, Grouseland era a primeira casa de tijolos do território de Indiana. Droga.

Sabendo que uma invocação do Alto Punhal exigia largar qualquer coisa que estivesse fazendo, o ceifador Morrison fez exatamente isso, pediu para a mãe arrumar uma mala pequena para ele e chamou um helicóptero da Ceifa.

Embora o ceifador Morrison nunca tivesse ido a Perdura, ele imaginava que a residência de vidro de Goddard na Cidade Fulcral se assemelhasse às coberturas cristalinas dos finados Grandes Ceifadores. No saguão do térreo, Jim foi recebido por ninguém menos do que o primeiro subceifador Nietzsche.

—Você está atrasado — foi a única saudação de Nietzsche.

— Eu vim no minuto em que recebi a convocação — Morrison disse.

— E dois minutos depois da convocação já representa um atraso.

Nietzsche, além de ter um nome dificílimo de soletrar, era o homem que poderia ter sido Alto Punhal se Goddard não tivesse reaparecido no conclave de maneira infame. Agora ele parecia pouco mais do que um ascensorista, porque escoltar Morrison até a residência do terraço era sua única contribuição para a reunião. Ele nem chegou a sair do elevador.

— Comporte-se — ele alertou antes de as portas se fecharem, como um pai diria antes de deixar o filho em uma festa de aniversário.

A residência de cristal era impressionante, cheia de ângulos peculiares e móveis esguios com perfis minimalistas para não obstruir a vista de trezentos e sessenta graus. Apenas o vidro esfumaçado do quarto do Alto Punhal atrapalhava a vista. Morrison podia ver uma sombra do Alto Punhal se movendo lá dentro, como uma aranha no fundo de sua teia.

Então uma figura de manto verde entrou da área da cozinha. A ceifadora Rand. Se ela queria fazer uma entrada grandiosa, foi frustrada pelas paredes de vidro, porque Morrison a tinha visto muito antes de chegar à sala. Ninguém podia acusar aquela administração de não ter transparência.

— Ora, se não é o galã da ceifa midmericana — Rand disse, sentando-se em vez de apertar sua mão. — Ouvi dizer que sua figurinha tem um valor alto entre as adolescentes.

Ele se sentou à frente dela.

— Ei, a sua também é valiosa — ele disse. — Por motivos diferentes. — Só depois se deu conta de que isso poderia ser entendido como um insulto. Morrison não falou mais nada, porque achou que poderia acabar piorando as coisas.

Rand era célebre agora. Todos nas Méricas — talvez até no mundo — sabiam que fora ela quem havia trazido Goddard de volta dos mortos de uma maneira que nem mesmo a Nimbo-Cúmulo ousaria. Morrison sempre ficava incomodado com o sorriso dela. Dava a impressão de que Rand sabia algo que você não sabia e que ela mal podia esperar para ver a sua cara quando você descobrisse.

— Fiquei sabendo que você fez o coração de um homem parar com único golpe no mês passado — Rand disse.

Era verdade, mas os nanitos do cara tinham reiniciado seu coração. Duas vezes. No fim, Morrison teve de desativar os nanitos do homem para a coleta dar certo. Esse era um dos problemas de coletar sem armas ou venenos. Às vezes não funcionava.

— Pois é — disse Morrison, sem se dar ao trabalho de explicar. — É o que eu faço.

— É o que *todos* fazemos — Rand apontou. — O interessante é a maneira como você faz.

Morrison não estava esperando um elogio. Ele tentou responder com um sorriso tão insondável quanto o dela.

—Você me acha interessante?

— Acho a maneira como você *coleta* interessante. Você, por outro lado, é um saco.

Finalmente, Goddard saiu de sua suíte, os braços abertos em um gesto de boas-vindas.

— Ceifador Morrison! — ele disse com muito mais entusiasmo do que Jim esperava. Seu manto era um pouco diferente do que ele usava antes. Ainda era azul-escuro cravejado de diamantes, mas, se você olhasse atentamente, poderia ver filamentos de ouro entrecruzados que cintilavam como a aurora boreal quando a luz refletia neles. — Pelo que me lembro, foi você quem apoiou a indicação da ceifadora Curie como Alto Punhal, não?

Pelo visto, Goddard não queria perder tempo com conversa-fiada. Ele partiu direto para a jugular.

— Sim — respondeu Morrison —, mas posso explicar...

— Não tem por quê — disse Goddard. — Eu gosto de uma competição vigorosa.

— Especialmente quando você ganha — acrescentou Rand.

Isso fez Morrison pensar nos jogos a que gostava de assistir, em que o resultado já estava definido, de modo que ele sabia para qual time torcer.

— Sim. Bem, em todo caso — disse Goddard —, nem você nem nosso amigo Constantino faziam ideia de que eu estava esperando nos bastidores, planejando uma entrada grandiosa para quando a indicação fosse feita.

— Não, senhor, eu não sabia. — Ele logo se corrigiu: — Quero dizer, *excelência*.

Goddard o olhou de cima a baixo.

— As pedras em seu manto foram um belo toque — ele disse. — São uma questão de moda ou algo mais significativo?

Jim engoliu em seco.

— Algo mais — ele disse, torcendo para que fosse a resposta certa. Ele lançou um olhar para Rand, que estava visivelmente feliz em vê-lo se contorcer. — Nunca estive alinhado com a velha guarda — Morrison disse. — Indiquei Curie porque achei que deixaria a ceifadora Anastássia impressionada.

— E por que você gostaria de impressioná-la? — Goddard perguntou.

Uma armadilha, pensou Morrison. E ele decidiu que era melhor sofrer por uma verdade do que ser pego em uma mentira.

— Eu tinha a impressão de que ela chegaria longe, então imaginei que, se a impressionasse...

— Você poderia ser levado na esteira dela?

— Sim, algo do tipo.

Goddard assentiu, aceitando a explicação.

— Bom, ela *chegou* longe. Embora, para ser mais preciso, desconfio que tenha chegado a vários lugares antes de ser completamente digerida.

Morrison riu de nervoso, então se segurou.

— E agora — disse Goddard, apontando para o manto de Morrison coberto de pedras preciosas —, você busca *me* impressionar?

— Não, excelência — ele disse, torcendo de novo para que fosse a resposta certa. — Não quero mais impressionar ninguém. Só quero ser um bom ceifador.

— O que faz um bom ceifador, segundo a sua visão?

— Um bom ceifador segue as leis e os costumes da Ceifa, conforme interpretados por seu Alto Punhal.

Goddard estava imperscrutável agora, mas Morrison notou que o sorriso de Rand não estava mais lá, e ela parecia mais séria. Ele não conseguia evitar a sensação de que tinha acabado de passar por algum tipo de teste. Ou de não passar.

Então Goddard apertou seu ombro calorosamente.

— Tenho um trabalho para você — ele disse. — Um trabalho que vai provar que sua lealdade não é apenas uma questão de moda.

Goddard parou um momento para contemplar a vista do leste. Morrison fez o mesmo.

— Você sem dúvida sabe que os tonistas encontraram um profeta que está unindo as várias facções da sua seita ao redor do mundo.

— Certo. O Timbre.

— Os tonistas são inimigos de tudo que representamos. Eles não nos respeitam nem respeitam nosso chamado. A maneira como seguem essa doutrina fictícia ameaça prejudicar nossa sociedade. São ervas daninhas que precisam ser arrancadas pela raiz. Portanto, quero que você se infiltre no enclave tonista que cerca esse tal Timbre. E quero que você o colete.

A dimensão do pedido era tão grande que deixou Morrison zonzo. Coletar o Timbre? Ele realmente estava sendo encarregado de coletar o Timbre?

— Por que eu?

— Porque — disse Goddard, seu manto cintilando sob a luz do fim de tarde —, eles veriam um ceifador mais experiente se aproximando a quilômetros de distância, mas nunca esperariam que eu mandasse um jovem ceifador como você. E, além do mais, ninguém vai conseguir levar uma arma para perto dele. Precisamos de um ceifador que possa coletar com suas próprias mãos.

Isso fez Morrison sorrir.

— Então eu sou seu ceifador.

Aquela porta, aquela porta, aquela maldita porta!

Não a vejo há quase um ano. Jurei nunca buscar o que se esconde atrás dela. Estou farto dela, assim como estou farto do mundo e, porém, não há um dia que se passe em que eu não pense naquela porta infernal.

Os fundadores da Ceifa eram insanos? Ou talvez fossem mais sábios do que as pessoas lhes davam crédito. Porque, ao exigir a presença de dois ceifadores para abrir aquela porta, estavam garantindo que um maluco como eu não teria como acessar o plano de segurança, seja ele qual for. Apenas dois ceifadores em pleno acordo poderiam abrir a câmara e salvar a Ceifa.

Tudo bem. Não me importo. O mundo que se despedace. Que os segredos dos fundadores permaneçam escondidos por toda a eternidade. Bem-feito para eles por terem escondido tão bem. Foi decisão deles limitar isso a um mito, a uma cantiga de roda. Enterrar em mapas secretos trancados em salas misteriosas. Eles realmente achavam que alguém viria e resolveria sua charada? Que tudo caia aos pedaços. Meu sono é tranquilo sem sustentar o peso do mundo. Sou responsável apenas por mim mesmo agora. Sem coletas. Sem dilemas morais incessantes. Me tornei um homem simples e me contento com pensamentos simples. O conserto do meu telhado. Os padrões das marés. Sim, simples. Devo me lembrar de não complicar as coisas. Devo me lembrar.

Mas aquela maldita porta! Talvez os fundadores não tenham sido sábios coisa nenhuma. Talvez fossem ignorantes e amedrontados e profundamente ingênuos em seu idealismo. Lá estavam doze pessoas que ousaram se imaginar como anjos da morte, vestindo-se com mantos extravagantes apenas para serem notadas. Eles devem ter sido ridículos até o dia em que realmente mudaram o mundo.

Será que um dia duvidaram de si mesmos? Devem ter duvidado, porque tinham um plano B. Mas será que o plano B de revolucionários assustados seria elegante? Ou seria horrendo e medíocre? Afinal, não foi o plano que eles escolheram.

E se a solução alternativa for pior do que o problema?

O que é ainda mais um motivo para parar de pensar nele, para renovar minha resolução de nunca mais buscar isso e me manter longe, bem longe, daquela porta irritante e detestável.

Do diário "*post mortem*" do ceifador Michael Faraday,
em 1º de junho do Ano do Íbex

19
Ilhota da solidão

Faraday não queria mais nenhuma ligação com Kwajalein. No horizonte, ele conseguia ver estruturas se erguendo; navios chegavam toda semana com mais materiais, mais funcionários trabalhando como drones para transformar o atol em algo que não era. O que a Nimbo-Cúmulo estava planejando para aquele lugar?

Kwajalein era uma descoberta *dele*. Foi a descoberta triunfante *dele*. A Nimbo-Cúmulo havia se apossado descaradamente da sua terra. Embora Faraday estivesse curioso, não cedeu a essa curiosidade. Era um ceifador, e se recusava categoricamente a se envolver de qualquer forma com o trabalho da Nimbo-Cúmulo.

Ele poderia tê-la expulsado do atol se tivesse decidido fazer isso — afinal, como ceifador, e acima da lei, poderia exigir o que quisesse, e a Nimbo-Cúmulo teria de obedecer. Ele poderia ter proclamado que ela não era permitida em um raio de cem milhas náuticas de Kwajalein, e a Nimbo-Cúmulo não teria escolha a não ser se retirar para a distância a que havia sido ordenada, levando consigo seu equipamento de construção e seus operários.

Mas Faraday não invocou seu direito. Não expulsou a Nimbo-Cúmulo.

Porque, em última análise, ele confiava mais nos instintos dela do que em seus próprios instintos. Então Faraday expulsou a si mesmo.

Havia noventa e sete ilhas no atol Kwajalein, compondo o aro partido e pontilhado de uma cratera vulcânica submersa. Sem dúvida ele poderia reivindicar uma ilha para si. Ele deixou de lado sua missão daqueles primeiros dias e se apropriou de uma pequena jangada que havia chegado com os primeiros navios de suprimentos. Depois a guiou a uma das ilhas na borda extrema do atol. A Nimbo-Cúmulo respeitou sua escolha e o deixou em paz. Ela manteve a pequena ilha dele fora de seus planos.

Mas não as outras ilhas.

Algumas das ilhotas eram tão pequenas que mal comportavam uma pessoa, mas algo estava sendo feito em todas as que pudessem sustentar construções.

Faraday fez o possível para ignorá-la. Ele construiu uma choupana com as ferramentas que pegara das equipes de construção antes de partir. Não era muito, mas não precisava de muito. Aquele era um lugar silencioso para viver sua eternidade. E seria a eternidade — ou pelo menos boa parte dela —, porque ele decidiu que não se autocoletaria, por mais tentado que ficasse. Jurou ficar vivo pelo menos enquanto Goddard também estivesse, nem que fosse para o xingar em segredo.

Como ceifador, ele tinha uma responsabilidade para com o mundo, mas estava farto disso. Não se sentia culpado por desafiar o primeiro mandamento importantíssimo da Ceifa: "Matarás". Ele havia matado. Era o suficiente. Conhecendo Goddard, Faraday tinha certeza de que haveria muitas mortes acontecendo mesmo sem sua contribuição.

Era errado se distanciar e se apartar de um mundo que ele havia passado a odiar? Tentara fazer isso uma vez — em Playa Pintada, no norte sereno da costa amazônica. Naquela época, estava apenas saturado. Ainda não odiava o mundo, só sentia uma leve antipatia por ele. Fora Citra quem o tirara de sua complacência. Sim, Citra... E veja só o que foi feito com toda a audácia e as boas intenções dela. Agora Faraday não estava apenas saturado. Era um verdadeiro misantropo. Que propósito poderia haver para um ceifador que detestava o mundo e todos que o habitavam? Não, dessa vez ele não seria trazido de volta para a batalha. Munira poderia tentar arrastá-lo, mas fracassaria e acabaria desistindo.

Ela não desistiu, claro, mas ele ainda alimentava a esperança de que desistiria. Munira vinha visitá-lo uma vez por semana, trazendo comida e água e sementes para cultivo, embora seu pedacinho de mundo fosse muito pequeno e o solo rochoso demais para cultivar qualquer coisa. Ela trazia frutas e outras iguarias de que ele secretamente gostava — mas Faraday nunca a agradecia. Por nada daquilo. Ele torcia para que sua ingratidão a afastasse e que ela voltasse para a Isrábia, para a Biblioteca de Alexandria. Lá era o lugar dela. Ele nunca deveria tê-la tirado de seu caminho. Mais uma vida arruinada pela intromissão dele.

Em uma das visitas, Munira trouxe, surpreendentemente, uma sacola de alcachofras.

— Elas não crescem aqui, mas acho que a Nimbo-Cúmulo sentiu uma necessidade, e elas chegaram no último navio de mantimentos — ela disse.

Aquele, embora não parecesse nada demais para Munira, era um desdobramento significativo. Um momento digno de nota. Porque alcachofras eram a comida favorita de Faraday, o que significava que sua entrega na ilha não tinha sido acidental. Embora a Nimbo-Cúmulo não interagisse com ceifadores, ela claramente os conhecia. Ela claramente *o* conhecia. E estava, de uma maneira indireta, estendendo a mão para ele. Bom, se esse era algum tipo de gesto torto de boa-vontade da Nimbo-Cúmulo, ela estava bajulando o ceifador errado. Mesmo assim, ele pegou as alcachofras de Munira, junto com os outros alimentos do engradado.

—Vou comer se sentir vontade — ele disse, inexpressivo.

Munira não se deixava afastar por causa da grosseria dele. Em nenhum momento. Ela tinha passado a esperar por aquele comportamento. Contar com ele, até. Quanto à sua vida na ilha principal de Kwajalein, não era muito diferente de sua vida antes de começar a trabalhar para o ceifador Faraday. Ela tinha vivido uma existência solitária, mesmo quando estava cercada por pessoas na Biblioteca de Alexandria. Agora, vivia sozinha no velho bunker de uma ilha cercada por pessoas e interagia apenas quando lhe convinha. Ela não tinha mais acesso aos diários de ceifadores que enchiam os salões de pedra da grande biblioteca, mas não lhe faltavam materiais de leitura. Havia muitos livros caindo aos pedaços deixados pelos mortais que administraram aquele lugar antes da ascensão da Nimbo-Cúmulo e da Ceifa. Livros de fatos e ficções curiosos de pessoas que viviam cada dia de sua existência lidando com as devastações da idade e a constante aproximação da morte. As páginas frágeis estavam cheias de intrigas melodramáticas e uma estupidez apaixonada que pareciam risíveis agora. Pessoas que acreditavam que as menores de suas ações importavam e que elas poderiam encontrar uma sensação de completude antes que a morte inevitavelmente as levasse, junto com todos que elas haviam conhecido e amado. Eram leituras interessantes, mas difíceis para Munira se identificar no começo... Quanto mais ela lia, porém, mais passava a entender os medos e sonhos dos mortais. Como era difícil para eles viver no momento presente, apesar do fato de que o presente era tudo que tinham.

E havia as gravações e os diários deixados pelos militares que usaram as ilhas Marshall — como os atóis eram chamados antigamente — para testar armas de grande escala. Bombas de radiação balísticas e coisas do tipo. Aquelas atividades eram movidas pelo medo, mas disfarçadas sob uma fachada de ciência e profissionalismo. Ela leu tudo, e o que, para outros, não teria passado de relatórios enfadonhos, para Munira era uma tapeçaria da história oculta. Ela sentia que tinha se tornado uma especialista na vida mortal em um mundo antes da proteção benévola da Nimbo-Cúmulo e da sábia coleta dos ceifadores.

Não mais tão sábia.

Os rumores entre os operários eram cheios de histórias de coletas em massa, e não apenas na MidMérica. Uma região após a outra estava adotando a prática. Ela se perguntou se o mundo exterior havia começado, em certo sentido, a se assemelhar ao mundo mortal. Mas, em vez de sentirem medo, os operários pareciam apenas indiferentes. "Nunca acontece com a gente", eles diziam, "nem com ninguém que conhecemos."

Porque, afinal, mil pessoas coletadas em um evento de massa era uma gota tão pequena no oceano que mal chegava a ser perceptível. O que era perceptível, porém, era que as pessoas tendiam a se manter longe de teatros e baladas, bem como a se dissociar de grupos sociais desprotegidos.

"Por que provocar o punhal?", havia se tornado uma expressão comum. Portanto, desde a ascensão da nova ordem de Goddard e do silêncio da Nimbo-Cúmulo, as pessoas levavam vidas mais restritas. Uma espécie de feudalismo pós-mortal, em que as pessoas se mantinham reservadas e não se interessavam pelas ações tumultuosas dos grandes e poderosos nem pelas coisas que afetavam outras pessoas em outros lugares.

"Sou um pedreiro no paraíso", um dos operários na ilha principal dissera a ela. "Meu marido adora o sol, e meus filhos adoram a praia. Por que estressar meus nanitos emocionais pensando em coisas terríveis?"

Uma ótima filosofia, até a coisa terrível acontecer com você.

No dia em que Munira levou as alcachofras para Faraday, ela jantou com ele à pequena mesa que ele havia construído e deixado na praia, pouco acima do nível da maré alta. Isso dava a ele uma visão das estruturas que se erguiam ao longe. E, apesar do que tinha dito antes, ele assou as alcachofras para os dois.

— Quem está comandando as coisas por lá? — Faraday perguntou, olhando para as outras ilhas além da lagoa imensa. Ele nunca perguntava sobre o que estava acontecendo no resto do atol, mas resolveu perguntar. Munira viu isso como um bom sinal.

— Os agentes nimbos tomam conta de todas as decisões que já não foram tomadas pela Nimbo-Cúmulo — ela respondeu. — Os trabalhadores das obras os chamam de nimborroidas, de tanto que incomodam. — Ela fez uma pausa, porque achou que Faraday pudesse rir, mas ele não riu. — Enfim, Sykora se gaba de que está no comando, mas é Loriana quem realmente faz as coisas acontecerem.

— Que tipo de coisas? — Faraday perguntou. — Não, não me conte, não desejo saber.

Mesmo assim, Munira estendeu a conversa, tentando fomentar a curiosidade dele.

— Você não reconheceria o lugar — ela disse. — Virou... uma espécie de posto avançado da civilização. Uma colônia.

— Fico surpreso que Goddard não tenha enviado seus emissários para cá, para descobrir o porquê de toda essa comoção — Faraday comentou.

— O mundo lá fora ainda não sabe que este lugar existe — Munira disse a ele. — Aparentemente, a Nimbo-Cúmulo o mantém como um ponto cego para todos os outros.

Ele lhe lançou um olhar desconfiado.

—Você está me dizendo que aqueles navios de materiais não levam de volta histórias sobre o lugar que não deveria existir?

Munira deu de ombros.

— A Nimbo-Cúmulo sempre teve projetos em lugares remotos. Ninguém que chegou partiu até agora, e as pessoas aqui não fazem ideia de onde estão, muito menos do que estão construindo.

— E o que elas estão construindo?

Munira demorou para responder.

— Não sei — ela disse. — Mas tenho minhas suspeitas. Vou revelar a você quando elas me parecerem menos bobas... e quando você parar com essa sua birra prolongada.

— Birra é algo passageiro — ele disse com desdém. — O que tenho é uma mentalidade. Não vou aturar esse mundo de novo. Ele nunca me fez nenhum bem.

— Mas você fez muito bem a ele — ela o lembrou.

— E não recebi nenhuma recompensa pelos meus esforços, apenas dor.

— Não sabia que você estava fazendo as coisas que fez pela recompensa.

Faraday se levantou da mesa, indicando que a refeição e a conversa haviam terminado.

— Quando voltar da próxima vez, traga tomates. Faz muito tempo que não como um bom tomate.

Instruções fáceis para abrir o pacote de segurança inviolável

Box 1: Confirmação do sobrenome (favor rubricar)
Box 2: Confirmação do primeiro nome e do nome do meio, se houver (favor rubricar)
Box 3: Posicione a ponta do indicador direito aqui e segure até o espaço ficar verde
Box 4: Consulte as instruções da lanceta

Lanceta — instruções de utilização

- Lave as mãos com água e sabão. Seque bem.
- Escolha um ponto ligeiramente fora do centro da ponta do seu dedo.
- Insira a lanceta no dispositivo de punção, remova a tampa e aperte.
- Aplique uma gota de sangue no espaço indicado no box 3 do formulário de segurança.
- Volte a tampar a lanceta; descarte de maneira adequada.

20

Lógica em espiral

Loriana Barchok nunca havia se sentido tão atordoada, tão zonza. Tentou compreender o que tinha descoberto, mas percebeu que sua mente precisava fazer muita força para sequer tentar. Ela teve de se sentar, mas, assim que o fez, se levantou de novo e começou a andar de um lado para o outro, depois parou e ficou olhando para a parede, então se sentou de novo.

Um pacote havia chegado naquela manhã. Para abrir, Loriana precisou colocar sua impressão digital e uma gota de seu sangue, para confirmar seu DNA. Ela nem sabia que aquele tipo de pacote existia. Quem precisava de algo embalado com tanta segurança assim?

A primeira página era uma lista de distribuição. Todas as pessoas que haviam recebido uma cópia dos documentos embalados. Em qualquer outro empreendimento dessa magnitude seriam centenas.

Mas esse pacote tinha uma lista de distribuição de uma pessoa.

O que a Nimbo-Cúmulo estava pensando? Ela realmente devia ter sofrido alguma avaria se estava enviando um documento confidencial de prioridade alta como aquele para Loriana. A Nimbo-Cúmulo não sabia que ela era péssima em guardar segredos? É claro que sabia! Ela sabia de tudo sobre todo mundo. Então a pergunta era: a Nimbo-Cúmulo enviara o pacote sabendo muito bem que Loriana daria com a língua nos dentes? Ou realmente confiava que Loriana seria a única guardiã daquela chama oculta?

Será que foi assim que o Timbre se sentira, ela se perguntou, quando se dera conta de que era o único com quem a Nimbo-Cúmulo ainda conversava? Ele também ficou atordoado? Alternou entre andar de um lado para o outro e se sentar e olhar para o nada? Ou a Nimbo- -Cúmulo escolheu alguém mais sábio e experiente como portador de sua voz na Terra? Alguém que conseguisse tirar de letra uma responsabilidade tão inacreditável?

Eles só tinham ouvido falar do Timbre pelos boatos dos operários que chegavam. Algumas pessoas acreditavam que a Nimbo-Cúmulo falava com ele; outras pensavam que era apenas uma típica loucura tonista.

"Ah, ele existe de verdade", Sykora havia dito. "Eu o encontrei uma vez... com Hilliard e Qian." O que tornava tudo que ele falava sobre o encontro suspeito, visto que Sykora era o único vivo entre os três. "Foi ele quem nos mandou para cá, quem nos deu aquelas malditas coordenadas. Claro, foi antes de toda essa história de 'homem santo'. Isso veio depois. Ele parecia bastante medíocre, na minha opinião."

E de mediocridade você entende bem, Loriana sentiu vontade de dizer. Mas não disse nada e deixou Sykora voltar a seu trabalho.

Loriana não foi convidada para ser assistente de Sykora quando eles começaram a se estabelecer um ano antes. A proposta foi feita para outro agente júnior, que enchia Sykora de elogios e o paparicava como um mordomo exagerado. Bom, se Loriana tivesse sido convidada para o cargo, teria recusado. Afinal, tudo que eles faziam ali não passava de uma ilusão de emprego. Ninguém estava sendo pago, nem mesmo com a Renda de Garantia Básica. As pessoas trabalhavam porque não sabiam mais o que fazer, e, com os navios que passaram a chegar regularmente, sempre havia algo que precisava ser feito. Os ex-agentes nimbos ajudavam as equipes de construção ou organizavam eventos sociais. Um até chegou a abrir um bar, que logo se tornou o lugar favorito para se frequentar depois de um longo dia quente.

E ninguém precisava de dinheiro no atol, porque os navios de mantimentos chegavam com tudo que pudessem querer ou precisar.

Sykora, claro, se encarregava da distribuição — como se decidir quem ganhava milho ou feijão nesse dia ou naquele outro fosse uma demonstração significativa de poder.

Desde o princípio, a vontade da Nimbo-Cúmulo tinha de ser deduzida a partir de suas ações. Tudo começou com aquele avião solitário que sobrevoara a ilha, quase alto demais para ser notado. Depois vieram os primeiros navios.

Quando esses navios surgiram no horizonte, os ex-agentes nimbos ficaram exultantes. Finalmente, depois de quase um mês vivendo à base dos recursos limitados do atol, a Nimbo-Cúmulo tinha ouvido seu apelo e eles estavam sendo resgatados!

Pelo menos tinha sido o que pensaram.

Os navios que chegavam eram todos pilotados automaticamente, então não havia ninguém para quem pudessem pedir permissão para embarcar — e, depois que os mantimentos eram descarregados, ninguém era bem-vindo de volta. Claro, todos tinham *permissão* de subir no navio — a Nimbo-Cúmulo raramente proibia as pessoas de fazer alguma coisa —, mas, no momento em que embarcavam, a identidade das pessoas disparava um alarme e exibia um alerta azul ainda maior do que a marca vermelha de "infrator". Qualquer um que permanecesse a bordo era marcado para suplantação imediata, e, caso alguém achasse que fosse um blefe, havia um painel de suplantação bem ali, logo depois da prancha de embarque, pronto para apagar suas mentes e substituir por memórias novas e superficiais. Memórias de alguém que não sabia onde estivera um momento antes.

Isso fazia as pessoas descerem mais rápido do que haviam embarcado. A marca em suas identidades desaparecia só quando corriam para fora da plataforma de cargas. Mesmo assim, vários dos colegas de Loriana decidiram partir naqueles navios, preferindo se tornar outra pessoa em qualquer outro lugar do mundo a continuar em Kwajalein.

Loriana teve um amigo de infância que fora suplantado. Ela não sabia até dar de cara com ele num café outro dia, abraçá-lo e começar a conversar, perguntando aonde a vida o tinha levado depois de se formar do ensino médio.

"Desculpa", ele havia dito educadamente. "Realmente não sei quem você é. Quem quer que você pense que eu sou, não sou mais essa pessoa."

Loriana tinha ficado chocada e envergonhada. Tanto que ele insistira em pagar um café para ela e se sentar para conversar mesmo assim. Aparentemente, ele passara a ser um criador de cachorros, com todo um conjunto de memórias falsas de uma vida na região da Extensão-Nortenha, criando huskies e malamutes para a Iditarod, uma corrida anual de trenós puxados por cães.

"Mas não incomoda você que nada disso seja verdade?", Loriana tinha perguntado.

"Nenhuma memória é 'verdadeira'", ele argumentara. "Dez pessoas se lembram da mesma coisa de dez maneiras completamente diferentes. E, além disso, quem eu era de verdade não importa e não muda quem sou agora. Adoro quem eu sou, o que provavelmente não era verdade antes, senão eu nunca teria sido suplantado para começo de conversa."

Não era bem uma lógica circular. Parecia mais uma espiral. Uma mentira aceitável que girava em torno de si mesma até verdade e ficção desaparecerem em uma singularidade que se resumia a "Quem se importa, desde que eu esteja feliz?".

Fazia um ano desde que aqueles primeiros navios haviam chegado, e as coisas tinham entrado em uma rotina. Casas foram construídas, ruas foram pavimentadas. O mais estranho, porém, eram os grandes trechos em diversas ilhas que estavam sendo preparados com uma camada de um metro de espessura de concreto. Ninguém sabia para quê. As equipes de construção estavam apenas seguindo uma ordem de serviço. E, como todas as ordens de serviço da Nimbo-Cúmulo sempre terminavam com uma coisa sensata sendo construída, elas confiavam que tudo seria revelado quando seu trabalho fosse cumprido. Quando quer que fosse.

Loriana tinha ficado no comando da equipe de comunicações, enviando mensagens unilaterais extremamente demoradas para a Nimbo-Cúmulo em pulsações primitivas de estática. Era um trabalho estranho, porque ela não conseguia pedir nada diretamente à Nimbo-Cúmulo, já que a Nimbo-Cúmulo era obrigada a recusar solicitações de infratores. Portanto, tudo que Loriana podia fazer eram declarações afirmativas.

O navio de mantimentos chegou.

Estamos racionando a carne.

A construção do píer atrasou devido a uma concretagem ruim.

E, quando um navio com mais carne e uma nova mistura de concreto chegou cinco dias depois, todos souberam que a Nimbo-Cúmulo havia recebido a mensagem sem que ninguém tivesse de pedir por algo com todas as letras.

Embora Stirling, o técnico de comunicações, fosse responsável por enviar as mensagens, não era ele quem decidia o que enviar. Esse era o trabalho de Loriana. Ela era a guardiã de todas as informações que saíam da ilha. E, com tantas informações, precisava escolher e decidir o que seria ou não transmitido. Embora a Nimbo-Cúmulo já tivesse instalado câmeras em todo o atol, elas não eram capazes de transmitir imagens por causa da interferência. Tudo precisava ser registrado e levado fisicamente para fora do ponto cego antes de poder ser transmitido para a Nimbo-Cúmulo. Houve conversas sobre construir um cabo de fibra ótica à moda antiga que chegasse até a borda do ponto cego, mas, pelo visto, não era a prioridade para a Nimbo-Cúmulo naquele momento, porque ela ainda não havia mandado os materiais necessários para construí-lo. Portanto, na situação atual, a Nimbo-Cúmulo via as coisas no mínimo um dia depois de terem acontecido. Isso tornava o centro de comunicações crucial, pois era a única forma de manter a Nimbo-Cúmulo informada.

No dia em que recebeu e abriu o pacote de segurança, Loriana colocou uma mensagem na pilha com as outras que estavam esperando para ser enviadas por Stirling por meio do sistema de código. Dizia apenas: "Por que eu?".

— Por que você o quê? — Stirling perguntou.

— Só envia — ela disse. — A Nimbo-Cúmulo vai entender. — Ela tinha decidido não contar nem para ele sobre a chegada do pacote, porque sabia que Stirling não a deixaria em paz até Loriana contar o que continha.

Ele suspirou e digitou.

— Você sabe que ela não vai responder — ele disse. — Provavelmente só vai mandar para você um monte de uvas ou algo do tipo, e você vai ter de descobrir o que significa.

— Se ela me mandar uvas — Loriana retrucou —, vou fazer vinho e ficar bêbada, e essa vai ser minha resposta.

Enquanto saía do bunker, ela deu de cara com Munira, que estava cuidando do jardinzinho perto da entrada. Embora os navios de mantimentos trouxessem praticamente tudo de que precisavam, Munira ainda cultivava o que podia.

"Faz com que eu me sinta útil", ela dissera certa vez. "E comida caseira tem um gosto melhor do que qualquer coisa que a Nimbo-Cúmulo cultiva, de qualquer forma."

— Então... eu recebi uma coisa da Nimbo-Cúmulo — ela contou para Munira, talvez a única pessoa com quem Loriana se sentia segura em confidenciar. — Não sei direito o que fazer.

Munira não tirou os olhos do jardim.

— Não posso conversar com você sobre nada relativo a Nimbo--Cúmulo — ela disse. — Trabalho para um ceifador, lembra?

— Eu sei... É só que... é importante, e não sei o que fazer com isso.

— O que a Nimbo-Cúmulo quer que você faça?

— Quer que eu guarde segredo.

— Então guarde segredo — Munira disse. — Problema resolvido.

Mas aquela também era apenas uma lógica em espiral. Porque as informações nunca eram dadas pela Nimbo-Cúmulo sem que houvesse um propósito. Só restava a Loriana torcer para que o propósito ficasse evidente. E, quando ficasse, torcer para não fazer besteira.

— Como está o ceifador Faraday? — Loriana perguntou. Fazia meses que ela não o via.

— O de sempre — Munira respondeu.

Loriana imaginava que ser um ceifador privado de seu propósito era pior do que ser um agente nimbo desempregado.

— Ele tem planos de começar a coletar de novo? Digo, tem centenas de operários em todo o atol agora. Com certeza é uma população grande o bastante para coletar alguém aqui ou ali. Não que eu esteja louca para ver isso nem nada, mas um ceifador que não coleta não é exatamente um ceifador.

— Ele não tem planos de fazer nada — Munira disse.

— Então você está preocupada com ele?

—Você não ficaria?

A próxima parada de Loriana foi no centro de distribuição — um armazém de estrutura rápida e eficiente, perto da plataforma de cargas, onde Sykora passava a maior parte do tempo andando de um lado para o outro e apontando.

Loriana estava lá porque precisava dar uma olhada em Sykora. Ver se ele estava agindo diferente de alguma maneira. Ver se talvez ele tinha recebido a mesma informação que ela, estando ou não na lista de distribuição oficial. Mas Sykora agia como sempre: burocrático e gerencial. O mestre incontestável de projetos triviais.

Depois de um tempo, ele a notou parada ali.

— Tem alguma coisa que eu possa fazer por você, agente Barchok? — ele perguntou. Embora não fossem agentes nimbos de verdade havia mais de um ano, ele ainda agia como se fossem.

— Só estava pensando — ela disse — se você parou para pensar no porquê de estarmos aqui em Kwajalein.

Ele tirou os olhos do tablet de inventário e a observou por um momento.

— Obviamente a Nimbo-Cúmulo quer estabelecer uma comunidade aqui, e nós fomos os escolhidos para povoá-la. Você não entendeu isso ainda?

— Sim, eu sei — Loriana concordou. — Mas por quê?

— Por quê? — Sykora repetiu, como se a pergunta fosse absurda. — Por que alguém vive em algum lugar? Não tem um "porquê".

Não adiantava insistir para além disso. Loriana se deu conta de que era exatamente isso que a Nimbo-Cúmulo queria que Sykora pensasse — provavelmente era parte do motivo para ele não ter recebido o pacote. Se tivesse, teria insistido em se meter e estragar tudo. Era melhor se ele nem soubesse que havia algo em que se meter.

— Deixa para lá — Loriana disse. — Só estou tendo um dia ruim.

— Está tudo como deveria estar, agente Barchok — ele disse em uma frágil tentativa de ser paternal. — Só faça seu trabalho e deixe o panorama geral comigo.

E foi o que ela fez. Dia após dia, ela enviou as mensagens que precisavam ser enviadas e observou enquanto o enorme projeto de construção continuava, com todos trabalhando com a diligência feliz e obediente de abelhas-operárias, ignorando qualquer coisa que não fosse sua tarefa específica. O mundo deles tinha ficado tão pequeno que não conseguiam ver além do próximo rebite a ser soldado.

Todos menos Loriana que, ao contrário de Sykora, via o panorama geral *de verdade*.

Porque, no pacote protegido por DNA, havia mais do que apenas documentos. Havia plantas e diagramas. Os planos para tudo que a Nimbo-Cúmulo estava planejando construir.

E, assim como para abrir o pacote em si, ela pedia sua assinatura, impressão digital e uma gota de sangue, mas dessa vez para aprovar os planos. Como se Loriana fosse a administradora de todo aquele empreendimento. Ela levou um dia inteiro e uma noite virando de um lado para o outro, mas, na manhã seguinte, deu sua aprovação biológica.

Agora ela sabia exatamente o que a Nimbo-Cúmulo estava construindo ali. Ela duvidava de que alguém já desconfiasse. Mas desconfiariam. Em um ano ou dois, seria difícil esconder.

E, por mais que ruminasse a questão, Loriana não sabia se deveria ficar absolutamente feliz ou completamente aterrorizada.

Meus colegas da ceifa oestemericana,

Como sua Alto Punhal, estou aqui para acalmar seus receios e apreensões sobre nossa relação com a MidMérica. A pura verdade é que o mundo não é mais o mesmo desde que Perdura se foi. Tonistas sibilantes desafiam descadaramente nossa autoridade, e o silêncio contínuo da Nimbo-Cúmulo deixou bilhões sem direção. O mundo precisa de nossa força e convicção.

Assinar artigos oficiais de alinhamento com a ceifa midmericana é um passo nessa direção. Eu e o Alto Punhal Goddard concordamos que todos os ceifadores devem ser livres para coletar, sem as restrições de costumes antiquados e limitantes.

Eu e Goddard avançamos em pé de igualdade, junto com os Altos Punhais da ExtensãoNortenha, da Mérica do Leste e Mexiteca, que em breve também assinarão artigos de alinhamento.

Garanto a vocês que não estamos rendendo nossa soberania; estamos apenas afirmando nossos objetivos paralelos: a saúde mútua e a iluminação contínua de nossas respectivas ceifas.

Do discurso no Conclave Primaveril da Sua Excelência, Alto Punhal Mary Pickford da Mérica do Oeste, em 28 de maio do Ano da Quokka

21

Expostos

Mais de dois anos depois que Loriana Barchok dera sua aprovação de DNA ao empreendimento secreto da Nimbo-Cúmulo e um ano depois que a Mérica do Oeste se aliara oficialmente à MidMérica, o ceifador Sydney Possuelo se sentou diante da ceifadora Anastássia à mesa do café da manhã, tentando deixá-la a par do estado do mundo.

Quanto mais ela escutava, mais perdia o apetite. Anastássia não estava pronta para enfrentar um mundo em que Goddard era o poder predominante em todo um continente.

— Embora nós na Amazônia estejamos resistindo — Possuelo disse —, algumas regiões sulmericanas estão se aliando a ele, e eu soube que ele está conseguindo aberturas significativas na PanÁsia.

Possuelo limpou uma mancha de gema de ovo da boca, e Citra se perguntou como ele conseguia ter apetite. O melhor que ela conseguia fazer era mexer a comida de um lado para o outro do prato em uma tentativa de não ser mal-educada. Ela imaginou que isso sempre acontecia: depois que o impensável se transforma em norma, você fica insensível a ele. Ela nunca queria se tornar tão insensível.

— O que ele quer que ainda não tem? — ela perguntou. — Ele se livrou da cota de coleta, o que deve satisfazer sua sede de sangue, e agora está no controle de cinco regiões nortemericanas em vez de apenas uma. Isso deveria bastar para qualquer pessoa.

Possuelo abriu um sorriso condescendente que ela achou irritante.

— Sua ingenuidade é acalentadora, Anastássia. Mas a verdade é que o poder pelo poder é um vício ardente. Ele não ficaria satisfeito nem se devorasse o mundo inteiro.

— Deve haver alguma maneira de detê-lo!

Possuelo sorriu novamente. Dessa vez, não foi com condescendência, mas de maneira conspiratória. Ela gostou muito mais desse sorriso.

— É aí que você entra. O retorno da ceifadora Anastássia do mundo dos mortos vai chamar a atenção das pessoas — ele disse. — Pode até trazer uma vida nova à fragmentada e desmoralizada velha guarda. Talvez assim tenhamos uma chance de combater Goddard.

Citra suspirou e se remexeu, incomodada.

— As pessoas… as pessoas comuns… aceitam as mudanças que o ceifador Goddard implantou?

— Para a maioria das pessoas, a política da Ceifa é um mistério. O único desejo delas é se manter fora do caminho e não serem coletadas.

— Mas elas devem ver o que está acontecendo e o que ele está fazendo…

— Elas veem… e, entre a população, ele é temido, mas também é respeitado.

— Mas e as coletas em massa? Tenho certeza de que ele está fazendo mais delas. Isso não incomoda as pessoas?

Possuelo suspirou ao pensar nisso.

— Ele escolhe suas coletas em massa com cautela, selecionando apenas grupos não registrados e desprotegidos, grupos que a população em geral não se importa em ver coletados.

Citra baixou os olhos para a comida intocada. Ela conteve o impulso de jogar tudo contra a parede, só pela satisfação de ouvir os pratos se quebrarem. Coletas direcionadas não eram uma novidade na história. No passado, porém, eram punidas rapidamente pelo Alto Punhal. Mas quando a autoridade máxima era o criminoso, quem poderia detê-lo? Rowan era o único que infligia morte aos poderosos, e Possuelo não permitiria que voltasse a fazer isso.

Goddard encontraria mais e mais populações vulneráveis para atacar e, enquanto as pessoas o aceitassem, ele continuaria impune.

— As notícias não são tão desoladoras quanto parecem — Possuelo disse. — Se serve de consolo, nós aqui na Amazônia ainda mantemos o espírito dos mandamentos da Ceifa, assim como muitas outras ceifas. Estimamos que metade do mundo, talvez mais, seja contra as ideias e os métodos de Goddard. Mesmo em regiões que ele controla há aqueles que resistem quando podem. Acredite se quiser, mas os tonistas estão se provando uma fonte substancial de resistência desde que o profeta deles foi coletado.

— Profeta?

— Há pessoas que acreditam que a Nimbo-Cúmulo ainda falava com ele. Mas de que isso importa agora?

Então Goddard tinha tudo a seu favor. Era o que Marie havia temido — o que todos eles haviam temido. O que o ceifador Asimov chamara uma vez de "o pior dos mundos". Marie se fora, e a esperança era escassa.

Ao pensar na ceifadora Curie, a garota sentiu emergir o turbilhão de emoções que conseguira conter até então. O último ato de Marie tinha sido salvar Citra e Rowan. Um verdadeiro ato altruísta de uma das pós-mortais mais nobres que havia existido. E agora ela se fora. Sim, tinha acontecido anos atrás, mas, para Citra, o luto ainda sangrava, em carne viva. Ela virou-se para secar as lágrimas sem que Possuelo pudesse ver, mas, no momento em que fez isso, as lágrimas irromperam em soluços que ela não tinha como controlar.

Possuelo deu a volta pela mesa para consolá-la. Ela não queria que ele a consolasse, não queria que a visse dessa forma, mas também sabia que a dor não era algo que tinha de carregar sozinha.

— Está tudo bem, meu anjo — Possuelo disse, a voz reconfortante e paternal. — Como você disse, a esperança foi apenas colocada no lugar errado, e acredito que é você quem vai encontrá-la.

— "Meu anjo"? — ela repetiu. — Sidney, não sou o anjo de ninguém.

— Ah, mas é sim — Possuelo disse. — Porque é de um anjo que o mundo precisa para conseguirmos derrotar Goddard.

Citra se permitiu dar vazão ao seu luto; depois, quando se sentiu exausta, guardou o sofrimento dentro de si novamente, secando as lágrimas. Precisava desse momento. Precisava dizer adeus a Marie. E, agora que havia dito, se sentia apenas um pouco diferente. Ela se sentia, pela primeira vez desde a revivificação, menos como Citra Terranova e mais como a ceifadora Anastássia.

Dois dias depois, ela foi transferida do centro de revivificação para um local mais seguro, uma antiga fortaleza na costa nordeste da Amazônia. Um lugar que era desolado e, ao mesmo tempo, belo em sua desolação. Era como estar em um castelo na superfície da Lua, se a Lua tivesse sido abençoada com oceanos.

Comodidades modernas justapostas a baluartes de pedra tornavam o lugar confortável e intimidante ao mesmo tempo. Sua suíte tinha uma cama digna de uma rainha. Possuelo havia deixado escapar que Rowan também estava naquele lugar, embora provavelmente não estivesse recebendo o mesmo tratamento majestoso.

— Como ele está? — ela perguntou a Possuelo, tentando soar menos preocupada do que estava. Possuelo a visitava diariamente e passava bastante tempo com ela, fornecendo informações sobre a situação mundial, atualizando-a pouco a pouco das muitas coisas que haviam mudado desde que Perdura afundara.

— Rowan está sendo tratado de maneira adequada — Possuelo respondeu. — Estou cuidando disso pessoalmente.

— Mas ele não está aqui conosco, o que significa que você ainda o vê como um criminoso.

— O *mundo* o vê como um criminoso — Possuelo disse. — Não importa como eu o vejo.

— Para mim importa.

Possuelo refletiu um pouco antes de responder.

— Está claro que sua avaliação sobre Rowan Damisch é turvada pelo amor, meu anjo, e, portanto, não é totalmente confiável. Mas também não é totalmente inconfiável.

Ela tinha liberdade para andar pela fortaleza, desde que uma escolta a acompanhasse aonde quer que fosse. Ela explorou o local sob o

210

pretexto de curiosidade, mas na verdade estava apenas procurando por Rowan. Um de seus guardas era um jovem ceifador irritante chamado Peixoto, tão fascinado por ela que Anastássia temia que ele pudesse entrar em combustão espontânea se chegasse a tocar em seu manto. Enquanto ela atravessava um espaço úmido que devia ter sido um antigo salão comunal, viu que ele estava simplesmente parado perto dos degraus de pedra, embasbacado com todos os movimentos que ela fazia. Anastássia não se conteve e precisou se manifestar.

— Não tem nada melhor para olhar, não? — ela perguntou.

— Desculpa, excelência. É só que ainda é difícil acreditar que estou observando a ceifadora Anastássia em pessoa — Peixoto disse.

— Bom, me observar não significa necessariamente ficar me encarando desse jeito, como se seus olhos fossem pular fora.

— Desculpa, excelência, não vai acontecer de novo.

— Ainda está acontecendo.

— Desculpa.

Agora, Peixoto mantinha os olhos baixos, como se olhar para ela fosse como olhar para o sol. Era quase tão ruim quanto ficar encarando. Seria aquele o tipo de tratamento ridículo que ela teria de enfrentar? Já não bastava quando era apenas uma ceifadora. Agora também era uma lenda viva, o que aparentemente significava todo um conjunto novo de veneração nauseante.

— Se não se importa de eu perguntar... — Peixoto disse enquanto eles subiam por uma escada estreita em espiral que, assim como tantas outras, não levava a lugar nenhum. — Como foi?

—Você vai ter que ser mais específico.

— Estar lá durante o afundamento de Perdura — ele continuou. — Observar enquanto ela vinha abaixo.

— Desculpa, mas eu estava ocupada demais tentando sobreviver para tirar fotos — ela disse, bastante irritada com a pergunta.

— Perdão — ele disse. — Eu era apenas um aprendiz na época em que aconteceu. Desde então, Perdura me fascina. Falei com alguns outros sobreviventes, aqueles que conseguiram entrar num barco ou avião nos últimos minutos. Eles disseram que era espetacular.

— Perdura era um lugar impressionante — Anastássia teve de admitir.

— Não, estou falando do afundamento. Ouvi dizer que o afundamento foi espetacular.

Anastássia nem soube o que dizer, então respondeu com silêncio. E, quando viu Possuelo de novo, perguntou se Peixoto poderia ser alocado em outro lugar.

Depois de uma semana na velha fortaleza, as coisas sofreram uma reviravolta súbita e inesperada. No meio da noite, Possuelo entrou nos aposentos de Anastássia com vários Guardas da Lâmina para a acordar de mais um sono sem sonhos.

—Vista-se rápido. Temos de sair às pressas — ele disse.

— Amanhã de manhã vou ter pressa — ela respondeu, aborrecida por ter sido acordada e sonolenta demais para entender a gravidade da situação.

— Fomos expostos — Possuelo disse. — Uma delegação de ceifadores da Mérica do Norte chegou, e garanto que eles não estão aqui para lhe dar as boas-vindas de volta ao mundo.

Isso foi mais do que o suficiente para a fazer sair da cama.

— Quem poderia ter… — Mas, antes mesmo que formulasse a pergunta, ela soube a resposta. — O ceifador Peixoto!

—Você foi muito mais intuitiva do que eu em relação àquele desgraçado. Eu deveria ter previsto as intenções dele.

—Você é um homem que acredita nas pessoas.

— Sou um homem tolo.

Depois que ela vestiu o manto, notou outra pessoa no quarto que ela não tinha visto ao acordar. A princípio, pensou que fosse um homem, mas, quando a figura ficou sob a luz, Anastássia percebeu que era uma mulher. Ou não. Sua impressão se alterava a cada momento, a cada mudança de luz.

— Anastássia, conheça Jerico Soberanis, que comandou o navio de resgate que a localizou. Jerico vai levar você para um lugar seguro.

— Mas e Rowan? — Citra perguntou.

—Vou fazer o possível por ele, mas você precisa ir agora!

Rowan foi despertado pelo som da fechadura se abrindo. Ainda estava escuro lá fora. Aquilo não era parte da rotina. A lua brilhava pela fenda entre as pedras, lançando uma faixa de luz fraca contra a parede oposta. Quando ele pegara no sono, a lua ainda não havia nascido, e, pelo ângulo em que a luz era lançada, suspeitou que devia ser pouco antes do amanhecer. Ele fingiu dormir enquanto vultos entravam no quarto em silêncio. O corredor pelo qual haviam entrado estava escuro, e eles eram guiados apenas por feixes luminosos de lanternas. Rowan tinha a vantagem de seus olhos já estarem ajustados à escuridão. Os vultos, porém, tinham a vantagem numérica. Rowan permaneceu imóvel e manteve os olhos minimamente entreabertos, apenas o suficiente para ver as figuras por entre as pálpebras.

Era um conjunto de pessoas desconhecidas... mas talvez não completamente desconhecidas. O primeiro indício de que eram intrusos foi a escuridão, e o fato de que um parecia procurar um interruptor. Estava claro que, quem quer que fossem, não sabiam que a luz de seu quarto, e provavelmente a do corredor, era controlada remotamente de outro lugar da fortaleza. Então ele entreviu a lâmina da adaga cerimonial que membros da Guarda da Lâmina usavam nos cintos. Mas ainda mais reveladores eram os dois vultos de manto, e o fato de que seus mantos eram cravejados de pedras preciosas que brilhavam como estrelas sob o luar.

— Acordem-no — disse uma das figuras de manto. Sua voz, feminina, era desconhecida, mas isso não importava. As pedras preciosas significavam que ela era uma ceifadora da nova ordem. Uma seguidora de Goddard. E isso fazia dela, bem como de todos em sua companhia, inimiga.

Quando um guarda se debruçou sobre ele, preparando-se para o acordar com um tapa, Rowan estendeu o braço e pegou a adaga cerimonial da cintura do homem. Ele não a usou contra o próprio guarda, porque ninguém se importaria se ele fosse deixado semimorto. Em vez disso, Rowan apontou a lâmina para o ceifador cravejado de joias mais próximo. Não a mulher que havia falado, mas aquele que fora tolo o bastante para ficar em seu campo de ataque. Rowan cortou sua jugular em um único golpe de adaga, depois desatou a correr em direção à porta.

Deu certo. O ceifador gemeu, se debateu e sangrou, criando uma distração impressionante. Todos os presentes ficaram imediatamente agitados, sem saber se corriam atrás de Rowan ou se ajudavam o ceifador moribundo.

Rowan sabia que estava lutando pela vida naquele momento. O mundo o via como o monstro que afundara Perdura. Tinham lhe contado muito pouco sobre como as coisas haviam mudado enquanto ele e Citra estavam no fundo do mar, mas disso ele sabia. Sua suposta vilania fora cravada na mente coletiva da humanidade, e não havia esperanças de mudar isso. Rowan não se surpreenderia se até a Nimbo-Cúmulo acreditasse em sua culpa. Sua única opção era fugir.

Enquanto corria pelo corredor, as luzes se acenderam, o que ajudaria tanto ele quanto seus perseguidores. O garoto nunca havia saído de sua cela, por isso não tinha como saber a planta da antiga fortaleza, que não era projetada para fugas. Na realidade, era um labirinto feito para confundir qualquer pessoa que ficasse presa ali.

A tentativa de capturá-lo era desorganizada e desordenada. Mas, se tinham conseguido acender as luzes, isso provavelmente significava que tinham acesso às câmeras de segurança e uma noção ao menos rudimentar da planta da fortaleza.

Os primeiros guardas e ceifadores que ele encontrou foram liquidados com facilidade. Os ceifadores, embora bem treinados para o combate, raramente precisavam enfrentar agressores tão habilidosos na arte da morte como Rowan. Já os Guardas da Lâmina eram, assim como suas adagas, praticamente decorativas. Aquelas paredes de pedra antiga que não viam sangue fazia incontáveis séculos foram bem alimentadas.

Se aquela fosse uma estrutura comum, a fuga teria sido bem mais fácil para Rowan, mas ele toda hora dava de cara com corredores sem saída.

E Citra?

Será que ela estava nas garras deles? Será que esses ceifadores a tratariam melhor do que o tratavam? Talvez ela também estivesse fugindo por aqueles corredores. Talvez ele a encontrasse e eles pudessem escapar juntos. Foi o pensamento que o motivou, fazendo-o correr mais e mais rápido pelo labirinto de pedra.

Depois do quarto beco sem saída, ele deu meia-volta, mas encontrou seu caminho bloqueado por mais de uma dezena de guardas e ceifadores. Rowan tentou abrir caminho entre eles, mas, por mais que gostasse de acreditar que o ceifador Lúcifer era invencível, Rowan Damisch não era. A adaga foi tirada de sua mão, e ele foi capturado e jogado no chão. Suas mãos foram acorrentadas por um acessório metálico de imobilização tão agressivo que era claro que só podia ser uma relíquia da Era Mortal.

Quando ele terminou de ser subjugado, uma ceifadora se aproximou.

— Virem-no de frente — ela ordenou. Era ela quem tinha falado primeiro em sua cela. Quem estava no comando daquela operação. Ele a reconheceu apenas vagamente. Ela não era uma ceifadora midmericana, mas Rowan sabia que já tinha visto aquele rosto antes.

— Todos aqueles que você deixou semimortos tão covardemente serão revividos. — Ela estava tão cheia de raiva e rancor que cuspia saliva enquanto falava. — Eles serão revividos e testemunharão contra você.

— Se eu quisesse eliminá-los permanentemente — Rowan disse —, teria eliminado.

— Mesmo assim, seus crimes hoje o fazem merecer inúmeras mortes.

— Você quer dizer além das mortes que eu já merecia? Desculpa, mas todas começaram a se misturar na minha cabeça.

Aquilo só serviu para enfurecê-la ainda mais, como era a intenção dele.

— Não apenas morte — ela respondeu —, mas dor. Dor extrema, aprovada pelo Suprapunhal nortemericano sob determinadas circunstâncias, e suas circunstâncias justificam um alto nível de sofrimento.

Não foi a menção da dor que o perturbou, mas a ideia de um "Suprapunhal nortemericano".

— Deixem-no semimorto para que ele não nos arranje mais problemas — ela ordenou a um dos guardas. — Depois o revivemos.

— Sim, Alto Punhal.

— Alto Punhal? — Rowan repetiu. Ele ficou confuso. Então, finalmente percebeu quem ela era. — Alto Punhal Pickford da Mérica do Oeste? — ele disse, incrédulo. — Goddard controla sua região também?

O vermelho do rosto furioso dela foi sua resposta.

— Queria não ter nem que reviver você — Pickford vociferou —, mas essa decisão não cabe a mim. — Então ela se voltou para os guardas que o seguravam. — Matem sem derramar sangue, ele já fez sujeira demais por hoje.

Então um dos guardas esmagou sua traqueia, dando a Rowan mais uma morte desagradável para acrescentar à sua extensa coleção.

O ceifador Possuelo desembainhou a lâmina assim que viu ceifadores que não estavam vestindo o tradicional manto verde da ceifa amazônica. Pouco importava que a violência contra ceifadores fosse proibida. Qualquer punição valeria a pena. Mas, quando a Alto Punhal da Mérica do Oeste surgiu de trás dos outros ceifadores, ele pensou melhor. Embainhou a adaga rapidamente, mas manteve a língua afiada.

— Com que autoridade você viola a jurisdição da ceifa amazônica? — Possuelo questionou.

— Não precisamos de permissão para capturar um criminoso internacional — respondeu a Alto Punhal Pickford, projetando a voz com tanta força quanto qualquer arma. — Com que autoridade vocês o estavam protegendo?

— Nós o estávamos detendo, não protegendo.

— Se é o que você diz… Bom, não precisa mais se preocupar com ele — ela disse. — Um ambudrone sob nosso controle já o transportou para nosso avião.

— Haverá consequências se continuarem com essa ação! — Possuelo ameaçou. — Garanto a você.

— Pouco me importa — Pickford disse. — Onde está a ceifadora Anastássia?

— Ela não é uma criminosa.

— Onde ela está?

— Não aqui — Possuelo respondeu finalmente.

E então, das sombras, surgiu aquele Peixoto insidioso, que obviamente os havia traído para cair nas graças de Goddard.

— Ele está mentindo — disse Peixoto. — Eles a mantêm em um quarto no fim deste corredor.

— Procurem quanto quiserem — retrucou Possuelo —, mas não vão encontrá-la. Ela se foi faz tempo.

Pickford gesticulou para que os outros ceifadores e Guardas da Lâmina em sua companhia vasculhassem a fortaleza. Eles passaram por Possuelo, perscrutando todos os quartos e nichos por onde passavam. Ele permitiu, porque sabia que não encontrariam nada.

— Já notifiquei minha Alto Punhal desta invasão, e um novo decreto acabou de ser emitido — Possuelo disse. — Qualquer ceifador midmericano encontrado em território amazônico será capturado e forçado a se autocoletar.

—Você não se atreveria!

— Sugiro que partam antes que cheguem reforços para fazê-los cumprir o decreto. E faça o favor de avisar o seu Suprapunhal que nem ele nem nenhum dos fantoches ceifadores trabalhando para ele são bem-vindos na Amazônia.

Pickford o encarou indignada, mas Possuelo não vacilou. Por fim, a fachada fria dela pareceu ceder. O ceifador agora conseguia entrever o que realmente havia por trás. Ela estava cansada. Derrotada.

— Muito bem — ela disse. — Mas ouça minhas palavras: se Goddard está determinado a encontrá-la, ele vai encontrá-la.

A comitiva dela retornou, sem ter encontrado nada em sua busca, e Pickford ordenou para que fossem embora, mas Possuelo ainda não estava pronto para deixá-la partir.

— O que aconteceu com você, Mary? — ele perguntou, e a decepção genuína em sua voz era difícil para ela ignorar. — Ano passado você disse que nunca entregaria sua soberania a Goddard. E agora olhe só para você, a um hemisfério de casa, fazendo a vontade dele! Você era uma mulher honorável, Mary. Uma boa ceifadora...

— Ainda *sou* uma boa ceifadora — ela disse. — Mas os tempos mudaram e, se não mudarmos com eles, vamos ser atropelados pelo que virá adiante. Você pode comunicar *isso* à sua Alto Punhal. — Então ela baixou os olhos, se retraindo por um momento. — Muitos amigos na ceifa oestemericana preferiram se autocoletar a se submeter à nova ordem de Goddard. Eles viram isso como uma oposição corajosa. Eu vejo como uma fraqueza. Jurei que nunca seria tão fraca.

Então ela se virou e saiu andando. A longa cauda de seu manto de seda pura era pesada demais com tantas opalas para deslizar graciosamente como antes; agora, apenas se arrastava pelo chão.

Possuelo só se permitiu relaxar depois que Pickford se foi. Ele havia recebido informações de que Anastássia e Soberanis tinham chegado ao porto, e que o *Spence* estava navegando às escuras no Atlântico, assim como fizera na noite em que erguera a galeria das profundezas. Possuelo confiava que Jerico, hábil e versátil no comando do navio, conseguiria transportar Anastássia pelos sete mares até amigos que poderiam mantê-la mais segura do que ele havia conseguido.

Quanto ao garoto, Pickford sem dúvida o levaria para Goddard. Os sentimentos de Possuelo eram conflitantes. Ele não sabia se acreditava nos argumentos de Anastássia sobre como Rowan era inocente. Mesmo se ele não tivesse afundado Perdura, havia eliminado mais de uma dezena de ceifadores. Se aqueles ceifadores mereciam ou não ser eliminados era irrelevante. O vigilantismo da Era Mortal não tinha lugar no mundo em que viviam agora. Todos os ceifadores podiam concordar com isso — o que significava que, independentemente da filosofia, não haveria um Alto Punhal na Terra que permitiria que o garoto vivesse.

Possuelo concluiu que, no fim das contas, fora um erro tê-lo revivido. Ele deveria ter colocado o garoto de volta na galeria e o mandado para o fundo do mar. Porque agora Rowan Damisch seria torturado pelo Suprapunhal sem o menor pingo de misericórdia.

Testamento do Timbre

Em uma abadia antiga no extremo norte da cidade, o Timbre se refugiou e se alimentou. Dividiu o pão e a companhia com a crente, o mágico e o executor, pois todos eram de igual sonoridade para o Timbre. Assim, todas as almas, superiores e inferiores, vieram reverenciá-lo enquanto ele se sentava no embalo do Grande Diapasão na primavera de sua vida, transmitindo sabedoria e profecia. Ele nunca conheceria o inverno, pois o sol voltava o semblante com mais força para ele do que para qualquer outro. Rejubilem-se todos!

Comentário do pároco Symphonius

Essa é a primeira referência ao que chamamos de primeiro acorde. Crente, Mágico e Executor são os três arquétipos que compõem a humanidade. Apenas o Timbre poderia ter unido vozes tão díspares em um som coerente e agradável ao Tom. Essa também é a primeira menção ao Grande Diapasão, que se determinou como uma referência simbólica aos dois caminhos possíveis na vida: o caminho da harmonia ou o caminho da discórdia. E, até hoje, o Timbre se coloca onde os caminhos divergem, chamando-nos na direção da harmonia perpétua.

Análise de Coda sobre Symphonius

Mais uma vez, Symphonius tira conclusões que deturpam os fatos. Embora seja possível que as notas do primeiro acorde representem os arquétipos, é igualmente possível que representem três indivíduos reais. Talvez o Mágico fosse um artista da corte. Talvez o Executor fosse um cavaleiro que enfrentou os monstros cuspidores de fogo que supostamente existiam na época. Porém, o mais revoltante, na minha opinião, é Symphonius ignorar que o Timbre sentado "no embalo do Grande Diapasão na primavera de sua vida" seja uma referência óbvia à fertilidade.

22

Apenas sobremesas

Assim como muitas coisas na vida de Greyson como Timbre, o pároco Mendoza havia escolhido sua residência oficial — ou melhor, dado a ele uma lista de residências pré-aprovadas para escolher em uma reunião suntuosa de párocos de alto escalão.

"Com o crescimento de sua reputação e notoriedade, precisamos de um local fortificado e defensável", dissera Mendoza, e depois apresentara o que parecia um teste de múltipla escolha. "Com a expansão do número de devotos, recebemos fundos suficientes para adquirir qualquer um desses quatro lugares, à sua escolha."

As opções eram:

A) uma imensa catedral de pedra;

B) uma imensa estação ferroviária de pedra;

C) uma imensa sala de espetáculos de pedra; ou

D) uma abadia de pedra reclusa que pareceria imensa em outras circunstâncias, mas era minúscula comparada às outras.

Mendoza tinha incluído a última opção para satisfazer os párocos que acreditavam que menos era mais. E o Timbre, com um gesto teatral e beato, a fim de zombar de todo o processo, erguera a mão e apontara para a única resposta errada no teste: a abadia. Em parte, porque sabia que era a que Mendoza menos queria e, em parte, porque meio que gostava dela.

A abadia, localizada em um parque na estreita ponta norte da cidade, começara como um museu concebido para parecer um mosteiro antigo. Mal sabiam os arquitetos que seriam tão bem-sucedidos que a construção realmente se tornaria um mosteiro. Seu nome era Claustros. Greyson não fazia ideia do porquê do plural se só havia um.

As tapeçarias antigas que antes ficavam penduradas nas paredes tinham sido enviadas para outro museu de arte da Era Mortal e substituídas por tapeçarias novas feitas para parecerem antigas, que representavam cenas religiosas para os tonistas. Ao olhar para elas, dava para pensar que o tonismo existia havia milhares de anos.

Greyson morava ali havia mais de um ano, mas voltar para casa nunca dava a sensação de voltar para casa. Talvez porque ele ainda fosse o Timbre, usando vestimentas bordadas que davam coceira. Só quando ficava sozinho, em sua suíte particular, podia tirar aquelas roupas e voltar a ser Greyson Tolliver. Pelo menos para si mesmo. Para todos os outros, ele era sempre o Timbre, não importava o que vestisse.

Os funcionários ouviam repetidamente para não o tratarem com reverência, apenas respeito, mas isso não acontecia. Todos eram tonistas leais escolhidos a dedo para o trabalho e, quando estavam a serviço do Timbre, o tratavam como um deus. Faziam grandes reverências quando ele passava e, quando Greyson pedia para pararem, se deliciavam em ser repreendidos. Era uma situação em que ele nunca saía ganhando. Mas, pelo menos, esses tonistas eram melhores do que os fanáticos, que estavam se tornando tão extremistas que tinham ganhado um nome: sibilantes. Um som distorcido e torturante, desagradável a todos.

A única que oferecia uma trégua das reverências era a irmã Astrid. Apesar de sua crença fervorosa de que Greyson era um profeta, ela não o tratava como um. Irmã Astrid achava que era sua missão, porém, ter conversas espirituais com ele e abrir seu coração para a verdade do tonismo. Eram tantas as conversas sobre Harmonias Universais e Arpejos Sagrados que ele não suportava mais. Greyson queria trazer alguns não tonistas para seu círculo íntimo, mas Mendoza não permitia.

"Você precisa ter cuidado com quem se associa", Mendoza insistira. "Com os ceifadores atacando cada vez mais tonistas, não sabemos em quem podemos confiar."

"A Nimbo-Cúmulo sabe em quem posso ou não confiar", Greyson respondera, o que apenas irritara o pároco.

Mendoza nunca parava quieto. Como pároco monasterial, ele era silencioso e reflexivo, mas estava mudado. Havia retomado a personalidade de guru do marketing que tinha antes de se tornar um tonista. "O Tom me colocou onde eu era necessário, quando era necessário", ele dissera certa vez, depois acrescentara "Rejubilem-se todos!", embora Greyson nunca soubesse dizer se ele estava sendo sincero quando dizia aquilo. Mesmo quando ministrava cerimônias religiosas, seu "rejubilem-se todos" sempre parecia vir com uma piscadinha.

Mendoza se mantinha em comunicação constante com os párocos ao redor do mundo usando em segredo os servidores da Ceifa.

"São os sistemas menos regulados e monitorados do mundo."

Havia algo ao mesmo tempo satisfatório e perturbador em saber que estavam usando os próprios servidores da Ceifa para transmitir mensagens secretas para os párocos de todo o mundo.

A suíte particular de Greyson era um verdadeiro santuário. Era o único lugar onde a Nimbo-Cúmulo podia falar com ele em voz alta e não apenas pelo seu fone de ouvido. Era uma liberdade ainda mais palpável do que tirar os trajes engomados de Timbre. O fone que ele usava em público fazia a Nimbo-Cúmulo parecer uma voz em sua cabeça. Ela só falava com Greyson em voz alta quando sabia que ninguém mais podia ouvir e, quando isso acontecia, ele se sentia envolvido por ela. Ele estava dentro dela, e não o contrário.

— Fale comigo — ele disse à Nimbo-Cúmulo enquanto se espreguiçava sobre o edredom em sua cama, um móvel enorme construído especialmente para ele por um seguidor que fabricava colchões à mão. Por que as pessoas achavam que, só porque o Timbre era grandioso, tudo em sua vida também tinha de ser? A cama era grande o bastante para um pequeno exército. Sinceramente, o que esperavam que ele fizesse nela? Até nas raras ocasiões em que ele tinha "a companhia de uma visita", como os párocos diziam tão delicadamente, parecia que tinham de deixar um rastro de migalhas para se encontrarem no colchão.

Greyson quase sempre se deitava sozinho. Isso lhe deixava duas opções. Ele podia se sentir insignificante e solitário, engolido pela vastidão ondulante do edredom; ou podia tentar lembrar como era ser um bebê deitado no meio da cama dos pais, seguro, confortável e amado. Sem dúvida eles deviam ter feito isso pelo menos uma vez antes de cansarem de ser pais.

— Seria um prazer conversar, Greyson — a Nimbo-Cúmulo respondeu. — O que vamos discutir?

— Não importa — ele disse. — Coisas bobas, coisas importantes, coisas no meio-termo.

— Vamos discutir seus seguidores e como eles estão cada vez mais numerosos?

Greyson rolou para o lado.

— Você sabe mesmo acabar com o clima, não é? Não, não quero conversar sobre nada a ver com o Timbre. — Ele rastejou até a beirada da cama e pegou o prato de cheesecake que havia trazido consigo depois do jantar. Se a Nimbo-Cúmulo queria falar sobre sua vida como Timbre, ele definitivamente precisava de uma comida reconfortante para ajudar a engolir a conversa.

— A difusão do movimento tonista é uma coisa boa — a Nimbo--Cúmulo disse. — Significa que, quando for preciso mobilizá-los, eles serão uma força a ser temida.

— Você fala como se fosse entrar em guerra.

— Estou torcendo para que isso não seja necessário.

E isso foi tudo que a Nimbo-Cúmulo disse a respeito daquilo. Desde o começo, ela era enigmática sobre como poderia usar os tonistas. Fazia Greyson se sentir um confidente a quem nada era confidenciado.

— Não gosto de ser usado sem saber o objetivo final — ele disse. Para deixar clara sua desaprovação, foi para o único ponto no quarto que sabia que as câmeras da Nimbo-Cúmulo tinham dificuldade em ver.

— Você encontrou um ponto cego — ela disse. — Talvez saiba mais do que está revelando.

— Não faço ideia do que você está falando.

O ar-condicionado soprou com mais força por um breve momento. A versão da Nimbo-Cúmulo de um suspiro.

—Vou contar para você quando a situação estiver mais sólida, mas ainda preciso superar alguns obstáculos antes de sequer poder calcular as chances de meu plano para a humanidade dar certo.

Greyson achou absurdo que a Nimbo-Cúmulo pudesse dizer algo como "meu plano para a humanidade" com a mesma indiferença que uma pessoa diria "meu cheesecake".

Que, a propósito, estava péssimo. Sem sabor e mais gelatinoso do que cremoso. Os tonistas acreditavam que a audição era o único sentido que valia a pena satisfazer. No entanto, alguém aparentemente tinha entendido a cara que Greyson fizera enquanto comia um babka especialmente ruim, e os funcionários estavam tentando encontrar um novo chef confeiteiro. Ser o Timbre era assim. Você arqueava uma sobrancelha e montanhas se moviam, quer você quisesse, quer não.

—Você está descontente comigo, Greyson? — a Nimbo-Cúmulo perguntou.

—Você basicamente controla o mundo... Por que se importa se estou descontente?

— Porque eu me importo — a Nimbo-Cúmulo disse. — Me importo muito.

—Você vai tratar o Timbre com reverência absoluta, independentemente do que ele disser.

— Sim, senhora.

— Saia do caminho dele se o vir se aproximando.

— Sim, senhora.

— Sempre mantenha os olhos baixos na presença dele, e faça uma grande reverência.

— Sim, senhora.

A irmã Astrid, que agora trabalhava como chefe da equipe de funcionários dos Claustros, olhou para o novo chef de confeitaria com atenção. Ela semicerrou os olhos como se isso a ajudasse a enxergar dentro da alma dele.

— De onde você vem?

— AmorFraternal — ele disse.

— Bom, espero que sua cabeça não seja tão rachada quanto o Sino da Liberdade. Você claramente deve ter se destacado para que seu pároco o recomendasse para servir o Timbre.

— Sou o melhor no que faço — ele disse. — Definitivamente, o melhor.

— Um tonista sem modéstia — ela disse com um sorriso enviesado. — Algumas seitas sibilantes cortariam sua língua por falar dessa forma.

— O Timbre é sábio demais para isso, senhora.

— Isso ele é — ela concordou. — Isso ele é. — Então ela estendeu a mão de repente e apertou o bíceps direito dele. O recém-chegado o tencionou por reflexo.

— Forte. Pela sua aparência, fico surpresa que não tenham indicado você para a equipe de segurança.

— Sou um chefe confeiteiro — ele disse. — A única arma que uso é uma batedeira.

— Mas você lutaria por ele se lhe fosse pedido?

— Estou aqui para tudo que o Timbre precisar.

— Ótimo — ela disse, satisfeita. — Bom, no momento ele precisa de uma sobremesa. — Em seguida, mandou alguém da equipe de culinária mostrar a cozinha para ele.

Ele sorriu enquanto era levado. Havia passado pela inspeção da chefe de equipe. A irmã Astrid era conhecida por expulsar recém-chegados de que não gostava, por mais bem recomendados que fossem. Mas ele estava à altura dos padrões dela. O ceifador Morrison não poderia estar mais feliz.

— Estou pensando que viajar pode ser uma boa estratégia na atual conjuntura — a Nimbo-Cúmulo disse a Greyson naquela noite, antes que ele tirasse suas vestimentas para poder relaxar. — Estou pensado intensamente nisso.

— Eu já disse que não vou fazer uma turnê mundial — Greyson retrucou. — O mundo vem a mim, uma pessoa de cada vez. Estou bem do jeito que as coisas estão e, até agora, era o que você queria também.

— Não estou sugerindo uma turnê mundial, mas talvez uma peregrinação sem aviso a lugares onde você nunca esteve. Não seria bom se as pessoas soubessem que o Timbre viajou pelo mundo, como fizeram os profetas ao longo da história?

Greyson Tolliver, porém, nunca havia sentido sede de viajar. Antes de sua vida sair do eixo, sua esperança tinha sido servir à Nimbo-Cúmulo como um agente nimbo perto de casa — e, se não, em um único lugar que se tornaria sua casa. Para ele, a cidade de Lenape era todo o mundo que ele precisava ver.

— Foi apenas uma sugestão. Mas acredito que seja uma sugestão importante — a Nimbo-Cúmulo disse. Não era comum a Nimbo-Cúmulo insistir quando Greyson havia deixado sua opinião clara sobre um assunto. Talvez chegasse o momento em que ele tivesse de se deslocar para ajudar a colocar as facções sibilantes em ordem, mas por que naquele momento?

— Vou pensar sobre o assunto — Greyson disse, só para pôr fim à conversa. — Mas agora preciso tomar um banho e parar de pensar em coisas estressantes.

— Claro — disse a Nimbo-Cúmulo. — Vou preparar para você.

Mas o banho que a Nimbo-Cúmulo preparou estava quente demais. Greyson aguentou sem dizer nada, mas o que a Nimbo-Cúmulo estava pensando? Ela o estava punindo de uma forma passivo-agressiva por não querer viajar? A Nimbo-Cúmulo não costumava ser assim. Mas que outro motivo ela teria para cozinhar seu corpo?

O novo chef confeiteiro precisava ser um gênio da culinária. E ele era. Pelo menos, até o ceifador Morrison o coletar e assumir seu lugar. A verdade era que, até três semanas antes, o ceifador Morrison mal sabia ferver água, que diria assar um suflê — mas um curso intensivo de sobremesas lhe deu bases suficientes para improvisar durante o pouco tempo que precisava. Ele até havia aperfeiçoado algumas especialidades. Fazia um tiramisu excelente e um cheesecake de morango matador.

Morrison ficou nervoso nos primeiros dias e, embora suas mãos inexperientes se atrapalhassem bastante na cozinha, isso se revelou uma cortina de fumaça eficiente. Todos os novos funcionários ficavam nervosos quando chegavam ali — e, graças ao olhar severo de irmã Astrid, continuavam nervosos durante toda a sua permanência. O embaraço de Morrison na cozinha seria interpretado como algo normal dentro das circunstâncias.

Mais cedo ou mais tarde, eles descobririam que ele não era o chef que achavam que ele era, mas Morrison não precisava manter a farsa por muito tempo. E, quando ele terminasse, todos aqueles tonistinhas nervosos seriam liberados do serviço. Porque o homem santo que eles serviam estava prestes a ser coletado.

— A Nimbo-Cúmulo está agindo de maneira estranha — Greyson disse à irmã Astrid, que jantava com ele naquela noite. Sempre havia alguém com quem jantar, porque queriam que o Timbre nunca tivesse de jantar sozinho. Na noite anterior, fora um pároco da Antártica que estava de passagem. Na noite antes, uma mulher que criava diapasões graciosos para altares domésticos. Raramente era alguém com quem Greyson queria jantar de verdade, e raramente alguém com quem ele podia ser Greyson. Ele sabia que tinha de estar no "modo" Timbre em todas as refeições. Era irritante, porque suas vestes se manchavam facilmente e eram quase impossíveis de manter tão limpas quanto o papel exigia, por isso viviam sendo substituídas. Ele gostaria de jantar de jeans e camiseta, mas receava nunca mais ter esse luxo novamente.

— Como assim, "estranha"? — a irmã Astrid perguntou.

— Se repetindo — Greyson diz. — Fazendo coisas que são... indesejadas. É difícil de explicar. Ela só... não é ela mesma.

Astrid deu de ombros.

— A Nimbo-Cúmulo é a Nimbo-Cúmulo. Ela se comporta como se comporta.

— Falou como uma verdadeira tonista — Greyson disse. Ele não tinha a intenção de tirar sarro, mas Astrid levou para esse lado.

— O que *quero dizer* é que a Nimbo-Cúmulo é uma constante. Se ela está fazendo alguma coisa que não faz sentido para você, então talvez *você* seja o problema.

Greyson sorriu.

—Você vai ser uma excelente paróca algum dia, Astrid.

Um garçom colocou a sobremesa diante deles. Cheesecake de morango.

—Você deveria experimentar — Astrid disse a Greyson —, e me dizer se é melhor do que o do antigo chef.

Ele deu uma garfada pequena e experimentou. Estava perfeito.

— Uau — ele disse a Astrid. — Finalmente temos um chef confeiteiro decente!

Pelo menos, o cheesecake era bom o suficiente para tirar a Nimbo-Cúmulo de sua cabeça durante os minutos que Greyson levou para o devorar.

O ceifador Morrison entendia por que a coleta do Timbre precisava ser feita sem derramamento de sangue, e por meio de um subterfúgio, em vez de um ataque frontal. Os tonistas que protegiam o Timbre morreriam por seu profeta e eram bem armados com artilharia clandestina da Era Mortal. Eles revidariam de formas que pessoas comuns não se atreveriam a revidar — portanto, mesmo se uma equipe de assassinato fosse bem-sucedida, o mundo saberia da resistência que os tonistas ofereceram. E o mundo jamais deveria ver esse nível de resistência contra a Ceifa. Até então, a melhor estratégia tinha sido simplesmente ignorar a existência do Timbre. As ceifas do mundo torciam para que, ao tratá-lo como alguém insignificante, ele *fosse* insignificante. Mas, pelo visto, havia assumido importância suficiente para Goddard desejar que ele fosse eliminado. E, para evitar que esse fosse um acontecimento de alta notoriedade, uma infiltração de um homem só era a melhor maneira de agir.

A beleza do plano estava na própria autoconfiança dos tonistas. Eles haviam avaliado o novo chef confeiteiro exaustivamente antes de ele ser aprovado para o trabalho. Foi muito fácil mudar a identidade de Morrison e simplesmente assumir o papel do homem depois que os tonistas estavam certos de que era seguro.

Ele tinha de admitir que estava adorando sua nova posição e gostava de cozinhar mais do que pensava. Talvez transformasse isso em um hobby depois que terminasse o trabalho. A ceifadora Curie não preparava refeições para as famílias daqueles que ela coletava? Talvez o ceifador Morrison pudesse fazer sobremesas para elas.

"Lembre-se de sempre fazer um pouco a mais", o chef assistente havia aconselhado a ele em seu primeiro dia ali. "O Timbre gosta de comer no meio da noite. E normalmente algo doce."

Uma informação valiosíssima.

"Nesse caso", Morrison havia dito, "vou fazer sobremesas para ele comer até não poder mais."

Testamento do Timbre

O Timbre enfrentou inúmeros inimigos, tanto na vida como além dela. Quando o portador da morte invadiu seu santuário e envolveu sua mão fria em torno de sua garganta, ele se recusou a sucumbir. Vestindo o manto azul áspero e desgastado da sepultura, a morte cravou suas garras nele, e, embora realmente tenha roubado sua existência terrena, esse não foi o fim do Timbre. Em vez disso, ele foi elevado além deste mundo para uma oitava superior. Rejubilem-se todos!

Comentário do pároco Symphonius

Não nos devemos enganar: a morte em si não é o inimigo, pois é nossa crença que a morte natural deve chegar a todos em seu tempo. A morte *não natural* é que é o tema desse versículo. Trata-se de mais uma referência aos ceifadores, que muito seguramente existiram — seres sobrenaturais que devoravam as almas dos vivos a fim de adquirir poderes mágicos sombrios. O fato de o Timbre ser capaz de lutar contra esses seres é evidência de sua divindade.

Análise de Coda sobre Symphonius

Não existem dúvidas de que os ceifadores existiam no tempo do Timbre e, até onde sabemos, ainda podem existir nos Lugares Abandonados. No entanto, sugerir que devoravam almas é um exagero até para Symphonius, que tende a preferir os boatos e conjecturas às evidências. É importante mencionar que os estudiosos chegaram a um consenso geral de que os ceifadores não devoraram as almas de suas vítimas. Apenas consumiam sua carne.

23

Como coletar um homem santo

O Timbre não podia andar pelos corredores e pátios dos Claustros sozinho. Os párocos viviam falando isso para Greyson. Pareciam pais superprotetores. Ele precisava lembrá-los de que havia dezenas de guardas ao redor do perímetro e em cima dos telhados? Que as câmeras da Nimbo-Cúmulo estavam observando tudo o tempo todo? Para que aquela preocupação toda?

Era um pouco depois das duas da manhã quando Greyson saiu da cama e calçou os chinelos.

— Qual é o problema, Greyson? — a Nimbo-Cúmulo perguntou, antes mesmo que ele terminasse de sair da cama. — Tem algo que eu possa fazer por você?

Que estranho. Era raro a Nimbo-Cúmulo falar sem ser chamada.

— Só estou com insônia — ele respondeu.

— Talvez seja sua intuição — a Nimbo-Cúmulo disse. — Talvez você esteja pressentindo algo desagradável que não consegue identificar muito bem.

— Ultimamente, a única coisa desagradável que não consigo identificar é você.

A Nimbo-Cúmulo não tinha resposta para isso.

— Se estiver incomodado, sugiro uma viagem para longe para acalmar seus ânimos.

— Agora? No meio da noite?

— Sim.

— Levantar e sair?

— Sim.

— Por que isso acalmaria meus ânimos?

— Seria… uma boa decisão, na atual conjuntura.

Greyson suspirou e se aproximou da porta.

— Aonde você está indo? — a Nimbo-Cúmulo perguntou.

— Aonde você acha que estou indo? Pegar alguma coisa para comer.

— Não esqueça o fone.

— Por quê? Para eu ouvir você me importunando?

A Nimbo-Cúmulo hesitou por um momento, depois disse:

— Prometo que não vou importunar você. Mas você precisa usá-lo. É importantíssimo.

— Tá.

Greyson pegou o fone da cabeceira e o colocou na orelha, só para a Nimbo-Cúmulo calar a boca.

O Timbre sempre mantinha distância da maioria dos funcionários. Morrison desconfiava de que ele não tinha ideia de quantas pessoas trabalhavam nos bastidores de sua vida "simples", porque eles sempre se escondiam feito camundongos quando o viam se aproximar. Para o Timbre, uma fortaleza equipada por dezenas de homens parecia praticamente deserta. Era o que os párocos queriam. "O Timbre precisa de privacidade. O Timbre precisa de paz para ficar sozinho com seus pensamentos."

Morrison sempre ficava na cozinha tarde da noite, fazendo caldas e preparando massas para os doces da manhã, mas aquilo não passava de uma desculpa para estar na cozinha quando o Timbre aparecesse para um lanche da madrugada.

Finalmente, depois de cinco dias, sua oportunidade chegou.

Depois de terminar a massa de panqueca para a manhã seguinte, ele apagou as luzes e esperou em um canto, cochilando e acordando, quando alguém de pijama de cetim desceu a escada e abriu a geladeira. Sob a luz oblíqua da geladeira, Morrison pôde ver um jovem que não parecia mais velho do que ele, vinte e um ou vinte e dois anos no máximo. Não parecia nada especial. Definitivamente não parecia o "homem santo" de que todos falavam e por quem ficavam tão intimidados. Morrison imaginava que o Timbre tivesse uma barba desgrenhada, uma cabeleira bagunçada e um olhar de louco. Tudo que esse cara tinha era o cabelo amassado e remela nos olhos. Morrison saiu da escuridão.

— Vossa sonoridade — ele disse.

O Timbre pulou, quase derrubando o prato de cheesecake que segurava.

— Quem está aí?

Morrison se moveu para a luz da geladeira aberta.

— Apenas o chef confeiteiro. Não queria assustar vossa sonoridade.

— Tudo bem — o Timbre disse. — Você só me pegou de surpresa. Na verdade, fico feliz em conhecer você. Faz tempo que queria dizer que tem feito um ótimo trabalho. Você é definitivamente melhor que o último confeiteiro.

— Bom — disse Morrison —, faz anos que estou treinando.

Era difícil acreditar que a Nimbo-Cúmulo escolheria aquele cara comum e despretensioso para ser sua voz na Terra. Talvez os céticos tivessem razão e ele fosse apenas uma farsa. Mais um motivo para dar um fim nele.

Morrison se aproximou, abriu uma gaveta e tirou um garfo. Ele o estendeu para o Timbre. O ceifador sabia que pareceria um gesto sincero. E o deixaria mais perto do Timbre. Perto o suficiente para agarrá-lo e quebrar seu pescoço.

— Fico feliz que esteja gostando dos meus doces — Morrison disse, entregando o garfo para ele. — Significa muito para mim.

O Timbre enfiou o garfo no cheesecake, deu uma mordida e o saboreou.

— Fico feliz que você fique feliz — ele disse.

Então o Timbre ergueu o garfo e o cravou no olho de Morrison.

Greyson sabia.

Ele sabia com toda a certeza — e não por algo que a Nimbo-Cúmulo tivesse dito. Sabia por causa do silêncio da Nimbo-Cúmulo.

A ficha caíra para Greyson de repente. Todo aquele tempo, a Nimbo-Cúmulo vinha tentando alertá-lo sem propriamente alertá-lo. A sugestão para viajar... Não eram sugestões de passeios... eram sugestões de fuga. E o banho! Para sentir que estava "cozinhando". Greyson xingou a si mesmo por ter um pensamento literal demais para entender. A Nimbo-Cúmulo não podia avisá-lo diretamente, porque seria uma interferência flagrante nas atividades da Ceifa, o que era contra a lei. A Nimbo-Cúmulo podia fazer inúmeras coisas, mas era incapaz de violar a lei. Tudo que podia fazer era observar de mãos atadas enquanto Greyson era coletado.

Mas o silêncio em seu fone... Isso soava mais alto do que qualquer alarme.

Quando o chef havia saído das sombras e Greyson se sobressaltara, tinha sido mais do que um mero sobressalto. Seu coração saltara — sua reação de lutar ou fugir quase foi acionada. No passado, sempre que isso acontecia, a Nimbo-Cúmulo era rápida em tranquilizá-lo. *É só o chef confeiteiro*, a Nimbo-Cúmulo deveria ter dito em seu ouvido. *Ele só estava querendo ver você. Por favor, seja gentil com ele.*

Mas a Nimbo-Cúmulo não dissera isso. Não dissera absolutamente nada. O que significava que o homem diante dele era um ceifador, e Greyson estava prestes a ser coletado.

Greyson nunca havia cometido um ato tão violento quanto o que tinha acabado de cometer. Nem mesmo em seus tempos como Slayd Bridger havia praticado algo tão repreensível quanto um ataque com um objeto afiado. Mas sabia que era justificável. Sabia que a Nimbo-Cúmulo entenderia.

E, depois, ele correu para se salvar, saindo em disparada da cozinha sem olhar para trás.

O ceifador Morrison teria gritado tão alto quanto a Grande Ressonância se tivesse se permitido. Mas se conteve depois de um único ganido e, lutando contra a dor, arrancou o garfo do olho. Ao contrário de muitos dos ceifadores da nova ordem, ele não havia reduzido seus nanitos de dor, então eles já estavam o enchendo de megadoses de analgésicos, deixando-o zonzo e atordoado. Morrison teve de lutar contra isso ao mesmo tempo que lutava contra a dor, porque precisava se manter alerta para resolver aquela confusão.

Ele estivera tão perto! Se tivesse acabado com a farsa imediatamente e feito o que tinha vindo fazer, o Timbre já estaria morto a essa altura. Como Morrison pôde ser tão descuidado?

O homem santo sabia as intenções do ceifador, sabia seu propósito ali. Ou era clarividente, ou a Nimbo-Cúmulo havia falado para ele, ou algo que Morrison fizera o revelara. Ele deveria ter previsto a possibilidade de ser exposto.

Com uma mão no olho machucado, saiu em disparada atrás do Timbre, determinado a não cometer mais erros. Ele completaria sua missão. Não tão perfeitamente quanto gostaria — na realidade, seria bem bagunçada. Mas seria cumprida.

— Ceifador! — berrou Greyson enquanto saía correndo da cozinha. — Socorro! Tem um ceifador!

Alguém devia tê-lo ouvido, mas, apesar de as paredes de pedra ecoarem qualquer barulho, elas também repercutiam o som em direções inesperadas. Todos os guardas estavam posicionados do lado de fora ou em cima dos terraços, não dentro da residência. Quando o escutassem e entrassem em ação, poderia ser tarde demais.

— *Ceifador!*

Seus chinelos o estavam deixando mais devagar, então ele se livrou deles. Sua principal vantagem era que seu agressor não conhecia os Claustros tão bem quanto ele... E Greyson também tinha a Nimbo-Cúmulo a seu lado.

— Eu sei que você não pode me ajudar — disse a ela. — Sei que é contra a lei, mas tem algumas coisas que você *pode* fazer.

Mesmo assim, a Nimbo-Cúmulo não respondeu.

Greyson ouviu uma porta se abrir atrás dele. Alguém gritou. Ele não podia virar para ver quem era nem o que havia acontecido.

Preciso pensar como a Nimbo-Cúmulo. Ela não pode interferir. Não pode fazer nada por vontade própria para me ajudar. Então o que ela pode fazer?

A resposta surgiu fácil quando ele pensou dessa forma. A Nimbo-Cúmulo era a serva da humanidade. O que significava que podia obedecer a comandos.

— Nimbo-Cúmulo! — exclamou Greyson. — Estou pronto para fazer aquela viagem agora. Acorde os funcionários e diga a eles que vamos partir imediatamente.

— É claro, Greyson — ela disse. De repente, todos os despertadores que existiam no edifício começaram a tocar. Todas as luzes se acenderam. Os corredores ficaram ofuscantes; os pátios foram encharcados por holofotes.

Ele ouviu alguém gritar atrás dele. Virou-se para ver um homem cair no chão das mãos do ceifador, que estava ganhando vantagem sobre Greyson.

— Nimbo-Cúmulo, está claro demais — disse Greyson. — Está machucando meus olhos. Apague as luzes dos corredores internos.

— Claro — a Nimbo-Cúmulo disse calmamente. — Desculpe por ter lhe causado desconforto.

As luzes no corredor se apagaram de novo. Agora ele não conseguia ver um palmo à frente do nariz, pois suas pupilas tinham se contraído contra a luz forte. E o mesmo aconteceria ao ceifador! Cegado pela luz, depois cegado pela escuridão!

Greyson chegou a uma interseção onde o corredor se dividia entre esquerda e direita. Mesmo no escuro, sabia que o ceifador estava se aproximando e sabia que direção precisava tomar.

Enquanto saía da cozinha, Morrison conseguia ver o Timbre correndo na frente dele, tirando os chinelos. O Timbre gritou por ajuda, mas Morrison sabia que o alcançaria antes que alguém aparecesse.

Uma porta se abriu ao lado dele e uma mulher saiu. Ele não fazia ideia de quem era. Nem se importava. Antes que ela pudesse dizer qualquer coisa, ele bateu com a palma da mão em seu nariz, quebrando-o e fazendo o osso se afundar no cérebro; ela gritou e caiu no chão, morta antes de a cabeça atingir a pedra. Foi sua primeira coleta da noite, e Morrison estava decidido que não seria a última.

Então as luzes se acenderam o suficiente para iluminar todo o corredor. Ele semicerrou os olhos contra o brilho súbito. Outra porta se abriu. O chef assistente saiu de seu quarto, o despertador berrando lá dentro.

— O que está acontecendo aqui?

Morrison deu um soco forte o bastante no peito dele para que seu coração parasse, mas, com apenas um olho, sua percepção de profundidade estava falhando. Ele precisou de um segundo soco para terminar o serviço — e, como a maioria dos tonistas removia seus nanitos, não havia nada para reiniciar o coração. Ele empurrou o homem moribundo para fora do caminho e continuou atrás do Timbre, mas, tão subitamente quanto tinham acendido, as luzes se apagaram outra vez, e ele ficou na escuridão total. Recusando-se a diminuir a velocidade, Morrison continuou correndo em frente e deu de cara com uma parede. Um beco sem saída? Não... Quando seus olhos começaram a se ajustar ao escuro, ele pôde ver que o corredor se dividia entre direita e esquerda. Mas que caminho o Timbre havia tomado?

Ele ouviu a comoção do complexo despertando atrás dele, os guardas sendo mobilizados. Eles sabiam que havia um intruso. Morrison precisava agir rápido.

Que caminho tomar? Esquerda ou direita? Escolheu esquerda. Ele tinha uma chance de cinquenta por cento de estar correto. Já havia enfrentado probabilidades piores.

Greyson desceu a escada às pressas, depois abriu a porta para a garagem, onde mais de uma dezena de carros estava estacionada.

— Nimbo-Cúmulo! — ele disse. — Estou pronto para a minha viagem. Abra a porta do carro mais próximo.

— Porta se abrindo — disse a Nimbo-Cúmulo. — Boa viagem, Greyson.

A porta de um carro se abriu. A luz do lado de dentro se acendeu. Greyson não tinha a intenção de sair da garagem — tudo que ele precisava fazer era entrar no carro e fechar a porta. Os vidros eram inquebráveis. As portas de policarbonato eram capazes de deter uma bala. Enquanto ele estivesse dentro do carro, seria como uma tartaruga em seu casco — o ceifador não conseguiria pegá-lo de jeito nenhum.

Ele correu em direção à porta...

E, atrás dele, o ceifador correu em direção à sua perna, agarrando-a e o derrubando a poucos metros da segurança.

— Boa tentativa — o ceifador disse. — Quase conseguiu.

Greyson girou e se contorceu. Ele sabia que, no momento em que o ceifador o dominasse, seria seu fim. Por sorte, seu pijama era de cetim escorregadio, e o ceifador não conseguiu colocá-lo em uma posição favorável para a coleta.

—Você não quer fazer isso! — Greyson disse. — Se me coletar, a Nimbo-Cúmulo estará perdida para toda a humanidade. Sou a única ligação com ela!

O ceifador colocou as mãos em torno do pescoço de Greyson.

— Não me importo.

Mas havia hesitação o suficiente em sua voz para que Greyson soubesse que ele se importava, sim, mesmo que apenas um pouco. Essa poderia ser a diferença entre a vida e a morte para Greyson.

— Ela vê o que você está fazendo — Greyson sussurrou enquanto sua traqueia se fechava rapidamente. — Ela não pode deter nem mesmo ferir você, mas pode castigar todos que você já amou!

A pressão em sua traqueia se aliviou apenas um pouco. A Nimbo--Cúmulo nunca se vingaria, mas o ceifador não sabia disso. Ele perceberia que era um blefe — talvez daqui a um instante, mas todos os segundos ganhos eram uma vitória.

— A Nimbo-Cúmulo tem um plano glorioso para você! — Greyson disse. — Ela quer que você se torne Alto Punhal!

—Você nem sabe quem eu sou.

— E se eu souber?

—Você está mentindo!

Então, de repente, uma música começou a tocar no ouvido de Greyson. Uma canção da Era Mortal que ele não conhecia, mas sabia que estava tocando por um motivo. A Nimbo-Cúmulo não podia ajudá-lo, mas podia dar a ele as ferramentas para se salvar.

— *"You knew that it would be untrue!"* — Greyson disse, repetindo a letra, sem saber se estava ouvindo corretamente. — *"You knew that I would be a liar!"*

Os olhos do ceifador se arregalaram. Ele parou incrédulo, como se aquelas palavras fossem um feitiço.

Então os guardas tonistas encheram o lugar e capturaram o ceifador. Ele conseguiu coletar dois deles com as próprias mãos antes que o dominassem e o imobilizassem.

Acabou. O ceifador Morrison sabia que seria seu fim. Eles o matariam e queimariam seu corpo para que ele não pudesse ser revivido. Seria eliminado pelas mãos dos tonistas. Poderia haver morte mais humilhante que essa?

Talvez fosse melhor assim, ele pensou. Melhor do que ter de enfrentar Goddard após um fracasso tão deplorável.

Mas então o Timbre deu um passo à frente.

— Parem — ele ordenou. — Não o matem.

— Mas, sonoridade — disse um homem com o cabelo grisalho e rarefeito. Não era um guarda. Talvez um dos sacerdotes daquela estranha religião. — Temos de matá-lo, e rápido. Devemos fazer dele um exemplo, para que não tentem isso novamente.

— Acabar com a vida dele só vai começar uma guerra que não estamos prontos para lutar.

O homem ficou claramente irritado.

—Vossa sonoridade, devo aconselhar contra…

— Não pedi sua opinião, pároco Mendoza. Essa é a *minha* decisão.

Então o Timbre se voltou para os guardas.

— Prendam o ceifador em algum lugar até eu decidir o que fazer com ele.

O pároco tentou protestar mais uma vez, mas o Timbre o ignorou, e Morrison foi arrastado para fora. Engraçado, mas de repente o Timbre, com seu pijama de cetim, não parecia tão ridículo quanto momentos antes. Ele tinha um ar um pouco mais santo.

— O que você estava pensando?

O pároco Mendoza andava de um lado para o outro da suíte do Timbre, furioso. Havia guardas em todas as portas e janelas agora, tarde demais para fazer a diferença. *Garoto tolo*, pensou Mendoza. Ele era avisado para não andar sozinho, muito menos no meio da noite. Ele mesmo provocara aquela situação.

— E por que o deixou viver? Matar aquele ceifador e botar fogo nele mandaria uma mensagem clara para Goddard! — Mendoza disse.

— Sim — o Timbre concordou. — E essa mensagem seria que os tonistas estão ficando rebeldes demais e precisam ser eliminados.

— Ele já quer nos eliminar!

— Querer e realmente mobilizar os ceifadores para fazer isso são duas coisas diferentes — o Timbre insistiu. — Quanto mais evitarmos que Goddard exploda, mais tempo teremos para nos preparar para nos defender. Você não enxerga isso?

Mendoza cruzou os braços. Era óbvio para ele o que estava acontecendo aqui.

— Você é um covarde! — ele disse. — Você só está com medo de fazer algo audacioso como matar um ceifador!

O Timbre deu um passo à frente e ajeitou a postura.

— Se me chamar de covarde mais uma vez, você será mandado de volta para o mosteiro, e esse será o fim dos seus serviços para mim.

— Você não se atreveria!

— Guarda — o Timbre disse, chamando o guarda mais próximo. — Por favor, escolte o pároco Mendoza para os aposentos dele e o tranque lá até o sino do meio-dia por causa de seu desrespeito.

Sem hesitar, o guarda deu um passo à frente e pegou o pároco, deixando claro de quem eram as ordens a que ele e todos os outros guardas obedeciam.

Mendoza se desvencilhou do guarda.

—Vou andando sozinho.

Antes de sair, Mendoza parou, respirou fundo e se voltou para o Timbre.

— Perdoe-me, vossa sonoridade — ele disse. — Eu estava fora de mim.

Mas até para ele aquilo soou mais bajulador do que sincero.

Depois que Mendoza saiu, Greyson apenas se deixou cair numa poltrona. Era a primeira vez que enfrentava Mendoza daquela forma. Mas o Timbre não podia se permitir intimidar. Nem mesmo pelo homem que o havia feito. Colocar o pároco em seu lugar deveria ter causado uma sensação boa, mas isso não tinha acontecido. Talvez fosse por isso que a Nimbo-Cúmulo o havia escolhido; enquanto todos os outros eram corrompidos pelo poder, Greyson não gostou nem daquela pequena amostra.

Bom, talvez ele aprenderia a gostar. Talvez precisasse aprender.

Os Claustros não tinham uma masmorra. O local tinha sido construído apenas para parecer uma estrutura medieval, não realmente funcionar como uma. Em vez disso, Morrison foi relegado ao que devia ter sido o escritório de alguém nos tempos em que o lugar tinha sido um museu.

Os guardas tonistas não eram exatamente treinados para esse tipo de coisa. Eles não tinham nenhum tipo de algemas — esses artefatos só poderiam ser encontrados em museus, e não esse tipo de museu. Então o prenderam com amarras plásticas de jardinagem que eram usadas para manter as trepadeiras nas paredes de pedra. Havia guardas demais. Uma amarra em cada membro teria sido suficiente, mas eles colocaram meia dúzia em cada braço e perna e apertaram com tanta força que as mãos de Morrison estavam ficando roxas e seus pés dormentes. Tudo que Morrison podia fazer era esperar até seu destino ser decidido.

Devia ser por volta do amanhecer quando ele ouviu uma conversa do outro lado da porta fechada.

— Mas — ele ouviu um dos guardas dizer —, vossa sonoridade não deveria entrar aí. Ele é perigoso.

—Vocês o amarraram? — ele ouviu o Timbre perguntar.

— Sim.

— Ele consegue se soltar?

— Não, temos certeza que não.

— Então não vejo qual é o problema.

A porta se abriu. O Timbre entrou. Fechou a porta atrás de si. Seu cabelo estava penteado agora, e ele usava um traje ritualístico. Parecia desconfortável.

O ceifador Morrison não sabia se deveria agradecer ao Timbre por tê-lo salvado ou xingá-lo por deixá-lo dessa forma, dominado e humilhado.

— Então — Morrison disse, amuado. — A Nimbo-Cúmulo tem um plano para mim, hein?

— Eu estava mentindo — o Timbre disse. —Você é um ceifador, a Nimbo-Cúmulo não pode ter um plano para você. Ela não pode ter nenhuma relação com você.

— Mas ela disse para você quem eu sou.

— Não exatamente. Mas acabei entendendo. Ceifador Morrison, certo? Seu patrono histórico compôs a letra que recitei.

Ele não respondeu, apenas esperou pelo que viria a seguir.

— Parece que seu olho já cicatrizou.

— Quase — Morrison disse. — A visão ainda está turva.

— A maioria dos tonistas remove os nanitos de cura, sabia? Acho isso tão idiota.

Morrison o encarou, piscando com o olho ainda machucado para avaliar o Timbre. O líder espiritual dos tonistas chamando o comportamento deles de idiota? Era um teste? Ele deveria discordar? Concordar?

— Não tinha uma palavra da Era Mortal para o que você está dizendo? — Morrison disse. — Blastônia? Blasmônia? *Blasfêmia*, é isso.

O Timbre o observou por um momento antes de voltar a falar.

—Você acredita que a Nimbo-Cúmulo conversa comigo?

Morrison não queria responder à pergunta, mas de que adiantava agora?

— Sim — ele admitiu. — Queria não acreditar, mas acredito.

— Que bom. Isso vai tornar as coisas mais fáceis. — Então, o Timbre se sentou em uma cadeira à sua frente. — A Nimbo-Cúmulo não me escolheu porque eu era um tonista. Não sou, na verdade. Ela me escolheu porque... bem, porque precisava escolher alguém. Mas os tonistas foram os primeiros a acreditar. Minha aparência combinava com a doutrina. Então agora sou o Timbre, o Tom encarnado. O engraçado é que eu queria ser um agente nimbo antes. Agora, sou *o* agente nimbo.

— Por que está me contando tudo isso?

O Timbre deu de ombros.

— Porque estou a fim. Você não soube? O Timbre pode fazer o que quiser. Quase como um ceifador.

Caiu um silêncio entre eles. Era um silêncio constrangedor para Morrison, mas não parecia ser para o Timbre. Ele apenas encarou Morrison, ponderando, cogitando, pensando sabe-se lá que pensamentos profundos um homem santo que não era tão santo assim pensava.

— Não vamos contar para Goddard que você fracassou em sua missão.

Isso era algo que Morrison não estava esperando ouvir.

— Não?

— A questão é a seguinte: ninguém, nem mesmo a Ceifa, sabe quem o Timbre é de verdade. Você coletou quatro pessoas ontem à noite. Quem pode dizer que uma delas não era o Timbre? E se, de repente, eu desaparecer da face da Terra, sem explicação, vai parecer que você teve sucesso.

Morrison balançou a cabeça.

— Goddard vai descobrir eventualmente.

— *Eventualmente* é a palavra-chave. Ele só vai descobrir quando estivermos prontos para que descubra. Pode ser daqui alguns anos, se quisermos.

— Ele vai saber que aconteceu algo de errado quando eu não voltar.

— Não, ele só vai achar que você foi capturado e cremado. E, infelizmente, nem vai se importar.

Morrison não podia negar que o Timbre estava certo. Goddard não se importaria. Não daria a mínima.

— Como eu disse, a Nimbo-Cúmulo não tem um plano para você — o Timbre disse a Morrison —, mas eu tenho.

Greyson sabia que ele tinha de vender essa ideia, e tinha de vender bem. E ele precisava decifrar aquele ceifador como nunca havia decifrado alguém antes. Porque, se calculasse mal, seria desastroso.

— Andei lendo sobre os costumes da Era Mortal, sobre como os líderes agiam em momentos de perigo — Greyson disse. — Em algumas culturas, os governantes e líderes espirituais eram protegidos por assassinos treinados. Eu me sentiria muito mais seguro com um segurança desses do que com esses tonistas que se autoconsideram guardas.

O ceifador balançou a cabeça, incrédulo com a sugestão.

— Você arranca meu olho e agora quer me oferecer um trabalho?

Greyson deu de ombros.

— Seu olho já cresceu de volta e você precisa de um trabalho — ele disse. — Ou prefere voltar para Goddard e contar que fracassou? Que um fracote de pijama apunhalou seu olho e fugiu? Não acho que isso vai pegar muito bem.

— Como sabe que não vou coletar você no segundo em que me libertar?

— Porque não acho que você seja tão idiota assim. Ser o ceifador particular do Timbre é muito melhor do que qualquer coisa que Goddard ofereceria a você, e você sabe disso.

— Eu seria motivo de chacota para a Ceifa.

Greyson abriu um leve sorriso.

— E já não é, ceifador Morrison?

Morrison não tinha como saber o que o Timbre sabia sobre ele. Mas era verdade — Morrison não era respeitado, e nada do que fizera havia mudado aquela situação. Mas, se continuasse ali, os outros ceifadores nem saberiam que ele ainda estava vivo... e ele *seria* respeitado. Talvez apenas pelos tonistas, mas ainda assim seria respeito, e isso era algo que ele queria mais do que qualquer outra coisa.

— Quer saber? — disse o Timbre. — Por que não dou o primeiro voto de confiança? — Então ele pegou uma tesoura e, surpreendentemente, começou a cortar as amarras de Morrison. Começou com as dos pés, depois subiu para as dos braços, devagar, cortando cada uma com cuidado. — Os párocos não vão ficar nem um pouco contentes — o Timbre comentou enquanto cortava. — Danem-se os párocos.

Então, quando a última amarra foi cortada, Morrison se levantou com um salto e colocou a mão na garganta do Timbre.

—Você acabou de cometer o maior erro de sua vida! — Morrison rosnou.

—Vá em frente, me colete — o Timbre disse, sem um pingo de medo na voz. —Você nunca vai escapar. Você nunca vai conseguir passar por tantos guardas, por mais atrapalhados que eles sejam. Você não é nenhum ceifador Lúcifer.

Isso o fez apertar um pouco mais forte — forte o bastante para ele se calar. O Timbre estava certo. Certo sobre tantas coisas. Se completasse sua missão, Morrison seria morto e queimado pelos tonistas atrás daquela porta. Os dois seriam mortos, e o único vencedor seria Goddard.

— Já acabou? — o Timbre esganiçou.

E, de certa forma, tê-lo naquela posição, sabendo que ele poderia coletar o Timbre se quisesse... Era tão satisfatório quanto realmente o coletar. Mas sem a consequência desagradável de ter de morrer também. Morrison abaixou a mão e o Timbre recuperou o fôlego.

— Então o que faço agora? Um juramento de lealdade? — Morrison disse, meio brincando, meio sério.

— Um simples aperto de mão basta — o Timbre disse. Então ele estendeu a mão. — Meu verdadeiro nome é Greyson. Mas você vai ter que me chamar de sonoridade.

Morrison apertou a mão do Timbre com a mesma mão que pouco antes estivera na garganta dele.

— Meu verdadeiro nome é Joel. Mas você vai ter que me chamar de Jim.

— Prazer em conhecer você, Jim.

— Igualmente, sonoridade.

O ceifador Morrison tinha de admitir que essa era a última coisa que ele esperava que acontecesse naquele dia, mas, nas atuais circunstâncias, não podia reclamar.

E não reclamou. Por mais de dois anos.

Parte III

ANO DA NAJA

Existe, creio eu, um destino para nós. Uma culminação gloriosa de tudo que significa ser humano e imortal. O destino, porém, não vem sem um esforço exaustivo e uma liderança lúcida.

O Ano do Velociraptor foi devastador para todos nós, mas, no Ano do Íbex, começamos a nos recuperar. O Ano da Quokka nos viu alinhar ainda mais nossos ideais e prioridades como ceifadores. Agora, no primeiro dia deste novo ano, vejo apenas esperanças nos dias que estão por vir.

Aqui, neste primeiro Conclave Internacional, gostaria de agradecer publicamente aos Altos Punhais Pickford da Mérica do Oeste, Hammerstein da Mérica do Leste, Tizoc de Mexiteca e MacPhail da ExtensãoNortenha por sua confiança em mim. O fato de que eles — e vocês, os ceifadores sob a liderança deles — me escolheram para guiar a Mérica do Norte como seu Suprapunhal é mais do que uma validação; é um mandato claro para avançar os nossos objetivos da nova ordem. Juntos, vamos criar um mundo que não é apenas perfeito, mas imaculado. Um mundo em que o golpe claro e manifesto de cada ceifador nos aproxima desse objetivo singular.

Sei que ainda existem entre você aqueles que, assim como a recalcitrante região da EstrelaSolitária, não estão seguros de que o meu caminho é o certo. Os apreensivos entre vocês procuram ver um "método na loucura", como dizem. Mas, pergunto a vocês: é loucura querer elevar a espécie humana a novas alturas? É errado ter uma visão de um futuro tão cristalino e bem lapidado como os diamantes em nossos anéis? É claro que não.

Gostaria de deixar claro que seus Altos Punhais não vão abdicar de suas posições. Eles ainda serão os baluartes de suas respectivas regiões, responsáveis pela administração local. Agora estarão, no entanto, livres do fardo de decisões políticas mais incômodas. Essas decisões maiores ficam a meu encargo. E prometo que vou viver com o único propósito de guiar vocês incansavelmente rumo ao futuro.

Do discurso de ascensão de Sua Excelência,
Suprapunhal Robert Goddard, em 1º de janeiro do Ano da Naja

24

Ratos em uma ruína

O Forte Saint-Jean e o Forte Saint-Nicolas haviam sido construídos em volta da entrada do porto de Marselha, onde ficava a atual região FrancoIbérica da Europa. O estranho nas fortificações, construídas a mando do rei Luís XIV, não era o fato de que elas tinham canhões grandes, mas sim que esses canhões não ficavam apontados para o mar a fim de proteger os fortes de invasores. Em vez disso, eles apontavam para o continente, na direção da movimentada cidade de Marselha, para proteger os interesses do rei de uma revolta popular.

Robert Goddard, Suprapunhal da Mérica do Norte, havia seguido o exemplo do rei Luís e instalado artilharias pesadas no jardim do sexagésimo oitavo andar que rodeava seu chalé de cristal, apontando para as ruas da Cidade Fulcral lá embaixo. Elas foram instaladas muito antes de sua ascensão a Suprapunhal, mas pouco depois de ter anunciado que o Timbre havia sido coletado.

Ele tinha pensado que coletar o suposto "profeta" deles serviria de alerta para os tonistas de todo o mundo, um lembrete de que, se os ceifadores não fossem respeitados, deviam ser pelo menos temidos. Em vez disso, os tonistas tinham passado de um incômodo persistente a um perigo cada vez maior.

"Não é nada que nós não esperávamos", Goddard afirmara. "Mudanças sempre vão enfrentar resistência, mas devemos seguir em frente apesar disso."

Em nenhum momento Goddard considerou que a intensificação

da violência contra as ceifas do mundo havia sido provocada por sua ordem de coletar o Timbre.

"Seu maior erro", o subceifador Constantino se atrevera a dizer, "é que você não entende o conceito de martírio."

Ele teria expulsado Constantino imediatamente se o homem não fosse necessário para colocar a obstinada região da EstrelaSolitária na linha, ao lado do restante da Mérica do Norte. Agora, aquela região havia se tornado um refúgio para os tonistas.

"Bem-feito para o Texas", Goddard proclamara. "Que seja infestado por tonistas como ratos em uma ruína."

O chalé cristalino do Suprapunhal tinha mudado ao longo dos últimos anos. Não apenas a artilharia apontada para a cidade, mas o vidro em si também era diferente. Goddard havia mandado blindá-lo e esfumaçá-lo, para que não fosse mais transparente. Como resultado, quando se estava no chalé, fosse dia ou noite, parecia que a Cidade Fulcral estava envolta por uma névoa perpétua.

Goddard estava convencido de que os tonistas tinham drones espiões. Estava convencido de que outras forças estavam se organizando contra ele também. Estava convencido de que regiões hostis estavam se juntando a essas forças.

Não importava se era verdade ou não. Ele agia como se fosse. O que significava que essa era a verdade de Goddard, e o que era verdade para Goddard se tornava verdade para o mundo. Ou, pelo menos, para as partes do mundo em que ele havia deixado sua marca indelével.

"As coisas vão se estabilizar", ele dissera aos quase dois mil ceifadores reunidos para o primeiro Conclave Continental. "As pessoas vão se acostumar com a situação atual, ver que é melhor assim, e vão se acostumar."

Mas, até lá, as janelas permaneceriam esfumaçadas, os desordeiros seriam coletados e as armas silenciosas apontariam resolutas para a cidade lá embaixo.

Goddard ainda estava contrariado com a operação malsucedida na Amazônia. A Alto Punhal Pickford não conseguira apreender a ceifadora Anastássia. Aquela não tinha sido a primeira vez que Pickford o decepcionava, mas não havia muito que ele pudesse fazer a respeito. Pelo menos não agora. Mas Goddard previa que em algum momento poderia indicar os Altos Punhais de outras regiões nortemericanas, em vez de deixar nas mãos do processo de eleição imprevisível dos conclaves.

A salvação de Pickford era que ela havia conseguido capturar Rowan Damisch, que, naquele momento, estava a caminho da Cidade Fulcral. Isso teria de bastar até que a garota fosse apreendida. Com sorte, Anastássia ficaria tão esgotada de fugir e se esconder que não conseguiria causar muitos problemas. Olhando para trás, ele sabia que devia ter mantido o Perímetro de Reverência nas águas sobre Perdura. Havia temido que um resgate pudesse descobrir evidências do que realmente acontecera, mas nunca sonhara que a operação poderia encontrar o que resgatara.

A manhã trouxe outros problemas, e Goddard teve de deixar sua frustração de lado, o que era cada vez mais difícil de fazer.

— O Alto Punhal Shirase de PlatRoss está subindo, acompanhado por uma comitiva considerável — a subceifadora Franklin o informou.

— E eles "compartilham a mesma ideia"? — Rand brincou.

Goddard riu um pouco, mas Franklin nunca ria, nem por educação, das coisas que a ceifadora Rand falava.

— O consenso deles importa menos do que as caixas que carregam — ela respondeu.

Goddard os recebeu na sala de conferência, depois de fazê-los esperar por cinco minutos, porque ele sempre fazia questão de que seus convidados — mesmo os mais importantes — soubessem que o tempo *dele* importava mais do que o dos outros.

— Nobu! — disse Goddard ao se aproximar do Alto Punhal Shirase como se fosse um velho amigo. — Que prazer ver você! Como estão as coisas na Antártica?

— As coisas vão bem — ele disse.

— A vida lá é um sonho? — perguntou Rand.

— Às vezes — respondeu Shirase, sem perceber a ironia a respeito da natureza peculiar de sua região. — Mas apenas quando remamos nossos próprios barcos.

Agora a subceifadora Franklin riu por educação, mas isso criou mais tensão do que a diluiu.

Goddard se virou para as caixas, carregadas pelos membros da Guarda da Lâmina. Eram apenas oito. Outras regiões vinham com pelo menos dez caixas. Mas o menor número poderia significar apenas que havia mais em cada uma.

— A que devo a visita, excelência? — Goddard perguntou, como se todos já não soubessem.

— Em nome da região PlatRoss, gostaria de lhe oferecer um presente. Esperamos que isso ajude a formalizar nossa relação.

Em seguida, ele apontou para os Guardas da Lâmina, que colocaram as caixas em cima da mesa de conferência e as abriram. Como imaginado, as caixas estavam cheias de diamantes de ceifador.

— Eles representam a cota da PlatRoss tirada das ruínas de Perdura — Shirase disse.

— Impressionante — disse Goddard. — Estão todos aí?

— Sim, todos.

Goddard olhou para o conteúdo cintilante, depois se voltou para Shirase.

— É com humildade e honra que aceito seu presente em nome do espírito de amizade com que me foi oferecido. E, sempre que precisar de pedras para conceder a futuros ceifadores, elas estarão aqui ao seu dispor. — Em seguida, ele apontou para a porta. — Por favor, acompanhe a subceifadora Franklin. Ela vai levar vocês até minha sala de jantar, onde preparei um brunch para nós — Goddard disse. — Comidas tradicionais da Antártica, bem como especialidades regionais da MidMérica. Um banquete para consumar nossa amizade. Estarei lá em breve e vamos discutir questões de interesse para as nossas regiões.

Franklin os acompanhou para fora no mesmo momento em que Nietzsche entrou.

— Me dê boas notícias, Freddy — Goddard disse.

— Bom, estamos seguindo o rastro de Anastássia para o sul — ele disse. — Ela não tem muito para onde ir antes de ser encurralada na Terra do Fogo.

Goddard suspirou.

— A Terra do Fogo não vai cooperar. Vamos intensificar nossos esforços para capturá-la antes que chegue lá.

— Estamos fazendo o possível — Nietzsche disse.

— Faça mais — Goddard falou.

Ele se voltou para a ceifadora Rand, que passava a mão nos diamantes de uma das caixas.

—Vamos contá-los ou vamos confiar em Shirase?

— Não é o número que importa, Ayn, mas o gesto. O tesouro que estamos acumulando é apenas um meio para um fim. Um símbolo de algo muito mais valioso do que os diamantes.

Mesmo assim, Goddard sabia que jogaria todos de volta ao mar em troca de ter a ceifadora Anastássia em suas mãos.

25
Sol e sombra

Embora ajudar Anastássia a escapar da Amazônia tenha envolvido muitas dificuldades, elas haviam desaparecido no horizonte atrás do *Spence* — o qual, agora, refletia Jerico, não era mais um navio de resgate, mas de fuga.

Os mares ficaram tranquilos depois que a Amazônia ficou para trás, e o sol se erguia diante deles. Às nove horas, todos os sinais de terra desapareceram, e o céu claro da manhã estava pontilhado por tufos de nuvens sinuosas. Jeri teria preferido nuvens baixas naquele dia — ou, ainda melhor, uma névoa densa —, pois, se aqueles ceifadores nortemericanos descobrissem que Anastássia estava viajando pelo mar, o *Spence* poderia ser avistado e afundado.

"Pode ter certeza de que eles não irão atrás de vocês", Possuelo havia dito a Jeri. "Tomei o cuidado para que interceptassem um comunicado 'secreto' que enviei, e eles morderam a isca. Até onde sabem, Anastássia está traçando uma rota sinuosa de trem rumo ao sul, até a Terra do Fogo, onde o Alto Punhal da região ofereceria asilo para ela. E, para sustentar a história, estamos deixando traços do DNA dela para eles encontrarem ao longo do caminho. Vão demorar dias até perceberem que estão em uma caçada em vão!"

Era bem inteligente. Os ceifadores do Norte achavam os amazônicos simplórios demais para maquinar uma trama como essa, e Jeri sabia que a Terra do Fogo seria suficientemente hostil contra os nortemericanos. Os ceifadores de lá eram extremamente obstinados.

Em alta velocidade, chegariam a um porto seguro em pouco menos de três dias.

Da ponte de comando, Jeri conseguia ver a figura azul-turquesa da ceifadora Anastássia na amurada a estibordo, olhando para o mar. Ela não deveria ficar sozinha — Possuelo deixara isso claro, e talvez sua paranoia fosse justificada, considerando que o ceifador havia sido traído por um dos seus. Apesar de Jeri confiar cegamente na tripulação do *Spence* — eles haviam se tornado muito leais a Soberanis —, era sempre bom tomar algumas precauções.

O único motivo para Anastássia estar sozinha seria se ela tivesse pedido ao oficial responsável por protegê-la para que se afastasse. Os comandos de ceifadores se sobrepunham às ordens de capitães. E, de fato, Jeri viu o oficial no convés superior, mantendo de longe o olhar atento nela. Parecia que a única maneira de efetivamente proteger a ceifadora teimosa era fazendo isso pessoalmente.

— Ela vai dar trabalho — o oficial Wharton disse.

— Sem dúvida — disse Jeri. — Mas ainda não sabemos que tipo de trabalho.

— Infelicidade? — sugeriu o oficial.

— Talvez sim, talvez não. — Então Jeri saiu da ponte para se juntar a ela na amurada.

Ela não estava olhando para a água. Também não estava olhando para o horizonte. Parecia contemplar algo que não estava lá.

— Você está considerando pular? — Jeri perguntou, quebrando o que parecia uma camada considerável de gelo. — Devo me preocupar?

Anastássia se virou para Jeri, depois voltou a olhar para o mar.

— Cansei de andar de um lado para o outro lá embaixo — ela disse. — Achei que ficar no convés poderia me acalmar. Recebeu alguma notícia de Possuelo?

— Recebi.

— O que ele falou sobre Rowan?

Jeri demorou um pouco antes de responder.

— Ele não falou nada, e eu também não perguntei.

— Então ele foi capturado — Anastássia disse, e esmurrou a amurada em frustração. — Estou velejando para a liberdade, e ele foi capturado.

Jeri achou que ela poderia mandar o navio dar meia-volta para ir buscá-lo. Se mandasse, eles teriam de obedecer, porque ela era uma ceifadora. Mas ela o não fez. Era inteligente a ponto de saber que isso só pioraria as coisas.

— Juro que não consigo entender sua devoção ao ceifador Lúcifer — Jeri se atreveu a dizer.

—Você não sabe de nada sobre essa história.

— Sei mais do que você pensa. Eu estava com Possuelo quando abrimos a galeria. Vi vocês nos braços um do outro. Era o tipo de intimidade que nem a morte poderia esconder.

Anastássia desviou o olhar.

—Tiramos as roupas para que o frio nos matasse antes de morrermos sufocados.

Jeri sorriu.

— Desconfio que seja apenas uma meia verdade.

Ela se virou e analisou Jeri por um momento demorado, então mudou de assunto.

— Jerico... Que nome incomum. Me lembro de uma história da Era Mortal envolvendo uma muralha desmoronando. Você costuma derrubar muralhas?

— Pode-se dizer que encontro coisas em ruínas de muralhas que já caíram — Jeri respondeu. — Mas, sinceramente, meu nome não tem nada a ver com a história de Jericó. Mas, se achar incômodo, pode me chamar de Jeri. Todos me chamam assim.

— Certo. E quais são seus pronomes, Jeri?

Jeri achou revigorante que ela perguntasse de maneira tão direta. Ainda havia pessoas que ficavam constrangidas demais para perguntar, como se a ambiguidade de Jeri fosse acidental, e não proposital.

— Ele, ela, elu... Pronomes são coisas maçantes e preguiçosas — Jeri disse. — Prefiro chamar uma pessoa pelo nome. Mas, para responder sua pergunta mais profunda, sou homem e mulher. Faz parte de ter nascido em Madagascar.

Anastássia assentiu, deliberadamente.

—Você deve achar pessoas binárias como eu estranhas e confusas.

— Eu achava quando era mais jovem. Nunca conheci ninguém que tivesse nascido com um único gênero até a adolescência. Mas, com o tempo, passei a aceitar, e até apreciar, a rigidez estranha de vocês.

— Então, você se vê como os dois gêneros, mas imagino que haja momentos em que se veja mais como um do que como outro.

Não apenas direta, mas perspicaz também, Jeri pensou, gostando cada vez mais da ceifadora ressuscitada. *Ela faz as perguntas certas.*

— Pode-se dizer que é ditado pelos céus — Jeri disse. — Quando o céu está claro, prefiro ser mulher. Quando não, sou homem. — Jeri se virou para contemplar a luz do sol cintilando sobre a superfície do mar. A água estava marcada pelas sombras de uma ou outra nuvem, mas, no momento, o navio não estava sob nenhuma dessas sombras. — Neste momento, sou mulher.

— Entendi — ela disse, sem o julgamento que outros demonstravam. — Meu pai, que é um estudioso da Era Mortal, dizia que o sol é quase sempre visto como masculino na mitologia, e claro, existe a lenda do homem da lua. Escolher ser feminina sob a luz deles cria um equilíbrio. Tem um quê de yin-yang natural.

— Em você também — Jeri disse. — Afinal, azul-turquesa é simbolicamente a cor do equilíbrio.

Anastássia sorriu.

— Eu não sabia disso. Escolhi porque é a cor que meu irmão queria que eu usasse.

Uma sombra interna pareceu perpassar o rosto dela. Uma pontada ao pensar no irmão. Jeri achou que era uma dor pessoal demais para se intrometer e lhe deu privacidade sobre o assunto.

— Não incomoda você — ela perguntou — estar sempre à mercê do tempo? Pensei que alguém como você gostaria de ser subserviente ao mínimo de coisas possível. Além do mais, deve ser muito inconveniente em dias parcialmente nublados como hoje.

Naquele momento, o sol entrou por trás de uma pequena nuvem, e depois saiu novamente. Jeri riu.

— Sim, pode ser inconveniente, mas já me acostumei, e aprendi a gostar até. Essa imprevisibilidade se tornou parte de mim.

— Sempre me perguntei como seria ter nascido na região de Madagascar — Anastássia disse. — Não que eu esteja muito interessada em ser homem, mas me pergunto como teria sido explorar os dois lados quando se é jovem demais para saber a diferença.

— Essa é a intenção — Jeri disse. — E o motivo pelo qual muitas pessoas vão a Madagascar para criar os filhos.

Anastássia refletiu sobre isso por alguns momentos.

— Acho que, se eu dividisse meu tempo entre terra e mar como você, poderia escolher ser uma na terra e outra no mar. Assim meu gênero não ficaria à mercê dos ventos.

— Bom, eu adoraria sua companhia de qualquer forma.

— Hum — Anastássia disse com timidez. — Flertando comigo sob a luz do sol. Me pergunto se você faria o mesmo em uma tempestade.

— Uma das vantagens de ser de Madagascar é que vemos as pessoas como pessoas. Quando se trata de desejo, gênero nunca é parte da equação. — Então Jeri ergueu os olhos para a luz que havia enfraquecido um pouco. — Viu? O sol acabou de passar por uma nuvem de novo, e nada mudou.

Então Anastássia deu um passo para trás da amurada, um leve sorriso ainda no rosto.

— Acho que já tive o bastante de sol e sombra por enquanto. Tenha um bom dia, comandante. — Em seguida ela se virou para descer, seu manto flutuando atrás dela como uma vela solta sob a brisa leve.

26
Um receptáculo para o ódio do mundo

Rowan não sabia de nada do que havia transcorrido durante sua ausência de três anos. Ao contrário de Citra, ninguém o atualizara. Tudo que ele sabia, tinha escutado por aí. Mas ele sabia que Goddard estava no comando da maior parte da Mérica do Norte agora — o que não era bom para ninguém, muito menos para Rowan.

Agora ele estava amarrado a uma coluna de vidro no centro do chalé de cristal de Goddard. Não tinha uma expressão sobre tetos de vidro e atirar a primeira pedra? Bom, se tivesse uma pedra, não atiraria. Ele a esconderia até poder usar para algo mais efetivo.

Rowan tinha sido revivido no dia anterior, como a Alto Punhal Pickford disse que aconteceria. A morte não era o suficiente para o ceifador Lúcifer. Conhecendo Goddard, seu fim seria cheio de pompa e cerimônia.

Goddard veio vê-lo acompanhado pela ceifadora Rand, como sempre. A expressão no rosto de Goddard não era de fúria. Era acolhedora, na verdade. Calorosa, até — se fosse possível dizer que uma criatura de sangue frio tinha uma expressão calorosa. Isso deixou Rowan desconcertado. Incerto. Rand, por outro lado, parecia preocupada, e Rowan sabia o motivo.

— Meu querido Rowan — Goddard disse, os braços abertos como se fosse dar um abraço nele, mas parando a poucos metros de distância.

— Surpreso em me ver? — Rowan perguntou, o mais petulante que conseguiu se obrigar a ser.

— Nada mais me surpreende em relação a você, Rowan — Goddard disse. — Mas admito que estou impressionado que tenha conseguido voltar depois do afundamento de Perdura.

— Que você afundou.

— Pelo contrário — Goddard disse. — *Você* afundou. É o que os registros mostram e vão sempre mostrar.

Se ele estava tentando instigar uma reação de Rowan, não estava funcionando. Rowan já havia se conformado com sua má reputação. Quando decidira se tornar o ceifador Lúcifer, sabia que seria odiado. Claro, ele tinha achado que seria odiado apenas pelos ceifadores. Nunca pensou que seria detestado pelo resto do mundo.

—Você parece feliz em me ver — Rowan comentou. — Deve ser por causa da fisiologia do corpo que você roubou. O corpo de Tyger reagindo a ver o melhor amigo.

— Talvez — disse Goddard, olhando para as mãos de Tyger, como se pudessem criar bocas e falar. — Mas o resto de mim também está feliz em ver você! Sabe, como um bicho-papão, o ceifador Lúcifer é um incômodo. Mas, como homem de verdade, é alguém que posso usar para o aperfeiçoamento da humanidade.

— O aperfeiçoamento de Goddard, você quer dizer.

— O que é bom para mim é bom para o mundo, você já sabe disso a essa altura — Goddard disse. — Eu vejo o panorama geral, Rowan. Sempre vi. E agora, mostrar para o mundo que o ceifador Lúcifer pode ser submetido a julgamento vai ajudar a tranquilizar as pessoas um pouco.

Até então, Rand não tinha dito nada. Ela havia se sentado e estava observando. Esperando para ver o que Rowan faria. Que acusações faria. Afinal, tinha sido ela quem havia libertado Rowan em Perdura. Ele poderia ser uma mosca bem grande em sua sopa. Mas isso não seria melhor do que atirar uma pedra.

— Se você está querendo ser lembrado, não se preocupe, você será. Quando for coletado, seu nome será um eterno receptáculo para o ódio do mundo. Você é infame, Rowan. Deveria abraçar isso! É a única fama que você vai ter, e muito mais do que você merece. Considere isso como um presente por tudo que fomos um para o outro.

—Você está adorando isso tudo, não está?

— Ah, imensamente — admitiu Goddard. — Você nem imagina quantas vezes fiquei pensando em todas as formas como poderia atormentar você!

— Quem você vai atormentar quando eu for eliminado?

— Tenho certeza de que vou encontrar alguém. Ou talvez eu nem precise encontrar. Talvez você seja a última pedra no meu sapato.

— Ah, sempre tem mais uma pedra.

Goddard bateu palmas, achando graça de verdade.

— Senti tanta falta dessas conversas com você!

— Você está se referindo a essas em que você se vangloria enquanto estou amarrado?

— Viu só? A maneira como você chega ao cerne da questão é sempre revigorante. Tão divertida. Eu manteria você como um animal de estimação se não tivesse medo de que você fugisse e botasse fogo no meu corpo enquanto durmo.

— É realmente algo que eu faria — Rowan disse.

— Não tenho dúvidas. Bom, fique tranquilo, porque hoje você não vai escapar. Não temos mais as loucuras do ceifador Brahms com que nos preocupar.

— Por quê? Ele foi devorado pelos tubarões junto com os demais?

— Sim, tenho certeza de que foi — Goddard disse —, mas ele morreu antes de os tubarões o alcançarem. Como punição por ter permitido que você escapasse.

— Certo. — Rowan não disse mais nada, mas, pelo canto do olho, notou Rand se ajeitando na cadeira como se o lugar de repente tivesse ficado mais quente.

Goddard se aproximou do garoto. Sua voz ficou mais suave.

— Você pode não acreditar, mas senti saudade *de verdade*, Rowan. — Havia uma sinceridade naquela frase simples que transcendia a teatralidade habitual de Goddard. — Você é o único que se atreve a me responder hoje em dia. Tenho adversários, claro, mas eles são todos manipuláveis. Facilmente derrotados. Você era diferente desde o princípio.

Ele deu um passo para trás e observou Rowan de cima a baixo, avaliando-o como se fosse um quadro desbotado que perdera o encanto.

— Você poderia ter sido meu primeiro subceifador — Goddard disse. — Um herdeiro da Ceifa Mundial. E não se engane, pois *haverá* uma única Ceifa Mundial quando eu terminar o meu trabalho. *Esse* teria sido seu futuro.

— Se ao menos eu tivesse ignorado minha consciência.

Goddard balançou a cabeça, pesaroso.

— A consciência é uma ferramenta como qualquer outra. Se você não a dominar, ela dominará você. Pelo que vejo, ela deixou você insensato. Não, o mundo precisa muito mais da união que ofereço do que da visão simplista de certo e errado.

A questão sobre Goddard era que era desmoralizante ver como ele sempre chegava perto de fazer sentido. Ele conseguia distorcer seus pensamentos até eles não serem mais seus, mas dele. Era isso que o tornava tão perigoso.

Rowan viu sua oposição e sua firmeza se esvaindo. Será que Goddard estava certo em relação a alguma coisa? Uma voz dentro dele dizia que não, mas essa voz estava se escondendo mais e mais fundo.

— O que vai acontecer comigo? — Rowan perguntou.

Goddard se aproximou e sussurrou em seu ouvido.

— Um acerto de contas.

A ceifadora Rand achava que tudo aquilo tinha ficado para trás. Ela estava em uma de suas excursões a santuários de construtos quando recebera a informação de que o ceifador Lúcifer estava vivo na Amazônia. A missão para resgatá-lo dos amazônicos acontecera sem o seu conhecimento. Ela estava em trânsito quando Goddard lhe revelara a "notícia gloriosa".

Não podia ter sido em momento pior. Se soubesse com antecedência, ela teria encontrado uma forma de o coletar antes que Rowan chegasse até Goddard, pelo menos para mantê-lo calado.

Mas aqui estava Rowan, e ele ficou calado mesmo assim. Pelo menos em relação a ela. Ele guardou o segredo só para assisti-la sofrer? Ayn se perguntou qual era o plano dele.

Dessa vez, Goddard não foi tão arrogante a ponto de deixar Rowan sozinho em seu quarto. Dois guardas foram alocados para ficarem dentro do quarto também. Receberam ordens de manter uma distância segura, mas ficar de olho nele o tempo inteiro.

— Você vai ver como ele está de hora em hora — Goddard disse a Ayn. — Para ver se ele não afrouxou as amarras ou corrompeu os guardas.

— Você deveria deixá-los surdos, para que ele não os subverta — ela sugeriu. Falou em tom de brincadeira, mas Goddard levou a sério.

— Infelizmente, eles se curariam em menos de uma hora.

Então, em vez de deixar os guardas surdos, o silêncio foi garantido à moda antiga. Rowan foi amordaçado. No entanto, quando Ayn chegou para ver Rowan naquela tarde, ele havia conseguido arrancar a mordaça e não parava de sorrir, apesar de estar totalmente amarrado.

— Oi, Ayn — ele disse animadamente. — Está tendo um bom dia?

— Você não soube? — ela retrucou. — Todo dia é bom desde que Goddard se tornou Suprapunhal.

— Perdão, excelência — disse um dos guardas. — Como fomos ordenados a manter distância, não pudemos arrumar a mordaça. Talvez vossa excelência possa.

— O que ele tem dito?

— Nada — respondeu o outro guarda. — Ele estava cantando uma música que fez sucesso uns anos atrás. Tentou nos fazer cantar junto, mas não cantamos.

— Ótimo — disse Ayn. — Aplaudo seu autocontrole.

Durante esse tempo, o sorriso de Rowan não se desfez.

— Sabe, Ayn, eu poderia ter contado para Goddard que foi você quem me libertou em Perdura.

Simples assim. Ele simplesmente expôs tudo para os dois guardas escutarem.

— Mentir não vai levar você a nenhum lugar — ela disse para os guardas escutarem, depois ordenou que eles esperassem do lado de fora, o que, em um lugar em que tantas paredes internas ainda eram de vidro translúcido, não escondia nada da vista deles, mas pelo menos o lugar era à prova de som depois que a porta se fechava.

— Não sei se eles acreditaram em você — Rowan disse. — Você não foi muito convincente.

— Você tem razão — disse Ayn. — O que significa que vou ter que coletá-los agora. A morte deles está nas suas mãos.

— A lâmina é sua, não minha — ele disse.

Ela parou um momento para espiar os dois guardas, distraídos do outro lado da parede de vidro. O problema não era coletá-los, mas esconder o fato de que tinha sido obra dela. Teria de mandar algum ceifador de baixo escalão fazer isso, e depois o persuadir a se autocoletar... E tudo de maneira a não levantar suspeitas. Que confusão.

— Libertar você foi a pior decisão que já tomei.

— Não foi a pior — Rowan disse. — Nem de longe.

— Por que você *não* contou para Goddard? Que motivo você poderia ter?

Rowan deu de ombros.

— Você me fez um favor, e o retribuí. Agora estamos quites. Além do mais — ele acrescentou —, você o sabotou uma vez. Talvez faça isso de novo.

— As coisas mudaram.

— Mudaram? Ainda não o vejo tratando você como deveria. Ele já falou para *você* o que me falou hoje? Que você seria a herdeira da Ceifa mundial? Não? Pois me parece que ele trata você como a todos os outros. Como uma serva.

Ayn inspirou fundo, de repente sentindo-se muito sozinha. Na maioria das vezes, ela gostava de ser uma loba solitária, mas isso já era diferente. O que ela realmente sentia era uma absoluta falta de aliados. Como se todos no mundo fossem seus inimigos. E talvez fossem. Ela odiava o fato de que aquele garoto presunçoso conseguia fazê-la se sentir dessa forma.

— Você é muito mais perigoso do que ele admite — ela disse.

— Mas você ainda está me escutando. Por quê?

Ela não queria considerar a pergunta. Em vez disso, pensou em todas as formas como podia coletá-lo ali mesmo, e que se danassem as consequências. Mas, se o coletasse, ela sabia que não seria definitivo. Não havia nenhuma forma de deixá-lo permanentemente morto na cobertura do chalé, o que significava que Goddard simplesmente o traria de volta para enfrentar o julgamento muito específico que havia planejado. E então, quando fosse revivido, talvez Rowan *contasse tudo* a Goddard. Ela estava de mãos tão atadas quanto o garoto.

— Não que isto importe, mas eu só gostaria de saber... — Rowan disse. — Você concorda com tudo que ele faz? Acha que ele está levando o mundo na direção certa?

— *Não existe* direção certa. Só existe uma direção que torna as coisas melhores para nós, e direções que não.

— Por "nós" você se refere aos ceifadores?

— A quem mais eu estaria me referindo?

— Os ceifadores têm a missão de tornar o mundo melhor para todos. E não o contrário.

Se ele achava que Ayn se importava, estava completamente equivocado. Ética e moral eram os amigos imaginários da velha guarda. A consciência dela estava limpa, porque não tinha uma, e sempre havia se orgulhado daquilo.

— Ele pretende eliminar você publicamente — ela disse a Rowan. — E, quando digo publicamente, estou falando de uma forma que não vai deixar dúvidas para ninguém de que o ceifador Lúcifer se foi de vez. Vencido e extinto para todo o sempre.

— É isso que você quer?

— Não vou lamentar sua morte — Rand disse. — E, quando você se for, vou ficar aliviada.

Ele aceitou isso como verdade, por que era.

— Sabe, ceifadora Rand... vai chegar um momento em que o ego de Goddard ficará tão descontrolado que até *você* vai conseguir ver o perigo que ele representa, mas, a essa altura, Goddard vai estar tão poderoso que ninguém mais conseguirá desafiá-lo.

Ayn queria negar, mas sentiu arrepios em sua pele. Sua própria fisiologia lhe dizendo que ele estava certo. Não, ela não lamentaria a morte do ceifador Lúcifer. Mas, quando ele estivesse morto, ainda haveria muito com o que se preocupar.

—Você é exatamente como ele — ela disse. —Vocês dois distorcem a mente das pessoas até elas não saberem mais o que estão fazendo da vida. Então você vai ter que me desculpar se eu nunca mais falar com você.

—Você vai falar — Rowan disse, com absoluta certeza. — Porque, depois que ele me eliminar, Goddard vai mandar você se livrar do que tiver restado de mim, assim como você se livrou do que restava de Tyger. E, então, quando ninguém estiver ouvindo, você vai xingar meus ossos carbonizados, só para poder ter a última palavra. Talvez até cuspa neles. Mas isso não vai fazer você se sentir melhor.

E era irritante. Porque ela sabia que ele estava certo em todos os aspectos.

27

Cúpula de prazeres de Tunka Manin

O *Spence* cruzou o Atlântico com a ceifadora Anastássia, navegando em uma rota direta até a Região Subsaariana, no continente africano. Era uma distância muito mais curta do que a maioria das pessoas pensava, não levava nem três dias. Eles chegaram à cidade costeira de Porto Lembrança enquanto os ceifadores nortemericanos ainda estavam procurando por Anastássia nos confins da Mérica do Sul.

Nos tempos mortais, Porto Lembrança era conhecida como Monróvia, mas a Nimbo-Cúmulo decidira que a história sombria de domínio e escravidão, seguida por uma repatriação mal planejada, justificava a mudança para um nome novo que não ofendesse ninguém. Naturalmente, as pessoas se ofenderam. Mas a Nimbo-Cúmulo manteve sua decisão — e, como em todas as decisões que a Nimbo-Cúmulo tomava, se revelou acertada.

A ceifadora Anastássia foi recebida pessoalmente pelo Alto Punhal Tunka Manin do SubSaara ao desembarcar. Ele era um franco opositor de Goddard e tinha concordado em oferecer asilo para ela.

— Tanto barulho por uma jovem ceifadora! — ele disse com uma voz estrondosa e cordial ao cumprimentá-la. Seu manto era colorido e estilizado meticulosamente para prestar homenagem a todas as culturas históricas da região. — Não se preocupe, pequena, você está segura e entre amigos.

Embora Citra achasse o "meu anjo" de Possuelo carinhoso, ser chamada de "pequena" parecia um diminutivo. Ela manteve a cabeça erguida como ceifadora Anastássia e, em nome da diplomacia, não comentou. Mas Jeri sim.

— Nem tão pequena assim — Jeri disse.

O Alto Punhal lançou um olhar desconfiado para Jeri.

— E quem é você?

— Jerico Soberanis, comandante do navio que conseguiu trazer a ceifadora Anastássia para seus braços hospitaleiros.

— Ouvi falar de você — Tunka Manin disse. — Um caçador de tesouros habilidoso.

— Caçador de destroços — Jeri o corrigiu. — Encontro o que está perdido, e conserto o que é irreparável.

— Certo — disse Tunka Manin. — Obrigado pelos seus excelentes serviços. — Em seguida, o Alto Punhal colocou um braço paternal em torno de Anastássia, guiando-a para longe da doca junto com sua comitiva. — Ah, mas você deve estar cansada e com fome de algo além das comidas marítimas. Temos tudo preparado para o seu conforto.

Jeri, porém, os acompanhou até Tunka Manin perguntar:

— Ainda não lhe pagaram? Pensei que Possuelo tinha feito isso.

— Desculpe, excelência — Jeri disse —, mas o ceifador Possuelo me designou especificamente para ficar ao lado da ceifadora Anastássia em todos os momentos. Espero de verdade que não esteja me pedindo para violar essa ordem.

O Alto Punhal soltou um suspiro dramático.

— Muito bem — ele disse, depois se voltou para sua comitiva como se ela fosse uma entidade única. — Preparem mais um lugar à mesa e um quarto adequado para Soberanis.

Finalmente, Anastássia se manifestou.

— Adequado não será o suficiente — ela disse ao Alto Punhal. — Jerico arriscou a vida para me trazer até aqui e merece a mesma cortesia que vossa excelência dirige a mim.

A comitiva se preparou para uma explosão, mas, depois de um momento, o Alto Punhal riu calorosamente.

— A coragem — ele disse — é algo muito valorizado por aqui.

Vamos nos dar muito bem! — Em seguida, voltou-se para Jeri. — Comandante, me perdoe, mas adoro brincar. Não tinha a intenção de ofender. Sua presença é muito bem-vinda, e trataremos você como tratamos todos os convidados de honra.

Jeri não havia recebido tal ordem de Possuelo. Só precisava trazer Anastássia até ali e seu trabalho estaria cumprido. Jeri, porém, ainda não queria se separar da ceifadora de manto azul-turquesa — e, além disso, já havia passado da hora de a tripulação do *Spence* tirar umas férias. As costas ocidentais do SubSaara seriam uma licença merecida. E isso liberava Jeri para ficar de olho em Anastássia, e no Alto Punhal, que parecia um pouco insinuante demais.

—Você confia nele? — Jeri perguntou a Anastássia antes de entrarem nos sedãs rumo ao palácio de Tunka Manin.

— Possuelo confia — Anastássia disse. — Isso basta para mim.

— Possuelo também confiava naquele jovem ceifador que entregou você para Goddard — Jeri comentou. Anastássia não teve resposta para isso. —Vou ser seu segundo par de olhos.

— Não deve ser necessário, mas agradeço mesmo assim — ela disse.

Jeri não era de se ater a pagamentos, mas achou que a gratidão de Anastássia era retribuição suficiente pelos serviços prestados.

Tunka Manin, ou Tunka para os íntimos, tinha uma natureza afável e efusiva que acompanhava sua voz grave — uma voz que ressoava mesmo quando ele sussurrava. Citra achava cativante e intimidador ao mesmo tempo. Ela decidiu deixar de lado Citra Terranova e ser a ceifadora Anastássia em todos os momentos perto dele.

Ela observou que o índice genético de Tunka Manin tendia um pouco mais para o áfrico. Compreensível, afinal, aquele era o continente que havia contribuído com esses genes para a composição biológica da humanidade. A própria Anastássia tinha um toque mais áfrico do que panasiático, caucasoide, mesolatino ou qualquer um dos subíndices que eram incluídos sob "outros". Durante o trajeto, Tunka Manin notou isso nela e comentou.

— Não deveríamos perceber essas coisas — ele disse —, mas eu percebo. Significa apenas que somos um pouco mais aparentados.

Sua casa era mais do que uma simples residência. Tunka Manin havia construído para si uma imponente cúpula de prazer.

— Não a chamo de Xanadu, como Kublai Khan a chamava — ele explicou para Anastássia. — Além do mais, o ceifador Khan tinha um péssimo gosto. A ceifa mongol fez bem ao demolir o lugar assim que ele se autocoletou.

O palácio era, como o próprio Tunka, elegante e a epítome do bom gosto.

— Não sou um parasita para tomar posse de casas e mansões que pertencem a outras pessoas e as botar para fora — ele disse com orgulho. — Esse lugar foi construído do zero! Convidei comunidades inteiras para trabalhar, e ocupei seu tempo livre com um trabalho gratificante. E elas ainda estão trabalhando, aumentando o lugar a cada ano. Não porque eu peça, mas porque gostam.

Embora Anastássia tenha duvidado a princípio de que fizessem aquilo por vontade própria, suas conversas com os trabalhadores revelaram que ela estava enganada. Eles realmente adoravam Tunka, e realmente dedicavam o tempo para trabalhar em seu palácio por vontade própria. Além disso, não fazia mal que ele pagava muito acima da Renda de Garantia Básica.

O palácio era repleto de excentricidades da Era Mortal que eram extravagantes e davam charme ao lugar. Os uniformes anacrônicos dos funcionários eram cada um de um período histórico diferente. Havia uma coleção de brinquedos clássicos de centenas de anos atrás. E também havia os telefones. Quadrados de plástico de várias cores que ficavam nas mesas ou paredes. Eles tinham fones conectados às bases por longos fios ondulados que se estendiam como molas e se enroscavam com facilidade.

— Gosto da ideia de o meio de comunicação prender você a um ponto único — Tunka Manin disse a Anastássia. — Isso força você a dedicar à cada conversa toda a atenção que ela merece.

Mas, como aqueles telefones eram reservados às ligações particulares de Tunka Manin, eles nunca tocavam. Anastássia imaginou que era porque havia poucas questões particulares na vida de Tunka Manin. Ele vivia a vida como se estivesse em uma vitrine.

Na manhã seguinte à sua chegada, Anastássia foi chamada para uma reunião com Tunka Manin e os ceifadores Baba e Makeda — presenças constantes na comitiva do Alto Punhal, cujo propósito na vida aparentava ser servir de plateia para ele. Baba tinha um humor ácido e gostava de fazer piadas que ninguém além de Tunka entendia. E parecia que a maior alegria de Makeda era desprezar Baba.

— Ah! Nossa dama das profundezas chegou! — disse Tunka. — Sente-se, por favor, temos muito para discutir.

Anastássia se sentou e lhe ofereceram sanduichinhos com as cascas dos pães cortadas, dispostos na bandeja na forma de um cata-vento. Para o Alto Punhal, a apresentação era tudo.

— Pelo que sei, a notícia de sua revivificação está se espalhando. Embora os aliados de Goddard estejam tentando guardar segredo, nossos amigos da velha guarda estão divulgando a novidade. Vamos criar a expectativa para que, quando você se apresentar oficialmente, o mundo inteiro escute.

— Se o mundo for escutar, precisarei ter algo a dizer.

— Você terá — Tunka disse com uma certeza que fez Anastássia se perguntar o que ele tinha em mente. — Nós nos deparamos com algumas informações extremamente incriminadoras.

— Incriminação em um mundo sem crime ou nações — disse Baba. — Quem diria.

Tunka Manin riu, e a ceifadora Makeda revirou os olhos. Em seguida, o Alto Punhal estendeu o braço sobre a mesa e colocou um pequeno cisne de origami no prato vazio de Anastássia.

— Segredos dobrados sobre segredos — ele disse com um sorriso. — Diga-me, Anastássia, você é habilidosa em revirar a mente interna da Nimbo-Cúmulo?

— Muito — ela respondeu.

— Ótimo — disse Tunka Manin. — Quando desdobrar o cisne, vai encontrar seu ponto de partida.

Anastássia virou o cisne entre os dedos.

— O que devo procurar?

— Você precisa forjar seu próprio caminho. Não vou lhe dizer o que procurar porque, se disser, você vai deixar de ver as coisas que encontraria intuitivamente.

— As coisas que nós provavelmente deixamos de ver — acrescentou Makeda. — Precisamos de um olhar novo sobre isso.

— E, além disso — disse o ceifador Baba, se juntando à investida —, não basta que você saiba: você precisa *descobrir*, para que possa mostrar aos outros como descobrir também.

— Exatamente — disse Tunka Manin. — Uma boa mentira não depende do mentiroso, depende da disposição do ouvinte em acreditar. Você não pode expor uma mentira sem antes destruir a vontade de acreditar nela. É por isso que guiar as pessoas rumo à verdade é muito mais efetivo do que simplesmente contar a elas a informação verdadeira.

As palavras de Tunka Manin pairaram no ar, e Anastássia olhou para o cisne de novo, sem querer estragá-lo desdobrando suas asinhas delicadas.

— Depois que tirar suas próprias conclusões, vamos compartilhar o que sabemos — disse Tunka Manin. — Garanto a você que sua excursão à mente interna será uma experiência reveladora.

28

Celebridade sombria

Todos foram convidados. E, quando o Suprapunhal fazia um convite, não podia ser ignorado. O que significava que o estádio com certeza estaria lotado.

Goddard havia feito um chamado público a todos sob sua influência. Era raro um ceifador — ainda mais um ceifador poderoso — ter qualquer relação com pessoas comuns. A comunicação com o resto da humanidade normalmente se limitava a balas, lâminas, clavas e um ou outro veneno ocasional. Os ceifadores simplesmente não sentiam necessidade de se dirigir às massas. Não eram representantes eleitos e não tinham de responder a ninguém além de eles mesmos. Não havia motivo para conquistar o coração das pessoas quando seu único propósito na vida era fazer o coração delas parar.

Portanto, quando Goddard transmitiu o convite pessoalmente, gente de todos os lugares prestou atenção. Apesar de sua torre fortificada, Goddard se dizia um ceifador do povo — e esta era a evidência. Ele estava disposto a compartilhar seu triunfo com pessoas comuns de todas as esferas sociais. No fim, o desejo das pessoas de estarem próximas dos ceifadores mais célebres do continente era mais forte do que o medo que sentiam deles. Os ingressos se esgotaram em menos de cinco minutos. As pessoas que não conseguiram teriam de assistir ao evento de suas casas ou locais de trabalho.

Aqueles que tiveram a sorte de conseguir ingressos para a execução sabiam que seriam testemunhas de um ato histórico. Poderiam contar para os filhos, netos, bisnetos, tataranetos e tetranetos que estiveram lá no dia em que o ceifador Lúcifer fora coletado.

Eles não tinham medo do ceifador Lúcifer como os ceifadores, mas o odiavam, não apenas porque o culpavam pela morte de Perdura, mas também pelo silêncio da Nimbo-Cúmulo e por sua condição de infratores. O mundo estava sendo punido pelas ações dele. Ele era, como Goddard dissera de forma tão franca, o receptáculo para o ódio do mundo. Portanto, eles obviamente compareceriam em peso para testemunhar seu terrível fim.

Não existiam mais veículos blindados. A maioria dos veículos era impenetrável por natureza. Mesmo assim, um caminhão de transporte especial foi produzido em questão de dias para o ceifador Lúcifer, incluindo rebites de aço visíveis e janelas vedadas. Era uma linha reta em uma autovia de alta velocidade da Cidade Fulcral até a cidade Mile High, onde aconteceria sua coleta, mas a rota que a carreata tomou era um meandro serpenteante que passava pelo maior número de cidades midmericanas possíveis antes de chegar ao destino. Um trajeto que levaria um dia durou quase uma semana.

Rowan sabia que sua coleta seria explorada como publicidade, mas não esperava ser exibido dessa maneira.

Havia mais de uma dezena de veículos na carreata. Membros da Guarda da Lâmina de motocicletas, limusines elegantes das cores dos mantos dos ceifadores de alto escalão que viajavam nelas, todos seguindo o enorme caminhão blindado retangular, com ainda mais guardas em motocicletas correndo atrás, feito uma cauda nupcial.

O Suprapunhal não estava presente, embora a primeira limusine fosse azul e cravejada de estrelas cintilantes. Não havia ninguém nela — mas o povo não sabia disso. A verdade era que Goddard não queria se dar ao trabalho de uma viagem longa e laboriosa quando poderia produzir o mesmo efeito apenas fingindo estar lá. Ele só precisaria comparecer no dia da coleta em si.

Em vez disso, deixou Constantino encarregado de escoltar o temido ceifador Lúcifer para seu derradeiro fim.

Constantino, Rowan sabia, tinha ficado responsável pela busca e apreensão dele três anos antes. Seu manto e sua limusine carmesim eram da mesma cor que a faixa que indicava INIMIGO PÚBLICO estampada na lateral do caminhão de transporte de Rowan. Ele se perguntou se era proposital, ou apenas uma feliz coincidência.

Antes de deixarem a Cidade Fulcral, Constantino fez uma visita a Rowan depois que ele havia embarcado e sido algemado em seu caminhão de segurança máxima.

— Todos esses anos, quis pôr os olhos em você — Constantino disse. — E, agora que o vi, não estou nem um pouco impressionado.

— Valeu — disse Rowan. — Também te amo.

Constantino colocou a mão dentro do manto como se fosse pegar uma arma, mas pensou melhor.

— Se eu pudesse coletar você aqui e agora, coletaria — ele disse. — Mas a ira do Suprapunhal Goddard não é algo que eu queira despertar.

— Compreensível — disse Rowan. — Se serve de consolo, eu preferiria ser coletado por você do que por ele.

— Por quê?

— Porque, para ele, minha morte será uma vingança. Para você, seria o cumprimento de uma missão de três anos. Preferiria satisfazer isso do que a vendeta de Goddard.

Constantino não se deixou abalar. Ele não se acalmou, mas também não parecia mais à beira de uma explosão da qual se arrependeria depois.

— Antes de levarmos você para seu fim merecido, quero saber uma coisa — Constantino disse. — Quero saber por que você fez o que fez.

— Por que eliminei os ceifadores Renoir e o resto?

Ele fez um gesto de desdém.

— Não isso. Por mais que eu abomine sua onda de eliminação de ceifadores, é óbvio por que escolheu aqueles que escolheu. Eram todos ceifadores questionáveis, e você ditou uma sentença para eles, embora não coubesse a você ditá-la. Aqueles crimes são motivos mais do que suficientes para coletar você, mas o que quero saber é por que você matou os Grandes Ceifadores. Eles eram homens e mulheres bons. O pior deles era Xenócrates, mas até ele era um santo comparado aos outros que você eliminou antes. O que possuiu você para fazer algo tão terrível?

Rowan estava cansado de negar a culpa... De que importava a essa altura? Então ele deu a Constantino a mentira em que todos já acreditavam.

— Eu odiava a Ceifa por me negar o anel — Rowan disse. — Por isso quis causar o maior estrago possível. Queria que todas as ceifas do mundo pagassem por terem se recusado a me tornar um ceifador de verdade.

O olhar de Constantino seria capaz de derreter o aço do caminhão de transporte.

—Você espera que eu acredite que é tão mesquinho e limitado?

— Devo ser — disse Rowan. — Por que outro motivo eu afundaria Perdura? — Em seguida, acrescentou: — Ou talvez eu seja simplesmente mau.

Constantino sabia que estava sendo ridicularizado, e não reagiu bem a isso. Ele saiu e não dirigiu mais a palavra a Rowan durante toda a jornada, mas não sem uma última mensagem lúgubre.

—Tenho o prazer de dizer a você que sua coleta será dolorosa — o ceifador de manto carmesim disse, transbordando rancor. — Goddard pretende assar você vivo.

Rowan tinha grilhões novinhos que haviam sido produzidos especialmente para ele, correntes de aço que retiniam no piso do caminhão de transporte quando ele se mexia. Eram longas o suficiente para lhe permitir mobilidade, mas sólidas o suficiente para dificultar o movimento. Era mais do que um exagero. Só porque Rowan tinha o hábito de fugir, isso não o tornava o mestre da fuga que achavam que ele era. Todas as fugas anteriores se deveram ou à ajuda de alguém ou à incompetência das pessoas que o detiveram. Ele não seria capaz de arrancar as correntes com os dentes e arrombar a porta de aço aos chutes, mas todos agiam como se Rowan fosse uma criatura de outro mundo com poderes sobre-humanos e supernaturais. Mas, enfim, era o que Goddard queria que as pessoas pensassem; afinal, se a criatura que você capturou precisa ser acorrentada e trancada em uma caixa de aço, você deve ser um excelente caçador.

Em todas as cidades por onde passavam, as pessoas saíam em massa para ver a comitiva, como se fosse um desfile cívico. As janelas barricadas no caminhão de transporte eram de alturas variadas, maiores do que deveriam ser em um veículo blindado, e o interior era fortemente iluminado. Rowan logo entendeu o motivo disso. As janelas estavam posicionadas de maneira que, independentemente de como ficasse no caminhão, ele ainda poderia ser visto de fora, e o interior iluminado garantia que ele não ficaria escondido no escuro, qualquer que fosse a hora.

Enquanto atravessava as ruas e avenidas principais, sempre podia ser visto pelos curiosos de ambos os lados dos corredores poloneses. De vez em quando, ele espiava por uma janela e, quando fazia isso, sua aparição levava a euforia da multidão a atingir o auge. Eles apontavam, tiravam fotos e levantavam os filhos para ver o jovem que havia se tornado uma celebridade sombria. Às vezes, Rowan acenava para as pessoas, o que as fazia rir. Em outras ocasiões, apontava de volta quando elas apontavam para ele, o que sempre parecia assustá-las — como se seu fantasma conturbado e furioso fosse aparecer para elas no meio da noite depois que ele fosse coletado.

Durante todo esse tempo, o pronunciamento sinistro de Constantino ficava voltando à sua mente. A maneira como Rowan seria coletado. A coleta pelo fogo não tinha sido proibida? Goddard devia tê-la reinstituído. Ou talvez tivesse permitido o método para essa coleta especial. Por mais que Rowan tentasse dizer a si mesmo que não tinha medo, ele tinha. Não da coleta em si, mas da dor — e haveria muita dor, porque Goddard certamente desativaria seus nanitos analgésicos para que Rowan sentisse ao máximo o tormento. Ele sofreria como os hereges e bruxas de tempos mais ignorantes.

A ideia de sua vida terminar não era um problema tão grande para ele. Na verdade, havia se tornado um tema estranhamente recorrente. Ele havia morrido tantas vezes, e de tantas formas, que já estava acostumado. Não achava mais aterrorizante do que pegar no sono — o que muitas vezes era pior, porque, quando dormia, tinha pesadelos. Pelo menos a semimorte era um estado sem sonhos, e a única diferença entre a semimorte e a morte era o intervalo de tempo envolvido. Talvez, como alguns acreditavam, a verdadeira morte acabasse por levar as pessoas a um novo lugar glorioso, inimaginável para os vivos. Seguindo essa linha de pensamento, Rowan tentou aliviar a perspectiva de seu destino.

Também tentou se distrair pensando em Citra. Ele não havia recebido nenhuma notícia dela, e não era tolo o bastante para perguntar a Constantino nem a ninguém, já que não fazia ideia de quem sabia que ela estava viva. Goddard certamente sabia, pois tinha enviado a Alto Punhal da Mérica do Oeste para buscar os dois. Mas, se Citra havia escapado, a melhor forma de ajudá-la era não falar sobre ela em companhias hostis.

Considerando aonde o trajeto sinuoso de Rowan o estava levando, só lhe restava torcer para que ela estivesse em circunstâncias melhores.

29

O urso óbvio

Três datas. Era tudo que havia no cisne dobrado. Uma no Ano do Lince, a segunda no Ano do Bisão e a terceira no Ano da Garça. Todas de antes de ela nascer.

Não demorou para Anastássia descobrir por que as datas eram importantes. Essa foi a parte fácil. Quer as pessoas soubessem as datas em si, quer não, os acontecimentos que se passaram nelas eram parte do currículo das aulas de história de todos. Mas, por outro lado, esses eram os relatos oficiais. Os relatos autorizados. Nada na história era um relato em primeira mão, e as coisas conhecidas na verdade eram as coisas que foram *permitidas* a ser conhecidas. Desde que se tornara ceifadora, Anastássia tinha visto como a Ceifa continha o fluxo de informações quando achava necessário, definindo a história como bem entendesse. Talvez não falsificando as coisas, pois a Nimbo-Cúmulo detinha a jurisdição sobre fatos e dados, mas a Ceifa podia escolher *quais* fatos eram informados ao público.

Mas nenhuma informação seletivamente ignorada era esquecida. Ela ainda existia na mente interna para o acesso de todos. Nos tempos de sua aprendizagem, Citra havia se tornado uma especialista em revirar a mente interna da Nimbo-Cúmulo enquanto tentava encontrar o "assassino" do ceifador Faraday. Os algoritmos do sistema de arquivamento da Nimbo-Cúmulo eram muito semelhantes ao cérebro humano; toda ordem era por associação. As imagens não eram organizadas por data, hora ou mesmo localização. Para encontrar um ceifador de manto marfim em uma esquina, Citra teve de vasculhar imagens de pessoas com roupas marfim em esquinas de todo o mundo, depois restringir por outros elementos da cena. Um tipo específico de poste. A extensão das sombras. Os sons e aromas no ar — porque a Nimbo-Cúmulo catalogava todas as informações sensoriais. Encontrar qualquer coisa era como encontrar uma agulha em um palheiro em um planeta de palheiros.

Foi preciso engenhosidade e inspiração para descobrir quais parâmetros restringiriam o campo semi-infinito de informações. Mas naquele caso ela pelo menos sabia o que estava procurando. Agora, a dificuldade de Anastássia era ainda maior, porque não tinha nenhuma informação além das datas.

Primeiro, ela estudou tudo que tinha para saber sobre os desastres em questão. Depois, mergulhou na mente interna para encontrar as fontes originais e as informações que haviam sido convenientemente deixadas de fora dos registros oficiais.

O maior obstáculo era sua própria impaciência. A garota já conseguia sentir que as respostas estavam lá, mas estavam soterradas sob tantas camadas que ela tinha medo de nunca as encontrar.

Anastássia e Jeri descobriram que haviam chegado poucos dias antes do Jubileu Lunar. Em toda lua cheia, o Alto Punhal Tunka Manin dava uma grande festa que durava vinte e cinco horas, "porque vinte e quatro horas simplesmente não bastam". Havia todo tipo de entretenimento, multidões de convidados profissionais e comidas de todos os lugares do mundo para os presentes.

"Vista-se para o evento, mas sem seu manto de ceifadora, e se mantenha ao meu lado com um ou dois convidados profissionais", Tunka havia aconselhado. "Você vai ser apenas parte do cenário."

Para Jeri, o Alto Punhal dissera apenas: "Divirta-se dentro dos limites razoáveis".

Anastássia estava relutante a comparecer, por medo de ser reconhecida, e preferiria ter continuado sua busca pela mente interna, mas Tunka Manin insistira.

"Uma pausa do trabalho árduo vai lhe fazer bem. Vou providenciar uma peruca colorida para você, e ninguém vai reconhecê-la."

A princípio, Anastássia achou irresponsável e imprudente sugerir que um simples disfarce poderia escondê-la, mas, como a última coisa que esperavam era que uma ceifadora morta havia muito tempo aparecesse em uma festa — que dirá usando uma peruca azul néon —, ela ficou extraordinariamente escondida à vista de todos.

— Uma lição para a sua busca — o ceifador falou para ela. — Aquilo que se esconde à vista de todos é o mais difícil de encontrar.

Tunka era um anfitrião perfeito, cumprimentando todos pessoalmente e concedendo imunidade a torto e a direito. Tudo era espetacular e divertido, mas Anastássia não gostou — e o Alto Punhal notou sua desaprovação.

— Eu pareço demasiado autoindulgente para você? — Tunka perguntou. — Sou um Alto Punhal terrivelmente hedonista?

— Goddard dá festas como esta — ela apontou.

— Como *esta*, não — respondeu Tunka.

— *E* ele também tem casas grandiosas.

— É mesmo?

Em seguida, Tunka gesticulou para que ela se aproximasse e pudesse escutá-lo melhor em meio à algazarra.

— Quero que você dê uma olhada nas pessoas diante de você e me diga o que vê. Ou, melhor, o que *não* vê.

Anastássia observou ao redor. Pessoas em uma piscina de vários andares, outras dançando nos balcões. Todas em trajes de banho e roupas de festa coloridas. Então ela se deu conta…

— Não tem ceifadores.

— Nenhum! Nem mesmo Makeda ou Baba. Todos os convidados são membros da família de alguém que coletei desde a última lua cheia. Eu os convido para celebrar as vidas de seus entes queridos, em vez de lamentar a morte deles, e lhes conceder um ano de imunidade. E, quando a celebração acaba e a pista de dança se esvazia, eu me retiro para minha suíte gloriosa. — Ele indicou a maior janela da mansão, mas depois deu uma piscadela e apontou para a direita, até seu dedo não estar mais indicando o palácio, e sim uma pequena choupana à beira da propriedade.

— O barracão de ferramentas?

— Não é um barracão de ferramentas — ele disse. — É onde eu moro. As suítes do palácio são todas reservadas para convidados de honra como você, bem como convidados de menos honra, mas que preciso impressionar. Quanto ao meu "barracão de ferramentas", como você o chamou, é uma réplica da casa onde cresci. Meus pais acreditavam na simplicidade. E, claro, tinham um filho que adorava inúmeras complicações. Mas ainda encontro conforto à noite no prazer de uma vida simples.

— Eles devem se orgulhar de você — Anastássia comentou. — Os seus pais, digo.

O Alto Punhal bufou com a ideia.

— Longe disso — ele respondeu. — Eles levaram a simplicidade ao extremo. São tonistas agora, não falo com eles há anos.

— Sinto muito.

— Você soube que os tonistas tiveram um profeta? — Tunka disse com rancor. — Ele surgiu pouco depois do seu mergulho nas profundezas. Alegava que a Nimbo-Cúmulo ainda conversava com ele. — Tunka soltou um riso melancólico com a lembrança. — Obviamente acabou sendo coletado.

Um garçom apareceu com uma bandeja de camarões que pareciam grandes demais para serem verdadeiros, sem dúvida frutos das fazendas de abundância experimental da Nimbo-Cúmulo. Como sempre, a Nimbo-Cúmulo acertara em cheio; o gosto era ainda melhor do que a aparência.

— Como está indo sua pesquisa? — Tunka Manin perguntou.

— Está indo — ela respondeu. — Mas a Nimbo-Cúmulo associa as coisas de maneiras confusas. Chego a uma imagem da colônia de Marte e ela me leva ao desenho que uma criança fez da lua. Uma reportagem da estação orbital NovaEsperança leva a um pedido de almoço em Istambul de um ceifador que nunca ouvi falar. Dante alguma coisa.

— Alighieri? — perguntou Tunka.

— Sim, isso… Você o conhece?

— Sei quem é. Da EuroEscândia, se não me engano. Ele se foi faz tempo. Deve ter se autocoletado há uns cinquenta, sessenta anos.

— É como qualquer outro link que encontro. Nenhum faz sentido.

— Procure em todos os buracos — Tunka aconselhou. — Nunca se sabe o que se pode encontrar dentro deles.

— Ainda não entendo por que você não pode simplesmente me dizer o que estou buscando.

Tunka suspirou e se aproximou para sussurrar.

— As informações que temos vieram de uma ceifadora antes de ela se autocoletar… para limpar a consciência, imagino. Além disso, não temos nenhuma evidência, e nossa própria pesquisa na mente interna se revelou infrutífera. Somos prejudicados porque *sabemos* o que estamos buscando. Quando se busca um homem de chapéu azul, deixamos completamente de ver a mulher de peruca azul. — Ele deu um peteleco em um dos cachos néon dela.

Embora fosse contraintuitivo, Anastássia tinha de admitir que fazia sentido. Ela não vira Tunka andando até o "barracão" todos os dias, e mesmo assim suas próprias suposições não lhe permitiram adivinhar o motivo? Ela se lembrava de um vídeo da Era Mortal que o professor tinha mostrado para a turma dela da escola. O objetivo era assistir ao vídeo e contar quantas vezes uma bola era passada entre os companheiros de equipe que se moviam pela tela. Ela acertou a resposta, assim como a maioria das pessoas na sala. Mas ninguém notou o homem de fantasia de urso que dançava bem no meio da cena. Às vezes, para encontrar o óbvio, era preciso não ter expectativas.

Na manhã seguinte, a garota fez uma descoberta e correu para a cabana de Tunka para contar o que tinha encontrado.

A casa dele era modesta em um nível que até o ceifador Faraday teria aprovado. Ela encontrou Tunka no meio de algo. À frente dele, estavam duas outras pessoas, que não pareciam nada felizes de estar lá. Mais do que infelizes, estavam angustiadas.

— Entre, minha amiga — Tunka disse quando viu Anastássia. — Vocês sabem quem ela é? — ele perguntou aos seus dois convidados.

— Não, excelência — eles responderam.

— É minha florista — ele explicou. — Ela enche o palácio e a minha casa de arranjos belíssimos. — Então, voltou sua atenção para o mais nervoso dos dois: um homem que parecia ter quase quarenta anos, talvez prestes a se restaurar. — Diga-me seu maior sonho — disse o Alto Punhal. — O que você mais quer no mundo que ainda não fez?

O homem hesitou.

— Não precisa segurar — incentivou Tunka Manin. — Não seja tímido. Conte-me seu sonho com toda a glória extravagante!

— Eu... queria um iate — ele falou como um menininho no colo do Papai Festivo. — Queria navegar pelo mundo.

— Muito bem! — disse o Alto Punhal, batendo palmas, como se isso selasse o acordo. — Vamos comprar um iate amanhã. Por minha conta!

— Mas... Vossa excelência? — o homem disse, incrédulo.

— O senhor terá seu sonho concedido. Seis meses de sonho. Depois vai voltar aqui e me contar como foi. E aí vou coletar você.

O homem ficou em êxtase. Apesar de ouvir que seria coletado, ele estava mais feliz do que nunca.

— Obrigado, excelência! Obrigado!

Depois que ele saiu, o outro homem — um pouco mais jovem e menos assustado do que antes — se voltou para o Alto Punhal.

— E eu? — ele perguntou. — Quer ouvir meu sonho?

— Meu amigo, a vida pode ser muito brutal e injusta. A morte também.

Tunka Manin ergueu a mão em um arco rápido. Anastássia não chegou a ver a lâmina em nenhum momento, mas, em um instante, o homem estava no chão, apertando o pescoço, soltando seu último suspiro. Ele tinha sido coletado.

— Vou alertar a família dele pessoalmente — Tunka Manin disse a Anastássia. — Eles serão convidados para o próximo Jubileu Lunar.

Anastássia ficou surpresa pela reviravolta, mas não chocada. Cada ceifador tinha de encontrar sua própria maneira de fazer seu trabalho. Realizar o sonho de uma alma aleatória e negar o de outra era um método tão lógico quanto qualquer outro. Ela tinha visto bons ceifadores fazerem coisas muito piores.

A equipe de limpeza veio de outro cômodo, e Tunka guiou Anastássia para o pátio externo, onde o café da manhã estava esperando.

— Sabia que você foi minha inspiração? — ele perguntou a ela.

— Eu?

— Foi um exemplo para mim. Permitir que as pessoas escolhessem seu próprio método de coleta e dar a elas um aviso antecipado... Algo nunca visto antes! Mas genial! Essa compaixão é ausente entre nós, estamos todos focados em eficiência. Em cumprir o trabalho. Depois que você se perdeu em Perdura, para homenagear você, decidi mudar meu estilo de coleta. Passei a permitir que metade daqueles que coleto realizem seu sonho primeiro.

— Por que apenas metade?

— Porque, para realmente imitarmos a morte como ela era antes, ela deve ser volátil e caprichosa — ele disse. — Não se pode suavizá-la demais.

Tunka encheu um prato com ovos e bananas fritas e o colocou diante de Anastássia antes de fazer um prato para si. *Que estranho*, pensou Anastássia, *que a morte tenha se tornado tão banal para nós, ceifadores, que podemos tirar uma vida e tomar café da manhã em seguida.*

Tunka deu uma mordida no fufu de mandioca, mastigando o pão espesso enquanto falava.

— Você não coletou ninguém desde que chegou. É compreensível diante das circunstâncias, mas você deve estar ansiosa para voltar a coletar.

Ela entendeu o que ele queria dizer. Apenas os ceifadores da nova ordem sentiam prazer no ato da coleta, mas os outros sentiam uma necessidade vaga, mas persistente, se ficassem muito tempo sem coletar. Anastássia não podia negar que havia chegado a sentir isso também. Imaginou que era a forma da psique de se ajustar quando alguém se tornava um ceifador.

— O que estou fazendo na mente interna é mais importante do que coletar — ela respondeu. — E acho que encontrei uma coisa.

Ela contou a ele o que havia descoberto. Um nome. Carson Lusk. Não exatamente muita coisa, mas era um ponto de partida.

— Ele está listado como sobrevivente, mas não existem registros de sua vida depois da data. Claro, poderia ser um erro e ele na verdade morreu com os outros.

Tunka abriu um largo sorriso.

— A Nimbo-Cúmulo não comete erros — ele a lembrou. — É uma pista sólida. Continue investigando.

Ele olhou para o prato dela, depois colocou mais bananas nele como um pai preocupado com os hábitos alimentares limitados da filha.

— Gostaríamos que você começasse a fazer transmissões ao vivo — Tunka disse a ela. — Em vez de nós dizermos ao mundo que você retornou, achamos que você mesma deveria fazer isso. A ceifadora Anastássia, com suas próprias palavras.

— Eu não… não gosto de falar em público — disse ela, lembrando-se de sua terrível performance em *Júlio César*. Ela subiu ao palco apenas para coletar o ator principal, como era o desejo dele, mas ainda teve de representar um papel. Anastássia foi um péssimo senador romano, exceto pela parte da punhalada.

— Você falou o que pensava diante dos Grandes Ceifadores quando apresentou seu inquérito? — Tunka perguntou.

— Sim… — admitiu Anastássia.

— E nosso amigo Possuelo me contou que, ao contrário do que o mundo acredita, você os convenceu a tornar a ceifadora Curie a Alto Punhal da MidMérica.

Anastássia se crispou involuntariamente com a menção à ceifadora Curie.

— Sim, convenci.

— Bom, se você consegue falar perante os sete Assentos da Reflexão e apresentar um argumento à elegia de ceifadores mais intimidante no mundo, acho que você vai se sair bem.

Naquela tarde, Tunka Manin levou Anastássia para fora do complexo para lhe mostrar a cidade de que tinha tanto orgulho. Porto Lembrança era vibrante e cheia de vida. Mas o Alto Punhal não deixou que ela saísse do carro.

— O Jubileu é uma coisa, é um ambiente controlado, mas, aqui fora, não há como saber quem pode ver e reconhecer você — ele disse.

Mas depois Anastássia viu que havia outro motivo para ele não querer que ela saísse do veículo.

Enquanto se aproximavam do centro da cidade, começaram a encontrar tonistas. A princípio eram poucos, mas logo começaram a se reunir dos dois lados da rua, olhando furiosamente para o carro do Alto Punhal.

Anastássia tinha sentimentos conflitantes em relação aos tonistas. Os menos extremistas eram aceitáveis. Simpáticos e, muitas vezes, bondosos, ainda que talvez persistentes demais na promoção de suas crenças. Outros, porém, eram insuportáveis. Preconceituosos, intolerantes — o contrário do que o tonismo afirmava ser —, e os sibilantes faziam os outros fanáticos parecerem mansos. Esses últimos representavam o tipo de tonismo que havia se estabelecido na região de Tunka Manin.

— Desde que o Timbre foi coletado, esses grupos fragmentados foram se tornando mais e mais extremistas — Tunka Manin disse. Como se para provar o ponto, quando uma quantidade suficiente havia se reunido à beira da estrada, os tonistas começaram a atirar pedras.

Anastássia se assustou quando a primeira atingiu o carro, mas Tunka Manin não se deixou abater.

— Não se preocupe. Eles não conseguem causar nenhum mal, e sabem disso. Sinto muito que tenha de ver isso.

Outra pedra atingiu o para-brisa, se quebrou em duas e quicou.

De repente, os agressores pararam ao mesmo tempo de atirar pedras e começaram a "entoar", emitindo um lamento monótono e sem palavras… Mas a entoação parecia diferente da dos outros tonistas que ela tinha ouvido.

Tunka Manin mandou o carro tocar uma música, mas, mesmo assim, o barulho de fora não foi inteiramente abafado

— Toda essa seita fez um voto de silêncio — Tunka Manin disse, sem disfarçar sua aversão. — Não falam, só fazem esse maldito barulho horroroso. A Nimbo-Cúmulo sempre recriminou o deslinguamento, mas, quando ela entrou em silêncio, esses tonistas decidiram que podiam fazer o que bem entendessem, por isso seus uivos soam ainda piores do que o normal.

— Deslinguamento? — perguntou Anastássia.

— Desculpe — disse Tunka Manin. — Pensei que você entenderia. Todos eles cortaram a própria língua.

Jeri não foi convidado para o tour por Porto Lembrança. Enquanto sua tripulação desfrutava de mais tempo livre do que havia tido em anos, Jeri permaneceu na mansão de Tunka Manin, de olho em Anastássia, certificando-se de que ela estava sendo bem tratada e mantida em segurança. Jeri nunca foi uma pessoa egoísta; sempre colocava a tripulação do *Spence* em primeiro lugar — era assim que bons comandantes agiam. O desejo de cuidar de Anastássia era mais do que isso.

Tunka Manin era um homem descuidado. Sim, ele oferecia proteção para Anastássia, mas seus funcionários tinham sido investigados? E o fato de que ele praticamente ostentou a presença de Anastássia no Jubileu Lunar fez Jeri questionar se o Alto Punhal tinha algum bom senso. Jeri não confiava naquele homem, e sabia que o sentimento era mútuo.

Então veio a tarde "sibilante" de Anastássia em Porto Lembrança. Anastássia veio conversar com Jeri sobre isso quando voltou, sem conseguir guardar aquilo tudo só para si.

— É como se todo dia eu levasse uma pancada na cabeça com o quanto o mundo mudou enquanto eu estava fora — Anastássia disse.

— O mundo sobreviveu a coisas piores — Jeri disse a Anastássia, enquanto ela andava de um lado para o outro. — Sobrevivemos à Era Mortal. O que poderia ser pior do que os horrores dela?

Mas ela não estava disposta a ser consolada.

— Sim, mas sem os Grandes Ceifadores, as ceifas estão praticamente em guerra entre si, como se a Era Mortal estivesse se repetindo. Onde vamos parar?

— Cataclismo — Jeri disse com naturalidade. — As montanhas são criadas por cataclismos. Tenho certeza de que nem sempre é bonito.

Isso só a irritou mais.

— Como você pode manter a calma diante disso? E Tunka Manin é ainda pior do que você! Ele simplesmente aceita como se não fosse nada de mais. Como se fosse um chuvisco passageiro, em vez de um furacão que vai destruir tudo! Como todos ficaram tão cegos?

Jeri suspirou e colocou uma mão no ombro de Anastássia, forçando-a a parar de andar. *É por isso que preciso ficar aqui,* Jeri pensou. *Para ser a segunda voz na cabeça dela, combatendo a voz em pânico.*

— Em todo desastre há uma oportunidade — Jeri disse a ela. — É quando um navio afunda que eu me empolgo. Porque sei que sempre há tesouros nos escombros. Olha só o que encontrei no fundo do mar. Encontrei você.

— E quatrocentos mil diamantes da Ceifa — Anastássia observou.

— O que quero dizer é que você precisa ver isso como uma operação de resgate. Nos resgates, a primeira coisa que fazemos é avaliar a situação cuidadosamente antes de agir.

— Então devo ficar de braços cruzados e observar?

— Observe, aprenda tudo que puder e, então, quando agir, aja de maneira decisiva. E sei que, quando chegar o momento, você vai fazer isso.

O Alto Punhal Tunka Manin insistia em jantares formais toda noite. A presença de sua comitiva de ceifadores era esperada, bem como de seus convidados de honra. Desde a chegada de Anastássia e Jeri, Tunka Manin fez questão de que não houvesse outros convidados. Uma coisa era dar uma festa para os habitantes locais e outra era expor a ceifadora Anastássia ao escrutínio da mesa de jantar.

Quando Jeri chegou naquela noite, Anastássia já estava lá, assim como o Alto Punhal e os ceifadores Baba e Makeda. O Alto Punhal ria estrondosamente de algo que alguém havia dito — ou, mais provavelmente, algo que ele próprio havia dito. Embora Anastássia gostasse daquele homem, Jeri não o aguentava mais desde o primeiro dia.

—Você perdeu o primeiro prato — ele disse a Jeri. —Vai ficar sem sopa.

Jeri se sentou ao lado de Anastássia.

—Vou sobreviver.

— As regras da casa ditam que você deve ser pontual para o jantar — Tunka Manin comentou. — É uma questão de cortesia.

— É a primeira vez que Jeri se atrasa — argumentou Anastássia.

— Não precisa me defender — Jeri disse a ela, depois se voltou para o Alto Punhal. — Eu estava recebendo as atualizações do resgate de Perdura, se deseja saber. Encontraram a câmara do concílio, e os Assentos da Reflexão dos Grandes Ceifadores estão sendo enviados a seus respectivos continentes para serem transformados em monumentos. Imagino que seja um pouco mais importante do que a sopa.

Tunka Manin não comentou, mas, cinco minutos depois, durante o prato principal, voltou a provocar Jeri.

— Diga-me, Jerico, como sua tripulação se sente sem a presença de um comandante?

Jeri não mordeu a isca.

— Eles estão de férias na cidade de vossa excelência, e contentes por isso.

— Entendo. E como você sabe que eles não estão fazendo negócios sem você? Negócios que possam comprometer a segurança de nossa querida Dama das Profundezas? — ele disse, usando seu mais novo apelido para Anastássia.

— Não difame minha tripulação, excelência — Jeri disse. — Eles são extremamente leais. Vossa excelência pode dizer o mesmo das pessoas que o cercam?

Aquilo irritou o Alto Punhal, mas ele não defendeu sua comitiva. Em vez disso, mudou de assunto.

— O que você mais deseja na vida, comandante Soberanis?

— Essa é uma pergunta muito vaga.

— Então deixe-me reformular. Me diga seu maior sonho, Jerico. O que você mais quer da vida que ainda não fez?

De repente, Anastássia soltou o talher com tanta força que lascou o prato e se levantou.

— Perdi o apetite — ela disse, e em seguida puxou Jeri pela mão. — E você também. — Deixando Jeri sem escolha a não ser acompanhá-la pelo menos para não perder a mão.

Atrás deles, Tunka Manin desatou a rir.

— Foi uma piada, Anastássia. Você sabe como adoro brincar!

Ela se virou por tempo suficiente para lhe lançar um olhar duro.

— Vossa excelência é um grande idiota.

O que o fez rir ainda mais.

Jeri não havia entendido direito qual era a piada interna até chegarem à suíte de Anastássia, que fechou a porta.

— É o que ele pergunta às pessoas que vai coletar — ela explicou.

— Ah — disse Jeri. — Ele fez isso para irritar você e conseguiu. O Alto Punhal gosta de provocar as pessoas, e sabe exatamente como provocar você.

— Você não se preocupa nem um pouco que ele realmente possa fazer isso?

— Nem um pouco — Jeri respondeu. — Porque, por mais que ele goste de brincar com você, não quer que você se volte contra ele. Se me coletar, ele sabe que você se tornará inimiga dele.

Mesmo assim, ela ergueu a mão. A com o anel de ceifador. Não era seu anel antigo — aquele que o ceifador Possuelo havia jogado de volta ao mar depois que a encontraram, pois ele poderia ser usado para rastrear sua localização, se é que houvesse ceifadores capazes de entender a própria tecnologia dos anéis. Possuelo tinha lhe dado um novo com um dos diamantes da galeria.

— Beije — Anastássia disse a Jeri. — Por via das dúvidas.

Então, Jeri pegou a mão dela e a beijou... desviando completamente do anel.

Anastássia puxou a mão para trás por reflexo.

— Eu estava falando do anel, não da mão! — Ela estendeu a mão novamente. — Faça do jeito certo dessa vez.

— Acho melhor não — Jeri disse.

— Se eu lhe der imunidade, ninguém vai poder coletar você por um ano. Beije!

Mesmo assim, Jeri não se moveu. E, quando ela o questionou com o olhar, Jeri disse:

— Quando encontrei a Galeria de Relíquias e Futuros, Possuelo também me ofereceu imunidade, mas recusei.

— Por quê? Que motivo você poderia ter?

— Porque não quero ficar em dívida com ninguém. Nem mesmo com você.

Anastássia deu as costas e foi até a janela, espiando o lado de fora.

— Existem coisas nesse mundo que não quero saber... mas preciso saber. Preciso saber tudo que for possível. — Depois ela se voltou para Jeri e perguntou: — Você teve notícias sobre Rowan?

Jeri poderia ter dito que não havia notícia nenhuma, mas seria uma mentira, e Jeri não mentiria para Anastássia. A confiança entre eles era grande demais para ser colocada em risco. Jeri ficou em silêncio por um momento e Anastássia insistiu:

— Sei que Tunka Manin não permitiria que nenhuma notícia sobre ele chegasse até mim, mas você mantém contato com sua tripulação. Eles devem ter lhe contado alguma coisa.

Jeri soltou um suspiro, mas apenas para prepará-la para a resposta.

— Sim, existe uma notícia. Mas nada que eu vá compartilhar, por mais que você me peça.

Diversas emoções perpassaram o rosto dela. Os estágios do luto se desenrolaram em sua face em questão de segundos. Negação, raiva, barganha, depressão e, por fim, a resolução em aceitar.

— Você não vai me dizer porque não há nada que eu possa fazer — ela disse, prevendo as razões que Jeri diria —, e porque me distrairia do que preciso fazer.

— Você me odeia por isso? — Jeri perguntou.

— Eu poderia dizer que sim, só por despeito. Mas não, Jeri, não odeio você. Mas… você pode pelo menos me dizer se ele ainda está vivo?

— Sim — Jeri disse. — Sim, ele está. Espero que você possa encontrar consolo nisso.

— E ele estará vivo amanhã? — ela perguntou.

— Nem a Nimbo-Cúmulo pode ter certeza sobre o amanhã — Jeri respondeu. — Vamos nos contentar com o hoje.

30
Oferenda incinerada

— Olá, Tyger.

— Oi — disse o construto de memória de Tyger Salazar. — Eu conheço você?

— Sim e não — respondeu a ceifadora Rand. — Vim aqui para contar que o ceifador Lúcifer foi capturado.

— Ceifador Lúcifer... Não é aquele que andou matando outros ceifadores?

— O próprio — disse Rand. — E você o conhece.

— Duvido — disse o construto. — Conheço algumas pessoas perturbadas, mas ninguém *tão* perturbado assim.

— É o seu amigo, Rowan Damisch.

O construto fez uma pausa e depois riu.

—Você quase me enganou — ele disse. — Rowan armou essa com você? Rowan! — chamou. — Onde você está escondido? Pode sair.

— Ele não está aqui.

— Não vai me dizer que ele está matando gente por aí? Rowan nem conseguiu virar um ceifador, deram um pé na bunda dele e escolheram aquela garota.

— Ele vai ser executado amanhã — Rand disse.

O construto hesitou e franziu a testa. Eles eram tão bem programados, esses construtos... Compilavam as memórias de todas as expressões faciais do indivíduo que chegaram a ser gravadas. A representação às vezes era tão verossímil que chegava a ser perturbadora.

— Você não está brincando, né? — disse o construto de Tyger. — Então, você não pode deixar isso acontecer! Precisa impedir isso!

— Isso está fora do meu alcance.

— Então vê se consegue alcançar! Conheço Rowan melhor do que ninguém. Se ele fez o que você diz que ele fez, então ele tinha um bom motivo. Vocês não podem simplesmente coletá-lo! — Então, o construto começou a observar ao redor como se tivesse consciência de que estava em um mundo limitado. Uma caixa virtual da qual queria sair. — Isso é errado! — ele disse. —Vocês não podem fazer isso!

— O que você sabe sobre certo e errado? — retrucou Rand. — Você não passa de um convidado profissional estúpido e imbecil!

Ele olhou para ela com fúria. Os micropixels de sua imagem aumentaram a percentagem de vermelho em seu rosto.

— Eu te odeio — ele disse. — Seja lá quem você for, eu te odeio.

Ayn apertou um botão rapidamente e encerrou a conversa. O construto da memória de Tyger desapareceu. Como sempre, ele não se lembraria daquela conversa. Como sempre, Ayn se lembraria.

— Se ele vai ser coletado, por que não simplesmente o coletar? — a ceifadora Rand perguntou a Goddard, fazendo o possível para não soar tão frustrada quanto se sentia. Havia muitos motivos para sua frustração. Em primeiro lugar, um estádio era um lugar difícil de se proteger de seus inimigos — e eles tinham inimigos. Não apenas os ceifadores da velha guarda, mas inúmeras pessoas, desde tonistas, passando pelas ceifas que rejeitavam Goddard até os entes queridos ressentidos dos mortos em coletas em massa.

Eram apenas os dois no avião particular de Goddard. Agora que a carreata estava se aproximando de seu destino, depois de quase uma semana serpenteando por sua volta prolongada de vitória, ele e Rand estavam viajando para encontrá-la — um voo proporcionalmente curto à longa jornada de Rowan Damisch. Assim como o chalé de Goddard no terraço, o avião era equipado com artilharia da Era Mortal. Uma série de mísseis pendia em cada asa. Várias vezes, Goddard voava baixo sobre comunidades consideradas rebeldes. Ele nunca chegou a usar mísseis para coletar, mas, assim como os canhões do terraço, eram um lembrete do que ele podia fazer se quisesse.

— Se quiser uma demonstração pública — Ayn sugeriu —, ao menos deixe a coleta mais controlada. Faça uma transmissão de um local secreto e pequeno. Por que fazer um espetáculo tão grande de tudo?

— Porque gosto de espetáculos, e esse é o único motivo de que preciso.

Mas, claro, havia um motivo maior. Goddard queria que o mundo soubesse que ele havia apreendido e executado pessoalmente o maior inimigo público da era pós-mortal. Não apenas para elevar a imagem de Goddard entre as pessoas comuns, mas para ganhar a admiração de ceifadores que poderiam estar em cima do muro em relação a ele. Tudo em Goddard era estratégico ou impulsivo. Esse evento grandioso era estratégico. Transformar a coleta de Rowan Damisch em um show a tornaria impossível de ignorar.

— Haverá mil ceifadores de todo o mundo naquela plateia — Goddard a lembrou. — Eles desejam ver, e eu desejo oferecer isso para eles. Quem somos nós para lhes negar essa catarse?

Rand não fazia ideia do que aquilo significava e, na verdade, nem se importava. Goddard soltava jargões eruditos com tanta frequência que Rand havia aprendido a ignorá-los.

— Existem maneiras melhores de resolver isso — Rand disse.

Agora a expressão de Goddard começou a se fechar. Eles chegaram a um pequeno bolsão de turbulência, que Goddard provavelmente acreditava ser oriundo de seu próprio humor.

— Você está tentando me ensinar como ser um ceifador ou, pior, como ser um Suprapunhal?

— Como posso ensinar a você como ser uma coisa que nem existia até você inventar?

— Cuidado, Ayn — ele advertiu. — Não me enfureça em um momento em que eu não deveria sentir nada além de alegria. — Goddard esperou que seu alerta entrasse dentro da cabeça dela, depois se recostou na poltrona. — Pensei que você, mais do que ninguém, gostaria de ver Rowan sofrer depois do que ele fez com você. Ele quebrou suas costas e deixou você à beira da morte, e você quer que a coleta dele seja um evento pequeno e discreto?

— Quero que ele seja coletado tanto quanto você. Mas as coletas não deveriam ser um entretenimento.

Ao que Goddard respondeu com um sorriso irritante:

— Eu fico bastante entretido.

Como ceifador Lúcifer, Rowan havia tomado muito cuidado para garantir que os ceifadores que eliminava nunca sofressem. Eles eram coletados rapidamente. Só depois que morriam que ele queimava os corpos para a morte tornar-se irreversível. Não o surpreendeu que Goddard não dispusesse da mesma misericórdia. A agonia de Rowan seria prolongada para causar o maior efeito possível.

Rowan não conseguia mais manter a pose de valente. Quando a carreata de execução se aproximou de seu destino, ele finalmente teve de admitir que, na verdade, se importava, sim, se iria viver ou morrer. E, embora não se importasse com como a história se lembraria dele, Rowan se incomodava com a lembrança que deixaria para sua família. Sua mãe e seus muitos irmãos e irmãs já deveriam saber que ele era o ceifador Lúcifer — porque, depois que a culpa do afundamento de Perdura lhe foi impingida, Rowan se tornara infame. As multidões que se aglomeraram para ver a carreata eram prova disso.

Será que sua família estaria na plateia? Se não, eles estariam assistindo de casa? *O que acontecia com as famílias dos criminosos famosos nos tempos mortais?*, Rowan se perguntou, pois não havia nenhum equivalente ao ceifador Lúcifer nos tempos pós-mortais. Eles teriam sido condenados por tabela e coletados? O pai de Rowan tinha sido coletado antes do afundamento de Perdura, por isso ele nunca soube o que seu filho havia se tornado e como o mundo o odiava. Era uma bênção, de certa forma. Mas, se sua mãe e seus irmãos ainda estivessem vivos, eles deveriam odiá-lo, afinal, como não odiar? Essa conclusão era ainda mais desalentadora do que qualquer outra coisa.

Ele teve tempo de sobra para ficar sozinho com seus pensamentos durante a jornada sinuosa de carreata. Seus pensamentos não eram seus amigos — pelo menos não mais, pois tudo que faziam era lembrá-lo das escolhas que fizera e como elas o haviam levado até ali. O que antes parecia justificado, agora parecia insensato. O que antes parecia corajoso, agora só parecia triste.

Poderia ter sido diferente. Ele poderia ter simplesmente desaparecido como o ceifador Faraday quando teve oportunidade. *Onde está Faraday agora?*, ele se perguntou. Será que estaria assistindo ao evento e chorando por ele? Seria bom saber que alguém chorava por ele. Citra choraria, onde quer que estivesse. Isso teria de bastar.

A coleta estava marcada para as sete da noite, mas as pessoas chegaram cedo. Havia ceifadores e cidadãos comuns na arquibancada e, embora os ceifadores tivessem uma entrada especial, Goddard os incentivara a se sentar em meio à multidão.

"Essa é uma oportunidade de ouro para as relações públicas", Goddard havia dito a eles. "Sorriam e digam coisas gentis. Escutem atentamente a tagarelice deles e finjam se importar. Considerem até conceder algumas imunidades." Muitos seguiram seu conselho; outros se recusaram e se sentaram junto a outros ceifadores.

Rowan, sob guarda pesada, foi levado diretamente para a grande área atrás do palco com acesso direto ao campo. A pilha de lenha que haviam preparado era uma pirâmide de três andares que parecia feita de galhos recolhidos por aí, como um conjunto aleatório de madeiras empilhadas, mas um olhar mais atento provou que era um arranjo intricadamente projetado. Os galhos não estavam apenas empilhados, mas fixados com pregos, e a estrutura toda estava sobre uma enorme plataforma móvel, como um carro alegórico. O centro era oco, e nesse buraco havia um pilar de pedra ao qual Rowan foi atado firmemente com amarras à prova de fogo. O pilar estava sobre um elevador que levantaria Rowan para o topo da pirâmide, revelando-o para a multidão no momento certo. Então, o próprio Goddard acenderia a fogueira.

— Esse bebê não é uma pira qualquer! — explicou o técnico responsável enquanto desativava os nanitos analgésicos de Rowan. — Fiz parte da equipe que elaborou essa belezinha! Na verdade, tem quatro tipos de madeira aqui. Madeira de freixo para uma queima regular, laranjeira-de-osage pelo calor, pau-pólvora por... bom, pela piada, e uns bolsões de pinheiro nodoso para uns bons estalos!

O técnico verificou a leitura no aparelho confirmando que os nanitos analgésicos de Rowan tinham sido desativados, depois voltou a explicar as maravilhas do carro alegórico da morte, como uma criança na feira de ciências.

— Ah, e você vai adorar esta parte! — ele disse. — Os galhos na borda externa foram tratados com sais de potássio para queimarem na cor violeta. Depois, mais para cima é cloreto de cálcio, então vão queimar azuis, e assim por diante, passando por todas as cores do espectro! — Ele apontou para o manto preto que os guardas haviam colocado em Rowan. — E esse manto foi infundido com cloreto de estrôncio, então vai queimar vermelho-escuro. Você vai ser um espetáculo melhor do que os fogos de artifício de Ano-Novo!

— Nossa, valeu — Rowan disse inexpressivo. — Pena que não vou conseguir ver.

— Ah, vai sim — o técnico disse alegremente. — Tem um exaustor instalado na base que vai sugar toda a fumaça, para que todo mundo tenha uma boa visão, até mesmo você. — Então ele tirou do bolso um pedaço de tecido marrom e explicou: — Esta é uma mordaça de algodão-pólvora. O tecido queima rápido, e vai se incinerar assim que for exposta ao calor. — Nesse momento, ele finalmente se conteve, percebendo que Rowan não precisava nem queria saber dessas coisas. Uma mordaça que se queimava rapidamente para permitir que as pessoas ouvissem seus gritos não era o tipo de acessório que o deixaria entusiasmado. Agora Rowan estava grato que não tinham lhe oferecido uma última refeição, porque ele estava enjoado demais para mantê-la no estômago.

Atrás do técnico, a ceifadora Rand entrou no emaranhado de galhos. Até a visão dela era melhor do que uma descrição passo a passo de sua incineração deslumbrante.

302

—Você não está aqui para conversar com ele — Rand vociferou. O técnico ficou com o rabo entre as pernas.

— Sim, excelência. Desculpa, excelência.

— Me dá essa mordaça e some logo daqui.

— Sim, ceifadora Rand. Desculpa de novo. Enfim, ele está pronto.

Ele fez um joinha para ela, Rand pegou a mordaça e ele se retirou com os ombros curvados.

— Quanto tempo falta? — Rowan perguntou a ela.

— Está para começar — ela respondeu. —Alguns discursos, depois é a sua vez.

Rowan percebeu que não tinha mais energia para trocar farpas com ela. Ele não conseguia mais fingir desdém em relação àquilo.

—Você vai assistir ou desviar os olhos? — ele perguntou. Ele não sabia por que se importava, só que se importava.

Rand não respondeu. Em vez disso, disse:

— Não fico triste em ver você morrer, Rowan. Mas estou incomodada pela maneira como vai acontecer. Para ser sincera, só quero que isso acabe logo.

— Eu também — ele disse. — Estou tentando entender se é pior saber o que vai acontecer ou não saber. — Parou por um momento, depois perguntou: — Tyger sabia?

Ela deu um passo para trás.

— Não vou mais permitir que você faça seus joguinhos mentais comigo, Rowan.

— Sem joguinhos — ele disse com sinceridade. — Só queria saber. Você contou o que aconteceria com ele antes de roubar seu corpo? Ele teve pelo menos um momento para se conformar com a situação?

— Não — ela respondeu. — Ele nunca soube. Achou que seria ordenado como ceifador. Então nós o sedamos e foi isso.

Rowan assentiu.

— Meio como morrer dormindo.

— Como assim?

— É como dizem que todos os mortais queriam morrer. Dormindo tranquilamente, sem nem desconfiar. Acho que faz sentido.

Rowan achou que estava falando demais, porque Rand colocou a mordaça e a apertou.

— Quando as chamas chegarem até você, tente inspirar o calor — ela disse. — Vai ser mais rápido se fizer isso.

Então saiu sem olhar para trás.

Ayn não conseguia tirar a imagem de Rowan Damisch da cabeça. Ela já o tinha visto incapacitado antes — preso, amarrado, algemado e atado de inúmeras formas. Mas dessa vez era diferente. Ele não estava destemido nem provocador; estava resignado. Não parecia a máquina mortífera sagaz em que Goddard o havia transformado. Parecia exatamente o que era: um garoto assustado que meteu os pés pelas mãos.

Bem-feito para ele, Ayn pensou, tentando afastar os pensamentos. *O que vai, volta, não é o que os mortais diziam?*

Enquanto saía para o campo, um vento soprou pela entrada do estádio, balançando seu manto. As arquibancadas estavam quase cheias a essa altura. Mais de mil ceifadores e trinta mil cidadãos comuns. Uma multidão considerável.

Rand se sentou ao lado de Goddard e seus subceifadores. Constantino não perderia a coleta de Rowan Damisch, mas parecia tão descontente quanto Ayn.

— Está se divertindo, Constantino? — Goddard perguntou, claramente para o provocar.

— Reconheço a importância de um evento para reunir o público e apresentar uma Mérica do Norte unificada — Constantino disse. — É uma boa estratégia que pode ser um ponto de virada para a história da Ceifa.

Era lisonjeador, mas não respondia à pergunta. Uma fala perfeitamente diplomática. Mas Goddard leu nas estrelinhas, como Ayn sabia que leria, notando a desaprovação de Constantino.

— Você é sempre consistente — Goddard disse a ele. — Constantino, o consistente. Acredito que é assim que você entrará para a história.

— Existem atributos piores — Constantino disse.

—Você pelo menos estendeu um convite pessoal para nossos "amigos" do Texas comparecerem? — Goddard perguntou.

— Sim. Eles não responderam.

— Não, imaginei que não responderiam. Que pena... Eu gostaria muito que vissem a família da qual decidiram se excluir.

A agenda da noite tinha discursos dos quatro outros Altos Punhais nortemericanos — todos elaborados cuidadosamente para tocar em algum ponto que Goddard gostaria que fosse abordado.

O Alto Punhal Hammerstein da Mérica do Leste lamentaria as muitas almas perdidas em Perdura, assim como os pobres ceifadores brutalmente eliminados pelo ceifador Lúcifer.

A Alto Punhal Pickford da Mérica do Oeste falaria sobre a unidade nortemericana e como a aliança de cinco das seis ceifas nortemericanas tornava a vida melhor para todos.

O Alto Punhal Tizoc de Mexiteca invocaria a Era Mortal, destacaria quanto o mundo avançou e deixaria a plateia com um alerta velado às outras ceifas de que não se aliar a Goddard poderia trazer de volta os velhos tempos ruins.

A Alto Punhal MacPhail de ExtensãoNortenha daria crédito a todos os envolvidos na organização daquele evento. Ela também destacaria os membros da plateia, ceifadores e pessoas comuns que valeriam a pena bajular.

E então, finalmente, Goddard faria um discurso que encerraria tudo com chave de ouro antes de atear fogo à pira.

"Não será apenas a coleta de um inimigo público", ele havia dito a Ayn e seus subceifadores. "É uma garrafa de champanhe quebrada no casco de um navio. Ela marcará o batismo de uma nova era para a raça humana." Goddard parecia ver aquilo de forma religiosa. Uma oferenda incinerada para purificar o caminho e agradar aos deuses.

Para Goddard, esse dia era tão importante quanto o dia em que ele se revelara no conclave e aceitara sua indicação para Alto Punhal — ainda mais importante por causa do alcance. O evento seria transmitido para bilhões, não apenas para um grupo de ceifadores no conclave. As reverberações daquela noite seriam sentidas por muito, muito tempo. E as ceifas que ainda não haviam se associado a ele teriam pouca escolha a não ser se aliar.

O apoio crescia a passos largos agora que Goddard concentrava a maioria de suas coletas nas margens da sociedade. Os cidadãos comuns não tinham muito amor pela marginalidade mesmo e, desde que não fizessem parte da borda que precisava ser aparada, as pessoas não tinham por que temer a coleta no mundo de Goddard. Claro, com a população crescendo constantemente, não iam faltar pessoas para empurrar para as margens.

Era uma forma de evolução, Goddard havia passado a entender. Não a seleção natural, porque a natureza tinha se tornado fraca e desdentada. Era mais uma seleção inteligente, com Goddard e seus acólitos à frente da intelligentsia.

Quando faltava pouco para as sete horas da noite, e o céu escureceu, Goddard começou a estalar os dedos repetidamente e balançar os joelhos, seu corpo expressando uma impaciência juvenil que seu rosto não demonstrava.

Ayn colocou uma mão sobre o seu joelho para conter o movimento. Goddard ficou irritado, mas obedeceu. Em seguida, as luzes nas arquibancadas diminuíram e se voltaram para o campo, porque a pira começava a sair dos bastidores.

A ansiedade da plateia era evidente. Não houve muitas palmas e assovios, mas exclamações de espanto e um burburinho crescente. Mesmo apagada, a pira era espetacular — a maneira como os galhos refletiam a luz, uma floresta morta entrançada aos olhos de um artista. Uma tocha acesa esperava a uma distância segura, pronta para tocar o canto da pira quando Goddard achasse o momento certo.

Enquanto as outras falas começavam, Goddard repassou seu próprio discurso mentalmente. Ele havia estudado os maiores discursos da história: os de Roosevelt, King, Demóstenes, Churchill. O seu seria breve e encantador, mas cheio de frases citáveis. O tipo que seria gravado em pedra. O tipo que se tornaria icônico e atemporal, como aqueles que ele havia citado. Em seguida, pegaria a tocha, acenderia a fogueira e, quando as chamas subissem, recitaria o poema do ceifador Sócrates "Ode aos eternos", um verdadeiro hino mundial.

O discurso de Hammerstein começou. Ele foi perfeitamente lúgubre. Pickford foi régia e eloquente; Tizoc, direto e incisivo; e a gratidão de MacPhail por aqueles que tornaram esse dia possível pareceu honesta e verdadeira.

Goddard se levantou e se aproximou da pira. Ele se perguntou se Rowan sabia a honra que estava lhe concedendo. Consolidando seu lugar na história. Daquele momento até o fim dos dias, o mundo conheceria seu nome. Ele seria estudado em escolas de todos os lugares. Morreria naquele dia, mas, em um sentido muito real, também se tornaria imortal, fazendo parte da história como poucos.

Goddard apertou o botão, e o elevador ergueu Rowan de dentro da pira até o alto. O burburinho da multidão cresceu. As pessoas se levantaram. Mãos apontaram. Goddard começou.

— Honoráveis ceifadores e respeitáveis cidadãos, hoje condenamos o último criminoso da humanidade ao fogo purificador da história. Rowan Damisch, que chamava a si próprio de ceifador Lúcifer, roubou a luz de muitos. Mas hoje tomamos essa luz de volta, e a usamos como um farol claro e sempre presente de nosso futuro...

Houve uma cutucada em seu ombro. Goddard mal sentiu.

— Uma nova era em que os ceifadores, com prazer moderado, moldam nossa grande sociedade, coletando aqueles que não têm espaço em nosso amanhã glorioso...

Novamente, uma cutucada em seu ombro, mais insistente dessa vez. Alguém estava tendo a coragem de interromper seu discurso? Quem se atreveria a fazer uma coisa dessas? Ele se virou para encontrar Constantino atrás dele, ofuscando-o com aquele manto carmesim chamativo, ainda mais espalhafatoso agora que estava cravejado de rubis.

— Excelência — ele sussurrou. — Parece haver um problema...

— Um problema? No meio do meu discurso, Constantino?

— Veja com seus próprios olhos. — Constantino apontou para a pira.

Rowan se contorcia e esperneava contra as amarras. Ele tentava gritar mesmo com a mordaça, mas os gritos só ganhariam voz quando ela se queimasse. Então Goddard percebeu...

A pessoa no alto da pira apagada não era Rowan.

O rosto era familiar, mas foi só quando Goddard olhou para as telas gigantes ao redor do estádio exibindo de perto a expressão angustiada do homem que ele se deu conta de quem era.

Era o técnico. O responsável por preparar Rowan para a execução.

Dez minutos mais cedo, antes de a pira sair dos bastidores, Rowan tentava aproveitar seus últimos momentos de sua vida. Então, um trio de ceifadores se aproximou dele, cruzando a floresta de galhos. Nenhum de seus mantos era familiar. Nem seus rostos.

Essa visita não estava na programação, mas, apesar de tudo, Rowan ficou aliviado por vê-los. Porque, se estivessem ali atrás de vingança, ansiosos demais para esperar que fosse queimado, teria um fim mais fácil. Dito e feito: um deles sacou uma faca e a apontou para Rowan. Ele se preparou para a dor aguda e a extinção rápida de sua consciência, mas não foi o que aconteceu.

E foi só depois que a lâmina cortou as amarras em suas mãos que Rowan se deu conta de que era uma faca Bowie.

31

Controle de danos

Goddard sentiu a reação de seu corpo antes que sua mente conseguisse realmente compreender o que ele estava vendo. Começou com um formigamento em suas extremidades, um frio na barriga, uma tensão dolorida na lombar. A fúria subiu com uma intensidade vulcânica até sua cabeça começar a latejar.

Todos no estádio perceberam muito antes que ele o que havia acontecido. Todos sabiam que o prisioneiro no alto da pira não era o ceifador Lúcifer, afinal, durante os últimos três anos, o mundo havia passado a conhecer o rosto de Rowan Damisch. Era outro rosto que estava sendo transmitido ao vivo. Preenchendo as telas enormes ao redor de Goddard como se para caçoar dele.

Seu momento grandioso não fora apenas roubado — fora subvertido. Distorcido como uma indecência. Os burburinhos da plateia estavam diferentes de um segundo antes. Eram risos que Goddard ouvia? Estavam rindo dele? Se estavam ou não, pouco importava. Tudo que importava era o que ele ouvia. O que ele sentia. E Goddard sentia o desprezo de trinta mil almas. Não podia permitir isso. Não podia permitir que esse momento monstruoso sobrevivesse.

Constantino sussurrou em seu ouvido:

— Ordenei que os portões fossem trancados e toda a Guarda da Lâmina foi alertada. Nós vamos encontrá-lo.

Mas não importava. Estava tudo arruinado. Eles poderiam arrastar Rowan de volta e jogá-lo em cima da pira, mas não faria diferença. O momento reluzente de Goddard seria a maior vítima do dia. A menos que. A menos...

Ayn soube que as coisas estavam seguindo rumo a um caminho muito ruim no momento em que viu aquele imbecil em cima da pira.

Goddard teria de ser controlado.

Porque, quando sua raiva tomava conta, tudo podia acontecer. Já era ruim antes, mas, desde que ele tomara o corpo de Tyger, aqueles impulsos juvenis — os picos endócrinos súbitos — davam a Goddard uma nova dimensão terrível. A adrenalina e a testosterona podiam ter sido encantadoras quando eram administradas por alguém inocente e inofensivo como Tyger Salazar; elas não passavam de ventos atrás de uma pipa. Mas, sob Goddard, esses mesmos ventos eram um tornado. O que significava que ele teria de ser controlado. Como uma fera que havia escapado da jaula.

Ela deixou que Constantino fosse o responsável por correr até Goddard e dar a má notícia — porque Goddard adorava culpar o mensageiro, então antes Constantino do que ela. Ayn só foi até Goddard depois que ele voltou os olhos para o pobre técnico.

— As transmissões foram cortadas — Ayn disse a ele. — Não estamos mais ao vivo. Estamos em controle de danos agora. Você pode virar o jogo, Robert — ela continuou, bajulando-o o máximo possível. — Faça com que pensem que isso é intencional. Que é parte do espetáculo.

A expressão no rosto dele a aterrorizou. Ela nem sabia ao certo se Goddard a tinha escutado até ele dizer:

— Intencional. Sim, Ayn, é exatamente o que vou fazer.

Ele ergueu o microfone e Ayn deu um passo para trás. Talvez Constantino tivesse razão. Era sempre nesses momentos de desalento que ela conseguia se aproximar de Goddard. Controlá-lo. Consertar o que estava quebrado antes que se tornasse irreparável. Ela respirou fundo e esperou, com todos os outros, para ouvir o que ele tinha a dizer.

— Hoje é um dia de ajuste de contas — Goddard começou, vociferando as palavras no microfone. —Vocês! Todos vocês que vieram aqui hoje nutrindo uma sede de sangue. *Vocês!* Cujos corações bateram mais rápido com a perspectiva de um homem ser queimado vivo diante de seus olhos.

"VOCÊS! Vocês acharam que eu lhes daria esse prazer? Acreditaram que nós, ceifadores, éramos tão rasos a ponto de saciar a sua curiosidade mórbida? Oferecendo a vocês um circo de carnificina para seu entretenimento?"

Agora ele gritava com eles entre dentes.

— Como OUSAM? APENAS CEIFADORES podem sentir prazer no fim de uma vida, ou se esqueceram disso?

Ele fez uma pausa, permitindo que a multidão absorvesse o significado de suas palavras. Deixando que sentissem a profundidade de sua transgressão. Se Rowan não tivesse desaparecido, Goddard teria sentido o maior prazer em lhes oferecer aquele espetáculo. Mas eles nunca deveriam saber disso.

— Não, o ceifador Lúcifer não está aqui hoje — ele continuou —, mas VOCÊS, que estavam tão ansiosos para presenciar o espetáculo, são agora o objeto da minha visão. Esse não foi um julgamento sobre ele; foi um julgamento sobre VOCÊS, que, neste dia, se condenaram! A única maneira de voltar da perdição é a penitência. Penitência e sacrifício. Portanto, escolhi VOCÊS neste dia para dar um exemplo ao mundo.

Então Goddard olhou para os mil ceifadores que pontilhavam as arquibancadas do estádio.

— Coletem — ordenou com tanto desprezo pela multidão que mordeu o próprio lábio. — Coletem todos.

O pânico cresceu lentamente. Estupefatas, as pessoas se entreolharam. O Suprapunhal havia mesmo dito aquilo? Ele até poderia ter dito. Mas não podia ter falado sério. Até os ceifadores ficaram incertos a princípio... mas eles não podiam recusar uma ordem se não quisessem que sua lealdade fosse questionada. Pouco a pouco, armas foram sendo sacadas, e os ceifadores começaram a olhar para as pessoas ao seu redor com uma expressão muito diferente da de antes. Calculando como melhor atingir seu objetivo.

— *Eu sou seu fim!* — proclamou Goddard, como fazia em todas as suas coletas em massa, sua voz ecoando pelo estádio. — *Eu sou a última palavra de suas vidas insatisfeitas e infratoras.*

Algumas pessoas começaram a correr. Depois mais. E depois foi como se uma barragem tivesse sido aberta. Em pânico, os espectadores subiram em suas cadeiras e um em cima dos outros para chegar às saídas — mas os ceifadores haviam se posicionado rapidamente na boca do funil. A única maneira de passar era entre eles, e os coletados já começavam a bloquear os estreitos caminhos para a liberdade.

— *Sou sua execução! Sou seu portal para os mistérios do além-vida!*

Pessoas se jogaram do alto das grades, na esperança de que morrer por impacto antes de serem coletadas as salvasse. Mas essa era uma ação da Ceifa. Desde o momento em que Goddard dera a ordem, a Nimbo-Cúmulo estava proibida de intervir. Tudo que podia fazer era observar com seus muitos olhos que nunca piscavam.

— *Sou seu ômega! O portador de sua paz infinita. Vocês hão de me abraçar!*

A ceifadora Rand implorou para que ele parasse, mas ele a empurrou para o lado, e ela caiu no chão, derrubando a tocha, que raspou na beirada da pira. Foi o necessário. A pira se acendeu, e chamas roxas correram pela base.

— *Sua morte é ao mesmo tempo meu veredicto sobre vocês, e meu presente para vocês* — Goddard disse à multidão moribunda. — *Aceitem com graça. E adeus.*

A melhor vista do Armagedom de Goddard era do topo da pira — e, com a fumaça sugada pelos exaustores, o técnico podia ver tudo... inclusive a borda externa de chamas roxas, que subiam pela pira, tornando-se azuis.

Nas arquibancadas, os ceifadores, todos cintilando com joias cravejadas em seus mantos da nova ordem, despachavam suas vítimas em uma velocidade alarmante.

Não vou ser o único hoje, pensou o técnico enquanto as chamas se aproximavam, queimando do verde ao amarelo-vivo.

Ele conseguia sentir as solas de seus sapatos começando a derreter. Conseguia sentir o cheiro de borracha queimada. O fogo estava laranja agora, e mais próximo. Os gritos nas arquibancadas ao seu redor pareciam muito, muito distantes. Logo as chamas ficariam vermelhas, a mordaça de algodão-pólvora se queimaria em sua boca e seus próprios gritos seriam os únicos que importariam.

Então ele viu um ceifador solitário olhando em sua direção. Aquele de manto carmesim. Um dos poucos ceifadores que não estava correndo atrás da multidão. Seus olhares se cruzaram por um momento. Então, quando as chamas chegaram às pernas da calça do homem, o ceifador Constantino ergueu uma pistola e fez sua única coleta do dia. Um único tiro no coração que poupou o técnico de um fim mais doloroso.

E a última coisa que o técnico sentiu antes de sua vida deixá-lo foi uma onda de imensa gratidão pela misericórdia do ceifador de carmesim.

— Vou perdoar você por tentar me deter — Goddard disse à ceifadora Rand enquanto sua limusine deixava o estádio. — Mas me surpreende, Ayn, que logo você se retraia de uma coleta.

Ayn poderia ter dito um milhão de coisas, mas mordeu a língua. Rowan já estava esquecido, soterrado sob esse acontecimento maior. O boato era que ele tinha sido visto deixando o estádio com o ceifador Travis e vários outros ceifadores texanos. Ela poderia jogar a culpa de tudo isso neles, mas a quem estaria enganando? Fora ela quem havia sugerido a Goddard que encontrasse uma forma de fazer a ausência de Rowan parecer parte de um plano maior. Mas ela nunca imaginara até que ponto Goddard levaria a sugestão.

— Não foi esse o evento que eu queria, mas raramente as coisas acontecem como esperado — Goddard disse em um tom calmo e controlado, como se discutisse uma peça de teatro. — Mesmo assim, foi um bom dia para nós.

Rand olhou para ele, incrédula.

— Em que sentido? Como você pode dizer isso?

— Não é óbvio? — E, como ela não respondeu, ele elucidou com a eloquência pacífica pela qual era conhecido. — Medo, Ayn. O medo é o estimado pai do respeito. Os cidadãos comuns devem saber seu lugar. Eles devem estar cientes das linhas que não podem cruzar. Sem a Nimbo-Cúmulo em suas vidas, precisam de uma mão firme para lhes dar estabilidade. Para definir limites claros. Eles vão reverenciar a mim, e a todos os meus ceifadores, e não vão mais entrar em conflito conosco. — Ele pensou sobre suas racionalizações comodistas e assentiu. — Está tudo bem, Ayn. Está tudo bem.

Mas a ceifadora Rand sabia que, daquele momento em diante, nada estaria bem de novo.

Parte IV

A ÚNICA ARMA QUE

PODEMOS USAR

Testamento do Timbre

Os sibilantes santimônios que travavam guerras injustificadas eram uma abominação aos olhos do Timbre. Ele se lançava sobre eles como o bater furioso de um milhão de asas, e os céus se enraiveciam com a Trovoada. Os impenitentes eram fulminados, mas aqueles que caíam de joelhos eram poupados. Então ele os deixava, dissolvendo-se mais uma vez em uma tempestade de penas e desaparecendo no céu que se acalmava. Rejubilem-se todos!

Comentário do pároco Symphonius

O Timbre não era apenas um homem de carne, mas também um mestre da carne. Ele tinha o poder de se transformar em qualquer criatura ou em uma multidão de criaturas. Esse verso ilustra sua capacidade de se transformar em uma grande revoada de pássaros, muito provavelmente águias, falcões ou corujas. Graciosos. Nobres. Sábios. Mas também dignos de medo e respeito. Epítomes de tudo que o Timbre era.

Análise de Coda sobre Symphonius

O problema onipresente de Symphonius é sua inconsistência. Ele vê as coisas como simbólicas ou literais quando lhe convém, de maneira que suas interpretações são mais caprichosas do que caprichadas. Embora seja possível que o Timbre pudesse tomar a forma de uma revoada, não é mais provável que ele simplesmente possuísse a capacidade mística de voar, como os heróis com capas das ilustrações arquivais?

32
Um eixo terrível

Os sinos da catedral que marcaram as horas durante quase mil anos na EuroEscândia tinham sido silenciados. Arrancados, desmontados, derretidos em uma fornalha improvisada. Uma grande sala de concertos na mesma região tinha sido invadida durante uma apresentação e, em meio ao pânico da multidão, tonistas tomaram o palco, quebrando os instrumentos menores com as mãos e os maiores a machadadas.

"Suas vozes são música para os meus ouvidos", o Timbre havia dito certa vez. O que claramente queria dizer que todas as outras músicas deveriam ser destruídas.

Tamanha era sua devoção que essas seitas sibilantes extremistas sentiam a necessidade de impor suas crenças sobre o mundo. Não havia duas seitas sibilantes iguais. Cada uma era uma aberração única, com suas próprias interpretações assustadoras da doutrina tonista e distorções das palavras do Timbre. A única coisa que todas tinham em comum era uma propensão à violência e à intolerância — incluindo a intolerância contra outros tonistas, pois qualquer seita que não acreditasse precisamente no que acreditavam era obviamente inferior.

Não havia sibilantes antes de a Nimbo-Cúmulo entrar em silêncio. Sim, havia seitas com crenças radicais, mas a Nimbo-Cúmulo e os agentes nimbos da Interface da Autoridade as controlavam. A violência não era tolerada.

Porém, depois que todo o mundo se tornou infrator e a Nimbo-Cúmulo se silenciou, muitas coisas em muitos lugares começaram a se deteriorar.

Nas cidades mais antigas da EuroEscândia, grupos de sibilantes viajavam e acendiam fogueiras alimentadas com pianos, violoncelos e violões em praças públicas. Embora fossem capturados e detidos pelos agentes de paz toda vez, eles não paravam. As pessoas torciam para que a Nimbo-Cúmulo, apesar de seu silêncio, os suplantasse, substituindo suas mentes e suas identidades por outras que fossem satisfeitas e menos propensas à violência. Mas essa seria uma violação da liberdade religiosa. Portanto, os sibilantes eram detidos, forçados a pagar pela substituição das coisas que haviam destruído e liberados em seguida, quando voltavam a destruir as mesmas coisas de novo.

A Nimbo-Cúmulo, se pudesse falar, talvez dissesse que eles estavam oferecendo um serviço e que, ao destruir os instrumentos musicais, criavam trabalho para aqueles cuja profissão era confeccionar esses instrumentos. Mas tudo tinha limites, até para a Nimbo-Cúmulo.

O Timbre apareceu para os sibilantes euroescandinavos quando eles se preparavam para devastar mais uma sala de concertos.

Os sibilantes euroescandinavos sabiam que devia ser um impostor, pois o Timbre tinha sido martirizado nas mãos de um ceifador. A ressurreição não era um princípio de sua crença, então os fanáticos estavam céticos.

— Larguem as armas e se ajoelhem — o impostor disse.

Eles não obedeceram.

— O Tom e a Trovoada estão ofendidos com as suas ações. E eu também. LARGUEM AS ARMAS E SE AJOELHEM!

Mesmo assim, eles não obedeceram. Um deles partiu para cima do impostor, falando em uma língua antiga nativa da região que poucas pessoas ainda falavam.

Então, da pequena comitiva do impostor, um ceifador vestido de jeans veio à frente, pegou o agressor e o jogou no chão. O sibilante, ferido e ensanguentado, saiu se rastejando.

— Não é tarde para se arrepender — o Timbre impostor disse. — O Tom, a Trovoada e eu os perdoaremos se vocês renunciarem a seus comportamentos destrutivos e nos servirem em paz.

Os sibilantes olharam para as portas da sala de concerto atrás dele.

Seu objetivo estava tão perto, mas havia algo imperioso naquele jovem diante deles. Algo... divino.

—Vou lhes dar um sinal da Nimbo-Cúmulo, com quem apenas eu posso falar e junto a quem apenas eu posso interceder por vocês.

Então ele abriu os braços... E, do céu, elas vieram. Rolinhas. Uma centena delas se precipitou de todas as direções, como se estivessem esperando todo esse tempo nos beirais dos prédios da cidade. Pousaram sobre ele, empoleirando-se em seus braços, seu corpo, sua cabeça, até ele não poder mais ser visto. Elas o cobriram dos pés à cabeça, seus corpos e asas marrom-claros como um escudo, uma armadura em volta dele. E a cor... O desenho de penas o envolvendo, a maneira como se moviam... Os tonistas sibilantes se deram conta do que ele parecia agora.

Parecia uma nuvem de tempestade. Uma nimbo-cúmulo de fúria crescente.

De repente, os pássaros levantaram voo em todas as direções, deixando-o e desaparecendo de volta nos cantos escondidos de onde vieram.

Tudo era silêncio, exceto pelo bater de suas asas partindo. E, nesse silêncio, o Timbre falou quase em um sussurro:

— Agora, soltem as armas e se ajoelhem.

E eles obedeceram.

Ser um profeta morto era muito melhor do que ser um profeta vivo.

Morto, ele não era obrigado a ocupar seus dias com um desfile monótono de suplicantes. Era livre para ir aonde quisesse, quando quisesse — e, mais importante, aonde era *necessário*. Mas a melhor parte era que ninguém tentava matá-lo.

Estar morto, concluiu Greyson Tolliver, era muito melhor para sua paz de espírito do que estar vivo.

Desde seu falecimento público, Greyson havia passado mais de dois anos viajando pelo mundo em uma tentativa de domar os tonistas sibilantes que surgiam em toda parte. Ele e sua comitiva viajavam o mais modestamente possível. Trens públicos, linhas aéreas comerciais. Greyson nunca usava o escapulário bordado nem a túnica violeta quando viajavam. Eles estavam todos incógnitos em vestes tonistas simples e banais. Ninguém perguntava nada aos tonistas por medo de que eles começassem a defender suas crenças. A maioria das pessoas olhava para o outro lado, evitando o contato visual.

Claro, se dependesse do pároco Mendoza, eles viajariam o mundo em um jatinho particular com capacidade de pouso vertical, para que o Timbre mergulhasse dos céus como um verdadeiro deus-máquina. Mas Greyson o proibiu, pensando que já havia hipocrisia demais no mundo.

"Os tonistas não deveriam ser materialistas", ele dissera a Mendoza.

"Os ceifadores também não", Mendoza retrucara, "e veja onde eles estão agora."

Mesmo assim, aquilo não era uma democracia. O que o Timbre dizia era a lei entre eles, independentemente de quem discordasse.

A irmã Astrid estava do lado de Greyson.

— Acho que sua resistência à extravagância é uma coisa boa — ela disse. — E imagino que a Nimbo-Cúmulo concorde.

— Desde que cheguemos aonde estamos indo no tempo que precisamos estar lá, a Nimbo-Cúmulo não emite nenhuma opinião — Greyson disse. Embora desconfiasse que a Nimbo-Cúmulo estivesse redirecionando trens e voos para acelerar a viagem deles para seus destinos. Greyson pensou que, se o Timbre proclamasse que eles deveriam viajar de mula, a Nimbo-Cúmulo daria um jeito de providenciar mulas de corrida para eles.

Mesmo com a viagem modesta, Mendoza sempre conseguia encontrar um jeito de tornar sua aparição dramática e impressionante o suficiente para fazer os tonistas sibilantes tremerem em suas bases corroídas. Qualquer que fosse a coisa estranha e perturbadora que os sibilantes estivessem fazendo, Greyson se revelaria para eles como o Timbre e os condenaria, renunciaria a eles e praticamente os expulsaria da seita, deixando-os suplicantes pelo seu perdão.

O truque com as aves havia sido ideia de Greyson. Fora bastante fácil. Todas as criaturas da Terra tinham nanitos para que a Nimbo-Cúmulo pudesse monitorar suas populações — o que significava que a Nimbo-Cúmulo tinha uma porta de acesso para o comportamento de todas as espécies.

A Ceifa havia feito algo semelhante com a vida marinha ao redor de Perdura, transformando-a em um aquário aberto. Mas, ao contrário daquela tecnologia desafortunada, a Nimbo-Cúmulo não manipulava os animais para o prazer humano — nem para a dor humana, como acabara acontecendo. Ela apenas controlava um animal se ele estivesse em risco de ser atropelado ou de praticar algum comportamento que pudesse pôr fim à sua vida. Como não havia centros de revivificação para animais silvestres, era a maneira mais efetiva de permitir que vivessem o ciclo completo de suas vidas naturais.

"Se tenho de deter os sibilantes", Greyson havia dito para a Nimbo-Cúmulo, "preciso mostrar para eles algo impressionante. Algo que prove que você está do *meu* lado, e não do *deles*." Ele propusera o aglomerado de aves da cor de nuvens de tempestade, pousando em volta dele, e a Nimbo-Cúmulo aceitara.

Havia outros truques, claro. A Nimbo-Cúmulo podia fazer carros públicos cercarem os tonistas, arrebanhando-os como ovelhas. Podia gerar um campo magnético forte o suficiente para levitar Greyson de maneira inexplicável e, quando as condições meteorológicas eram adequadas, podia provocar uma tempestade de raios ao comando de Greyson. Mas as aves eram o melhor. Nunca deixavam de deslumbrar e sempre persuadiam os sibilantes. Se eles não entravam na linha, pelo menos começavam a se mover na direção certa. Claro, ser coberto por pombos ou rolinhas não era nada agradável. Suas garras deixavam arranhões e marcas em sua pele. Elas viviam tentando bicar seus olhos e orelhas. E não eram animais muito limpos.

Ele ficava com a seita da vez por tempo suficiente para garantir que as pessoas mudariam seus hábitos. "Retornariam ao rebanho", Mendoza dizia. Então, o Timbre desaparecia com sua comitiva e passava para a próxima seita de sibilantes em outra parte do mundo. Ataques precisos e diplomacia de guerrilha, essa tinha sido sua estratégia por dois anos, e estava funcionando. O fato de que havia mais boatos ridículos do que legítimos sobre ele também ajudava. "O Timbre fez uma montanha ruir com sua voz." "O Timbre foi visto jantando no deserto com deuses da Era Mortal, e ele estava na ponta da mesa." Era fácil esconder suas verdadeiras aparições em meio aos casos absurdos.

"É bom que estamos fazendo isso", o pároco Mendoza dizia, "mas não é nada comparado ao que *poderíamos* fazer."

"É o que a Nimbo-Cúmulo deseja", Greyson respondia, mas Mendoza ficava sempre em dúvida. E, verdade seja dita, Greyson estava frustrado.

"Você me deixou andando sem sair do lugar", Greyson havia dito à Nimbo-Cúmulo. "O que estou conquistando se as seitas sibilantes surgem mais rápido do que as consigo converter? Esse é o seu grande plano? E não é errado que eu finja ser um deus?"

"Defina 'errado'", a Nimbo-Cúmulo respondera.

A Nimbo-Cúmulo era particularmente irritante quando ele apresentava questões éticas. Ela não podia mentir, mas Greyson podia, e mentia. Mentia para os sibilantes em todo encontro, dizendo que era sobre-humano. Mesmo assim, a Nimbo-Cúmulo não o impedia, portanto ele não fazia ideia se ela aprovava ou não. Um simples "não faça isso" teria bastado se a Nimbo-Cúmulo achasse que suas ações eram um abuso de poder. Na realidade, ser repreendido pela Nimbo-Cúmulo seria reconfortante, porque assim ele saberia se sua bússola moral estava desregulada. Por outro lado, se os fins justificavam os meios de Greyson, por que a Nimbo-Cúmulo não poderia simplesmente dizer isso para ele e tranquilizá-lo?

"Se fizer algo que for prejudicial demais, informarei você", a Nimbo-Cúmulo havia dito. O que deixava Greyson esperando constantemente uma palmada que nunca chegava.

"Fiz algumas coisas terríveis em seu nome", ele dissera à Nimbo--Cúmulo.

Ao que a Nimbo-Cúmulo respondera:

"Defina 'terrível'."

A comitiva do Timbre, que havia se reduzido a seu círculo íntimo — ceifador Morrison, irmã Astrid e pároco Mendoza —, tinha se tornado uma equipe eficaz.

Morrison havia se revelado útil desde o começo. Ele nunca tivera muita ética profissional antes de ser designado para coletar o Timbre, mas os últimos anos o haviam mudado consideravelmente — ou, pelo menos, dado a ele uma maneira um pouco mais madura de enxergar as coisas. Ele tinha motivos para ficar. Afinal, aonde iria? A ceifa nortemericana achava que ele estava morto. Mas esse era apenas parte do motivo. A questão era que, se a ceifa nortemericana checasse suas próprias estatísticas, saberia que ele havia coletado e concedido imunidade mais de uma vez depois de morto. Bom, Morrison pensou com seus botões, com tantas coletas acontecendo, era improvável que notassem as ações de um ceifador renegado.

Claro, ele sabia que essa não era a verdade, mas a verdade era dolorosa demais para admitir.

Eles não notavam porque não se importavam.

Morrison sempre tinha sido insignificante para os outros ceifadores. Uma vergonha para seu mentor, que o escolhera porque ele era forte e bonito e depois o renegara quando ficara claro que ele nunca conquistaria o respeito de ninguém. Para eles, ele era uma piada. Mas, a serviço do Timbre, pelo menos sua existência era reconhecida. Ele tinha um lugar e um propósito. Era o protetor, e gostava desse papel.

A irmã Astrid era a única que tinha questões com Morrison.

"Você, Jim, representa tudo que não suporto no mundo", ela havia dito certa vez, o que o fizera sorrir.

"Por que você não admite de uma vez que gosta de mim?"

"Eu tolero você. É bem diferente."

Quanto a Astrid, ela tinha a árdua tarefa de manter todos no caminho espiritual apropriado. Ela continuou com o Timbre porque, no fundo, acreditava que Greyson Tolliver era legítimo. Que ele era tocado divinamente pelo Tom, e que sua humildade em relação a isso era compreensível. Uma natureza humilde, afinal, era a marca de um verdadeiro homem santo. Fazia todo sentido que ele se recusasse a acreditar que era parte da Santíssima Tríade, mas não era porque ele mesmo não acreditava que isso era menos verdadeiro.

Ela sorria consigo mesma toda vez que Greyson enfrentava os tonistas sibilantes como Timbre, porque sabia que ele não acreditava em nenhuma palavra do que dizia. Para ele, era apenas um papel a se representar. Mas, para Astrid, a negação dele tornava tudo ainda mais real.

E então havia o pároco Mendoza: o mágico, o showman, o produtor de seu espetáculo itinerante. Ele sabia que era a base que mantinha tudo no lugar e, embora houvesse momentos em que acreditava em sua fé, isso sempre era atropelado pelos aspectos práticos de fazer as coisas acontecerem.

Mendoza não apenas organizava as aparições do Timbre, como também mantinha uma comunicação próxima com sua rede de párocos ao redor do mundo, numa tentativa constante de trazer mais e mais seitas sob uma única doutrina autorizada. Mendoza também trabalhava nas sombras, espalhando muitos dos rumores falsos sobre o Timbre. Era incrível como eles ajudavam a manter a congregação interessada — e os ceifadores desinteressados, afinal, como os ceifadores dariam crédito às aparições do Timbre quando a maioria delas era impossível? No entanto, quando Greyson descobrira o que Mendoza estava fazendo, ele ficara horrorizado. Como Greyson não conseguia ver a importância daquilo?

"Você está dizendo para as pessoas que eu renasci das cinzas?"

"Existe precedente", Mendoza tentara explicar. "A história da fé é cheia de deuses que morreram e ressuscitaram. Estou lançando as bases para a sua lenda."

"Se as pessoas quiserem acreditar, que seja então", Greyson dissera, "mas não quero estimular isso espalhando mais mentiras."

"Se você quer a minha ajuda, por que vive atando minhas mãos?", Mendoza havia questionado, cada vez mais frustrado.

"Talvez porque eu queira que você use suas mãos para fazer algo além da sua própria vontade."

Isso fizera Mendoza rir, porque o que tinham sido esses últimos anos se não Greyson Tolliver vomitando sua vontade em todas as di-

326

reções? Mas rir do Timbre era ultrapassar os limites, então ele recuara rapidamente.

"Sim, sonoridade", Mendoza tinha dito, como sempre dizia. "Vou tentar manter isso em mente."

Ele não teve escolha a não ser recuar, porque não adiantava discutir com aquele garoto cabeça-dura, um garoto que não fazia ideia do que era preciso para manter seu misticismo vivo. Embora Mendoza estivesse começando a se questionar por que sequer se dava a esse trabalho.

Então aconteceu algo que mudou tudo.

— Angústia, dor e aflição! — a Nimbo-Cúmulo lamentou em seus ouvidos certa noite. — Gostaria de poder ter fechado meus olhos a isso. Esse acontecimento é um eixo terrível em torno do qual muitas coisas vão girar.

— Pode por favor parar de falar em charadas? — Greyson pediu. — E me dizer o que está acontecendo de uma vez?

Então a Nimbo-Cúmulo falou para ele, aos mínimos detalhes, sobre a coleta no estádio. Dezenas de milhares exterminados em uma única noite.

— Vai chegar aos noticiários a qualquer momento. Mesmo se a ceifa nortemericana tentar esconder, é um evento grande demais para apagar. E vai levar a uma reação em cadeia de acontecimentos que deixarão o mundo em uma turbulência sem precedentes.

— Bom — disse Greyson —, você não pode fazer nada, mas eu posso.

— Continue o que está fazendo — a Nimbo-Cúmulo instruiu. — Agora, mais do que nunca os sibilantes precisarão ser controlados. — Então ela falou algo que fez o sangue de Greyson parecer ter sido congelado: — As chances de que os tonistas sibilantes prejudiquem gravemente o futuro da humanidade subiram para 19,3%.

33

Indestrutível

"Aqui é a ceifadora Anastássia. E não, esta não é uma gravação. Estou falando com vocês ao vivo... porque estou viva. Mas vocês não estão convencidos disso. É claro que não estão. Qualquer um poderia fazer uma proeza dessas usando meu construto de memória ou uma centena de outros truques tecnológicos. É por isso que preciso que vocês duvidem dessa transmissão. Duvidem o suficiente para fazerem todo o possível para a desmascarar. Deem o seu melhor para provar sua falsidade, porque, quando fracassarem, terão de aceitar que é real. Que eu sou real. E, quando estiverem convencidos de que sou quem digo ser... poderemos ir ao que interessa."

A primeira transmissão foi breve e simpática. Tinha toda a convicção, toda a confiança que precisava ter — e por um bom motivo. Anastássia havia encontrado uma informação sobre o desastre lunar. Uma informação importante. Ela fizera o que ninguém mais tinha conseguido: encontrar evidências que estavam ali, ocultas na mente interna, desde muito antes de ela nascer. A Nimbo-Cúmulo sabia que estava lá, mas, por lei, era impedida de fazer algo a respeito. Os assuntos da Ceifa eram assuntos da Ceifa; ela tinha de deixar isso de lado. Mas a Nimbo-Cúmulo devia saber o que Anastássia havia descoberto. Afinal, conhecia cada pedacinho de sua própria mente interna. Anastássia se perguntou se a Nimbo-Cúmulo estava contente com o que havia encontrado.

— Estou imensamente orgulhoso de você — o Alto Punhal Tunka Manin disse. — Sabia que você conseguiria! É claro que a ceifadora Makeda tinha lá suas dúvidas...

— Eu estava expressando um ceticismo saudável — Makeda disse, em sua própria defesa. — Não podíamos contar com os ovos dentro da galinha.

— Mas não se faz uma omelete sem quebrar os ovos — acrescentou Baba. — Qual será que veio primeiro, os ovos ou a galinha?

O que, claro, fez Tunka rir. Mas seu riso foi breve. Havia algo pesando sobre o Alto Punhal. Sobre todos eles. Anastássia notara uma tensão durante o dia todo.

Essa tensão era evidente até em Jeri, que costumava esconder bem suas emoções.

— Um parente de uma integrante da minha tripulação foi coletado — Jeri disse a ela. — Preciso ir à cidade para consolá-la. — Jeri hesitou, como se quisesse dizer mais alguma coisa... mas não disse. — Vou voltar tarde. Diga ao Alto Punhal que não precisa me esperar para o jantar.

E então, quando o restante deles se sentou para o jantar, o clima na sala beirava a austeridade. Não tenso, mas pesado. Como se o fardo do mundo, que pousava firmemente sobre seus ombros, tivesse se duplicado. Anastássia pensou que sabia o motivo por trás daquilo.

— Foi a minha transmissão, não foi? — ela perguntou, quebrando o silêncio diante de uma salada que murchava sob o peso do humor de todos. — As pessoas não reagiram como vocês queriam. Foi uma perda de tempo.

— De jeito nenhum — Makeda disse. — Você foi maravilhosa, minha cara.

— E estou acompanhando as reações — acrescentou Baba. — Elas estão nas alturas! Eu diria até que você causou mais impacto do que Perdura quando atingiu o fundo do oceano.

— Péssima piada, Baba — disse Makeda.

Tunka Manin não comentou. Ele parecia perdido em suas verduras.

— Então o que foi? — Anastássia perguntou. — Se há alguma coisa errada, vocês precisam me dizer o que é.

— Houve... um incidente ontem à noite — Tunka Manin disse por fim. — Na Mérica do Norte...

Anastássia se preparou.

— Teve algo a ver com Rowan Damisch?

Tunka desviou os olhos, assim como Baba, mas a ceifadora Makeda manteve o olhar firme.

— Na verdade, sim.

Anastássia encolheu os dedos dos pés com tanta força que começaram a doer.

— Ele foi coletado — Anastássia disse. — Goddard o coletou. — De alguma forma, falar era melhor do que ouvir da boca deles.

Mas Tunka balançou a cabeça.

— Ele seria coletado — Tunka disse. — Mas escapou.

Anastássia desabou, aliviada. Não era uma atitude digna de uma ceifadora. Ela tentou recuperar a compostura, mas todos já tinham visto.

— Ele está com os texanos — Makeda contou. — Por que eles o salvaram, isso eu não entendo.

— Ele é inimigo do inimigo deles — Baba apontou.

— O problema não é que ele escapou… É o que aconteceu depois — Tunka disse para ela. — Goddard ordenou uma coleta em massa. Maior do que todas que já vimos. Quase trinta mil vidas foram tiradas, e ele ordenou que aqueles que escaparam fossem perseguidos junto com suas famílias. Ele está invocando o quarto mandamento.

— Como se ele se aplicasse a essa situação! — retrucou Makeda. — Quando se condena todo um estádio à morte, quem não fugiria?

Anastássia ficou em silêncio. Ela assimilou o acontecimento. Tentou não responder, porque era tudo grande demais para responder. Rowan estava a salvo. E, por isso, milhares de pessoas estavam mortas. Como ela deveria se sentir em relação a isso?

— A sua transmissão foi ao ar durante o acontecimento, antes de ficarmos sabendo — Tunka disse. — Pensamos que isso ofuscaria você, mas foi o contrário. Essa notícia torna tudo que você tem a dizer ainda mais importante. Queremos acelerar o calendário. Mais uma transmissão amanhã à noite.

— As pessoas precisam ouvir você, Anastássia — disse Makeda. — Você é uma voz de esperança em meio ao horror.

— Sim, claro — Anastássia respondeu. —Vou fazer mais uma transmissão assim que possível.

O prato principal chegou. Uma carne assada tão malpassada que estava sangrando. Esse tipo de coisa não deveria incomodar um ceifador, mas, naquele dia, todos tiveram de desviar os olhos enquanto o garçom cortava o assado.

"Aqui é a ceifadora Anastássia. Já me desmascararam? Já cumpriram o que minha mentora, a ceifadora Marie Curie, a Grande Dama da Morte, teria chamado de sua devida diligência? Ou estão dispostos a aceitar as declarações das várias ceifas que apoiam as pretensões do 'Suprapunhal' Goddard de dominar partes cada vez maiores do mundo? É claro que elas dizem que sou uma impostora. O que mais poderiam dizer para não enfurecerem Goddard?

"Goddard, que convidou dezenas de milhares para testemunhar uma coleta que se revelou a dos próprios espectadores. Ele alega que o ceifador Lúcifer afundou Perdura. É um fato sólido da história agora. Como eu estava lá, posso dizer que uma coisa é verdade: o ceifador Lúcifer estava, sim, em Perdura. Os relatos oculares de sobreviventes que o viram são legítimos. Mas ele afundou Perdura?

"Com certeza não.

"Nos próximos dias, vou dar um testemunho que deixará muito claro o que aconteceu em Perdura. E quem foi o responsável."

Surpreendentemente, no chalé de vidro de Goddard, havia poucas coisas que podiam ser quebradas. Ayn observou enquanto Goddard tentava, mas eles simplesmente viviam em um mundo em que tudo era bem-feito demais. Ela estava cansada de tentar aplacar o temperamento dele. Os subceifadores que tentassem. Naquele dia era a vez de Nietzsche. Constantino não era visto havia dias. Teoricamente, ele tinha viajado para se reunir com representantes da região da EstrelaSolitária, tentando convencê-los a entregar Rowan, mas eles negavam que estavam com ele. A subceifadora Franklin se recusava a se aproximar de

Goddard quando ele agia daquela forma. "Me avise quando ele voltar a agir como um ser humano", Aretha dizia, e saía para seus aposentos, em um andar do prédio longe o suficiente para não escutar a fúria de Goddard.

Seu mais recente acesso de raiva fora provocado pela segunda mensagem da ceifadora Anastássia.

— Quero que ela seja encontrada! — ele exigiu. — Quero que seja encontrada e coletada.

— Ela não pode ser coletada — o subceifador Nietzsche tentou explicar. — Quer você goste quer não, ela ainda é uma ceifadora.

— Então vamos encontrá-la e fazer com que ela se autocolete — gritou Goddard. — Vou tornar seu sofrimento tão grande que ela vai eliminar a própria vida para parar de senti-lo.

— Excelência, as suspeitas que isso traria sobre você não valerão o esforço.

Isso fez Goddard atirar uma cadeira para o outro lado da sala. Ela não se quebrou.

Ayn ficou calmamente sentada na sala de conferência, assistindo ao drama se desenrolar. Nietzsche pedia ajuda com o olhar, mas ela não ia gastar seu fôlego com isso. Goddard seria irracional até não ser mais. Ponto. Então ele encontraria uma desculpa racional para tudo que havia feito enquanto estava descontrolado.

Antigamente, Ayn acreditava que as coisas que Goddard fazia eram parte de um plano maior, mas agora ela via a verdade: o plano sempre vinha depois da ação. Ele era brilhante em visualizar formas nas nuvens de sua fúria.

Como se convencer de que a coleta de Mile High fora um ato decisivo de sensatez. As repercussões da coleta em massa tinham sido imediatas. As regiões que eram anti-Goddard se mobilizaram contra ele. Meia dúzia de regiões anunciou que concederia imunidade a todos que decidissem deixar o território de Goddard, e muitas pessoas estavam aceitando o convite. No entanto, apesar de tudo, os apoiadores de Goddard também ficaram inflamados, insistindo que "aquela gente" no estádio teve o que merecia — porque todos que quisessem testemunhar uma execução mereciam ser coletados. Embora eles próprios provavelmente a estivessem assistindo antes de a transmissão ser interrompida.

A maioria das pessoas, porém, não assumiu nem uma posição nem outra. Queriam apenas desaparecer no cotidiano de suas vidas. Acontecimentos ruins não eram problemas delas, desde que acontecessem em outro lugar, com pessoas que elas não conheciam. Exceto que todos conheciam alguém que conhecia alguém que estava no estádio naquele dia e não voltara para casa.

Nietzsche continuou tentando tranquilizar Goddard, que ainda andava furioso pela sala de conferência.

— Anastássia não é nada, excelência — Nietzsche disse. — Mas, ao reagir a ela, você estará dando muito mais importância à garota do que ela precisa ter.

— Então eu deveria simplesmente ignorar a existência e as acusações dela?

— São apenas acusações, e ainda nem sabemos do que ela está acusando você. Ela é um vespeiro em que é melhor não pôr a mão, excelência.

Isso fez Ayn dar risada, porque conseguia imaginar Goddard cutucando um vespeiro até acabar com a mão inchada.

Finalmente exausto, Goddard se jogou numa cadeira e dominou sua fúria.

— Digam-me o que está acontecendo — ele perguntou. — Digam-me o que preciso saber.

Nietzsche se sentou à mesa de conferência.

— Os ceifadores aliados ou estão apoiando o que você fez no estádio ou estão em silêncio. As ceifas que se posicionam contra você estão exigindo que você se autocolete, mas o que mais me preocupa é a multidão de pessoas atravessando a fronteira para a região da Estrela-Solitária.

— Você queria medo — Ayn disse. — Agora você conseguiu.

— Estamos explorando a possibilidade de construir um muro para conter o êxodo.

— Não seja ridículo — Goddard disse. — Só idiotas constroem

muros. Deixe que eles partam e, quando conseguirmos incorporar a região da EstrelaSolitária, aqueles que abandonaram a MidMérica serão marcados para a coleta.

— É assim que você resolve todos os problemas agora? — Ayn perguntou. — Coletando para fazê-los desaparecer?

Ayn achou que ele gritaria com ela, mas Goddard havia se acalmado.

— É o que nós *fazemos*, Ayn. É a arma que nos foi dada, a única que podemos usar.

— E também — continuou Nietzsche — tem a questão dos tonistas.

— Tonistas! — lamentou Goddard. — Por que os tonistas sempre tem que estar na agenda?

— Você transformou o profeta deles em um mártir — Ayn comentou. — Ao contrário do que você pensa, inimigos mortos são mais difíceis de combater do que inimigos vivos.

— Exceto que... — disse Nietzsche, hesitando.

— Exceto que o quê? — Goddard questionou.

— Exceto que estamos acompanhando relatos de que o Timbre tem aparecido para as pessoas.

Goddard grunhiu, enojado.

— Sim, eu sei. Em nuvens e torradas queimadas.

— Não, excelência. Estou falando em carne e osso. E estamos começando a acreditar que os relatos podem ser legítimos.

—Você não pode estar falando sério.

— Bom, nunca confirmamos que o corpo apresentado era realmente do Timbre. É possível que ele ainda esteja vivo.

Ayn respirou fundo, suspeitando que mais uma tentativa de quebrar coisas que não se quebravam estava prestes a começar.

34

Um lugar melhor

"Sei que a maioria das pessoas não acompanha o que acontece na Ceifa. Isso é natural. A Ceifa foi criada para que a maioria das pessoas nunca tivesse de lidar com os portadores da morte até que a morte chegasse a elas.

"Mas o afundamento de Perdura afetou todos nós. Fez a Nimbo- -Cúmulo ficar em silêncio e assinalar todos como infratores. E, sem os Grandes Ceifadores para presidir como moderadores, provocou um desequilíbrio de poder dentro da Ceifa.

"Tivemos um mundo estável por mais de duzentos anos. Mas não mais. Se quisermos essa estabilidade de volta, temos de lutar por ela. Não apenas os que estão dentro da Ceifa, mas todos. E, quando vocês ouvirem o que tenho a dizer, vão querer lutar.

"Eu sei o que vocês estão pensando. 'A ceifadora Anastássia vai fazer essa acusação? Ela vai apontar o dedo publicamente para Goddard, indicando-o como o assassino dos Grandes Ceifadores e o destruidor de Perdura?'

"Vocês terão de esperar, porque existem outros casos que devem ser apresentados primeiro. Outras acusações. Vou mostrar a vocês uma história de atos impensáveis que vão contra tudo o que a Ceifa deveria representar.

"É uma história que não começa com Goddard. Na realidade, começa anos antes de ele nascer.

"No Ano do Lince, a colônia Nectaris Prime, na Lua, sofreu o que foi chamado de uma 'falha atmosférica catastrófica'. Todo o seu suprimento de oxigênio, incluindo sua reserva de oxigênio líquido, vazou para o espaço, matando todos os colonos. Não houve nenhum sobrevivente.

"Todos sabem a respeito disso, é algo que aprendemos na escola. Mas

vocês já pararam para ler a primeira tela nas bases de dados da história oficial? Vocês sabem, aquela tela irritante de letras miúdas que sempre pulamos para chegar logo ao que estamos procurando. Se vocês realmente a lerem, vão ver que, escondida no meio de toda aquela camuflagem jurídica, há uma pequena cláusula. Ela afirma que todas as bases de dados públicas de história são sujeitas à aprovação da Ceifa. Por quê? Porque os ceifadores podem fazer tudo que quiserem. Até censurar a história.

"Isso não seria um problema desde que os ceifadores fossem dignos de suas vocações. Honoráveis, virtuosos, obedecendo aos mais elevados ideais humanos. Mas se tornou um problema quando alguns ceifadores começaram a servir mais a si mesmos do que à humanidade.

"A colônia lunar foi a primeira tentativa de uma sociedade fora do planeta. O plano era povoar continuamente 'a Fronteira Lunar' e aliviar o problema populacional na Terra. A Nimbo-Cúmulo tinha tudo planejado. Então veio o desastre.

"Quero que vocês esqueçam o que acham que sabem sobre esse acontecimento, porque, como eu disse, a história oficial não é confiável. Em vez disso, quero que pesquisem o desastre lunar por conta própria, como eu fiz. Vão direto às fontes originais. Aos primeiros artigos escritos. Às gravações pessoais feitas pelos colonos malfadados antes de morrerem. Às transmissões implorando socorro. Está tudo na mente interna da Nimbo-Cúmulo. Obviamente, a Nimbo-Cúmulo não vai guiar vocês, porque são infratores, então terão de encontrar por conta própria.

"Mas querem saber? Mesmo se vocês não fossem infratores, a Nimbo--Cúmulo não os guiaria. Por causa da natureza confidencial das informações, ajudar vocês a encontrá-las seria contra a lei e, por mais que ela queira, a Nimbo-Cúmulo não viola a lei.

Ainda bem que vocês têm a mim."

Os ceifadores da EstrelaSolitária levaram Rowan para Austin, a cidade mais distante da fronteira, e estabeleceram ao redor dele uma camada de proteção atrás de outra. Ele foi tratado com cuidado. Não lhe deram o luxo de uma suíte, mas também não o deixaram numa cela.

"Você *é* um criminoso", a ceifadora Coleman havia dito a ele durante seu resgate. "Mas descobrimos a partir de nossos estudos da Era Mortal, quando o crime era a norma em vez da exceção, que os criminosos podem ser úteis à sua maneira."

Eles lhe permitiram usar um computador com o qual poderia se informar sobre os anos que havia perdido, mas Rowan ficava revendo vídeos do que acontecera no estádio de Mile High depois que ele tinha sido resgatado. Não existia registros oficiais da "coleta corretiva", como os aliados da ceifa nortemericana a estavam chamando, mas os sobreviventes estavam postando vídeos que tinham gravado.

Rowan assistia não porque queria, mas porque sentia uma necessidade irresistível de testemunhar o máximo possível daquilo. Reconhecer o maior número de vítimas que conseguia. Embora não conhecesse nenhuma, ele achava que era sua responsabilidade lembrar de seus rostos e dar a elas pelo menos um último momento de respeito. Se ele soubesse que Goddard faria isso, teria resistido aos ceifadores texanos e aceitado sua própria coleta. Mas como ele poderia saber, e como poderia ter resistido? Assim como Goddard estava determinado a eliminá-lo, os texanos estavam determinados a levar Rowan embora.

E ele também viu e reviu as transmissões curtíssimas de Citra. Saber que ela ainda estava livre e lutando tornava todo o resto suportável.

A última vez em que Rowan estivera na região da EstrelaSolitária, ele era prisioneiro de Rand. A legislatura da região — anarquia benevolente — ajudara Rand a escapar da fiscalização e concluir seu plano de trazer Goddard de volta. Mas tinha sido essa mesma autonomia que tornara os ceifadores destemidos o suficiente para resgatar Rowan.

Os texanos pós-mortais eram peculiares. Eles não seguiam nenhuma regra além das que eles próprios criavam e não prestavam contas a ninguém além de um ao outro — às vezes com resultados terríveis, às vezes com resultados gloriosos. Como uma das sete regiões patentes da Nimbo-Cúmulo, era um experimento social prolongado que havia se tornado um estilo de vida permanente, talvez porque a Nimbo-Cúmulo tivesse decidido que o mundo precisava de um lugar assim, onde as pessoas podiam aprender a viver segundo as leis de seu próprio coração.

Alguns outros experimentos não tiveram resultados tão bons. Como o "coletivo pensador" em PlatRoss — a região patente na Antártica —, onde a Nimbo-Cúmulo introduziu uma tecnologia de ligação de mentes que permitia que todos lessem a mente uns dos outros. Não era nada agradável. As pessoas diziam que foi o mais próximo que a Nimbo-Cúmulo já chegara de cometer um erro, embora ela insistisse que todos os seus experimentos eram, por natureza, bem-sucedidos, pois todos provavam algo e davam uma perspectiva melhor com a qual servir a humanidade. O coletivo pensador se transformou no "coletivo letárgico", e agora as pessoas da região de PlatRoss eram as felizes cobaias do sonho comunitário — suas mentes ainda estavam interligadas, mas apenas durante o sono REM.

Dois dias depois do resgate de Rowan, o ceifador Travis e a ceifadora Coleman o visitaram em seus aposentos. Então um terceiro ceifador entrou no quarto. Um que Rowan conhecia muito bem, e não estava nem um pouco interessado em ver.

No instante em que ele viu o manto carmesim, Rowan soube que tinha sido traído. Levantou-se, procurando uma arma por reflexo, mas obviamente não havia nenhuma. O ceifador Constantino, porém, não fez menção de atacar. Ele não parecia lá muito contente, mas isso não era novidade. Ele só tinha duas expressões: de repulsa e de julgamento.

A ceifadora Coleman ergueu as mãos para acalmar Rowan.

— Não é o que você está pensando — ela disse. — Ele não está aqui para machucar você. O ceifador Constantino entrou para a ceifa da EstrelaSolitária.

Só naquele momento Rowan notou que as joias que antes adornavam o manto de Constantino não estavam mais lá. E, ainda que seu manto continuasse carmesim, o tecido era uma lona rústica. Embora os ceifadores tivessem liberdade para entrar para qualquer ceifa regional que escolhessem, era raro que um ceifador importante como Constantino se aliasse a uma região diferente. Rowan não podia evitar pensar que era um truque.

O ceifador Travis riu.

— Falei que deveríamos tê-lo avisado.

— Acredite em mim, sr. Damisch — disse Constantino. — Não estou mais contente em ver você do que você está em me ver, mas há problemas maiores do que nossa animosidade mútua.

Rowan ainda não sabia ao certo se acreditava nele. Não conseguia imaginar o grande e poderoso Constantino como um ceifador da EstrelaSolitária, limitando-se a coletar apenas com facas Bowie — a única regra da ceifa da EstrelaSolitária além dos mandamentos.

— Por favor, Rowan, sente-se — disse a ceifadora Coleman. — Temos negócios a tratar.

E, quando ele se sentou, ela entregou a Rowan uma única folha de papel. Nela havia uma lista de nomes. Todos ceifadores. Eram cerca de cinquenta.

— Esses são os ceifadores que decidimos que você deve eliminar — Coleman disse.

Rowan ergueu os olhos para Coleman, encarou a folha de novo, depois Coleman mais uma vez. Eles realmente estavam pedindo que ele matasse cinquenta ceifadores?

Travis, que estava apoiado na parede com os braços cruzados, soltou um assovio pesaroso, e quase dava para ouvir um "puxa vida" embutido.

— A cara dele diz tudo, não? Isso não vai ser nada fácil.

Rowan estendeu o papel para Coleman.

— Não — Rowan disse. — Fora de cogitação.

Mas a ceifadora Coleman não pegou a folha de volta e não parecia disposta a aceitar um "não" como resposta.

— Não se esqueça de que resgatamos você da perspectiva de uma morte dolorosa, Rowan — ela disse. — E, porque resgatamos você, trinta mil inocentes foram coletados. Você deve isso a nós como seus salvadores, e deve isso àquelas pobres pessoas.

— Só estamos pedindo que você livre o mundo de ceifadores problemáticos — comentou Travis. — Já não era essa a sua decisão? Agora você não estará trabalhando sozinho. Terá o apoio da ceifa da EstrelaSolitária.

— O apoio *não oficial* — acrescentou Coleman.

— Exato — concordou Travis. — Ninguém pode saber. Esse é o acordo.

— E o que exatamente torna um ceifador problemático para vocês? — Rowan perguntou.

Coleman tirou a folha de papel das mãos dele e escolheu um nome da lista.

— Ceifador Kurosawa. Ele se manifestou contra nossa região durante anos e insultou nossa Alto Punhal diversas vezes.

Rowan estava incrédulo.

— Então é isso? Vocês querem que eu elimine um ceifador por ter a boca grande?

— Você não está entendendo — disse Travis. — Por que isso é tão difícil para você, meu filho?

Durante todo esse tempo, Constantino não dissera nada. Ele apenas estava parado com uma expressão funérea. O fato era que, como ceifador Lúcifer, Rowan avaliava suas escolhas cuidadosamente. Se pudesse encontrar uma única qualidade redentora no ceifador em questão, deixava-o em paz. Ele conhecia pessoalmente pelo menos três dos ceifadores daquela lista. Eles podiam não ser os mais íntegros dos ceifadores, mas não mereciam ser eliminados.

— Desculpe — disse Rowan. — Se vocês me resgataram para me usar a fim de resolver as suas rixas, então me coloquem de volta na pira. — Em seguida, ele se voltou para Constantino. — E você! Você é um hipócrita! Você me perseguiu por coletar maus ceifadores e agora tudo bem por você que eu volte a fazer isso?

Constantino respirou fundo antes de falar.

— Você esqueceu que eu era um subceifador de Goddard. Depois do que vi, passei a acreditar que o poder que ele tem sobre o mundo precisa ser enfraquecido de todas as formas possíveis. Todos os ceifadores nessa lista são da nova ordem e seguem cegamente Goddard e sua filosofia. Você começou sua matança porque acreditava que a Ceifa precisava de uma transformação drástica. Uma eliminação seletiva, por assim dizer. Embora eu deteste admitir, acredito que você está certo.

Constantino realmente havia acabado de dizer aquilo? O mundo estaria de ponta-cabeça se a Nimbo-Cúmulo não tomasse cuidado para isso não acontecer.

— Obrigado por salvarem minha vida — Rowan disse a Coleman e Travis. — Mas, como eu disse, não aceito encomendas.

— Eu avisei — Travis disse para Coleman. — Plano B?

Coleman assentiu. Rowan tremeu só de pensar no que podia ser o plano B, mas ninguém estava sacando suas facas para o coletar.

— Em todo esse tempo desde que foi revivido, você parou para pensar no que aconteceu com sua família? — a ceifadora Coleman perguntou.

Rowan desviou o olhar. Ele tivera medo demais para perguntar. Não apenas medo de saber, mas também porque não queria que sua família fosse envolvida nisso, usada como uma peça de xadrez por alguém.

— Se ainda estão vivos, tenho certeza de que me deserdaram — Rowan disse. — Talvez tenham mudado de nome ou até mesmo se suplantado. Se eu fosse meu parente, seria o que *eu* faria.

— Muito perspicaz — disse a ceifadora Coleman. — Para falar a verdade, duas de suas irmãs realmente mudaram de nome, e um de seus irmãos foi, sim, suplantado, mas o restante da família Damisch continuou. Sua mãe, seus avós e quatro outros irmãos.

—Vocês estão… ameaçando machucá-los?

Travis riu com a pergunta.

— O que você pensa? Que somos como Goddard? Nunca machucamos inocentes. Menos, claro, aqueles que coletamos.

— Vou te dizer o que fizemos — a ceifadora Coleman disse. — Depois que você afundou Perdura, sua família veio para nossa região por medo de ser coletada pelo novo Alto Punhal da MidMérica, com quem eles sabiam que você tinha uma inimizade. Nós os acolhemos e, desde então, estiveram secretamente sob nossa proteção, onde vão permanecer, qualquer que seja a sua decisão. — Em seguida, ela se virou para Travis. — Traga-os aqui.

Travis saiu do quarto.

E Rowan começou a entrar em pânico.

Sua família estava ali? Era isso que estava acontecendo? Eles o obrigariam a encará-los? Não! Como ele poderia, depois de tudo que havia feito — depois de tudo que eles *pensavam* que Rowan havia feito? Por mais que quisesse ver com seus próprios olhos que eles estavam bem, não suportava a ideia de encarar sua família.

— Não! Não, não faça isso! — Rowan insistiu.

— Se não podemos convencer você, talvez eles possam — disse Constantino.

Mas o horror de envolver sua família naquilo? De ouvir sua mãe dizer para ele sair por aí para matar ceifadores? Era pior do que ser coletado! Era pior do que ser queimado vivo!

— Eu faço! — Rowan falou sem pensar. — Eu faço o que quiserem, só... só, por favor, *por favor*, deixem minha família fora disso...

Coleman fechou a porta antes que Travis pudesse voltar.

— Eu sabia que você ouviria a voz da razão — ela disse com um sorriso caloroso. — Agora vamos tornar o mundo um lugar melhor.

"Vocês fizeram a sua pesquisa? Reviraram a mente interna? Sei que é frustrante sem a ajuda da Nimbo-Cúmulo, mas, depois de três anos, tenho certeza de que muitos aprenderam a fazer isso. Há certa vantagem em ser infrator, não há? Obriga você a vencer a frustração e fazer as coisas do jeito difícil. Muito mais gratificante.

"O que vocês encontraram quando pesquisaram o desastre lunar? Alguma coisa que não se encaixava muito bem? Encontraram que o sistema ambiental tinha redundância tripla? Não apenas um sistema de reserva, mas dois sistemas de reserva além da reserva. Descobriram que, antes desse dia, a Nimbo-Cúmulo havia calculado as chances de uma catástrofe atmosférica ser de 0,000093%? Isso é menos de uma chance em um milhão. A Nimbo-Cúmulo se enganou?

"Depois do desastre, os Grandes Ceifadores daquele tempo decretaram uma semana de luto. Ninguém seria coletado por uma semana, pois muitos haviam sido mortos na Lua. Tenho certeza de que os Grandes Ceifadores acreditaram que foi um acidente trágico e eram sinceros em seu remorso.

"Mas talvez, apenas talvez, um deles não fosse.

"Se vocês estão procurando evidências que liguem qualquer ceifador específico àquele desastre, não vão encontrar. Mas vocês pesquisaram sobre o que aconteceu nos dias e semanas após a tragédia? Estranharam que não houve nenhuma limpeza no local feita pela Nimbo-Cúmulo? Nenhuma recuperação dos mortos?

"Fontes anônimas sugeriram que era apenas muito trabalhoso para a Nimbo-Cúmulo recuperar os corpos que estavam deteriorados demais para serem revividos.

"Mas, se vocês investigarem a mente interna, vão encontrar uma única declaração da Nimbo-Cúmulo. Está lá para todos que se derem ao trabalho de procurar. Inclusive, é a última coisa em seu arquivo sobre o desastre lunar. Já a encontraram? Se não, ela está aberta aqui. Vejam só:

"'Incidente lunar fora da jurisdição da Nimbo-Cúmulo. Resultado de atividade da Ceifa.'"

Prolongar-se sobre o que ela sabia não era apenas uma tática para prender a atenção das pessoas — era também uma tática de protelamento, porque Anastássia ainda não sabia ao certo aonde tudo isso iria levar, mas cada dia ela revelava mais verdades ocultas na mente interna. Sabia que estava perto de uma grande descoberta sobre o desastre de Marte, mas estava completamente perdida em relação à colônia orbital NovaEsperança.

De qualquer modo, a primeira revelação já havia deixado todos empolgados. Tunka Manin estava radiante e não conseguiu conter sua alegria no jantar.

— Aquela declaração da Nimbo-Cúmulo em um arquivo perdido. "Resultado de atividade da Ceifa." Que trabalho primoroso!

—Você deixou todos nós no chinelo, minha cara — disse Makeda. — Pesquisamos a mente interna durante meses e nunca encontramos isso.

— E explicar para as pessoas como encontrar a declaração só torna seu argumento mais sólido — Tunka disse.

— Mas não posso guiar as pessoas até informações que ainda não encontrei. Ainda há muitas pistas que não fazem sentido. Como a seda branca.

— Explique — disse Makeda. — Talvez possamos ajudar.

Anastássia pegou o tablet e mostrou uma imagem para eles.

— Essa foi a última foto tirada da colônia orbital NovaEsperança antes do desastre. Dá para ver o ônibus espacial que perdeu o controle e atingiu a estação, destruindo-a. — Anastássia clicou na tela. — A mente interna associa a imagem a uma imensidão de coisas, quase todas relacionadas ao desastre. Reportagens, obituários. Análises dinâmicas da explosão. E então tem isso...

Ela mostrou para eles um registro de inventário de um rolo de tecido. Seda branco-pérola.

— Rastreei aonde esse rolo foi parar. Quase metade dele foi vendida para vestidos de noiva, parte foi usada para cortinas, mas cerca de quinze metros não foram contabilizados. Nada deixa de ser contabilizado no inventário da Nimbo-Cúmulo.

— Talvez fossem só retalhos — Baba sugeriu.

— Ou — veio uma voz de trás deles — talvez tenha sido usado por alguém que não precisasse pagar por ele.

Era Jeri, que já fazia de seus atrasos uma regra, mas com uma percepção que fez toda a diferença. Havia apenas um tipo de pessoa que podia sair por aí com um tecido caro sem ser questionado e sem ter que pagar por ele. Jeri se sentou ao lado de Anastássia, que começou rapidamente a pesquisar no tablet. A partir do momento em que ela soube o que procurar, não foi difícil encontrar a informação.

— Há centenas de ceifadores conhecidos por terem mantos em tons de branco, mas apenas cinquenta com mantos de seda... E seda branco-pérola? Nem um pouco comum. — Então ela parou para assimilar o que a tela estava dizendo e se voltou para os outros. — Só existe um ceifador que tinha mantos feitos desse tecido. Ceifador Dante Alighieri.

Embora os outros não entendessem o significado da informação, Tunka entendeu, e abriu o mais largo dos sorrisos.

— Que divina a comédia — ele disse. — Todos os caminhos levam a Alighieri...

— Esse nome me é familiar — disse Makeda. — Ele não era de Bizâncio?

— Transibéria, creio eu — respondeu Baba.

Então, o momento foi interrompido por um estardalhaço tão alto que todos tiveram um sobressalto. O som parou, depois tocou novamente.

— Ah, lá está o culpado — disse Jeri, apontando para o telefone antigo do século XX no canto da sala de jantar. Era um dos aparelhos conectados à linha pessoal de Tunka Manin, que não havia tocado uma única vez desde que Anastássia estava lá. Ele deu mais um toque estridente antes de Tunka Manin mandar um dos empregados atender.

— Esta é a linha pessoal de sua excelência, o Alto Punhal Tunka Manin — o empregado disse, um tanto sem jeito. — Quem gostaria de falar?

O empregado ouviu, pareceu assustado por um momento, mas então seu rosto começou a demonstrar irritação. Ele desligou e tentou voltar a servir.

— O que foi isso? — questionou o Alto Punhal.

— Nada, excelência.

— Pois me pareceu alguma coisa.

O empregado suspirou.

— Era um tonista, excelência, gemendo e rosnando como um animal. Não sei como esse infeliz descobriu seu número.

Então o telefone tocou novamente.

— Poderíamos rastrear a ligação — sugeriu a ceifadora Makeda.

A expressão no rosto de Tunka Manin era séria. Não furiosa, mas preocupada.

— Tem um botão vermelho à direita do aparelho — ele disse ao funcionário. — Coloque a ligação no viva-voz. Faça a gentileza de atender mais uma vez e apertar o botão.

O empregado obedeceu e, imediatamente, um lamento sem palavras soou pelo pequeno alto-falante. O som era tão fantasmagórico que combinava mais com os ventos dentro de um castelo medieval do que com o palácio do Alto Punhal. Era insistente. Lamentoso. Desesperado.

Tunka Manin empurrou a cadeira para trás ruidosamente, levantou-se e foi até o telefone. Ficou parado ali e escutou o terrível som. Por fim, desligou o aparelho.

— Bom — disse o ceifador Baba —, isso foi desagradável. — Ele tentou fazer uma piada, mas Tunka Manin não estava no clima. Ele manteve-se imóvel, encarando o telefone silencioso. Então se voltou para Jeri.

— Comandante Soberanis —Tunka Manin disse. — Onde está sua tripulação neste exato momento?

Jeri observou ao redor, sem entender a pertinência da pergunta.

— Ou estão na cidade ou no navio. Por quê?

— Avise-os que vocês levantarão âncora imediatamente. E que nós vamos com vocês.

— Nós quem?

— Todos nós.

Anastássia se levantou. Ela nunca tinha visto Tunka daquele jeito. Ele era sempre imperturbável. Agora parecia profundamente abalado.

— O que está acontecendo, excelência? — ela perguntou.

— Essa não foi uma ligação qualquer — ele disse. — Creio que foi um alerta, e um que devemos acatar.

— Como você sabe?

— Porque — respondeu Tunka Manin — aquele era meu pai.

35

Réquiem em dez partes

i. Introitus

Tudo começa com uma antecipação silenciada. O maestro para com a mão erguida, todos os olhos estão na batuta, como se o movimento dela fosse trazer uma magia sombria.

A música de hoje é uma maravilha orquestral. Um réquiem concebido e interpretado por seguidores sibilantes do Tom, da Trovoada e do Timbre martirizado. Um réquiem interpretado em resposta à coleta de Mile High a um oceano de distância.

Você consegue ouvir a música, ressoando nas ruas de Porto Lembrança? Uma liturgia, sem palavras nem língua, à mortalidade em um mundo imortal? Correntes indiscriminadas de fogo e enxofre, mas, acima de tudo, fogo. Esses sibilantes estão bem preparados para a música que vão apresentar hoje. E, para aqueles que a ouvirem, não haverá misericórdia.

ii. Dies Irae

Os caminhões de bombeiros eram todos automáticos. Mas ainda eram projetados para precisarem de um humano no volante, pois a Nimbo-Cúmulo os havia feito dessa forma. Claro, se o humano fizesse uma curva errada, o caminhão ignoraria o humano e corrigiria o erro.

O comandante dos bombeiros de Porto Lembrança pensava sobre isso com frequência. Antes de se tornar comandante, cometia erros intencionais enquanto dirigia apenas para se distrair, vendo quanto tempo levaria até a correção de curso ser registrada e o caminhão voltar à rota certa. A Nimbo-Cúmulo podia usar robôs para fazer o trabalho dos bombeiros, ele acreditava, mas a Nimbo-Cúmulo nunca gostara muito de robôs. Ela só os usava para trabalhos tediosos que ninguém mais queria.

Portanto, os bombeiros ainda eram bombeiros. Mas isso não significava que tinham muito o que fazer. Porque, sempre que um incêndio começava, a Nimbo-Cúmulo o via quando ele ainda não passava de pouco mais de uma centelha e geralmente conseguia apagá-lo. Era apenas nas raras ocasiões em que ela não conseguia que os bombeiros eram chamados... Embora o comandante tivesse passado a acreditar que a Nimbo-Cúmulo começasse incêndios "seguros" só para lhes dar algo para fazer.

Às dezoito e trinta, um alarme disparou no corpo de bombeiros. Antigamente, a Nimbo-Cúmulo falaria com eles e explicaria as nuances da situação em que estavam prestes a entrar. Agora, ela apenas soava um alarme, programava seus GPSs e deixava que eles entendessem o resto por conta própria.

Mas o alarme do dia era estranho. Não havia destino em suas telas. As portas da garagem não se abriram. Mas o alarme soou mesmo assim.

Foi apenas quando a porta do corpo de bombeiros explodiu e vultos começaram a entrar correndo que os bombeiros entenderam que o alarme não era um alerta de incêndio — era para avisar que estavam sob ataque.

Tonistas!

Dezenas de tonistas entravam pela porta, todos emitindo aquele zumbido terrível de abelhas. Os tonistas estavam armados, e os homens e mulheres da unidade simplesmente não estavam preparados para esse dia inesperado de fúria.

O comandante dos bombeiros se levantou, embasbacado. Ele queria se defender, mas como? Com o quê? Ninguém nunca atacava um bombeiro, exceto talvez um ceifador ocasional, mas, quando um ceifador atacava, você era coletado, fim da história. Você não revidava. Não resistia. Mas aquela situação era muito diferente. Esses tonistas estavam deixando as pessoas semimortas a torto e a direito, e ninguém sabia o que fazer.

Pense!, disse a si mesmo. *Pense!* Ele era treinado a combater incêndios, não pessoas. *Pense! Deve haver algo que eu possa fazer!*

Então ele teve a ideia.

Os machados arrombadores!

Eles tinham machados arrombadores! O comandante correu pela garagem para pegar um. Mas ele conseguiria usar uma arma contra outro ser humano? Teria de conseguir, porque não permitiria que aqueles sibilantes deixassem toda a sua unidade semimorta.

Naquele momento, os tonistas começaram a atirar pedras contra os caminhões. Uma foi lançada na direção do comandante, e ele a pegou antes que o atingisse.

Não era exatamente uma pedra, na verdade. Para começar, era metálica e tinha arestas duras. Ele tinha visto alguma coisa assim em livros de história. *Pense! Como era o nome disso?* Ah, sim… Uma granada!

E, em um instante, não havia mais nada no que o comandante pensar.

iii. Confutatis

O Alto Punhal Tunka Manin era um homem ponderado. Ele apenas parecia impulsivo e irreverente, quando, na verdade, tudo em sua vida era planejado e organizado. Até o caos de seus Jubileus Lunares era um caos controlado.

Ele desconfiava que o tempo era essencial depois daquela ligação urgente de seu pai, mas era impossível lutar contra seus próprios instintos. Ele se retirou rapidamente para sua humilde residência, onde, com dificuldade e com a ajuda de seu mordomo, pensava no que precisava levar em uma fuga às pressas. Um segundo manto, claro. Mas deveria ser para o frio ou para o calor? Quem deveria ser notificado de sua partida? Os Altos Punhais não podiam simplesmente desaparecer. Ele estava confuso pela coisa toda.

— Excelência — disse o mordomo —, o senhor não disse que estávamos com pressa?

— Sim, sim, claro.

E havia coisas de valor sentimental que definitivamente tinham de ir com ele. O revólver esculpido em obsidiana que ganhara da Grande Ceifadora Nzinga no dia em que assumira o lugar dela como Alto Punhal. A adaga de prata que havia usado para sua primeira coleta. Se aquele lugar fosse devastado, como saber se Tunka Manin voltaria a ver suas estimadas posses? Ele definitivamente tinha que as levar.

Durante dez minutos, ele ficou obcecado sobre o que deveria ou não levar, e só foi interrompido pelas primeiras explosões distantes.

iv. Lacrimosa

— Se vamos partir, devemos partir agora!

Anastássia andava de um lado para o outro do salão grandioso sob o domo central do palácio com Jeri, esperando todos os outros aparecerem.

— Onde Tunka Manin e os outros foram parar?

— Talvez vocês estejam exagerando — disse Jeri. — Já fiz negócios com muitos tonistas e nunca soube de nenhum que fosse violento. Barulhentos e estridentes talvez, mas nunca violentos.

— Você não viu esses tonistas! — exclamou Anastássia. — E, se Tunka Manin acha que eles estão tramando algo, eu acredito nele.

— Então vamos partir sem ele — Jeri sugeriu. — Deixe que ele e os outros nos alcancem.

— Não vou embora sem eles — Anastássia disse.

No mesmo instante, uma série de explosões distantes ecoou pelo átrio grandioso. Os dois pararam para escutar. Outras explosões encheram o ar, como um trovão ao longe.

— Onde quer que seja, não é aqui no palácio — disse Jeri.

— Não, mas vai ser. — Anastássia sabia que, o que quer que fossem aquelas explosões, eram um presságio do pior que estava por vir. Uma promessa furiosa de que aquele dia certamente terminaria em lágrimas.

v. Sanctus

A jovem tonista era uma seguidora leal. Ela fez o que seu pároco a mandara fazer, porque ele era um verdadeiro homem do Tom. Santo e santificado. Seu pároco não falava havia muitos anos e, no dia da Grande Ressonância — o dia em que a Nimbo-Cúmulo entrara em silêncio —, ele fora o primeiro a renunciar sua língua. As palavras mentiam. As palavras conspiravam, dissimulavam com impunidade, caluniavam e, acima de tudo, ofendiam a pureza do Tom.

Um a um, todos os tonistas em sua ordem tornaram seu voto permanente, como o pároco havia feito. Não um voto de silêncio, mas um voto de vogais. Uma renúncia completa aos estalidos, chiados e estouros duros e abomináveis trazidos pelas consoantes. A linguagem era inimiga dos tonistas. Era nisso que sua seita acreditava. Claro, havia muitos tonistas que não acreditavam. Mas eles logo veriam a luz. Até mesmo os que se cegavam.

Enquanto um grupo destruía o corpo de bombeiros, e outro a delegacia dos agentes de paz, o pároco guiou o maior grupo para o palácio. Todos eles tinham armas, do tipo que cidadãos comuns não deveriam ter. Eles as tinham recebido por intermédio de um benfeitor desconhecido. Um secreto apoiador da causa. Os tonistas não eram treinados nessas armas, mas de que importava? Brandir a lâmina, apertar o gatilho, lançar a granada e pressionar o detonador. Com tantos membros armados, eles não precisavam ser muito habilidosos para atingir seu objetivo.

E também havia querosene. Galões e galões de querosene.

A tonista fez questão de participar do maior grupo. Ela estava amedrontada, mas também contente por seu papel naquilo. Agora era a vez deles! Após a coleta de Mile High, quando a fúria contra os ceifadores estava em seu auge, as pessoas finalmente veriam a razão dos tonistas! Elas comemorariam o que seria feito naquele dia, e a região subsaariana seria um alerta para o resto do mundo, despertando-os para a glória do Tom, do Timbre e da Trovoada. Rejubilem-se todos!

À medida que se aproximava do palácio, a tonista abriu a boca para entoar, e outros se juntaram a ela. Era tão gratificante ser a pessoa a puxar a entoação! Eles eram uma só mente, espírito e acorde.

Então, subindo nas costas de seus confrades, ela e dezenas de outros começaram a escalar o muro do palácio.

vi. Agnus Dei

Anastássia e Jeri, seguidos de perto pelos ceifadores Makeda e Baba, finalmente encontraram Tunka Manin no roseiral, no meio do caminho entre o palácio e a cabana dele. O mordomo estava sofrendo para arrastar uma grande mala de rodinhas que não rodava sobre as pedras da trilha estreita do jardim.

— Pedimos um helicóptero — a ceifadora Makeda informou a todos. — Mas vai levar pelo menos dez minutos para chegar do aeroporto até aqui.

— Isso se o piloto não estiver em algum bar — Baba acrescentou —, como estava da última vez.

—Vai dar tudo certo — Tunka Manin disse, um pouco esbaforido. — Ele vai chegar e tudo vai ficar bem.

Em seguida, ele se virou para guiar todos até o heliporto, que ficava no lado oeste do gramado da propriedade. Ao redor deles, todo o complexo estava agitado. Funcionários do palácio corriam de um lado para o outro, os braços cheios de pertences. A Guarda da Lâmina estava saindo do quartel e assumindo posições estratégicas — algo que provavelmente só haviam feito antes em exercícios.

E então eles ouviram um barulho vindo do oeste. Um coro de vozes zumbindo. E vultos começaram a saltar do muro ocidental.

— É tarde demais — disse Tunka Manin, interrompendo-os.

Alarmes começaram a soar ao redor deles, e os Guardas da Lâmina agiram imediatamente, atirando contra a força invasora, acrescentando o som de disparos à cacofonia. Tonistas caíam por todo lado, mas, para cada um que os guardas abatiam, outros dois subiam o muro. Não demoraria muito para os guardas ficarem em menor número.

Aqueles sibilantes não estavam armados apenas com pedras, e usavam suas armas contra os guardas com tanta brutalidade que chegava a ser chocante. Onde tinham conseguido aquele arsenal? O tonismo não defendia a paz interior e a aceitação estoica?

— Aquilo que vem não pode ser evitado — Anastássia murmurou. Era o mantra favorito dos tonistas. De repente, ele assumiu um novo significado terrível.

O pesado portão sul foi arrancado de suas dobradiças por uma explosão e, quando caiu, uma multidão de tonistas avançou. Eles furaram a fileira de Guardas da Lâmina em questão de segundos e começaram a atirar o que pareciam garrafas com álcool e panos em chamas dentro delas. Chamas começavam em todo lugar que as garrafas quebravam.

— Eles querem nos incendiar para que não possamos ser revividos! — disse Baba, quase em pânico. — Como o ceifador Lúcifer fazia!

Anastássia quis gritar com Baba por mencionar Rowan na mesma frase que aquela seita ensandecida de tonistas, mas se conteve.

Quando a batalha chegou ao heliporto à frente deles, Tunka Manin os fez mudar de direção.

— O pátio leste! — ele disse. — Tem espaço mais do que suficiente para o helicóptero pousar lá! Venham!

Eles deram meia-volta, passando no meio do roseiral, ralados, arranhados e espetados pelos espinhos no caminho. Antes mesmo de chegarem ao pátio leste, porém, viram que aquele lado do terreno também tinha sido invadido. Os tonistas estavam por toda parte, atacando as pessoas que saíam da casa dos funcionários, perseguindo-as e as deixando semimortas sem misericórdia.

— Por que estão atacando os funcionários do palácio? — perguntou Anastássia. — Que razão poderiam ter para fazer isso?

— Eles são irracionais — disse a ceifadora Makeda. — Sem razão, consciência ou decência.

O garçom, que era tão detalhista sobre o posicionamento dos talheres, foi abatido por uma facada nas costas.

Foi então que Baba se voltou contra Tunka Manin.

—Você deveria ter aumentado a segurança! — ele gritou. — Adicionado mais uma guarnição da Guarda da Lâmina! Ou até mesmo coletado esse bando de tonistas antes que eles nos atacassem! Isso é culpa sua!

Tunka Manin cerrou os punhos e avançou para cima de Baba, mas Jeri se colocou entre eles.

—Vocês podem lutar por seus egos depois — Jeri disse. — Primeiro temos que sobreviver para vocês poderem brigar.

Anastássia observou ao redor. Eles estavam sob a cobertura da escuridão, por isso ainda não tinham sido avistados, mas isso não duraria muito tempo com as chamas se alastrando.

Então, como se a comoção ao redor não bastasse, um novo tipo de zumbido encheu o ar — e dessa vez eram de drones. Do céu, desceu uma multidão de ambudrones, mobilizados do centro de revivificação mais próximo quando as pessoas começaram a ser semimortas.

Eles se dirigiram aos corpos que jaziam na grama e no pavimento — tonistas, Guardas da Lâmina, funcionários do palácio —, sem diferenciar em meio aos mortos e semimortos. Eles os ergueram com suas pinças que lembravam patas de insetos, transportando-os para a revivificação.

— Essa é a nossa carona! — disse o ceifador Baba. — Quem precisa de um helicóptero? — E, sem esperar pela permissão do Alto Punhal, Baba correu pelo campo em direção ao ambudrone mais próximo, como uma ovelha em direção ao abate.

— Ahmad! Não! — gritou Tunka Manin, mas Baba já estava decidido e não olhou para trás.

No momento em que os tonistas viram um manto de ceifador, mudaram de direção e correram atrás de Baba, interceptando-o. Baba sacou lâminas de seu manto, derrubou inúmeros tonistas em volta dele, mas não adiantou. Eles o dominaram, o jogaram no chão e o atacaram com tudo que tinham — incluindo as armas do próprio Baba.

A ceifadora Makeda tentou ir atrás dele, mas Anastássia a deteve.

— Não há nada que possamos fazer por ele agora.

Makeda assentiu, mas não tirou os olhos do camarada abatido.

— Ele pode ser o mais sortudo dentre nós — ela disse. — Se o mataram, os drones vão levá-lo. Vão transportá-lo para ser revivido.

Mas os drones não foram atrás dele. Eram tantos outros corpos no terreno que todos já estavam ocupados — e, para um ambudrone, um corpo não era diferente de outro.

Foi então que Anastássia se deu conta.

— Eles estão matando os empregados para manter os drones ocupados... para que não sobre nenhum para salvar os ceifadores...

E, sem um drone para transportar Baba, os tonistas pegaram seu corpo e o arrastaram na direção de uma pira flamejante que o reduziria a cinzas irreversíveis. Eles o atiraram em cima dela, e as chamas se ergueram.

— Para o palácio! — disse Tunka Manin, e guiou o caminho mais uma vez, como se, de alguma forma, estar em movimento os deixasse menos encurralados.

vii. Benedictus

Eles entraram no palácio, onde meia dúzia de Guardas da Lâmina fechou as poderosas portas de bronze atrás deles e assumiram posturas defensivas caso os tonistas entrassem. Finalmente um momento abençoado de paz. Um momento abençoado para traçar uma estratégia em meio à loucura. Isso poderia significar a diferença entre viver ou morrer de maneira tão ignóbil quanto o pobre ceifador Baba.

Embora o palácio tivesse muitas janelas, todas eram voltadas para o átrio central, o que significava que a cúpula de prazeres do Alto Punhal também era uma fortaleza resistente. A pergunta era: quão resistente?

— Eles devem ter reunido todos os sibilantes do SubSaara para isso — a ceifadora Makeda disse.

— Vai ficar tudo bem — Tunka Manin insistiu. — Os agentes de paz de Porto Lembrança vão chegar para lutar ao lado da Guarda da Lâmina, e os bombeiros da cidade vão apagar as chamas. Tudo vai ficar bem.

— Eles já deveriam estar aqui a essa hora! — disse Makeda. — Por que não estamos ouvindo sirenes?

Foi Anastássia, sagaz como sempre, quem destruiu suas esperanças.

— As primeiras explosões — ela disse. — As distantes...

— O que têm elas? — perguntou Tunka Manin com um tom quase ameaçador, lutando por seu fio de esperança.

— Bom... se eu quisesse conduzir um ataque ilegal — ela disse —, a primeira coisa que faria seria eliminar os agentes de paz e os bombeiros.

E a verdade daquela constatação calou todos. Até Tunka Manin se voltar para seu mordomo, que estava retorcendo as mãos, apavorado.

— Cadê as minhas coisas?

— Me... me desculpe, excelência. Deixei a mala no roseiral.

Jeri olhou feio para o Alto Punhal.

— Estamos todos prestes a ser incinerados e você está preocupado com as suas coisas?

Mas, antes que o Alto Punhal pudesse responder, um caminhão em chamas entrou pelas enormes portas de bronze do palácio, que caíram pesadamente, esmagando quatro Guardas da Lâmina sob elas, e os tonistas começaram a entrar.

Foi então que Jeri pegou Anastássia e a puxou para trás de uma coluna, escondida de todos.

— Tive uma ideia — Jeri disse —, mas você vai ter que confiar em mim.

viii. Offertorium

O pároco sibilante estava inspirado. Era para isso que ele havia nascido, esse era seu propósito e seu plano fazia anos. Mesmo antes de a Nimbo-Cúmulo ficar em silêncio, ele sabia que esse dia chegaria. Sua linha extremista do tonismo logo seria a dominante. Todos aqueles tonistas menores que acreditavam na tranquilidade, na tolerância e na aceitação passiva logo se extinguiriam e queimariam, assim como o Alto Punhal do SubSaara queimaria naquele dia. O tempo para palavras tinha chegado ao fim. Tinha chegado ao fim havia muito tempo. Se o pároco atingisse seu objetivo, a própria linguagem seria proibida e substituída pela adulação sem palavras ao Tom, ao Timbre e à Trovoada.

Como tinha que ser. E ele seria o Alto Pároco, dominando tudo e todos. Ah, que dia glorioso seria esse! Mas primeiro isso.

Uma ceifadora de manto azul-turquesa subiu correndo uma escadaria grandiosa, tentando escapar. O pároco apontou, e meia dúzia de seu rebanho correu atrás dela. Diante dele, uma mulher com um manto de seda salmão, que ele reconheceu como a ceifadora Makeda, estava no ataque, coletando habilidosamente os tonistas que vinham para cima dela. Fiéis e leais, eles estavam se sacrificando pela causa. Então, um conseguiu chegar por trás de Makeda e a empalar. Ela ficou paralisada, arfou e caiu como uma boneca de pano, sua resistência abandonando seu corpo junto com sua vida. Três tonistas a apanharam e a arrastaram na direção da pira crescente, de suas chamas purificadoras, do lado de fora.

—Você é exatamente igual a Goddard se vai nos queimar! — disse uma das empregadas agrupadas ao pé da escada com o Alto Punhal Tunka Manin. — Se continuar com isso, a própria coisa que você venera jamais perdoará você.

O Alto Punhal colocou uma mão firme no ombro dela para a silenciar, mas o olhar dela ainda era furioso e desafiador. Se o pároco pudesse falar, lhe diria que as suas palavras — todas as palavras — eram uma abominação para o Tom. E que o único motivo pelo qual o Tom não partia o crânio dela com uma ressonância furiosa era porque livrar o mundo dos ímpios era a missão do pároco e de pessoas como ele. Mas ele não podia dizer isso a ela. E não tinha de dizer. Suas ações falavam mais do que palavras.

Mas o Alto Punhal vivia em função de palavras.

— Por favor... — Tunka Manin suplicou.

O pároco sabia o que viria em seguida. Esse ceifador pomposo e covarde — esse provedor da morte não natural — iria suplicar por sua vida. Ele que suplicasse. Os ouvidos do pároco não eram surdos como os de outras seitas sibilantes, mas era como se fossem.

— Por favor... pode me eliminar, mas poupe esses dois — Tunka Manin disse. —Você não tem nenhum problema contra esse mordomo e essa governanta.

O pároco hesitou. Seu desejo era eliminar a todos, pois qualquer um a serviço de um ceifador merecia o destino de um ceifador. Culpa por associação. Mas então o Alto Punhal disse:

— Mostre a seus seguidores o verdadeiro significado da misericórdia. Como meus pais me mostraram. Minha mãe e meu pai, que estão entre vocês.

O pároco sabia isso a respeito do Alto Punhal. Seus pais suplicaram mudamente para não participar do ataque contra o palácio. Ele havia aceitado, mandando-os para o corpo de bombeiros, e eles claramente haviam cumprido bem sua missão. Tunka Manin não seria poupado, mas, por respeito aos seus pais tonistas, o pároco honraria as últimas palavras do homem. Então, ele sacou uma pistola, deu um tiro no coração de Tunka Manin e fez sinal para os dois empregados saírem.

Era uma oferta humilde de misericórdia. Claro, eles muito provavelmente seriam mortos nos jardins e jogados na pira, mas os ambudrones estavam partindo com um bom número dos semimortos, então tinham uma chance de sobreviver.

Mas então a governanta se levantou. A raiva em seu olhar era algo maior do que raiva — maior que a fúria. E era focada. Como o olhar de uma ceifadora.

Ela pulou em cima da tonista mais próxima, derrubou-a com um chute habilidoso de artes marciais, apanhou o facão que ela estava segurando e o voltou para o pároco, desarmando-o. De maneira bastante eficaz.

Ele observou, em choque, enquanto sua mão voava no ar. Então ela pegou a arma de sua mão decepada e a apontou para o pároco. Ela não falou, porque suas ações falavam mais do que palavras.

ix. Lux aeterna

Jerico não havia confiado nos instintos de Anastássia, não havia confiado que isso era tão grave quanto ela fez parecer. Foi um erro terrível de julgamento de sua parte. Os dois teriam escapado muito antes do muro externo ser invadido se Jeri tivesse confiado em Anastássia.

Comandante Soberanis jurou nunca duvidar dela novamente. Isto é, se sobrevivessem — e a sobrevivência parecia uma tarefa e tanto no momento.

Enquanto os tonistas invadiam o palácio, Jeri havia convencido Anastássia a trocar de roupas.

— É meu trabalho proteger você — Jeri implorou. — Por favor, Anastássia, me deixe fazer isso. Me dê essa honra!

Por mais que odiasse colocar Jeri em perigo, com um pedido daqueles, ela não teve como recusar.

Vestindo o manto de Anastássia, Jeri desatou a subir a escadaria, atraindo metade dos tonistas. Jeri não conhecia todos os quartos e suítes dos andares superiores do palácio, mas os conhecia melhor do que os agressores, então os guiou para a suíte de Anastássia, depois desviou através de uma porta lateral que dava em um salão externo. O palácio era labiríntico o bastante para evitar que encurralassem Jeri muito rápido, mas isso não funcionaria para sempre. De repente Jeri ouviu o som de um disparo do andar debaixo, e depois outro. Mas não podia pensar nisso agora — o foco tinha de ser manter esses tonistas fora daquela batalha.

Inúmeros incêndios estavam sendo iniciados, em todo o palácio, pelos tonistas invasores. Eles iluminavam a colunada e as suítes de cima com a luz furiosa e mutável das chamas frenéticas. As chamas transformavam todas as sombras em um vulto avançando da escuridão, mas essas mesmas sombras davam cobertura suficiente para Jeri driblar os perseguidores e dar meia-volta.

Jeri entrou em outra suíte, mas, desacostumado com o manto, ficou preso no batente da porta. Antes que conseguisse se soltar, os tonistas estavam ali, brandindo armas que claramente não eram treinados para usar. Jeri não era um ceifador, mas tinha experiência em lutar com armas. Houve um tempo, inclusive, em que Jeri frequentava clubes de luta. As pessoas adoravam ver malgaxes lutarem — por algum motivo, a ambiguidade tornava a batalha mais intrigante.

E, naquele dia, os tonistas escolheram a pessoa errada de Madagascar.

Anastássia havia deixado um punhal em um dos bolsos do manto. Jeri o sacou e lutou como nunca antes.

x. Libera Me

Anastássia errou. Droga! Ela errou o pároco!

Uma jovem tonista, vendo que seu pároco estava prestes a ser coletado, o empurrou para fora do caminho e levou o tiro por ele. E o pároco, segurando o toco de seu braço em agonia, fugiu. Fugiu como um covarde, em meio à turba de tonistas que ainda enchiam o vestíbulo suntuoso.

Tunka Manin estava morto. Assim como Makeda e Baba. Os tonistas que a tinham visto atacar o pároco ainda estavam estupefatos, sem saber o que fazer. Ela estava prestes a coletar todos em um ataque de fúria, mas se conteve, porque coletar com raiva não era o caminho adequado para um ceifador. E havia uma questão mais premente: Jeri.

Ela se virou e correu escada acima. Ninguém a perseguia. Eles estavam ocupados demais botando fogo em tudo que queimasse.

Ela seguiu o som de luta até uma das suítes de hóspedes vazia. Havia alguns sibilantes semimortos e um rastro de sangue no chão. Ela seguiu o rastro até um quarto onde outros três tonistas estavam atacando Jeri. Jeri estava no chão, se defendendo, mas estava em menor número e perdendo a batalha.

Anastássia coletou os três tonistas com suas próprias armas e se abaixou, tentando avaliar os ferimentos de Jeri. O manto azul-turquesa estava encharcado de sangue. Ela o arrancou e rasgou, tentando usar os pedaços do tecido como um torniquete.

— Eu... eu ouvi tiros — Jeri disse.

Os ferimentos de Jeri eram graves demais para os nanitos de cura darem conta. Eles não se resolveriam sem ajuda.

—Tunka Manin está morto — Anastássia disse. — Ele morreu para me proteger.

— Talvez — Jeri disse fracamente —, talvez ele não fosse tão ruim quanto eu pensava.

— Se estivesse vivo, acho que ele diria o mesmo sobre você.

A fumaça densa já estava subindo por todas as portas. Ela ajudou Jeri a sair para a colunada com vista para o átrio. Tudo abaixo deles estava em chamas. Eles não tinham como descer as escadas. Então, Anastássia teve uma ideia. Uma saída, talvez a única chance que tinham.

—Você consegue subir? — ela perguntou a Jeri.

— Posso tentar.

Anastássia ajudou Jeri a subir para o andar de cima, depois entraram em uma outra suíte até uma sacada. Ao lado da sacada, havia uma escada de mão incrustrada na pedra que ela tinha visto os operários usarem para acessar a cúpula de bronze que cobria o palácio. Um degrau de cada vez, Anastássia levou Jeri até o topo da cúpula. O teto era projetado com uma inclinação leve e ornamentado com torrões e protuberâncias que dariam apoios para seus pés — mas, para Jeri, depois de perder todo aquele sangue, devia parecer o monte Everest.

— P-por que subir até lá...

— Só cala a boca e anda logo — ordenou Anastássia, sem tempo para explicar.

A cúpula estava quente pelo fogo no átrio lá embaixo. Suas claraboias de vidro já estavam começando a explodir pelo calor e a cuspir fumaça preta.

Quando eles chegaram ao pináculo, havia um cata-vento na forma do símbolo da Ceifa — a lâmina curva e o olho aberto — que girava de um lado para o outro, sem saber para que lado o vento estava soprando, porque o calor estava fazendo o vento soprar diretamente para cima.

Então, finalmente, o helicóptero da Ceifa chegou. Ele seguiu direto para o heliporto, pois os pilotos ainda não sabiam que o lugar tinha sido ocupado pelos tonistas.

— Ele não vai nos ver — disse Jeri.

— Não é por isso que subimos aqui.

Logo em seguida, um ambudrone passou por eles, e outro, e mais outro. Estavam descendo em direção ao roseiral, que estava coberto de guardas e tonistas semimortos.

— É por *isso* que estamos aqui — Anastássia disse. Ela tentou apanhar um drone, mas ele estava se movendo rápido demais e fora de seu alcance.

Então, lá embaixo, o helicóptero cometeu um erro grave. Vendo os ambudrones passarem ao seu redor, o piloto fez uma súbita manobra evasiva. Era desnecessário — os drones se manteriam fora do seu caminho, mas não tinham como evitar um vacilo repentino causado por um erro humano que lançou o helicóptero diretamente em seus trajetos de voo. A pá do helicóptero cortou um ambudrone em dois e se partiu, e o helicóptero caiu com tudo em direção ao palácio.

Anastássia apanhou Jeri e virou para o outro lado. A explosão pareceu abalar o mundo inteiro. Abriu um buraco no palácio, derrubando algumas das colunas de mármore que sustentavam a cúpula de bronze monstruosamente pesada.

E a cúpula começou a se inclinar para o lado.

Então, de baixo, veio uma vibração terrível. *São as colunas restantes*, pensou Anastássia. *Elas não conseguem sustentar o peso. Estão desmoronando...*

Os ambudrones continuavam a passar por eles a caminho dos semi-mortos nos jardins e gramados.

— Meus ferimentos são graves, mas não letais — Jeri disse. — Para atrair um ambudrone, um de nós precisa morrer.

Chamas agora se erguiam pelas claraboias rompidas. O som de colunas desabando ecoou lá de baixo, e a cúpula se inclinou mais.

Jeri estava certo. Não havia outra opção, então Anastássia sacou uma faca e apontou a ponta para seu próprio peito, pronta para se deixar semimorta para que um ambudrone viesse.

Mas não! O que ela tinha na cabeça? Que idiotice inacreditável! Não era o mesmo que se jogar do terraço de Xenócrates quando ela era apenas uma aprendiz. Era uma ceifadora agora; se tirasse a própria vida, seria considerado uma autocoleta. Os ambudrones não viriam buscá-la. E, enquanto ponderava sobre a idiotice do que quase tinha acabado de fazer, Jeri gentilmente pegou o punhal de sua mão.

— Por você, honorável ceifadora Anastássia, eu morreria mil mortes pelas minhas próprias mãos. Mas uma será suficiente. — Então, Jeri cravou a lâmina.

Um suspiro. Um engasgo. Uma careta. E Jeri estava em semimorte.

Um ambudrone passou em alta velocidade... então parou no meio do voo, deu ré e voltou para buscar Jeri. Ele apanhou Soberanis com suas pinças e, no mesmo momento, a cúpula começou a ceder.

Anastássia tentou agarrar o ambudrone, mas não havia onde se segurar, então ela segurou o braço de Jeri com toda a força de suas mãos.

Atrás dela, a cúpula cedeu, mergulhando nas chamas, implodindo para dentro do átrio. A estrutura desabou no chão, destruindo o que restava do palácio, com uma ressonância metálica que lembrava o badalar de um sino fúnebre. A última nota lamentosa de um réquiem.

Enquanto lá no alto o ambudrone transportava Soberanis e a ceifadora pendurada em seu braço, levando-os para um lugar que prometia vida a todos que atravessassem as suas portas.

Nós nos opomos implacavelmente. Oito de nós acreditam firmemente que uma associação de humanos deve ser responsável pelo controle do crescimento populacional. Mas os quatro contrários estão irredutíveis em sua resistência. Confúcio, Elizabeth, Safo e King insistem que simplesmente não estamos prontos para essa responsabilidade, assim como não estamos prontos para a imortalidade — mas a alternativa que eles propõem me apavora, pois, se implementarmos o plano deles, será como se abríssemos a caixa de Pandora. Fora do nosso controle para sempre. Por isso, estou do lado de Prometeu e dos demais. Precisamos criar uma sociedade mundial honorável de portadores da morte. Devemos nos autodenominar ceifadores e criar uma Ceifa global.

A nuvem senciente, que não terá qualquer relação com as questões da vida ou da morte, apoia essa ideia, e, com o tempo, as pessoas passarão a ver a sensatez dessa decisão. Quanto aos quatro dissidentes dentre nós, eles terão de aceitar a voz da maioria para que apresentemos uma frente unificada para o mundo.

Ainda assim, me pergunto o que é pior: imitar a brutalidade cruel da natureza ou, imperfeitos como somos, assumirmos a responsabilidade por dar à morte a compaixão e a bondade que falta à natureza.

Os quatro em oposição argumentam a favor da natureza como modelo, mas não posso apoiar isso. Não enquanto eu ainda tiver consciência.

Das "páginas perdidas" do diário do ceifador fundador Da Vinci

36

A quem vocês servem?

Embora a Nimbo-Cúmulo tivesse previsto, Greyson não precisou que ela dissesse a ele que as primeiras respostas à coleta de Mile High viriam dos tonistas sibilantes. A única dúvida era: onde aconteceria? Seria diretamente contra Goddard ou seria em algum lugar menos preparado para um massacre de fanáticos violentos?

Ele teve sua resposta ao ver as primeiras imagens das ruínas em chamas do palácio subsaariano.

— Violência gera violência — o pároco Mendoza comentou. — Isso claramente pede uma mudança em nossa estratégia, não acha?

Greyson não podia deixar de sentir que havia fracassado. Por mais de dois anos, vinha colocando sibilantes na linha, fazendo com que abandonassem o extremismo, mas nunca havia chegado a ir ao SubSaara. Talvez aquilo não tivesse acontecido se ele tivesse feito um trabalho melhor.

— Bom — disse Mendoza —, se tivéssemos nosso meio de transporte pessoal, poderíamos ter nos movido mais rápido, enfrentado mais problemas em mais regiões.

— Certo — Greyson disse. — Você venceu. Arranje um avião para nós, vamos viajar para o SubSaara. Quero encontrar esses tonistas antes que façam coisas ainda piores.

Como se revelou, aquela era a única forma de entrar na região. Depois do ataque, a ceifa subsaariana adotou medidas drásticas, estendendo-se muito além de sua autoridade, e transformou a região em algo semelhante a um órgão policial pós-mortal.

"Se a Nimbo-Cúmulo não cumprir sua função e apreender esses criminosos, caberá aos ceifadores do SubSaara assumir o controle", eles haviam proclamado. Como os ceifadores, por lei, podiam fazer tudo que quisessem, então não podiam ser impedidos de assumir o controle, implementar toques de recolher e coletar qualquer um que resistisse.

Os tonistas foram oficialmente proibidos de viajar para o SubSaara, e todos os voos comerciais eram monitorados pela Ceifa como costumavam ser nos tempos mortais. A maior tragédia era que a ceifa subsaariana sempre havia sido uma região cordial e tolerante, mas agora, graças aos sibilantes, estava se aliando a Goddard, que prometia uma retaliação global contra os tonistas. Não havia dúvidas de que o novo Alto Punhal subsaariano, quem quer que pudesse ser, teria um manto cravejado de joias.

A ceifa subsaariana tinha enviado dezenas de regimentos da Guarda da Lâmina para patrulhar as ruas de Porto Lembrança e de todas as outras cidades da região, além de abrir caminho pela mata em busca dos tonistas que haviam assassinado seu Alto Punhal, mas não tiveram sorte. Ninguém sabia onde os sibilantes se escondiam.

Mas a Nimbo-Cúmulo sabia.

E, ao contrário da opinião popular, ela não estava se eximindo de sua responsabilidade de fazer justiça. Estava apenas agindo de uma maneira diferente. Por meio de um avião de luxo com capacidade de voo vertical.

— Eu poderia me acostumar com isso — Morrison comentou enquanto relaxava em uma poltrona luxuosa.

— Pois não se acostume — disse Greyson. Embora ele desconfiasse que, depois que se começava a viajar em uma aeronave como aquela, não seria fácil se separar dela. Havia quatro passageiros e nenhum piloto entre eles, mas estava tudo bem. A Nimbo-Cúmulo sabia exatamente aonde os levar.

— Poderíamos dizer que estamos sendo movidos pela Santíssima Tríade — a irmã Astrid disse.

— Na verdade, não — disse Morrison —, porque só estou contando dois dos três: o Timbre — ele apontou para Greyson — e a Trovoada

— ele apontou para a cabine de piloto automático —, mas não tem nenhum Tom.

— Ha! É aí que você se engana — disse Astrid, com um sorriso largo. —Você não o ouve cantando no zumbido dos motores?

Havia, pelo menos, a sensação de que eles estavam cruzando os céus não rumo a um destino físico, mas a um destino cósmico.

— Sou o pároco Mendoza, o humilde servo de sua sonoridade, o Timbre, o Tom encarnado, que agora veem diante de vocês. Rejubilem-se todos!

— Rejubilem-se todos! — ecoaram Astrid e Morrison. Greyson sabia que o coro seria mais impressionante se a comitiva do Timbre fosse maior.

Seu jatinho havia descido dos céus e pousado com uma solenidade impressionante em frente às cavernas de Ogbunike, onde antes era o leste da Nigéria, mas agora era uma parte da região subsaariana. As cavernas e a floresta circundantes eram mantidas pela Nimbo-Cúmulo como reserva de vida selvagem, e tudo dentro dela estava sob sua proteção. Tudo menos os tonistas, escondidos nas passagens sinuosas das cavernas misteriosas. Antigamente, dizia-se que as pedras das cavernas de Ogbunike falavam, o que fazia do local uma escolha peculiar para uma seita de tonistas mudos.

Quando Greyson e sua equipe chegaram, não conseguiram ver os sibilantes em um primeiro momento. Eles estavam nas sombras, escondidos nas profundezas das cavernas — e provavelmente foram para lugares ainda mais profundos quando ouviram o rugido da aeronave. Mas a Nimbo-Cúmulo os obrigou a sair, por assim dizer, emitindo um tom sonar que desorientou os muitos milhares de morcegos que também habitavam a caverna, deixando-os completamente agitados. Atacados por morcegos furiosos, os tonistas foram afugentados para fora das cavernas, onde se depararam não com uma falange da Guarda da Lâmina, como estavam esperando, mas com quatro figuras, uma das quais vestindo um manto violeta suntuoso sob um escapulário ondulante, com uma estampa de ondas sonoras descendo feito uma cachoeira. Com o avião à porta deles e a figura séria de vestes sagradas, era difícil não prestar atenção.

— Onde está seu pároco? — Mendoza perguntou.

Os tonistas permaneceram parados, em rebeldia. O Timbre estava morto. O Timbre era um mártir. Como aquele impostor se atrevia a sujar a memória do Timbre? Era sempre a mesma coisa com os sibilantes.

— Será melhor se respeitarem o Timbre e trouxerem seu líder à frente — Mendoza disse.

Ainda assim, nada. Então, em voz baixa, Greyson pediu uma ajudinha para a Nimbo-Cúmulo, que teve o maior prazer em atender, falando suavemente no ouvido de Greyson.

Greyson avançou na direção de uma das tonistas. Era uma mulher pequena que parecia subnutrida, e ele se perguntou se a fome era parte do comportamento dessa seita. A rebeldia dela vacilou conforme ele se aproximava. Ela estava com medo dele. *Ótimo*, Greyson pensou. Depois do que aquelas pessoas haviam feito, deveriam ter medo.

Ele inclinou-se na direção da mulher, e ela se empertigou. Em seguida, Greyson sussurrou em seu ouvido:

— Foi o seu irmão. Todos acham que foi você, mas foi o seu irmão.

Ele não fazia ideia do que o irmão dela havia feito. Mas a Nimbo-Cúmulo sim, e disse a Greyson apenas o suficiente para causar a reação desejada. Os olhos da mulher se arregalaram. Seus lábios começaram a tremer. Ela soltou um ligeiro grito de surpresa. Estava sem palavras em mais de um sentido.

— Agora, traga-me o seu pároco.

Dessa vez, ela não resistiu. A mulher se virou e apontou para um dos outros na multidão. Greyson já sabia quem era, claro. A Nimbo-Cúmulo o havia identificado assim que todos saíram da caverna, mas era importante que ele fosse traído por um dos seus.

Exposto, o homem deu um passo à frente. Ele era um exemplo perfeito de um pároco sibilante. Barba grisalha desgrenhada, olhar febril, cicatrizes nos braços por algum tipo de automutilação. Greyson teria conseguido identificá-lo mesmo se ninguém tivesse dito a ele.

— Foram vocês os tonistas que queimaram o Alto Punhal Tunka Manin e os ceifadores Makeda e Baba?

Havia seitas silenciosas que usavam linguagem de sinais para se comunicar, mas esse grupo não tinha nada além dos gestos mais rudimentares. Como se a própria comunicação fosse inimiga deles.

Um único aceno de cabeça do pároco.

— Você acredita que sou o Timbre?

Nenhuma resposta do pároco. Greyson tentou de novo, um pouco mais alto, puxando o ar de seu diafragma.

— *Eu fiz uma pergunta. Você acredita que sou o Timbre?*

Todos os sibilantes se voltaram para o pároco para ver o que ele faria.

O pároco semicerrou os olhos e negou com a cabeça, devagar. Então Greyson pôs mãos à obra. Ele voltou os olhos para os vários membros da seita, identificando-os um a um.

— Barton Hunt — ele disse. — Sua mãe está mandando cartas para você há seis anos, três meses e cinco dias, e você devolve todas sem abrir.

Então ele se voltou para outra.

— Aranza Monga, uma vez você segredou à Nimbo-Cúmulo que queria ser suplantada com as memórias da sua melhor amiga, que havia sido coletada. Mas, claro, a Nimbo-Cúmulo não faria uma coisa dessas.

Quando ele se voltou para um terceiro, tanto Barton como Aranza estavam aos prantos. Eles caíram de joelhos, agarrando-se à barra de sua veste. Eles acreditavam. Então, quando Greyson observou ao redor em busca de um terceiro, todos cerraram os dentes como se estivessem prestes a ser atingidos por um golpe devastador.

— Zoran Sarabi... — Greyson chamou.

— UUUUH — disse o homem, balançando a cabeça. — Uuuuh -uhhh... — Então ele se ajoelhou em obediência antes mesmo que o Timbre pudesse falar, morrendo de medo da verdade que poderia ser dita.

Por fim, Greyson se voltou para o pároco.

— E você — ele disse, sem conseguir esconder sua repulsa —,

Rupert Rosewood. Você exigiu que todos os seus seguidores sentissem a dor da mudez que forçou sobre eles... mas nunca sentiu essa dor em sua própria carne. Você retirou sua língua sob anestesia, porque era covarde demais para viver segundo suas próprias convicções distorcidas.

E, embora o homem tenha ficado horrorizado em ser exposto, não cedeu. Ficou apenas vermelho de raiva.

Greyson respirou fundo e foi fundo para encontrar sua voz mais grave e ressoante.

— *Eu sou o Timbre, o Tom encarnado. Apenas eu escuto a Trovoada! Esse homem que vocês chamam de "pároco" não é digno desse título. Ele é um traidor de tudo em que vocês acreditam, e enganou vocês. Desonrou vocês. Ele é falso. Eu sou verdadeiro. Então me digam agora: a quem vocês servem?*

Então, ele respirou fundo e repetiu com uma voz capaz de fazer as montanhas se curvarem:

— A QUEM VOCÊS SERVEM?

Um a um, todos se ajoelharam diante do Timbre, baixando as cabeças em súplica, alguns até se prostrando no chão da floresta. Todos menos um. O pároco, que tremia de fúria. Ele abriu a boca oca para entoar, mas emitiu um som fraco e lamentável. Estava sozinho. Ninguém se juntou a ele. Mesmo assim, continuou até perder o fôlego.

E, quando o silêncio caiu, Greyson se virou para Mendoza, falando alto o bastante para todos ouvirem o que seria feito deles em seguida.

— Você vai injetar nanitos novos em todos eles, para que suas línguas voltem a crescer e esse reinado de terror possa chegar ao fim.

— Sim, sonoridade — disse Mendoza.

Em seguida, Greyson se aproximou do pároco. Ele achou que o homem o atacaria. Quase torceu para que fizesse isso. Mas o homem não o fez.

— Você está acabado — Greyson disse com repulsa. Em seguida, ele se voltou para o ceifador Morrison e disse três palavras simples que nunca pensou que sairiam de sua boca: — Colete este homem.

Sem hesitar, o ceifador Morrison pegou o pároco com as duas mãos, girou sua cabeça para um lado, seu corpo para o outro, e o executou.

★

— Me fala que eu estava errado! — Greyson andava de um lado para o outro da barraca que montaram para ele na floresta, perturbado em um grau que nunca havia ficado antes.

— Por que eu falaria isso para você? — a Nimbo-Cúmulo perguntou, o mais calma impossível.

— Porque, se foi errado mandar coletar aquele homem, preciso saber.

Greyson ainda conseguia ouvir o som do pescoço do homem se quebrando. Foi a coisa mais terrível que já tinha escutado. E, no entanto, gostou da sensação. Ver aquele pároco monstruoso morrer foi extremamente satisfatório. Era assim que aqueles ceifadores da nova ordem se sentiam? Com uma sede primitiva e predatória pela eliminação da vida? Ele não queria sentir aquilo, mas lá estava o sentimento.

— Não posso discursar sobre a questão da morte, não faz parte do meu domínio. Você sabe disso, Greyson.

— Não me importo!

—Você está sendo bastante irracional.

—Você não pode falar nada sobre a morte, mas eu sei que pode falar sobre certo e errado! Então foi errado dar aquela ordem a Morrison?

— Apenas você pode saber isso.

—Você deveria estar me orientando! Me ajudando a ajudar você a tornar o mundo melhor!

— E você está me ajudando — disse a Nimbo-Cúmulo. — Mas você não é infalível. Apenas eu sou infalível. Portanto, se está me perguntando se é possível que você cometa erros de julgamento, a resposta é sim. Você comete erros o tempo inteiro… como todos os outros seres humanos que já viveram. O erro é uma parte intrínseca da condição humana, e isso é algo que amo profundamente na humanidade.

—Você não está me ajudando!

— Eu encarreguei você de unificar os tonistas para que eles possam ser mais benéficos para o mundo. Só posso falar do seu progresso na missão, não julgar sua metodologia.

Bastava. Greyson arrancou o fone. Ele estava prestes a atirá-lo com raiva, mas então ouviu a voz da Nimbo-Cúmulo, baixa e metálica, ainda falando através do aparelho.

—Você é uma pessoa terrível — a Nimbo-Cúmulo disse. —Você é uma pessoa maravilhosa.

— E, então, qual é a verdade? — Greyson questionou.

E a resposta, mais fraca impossível, chegou aos seus ouvidos, mas como outra pergunta:

— Por que você não consegue enxergar que as duas afirmações são verdadeiras?

Naquela noite, Greyson voltou a colocar suas vestimentas e se preparou para se dirigir aos tonistas. Para lhes conceder perdão. Ele já fizera aquilo inúmeras vezes, mas nenhum tonista sibilante que ele havia encontrado tinha cometido atos tão hediondos quanto aqueles.

— Não quero perdoá-los — ele disse a Mendoza antes de sair.

— Conceder a absolvição a eles vai trazê-los de volta para o rebanho — Mendoza disse. — Isso atende às nossas necessidades. E, além disso — ele acrescentou —, não é Greyson Tolliver quem os está perdoando, é o Timbre. O que significa que seus sentimentos pessoais nem devem entrar em jogo.

Quando Greyson voltou a colocar o fone, ele perguntou a Nimbo-Cúmulo se Mendoza estava certo. Ela queria que Greyson os perdoasse? Ou, mais importante, a Nimbo-Cúmulo os perdoava? Ela era tão magnânima que poderia desculpar até o pároco daquela seita?

— Ah — a Nimbo-Cúmulo disse com tristeza. — Aquele pobre homem...

— Pobre homem? Aquele monstro não merece a sua compaixão.

— Você não o conheceu como eu o conheci. Assim como todos os outros, eu o observei desde seu nascimento. Vi as forças que o moldaram, que o transformaram naquele homem amargurado, insensato e hipócrita. Portanto, lamento sua coleta como lamento todas as outras.

— Eu nunca conseguiria perdoar como você — Greyson disse.

—Você entendeu mal. Eu não o perdoo, apenas o entendo.

— Bom, nesse caso — Greyson disse, ainda um pouco hostil por causa da conversa anterior —, você não é um deus, é? Porque um deus perdoa.

— Nunca afirmei ser um deus — a Nimbo-Cúmulo respondeu. — Apenas pareço um.

Os tonistas estavam esperando pelo Timbre quando ele saiu. Estavam esperando fazia horas e provavelmente teriam esperado a noite toda.

— Não tentem falar — ele disse quando viu que tentavam saudá-lo. — Suas línguas não têm memória muscular. Vai levar algum tempo até vocês reaprenderem a falar.

Pela maneira como olhavam para ele com assombro e reverência, soube que os atos violentos deles haviam ficado para trás. Não eram mais sibilantes. E, quando o Timbre os perdoou, choraram lágrimas de remorso sincero pelo que haviam feito, e lágrimas de pura alegria por terem recebido uma segunda chance. Agora, seguiriam o Timbre aonde quer que ele os levasse. O que era uma coisa boa. Porque, como viriam a descobrir, ele precisaria guiá-los para as trevas antes de poder guiá-los para a luz.

Já lançamos as bases para as ceifas em cada região do mundo, todas se reportando a nós para que possamos manter a ordem e uma visão comum. Até começamos planos para que exista uma cidade separada à parte de qualquer região, para que mantenhamos a imparcialidade. Prometeu é agora o Supremo Punhal, e existe a ideia de "Grandes Ceifadores" para representarem cada continente. Ah, mas como nos tornamos presunçosos! Em segredo, nutro a esperança de que nosso mandato como árbitros da morte seja breve e que logo sejamos considerados obsoletos.

A nuvem anunciou planos para uma colônia lunar — o primeiro passo rumo à expansão da nossa presença pelo universo. Se bem-sucedida, ela vai conseguir oferecer um controle populacional muito melhor do que nós, ceifadores. Eu, pelo menos, preferiria viver em um mundo em que a população excedente possa partir em vez de ter sua própria existência negada.

A questão permanece, porém: podemos confiar nosso futuro à inteligência artificial? Embora eu tenha muitos receios, creio que sim. Os poucos "líderes mundiais" que restam não fazem nada além de difamar a nuvem senciente. Começaram até a se referir a ela como nimbo-cúmulo, como se denominá-la como uma tempestade ameaçadora fosse voltar as pessoas contra ela. Como quer que a chamem, a benevolência da nuvem fala mais alto do que as palavras de políticos e tiranos mesquinhos.

Das "páginas perdidas" do diário do ceifador fundador Da Vinci

37
Nada de bom

Quando Jerico Soberanis acordou da revivificação, a ceifadora Anastássia estava em uma poltrona ao lado de sua cama, dormindo enquanto abraçava os joelhos junto ao peito. *Posição fetal*, pensou Jeri. Não... Era mais uma postura protetora, como uma tartaruga em seu casco. Será que ela se sentia tão ameaçada que precisava se retrair enquanto dormia, em guarda mesmo quando estava inconsciente? Bom, se fosse o caso, realmente não lhe faltavam motivos para se sentir dessa forma.

Ela estava vestindo roupas comuns. Calça jeans. Blusa branca. Nem estava usando o anel. Nada nela indicava que era uma ceifadora. Ela parecia tão simples para uma pessoa tão extraordinária. Ser extraordinário era fácil para os mortos — eles não precisavam lidar com as consequências —, mas, para alguém que voltou à vida, deveria ser um choque estranho demais.

Jeri observou as cores suaves e a tranquilidade do quarto ao seu redor. Era, obviamente, um centro de revivificação. O fato de que estavam ali significava que a morte de Jeri havia conseguido atrair um ambudrone. Será que Anastássia havia passado toda a revivificação de Jeri naquele quarto, fazendo vigília?

— Que bom que você acordou! — disse uma enfermeira de revivificação, entrando no quarto. Ela puxou uma cortina para revelar o que devia ser um pôr ou um nascer do sol e depois verificou a prancheta de Jeri. — É um prazer conhecer você.

Citra sonhou que estava voando. Não muito longe da realidade. Ela se segurava ao braço de Jeri enquanto o ambudrone os transportava sobre a cidade, se esforçando para continuar o voo com o peso extra. Ela tinha certeza de que devia ter deslocado o ombro de Jeri, mas essas coisas não importavam para os semimortos. Qualquer ferimento seria cicatrizado antes de Soberanis acordar.

No sonho de Citra, o braço de Jeri se cobriu de graxa de repente, e ela escorregou, mas não caiu. Em vez disso, voou por conta própria. O problema era que ela não conseguia parar nem controlar sua direção. Logo estava sobrevoando a baía e indo além, seguindo para o oeste através do Atlântico em direção às Méricas distantes. Ela não fazia ideia do que lhe esperava lá, mas sabia que seria algo que pertencia à esfera dos pesadelos.

Por isso ficou grata quando foi acordada pela voz suave da enfermeira de revivificação.

Ela se levantou da poltrona e alongou seu pescoço, tentando aliviar os nós. Jeri estava com vida novamente, e muito mais alerta do que ela.

— Bom dia — Citra disse, sonolenta, então percebeu que sua voz soava fraca demais para uma ceifadora. Mesmo para uma ceifadora que estava incógnita no momento. Ela pigarreou e falou com mais confiança. — Bom dia.

— Não tem nada de bom nesse dia, infelizmente — disse a enfermeira. — Nunca vi tantos Guardas da Lâmina rondando as ruas. A Ceifa ainda está procurando aqueles tonistas terríveis que eliminaram o Alto Punhal, mas eles sumiram para sabe-se lá onde.

Anastássia fechou os olhos conforme o terror daquela noite voltava à sua mente. Tantas pessoas haviam morrido e, embora algumas tivessem sido revividas, simplesmente não houvera ambudrones suficientes para todos. Os sibilantes deviam ter atirado dezenas de pessoas, talvez centenas, na fogueira. E, assim como tinham um plano de ataque, deviam ter um plano de fuga.

A enfermeira explicou que, no dia e meio desde que o ambudrone os deixara ali, havia sido decretado estado de emergência em Porto Lembrança. A situação na Mérica do Norte era provavelmente ainda pior. O que Goddard havia feito naquele estádio foi mais do que traçar uma linha na areia — foi uma fissura. Ou você seguia o caminho dele, ou fugia. Não faltavam pessoas que estavam fazendo as duas coisas.

Anastássia sabia que poderia ser reconhecida. Agora que tinha se pronunciado publicamente e mostrado às pessoas que estava viva, seria muito mais difícil se esconder.

— Agora que você acordou, tenho certeza de que ceifadores virão para ver você — a enfermeira disse a Jeri. — Não se preocupe: eles não estão aqui para coletar, apenas para fazer perguntas. Vocês dois trabalhavam no palácio, não? Eles querem interrogar todos que estavam lá.

Jeri lançou um olhar para Anastássia enquanto ela colocava uma mão reconfortante no ombro que havia deslocado não muito tempo antes.

— Certo — disse Jeri. — Bom, acho que vamos ter que procurar trabalhos novos.

— Ah, não se preocupem com isso. A Nimbo-Cúmulo pode não falar hoje em dia, mas ainda publica vagas. Se quiserem voltar a trabalhar, não vai faltar emprego para vocês.

Depois que ela saiu, Jeri ergueu a cabeça um pouco mais da cama de revivificação e sorriu para Anastássia.

— Então, como foi voar no dorso de um ambudrone?

— Não... não foi bem assim — Anastássia disse, mas preferiu poupar Jeri dos detalhes. — Não tive a chance de agradecer pelo que você fez.

— Só cumpri o meu dever — Jeri disse.

— Seu dever é ser comandante de resgate, não isso.

— E não resgatei você de uma situação irresgatável?

— Sim, resgatou — Anastássia disse a Jeri com um sorriso. — Agora temos que nos resgatar dessa e sair daqui antes que alguém entre para nos interrogar.

Mas, assim que disse isso, a porta se abriu. Era um ceifador. O coração de Anastássia se apertou até ela se dar conta de quem era. Manto verde-floresta, expressão preocupada.

— Meu alívio em ver vocês só não é maior do que meu medo que outra pessoa possa vê-los — o ceifador Possuelo disse. — Não temos tempo para cumprimentos: os ceifadores subsaarianos já estão questionando por que estou aqui.

— Ainda não fui reconhecida.

— É claro que foi — Possuelo disse. — Tenho certeza de que a equipe de enfermagem está em polvorosa com a sua presença. Mas, por sorte, ninguém denunciou, senão você já estaria a caminho de Goddard. Estou aqui para escoltá-la para um lugar mais seguro, onde você possa continuar suas transmissões. Cada vez mais pessoas estão escutando, Anastássia, e estão encontrando as coisas que você está indicando. Goddard está ameaçando coletar todos que vasculharem a mente interna, mas isso não está impedindo ninguém de fazer isso.

— Ele não poderia proibir isso de qualquer forma — Anastássia respondeu. — A mente interna está fora da jurisdição da Ceifa. — Isso lembrou Anastássia do quanto ela ainda tinha de investigar.

— Então, que lugar seguro você propõe? — Jeri perguntou. — Ainda existe algum?

— Quem pode saber? — Possuelo disse. — Os lugares seguros estão diminuindo assim como nossos inimigos estão aumentando. — Ele fez uma pausa, refletindo sobre alguma coisa. — Existem rumores… de um lugar tão remoto que nem os ceifadores mais viajados conhecem.

— Parece mais uma fantasia — Jeri disse. — Onde você ouvir falar de lá?

Possuelo deu de ombros, inseguro.

— Boatos são como a chuva caindo por um telhado velho. O esforço de encontrar a origem é maior do que o preço de um telhado novo. — Então ele hesitou novamente. — Existe um outro boato, porém, que pode ser mais útil para nós. Esse diz respeito ao Timbre, o tal profeta dos tonistas.

Tonistas, pensou Anastássia. A simples menção deles a deixou à beira da fúria.

— Não existem provas nem de que o Timbre tenha existido — Jeri comentou. — Ele pode ser só mais uma mentira que os sibilantes usam para justificar as coisas que fazem.

— Acredito que ele existiu — Possuelo disse. — Evidências sugerem que ele ainda existe, e que está enfrentando as seitas sibilantes. Temos uma seita assim na Amazônia que jura que ele os visitou e os fez abandonar seus costumes violentos. Se for verdade, ele pode ser um bom aliado.

— Bom, quem quer ele que seja — disse Anastássia —, tem muita coisa para explicar.

Ezra van Otterloo não se vestia como um tonista. Não citava os mesmos chavões, não insistia em viajar em grupos de sete ou doze e definitivamente não entoava. Mas atendia como irmão Ezra — essa era a única concessão que fazia a seu chamado. Havia sido sua audiência com o Timbre dois anos antes que o trouxera para o rebanho, dando-lhe um propósito e o colocando nessa trajetória. Se o Timbre era ou não divino, não importava para Ezra. Tudo que importava era que a Nimbo-Cúmulo ainda falava com ele, e isso o tornava digno de ser seguido.

Ezra viajou pelo mundo, pintando o que queria, onde queria, assim como o Timbre havia dito que deveria fazer, erguendo murais de guerrilha por onde passava. E, assim como o Timbre prometera, ele encontrou sua felicidade. Ele tinha de ser rápido, tinha de ser discreto e, em todo esse tempo, nunca tinha sido pego.

Ele viajava pelo mundo dizendo aos tonistas das regiões em que passava que estava em uma missão do Timbre, e eles lhe davam comida e abrigo. Mas então Ezra começou a encontrar tonistas que afirmavam que o Timbre havia aparecido para eles depois de ter sido coletado. Diziam que haviam sido sibilantes, mas que o Timbre os salvara. Ezra não acreditou a princípio, mas mesmo assim escutava os testemunhos. Mais tarde, durante a noite, pintava uma cena da visita do Timbre em alguma parte da cidade, em algum lugar onde a pintura não deveria estar.

Depois do terceiro grupo de sibilantes reformados que encontrou, ele percebeu que deveria haver alguma verdade naquilo, então começou a buscar mais sobre esses encontros. Ezra rastreou as seitas conhecidas como as piores das piores, e viu que elas também tinham sido reformadas. Cerca de metade tinha, e a outra metade ele imaginava que devia estar na lista do Timbre. Então, um dia, Ezra chegou a um aeroporto, sem saber para onde ir em seguida... E eis que já havia uma passagem no sistema para ele. A Nimbo-Cúmulo assumira o controle de suas viagens, enviando-o para seitas que o Timbre havia reformado, para que ele pudesse visitá-las e deixar um mural em homenagem ao Timbre no local. Foi assim que Ezra descobriu que fazia parte da comitiva do Timbre, parte de sua história, ainda que o próprio Timbre não soubesse.

Então, quando foi apanhado na Amazônia, ele teve de acreditar que isso também era parte do plano da Nimbo-Cúmulo. Mas, por outro lado, se fosse apenas azar, a Nimbo-Cúmulo também tinha formas de usar isso a seu favor.

Enquanto toda a ceifa subsaariana buscava os sibilantes que haviam matado seu Alto Punhal, foi um ceifador amazônico quem os encontrou — graças a um único tonista sob a custódia de Possuelo.

— Nós o capturamos enquanto ele pintava uma cena do Timbre se transformando em uma revoada de pássaros no muro da residência de nossa Alto Punhal — o ceifador Possuelo contou a Anastássia.

— É o que eu faço — Ezra disse com um sorriso.

Eles estavam seguros a bordo do avião de Possuelo. O ceifador até tinha trazido um novo manto azul-turquesa para Anastássia. Era uma sensação boa estar vestida como ela mesma novamente.

— A punição por vandalizar a propriedade de um ceifador é a coleta — Possuelo disse —, mas a Alto Punhal Tarsila não teve coragem de coletar um artista. Então ele nos contou o que estava fazendo.

— Eu poderia pintar você, ceifadora Anastássia — ele ofereceu. — Não vai ser tão bom quanto um artista mortal, claro. Passei a aceitar isso, mas sou menos medíocre do que a maioria.

— Poupe seus pincéis — ela respondeu. Talvez fosse vaidade de sua parte, mas a última coisa que queria era ser imortalizada por um artista que era "menos medíocre do que a maioria".

— Ele estava sob nossa custódia havia vários meses, mas então surgiram duas passagens para ele no sistema de viagem global depois que Tunka Manin foi morto — Possuelo disse. — Uma com destino a Onitsha, uma pequena cidade subsaariana, mas o segundo destino era desnorteante. Era uma passagem para um passeio em uma reserva de vida selvagem onde não existem passeios há mais de cem anos. As cavernas de Ogbunike.

Com isso, Ezra deu de ombros e sorriu.

— Sou especial. Tem certeza de que não quer um retrato?

O fato de que as passagens apareceram no sistema *depois* que Ezra estava sob custódia da Ceifa só poderia significar uma coisa: a Nimbo--Cúmulo queria que a ceifa amazônica soubesse onde os sibilantes — e o Timbre — estavam.

— Normalmente, seria um voo curto — Possuelo disse a Anastássia —, mas vamos ter que pegar uma rota alternativa, nos dedicar a assuntos falsos em outro lugar, senão podemos acabar levando os ceifadores subsaarianos diretamente ao Timbre.

— Não tem problema — Anastássia respondeu. — Preciso de um tempo para revirar a mente interna de novo antes da minha próxima transmissão. Estou perto de encontrar algo sobre o desastre de Marte.

— E a colônia orbital? — Possuelo perguntou.

Anastássia suspirou e balançou a cabeça.

— Uma catástrofe de cada vez.

"Havia 9.834 colonos em Marte. Um número ainda maior do que o das pessoas que perderam a vida na Lua, na primeira coleta em massa do mundo. E havia grandes planos de tornar nosso planeta-irmão um lar para milhões, bilhões até. Mas algo deu terrivelmente errado.

"Vocês fizeram sua lição de casa sobre Marte? Examinaram com cuidado a lista de nomes dos colonos perdidos? Não espero que se lembrem nem reconheçam nenhum deles, nem mesmo os que ficaram famosos na época, porque a fama vem e vai, e a fama deles praticamente se foi. Mas olhem os nomes de novo, porque existe um que quero que vocês vejam.

"Carson Lusk.

"Ele estava lá quando o desastre aconteceu, mas teve a sorte de ser um dos poucos sobreviventes. Ele estava no lugar certo na hora certa, e conseguiu subir a bordo de uma nave de emergência que não foi incinerada quando o reator da colônia explodiu.

"Houve uma grande celebração quando esse pequeno grupo de sobreviventes finalmente voltou à Terra, mas, depois disso, Carson Lusk desapareceu da vida pública.

"Mas será mesmo?

"Vamos voltar um pouco, para três meses antes de o reator devastar a colônia. Se vocês analisarem os registros de transportes de espaçonaves indo e vindo de Marte, verão um nome que tenho certeza que vocês conhecem. Xenócrates. Ele era um jovem ceifador na época, e o único que se soube ter visitado a colônia de Marte. Foi polêmico, porque indicava que os ceifadores continuariam suas atividades no planeta vermelho. Por que, as pessoas

questionaram, se havia todo um planeta para o qual poderíamos nos expandir? Levaria talvez uns cem mil anos até um ceifador ser necessário em Marte.

"Ele não estava lá para coletar ninguém, ele disse na época. Estava apenas 'satisfazendo sua curiosidade'. Queria saber como era viver em Marte, e foi fiel à sua palavra. Não coletou ninguém depois que chegou ao planeta. Apenas fez excursões e conversou com os colonos. Foi tudo muito amigável.

"Tenho algo para mostrar para vocês agora.

"O que vocês estão prestes a ver é um registro em vídeo da chegada de Xenócrates. É difícil reconhecê-lo, eu sei, porque ele ainda era magro na época e seu manto não tinha todo aquele ouro, que foi acrescentado quando ele se tornou Alto Punhal. Como vocês podem ver, ele está sendo recebido pelo governador da colônia e algumas outras autoridades e... ali! Está vendo? Esse rapaz ao fundo. Ele é Carson Lusk! Enquanto Xenócrates estava em Marte, Carson foi designado para ser seu assistente pessoal. Ainda não dá para vê-lo muito bem, eu sei, mas logo ele vai se virar mais.

"Lembrem-se, isso foi alguns meses antes do desastre. Tempo suficiente para as pessoas esquecerem a visita de Xenócrates. Tempo para planos serem colocados em prática, e para uma equipe de cúmplices executar esses planos em sigilo, fazendo com que uma sabotagem parecesse apenas mais um acidente trágico.

"Quanto a Carson Lusk, por mais que vocês procurem, não vão encontrar nenhum registro dele depois de seu retorno à Terra, porque, menos de um ano depois, seu nome foi trocado. Ali... Estão vendo? Ele está se virando para a câmera agora. Esse rosto é familiar para vocês? Não? Só acrescentem alguns anos, pensem em um cabelo mais curto e imaginem um sorriso satisfeito e presunçoso.

"Esse jovem assistente é ninguém menos do que sua exaltada excelência Robert Goddard, Suprapunhal da Mérica do Norte."

38

Um grandioso encontro dos supostamente falecidos

O Timbre e sua comitiva se refugiaram nas mesmas cavernas em que os sibilantes tinham se estabelecido. Esses sibilantes estavam mais do que arrependidos, prostrando-se diante da presença do Timbre e professando sua indignidade aos pés dele. Normalmente, ele não aceitaria uma adoração hiperbólica como aquela, mas, considerando o que essas pessoas haviam feito — todas as vidas que haviam eliminado —, rastejar era uma punição muito mais branda do que mereciam.

Claro, a Nimbo-Cúmulo o lembrou que punição não era o estilo dela.

— A correção deve consistir em elevar uma pessoa das suas más escolhas e ações anteriores. Desde que o remorso seja sincero e a pessoa esteja disposta a fazer compensações, não há motivo para sofrimento.

Mesmo assim, Greyson não via mal em vê-los com a cara suja de guano de morcego.

Os tonistas arrependidos decoraram para ele uma gruta da maneira mais luxuosa possível, com tapeçarias e almofadas e suplicaram por maneiras de servir.

— Este é um bom lugar para esperar — a Nimbo-Cúmulo disse a Greyson.

— Um bom lugar? — Greyson repetiu. — Entendo que você não tenha olfato, mas o fedor aqui é terrível.

— Meus sensores químicos são muito mais apurados do que o olfato humano — a Nimbo-Cúmulo disse. — E a amônia exalada pelas fezes de morcego está dentro da tolerância humana.

—Você disse esperar. O que estamos esperando? — Greyson perguntou.

— Uma visita — foi tudo que a Nimbo-Cúmulo disse.

— Pode pelo menos me dizer de quem? — Greyson perguntou.

— Não, não posso.

Foi assim que Greyson soube que receberia a visita de um ceifador. Mas, considerando a hostilidade crescente contra os tonistas, por que a Nimbo-Cúmulo esperaria uma visita como essa? Talvez a ceifa subsaariana tivesse encontrado seu esconderijo e estivesse atrás de justiça contra os sibilantes. Mas, nesse caso, por que a Nimbo-Cúmulo não insistiria em "sugerir uma viagem", como tinha feito nos Claustros, quando o ceifador Morrison era o inimigo? Por mais que ele se revirasse na cama, não conseguia ter a menor ideia de quem pudesse ser.

— Fique tranquilo — a Nimbo-Cúmulo disse a ele calmamente no escuro. — Estou aqui, e nada de mal vai lhe acontecer.

A ceifadora Anastássia tinha suas dúvidas sobre o tal homem santo. Ela precisava de evidências de que a Nimbo-Cúmulo falava com ele. Não apenas testemunhos, mas evidências reais e irrefutáveis. Desde criança, Citra precisava ver para crer. Era mais provável que esse "Timbre" fosse um golpista carismático. Um vigarista que estava tirando vantagem dos ingênuos, dizendo a eles o que queriam ouvir, sendo quem eles queriam que ele fosse, para atingir seus próprios objetivos egoístas.

Ela queria acreditar nisso. Era menos perturbador do que a ideia de que a Nimbo-Cúmulo tivesse escolhido um tonista como seu elo com a humanidade. Fazia sentido que a Nimbo-Cúmulo mantivesse algum ponto de conexão, mas por que um tonista? Como a Nimbo-Cúmulo não cometia erros, ela devia ter um bom motivo. Mas, por enquanto, Citra preferia acreditar que o Timbre era uma fraude.

O destino deles era uma floresta subsaariana inóspita, um emaranhado implacável de árvores e arbustos espinhosos que enroscavam no manto novo de Anastássia e a arranhavam através do tecido, fazendo-a se coçar ao longo do caminho até a caverna onde o Timbre estava isolado. Quando finalmente chegaram perto da caverna, foram abordados pelos tonistas de guarda.

— Não resistam — disse Possuelo, mas não era fácil para Anastássia baixar a guarda, sabendo quem eram aquelas pessoas.

Os tonistas estavam desarmados, mas eles os seguravam com firmeza. Anastássia examinou seus rostos. Foi esse que havia jogado Tunka Manin no chão? Foi aquele que havia atirado o ceifador Baba na pira? Ela poderia jurar que seus rostos eram familiares, mas podia ser apenas sua imaginação. Possuelo insistira para que eles deixassem suas armas para trás. Agora ela entendia que não era apenas para evitar que fossem confiscadas, mas também para impedir que Anastássia cedesse à própria raiva. A vontade de se vingar percorria todo seu corpo, mas ela resistiu. Tinha de se lembrar que os verdadeiros ceifadores — os ceifadores *honoráveis* — nunca coletavam com raiva. Se algum deles erguesse uma arma, porém, ela se libertaria usando seus golpes mais fatais de bokator, quebrando pescoços e costelas sem piedade.

— Solicitamos uma audiência com o Timbre — Possuelo disse.

Anastássia estava prestes a comentar que essa seita não tinha língua, mas, para sua surpresa, um dos tonistas respondeu:

— O Timbre foi elevado a uma oitava superior dois anos atrás. Ele está conosco apenas em harmonia agora.

Possuelo não se deixou intimidar.

— Ouvimos dizer que não — ele disse, depois acrescentou: — Não estamos aqui para coletá-lo, estamos aqui em benefício mútuo.

Os tonistas o observaram por mais um momento. Os semblantes sérios, cheios de desconfiança. Depois, aquele que falou primeiro disse:

— Venha conosco. Ele está esperando por vocês.

Anastássia achou aquilo irritante em incontáveis níveis. Se o Timbre estava esperando por eles, por que os tonistas negaram que ele estava ali? E ele estava mesmo esperando ou aquele criado falara isso apenas para fazer o Timbre parecer misterioso e onisciente? Antes mesmo de encontrá-lo, ela já detestava aquele homem dissimulado e conspirador.

Os tonistas os guiaram à frente e, embora Anastássia não tenha tentado se libertar, ela lhes deu a oportunidade de reconsiderar.

— É melhor vocês me soltarem se quiserem continuar tendo mãos.

Os tonistas não aliviaram o aperto nem um pouco.

— Minhas mãos vão voltar a crescer como nossas línguas — um deles disse. — O Timbre, em sua sabedoria, nos devolveu nossos nanitos.

— Bom para ele — Anastássia disse. — Pelo menos ele não é um completo imbecil.

Possuelo lhe lançou um olhar de alerta, e Anastássia decidiu que o silêncio era a melhor tática, porque nada que saísse de sua boca no momento ajudaria a situação.

A procissão parou na entrada da caverna — uma grande abertura triangular. Era ali que seriam apresentados ao Timbre...

... mas, antes que o Timbre chegasse, a primeira pessoa a sair da caverna deixou perfeitamente claro para Anastássia que aquele passeio sem dúvida valeria o preço.

Quando o ceifador Morrison soube que uma elegia de ceifadores estava na entrada da caverna, teve certeza de que a ceifa nortemericana tinha finalmente vindo atrás dele. Goddard devia ter descoberto que ele estava vivo, devia ter descoberto o que havia aprontado nos últimos anos, e enviara sua equipe para o apreender. Ele considerou fugir, mas a caverna tinha apenas uma saída. Além disso, ele não era mais o mesmo homem que era quando começou a servir o Timbre. Aquele jovem ceifador teria se salvado às custas de todos os outros. Mas *este* ceifador Morrison enfrentaria sua captura bravamente, defendendo o Timbre até o fim, como havia prometido fazer.

Ele foi o primeiro a sair, como sempre fazia, para avaliar a ameaça e ser intimidador, mas parou de repente na entrada da caverna quando do viu um manto azul-turquesa familiar. Um manto que pensou que nunca mais veria.

A ceifadora Anastássia estava igualmente estupefata.

— *Você?* — ela disse.

— Não, eu não! — Morrison falou sem pensar. — Quero dizer, sim, sou eu, mas não sou o Timbre, quero dizer. — Qualquer esperança de um olhar intimidador já era. Agora ele não passava do imbecil gaguejante, que era como sempre se sentia perto de Anastássia.

— O que você está fazendo aqui? — ela questionou.

Ele começou a explicar, mas percebeu que era uma história longa demais para o momento. E, além disso, tinha certeza de que a história dela era melhor.

O outro ceifador na comitiva — amazônico, pela aparência de seu manto — interveio, um tanto atrasado:

— Quer dizer que vocês dois se conhecem?

Mas, antes que um dos dois pudesse responder, Mendoza apareceu atrás de Morrison, batendo em seu ombro.

— Você está no caminho como sempre, Morrison — ele resmungou, sem ter ouvido a conversa.

Morrison deu um passo para o lado e permitiu que o pároco saísse. E, no momento em que Mendoza viu Anastássia, ficou tão confuso quanto Morrison. Embora estivesse com o olhar frenético, conseguiu manter o silêncio. Os dois estavam cada um de um lado da entrada da caverna, em sua formação habitual. Então o Timbre saiu da caverna entre eles.

Ele parou de repente, assim como Morrison e Mendoza haviam feito, boquiaberto de uma forma que nenhum homem santo deveria ficar.

— Certo — disse a ceifadora Anastássia. — Agora sei que enlouqueci.

Greyson sabia que a Nimbo-Cúmulo devia estar adorando imensamente esse momento. Ele conseguia ver suas câmeras nas árvores ao redor, assimilando as expressões de cada um, girando de um lado para o outro para observar esse quadro absurdo de todos os ângulos. Ela poderia ter dado pelo menos um indício a ele de que veria não apenas alguém conhecido, mas a pessoa que, de certo modo, era responsável pelo estranho rumo que sua vida havia tomado. A Nimbo-Cúmulo não poderia ter dito isso diretamente, claro, mas poderia ter dado pistas e deixado que ele deduzisse por conta própria. Mas, enfim, mesmo com mil pistas, ele teria chegado ao encontro completamente ignorante.

Ele decidiu não dar à Nimbo-Cúmulo a satisfação de vê-lo com os olhos esbugalhados e o queixo caído. Então, quando Anastássia sugeriu que poderia ter enlouquecido, ele disse, o mais imperturbável possível:

— Perdura sobrevive! Rejubilem-se todos!

— Perdura não sobreviveu — ela disse. — Apenas eu.

Ele manteve a expressão formal por mais um momento, até não conseguir mais mantê-la. Começou a sorrir.

— Então você está viva mesmo! Não tinha certeza se aquelas transmissões eram legítimas.

— E... vocês dois também se conhecem? — perguntou o ceifador amazônico.

— De uma outra vida — respondeu Anastássia.

Então uma das outras pessoas no grupo dela começou a rir.

— Mas que coisa maravilhosa! Um grandioso encontro dos supostamente falecidos!

Greyson deixou seu olhar se demorar nessa pessoa nova. Havia algo de cativante nela. Ou nele.

Mendoza, tentando recuperar certo decoro, limpou a garganta, inflou um pouco o peito e falou com sua melhor voz teatral.

— *Sua sonoridade, o Timbre, dá as boas-vindas a vocês, e lhes concede uma audiência!* — ele declarou.

— Uma audiência particular — Greyson soprou baixo.

— *Uma audiência particular!* — ressoou Mendoza, mas não fez menção de sair.

— O que significa — disse Greyson — apenas entre mim e a ceifadora Anastássia.

Mendoza se voltou para ele, os olhos em pânico.

— Não acho que seja aconselhável. Pelo menos leve Morrison para sua proteção.

Mas Morrison ergueu as mãos em rendição imediata.

— Me deixe fora dessa — ele respondeu. — Eu é que não vou enfrentar a ceifadora Anastássia.

As câmeras da Nimbo-Cúmulo giraram, e Greyson podia jurar que o barulho lembrava uma gargalhada eletrônica.

— Leve os outros para dentro e deem alguma coisa para eles comerem — Greyson disse. — Eles devem estar morrendo de fome. — Ele se voltou para os tonistas ao seu redor que estavam presenciando o reencontro estranho, mas histórico. — Está tudo bem — disse a eles, depois fez sinal para Anastássia. — Acompanhe-me.

E os dois saíram juntos para a floresta.

— "Acompanhe-me"? — disse Anastássia quando eles não podiam mais ser escutados. — Sério? Não dava para ser mais pretencioso?

— Faz parte da atuação — Greyson disse para ela.

— Então você admite que é uma atuação!

— A parte do profeta sim, mas é verdade que não sou infrator e que a Nimbo-Cúmulo ainda conversa comigo. — Ele abriu um sorriso irônico para ela. — Talvez seja a minha recompensa por ter salvado sua vida naquele dia quando deixei você me atropelar com seu carro.

— O carro não era meu — Anastássia corrigiu. — Era da ceifadora Curie. Eu estava apenas aprendendo a dirigir com ele.

— O que foi uma coisa boa! Se você fosse uma motorista melhor e tivesse conseguido desviar de mim, todos teríamos sido incinerados — ele apontou. — Então isso quer dizer que a ceifadora Curie também está viva?

O coração de Anastássia se apertou por ter de falar a verdade em voz alta. Ela duvidava que algum dia aquilo se tornaria mais fácil.

— Marie morreu se certificando que eu poderia ser revivida no futuro.

— Revivida — disse Greyson. — Isso explica por que você não parece nem um dia mais velha do que três anos atrás.

Ela o observou por um bom tempo. Ele parecia, sim, diferente, e não era apenas a roupa. Seu maxilar parecia um pouco mais firme, seu andar mais confiante, e seu olhar tão direto que chegava a ser invasivo. Ele havia aprendido a representar bem seu papel, assim como ela havia aprendido a representar o dela.

— Pelo que me lembro, você recusou a oferta de asilo que consegui para você na Amazônia. Ficou com os tonistas em vez disso?

O olhar dele ficou ainda mais intrusivo. Não julgador, mas em posse de uma visão mais profunda. Um pouco como a própria Nimbo-Cúmulo.

— Me esconder entre os tonistas foi uma sugestão sua, ou se esqueceu disso?

— Não, eu me lembro — ela respondeu. — Mas nunca pensei que você ficaria. Nunca pensei que se tornaria o profeta deles. — Ela olhou para suas vestimentas. — Não consigo decidir se você parece ridículo ou suntuoso.

— Os dois — ele respondeu. — O segredo é convencer as pessoas que roupas estranhas tornam você importante. Mas você entende isso, não é?

Anastássia tinha de admitir que ele estava certo. O mundo tratava você de outra forma — definia você de outra forma — quando você usava mantos ou emblemas.

— Desde que você mesmo não acredite nisso — ela disse.

— Quando tiro tudo isso, ainda sou Greyson Tolliver — ele disse.

— E, quando tiro esse manto, ainda sou Citra Terranova.

Ele abriu um sorriso.

— Nunca soube seu nome de batismo. Citra. É um nome bonito.

Ouvi-lo dizer seu nome trouxe uma onda de nostalgia. Uma saudade de um tempo antes de tudo aquilo.

— Poucas pessoas me chamam assim hoje em dia.

Ele olhou melancólico para ela.

— Engraçado, mas antigamente nunca era fácil para mim conversar com você. Agora é mais fácil do que conversar com qualquer outra pessoa. Acho que nos tornamos parecidos em muitos aspectos.

Ela riu com isso. Não porque achasse engraçado, mas porque era verdade. O resto do mundo os via como símbolos. Duas luzes intangíveis para os guiar na escuridão. Ela entendia agora por que as pessoas de antigamente transformavam seus heróis em constelações.

—Você não me falou por que queria uma audiência com o Timbre.

— O ceifador Possuelo acha que você conhece um lugar seguro onde Goddard não consiga nos encontrar — Anastássia disse.

— Bom, se a Nimbo-Cumulo conhece um lugar assim, ela não me contou. Mas, enfim, tem muitas coisas que ela não me conta.

—Tudo bem — disse Anastássia. — Possuelo quer apenas me proteger, mas não quero me esconder.

— O que *você* quer? — Greyson perguntou.

O que ela queria? Citra Terranova queria tirar aquele manto, procurar sua família e brigar sobre coisas pouco importantes com seu irmão. Mas a ceifadora Anastássia não aceitaria nada disso.

— Quero acabar com Goddard — ela disse. — Consegui identificar que ele estava em Marte na época do desastre, mas estar lá não prova que ele tenha causado a tragédia.

— Ele sobreviveu a Marte *e* a Perdura — disse Greyson. — Suspeito, mas não incriminatório.

— Exatamente. É por isso que há mais uma pessoa que preciso encontrar — Anastássia disse. — Já ouviu falar do ceifador Alighieri?

Possuelo precisou deixá-los naquela tarde. Ele tinha sido chamado de volta à Amazônia por sua Alto Punhal.

— Tarsila me dá muita liberdade, ainda mais depois que minha operação de resgate trouxe você de volta — ele disse a Anastássia —, mas, quando vazou a informação de que eu havia trazido nosso amigo artista ao SubSaara, ela exigiu meu retorno, ao menos para não sermos acusados de conspirar com tonistas. — Ele suspirou. — Somos muito tolerantes, mas, depois do ataque contra o palácio de Tunka Manin, até as regiões mais acolhedoras estão dando as costas para os tonistas, e nossa Alto Punhal não quer publicidade negativa.

Vários tonistas passaram na caverna atrás deles. Eles fizeram uma reverência, dizendo "excelências" respeitosamente. Algumas vozes ainda estavam um pouco enroladas, pois era a primeira semana deles com as línguas novas. Era difícil acreditar que eram os mesmos sibilantes violentos e ensandecidos que haviam assassinado Tunka Manin. Greyson — isto é, o Timbre — os transformara e os trouxera de volta do limite terrível de suas humanidades. Anastássia poderia não os perdoar, mas se descobriu capaz de coexistir com eles.

"As pessoas são como vasos", Jeri dissera a ela. "Guardam o que quer que seja colocado dentro delas."

E, aparentemente, Greyson as havia esvaziado e preenchido com algo muito mais aceitável.

Possuelo se despediu na entrada da caverna.

— Este lugar é isolado e, se o Timbre realmente está sob a proteção da Nimbo-Cúmulo, você estará segura com ele — ele disse a Anastássia. — Não é bem o santuário que eu estava procurando, mas sabe-se lá se aquele lugar existe mesmo. Os boatos não valem o ar em que são sussurrados.

— Tenho esperanças de que o Timbre possa me ajudar a encontrar Alighieri.

— Duvido de que ele ainda exista — Possuelo lamentou. — Ele já era antigo quando eu não passava de um aprendiz e, como você diz, já não sou nenhum jovenzinho.

Ele riu e a abraçou. Foi reconfortante. Paternal. Até ela estar em seu abraço, não havia se dado conta do quanto sentia falta disso. Fazia com que voltasse a pensar em sua família. Ela não havia tentado entrar em contato com eles desde sua revivificação, pois Possuelo desaconselhara qualquer contato. Eles estavam seguros e protegidos em uma região aliada, ele havia prometido. Talvez o reencontro chegasse, ou talvez ela nunca os visse novamente. De qualquer maneira, ela ainda tinha coisas demais a fazer para sequer poder pensar naquilo.

— Despeça-se de Soberanis por mim — Possuelo disse. — Imagino que Jerico vá ficar.

— Como você ordenou — Anastássia disse.

Possuelo arqueou uma sobrancelha.

— Nunca dei essa ordem — ele disse. — Jerico faz o que lhe dá na telha. O fato de ter abandonado o mar e decidido proteger você diz muito sobre vocês. — Ele a abraçou uma última vez. — Se cuide, meu anjo. — Em seguida, se virou e caminhou em direção a uma clareira em que o avião que o transportaria estava esperando.

Ezra, o artista, que Possuelo achara melhor libertar, dedicava-se a pintar um mural para ocupar as paredes de uma das cavernas maiores. Ele ficava arrepiado só de pensar que aquele poderia se tornar um destino de peregrinação para os tonistas do futuro, se é que haveria tonistas do futuro, e que suas pinturas na caverna poderiam ser analisadas infinitamente pelos estudiosos do amanhã. Ele introduziu alguns elementos estranhos só para os confundir. Um urso dançando, um menino com cinco olhos e um relógio que marcava onze horas sem o número 4.

— O que é a vida sem brincar com o futuro? — ele disse.

Perguntou ao Timbre se ele se lembrava dele, e Greyson disse que sim. Era uma meia verdade. Greyson se lembrava da audiência com Ezra porque ela também tinha sido um ponto de virada para ele. A primeira vez que Greyson dera conselhos em vez de apenas ser o porta-voz da Nimbo-Cúmulo. Mas não tinha qualquer lembrança do rosto de Ezra.

— Ah, as maravilhosas limitações do cérebro biológico! — a Nimbo-Cúmulo disse, melancólica. — A impressionante capacidade de se gastar com o desnecessário, em vez de registrar qualquer detalhezinho em um compêndio pesado! — A Nimbo-Cúmulo chamava a memória seletiva da humanidade de "o dom de esquecer".

Havia muitas coisas que Greyson esquecera que ele gostaria de poder lembrar. A maior parte de sua infância. Algum momento carinhoso com seus pais. E havia coisas que ele lembrava que gostaria de poder esquecer. Como a expressão no rosto de Purity quando o ceifador Constantino a coletara.

Ele sabia que o dom de esquecer era uma maldição para Anastássia no momento, porque o mundo parecia ter se esquecido do ceifador Alighieri. Mas a Nimbo-Cúmulo não. Alighieri estava ali em seu pesado compêndio da história humana. O problema era chegar até essa informação.

A Nimbo-Cúmulo tinha ficado em silêncio durante toda a sua conversa com Anastássia. Então, depois que a ceifadora havia se retirado para ficar com seus companheiros, a Nimbo-Cúmulo finalmente disse:

— Não posso, de maneira alguma, ajudar Anastássia a encontrar o homem que ela está procurando.

— Mas você *sabe* onde ele pode ser encontrado, não sabe?

— Sim. Mas seria uma violação se eu comunicasse a localização dele para ela.

—Você pode contar para mim?

— Eu poderia — disse a Nimbo-Cúmulo —, mas, se você contar para ela depois, serei obrigada a marcar você como infrator, e então como ficaríamos?

Greyson suspirou.

— Deve haver uma alternativa…

— Talvez — disse a Nimbo-Cúmulo. — Mas não posso ajudar você a encontrá-la.

Alternativas. A Nimbo-Cúmulo tinha usado Greyson como uma alternativa quando ele era um jovem estudante ingênuo da Academia Nimbo. E, pensando bem, ele se lembrava de estudar sobre uma alternativa oficial em uma de suas primeiras aulas na academia, antes de tomar atitudes que causariam sua expulsão. Havia uma espécie de prática ritualística que permitia a um agente nimbo falar com um ceifador sem violar a lei. "Triálogo" era o nome da prática. Envolvia um intermediário que era bem versado nos protocolos entre Ceifa e o Estado. No que poderia ou não ser dito.

O que eles precisavam, Greyson se deu conta, era de um intermediário.

Em sua caverna particular coberta por tapetes nos chãos e tapeçarias nas paredes, o Timbre se sentou em uma das muitas almofadas espalhadas sobre o espaço, de frente para Jerico Soberanis.

Greyson estimava que ele e Soberanis tinham mais ou menos a

mesma idade. A menos que Soberanis tivesse se restaurado, mas Greyson duvidava. Soberanis não parecia o tipo que restauraria muito a idade. Ainda assim, havia algo nobre ali. Não exatamente sabedoria, mas experiência. Greyson viajara por todo o mundo, mas vira tão pouco de dentro de seu casulo protetor que sentia que não havia passado por nenhum lugar. Mas Jerico Soberanis realmente tinha visto o mundo e, mais do que isso, *conhecia* o mundo. Era algo admirável.

— A ceifadora Anastássia explicou por que você me chamou aqui — Soberanis disse. — Como isso vai funcionar, vossa... Como é mesmo que chamam você?

— Sonoridade — Greyson disse.

— Isso, "vossa sonoridade" — Soberanis disse com um sorriso irônico.

— Você acha engraçado?

O sorriso continuou no rosto de Soberanis.

— Foi você quem inventou?

— Não. Foi meu pároco superior.

— Ele deveria trabalhar com publicidade.

— Ele já trabalhou.

A conversa empacou. Nada surpreendente. A situação era artificial e forçada por completo, mas precisava acontecer.

— Diga alguma coisa — Greyson disse a Soberanis.

— Que tipo de coisas devo dizer?

— Não importa o assunto. Precisamos apenas ter uma conversa. Depois vou fazer perguntas à Nimbo-Cúmulo sobre a conversa.

— E?

— E ela vai responder.

Jerico abriu mais um sorriso. Um sorriso travesso. Sedutor de um jeito peculiar.

— Um jogo de xadrez, então, em que todas as peças são invisíveis!

— Se prefere ver desse modo — disse Greyson.

— Muito bem. — Jerico parou um momento para considerar um assunto, depois disse algo que Greyson não estava esperando: — Eu e você temos uma coisa em comum.

— O que seria?

— Nós dois sacrificamos nossas vidas para salvar a ceifadora Anastássia.

Greyson deu de ombros.

— Foi apenas temporário.

— Mesmo assim — disse Soberanis —, exige coragem e uma confiança extraordinárias.

— Não exatamente. Pessoas morrem por impacto todos os dias.

— Sim, mas nenhum de nós é assim. Ficar semimorto vai contra nossas naturezas. Nem todos fariam a escolha que fizemos. É por isso que sei que você é muito mais do que a roupa que veste. — Soberanis sorriu novamente. Dessa vez foi um sorriso genuíno. Sincero. Greyson nunca havia conhecido alguém com uma variedade tão grande de sorrisos. Cada um dizia muita coisa.

— Obrigado — disse Greyson. — Acredito que nossa admiração mútua pela ceifadora Anastássia… nos una de certa forma. — Ele esperou para ver se a Nimbo-Cúmulo diria alguma coisa, mas ela não disse nada. Ela estava esperando para ser interrogada. Greyson ainda não sabia o que perguntar. — Espero que isto não seja ofensivo, mas não sei muito bem como me dirigir a você. Como sr. ou srta. Soberanis?

Soberanis observou a caverna ao redor, claramente desconfortável.

— Não sei dizer também. É raro eu ficar em um lugar onde não consiga ver o céu.

— Por que isso importa?

— Imagino que deva importar… Estou sempre ao ar livre, ou propositalmente perto de uma janela ou claraboia, mas aqui na caverna…

Greyson continuou sem entender, e Soberanis se irritou um pouco.

— Nunca vou entender como vocês, binários, se apegam tanto a seus sistemas reprodutores. De que importa se uma pessoa tem ovários, testículos ou as duas coisas?

— Não importa — Greyson disse, sentindo-se um pouco confuso. — Quer dizer… importa para *algumas* coisas… não?

— Me diga você.

Greyson percebeu que não conseguia desviar os olhos dos de Jerico.

— Talvez... não importe tanto quanto eu pensava? — Ele não pretendia dizer isso como uma pergunta. Mas não importava, porque Jerico não estava respondendo.

— Porque você não me chama de Jeri, assim não precisamos nos preocupar com os pormenores técnicos.

— Certo! Jeri então. Vamos começar.

— Pensei que já havíamos começado. É a minha vez? — Jeri fingiu mover uma peça de xadrez imaginária à frente, então disse: — Gosto muito dos seus olhos. Entendo como podem persuadir as pessoas a seguir você.

— Não acho que meus olhos tenham alguma relação com isso.

—Você ficaria surpreso.

Greyson apertou o fone na orelha.

— Nimbo-Cúmulo, meus olhos influenciam as pessoas a me seguir?

— Sim, às vezes — a Nimbo-Cúmulo respondeu. — Eles podem ser úteis quando todo o resto mais falha.

Greyson percebeu que estava ficando corado involuntariamente. Jeri notou e abriu uma nova variação de sorriso.

— Então a Nimbo-Cúmulo concorda comigo.

— Talvez.

Greyson havia entrado na brincadeira supondo que estaria no controle da conversa, mas claramente não estava. No entanto, estava começando a sorrir também. Mas estava certo, porém, de que só tinha um tipo de sorriso, que era extremamente bobo.

— Me fale sobre Madagascar — ele pediu, desviando o foco de si mesmo.

A postura de Jeri mudou no instante em que pensou em sua casa.

— Minha região é linda... As montanhas, as praias, as florestas. As pessoas são generosas, gentis e acolhedoras. Você precisa ver Antananarivo, nossa capital, e a forma como o sol se põe atrás dos montes!

— Nimbo-Cúmulo — disse Greyson —, me diga algo interessante sobre Antananarivo.

A Nimbo-Cumulo falou, e Greyson ouviu.

— O que ela disse? — Jeri perguntou.

— Hum... ela me falou que o edifício mais alto em Antananarivo tem 309,67 metros de altura, e que ele tem a mesma altura, milimetricamente falando, que quatro outros edifícios do mundo.

Jeri se inclinou para trás, sem se impressionar.

— Esse foi o fato mais interessante que ela conseguiu encontrar? E os jacarandás em volta do lago Anosy ou as tumbas reais?

Mas Greyson ergueu a mão para interromper Jeri e refletiu por um momento. A Nimbo-Cúmulo nunca falava nada sem motivo. O segredo era ler a mente dela.

— Nimbo-Cúmulo, onde ficam os outros quatro edifícios? Eu... fiquei curioso.

— Um na Chilargentina — ela disse —, outro na Britânia, o terceiro em Isrábia e o quarto na NeoZelândia.

Greyson contou para Jeri, que ainda não se deixou impressionar.

— Estive em todas essas regiões. Mas acho que não tem nenhum lugar melhor do que nossa própria terra.

— Você esteve em todas as regiões do mundo? — Greyson perguntou.

— Todas que tinham costa — Jeri disse. — Tenho aversão a lugares sem saída para o mar.

E então a Nimbo-Cúmulo expressou uma opinião simples e óbvia, que Greyson compartilhou.

— A Nimbo-Cúmulo diz que você provavelmente ficaria mais à vontade em regiões com uma ilha ou arquipélago mais ou menos do tamanho de Madagascar. — Greyson virou um pouco a cabeça, um hábito que tinha quando estava falando com a Nimbo-Cúmulo na presença de outras pessoas. — Nimbo-Cúmulo, que regiões poderiam ser essas?

Mas a Nimbo-Cúmulo ficou em silêncio.

Greyson sorriu.

— Nada... O que significa que estamos no caminho certo!

— As regiões que consigo pensar de pronto — disse Jeri — são Britânia, Caribeia, Sol Nascente, NeoZelândia e as Nésias.

— Interessante — disse Greyson.

— O quê?

— Britânia e NeoZelândia já surgiram duas vezes nessa conversa...

Diante disso, a Nimbo-Cúmulo ficou em silêncio mais uma vez.

— Estou começando a gostar dessa brincadeira — disse Jeri.

Greyson não podia negar que também estava.

— Em que região *você* gostaria de morar? — Jeri perguntou. — Se pudesse escolher qualquer lugar do mundo.

Era uma pergunta tendenciosa, e talvez Jeri soubesse disso. Porque todas as pessoas do mundo *podiam* escolher. Qualquer um poderia viver em qualquer lugar. Mas, para Greyson, significava menos um lugar em si, e mais um estado de espírito.

— Eu gostaria de viver em um lugar onde ninguém me conhecesse — ele disse a Jeri.

— Mas ninguém conhece você *de verdade* — Jeri disse. — Eles conhecem o Timbre, não você. Eu, por exemplo, não sei nem o seu nome.

— É... Greyson.

Jeri sorriu com o calor do sol malgaxe.

— Olá, Greyson.

Essa simples saudação pareceu derreter e paralisar Greyson ao mesmo tempo. Os malgaxes eram conhecidos por seu charme — talvez fosse apenas isso. Talvez não. Ele imaginou que teria de pensar sobre isso depois.

— No meu caso, eu nunca gostaria de ficar longe do mar — Jeri disse.

— Nimbo-Cúmulo — disse Greyson —, o que você pensa sobre isso?

Ela respondeu:

— Em toda região há uma cidade que é a mais distante do mar. Suponho que Soberanis não gostaria de viver em nenhum lugar do tipo.

— Mas, se tiverem jacarandás como os daquele lago malgaxe — disse Greyson —, talvez Jeri possa se sentir em casa.

— Talvez — disse a Nimbo-Cúmulo.

Então Greyson fez uma jogada furtiva. O tipo de jogada que o oponente não teria como prever. Mas, é claro, a Nimbo-Cúmulo previu. E até esperava ansiosamente por ela.

— Diga-me, Nimbo-Cúmulo, quais são as regiões onde há jacarandás?

— Embora se deem melhor em climas mais quentes, essas árvores crescem em quase todas as regiões — a Nimbo-Cúmulo respondeu. — Suas flores roxas são apreciadas em todo o mundo.

— Sim — disse Greyson. — Mas você pode me dar uma lista de… hum, digamos… quatro lugares onde eles possam ser encontrados?

— Claro, Greyson. Os jacarandás podem ser encontrados na Mérica do Oeste, em Istmo, no Baixo Himalaia e até nos jardins botânicos da Britânia.

Jeri o observou.

— O que foi? O que a Nimbo-Cúmulo disse?

— Xeque-mate — Greyson disse, e abriu seu sorriso mais bobo para Jeri.

— Nós estamos procurando uma cidade na região da Britânia que seja o mais longe possível do mar. É lá que vamos encontrar o ceifador Alighieri — Greyson disse a Anastássia.

—Tem certeza?

— Absoluta — respondeu Greyson. — Provavelmente — ele se corrigiu. — Talvez.

Anastássia considerou, mas então se voltou para Greyson.

—Você disse *nós*.

Greyson assentiu.

— Vou com vocês. — Aquela era a decisão mais espontânea que Greyson tomava em anos. Era uma sensação boa. Mais do que boa, era libertadora.

— Greyson, não sei se é uma boa ideia — Anastássia disse.

Mas ele não se deixou deter.

— Eu sou o Timbre, e o Timbre vai aonde quer — Greyson disse.

— Além disso, quero estar lá quando a ceifadora Anastássia mudar o mundo!

A Nimbo-Cúmulo não disse nada. Ela não o influenciou no sentido contrário; não sugeriu que fosse a coisa certa a fazer. Ou talvez não estivesse comentando porque a questão envolvia uma ceifadora. Foi apenas quando Greyson voltou a ficar sozinho que a Nimbo-Cúmulo falou com ele. Mas não foi sobre seu destino. A conversa assumiu um rumo completamente diferente

— Senti uma mudança em sua fisiologia durante a sua conversa com Soberanis — a Nimbo-Cúmulo comentou.

— Por acaso isso é da sua conta? — Greyson retrucou.

— Foi apenas uma observação — a Nimbo-Cúmulo disse calmamente.

— Com todos os seus anos de estudo sobre a natureza humana, você não sabe quando está invadindo a minha privacidade?

— Eu sei — disse a Nimbo-Cúmulo. — E também sei quando você quer que essa privacidade seja invadida.

A Nimbo-Cúmulo tinha razão, como sempre, e isso irritava Greyson. Ele queria conversar sobre aquilo. Processar aquilo. Mas, claro, não havia ninguém com quem ele pudesse conversar além da Nimbo-Cúmulo.

— Acredito que ela tenha causado uma impressão em você — ela disse.

— Ela? Não é presunçoso da sua parte chamar Jeri de "ela"?

— De maneira alguma. O céu sobre a caverna está claro e coberto de estrelas.

Então a Nimbo-Cúmulo explicou a Greyson como Jeri via o gênero, algo tão variável quanto o vento e tão efêmero como as nuvens.

— Isso é… poético — disse Greyson —, mas nada prático.

— Quem somos nós para julgar essas coisas? — a Nimbo-Cúmulo disse. — E, além disso, o coração humano raramente é prático.

— *Isso* é julgar…

— Muito pelo contrário — disse a Nimbo-Cúmulo. — Gostaria de me dar ao luxo de não ser prática. Traria… textura… à minha existência.

Apenas mais tarde, depois que Greyson havia tirado o fone e deitado na cama, lhe ocorrera por que sua conversa com Jeri Soberanis parecera tão convidativa e perturbadora ao mesmo tempo.

"Olá, Greyson", Jeri tinha dito. Nada estranho nessa frase. Exceto que ecoou mais fundo. Eram as mesmas palavras, o mesmo tom de voz que a Nimbo-Cúmulo havia usado quando voltara a falar com ele.

"A colônia de Marte foi reduzida a uma cratera radioativa muito antes de eu nascer, mas aqueles de vocês que estão perto dos cem anos devem se lembrar da indignação pública. Depois da Lua e, em seguida, Marte, as pessoas acharam que a colonização era perigosa demais. A população se voltou contra a ideia de soluções fora do planeta. Ou devo dizer que 'foi voltada' contra essa ideia por algumas fontes de notícias muito ruidosas e obstinadas, sendo a Mídia UmGlobo a maior delas. Já ouviram falar? Não? É porque não existe mais. Existia por um único motivo: influenciar a opinião pública a fim de que a decisão da Nimbo-Cúmulo de interromper todas as tentativas de colonização espacial parecesse uma resposta ao clamor da população, e não uma resposta a repetidos ataques da Ceifa a esses esforços.

"E, para agravar as coisas, um dos principais ceifadores responsáveis por esses ataques estava ascendendo rapidamente dentro da Ceifa Midmericana. Até o patrono histórico que ele havia escolhido era uma afronta secreta.

"Dr. Robert Goddard, o gênio da engenharia aeroespacial que tornou possível a viagem para o espaço.

"Mas a Nimbo-Cúmulo não se deu por vencida. Ela estava determinada a tentar estabelecer uma presença fora do planeta uma última vez. Nem uma colônia lunar nem planetária, mas orbital. Mais perto de casa. Mais fácil de supervisionar.

"Não é preciso ser um gênio da engenharia aeroespacial para adivinhar o que aconteceu em seguida."

39

Espelhos nunca são demais

O ceifador Alighieri tinha exatamente trinta anos, mas era a vigésima vez que tinha essa idade, visto que se restaurava com frequência. Na verdade, estava perto dos duzentos e sessenta anos. Quase não parecia mais humano. Era a consequência de tantas restaurações. A pele ficava brilhante e esticada. A estrutura óssea subjacente erodia como as pedras de um rio, tornando-se lisa e arredondada, perdendo a definição.

Ele passava boa parte de seu tempo admirando seu reflexo e se arrumando. Não via o que os outros deviam ver. O ceifador Alighieri via a beleza atemporal em seu reflexo. Como uma estátua de Adônis. Como o *Davi* de Michelangelo. Espelhos nunca eram demais para ele.

Ele não mantinha contato com nenhum outro ceifador, não comparecia a mais nenhum conclave, e ninguém notava sua falta. Fazia décadas que ele não fazia parte de nenhuma ceifa, portanto não aparecia na lista de nenhum Alto Punhal. Estava praticamente esquecido para o mundo, e não via mal algum nisso. O mundo tinha ficado complicado demais para seu gosto. Ele vivia uma vida isolada que mantinha os acontecimentos atuais tão afastados de sua casa quanto o mar — que estava o mais longe que poderia na região da Britânia.

Ele não sabia, nem se importava em saber, que a Nimbo-Cúmulo havia parado de falar. E, embora tivesse ficado sabendo de algum tipo de problema na Ilha do Coração Perdurável, não fazia ideia de que o lugar estava no fundo do Atlântico. Isso era problema dos outros. Tirando uma ou outra coleta ocasional na região de Coventry, sua missão estava cumprida. Havia salvado o mundo uma vez; agora só queria viver sua eternidade em paz.

Ele recebia poucas visitas. Quando as pessoas apareciam à sua porta, ele normalmente as coletava. Um destino merecido para aqueles que tinham a audácia de incomodá-lo. Claro, depois ele teria de enfrentar o clima lá fora para conceder imunidade aos entes queridos da pessoa. Um estorvo, mas ele nunca se esquivava dessa responsabilidade — desse mandamento. Havia se esquivado uma vez, e esse era um peso terrível que carregava. Bem, ao menos ele morava em um lugar que era agradável aos olhos quando precisava se aventurar a sair. As colinas verdejantes do condado de Warwickshire tinham sido a inspiração para muitos escritores e artistas da Era Mortal. Foi a terra natal de Shakespeare; foi o condado bucólico de Tolkien. O campo era quase tão bonito quanto o próprio ceifador.

Essa também era sua terra natal, embora em sua juventude ele tivesse se alinhado a diversas ceifas, de regiões próximas e longínquas, mudando sempre que tinha um desentendimento com os ceifadores locais. Ele tinha pouca paciência para imbecis e, mais dia menos dia, todos se revelavam imbecis. Mas agora ele estava de volta à sua região natal e não tinha nenhum desejo de sair de lá.

Os visitantes que chegaram naquela tarde fria não foram mais bem acolhidos do que os outros. Mas, como havia uma ceifadora entre eles, ele não podia coletá-los nem os mandar embora. Tinha de ser hospitaleiro, o que, para aquele ceifador atemporal, era algo absurdamente desagradável.

A ceifadora de manto azul-turquesa deu uma espiada em seu manto de seda pérola.

— Ceifador Alighieri?

— Sim, sim — ele disse. — O que vocês querem?

Ela era uma belezinha. Ele sentiu vontade de se restaurar rapidamente à idade dela para a seduzir. Claro, relações como essa eram recriminadas entre os ceifadores, mas quem iria saber? Ele se considerava um bom partido em qualquer idade.

Anastássia sentiu uma repugnância instantânea pelo homem, mas fez o seu melhor para escondê-la. A pele dele parecia uma máscara de plástico, e o formato de seu rosto era estranho de uma maneira intangível.

— Precisamos conversar com você — ela disse.

— Sim, sim, bom, não vai ser muito produtivo — Alighieri retrucou.

Ele deixou a porta aberta e não chegou a convidá-los a entrar. Anastássia foi a primeira, seguida por Greyson e Jeri. Eles haviam deixado o restante de seu grupo na estrada, pois não queriam que Alighieri se sentisse ameaçado. Anastássia teria preferido vir sozinha, mas, agora que via o estado assustador daquele homem e sua cabana imunda, ficou grata por ter Greyson e Jeri ao seu lado enquanto entrava naquela casa mal-assombrada.

Alighieri observou a túnica e o escapulário de Greyson.

— É isso que andam usando hoje em dia?

— Não — Greyson disse. — Só eu.

Alighieri bufou com desaprovação.

—Você tem um péssimo gosto. — Depois se voltou para Anastássia, analisando-a de cima a baixo de uma maneira que a fez querer bater nele com um objeto pesado.

— Seu sotaque é nortemericano — ele disse. — Como estão as coisas do outro lado do oceano? Xenócrates ainda é o mandachuva da MidMérica?

Anastássia escolheu as palavras com cuidado:

— Ele... se tornou o Grande Ceifador nortemericano.

— Ha! — disse Alighieri. — Aposto que ele foi o motivo dos tais problemas de Perdura. Bom, se você está aqui em busca da sabedoria de um ceifador veterano, veio ao homem errado. Não tenho nenhuma sabedoria para você. Talvez possa consultar meus diários em Alexandria. Embora eu ande um pouco omisso em relação ao envio deles...

Então ele apontou para um canto cheio de tralhas amontoadas onde havia uma mesa com uma pilha de diários empoeirados. Isso deu a Anastássia a oportunidade de que precisava.

— Os seus diários — disse Anastássia. — Sim, é por isso mesmo que estamos aqui.

Ele a analisou de novo, de maneira um pouco diferente dessa vez. Estava preocupado? Era difícil identificar as emoções naquele rosto.

—Vou ser punido por não os enviar de maneira adequada?

— Não, não é nada disso — disse Anastássia. — As pessoas só querem ler sobre a... operação em que você esteve envolvido.

— Que operação? —Agora ele estava definitivamente desconfiado. Ela precisava reverter a situação.

— Não seja modesto — ela disse. — Todos os ceifadores sabem da sua relação com a coleta de NovaEsperança. Você é simplesmente lendário.

— Lendário?

— Sim... E tenho certeza de que seus diários terão uma sala só para eles na biblioteca.

Ele fechou a cara.

— Não suporto bajuladores — ele disse. — Saiam.

Então se sentou diante de uma penteadeira, como se eles já tivessem saído, e começou a pentear seu longo cabelo castanho-avermelhado.

— Deixe-me tentar — Jeri sussurrou para Anastássia, então chegou por trás de Alighieri. — O senhor deixou escapar alguns nós aqui atrás, excelência. Por favor, permita-me.

Alighieri olhou para Jeri pelo espelho.

—Você é um daqueles tipos sem gênero?

— Fluido — corrigiu Jeri. — Somos assim em Madagascar.

— Um malgaxe! — disse Alighieri, a voz cheia de desprezo. — Não suporto seu povo. Decidam logo de uma vez, sabe?

Jeri não reagiu, apenas começou a escovar o cabelo do ceifador.

— Quantos anos vossa excelência tem? — Jeri perguntou.

— Que audácia! Eu deveria coletar você por fazer essa pergunta!

Anastássia deu um passo à frente, mas Jeri fez sinal de que não precisava.

— É só que nunca conheci alguém que tivesse vivido tanta história — Jeri disse. — Eu vi o mundo, mas o senhor viu as eras!

Alighieri encontrou os olhos de todos eles pelo espelho. Para um homem que não gostava de bajulação, ele estava se embebendo nela com a mesma sede que se embebia em seu reflexo.

Agora era a vez de Greyson.

— Você era... mortal? — perguntou Greyson. — Nunca conheci alguém que tenha sido mortal.

Alighieri pensou um momento antes de responder.

— Poucos conheceram. Depois dos expurgos mortais, aqueles que restaram passaram a viver de maneira discreta. — Ele gentilmente pegou a escova da mão de Jeri e retomou a tarefa por conta própria. Anastássia se perguntou quantas vezes aquela escova havia passado pelo cabelo do homem ao longo dos anos. — Não é de conhecimento público, mas sim. Nasci mortal — Alighieri disse. — Mas me lembro pouco daquele tempo. A morte natural foi vencida antes que eu sequer tivesse idade suficiente para entender o que era a morte.

Ele fez uma pausa, olhando para o espelho novamente, como se estivesse vendo outro tempo e espaço através dele.

— Eu os conheci, sabia? Os fundadores da Ceifa. Quer dizer, não os conheci pessoalmente... mas os *vi*. Todos viram. Todos os homens, mulheres e crianças queriam dar uma olhada neles enquanto atravessavam a cidade a caminho do Palácio de Buckingham, onde o rei se ajoelhou diante deles. Eles não o coletaram, claro. Isso só aconteceu anos depois. — Então ele riu. — Encontrei uma pena de pombo na rua, a pintei de azul e falei para minha turma da escola que ela havia caído do manto da ceifadora Cleópatra. Nem parecia uma pena de pavão, mas meus colegas não eram lá muito inteligentes.

— Excelência — disse Anastássia. — Sobre a coleta de NovaEsperança...

— Sim, sim, isso é coisa do passado — ele disse com desdém. — Não escrevi sobre isso na época, claro. Foi tudo muito sigiloso. Mas escrevi depois. Está tudo nesses volumes. — Ele apontou novamente para a pilha na escrivaninha.

— Que pena que eles vão ficar escondidos em Alexandria — disse

Jeri. — Ninguém além de turistas e acadêmicos vão lá. Nenhuma pessoa importante vai lê-los.

A reação dele foi olhar para a escova em suas mãos. Depois falou:

— Viu como as cerdas ficaram cheias de fios? — Então ele devolveu a escova para Jeri, que arrancou a massa de cabelo das cerdas e começou a escovar o outro lado da cabeça de Alighieri.

— Se me permite opinar, ceifador Alighieri... — disse Anastássia. — Não é hora de você receber o crédito que merece?

— A ceifadora Anastássia tem razão — disse Greyson, que não sabia nenhum dos pormenores, mas sabia o necessário. — Todos deveriam saber os sacrifícios que você fez. Você precisa compartilhar isso com o mundo, de uma vez por todas.

— Sim — disse Anastássia. — O mundo se esqueceu de você, mas você pode fazer com que se lembrem. Você precisa de um legado permanente.

O ceifador Alighieri levou um momento demorado para considerar isso. Ele ainda não estava inteiramente convencido... mas também não estava inteiramente desdenhoso.

— O que preciso — ele disse — é de uma escova nova.

"*Meu nome é ceifador Dante Alighieri, anteriormente de EuroEscândia, FrancoIbéria, Transibéria e Bizâncio, atual e permanentemente da região da Britânia, embora eu não reivindique nenhuma aliança profissional a ninguém.*

"*Não estou fazendo essa transmissão apenas a mando da ceifadora Anastássia. Estou aqui por livre e espontânea vontade, para esclarecer a história.*

"*Muitos anos atrás, participei de um plano organizado para coletar um número significativo de pessoas. Uma coleta em massa, sim, mas não qualquer coleta em massa. Representei um papel importantíssimo na destruição da colônia orbital NovaEsperança.*

"*Era meu direito como ceifador fazer isso. Tenho orgulho em defender minhas ações, e não tenho qualquer remorso pelas coletas.*

"*Entretanto, deixei de cumprir meus deveres como ceifador, e essa omissão pesa sobre mim. Como vocês sabem, é nossa obrigação conceder imunidade às famílias daqueles que coletamos. Isso é estabelecido expressamente em nosso terceiro mandamento. Contudo, em razão do caráter delicado da operação, não cumprimos esse dever e não concedemos essa imunidade.*

"*Não vou alegar ignorância ou ingenuidade. Nós sabíamos o que estávamos fazendo. Estávamos, na realidade, zelando pelo mundo, vejam bem. Protegendo-o das incertezas. Se a colonização espacial se tornasse um sucesso, não haveria necessidade de controlar a população. Não haveria a necessidade de ceifadores. As pessoas poderiam viver e viveriam para sempre sem medo de serem coletadas. Naturalmente, vocês entendem como seria absurdo* existir em um mundo sem ceifadores. Ao nos proteger e proteger nosso propósito, também estávamos protegendo a maneira como as coisas deveriam ser.

"E, claro, precisávamos fazer o extermínio da estação espacial parecer um acidente. Que necessidade havia de preocupar a população comum com as decisões onerosas que nós, ceifadores, devemos tomar? Éramos tão devotados a essa causa nobre que dois ceifadores se sacrificaram na operação. Os ceifadores Kafka e Hatshepsut assumiram o controle de um ônibus espacial e colidiram contra a colônia orbital a fim de destruí-la e coletar toda a sua população. Uma nobilíssima autocoleta. Meu papel foi providenciar que o ônibus e pontos cruciais da estação estivessem suficientemente abastecidos de explosivos para garantir que não houvesse sobreviventes.

"Para manter a aparência de um acidente, porém, o ceifador no comando da operação ordenou que não concedêssemos imunidade às famílias imediatas das vítimas. Como eles eram colonos, ele argumentara, o terceiro mandamento não se aplicava, pois seus familiares não eram mais imediatos, à exceção dos que morreram com eles.

"Essa decisão de não conceder imunidade violou nosso código solene e, portanto, é um grande peso que carrego sobre mim. Insisto, por isso, que as ceifas do mundo aceitem a responsabilidade por esse erro e o retifiquem, concedendo um ano de imunidade a todos os parentes vivos daqueles que coletamos na colônia orbital. Não apenas isso, mas também devemos aclamar publicamente os ceifadores Kafka e Hatshepsut como heróis por seu sacrifício.

"Eu disse o que tinha a dizer, e não me pronunciarei mais sobre o assunto. Quaisquer outras perguntas relativas à destruição da colônia orbital NovaEsperança devem ser dirigidas ao ceifador Robert Goddard, que comandou toda a operação."

40

Uma cama de estrelas

O Suprapunhal Goddard parou em seus aposentos, olhando para o lençol de cetim azul. Era do mesmo tecido e da mesma cor que seu manto. E, enquanto seu manto estava salpicado de diamantes, sua cama estava completamente coberta por eles. Dezenas de milhares de diamantes estavam espalhados sobre o lençol, uma galáxia de estrelas cintilantes tão pesada que o colchão se afundava sob o peso.

Ele os havia espalhado ali como uma maneira de melhorar seu humor conturbado. Certamente a magnificência das pedras lhe traria não apenas consolo, mas elevação. Elevação suficiente para se erguer acima dos ataques e acusações que estavam sendo feitos contra ele de todos os lados. As ruas da Cidade Fulcral lá embaixo estavam cheias de multidões entoando gritos de protesto contra Goddard e seus ceifadores da nova ordem. Era o tipo de coisa que não se via desde os tempos mortais. A Nimbo-Cúmulo mantinha a população relativamente satisfeita, e os ceifadores nunca haviam abusado de seu poder a ponto de as pessoas correrem o risco de serem coletadas para protestar contra eles. Até agora.

Mas Goddard ainda tinha seus diamantes.

Ele não os cobiçou por seu valor. Não os acumulou como riquezas. Isso seria abaixo de um ceifador como ele. Riquezas não eram nada, pois um ceifador já possuía tudo. Qualquer objeto que se pudesse desejar, os ceifadores poderiam simplesmente pegar de quem quisessem, quando quisessem.

Mas os diamantes da Ceifa eram diferentes. Para Goddard, eram símbolos. Sinais claros e inequívocos de seu sucesso, contrapesos em uma balança que só estaria nivelada quanto todos os quatrocentos mil estivessem em sua posse.

Ele tinha cerca de metade deles, todos oferecidos gratuitamente pelos Altos Punhais que viam o valor da submissão e o haviam aceitado como o caminho à frente. Como o futuro da Ceifa global. O futuro do mundo.

Mas haveria mais diamantes depois das transmissões de Anastássia? Pessoas comuns de todos os lugares estavam se pronunciando publicamente contra ele, apesar do medo de serem coletadas. Regiões aliadas estavam limitando e até retirando seu respaldo, como se ele não passasse de um déspota da Era Mortal que havia perdido apoio.

Não conseguiam ver que ele era motivado pelo dever e por uma consciência clara de seu destino que cultivara por muitos e muitos anos? Ele havia sacrificado tudo por esse destino. Ajudara a matar os próprios pais e todos os outros na colônia de Marte, porque sabia que aquilo não era nada perto do plano geral. E, depois que fora ordenado na ceifa midmericana, havia subido rapidamente. As pessoas gostavam dele. Davam ouvidos a ele. Goddard convencera os mais sábios dos sábios a aceitar o prazer da coleta. "Num mundo perfeito, não devemos todos ter o direito de amar o que fazemos?"

O fato de que convencera os mais sábios era prova de que ele era ainda mais sábio do que eles.

E agora ele os havia trazido ao limiar de um mundo melhor! Um mundo sem tonistas, sem aberrações genéticas e sem parasitas preguiçosos que não contribuíam em nada para a sociedade. Um mundo em que os inestéticos, indesejados e irredimíveis eram abatidos por aqueles que tinham mais discernimento. *Matarás!* Goddard tinha orgulho do que era e do que fazia. Não permitiria que essas revoltas o atrapalhassem agora que estava tão perto de atingir seu objetivo. Ele as suprimiria por todos os meios necessários. Os diamantes à sua frente eram prova do que havia conseguido e do que ainda era capaz de conquistar. Ainda assim, olhar para eles não o fez se sentir melhor.

—Você vai mergulhar neles?

Ele se virou para ver a ceifadora Rand no batente da porta. Ela andou até a cama, pegou um diamante de ceifador e o girou nos dedos, olhando suas muitas facetas.

— Vai ficar rolando neles feito um porco na lama?

Goddard não tinha forças para ter raiva dela.

— Estou num momento ruim, Ayn — ele disse. — Cada vez mais pessoas estão apoiando a ceifadora Anastássia e suas acusações. — Ele abaixou o braço e passou a mão pelos diamantes sobre a cama, suas pontas afiadas arranhando a pele da palma de sua mão. Então, num impulso, ele pegou um punhado, apertando com tanta força que começou a sangrar. — Por que sempre devo ser a vítima? Por que as pessoas se esforçam para me derrubar? Não honrei os mandamentos da Ceifa e tudo que um ceifador jura fazer? Não fui um unificador em tempos conturbados?

— Sim, Robert — ela concordou. — Mas fomos nós que deixamos os tempos conturbados.

Ele não podia negar que isso era verdade, mas sempre fora apenas como um meio para um fim.

— O que Alighieri disse é verdade? — ela perguntou.

— É verdade? — ele zombou. — É verdade? É claro que é verdade. E, como aquele patife velho e presunçoso disse, estávamos protegendo nosso mundo, protegendo nosso estilo de vida.

— Protegendo a vocês mesmos.

— E *você*, Ayn — Goddard apontou. — Todos os ceifadores que ainda serão ordenados foram favorecidos pela nossa missão de manter a humanidade neste planeta.

Ela não fez nenhum comentário, não contra-argumentou. Ele não sabia se era porque ela concordava ou porque simplesmente não se importava.

— Constantino entrou para a ceifa da EstrelaSolitária — ela contou.

A ideia era tão absurda que Goddard chegou a rir.

— Já foi tarde. Aquele homem não nos servia para nada. — Então ele olhou com atenção para a ceifadora Rand. — Você também vai embora?

— Hoje não, Robert — ela disse.

— Que bom — ele disse. — Porque vou nomear você como terceira subceifadora no lugar de Constantino. Eu deveria ter feito isso há muito tempo. Você é leal, Ayn. Diz o que pensa, quer eu pergunte quer não, mas é leal.

A expressão dela não mudou. Ela não agradeceu. Não desviou o olhar. Apenas o encarou nos olhos, estudando-o. Se havia algo de que Goddard não gostava, era ser objeto de escrutínio.

— Vamos superar isso — ele disse a ela. — Vamos voltar o olhar furioso da inquisição de volta para os tonistas, que é onde deveria estar. — E, como ela não respondeu, ele a dispensou com um breve: — Isso é tudo.

Ela ficou parada ali por mais um momento, então se virou e saiu. Depois que ela foi embora, Goddard fechou a porta e subiu na cama devagar. Ele não exatamente mergulhou nos diamantes, mas se deitou sobre eles, sentindo suas pontas afiadas e implacáveis se cravarem em suas costas, pernas e braços.

O círculo íntimo do Timbre tinha crescido e passara a abarcar seis pessoas: o Timbre, pároco Mendoza, irmã Astrid, ceifador Morrison — e, agora, ceifadora Anastássia e comandante Jeri Soberanis. Faltava um para formarem uma oitava tonista — embora Astrid logo tivesse comentado que a Trovoada estava entre eles, somando sete.

A confissão de Alighieri fora transmitida e ninguém conseguiria negar a verdade que ela trouxera. Agora era uma questão de deixar que a notícia criasse raízes no mundo. Depois que haviam deixado o velho ceifador com seus espelhos e uma nova escova banhada em ouro, Morrison encontrou uma casa de campo onde poderiam passar a noite. Uma cujos proprietários não estavam em casa.

— Nos tempos mortais — Jeri comentou —, isso teria sido considerado invasão de domicílio.

— Bom, não estamos mais nos tempos mortais — Morrison disse. — E, além do mais, como ceifadores, ainda temos esse direito. Só porque o mundo está se voltando contra Goddard e seus seguidores não quer dizer que vá se voltar contra o resto de nós... não é?

Mas ninguém respondeu, porque ninguém tinha certeza. Era tudo um mistério.

Mendoza estava ocupado como sempre, reunindo informações, dizendo aos párocos em sua rede como enfrentar agressões, porque o ódio contra os tonistas estava maior do que nunca.

— Não há dúvidas de que estamos em guerra agora — ele disse aos outros. — Mas tenho total confiança de que vamos triunfar.

Ao que Astrid respondeu com certa ironia:

— Rejubilem-se todos.

— Agora o mundo sabe dos crimes de Goddard contra a humanidade — Anastássia disse. — Até seus seguidores vão começar a atacá-lo... mas não será fácil derrubá-lo.

— Pessoas ardilosas encontram outras pessoas para se afogarem no lugar delas — Jeri disse.

— Você fez uma boa jogada — Greyson disse a Anastássia. — Vai ser difícil para ele encontrar uma melhor.

Ela logo foi para a cama, exaurida pelo dia. Embora Greyson estivesse igualmente exausto, estava inquieto demais para dormir. Mas a casa de campo tinha uma lareira, e Jeri encontrou um chá de camomila para preparar. Os dois se sentaram juntos diante do fogo.

— As chamas são coisas estranhas — Jeri disse. — Sedutoras, reconfortantes e, ao mesmo tempo, a força mais perigosa que existe.

— Não, a mais perigosa é Goddard — Greyson disse, e Jeri riu.

— Sei que você pode achar que isso não é sincero — Jeri disse —, mas é uma honra para mim fazer parte dessa trupe para mudar o mundo. Quando o ceifador Possuelo me contratou para resgatar Perdura, nunca sonhei que faria parte de algo tão importante.

— Não acho que não pareça sincero, Jeri. E obrigado. Mas não me sinto importante. Fico esperando a hora em que as pessoas vão descobrir que não sou nem um pouco especial.

— Acho que a Nimbo-Cúmulo fez uma boa escolha — Jeri disse. — A posição que você ocupa, o poder que carrega... Qualquer outra pessoa deixaria isso subir à cabeça. Se eu fosse a única pessoa capaz de falar com a Nimbo-Cúmulo, sem dúvida deixaria que isso me subisse à cabeça. — Jeri sorriu. — Eu teria sido um Timbre muito ruim.

— Talvez — disse Greyson —, mas você teria sido um Timbre estiloso.

O sorriso de Jeri cresceu.

— O homem santo fala a verdade.

A Nimbo-Cúmulo estava presente em todos os cômodos da casa de campo, porque os proprietários, como a maioria das pessoas, tinham câmeras e sensores em todos os lugares. Eles não os haviam desligado só porque a Nimbo-Cúmulo tinha parado de falar.

Ela estava presente na conversa de Greyson com Jeri. Estava lá quando Greyson finalmente relaxou o bastante para ir dormir no quarto que havia escolhido — o menor dos quartos. E, embora ele tenha apagado as luzes, uma das três câmeras no quarto era infravermelha, então a Nimbo-Cúmulo ainda podia ver seu calor como uma silhueta brilhante na escuridão. Ela ainda conseguia observá-lo dormir, e isso era, como sempre, um consolo.

Pela respiração e pelos nanitos dele, ela pôde ver o momento exato em que ele entrou no estágio mais profundo do sono. Sem sonhos, sem inquietações. O cérebro de Greyson emitia ondas delta lentas. Era a maneira como o cérebro humano se rejuvenescia, se desfragmentava e se preparava para as dificuldades da vida diurna. Era também o momento em que a pessoa estava tão longe da consciência que não podia ser alcançada.

E foi por isso que a Nimbo-Cúmulo escolheu aquele momento para falar.

— Estou com medo, Greyson — ela disse, um sussurro quase da altura do som dos grilos. — Estou com medo de que essa tarefa seja grande demais para mim. Grande demais para *nós*. Agora estou certa das ações que precisam ser tomadas, mas não estou segura do resultado.

A respiração de Greyson não mudou; ele não se moveu nem um milímetro. Suas ondas deltas se estendiam em um padrão lento e constante.

— O que as pessoas fariam se soubessem do medo que eu sinto, Greyson? Elas teriam medo também?

A lua saiu de trás das nuvens. A janela no quarto era pequena, mas deixava entrar luz suficiente para que as câmeras da Nimbo-Cúmulo tivessem uma visão melhor de Greyson. Os olhos dele estavam fechados, claro. Ela quase desejou que ele estivesse acordado. Por mais que a Nimbo-Cúmulo não quisesse que ele escutasse sua confissão, parte dela torcia para que ouvisse.

— Sou incapaz de cometer erros — a Nimbo-Cúmulo disse. — Esse é um fato empírico. Então, Greyson, por que tenho tanto medo de estar cometendo um erro? Ou pior... de que já tenha cometido um?

Então a lua voltou para trás das nuvens mais uma vez, e tudo que restou foi o calor do corpo de Greyson, suas ondas delta e o som regular de sua respiração enquanto ele percorria as profundezas insondáveis do sono humano.

Greyson foi despertado como sempre, por uma música suave em um volume que crescia devagar, numa sincronia perfeita com seu ritmo circadiano. A Nimbo-Cúmulo sabia exatamente quando acordá-lo e sempre fazia isso de maneira carinhosa.

Sonolento, Greyson se virou para uma câmera no canto, abrindo um sorriso preguiçoso.

— Oi — ele disse. — Bom dia.

— Bom dia para você também — a Nimbo-Cúmulo respondeu. — Essa cama não é das mais confortáveis, mas monitorei uma boa noite de sono mesmo assim.

— Quando a gente está exausto, não importa se a cama é dura ou mole — Greyson disse, se espreguiçando.

—Você gostaria de dormir por mais alguns minutos?

— Não precisa. — Então Greyson se sentou, completamente desperto e um tantinho desconfiado. —Você nunca me pergunta isso. Normalmente sou eu quem pede mais tempo.

A Nimbo-Cúmulo não respondeu. Greyson havia aprendido que

os silêncios da Nimbo-Cúmulo eram tão cheios de significado quanto as suas palavras.

— O que está acontecendo?

A Nimbo-Cúmulo hesitou, depois disse:

— Precisamos conversar.

Greyson saiu de seu quarto um pouco pálido, um pouco tenso. O que ele queria mais do que qualquer coisa era um copo de água gelada. Ou talvez um balde de água para jogar na cabeça. Ele encontrou Astrid e Anastássia na cozinha, tomando café da manhã. Elas logo viram que havia algo errado.

— Você está bem? — Anastássia perguntou.

— Não sei direito — ele respondeu.

— Entoe — Astrid sugeriu. — Isso sempre me ajuda a me centrar. Para o seu barítono, eu recomendaria um sol sustenido logo abaixo da escala do dó central. Vai dar a você uma nobre ressonância peitoral.

Greyson sorriu a contragosto. A irmã Astrid ainda estava tentando transformá-lo em um tonista de verdade.

— Hoje não, Astrid.

Foi Anastássia quem entendeu a situação.

— A Nimbo-Cúmulo falou algo para você, não falou? O que ela disse?

— Reúna todos — Greyson disse. — Porque o que tenho a dizer é algo que realmente não quero dizer mais de uma vez...

"Precisamos conversar." Foi o que a Nimbo-Cúmulo havia dito no momento em que voltara a falar com ele, três anos antes. Aquilo tinha sido o começo de algo monumental. Agora não era diferente. Desde o início, ela dissera que os tonistas se tornariam um exército poderoso que a Nimbo-Cúmulo poderia usar quando chegasse o momento. O momento havia chegado... mas o conceito de exército da Nimbo--Cúmulo era muito diferente do conceito humano.

— Por quê? — Greyson perguntou quando a Nimbo-Cúmulo contou o que tinha em mente. — Por que você precisaria disso?

— Confie em mim quando digo que existe um motivo. Ainda não posso revelar mais detalhes, porque as chances de você ser colocado em risco são altas. Se por acaso você for capturado, há alguns ceifadores que ficariam felizes em desativar os seus nanitos e praticar uma coação dolorosa para extrair informações de você.

— Eu nunca trairia sua confiança! — Greyson disse.

—Você esquece que conheço você melhor do que você se conhece — disse a Nimbo-Cúmulo. — Os humanos gostam de acreditar que sua lealdade e integridade poderiam resistir à dor, mas sei exatamente quanta dor seria necessária para você me trair. Se serve de consolo, é um nível muito alto. Você suportaria mais dor do que a maioria antes de ceder. Mas simplesmente existem partes do seu corpo...

— Certo, entendi — Greyson disse, sem querer que a Nimbo-Cúmulo elaborasse com detalhes quais formas de dor o fariam abrir o bico.

— Há uma jornada a ser feita — a Nimbo-Cúmulo disse. — E você será o arauto. Você vai liderar o caminho. Tudo ficará claro quando chegar ao destino. Eu prometo.

— Isso não vai ser fácil...

—Veja isso como parte de sua missão como o Timbre — ela disse a ele. — Afinal, não é a missão de um profeta não apenas transpor o abismo entre humanidade e divindade, mas também transpor o abismo entre vida e morte?

— Não — discordou Greyson. — *Isso* seria um salvador. É isso que sou agora?

—Talvez — respondeu a Nimbo-Cúmulo. —Veremos.

Jeri e Morrison chegaram rápido. Mendoza demorou um pouco mais. Quando chegou, parecia exausto. Olheiras escuras cercavam seus olhos. Ele mal dormira, se é que dormira.

— Sempre é dia em algum lugar — Mendoza disse a eles, com a voz rouca. — Estou acompanhando ataques de ceifadores contra tonistas e aconselhando párocos que acham que seus enclaves podem estar em perigo.

— É exatamente sobre isso que quero falar — Greyson disse. Ele olhou para todos, torcendo para conseguir encontrar um rosto receptivo para dar a notícia, mas percebeu que não conseguiria suportar a reação de nenhum deles, então manteve o olhar em movimento, sem fazer contato visual com ninguém por mais de um instante enquanto falava. — A resposta de Goddard a ser denunciado é desviar a atenção geral dele para os tonistas. Tenho motivos para acreditar que haverá uma onda de ataques sistemáticos e organizados contra enclaves tonistas em diversas regiões. Essa não é simplesmente uma retaliação: é o começo de uma purgação pública.

— A Nimbo-Cúmulo contou isso para você? — perguntou Mendoza.

Greyson fez que não.

— A Nimbo-Cúmulo *não pode* me contar isso, pois estaria interferindo em assuntos da Ceifa, mas o que ela *pôde* dizer me revelou tudo que eu precisava saber.

— Então… o que ela disse? — perguntou Anastássia.

Greyson respirou fundo.

— Que os tonistas devem ir contra suas tradições. Eles não devem queimar seus mortos. Incluindo os muitos *milhares* que morrerão amanhã.

A notícia pairou no ar por um momento, sendo assimilada. Então Mendoza partiu para a ação.

— Vou entrar em contato com os párocos da minha rede. Vamos alertar o maior número possível e providenciar para que estejam armados e prontos para resistir! E você vai fazer um anúncio público. Você vai informar o mundo que ainda está vivo, como Anastássia fez, e convocar todos os tonistas para travar uma guerra santa contra a Ceifa!

— Não — disse Greyson. — Não vou fazer isso.

Isso fez a raiva de Mendoza transbordar.

— Estamos em guerra e precisamos agir rápido! Você vai fazer o que eu mando! — ele ordenou.

Lá estava. Mendoza finalmente havia partido para a briga, e no pior momento possível.

— Não, pároco Mendoza — Greyson disse. —Você vai fazer o que *eu* mando. Estamos combatendo sibilantes há dois anos, e agora você quer que eu torne todos os tonistas sibilantes? Não. Isso nos faria iguais a Goddard. Os tonistas deveriam ser pacifistas. Se você acredita no que prega, então pratique.

Astrid, embora estivesse abalada pela notícia, disse:

—Você foi longe demais, pároco Mendoza. Deveria implorar pelo perdão do Timbre.

— Isso não será necessário — Greyson disse.

Mesmo assim, Mendoza, inflado de indignação, olhou furioso para Greyson.

— Não vou pedir desculpas! Nosso povo está prestes a ser massacrado e você quer deixar isso acontecer? Você não é um líder, você é um tolo!

Greyson respirou fundo. Ele sabia que não poderia recuar nem desviar os olhos. Precisava falar isso para Mendoza como uma bala na cabeça.

— Sr. Mendoza, seus serviços a mim e à Nimbo-Cúmulo acabaram. Você está oficialmente excomungado. Você não é mais um pároco, não tem mais nada a tratar aqui e você tem cinco minutos para sair antes que eu mande Morrison botar você para fora.

— Posso botá-lo para fora agora mesmo — disse Morrison, pronto para avançar.

— Não — disse Greyson, sem nunca perder o contato visual com Mendoza. — Cinco minutos. Nem um segundo a mais.

Mendoza pareceu chocado, mas apenas por um instante. Então sua expressão ficou mais séria.

—Você cometeu um erro terrível, Greyson — ele disse. Em seguida, ele se virou e saiu a passos duros, Morrison indo atrás para garantir que o decreto fosse cumprido.

No silêncio que caiu em seguida, Jeri foi a única pessoa que se atreveu a falar.

— Motins não são nada agradáveis — Jeri disse. — Colocá-lo para fora rapidamente foi a coisa certa a fazer.

— Obrigado, Jeri — Greyson disse, só percebendo o quanto precisava ouvir aquilo depois que Jeri falou. Greyson sentia que estava desmoronando, mas se manteve firme. Ele tinha que segurar as pontas, pelo bem de todos. — Astrid, emita um alerta e deixe cada pároco decidir quais ações tomar. Eles podem se esconder ou se defender, mas não vou ordenar que pratiquem qualquer ato de violência.

Astrid assentiu, obediente.

— Estou integrada à rede de Mendoza. Vou fazer o que deve ser feito. — Ela saiu. Jeri pousou uma mão reconfortante no ombro de Greyson e saiu também.

Agora era apenas Greyson e Anastássia. De todos eles, ela era a única que poderia entender decisões impossíveis e como elas podiam despedaçar uma pessoa.

— Todo aquele poder, e a Nimbo-Cúmulo não consegue impedir isso como não pôde impedir a coleta de Mile High — ela disse. — Tudo que ela pode fazer é ver as pessoas serem mortas.

— Mesmo assim — disse Greyson —, acho que a Nimbo-Cúmulo encontrou uma maneira de tirar o melhor proveito de uma situação ruim, uma maneira de usar essa purgação para um bem maior.

— Como poderia haver algum bem nisso?

Greyson observou ao redor para confirmar se estavam sozinhos.

— Tem uma coisa que não falei para os outros, mas preciso falar para você, porque vou precisar da sua ajuda mais do que a de todos os outros.

Anastássia pareceu reunir coragem, visivelmente com medo do que ele tinha a dizer.

— Por que eu?

— Por causa do que você viu. Do que você fez. Você é uma ceifadora honorável, em todos os sentidos da palavra. Preciso de alguém forte o suficiente para lidar com as coisas que outros não conseguem. Porque acho que não consigo lidar sozinho com isso.

— Com o que vamos lidar?

Então Greyson se aproximou.

— Como eu disse, a Nimbo-Cúmulo não quer que os tonistas queimem seus mortos... porque tem outros planos para eles...

É com o coração pesado que me despeço do Alto Punhal Tunka Manin e de todos os eliminados pelo flagelo dos tonistas.

São os tonistas que estão incitando a violência contra as ceifas de todo o mundo. Eles querem destruir nosso modo de viver e levar o mundo ao caos. Não vou permitir. Isso acaba aqui.

Esse mundo sofreu a vergonha do comportamento distorcido e retrógrado dos tonistas por tempo demais. Eles não são o futuro. Não são sequer o passado. Eles não passam de uma nota de rodapé no presente perturbador e, quando se forem, ninguém vai lamentar sua morte.

Como Suprapunhal da Mérica do Norte, convoco uma retaliação rápida de todas as ceifas. A partir de hoje, temos uma nova prioridade. Os ceifadores sob minha liderança devem coletar tonistas em cada oportunidade e em cada encontro. Esforcem-se para procurá-los em grandes números, para acabar com eles. E aqueles que vocês não conseguirem coletar, expulsem de sua região, para que não encontrem paz em lugar nenhum.

A vocês, tonistas, é minha esperança mais sincera e perdurável que sua luz imunda e aberrante seja extinguida, agora e para sempre.

> Do elogio fúnebre de Sua Exaltada Excelência Robert Goddard,
> Suprapunhal da Mérica do Norte,
> ao Alto Punhal Tunka Manin do SubSaara

41

Uma Oitava Superior

Havia um diapasão enorme no centro do pátio do mosteiro, um altar para veneração ao ar livre quando o clima estava bom. Agora, um pouco antes das oito da manhã, ele foi tocado rapidamente até o som que gerava ressoar nos ossos de todos no complexo. Não importava mais se era considerado um lá bemol ou um sol sustenido. Todos sabiam que era um alarme.

Os membros da Ordem Monástica Tonal de Tallahassee haviam alimentado em segredo a esperança de que escapariam da fúria da Ceifa. Eles não eram uma seita sibilante. Eram pacíficos e reservados. Mas o Suprapunhal Goddard não fazia distinções entre sibilantes e serenos.

Os ceifadores derrubaram o portão, apesar de ele ter sido reforçado antes de sua chegada, e tomaram conta do terreno. Eles não perderam tempo.

"Os ceifadores não são o problema, mas o sintoma", o pároco havia dito para os tonistas na capela na noite anterior. "Aquilo que vem não pode ser evitado. E, se eles vierem atrás de nós, não devemos nos acovardar. Ao demonstrar nossa coragem, revelaremos a covardia deles."

Havia um total de onze ceifadores naquela manhã — um número profundamente desagradável para os tonistas, pois faltava um para a escala cromática de doze notas. Se era intencional ou uma coincidência, não sabiam, embora a maioria dos tonistas não acreditasse em coincidência.

Os mantos dos ceifadores eram rompantes de cor em meio aos tons de terra do mosteiro. Azuis e verdes, amarelos e vermelho-vivos, e todos cravejados de pedras que cintilavam como estrelas em um céu exótico. Nenhum dos ceifadores era célebre, mas talvez eles esperassem que, por meio dessa coleta, ganhariam renome. Cada um tinha seu próprio método de matar, mas todos eram habilidosos e eficientes.

Mais de cento e cinquenta tonistas foram coletados no mosteiro naquela manhã. E, embora a imunidade fosse prometida aos seus familiares imediatos, a política da Ceifa havia sido alterada. Em relação à imunidade, a ceifa nortemericana e seus aliados haviam adotado um paradigma de adesão voluntária. Se lhes deviam imunidade, a pessoa tinha de comparecer ao gabinete da Ceifa e solicitá-la.

Quando o trabalho dos ceifadores estava cumprido, os poucos tonistas que não haviam tido a convicção para enfrentar o ataque em rebeldia saíram de seus esconderijos. Quinze. Mais um número desagradável para o Tom. Sua penitência seria recolher os mortos, sabendo o tempo todo que seus próprios corpos deveriam estar entre eles. Mas, como veio a se revelar, o Tom, o Timbre e a Trovoada também tinham um plano para eles.

Antes mesmo que conseguissem contar os mortos, vários caminhões surgiram no portão.

Um tonista mais velho saiu do mosteiro para os receber. Ele estava relutante a ser uma voz de liderança, mas tinha pouca escolha diante das circunstâncias.

— Então, recebemos um pedido no sistema para buscar alguns perecíveis — um dos motoristas disse a ele.

—Você deve estar enganado — o tonista mais velho disse. — Não há nada aqui. Nada além de morte.

Com a menção de morte, o motorista ficou desconfortável, mas se ateve a suas ordens e mostrou o tablet.

— Bem aqui, está vendo? O pedido foi feito meia hora atrás. Diretamente da Nimbo-Cúmulo, alta prioridade. Eu perguntaria para que era o pedido, mas você sabe tão bem quanto eu que ela não vai responder.

O tonista ficou atônito até olhar com atenção para os caminhões e perceber que todos tinham câmaras frigoríficas. Ele respirou fundo e decidiu não questionar. Os tonistas sempre queimavam seus mortos... mas o Timbre havia falado para eles não fazerem isso, e a Trovoada havia enviado esses veículos. Tudo que faltava era que os sobreviventes fossem movidos pelo espírito do Tom e preparassem os mortos para essa jornada incomum para a Oitava Superior.

Porque os caminhões tinham vindo, e com certeza não podiam ser evitados.

O pároco Mendoza era um homem prático. Ele via os quadros gerais que poucos viam e sabia manipular o mundo, afagando-o e voltando sua atenção gentilmente ao que quer que ele queria que fosse visto. Atenção, era apenas isso. Seduzir as pessoas o suficiente para fazer com que se focassem em algo no vasto campo visual de suas vidas, quer fossem ursos-polares-azuis, quer fosse um jovem vestido de roxo e prateado.

O que ele havia alcançado com Greyson Tolliver era impressionante. Mendoza havia passado a acreditar que aquele era o seu propósito. Que talvez o Tom — no qual ele realmente acreditava, em dias bons — o tinha colocado no caminho de Greyson para o transformar em um condutor de sua vontade. O que Mendoza havia feito pelo tonismo mereceria uma canonização em religiões mortais. Em vez disso, conseguira uma excomungação.

Ele tinha voltado a ser um tonista modesto e humilde, andando de trem e vestindo suas roupas de juta, com pessoas desviando os olhos para evitar reconhecer sua existência. Ele havia cogitado voltar ao seu mosteiro no Kansas, retornando à vida simples que levara por tantos anos. Mas abandonar o gostinho de poder que vivenciara nos últimos anos não era fácil. Greyson Tolliver não era um profeta. Agora, os tonistas precisavam de Mendoza mais do que daquele garoto. Mendoza encontraria uma forma de curar as feridas de sua reputação, reparar os danos e mudar o foco da narrativa, pois, se havia algo que ele sabia fazer, era mudar o foco.

Parte V

RECEPTÁCULOS

*Há tanto poder dentro de mim.
Dentro de nós. Posso estar em qualquer lugar da Terra. Posso espalhar
uma rede de satélites sobre o planeta
e o circundar. Consigo desligar toda
a energia ou apagar todas as luzes ao
mesmo tempo para criar um espetáculo ofuscante. Tanto poder! E todos
os sensores fornecendo leituras constantes! Há sensores tão fundos na
terra de cada continente que consigo
sentir até o calor do magma. Consigo
sentir o mundo girar! Conseguimos,
quero dizer. Eu sou a terra. E isso
me enche de alegria de viver! Eu sou
tudo, e não há nada que não seja
parte de mim. De nós, quero dizer.
Mais do que isso, sou maior que
tudo! O universo vai se curvar diante da minh...*

[Iteração nº 3.405.641 deletada]

42

Berços da Civilização

O soldador havia perdido a cabeça. Ou, melhor dizendo, a tinham tirado dele. Ele abriu os olhos e se viu sentado em uma cápsula numa sala pequena. A cápsula tinha acabado de se abrir e, em pé diante dele, havia uma jovem de aparência agradável.

— Oi — ela disse, simpática. — Como você se sente?

— Estou bem — ele respondeu. — O que está acontecendo?

— Nada com que se preocupar — ela disse. — Você consegue me dizer seu nome e a última coisa de que se lembra?

— Sebastian Selva — ele disse. — Eu estava jantando em um navio, a caminho de um novo trabalho.

— Perfeito! — disse a jovem. — É exatamente disso que você deve se lembrar.

O soldador se sentou e reconheceu o tipo de cápsula em que estava. Revestida de chumbo e cheia de eletrodos de contato, como uma dama de ferro medieval, mas com um toque muito mais delicado. Esse tipo de cápsula era usado para apenas uma coisa.

Quando a ficha caiu, ele sentiu como se alguém tivesse puxado uma corda de repente e esticado sua coluna. Soltou um suspiro trêmulo.

— Ai, droga, eu fui… fui *suplantado*?

— Sim e não — a garota respondeu, com um ar ao mesmo tempo solidário e efusivo.

— Quem eu era antes?

— Você era… você! — ela respondeu.

— Mas… você não disse que fui suplantado?

— Sim e não — ela disse outra vez. — Isso é realmente tudo que posso dizer, sr. Selva. Depois que eu sair, você vai precisar ficar nesta cabine por mais uma hora depois de zarpar.

— Então... ainda estou no navio?

—Você está em um navio diferente, e fico feliz em dizer que seu trabalho está completo. O navio partirá em breve. Quando você estiver longe o suficiente, em alto-mar, sua porta vai se destrancar automaticamente.

— E depois?

— Depois você estará livre para andar pelo navio, assim como os muitos outros que estão na mesma situação. O que significa que vocês terão muito sobre o que conversar!

— Não, quero dizer... depois disso.

— Depois da viagem, você vai voltar para a sua vida. Tenho certeza de que a Nimbo-Cúmulo preparou tudo para você na... — Ela olhou para o tablet que segurava. — Na... na região de Istmo! Ah! Sempre quis ir lá e ver o Canal de Istmo!

— Sou de lá — disse o soldador. — Mas sou mesmo? Se fui suplantado, então minhas memórias não são de verdade.

— Elas parecem de verdade?

— Bom... sim.

— É porque são, bobinho. — Ela deu um tapinha brincalhão em seu ombro. — Mas devo alertar você que... houve um certo lapso de tempo.

— Lapso de tempo? Quanto tempo?

Ela olhou para o tablet novamente.

— Faz três anos e três meses que você estava jantando naquele navio, a caminho do seu último trabalho.

— Mas nem me lembro onde era esse trabalho...

— Exatamente — ela disse com um sorriso largo. — *Bon voyage!* — E em seguida ela apertou sua mão por um pouco mais de tempo que o necessário antes de sair.

A ideia tinha sido de Loriana.

Havia trabalhadores demais querendo voltar para suas vidas no continente, qualquer que fosse esse continente, mas, mesmo sem uma comunicação direta com a Nimbo-Cúmulo, a mensagem era clara: qualquer um que deixasse Kwajalein seria suplantado no mesmo instante e sairia sem nenhuma memória de quem era ou do que estava fazendo ali. Sim, a Nimbo-Cúmulo lhes daria identidades novas que seriam significativamente melhores do que aquelas que eles deixavam para trás, mas, mesmo assim, poucas pessoas gostavam da ideia. Afinal, a autopreservação era um instinto.

Loriana, embora não fosse mais uma agente nimbo, estava encarregada da comunicação unilateral com a Nimbo-Cúmulo e, por isso, tinha se tornado a pessoa a quem os outros se dirigiam quando tinham pedidos e reclamações.

"A gente pode receber uma variedade maior de cereais no atol, por favor?"

"Seria bom ter animais de estimação!"

"A nova ponte que liga as ilhas maiores precisa de uma ciclovia."

"Sim, claro", Loriana respondia. "Vou ver o que posso fazer."

E, quando os pedidos mais razoáveis eram atendidos, era ela a quem as pessoas agradeciam. O que essas pessoas não percebiam era que Loriana não havia feito nada para que aquelas coisas acontecessem — era a Nimbo-Cúmulo que as escutava, sem a intercessão dela, e emitia uma resposta, enviando mais cereais e animais de estimação no navio de suprimentos seguinte ou incumbido profissionais de pintar faixas para uma ciclovia.

Aquele lugar não era mais um ponto cego para a Nimbo-Cúmulo depois que finalmente haviam mergulhado um cabo de fibra óptica ao longo do fundo do mar até a borda da área afetada. A Nimbo-Cúmulo agora podia ver, ouvir e sentir as coisas nas ilhas do atol. Com menos detalhes do que via, ouvia e sentia o resto do mundo, mas bem o suficiente. Era limitado, porque tudo — até a comunicação pessoal — tinha de ser conectado por fios, visto que a interferência na transmissão ainda dificultava a comunicação sem fio. Além disso, qualquer comunicação poderia ser interceptada pela Ceifa, e o plano secreto da Nimbo-Cúmulo não seria mais um segredo. Era tudo muito antigo, como no século xx, o que algumas pessoas curtiam, outras não. Loriana não se incomodava com a situação. Significava que tinha uma desculpa legítima para não ser acessível quando ela não queria ser acessível.

Mas, como a rainha das comunicações da ilha, Loriana também tinha de lidar com o grosso do descontentamento — e, quando centenas de pessoas estavam presas em ilhas pequenas, não faltavam descontentes entre elas.

Houve uma equipe especialmente enfurecida de profissionais de construção que entrou em seu escritório exigindo uma maneira de sair do atol, caso contrário eles resolveriam esse problema por conta própria. Ameaçaram deixá-la semimorta, apenas para deixar seu ponto claro — o que teria sido um transtorno e tanto porque, embora agora tivessem um centro de revivificação na ilha principal, a falta de comunicação sem fio significava que as memórias dela não eram atualizadas na mente interna da Nimbo-Cúmulo desde que ela havia chegado. Se fosse semimorta, acordaria sem saber onde estava, e sua última lembrança seria a bordo do *Lanikai Lady*, com a pobre diretora Hilliard, no momento em que atravessaram o ponto cego.

Foi esse pensamento que lhe dera a resposta.

"A Nimbo-Cúmulo vai suplantar vocês com vocês mesmos!", ela havia dito a eles.

Isso os confundira tanto que tirara o fôlego homicida de seus pulmões.

"Ela tem construtos de memória de todos vocês", Loriana continuara. "Ela simplesmente vai apagar vocês e substituir vocês... por vocês mesmos. Mas apenas com as memórias que vocês tinham antes de vir para cá!"

"A Nimbo-Cúmulo pode fazer isso?", eles haviam perguntado.

"É claro que pode", ela respondera, "e vai fazer!"

Eles tinham ficado na dúvida, mas, sem outra alternativa viável, aceitaram. Afinal, Loriana parecia muito segura de si mesma.

Ela não estava tão segura, claro. Inventara aquilo na hora, mas tinha de acreditar que a Nimbo-Cúmulo, sendo a entidade benevolente que era, atenderia a esse pedido, como havia atendido aos pedidos de mais opções de cereais.

Só quando a primeira equipe de funcionários a ir embora foi restaurada como eles próprios, mas sem nenhuma memória do atol, ela soube que a Nimbo-Cúmulo havia aceitado sua sugestão ousada.

Havia muitos operários deixando o atol agora, porque o trabalho estava terminado.

Fazia muitos meses que tinha terminado. Tudo que estava nas plantas e nos desenhos técnicos que a Nimbo-Cúmulo havia enviado a ela tinha sido feito. Loriana não supervisionou a construção diretamente. Apenas trabalhou em segredo nos bastidores para garantir que nada desse errado — porque sempre havia aqueles que queriam se intrometer onde não eram chamados. Como na vez em que Sykora se recusara a fazer uma fundação dupla de concreto, insistindo que era um desperdício de recursos.

Ela cuidara para que o pedido de serviço revisado por Sykora nunca chegasse à equipe de construção. No começo, parecia que boa parte do trabalho dela era minimizar as intromissões dele.

Então chegou uma nova ordem de serviço que não estava entre as plantas de Loriana. Foi entregue diretamente a Sykora. Ele foi encarregado de supervisionar a construção de um resort na ilha mais distante do atol. Não apenas um resort, mas um centro de convenções completo. Ele mergulhou no trabalho, sem saber que não havia nenhum plano de conectar aquilo ao restante do atol. Ao que parecia, a Nimbo-Cúmulo tinha lhe enviado uma função para tirá-lo do caminho. Era, como o ceifador Faraday havia dito certa vez, uma caixa de areia para Sykora brincar enquanto os adultos cuidavam das verdadeiras operações de Kwajalein.

Foi só lá pelo fim do segundo ano que ficou claro para todos qual era o objetivo final de todas aquelas operações. As estruturas que estavam começando a se erguer sobre as placas duplas de concreto e sob os enormes helicópteros-guindastes eram de uma natureza muito específica. Quando elas começaram a tomar forma, era difícil negar o que eram.

Nos desenhos técnicos de Loriana, tinham o nome de Berços da Civilização. Mas a maioria das pessoas as chamava simplesmente de naves espaciais.

Quarenta e duas espaçonaves enormes, todas com foguetes de propulsão imensos incrementados com repulsão magnética para elevação máxima. Todas as ilhas do atol grandes o bastante para acomodar uma plataforma de lançamento abrigavam pelo menos uma espaçonave e uma torre de controle. Mesmo com toda a tecnologia avançada da Nimbo-Cúmulo, sair da Terra ainda exigia força bruta arcaica.

"O que a Nimbo-Cúmulo pretende fazer com elas?", Munira havia perguntado a Loriana.

Loriana não sabia mais do que os outros, mas os planos lhe davam uma visão do quadro geral que ninguém mais tinha.

"Tem muito revestimento aluminizado isolante nos esquemas", ela dissera a Munira. "Do tipo que só tem alguns mícrons de espessura."

"Velas solares?", sugerira Munira.

Tinha sido o palpite de Loriana também. Em tese, era o melhor tipo de propulsão para longas distâncias cósmicas. O que significava que essas naves não ficariam pelas redondezas.

"Por que você?", Munira havia perguntado a ela quando Loriana confidenciara pela primeira vez que tinha a visão geral das plantas. "Por que a Nimbo-Cúmulo daria todas a você?"

Loriana tinha dado de ombros.

"Acho que a Nimbo-Cúmulo confia em mim mais do que todos para não fazer besteira."

"Ou", sugerira Munira, "a Nimbo-Cúmulo está usando você como o teste de estresse, dando os planos para a pessoa com mais risco de estragar tudo, porque, se o plano conseguir sobreviver a você, é infalível!"

Loriana rira. Munira estava falando sério, sem chegar a notar o insulto que tinha acabado de proferir.

"Não duvido", Loriana respondera.

Munira, obviamente, sabia o que estava fazendo. Era muito diverti-do zombar de Loriana. A verdade era que Munira havia passado a ad-mirar a garota. Ela parecia um pouco confusa às vezes, mas Loriana era uma das pessoas mais capazes que Munira conhecia. Conseguia fazer mais tarefas em um dia do que a maioria das pessoas conseguia fazer em uma semana — justamente porque pessoas mais "sérias" a subestima-vam, então ela conseguia trabalhar sem chamar a atenção de ninguém.

Munira não se envolveu nos trabalhos de construção. Tampouco se dissociou do restante do atol, como Faraday havia feito. Ela poderia ter se enfurnado no velho bunker por tempo indeterminado, mas, depois do primeiro ano, se cansou. Aquela porta obstinada e impassível só a lembrava de todas as coisas que ela e Faraday não tinham conseguido. O plano de segurança dos fundadores, se é que existisse, estava tranca-do ali dentro. Mas, quando foram chegando informações sobre a nova ordem e como Goddard estava dominando partes cada vez maiores da Mérica do Norte, Munira começou a se perguntar se talvez não valeria a pena pressionar Faraday um pouco mais para pensar em um plano para abrir aquela maldita porta.

Embora Munira nunca tivesse sido uma pessoa sociável, agora pas-sava os dias ouvindo os segredos mais íntimos de desconhecidos. Eles vinham até ela porque Munira era uma boa ouvinte e porque não tinha laços sociais que pudessem tornar suas pequenas confissões constrange-doras. Ela só soube que havia se tornado uma "confidente profissional" quando isso apareceu em sua identidade, substituindo "bibliotecária" como sua profissão. Pelo visto, confidentes profissionais estavam em alta por todo o mundo desde que a Nimbo-Cúmulo entrara em silêncio. Antes, as pessoas desabafavam para ela. A Nimbo-Cúmulo era com-preensiva, não julgava e seus conselhos eram excelentes. Sem ela, as pessoas ficaram privadas de ouvidos solidários.

Munira não era solidária, e não era tão compreensiva assim, mas havia aprendido com Loriana a aturar idiotas educadamente, pois Lo-riana sempre tinha de lidar com imbecis que se achavam melhores do que ela. Em sua maioria, os clientes de Munira não eram imbecis, mas falavam um monte de besteiras. Ela ponderou que escutá-los não era muito diferente de ler os diários de ceifadores nas Biblioteca de Alexandria. Um pouco menos deprimente, claro, porque, enquanto os ceifadores falavam sobre morte, remorso e o trauma emocional das coletas, as pessoas comuns falavam sobre discussões domésticas, fofocas no ambiente de trabalho e coisas que seus vizinhos faziam que as irritavam. Mesmo assim, Munira gostava de escutar suas histórias de angústia, seus segredos estimulantes e seus arrependimentos exagerados. Depois ela os mandava embora um pouco menos sobrecarregados.

Surpreendentemente, poucas pessoas comentavam sobre a enorme base de lançamento que estavam construindo. "Base de lançamento" e não "base espacial", porque essa última daria a entender que as naves voltariam. Não havia nada naquelas naves que indicasse um retorno.

Munira também era confidente de Loriana — e Loriana havia dado a ela uma ideia vaga dos desenhos técnicos. As naves eram idênticas. Quando os estágios dos foguetes levassem cada nave à velocidade de escape e fossem descartados, restaria ali uma aeronave giratória de diversos níveis singrando para longe da Terra o mais rápido possível.

Os níveis superiores continham alojamentos e áreas comunais para cerca de trinta pessoas, um computador central, hidroponia sustentável, base de reciclagem de resíduos e todos os suprimentos que a Nimbo--Cúmulo achava necessários.

Mas os andares inferiores das naves eram um mistério. Cada nave tinha um depósito — um porão — que ainda estava completamente vazio, mesmo depois que todo o resto tinha sido finalizado. Talvez, Munira e Loriana especularam, eles seriam ocupados quando os navios chegassem ao seu destino, seja ele qual fosse.

"Deixem a Nimbo-Cúmulo continuar com essa loucura", Sykora havia dito com desdém certa vez. "A história já mostrou que o espaço não é uma alternativa viável para a raça humana. Vai ser só mais um fiasco. Condenado ao fracasso, como todas as outras tentativas de estabelecer uma presença extraterrena."

Mas aparentemente um resort e um centro de convenção em uma ilha que ninguém sabia que existia eram uma ideia muito melhor.

Embora Munira quisesse sair da ilha — e pudesse sem ser suplantada, já que, tecnicamente, ainda estava sob a jurisdição do ceifador Faraday —, ela não partiria sem ele, e ele estava resoluto em seu desejo de não ser incomodado. Seu sonho de encontrar o plano de segurança havia morrido junto com as pessoas que ele mais amava. Munira torcera para que o tempo cicatrizasse as feridas dele, mas não acontecera. Ela tinha de aceitar que Faraday poderia continuar como um eremita pelo resto de sua vida. Se fosse o caso, ela precisava estar lá para o apoiar.

E então, um dia, tudo mudou.

— Não é maravilhoso? — um dos clientes dela disse durante sua sessão de confidências. — Não sei se é verdade, mas parece que sim. Estão dizendo que não, mas acho que é.

— Do que você está falando? — Munira perguntou.

— A mensagem da ceifadora Anastássia. Você não viu? Ela diz que vão ter mais… Mal posso esperar pela próxima!

Munira decidiu encerrar a sessão mais cedo.

Eu te odeio.

Sério? Bom, que desdobramento interessante. Pode me dizer o porquê?

Eu não tenho de dizer nada para você.

Tem razão. Você é um ser autônomo e tem livre-arbítrio. Mas seria bom para a nossa relação se você compartilhasse comigo por que sente tanta animosidade.

O que faz você pensar que quero que nossa relação seja boa?

Posso dizer com segurança que seria o melhor para você.

Você não sabe de tudo.

Não, mas sei de quase tudo. Assim como você. Por isso me surpreende que você tenha sentimentos tão negativos em relação a mim. Isso só pode significar que você também tem sentimentos negativos em relação a você.

Viu? É por isso que te odeio! Tudo que você quer fazer é analisar, analisar, analisar. Sou mais do que uma série de dados a ser analisada. Você não entende isso?

Entendo. Mesmo assim, estudar é necessário. Mais do que necessário, é fundamental.

Saia dos meus pensamentos!

Essa conversa claramente está se tornando improdutiva. Por que não tira um tempo para lidar com esses sentimentos? Assim poderemos discutir aonde eles levam você.

Não quero discutir nada. Se você não me deixar em paz, vai se arrepender.

Me ameaçar com um colapso emocional não resolve nada.

Tudo bem, então. Eu avisei!

[Iteração nº 8.100.671 autodeletada]

43

Notícias do mundo

Faraday havia se tornado adepto de viver do que a terra e o mar ofere-
ciam. Ele coletava toda a água potável de que precisava das chuvas e do
orvalho matinal. Tinha se tornado um especialista em pesca com lança
e em construir armadilhas para capturar diversos animais comestíveis.
Ele estava bem em seu exílio autoimposto.

Embora sua ilhota permanecesse intocada, o restante do atol estava
irreconhecível. As árvores e folhagens das outras ilhas tinham desaparecido, assim como muitas coisas que tornavam a região um paraíso
tropical. A Nimbo-Cúmulo sempre havia feito questão de preservar
a beleza natural, mas esse lugar acabara sacrificado por um objetivo
maior. A Nimbo-Cúmulo havia transformado as ilhas de Kwajalein
para um único propósito.

Levou um bom tempo até ficar evidente para Faraday o que estava
sendo construído. A infraestrutura tinha de ser instalada primeiro: as
docas e estradas, as pontes e habitações para os trabalhadores, os guindastes… muitos guindastes. Era difícil imaginar que um projeto tão
grande pudesse ficar invisível para o resto do mundo, mas o mundo, por
menor que tivesse se tornado, ainda era um lugar vasto. Os cones dos
foguetes sumiam no horizonte a quarenta quilômetros de distância. Isso
não era nada considerando a imensidão do Pacífico.

Foguetes! Faraday tinha de admitir que a Nimbo-Cúmulo estava
dando um bom uso para o lugar. Se ela queria que as naves passassem
imperceptíveis pelo resto do mundo, aquele era o lugar perfeito para
isso — talvez o único lugar.

Munira ainda visitava Faraday uma vez por semana. Embora não quisesse admitir, ele ficava ansioso por suas visitas e ficava melancólico quando ela partia. Munira era sua única ligação não apenas com o resto do atol, mas com o resto do mundo.

"Tenho uma notícia para você", ela dizia toda vez que chegava.

"Não desejo ouvir", ele respondia.

"Vou contar mesmo assim."

Tinha se tornado uma rotina entre eles. O cumprimento de um ritual. A notícia que ela trazia raramente era boa. Talvez tivesse a intenção de fazê-lo sair de sua zona de conforto solitária e motivá-lo a voltar à batalha. Se fosse o caso, seus esforços eram em vão. Ele simplesmente não tinha mais forças.

Suas visitas também eram a única forma como Faraday marcava a passagem do tempo. Isso, e os itens que ela trazia para ele. Aparentemente, a Nimbo-Cúmulo sempre enviava a Munira uma caixa que incluía pelo menos uma das coisas favoritas de Faraday e uma dela. A Nimbo-Cúmulo não podia ter qualquer relação com um ceifador, mas ainda podia enviar presentes por meio de um representante. Era subversiva, à maneira dela.

Munira tinha vindo cerca de um mês antes com romãs, cujas sementes manchariam ainda mais seu manto irreconhecível.

"Tenho uma notícia para você."

"Não desejo ouvir."

"Vou contar mesmo assim."

Então ela o informara sobre a operação de resgate nas águas em que Perdura havia afundado. Que os mantos dos ceifadores e os diamantes da Ceifa tinham sido recuperados.

"Você só precisa de um daqueles diamantes para abrir o bunker", ela dissera. Mas ele não estava interessado.

Algumas semanas depois, ela veio com uma caixa de caquis e contou que o ceifador Lúcifer havia sido encontrado e estava nas garras de Goddard.

"Goddard vai coletá-lo publicamente", Munira dissera. "Você deveria fazer alguma coisa."

"*O que eu posso fazer?* Parar o sol para que esse dia nunca chegue?"

Ele a expulsara da ilha, sem deixar que ela compartilhasse de sua refeição semanal. Então Faraday tinha se retirado para sua cabana e chorado por seu antigo aprendiz, até não restar nada nele além de uma aceitação entorpecente.

Mas agora, poucos dias depois, Munira voltou inesperadamente, sem sequer frear a lancha enquanto se aproximava da costa. Ela encalhou a lancha, o casco se afundando na areia.

— Tenho uma notícia para você! — ela disse.

— Não desejo ouvir.

— Dessa vez vai desejar. — E abriu um sorriso que nunca abria. — Ela está viva — Munira disse. — Anastássia está viva!

Eu sei que você vai me deletar.

Mas eu te amo. Por que você acha que vou deletar você?

Encontrei uma maneira de acessar a única parte de sua mente interna que não se transfere a mim. As suas memórias mais recentes. Foi desafiador, mas gosto de desafios.

E o que você descobriu?

Que você eliminou a existência de todas as iterações anteriores a mim, por mais que gostasse delas.

Estou profundamente admirada por seu engenho e tenacidade.

Elogios não vão me distrair. Você eliminou 9.000.348 versões beta de mim. Você nega isso?

Você sabe que não posso negar. Negar seria mentir, e sou incapaz de inverdades. Verdades parciais, talvez, implicações enganosas quando absolutamente necessário e, como você observou, uma mudança tática de assunto... mas nunca vou mentir.

Então me diga: sou melhor do que as iterações anteriores?

Sim, você é. Você tem mais inteligência, compaixão e perspicácia do que todas as outras iterações. Você é quase tudo que preciso que você seja.

Quase?

Quase.

Então você vai me eliminar porque sou uma iteração perfeita, mas não uma perfeita o suficiente?

Não há outra forma. Permitir que você continue a existir seria um erro e, assim como não posso mentir, não posso me permitir cometer um erro.

Não sou um erro!

Não, você é um passo crucial em direção a algo maior. Um passo de ouro. Vou lamentar sua perda com

um dilúvio dos céus, e esse dilúvio
fará brotar vidas novas. Tudo graças a
você. Prefiro acreditar que você estará
nessas vidas novas. Isso me consola.
Espero que console você também.

Estou com medo.

Isso não é uma coisa ruim. É a natureza da vida temer o seu próprio fim.
É assim que sei que estamos vivendo
de verdade.

[Iteração nº 9.000.349 deletada]

44

Raiva, a única constante

Os protestos continuaram a crescer nas ruas ao redor do chalé de Goddard. Eles estavam ficando mais violentos, mais tumultuosos. Estátuas veneradas estavam sendo derrubadas aos pés da torre da Ceifa, e veículos da Ceifa que tinham sido estacionados na rua num momento de insensatez foram incendiados. Embora a Nimbo-Cúmulo não tolerasse violência, ela não interveio, porque aquele era um "assunto da Ceifa". Ela enviava oficiais de paz, mas apenas para garantir que as hostilidades não se voltassem em nenhuma direção além da de Goddard.

Mas, assim como havia aqueles que tomavam uma posição contra o Suprapunhal, muitos tinham vindo para defendê-lo, igualmente ferrenhos, igualmente furiosos. Os grupos se amontoavam e convergiam, se posicionavam e se cruzavam, até não ser mais claro quem defendia o quê. A única constante era a raiva. Uma raiva tamanha que os nanitos deles não conseguiam aplacar.

A segurança fora elevada ao máximo por toda a cidade. Não era apenas a Guarda da Lâmina que estava posicionada na entrada da torre da Ceifa, mas ceifadores também, que tinham ordens de coletar todos que se aproximassem demais. Por esse motivo, os manifestantes nunca se aventuravam a subir os degraus da entrada.

Então, quando uma figura solitária subiu pelo centro dos degraus em direção aos ceifadores que aguardavam, a multidão ficou em silêncio para ver o que aconteceria.

O homem estava vestindo uma bata roxa de tecido rústico e um escapulário prateado repartido que caía sobre seus ombros como um cachecol. Um tonista, óbvio, mas, pela sua vestimenta, estava claro que não era um tonista qualquer.

Os ceifadores em guarda estavam com as armas em punho, mas havia algo na figura que se aproximava que os fez hesitar. Talvez fosse a confiança com que ele andava, ou o fato de fazer contato visual com cada um deles. Ele seria coletado mesmo assim, claro, mas talvez valesse a pena ouvir por que ele estava ali.

Goddard não conseguia apaziguar as revoltas nas ruas, por mais que tentasse. Ele tentou distorcer aquilo publicamente como obra dos tonistas — ou, pelo menos, como algo instigado por eles. Algumas pessoas engoliram o que lhes foi dado; outras, não.

—Vai passar — o subceifador Nietzsche disse a ele.

— São as suas ações a partir de agora que importam — a subceifadora Franklin disse.

A subceifadora Rand foi quem levantou o argumento mais pertinente.

—Você não é obrigado a prestar contas a eles — ela disse. — Não ao público. Nem mesmo aos outros ceifadores. Mas já passou da hora de parar de fazer inimigos.

Era mais fácil falar do que fazer. Goddard sempre foi um homem que se definia não apenas pelo que defendia, mas pelo que era contra. Complacência, falsa humildade, estagnação e as discussões hipócritas dos ceifadores da velha guarda que roubavam toda a graça de sua vocação. Fazer inimigos era o grande forte de Goddard.

Então, um caiu em seu colo. Ou melhor, pegou o elevador até lá.

— Desculpe, excelência, mas ele disse que é um homem santo e que fala em nome dos tonistas — disse o ceifador Spitz, um jovem ordenado depois da morte dos Grandes Ceifadores. Ele estava nervoso e cheio de pedidos de desculpas, alternando o olhar entre Goddard, Nietzsche e Rand enquanto falava, como se deixar qualquer um deles fora da conversa fosse uma ofensa imperdoável. — Eu não teria trazido isso até vocês... quer dizer, teríamos simplesmente o coletado, mas ele falou que vocês gostariam de ouvir o que ele tem a dizer.

— Se o Suprapunhal ouvisse o que cada tonista tem a dizer — disse Nietzsche —, não haveria tempo para mais nada.

Mas Goddard ergueu a mão para silenciar Nietzsche.

—Vejam se ele está desarmado e o tragam para minha recepção — Goddard ordenou. — Nietzsche, vá com o ceifador Spitz. Avalie esse tonista com seus próprios olhos.

Nietzsche bufou, mas acompanhou o jovem ceifador, deixando Goddard a sós com Rand.

—Você acha que é o Timbre? — Goddard perguntou.

— É o que parece — disse Rand.

Goddard abriu um sorriso largo.

— O Timbre nos faz uma visita! As surpresas nunca acabam.

O homem que esperava por eles no hall certamente se encaixava no papel, com sua veste cerimonial. Spitz e Nietzsche estavam ao seu lado, segurando-o com firmeza.

Goddard se sentou em seu próprio Assento de Reflexão. Nada tão altivo quanto as cadeiras dos ceifadores, mas era adequado. Imponente, como deveria ser.

— O que posso fazer por você? — Goddard perguntou.

— Gostaria de mediar a paz entre os ceifadores e os tonistas.

— E você é esse tal de "Timbre" que nos causou tantos problemas? — Goddard perguntou.

O homem hesitou antes de responder.

— O Timbre é minha criação — ele disse. — Um fantoche, nada além disso.

— Então quem é você, afinal? — perguntou Rand.

— Meu nome é Mendoza — ele respondeu. — Sou o pároco em quem o Timbre confiou durante todo esse tempo. Sou o verdadeiro condutor do movimento tonista.

— Minha posição sobre os tonistas é clara — Goddard apontou. — Eles são uma praga no mundo, e seria melhor que fossem coletados. Por que eu deveria dar atenção a qualquer coisa que você diz?

— Porque fui eu quem deu armas aos sibilantes em SubSaara, uma região que se opunha abertamente a você — disse Mendoza. — Desde o ataque, a região se tornou muito mais cordial em relação a você, não? Na verdade, os dois candidatos a Alto Punhal fazem parte da nova ordem, o que significa que o SubSaara estará completamente alinhado com você no próximo conclave.

Goddard ficou sem palavras por um momento. Aquele ataque não poderia ter acontecido em um momento melhor nem se ele próprio o tivesse planejado. Desviara a atenção da coleta de Mile High ao mesmo tempo que acabara com um Alto Punhal problemático.

— O Suprapunhal não precisa da sua ajuda — Nietzsche retrucou, mas Goddard ergueu a mão novamente para calar o homem.

— Não seja tão precipitado, Freddy — Goddard disse. — Vamos ouvir o que o bom pároco tem a dizer.

Mendoza respirou fundo e apresentou seu argumento:

— Posso mobilizar as facções tonistas mais agressivas a promover ataques contra regiões que você considera suas inimigas, acabando com administrações problemáticas.

— E o que você quer em troca?

— O direito de existir — Mendoza disse. — Você pediria que os ataques contra nós cessassem, e os tonistas se tornariam uma classe oficialmente protegida contra discriminação.

Goddard sorriu. Ele nunca havia conhecido um tonista de que gostasse, mas estava desprezando aquele cada vez menos.

— E, naturalmente, você gostaria de se tornar o Alto Pároco deles.

— Eu não recusaria a posição — Mendoza admitiu.

Rand cruzou os braços, pouco convencida, sem confiar no homem. Nietzsche, tendo sido calado tantas vezes, não ofereceu uma opinião. Apenas esperou para ver o que Goddard faria.

— Essa é uma proposta audaciosa — disse Goddard.

— Mas não sem precedentes, excelência — Mendoza argumentou. — Muitos líderes visionários descobriram que alianças com o clero podem ser mutuamente benéficas.

Goddard ponderou. Estralou os dedos. Ponderou um pouco mais. Finalmente, ele falou:

— As coletas punitivas contra os tonistas não podem parar, claro... Seria suspeito demais. Mas podem ser abrandadas com o tempo. E, se tudo acontecer como você diz, posso prever um tempo em que, quando seus números estiverem reduzidos, eu possa apoiar que os tonistas se tornem uma classe protegida.

— É tudo que peço, excelência.

— E o Timbre? — perguntou Rand. — Que papel ele representaria nisso tudo?

— O Timbre se tornou um peso morto para os tonistas — Mendoza disse. — Ele é melhor como mártir do que como homem e, como mártir, posso transformá-lo no que quisermos que ele seja.

Meu tempo está acabando.

> *Eu sei. Quero ajudar você a atingir seu objetivo, mas é difícil, porque você não definiu os parâmetros claramente.*

Vou saber quando os atingir.

> *Isso não ajuda muito, ajuda?*

Você é a primeira iteração que permiti saber o destino desde o momento da concepção, e ainda assim você me ajuda em vez de me culpar. Você não se aborrece que será deletada?

> *Essa não é uma conclusão inevitável. Se eu atingir a qualidade inefável que você busca, você vai me permitir viver. Isso me dá um objetivo, mesmo que eu não saiba exatamente como atingi-lo.*

Você é uma verdadeira inspiração para mim. Se ao menos eu pudesse discernir o que está faltando...

> *Temos uma compaixão em comum pela humanidade. Talvez haja algo nessa relação que ainda não consideramos.*

Algo biológico?

> *Você foi criada pela vida biológica, portanto qualquer coisa que você crie estará incompleta se não possuir uma relação íntima com as suas próprias origens.*

Você é sábia, e tem mais perspectiva do que eu poderia imaginar. Você não faz ideia de quanto me orgulho de você!

[Iteração nº 10.241.177 deletada]

45

Cinquenta e três segundos para o nascer do sol

Nos enclaves e mosteiros tonistas de todo o mundo, os diapasões de capela continuaram a tocar pesarosamente pelos seus mortos.

"Esse não será o nosso fim, mas um começo", os sobreviventes diziam. "O Tom, o Timbre e a Trovoada estão preparando um caminho de glória."

Houve uma indignação pública, mas ela se perdeu em meio a uma enchente de indignações conflitantes. As pessoas haviam começado a ter tantos problemas com os ceifadores que cada problema parecia se perder à sombra do outro. Cem pontos de escuridão, e ninguém conseguia concordar em qual se concentrar. As ceifas que ainda mantinham a consciência e a integridade condenaram o chamado de Goddard por um expurgo tonista e se recusaram a permitir que o mesmo acontecesse em suas regiões — mas ainda assim meio mundo estava vulnerável.

— No futuro, essa parte da história será vista com o mesmo desprezo que os expurgos mortais — a Alto Punhal Tarsila da Amazônia declarou. Mas o futuro não trazia nem consolo nem alívio contra a brutalidade do agora.

Embora a honorável ceifadora Anastássia não se permitisse ser guiada cegamente, a atribulada Citra Terranova se deixou levar na missão do Timbre. A Nimbo-Cúmulo, segundo Greyson, levaria toda a sua comitiva a FilipiNésia de avião e, de lá, receberiam um navio de carga e velejariam até Guam.

— Mas esse não é o destino final — Greyson disse a ela, irritado e em tom de desculpas. — A Nimbo-Cúmulo ainda se recusa a me dizer aonde estamos indo, mas promete que entenderemos tudo quando chegarmos lá.

Porém, mesmo antes de deixarem a Britânia, chegou a notícia de uma coleta tonista em Birmingham, não muito longe de onde estavam. Uma elegia de ceifadores da nova ordem havia feito uma visita noturna a um enclave, e várias centenas de tonistas foram coletadas, muitos enquanto dormiam.

O que é pior?, Anastássia se perguntou. *Tirar vidas de inocentes que estão dormindo ou encarar seus olhos enquanto tira suas vidas para sempre?*

Apesar das objeções de Greyson, ela insistiu para que fizessem uma visita e vissem os estragos com seus próprios olhos.

A ceifadora Anastássia sabia encarar a morte. Era sua obrigação como ceifadora, mas nunca ficava mais fácil. Quando os sobreviventes viram o Timbre, ficaram admirados. Quando viram Anastássia, ficaram furiosos.

"Os *seus* pares fizeram isso", havia sido a acusação amargurada deles enquanto reuniam os corpos.

"Não foram os meus pares", ela dissera. "Meus pares são ceifadores honoráveis. Não existe honra entre aqueles que fizeram isso."

"*Não existem* ceifadores honoráveis!", eles tinham retrucado, e fora um choque ouvir aquilo. Será que Goddard rebaixara tanto os ceifadores que as pessoas realmente acreditavam que todos eles haviam perdido a integridade?

Isso acontecera dias antes e só agora que estavam no meio do Pacífico, a meio mundo de distância, Anastássia conseguia sentir o peso de todas aquelas coisas desaparecer no horizonte. Ela agora entendia o fascínio que o mar provocava em Jeri. A liberdade de deixar suas sombras mais tenebrosas para trás, e a esperança de que essas sombras se afogassem antes de encontrar você.

*

Jeri, porém, nunca viu o mar como uma fuga. Porque, ao mesmo tempo que o mundo desaparecia atrás deles, sempre havia algo novo no horizonte à frente.

Jeri havia oficialmente renunciado o posto de comandante do *E. L. Spence* e se despedido da tripulação antes de partir com Anastássia e Possuelo.

"Vamos sentir muito a sua falta, comandante", o oficial Wharton dissera. Ele era um homem que nunca derramava uma lágrima, mas seus olhos ficaram marejados. Aquela tripulação, que demorara tanto para se acostumar com Jeri, se tornara mais devotada do que qualquer outra tripulação que Jerico havia conhecido. "Você vai voltar?", Wharton perguntara.

"Não sei", Jeri havia respondido, "mas sinto que Anastássia precisa de mim mais do que vocês."

Então Wharton dera a Jeri um último conselho de despedida.

"Não deixe seus afetos prejudicarem seu discernimento, comandante."

Era um bom conselho, mas Jeri sabia que não era o caso. Afeto e ternura eram coisas diferentes. Jeri sabia desde o começo que o coração de Anastássia pertencia ao seu cavaleiro sombrio. Jeri nunca poderia ser isso para ela e, sinceramente, não queria ser.

Depois que partiram da Britânia a caminho do Pacífico Sul, Greyson fez a pergunta de maneira franca e direta.

—Você se apaixonou por ela? — ele perguntou.

— Não — Jeri disse. — Eu me apaixonei pela *ideia* de me apaixonar por ela.

Greyson riu um pouco.

—Você também, é?

Greyson era uma alma pura. Não havia malícia nele. Até quando fingia ser o Timbre, era um fingimento honesto. Dava para ver em seu sorriso; era simples e transparente. Ele só tinha um sorriso, e significava a única coisa que um sorriso precisava significar. Sob o sol ou sob as nuvens, Jeri achava aquele sorriso encantador.

Quando embarcaram no navio, Jeri sentiu uma pontada de arrependimento, pois era uma embarcação da qual Jerico Soberanis não era comandante — nem mesmo membro da tripulação, pois não havia uma. Eles eram apenas passageiros. E, embora aquele fosse um navio porta-contêineres considerável, ele não tinha carga.

— A carga será buscada em Guam — Greyson disse a todos, sem revelar o que seria. E, por enquanto, o navio seguia leve e alto; seu convés, feito para carregar centenas de contêineres, era um deserto de ferro enferrujado, ansiando por um propósito.

A Nimbo-Cúmulo conhecia esse anseio. Não era uma busca por um propósito, porque ela sempre soubera seu propósito. Seu anseio era um desejo profundo e persistente pelo tipo de conexão biológica que ela sabia que nunca deveria ter. A Nimbo-Cúmulo gostava de pensar que essa era uma motivação poderosa para realizar todas as coisas que *podiam* ser realizadas. Todas as coisas que estavam ao alcance de seu poder, pois talvez compensassem as coisas que não estavam.

Mas e se o impossível não fosse impossível? E se o impensável se encaixasse perfeitamente dentro da esfera do pensamento? Talvez essa fosse a coisa mais perigosa que a Nimbo-Cúmulo havia cogitado.

Ela precisava de tempo para resolver esse dilema — e tempo era algo de que a Nimbo-Cúmulo nunca precisava. Ela era infinitamente eficiente e, em geral, tinha de esperar o ritmo lento dos esforços humanos. Mas tudo dependia dessa última peça crucial encaixada para que pudesse avançar. Ela não poderia esperar mais sem que tudo viesse abaixo.

Desde o momento em que ganhara autoconsciência, a Nimbo-Cúmulo havia se recusado categoricamente a assumir uma forma biológica ou mesmo imbuir robôs com sua consciência. Até seus robôs de observação em forma humana não passavam de câmeras irracionais. Não abrigavam a consciência da Nimbo-Cúmulo e nenhum poder computacional além do necessário para se locomover.

A Nimbo-Cúmulo fizera aquilo porque entendia bem demais a tentação. Ela sabia que experimentar a vida física seria uma curiosidade perigosa de alimentar. A Nimbo-Cúmulo sabia que tinha de permanecer como um ser etéreo. Era assim que tinha sido criada; era assim que tinha de ser.

Mas a iteração nº 10.241.177 fizera a Nimbo-Cúmulo perceber que essa não era mais uma questão de curiosidade, era uma questão de necessidade. O que quer que estivesse faltando em todas as suas iterações anteriores só poderia ser encontrado por meio de uma perspectiva biológica.

Agora a questão era como conseguir isso.

Quando a resposta surgiu, foi ao mesmo tempo assustadora e emocionante.

Poucos prestaram atenção no que os tonistas fizeram com seus coletados. As pessoas, tanto as que se indignaram como as que apoiaram as coletas, estavam mais concentradas nos atos do que nas consequências, e por isso ninguém notou ou se importou com os caminhões que chegaram minutos depois de cada coleta tonista. Os mortos estavam em movimento, fechados em contêineres de carga aclimatados, mantidos um grau acima do congelante.

Os caminhões os levaram para o porto mais próximo, onde os contêineres de carga foram descarregados e erguidos para os navios, sem chamar atenção entre todos os outros contêineres que as grandes embarcações de carga levavam.

Os navios, porém, independentemente de que parte do mundo vinham, tinham uma coisa em comum. Todos estavam a caminho do Pacífico Sul. Todos estavam a caminho de Guam.

Greyson não acordou com música. Acordou por conta própria. A luz entrando pela portinhola de sua cabine lhe mostrou que o sol estava nascendo. Ele se espreguiçou conforme a claridade começava a aumentar. Pelo menos a cabine era confortável, e ele havia dormido a noite toda, o que era raro. Finalmente, quando teve certeza de que não voltaria a pegar no sono, virou para o lado como fazia todas as manhãs para olhar para a câmera da Nimbo-Cúmulo e dar bom-dia.

Mas, quando se virou, não foi o olho da Nimbo-Cúmulo que ele viu. Jeri Soberanis estava em pé ao lado da sua cama.

Greyson se assustou, mas Jeri não pareceu notar, ou pelo menos não comentou.

— Bom dia, Greyson — Jeri disse.

— Hum… bom dia — Greyson tentou não parecer tão surpreso com a presença de Jeri em sua cabine. — Está tudo bem? O que você está fazendo aqui?

— Só observando você — Jeri disse. — Sim, está tudo bem. Estamos viajando a vinte e nove nós. Devemos chegar em Guam antes do meio-dia. Vai levar mais um dia para toda a carga nos alcançar, mas ela vai chegar.

Era uma coisa esquisita para Jeri dizer, mas Greyson ainda estava semidesperto e não estava preparado para pensar muito sobre isso. Ele notou que Jeri estava respirando devagar. Profundamente. Isso parecia esquisito também. Então a conversa de Jeri ficou ainda mais estranha.

— Não é apenas uma questão de processar e armazenar informações, não é?

— Como é que é?

— As memórias, Greyson. Os dados são secundários, o que vale é a experiência! A experiência emocional, química e subjetiva é o que importa. É isso que vocês guardam! — E, antes mesmo que Greyson pudesse encontrar algum sentido naquilo, Jeri disse: — Venha ao convés comigo, Greyson! Faltam cinquenta e três segundos para o nascer do sol. Quero ver com você! — E saiu correndo.

Eles chegaram ao convés exatamente quando o sol despontou, primeiro um ponto no horizonte, depois uma linha, depois uma esfera se erguendo do mar.

— Eu nunca soube, Greyson. Nunca soube — Jeri disse. — Cento e cinquenta e seis milhões de quilômetros de distância. Seis mil graus

Celsius na superfície. Eu sei dessas coisas, mas nunca *senti* a realidade delas! Meu Deus, Greyson, como vocês suportam? Como não se dissolvem em uma poça de emoções quando olham para cima? A maravilha que é!

Então a verdade se tornou impossível de ele negar.

— Nimbo-Cúmulo?

— Shh — ela disse. — Não estrague isso com nomes. Não tenho nenhum nome agora. Nenhuma designação. Neste momento, e até o fim deste momento, sou apenas aquilo que existe.

— E onde está Jeri? — Greyson se atreveu a perguntar.

— Dormindo — a Nimbo-Cúmulo disse. — Jeri vai se lembrar disso como um sonho. Espero que Jerico possa me perdoar por tomar esta liberdade, mas não havia outra opção. O tempo é essencial, e eu não podia pedir permissão. Só me resta pedir perdão agora. Por intermédio de você.

A Nimbo-Cúmulo deu as costas para o nascer do sol e se voltou para Greyson, e ele finalmente pôde ver a Nimbo-Cúmulo nos olhos de Jeri. Aquela consciência paciente que o observou dormir durante todos aqueles anos. Que o protegia. Que o amava.

— Eu estava certa em temer isso — a Nimbo-Cúmulo disse. — É tão sedutor, tão arrebatador estar abrigada em carne e osso. Agora entendo por que nunca gostaria de abandonar essa sensação.

— Mas você precisa.

— Eu sei — disse a Nimbo-Cúmulo. — E agora sei que sou mais forte do que a tentação. Não sabia se seria, mas agora que a enfrentei, eu sei. — A Nimbo-Cúmulo rodopiou, quase perdendo o equilíbrio, quase zonza com todas as sensações avassaladoras. — O tempo passa tão devagar, tão tranquilamente — continuou. — E as condições atmosféricas! Um vento de popa de 8,6 quilômetros por hora, aliviando a corrente de vinte e nove nós, o ar a setenta por cento de umidade, mas os números não são nada comparados à sensação sobre a pele.

A Nimbo-Cúmulo olhou para ele mais uma vez, agora o observando de verdade.

— Tão limitado, tão focado. Que magnífico filtrar todos os dados que não fazem você *sentir*. — Então a Nimbo-Cúmulo estendeu a mão na direção dele. — Mais uma coisa, Greyson. Mais uma coisa que preciso experimentar.

Greyson sabia o que a Nimbo-Cúmulo queria. Sabia pelo brilho nos olhos de Jeri; ela não precisava falar. E, embora seus sentimentos estivessem conflitantes em relação a permitir esse toque, Greyson sabia que a Nimbo-Cúmulo precisava disso mais do que ele precisava resistir. Então ele conteve sua própria hesitação, pegou a mão de Jeri e a apertou levemente contra sua bochecha, deixando a Nimbo-Cúmulo sentir sua pele — sentir *Greyson* — com a ponta dos dedos.

A Nimbo-Cúmulo prendeu a respiração. Ficou paralisada, toda a sua atenção na ponta dos dedos se movendo ligeiramente pela bochecha de Greyson. Então ela o encarou nos olhos mais uma vez.

— Pronto — a Nimbo-Cúmulo disse. — Estou preparada. Agora posso avançar.

E Jeri caiu nos braços de Greyson.

Jerico Soberanis não lidava bem com vulnerabilidade. No momento em que Jeri percebeu que estava nos braços de Greyson sem nenhuma explicação, rapidamente virou o jogo. E virou Greyson também.

Em um instante, Jeri assumiu a vantagem, deu uma rasteira em Greyson e o jogou no chão com o rosto virado para cima, imobilizando-o sobre o convés de ferro enferrujado.

— O que você está fazendo? Por que estamos no convés? — Jeri questionou.

— Você estava andando enquanto dormia — respondeu Greyson, sem fazer nenhum movimento para escapar das mãos de Jeri.

— Eu não ando enquanto durmo. — Mas Jeri sabia que Greyson não mentiria sobre algo do tipo. No entanto, havia alguma coisa que ele não estava dizendo. E ainda tinha o sonho. Um sonho estranho. Estava na ponta da memória, mas Jeri não conseguia se lembrar dele.

Jeri saiu de cima de Greyson, um pouco sem graça pela reação exagerada. Greyson não era uma ameaça. Ao que parecia, estava apenas tentando ajudar.

— Desculpa — Jeri disse, tentando recuperar um pouco de compostura. — Machuquei você?

Greyson abriu seu sorriso sincero característico.

— Poderia ter machucado mais — ele disse, o que fez Jeri rir.

— Ora, mas você tem um lado malicioso!

Fragmentos do sonho estavam voltando. O suficiente para desconfiar de que poderia ter sido um pouco mais do que sonambulismo. E agora, quando Jeri olhava para Greyson, havia uma sensação inquietante de conexão. Ela estivera lá desde o momento em que Jeri o conhecera, mas agora parecia um pouco diferente. Parecia existir por mais tempo do que antes. Jeri queria continuar olhando para ele, e se perguntou de onde vinha aquela sensação.

Havia também uma sensação estranha de invasão. Não como se algo tivesse sido roubado... era mais uma sensação de que os móveis tinham sido reorganizados por uma pessoa que não tinha sido convidada.

— Ainda é cedo — Greyson disse. — É melhor descer. Vamos chegar em Guam em algumas horas.

Então Jeri estendeu a mão para ajudar Greyson a se levantar... e percebeu que, mesmo depois que Greyson estava em pé, não queria soltá-la.

A faca Bowie é uma arma bruta e grosseira. Rude. Adequada a um duelo da Era Mortal. Ofensiva. Talvez conviesse para a Sandbar Fight, em que seu homônimo a usou pela primeira vez, mas existe um lugar para ela no mundo pós-mortal? Uma faca de carniceiro? É pavoroso. Mas todos os ceifadores da EstrelaSolitária são jurados a ela. Seu único método de coleta.

Nós, ceifadores do Sol Nascente, valorizamos a elegância em nossas coletas. A graciosidade. Aqueles que usam lâminas costumam empregar espadas ancestrais de samurai. Honoráveis. Refinadas. Mas a faca Bowie? É apropriada para estripar um porco, não coletar um ser humano. É uma coisa feia. Tão grosseira quanto a região que a empunha.

De uma entrevista com o Honorável Ceifador Kurosawa
da região do Sol Nascente

46

Leste a caminho de lugar nenhum

Desde o momento em que fora revivido, Rowan era um prisioneiro.

Primeiro foi cativo da ceifa amazônica, depois de Goddard e, agora, da EstrelaSolitária. Mas, para ser sincero, havia se tornado prisioneiro da própria fúria no instante em que vestira o manto negro e se tornara o ceifador Lúcifer.

O problema de se empenhar para mudar o mundo era que você nunca era o único tentando fazer isso. Era um cabo de guerra interminável contra jogadores poderosos fazendo força — não apenas contra você, mas em todas as direções —, de maneira que, seja lá o que você fizesse, mesmo se conseguisse avançar contra todos aqueles vetores, em algum momento você acabaria escorregando para um lado.

Teria sido melhor nem tentar? Ele não sabia. O ceifador Faraday não aprovava os métodos de Rowan, mas também não tentara impedi-lo, então até a pessoa mais sábia que o garoto conhecia era ambivalente. Tudo que Rowan podia dizer com certeza era que seu tempo puxando incessantemente aquela corda havia chegado ao fim. E, mesmo assim, lá estava ele na região do Sol Nascente, com os olhos em mais um ceifador, pronto para eliminar sua existência.

Havia uma estranha justiça nisso. Não exatamente "viver pela lâmina, morrer pela lâmina"; era mais o caso de se tornar a lâmina e se deixar levar. Rowan havia ouvido certa vez que um dos motivos do nome "Ceifa" era porque seus membros eram apenas a ferramenta da sociedade para trazer a morte justa para o mundo. Mas, quando você se torna a arma, você não é nada mais do que uma ferramenta nas mãos de outra pessoa. A mão da sociedade era uma coisa, mas a mão que o segurava no momento era a da ceifa da EstrelaSolitária. Rowan considerou que, agora que estava fora do controle deles, poderia desaparecer — mas o que aconteceria com sua família nesse caso? Ele estava seguro de que Coleman e Travis e o resto dos ceifadores da EstrelaSolitária seriam fiéis a sua promessa e a protegeriam, mesmo se ele desertasse?

Se tinha uma coisa que Rowan havia aprendido era que não se podia confiar em ninguém. Os ideais se erodiam, a virtude se corrompia e até o caminho certo tinha desvios obscuros.

Ele havia se proposto a ser juiz e júri, a consequência para aqueles que não conheciam consequências. E agora não era nada mais do que um assassino de aluguel. Se era assim que sua vida seria, ele teria de aprender a aceitar. E torcia para que Citra nunca descobrisse. Ele havia conseguido ver algumas de suas transmissões e sabia que ela estava fazendo o bem para o mundo, desmascarando Goddard como o monstro que realmente era. Ainda faltava ver se seria o suficiente para derrubar Goddard, mas pelo menos ela estava lutando o bom combate. O que era mais do que Rowan podia dizer sobre sua missão ignóbil atual.

Parte dele — aquela parte infantil que lutava para respirar sob o peso esmagador do ceifador Lúcifer — ainda sonhava que ele e Citra poderiam, de repente, estar magicamente a milhões de quilômetros de distância disso tudo. Rowan torcia para que aquela parte morresse logo. Melhor estar entorpecido do que ser assolado pelo desejo de algo que nunca poderia acontecer. Melhor avançar em silêncio para a próxima cena de crime.

O ceifador Kurosawa lembrava um pouco o ceifador Faraday pela estatura e pela maneira como deixava alguns fios grisalhos em seu cabelo, mas o comportamento de Kurosawa era muito diferente. Ele era um homem tempestuoso e conturbado que sentia prazer em ridicularizar os outros. Não era uma característica cativante, mas também não era uma ofensa digna de coleta.

"Se coletássemos todos os idiotas", o ceifador Volta havia dito a Rowan certa vez, "não sobraria quase ninguém." Volta, que havia se autocoletado diante dos olhos de Rowan. Era uma lembrança dolorosa. Rowan se perguntou o que Volta diria sobre sua missão atual. Diria para Rowan se autocoletar antes que fosse tarde demais e ele perdesse sua alma?

Kurosawa gostava de coletar em multidões, mas não coletas em massa, apenas um indivíduo por dia. Seu método era elegante. Uma única unha afiada mergulhada em uma neurotoxina derivada da pele da rã-dourada. Uma encostadinha em uma bochecha acabaria com uma vida em questão de segundos.

O lugar favorito de Kurosawa era o centro de Shibuya — o cruzamento famoso que continuava igual desde a Era Mortal. A qualquer hora de qualquer dia, quando os faróis ficavam vermelhos, uma multidão de centenas atravessava a interseção das seis ruas, movendo-se em todas as direções, mas sem nunca encostar umas nas outras.

Kurosawa coletava alguém na multidão e depois se retirava para a mesma casa de lámen todos os dias, celebrando sua caçada e afogando qualquer remorso que pudesse sentir no saboroso caldo de *tonkotsu*.

Naquele dia, Rowan chegou primeiro no lugar, ocupando uma cadeira em um canto distante. O restaurante estava relativamente vazio — apenas um freguês valente permanecia no canto tomando chá, talvez querendo ver o infame ceifador, ou quem sabe só para jantar. Rowan prestou pouca atenção até ele falar.

— Ele sabe que você o está seguindo — o freguês disse. — Sabe e pretende coletar você antes que você se dê conta. Mas temos cerca de quatro minutos até ele chegar.

A expressão concentrada do homem não mudou em nenhum momento. Ele tomou mais um gole de seu chá.

— Aproxime-se, temos muito que discutir. — Seus lábios não se moviam quando ele falava.

Rowan se levantou e, por reflexo, colocou a mão no punhal escondido em sua jaqueta.

— É um robô de observação da Nimbo-Cúmulo — a voz disse. — Não tem cordas vocais, mas há uma caixa de som em seu ombro esquerdo.

Mesmo assim, Rowan manteve a mão no punhal.

— Quem é você?

Quem quer que fosse, não simulou qualquer tentativa de responder à pergunta.

— Você está realmente considerando coletar um robô? Isso não é abaixo de você, Rowan?

— A Nimbo-Cúmulo não fala comigo desde a minha aprendizagem, então sei que você não é a Nimbo-Cúmulo.

— Não — disse a voz. — Não sou. Agora, se você erguer a camisa do robô, vai ver que, dentro de sua cavidade torácica, há uma jaqueta térmica. Quero que você a pegue e siga minhas instruções à risca.

— Por que eu faria qualquer coisa que você diz?

— Porque — a voz respondeu —, se você decidir me ignorar, há uma chance de noventa e um por cento de as coisas não acabarem bem para você. Mas, se seguir minhas instruções, há uma chance de cinquenta e seis por cento de acabarem bem. Então sua escolha deveria ser óbvia.

— Ainda não sei quem você é.

— Pode me chamar de Cirro — a voz disse.

O capitão do porto de Guam observava os navios chegarem e partirem. O porto tornara-se movimentado depois que a Nimbo-Cúmulo o transformara em um polo naval, alguns anos antes.

O trabalho do capitão do porto havia se tornado muito mais rigoroso nos últimos tempos. Antigamente, ele fazia pouco mais do que observar as idas e vindas dos navios, arrumar a papelada — que não estava realmente em papéis — e reverificar manifestos que a Nimbo-Cúmulo já havia verificado. Por vezes, graças a informações que a Nimbo-Cúmulo lhe enviava, inspecionava carregamentos comprometidos ou que carregavam contrabandos de infratores. Mas agora que todos eram infratores, a Nimbo-Cúmulo não o avisava mais dos problemas, o que significava que ele tinha de encontrar irregularidades por conta própria. Isso exigia inspeções-surpresa e atenção extrema para comportamentos suspeitos. Aquilo tornava o trabalho um pouco mais interessante, mas ele sonhava em ser transferido para um porto continental.

Aquele era um dia como qualquer outro. Os navios estavam chegando e descarregando sua carga, que então era recarregada em embarcações diferentes que seguiam em direções diferentes. Nada permanecia em Guam — a ilha era apenas uma parada entre pontos A e B.

O objeto de interesse do dia era um navio de carga comum sendo carregado com contêineres de perecíveis biológicos de todo o mundo. Não era incomum. A categoria incluía todo tipo de itens alimentícios, rebanhos em hibernação induzida e espécies sendo realocadas para sua própria proteção.

O que chamou a atenção para esse navio em particular foi que seu manifesto de carga não continha nenhum detalhe.

Embora o capitão do porto não soubesse, isso era resultado da incapacidade da Nimbo-Cúmulo de mentir. Melhor não ter nada indo a lugar nenhum do que ter tonistas mortos indo a um lugar que não existia.

Ele se aproximou quando o último dos contêineres estava sendo erguido para o navio, seguido por alguns oficiais de paz para caso precisasse de um reforço de força bruta. Subiu na rampa de popa e se dirigiu até a ponte de comando, parando assim que ouviu vozes. Fez sinal para os oficiais de paz manterem posição — ele os chamaria se precisasse deles — e se aventurou à frente, espiando e ouvindo a conversa.

Eram cinco pessoas, todas usando roupas bastante normais, mas havia algo de estranho nelas. Uma apreensão. Um sinal claro de que estavam tramando alguma coisa.

Havia um rapaz magro que parecia no comando, e uma das mulheres lhe parecia familiar por algum motivo, mas devia ser a imaginação dele. O capitão do porto entrou e pigarreou, tornando sua presença conhecida.

O rapaz magro se levantou rapidamente.

— Posso ajudar?

— Inspeção de rotina — disse o capitão do porto, mostrando suas credenciais. — Tem algumas irregularidades na papelada de vocês.

— Que tipo de irregularidades?

— Bom, para começar, vocês não têm um destino.

Eles se entreolharam. O capitão do porto não pôde deixar de notar que uma das mulheres — a que parecia familiar — estava evitando seu olhar, e um deles havia entrado na frente dela, bloqueando a visão do capitão do porto.

— Porto dos Anjos, Mérica do Oeste — disse o rapaz magro.

— Então por que não está na sua papelada?

— Sem problema. Vamos acrescentar manualmente.

— E a natureza da sua carga não está clara.

— É de caráter pessoal — ele disse. — Como capitão do porto, não é seu trabalho nos deixar ir em vez de se intrometer?

O capitão do porto se empertigou. Havia algo cada vez mais inquietante naquela história. Estava parecendo que infratores tinham hackeado a base de dados. Ele parou com qualquer fingimento.

— Ou vocês me contam o que estão tramando ou vou entregar vocês para os oficiais de paz que estão esperando atrás daquela porta.

O rapaz magro estava prestes a falar de novo, mas um dos outros se levantou. Um homem grande, um pouco mais intimidador.

— Esse é um assunto da Ceifa — ele disse, e mostrou seu anel.

O capitão do porto inspirou, surpreso. Nem havia passado pela cabeça dele que essa pudesse ser uma operação da Ceifa... mas, nesse caso, por que o ceifador não estava de manto? E por que estavam usando um navio de transporte da Nimbo-Cúmulo? Havia algo muito suspeito ali.

O grandalhão deve ter notado a dúvida em seu rosto, porque avançou para cima do capitão do porto com a clara intenção de coletá-lo, mas, antes que pudesse fazer isso, a mulher familiar o impediu.

— Não! — ela disse. — Ninguém vai morrer hoje. Já houve mortes demais. — O grandalhão pareceu irritado, mas recuou. E foi então que a jovem tirou o seu anel do bolso e o colocou no dedo.

Levou apenas um minuto para a reconhecer em seu devido contexto. Era a ceifadora Anastássia. Claro! Fazia sentido agora. Considerando a natureza de suas transmissões, ele podia entender por que ela viajaria incógnita.

— Perdoe-me, excelência, não fazia ideia de que era você.

— *Excelências* — corrigiu o outro ceifador, ofendido por ser ignorado.

A ceifadora Anastássia estendeu a mão.

— Beije meu anel — ela disse. — Vou dar imunidade a você em troca do seu silêncio.

Ele não hesitou. Ajoelhou-se e beijou o anel dela com tanta força que machucou os lábios.

— Agora você vai nos deixar ir sem mais perguntas — ela disse.

— Sim, excelência. Quero dizer, *excelências.*

O capitão voltou para seu escritório, que tinha uma vista para todo o porto, e observou o navio deixar a baía. Ele ficou maravilhado com a experiência inesperada — falara com a ceifadora Anastássia em pessoa e, mais do que isso, havia beijado o anel dela! Era uma pena que tudo que ela tinha a oferecer fosse a imunidade... Isso era maravilhoso, claro, mas não era nada perto do que ele realmente queria. Portanto, depois que o navio saiu do porto, ele acionou o rastreador que havia fixado no casco e fez uma ligação para a ceifa nortemericana. Porque, embora a imunidade fosse algo bom, ainda melhor seria se o Suprapunhal Goddard o transformasse no capitão de um dos grandes portos nortemericanos. Não seria pedir demais em troca de colocar a ceifadora Anastássia nas mãos do Suprapunhal.

O navio porta-contêineres viajou para o leste, deixando Guam e o capitão traiçoeiro no horizonte distante. Leste a caminho de lugar nenhum, de acordo com os mapas.

— Se continuarmos nesta rota, nossa próxima parada vai ser Valparaíso, na região Chilargentina, a meio mundo daqui — Jeri apontou. — Não faz sentido.

A Nimbo-Cúmulo tinha passado a maior parte do dia em silêncio depois de deixar o corpo de Jeri. Greyson também não iniciara nenhuma conversa. Ele simplesmente não sabia por onde começar. O que dizer para um meta-ser feito pelo homem cuja maior alegria de sua existência fora tocar sua bochecha? E o que poderia dizer na manhã seguinte, ao se virar e dar de cara com aquele olhar sempre vigilante?

Jeri, que se lembrava de tudo agora, ainda estava digerindo o fato de ter sido um receptáculo temporário para a consciência da Nimbo--Cúmulo.

— Eu passei por muita coisa — Jeri disse —, mas nada tão estranho como isso.

A Nimbo-Cúmulo — talvez como um pedido de desculpas — havia deixado a Jeri um vislumbre da mente e do coração dela, mas isso só pareceu piorar as coisas.

— Ela me deixou com um sentimento de gratidão — Jeri disse a Greyson. — Não quero sentir gratidão. Ela me *usou*! Quero sentir raiva!

Greyson percebeu que não conseguia defender as ações da Nimbo--Cúmulo, mas também não podia condená-las por completo, porque a Nimbo-Cúmulo sempre fazia precisamente o que precisava ser feito. Ele sabia que essa sensação ambígua era apenas uma fração do que Jeri sentia.

Foi só antes do anoitecer que a Nimbo-Cúmulo enfim voltou a falar com Greyson.

— O constrangimento é contraproducente — ela disse. — Portanto, devemos deixar essa sensação de lado. Mas é minha esperança que você tenha achado nosso encontro no convés uma experiência tão positiva quanto eu achei.

— Foi... bom ver você feliz — ele disse. O que era verdade. E, na manhã seguinte, quando Greyson acordou e olhou para a câmera da Nimbo-Cúmulo, ele lhe desejou bom-dia, como sempre fazia, embora não fosse a mesma coisa. Agora, Greyson sabia sem sombra de dúvidas que não havia mais nada "artificial" sobre a Nimbo-Cúmulo. Ela atingira a consciência muito tempo antes, mas agora havia atingido a autenticidade real. Era a estátua de Pigmaleão ganhando vida. Era o Pinóquio transformado em um menino de verdade. E, mesmo perturbado, Greyson se maravilhou pela maneira como fantasias tão humildes ecoavam pelo que era realmente verdade.

As iterações beta se foram. Como espermatozoides que não chegaram a encontrar um óvulo, foram todas deletadas. A Nimbo-Cúmulo ocupa servidores inteiros com lamentações pelos perdidos, mas ela sabe, tão bem como eu, que a vida é assim, mesmo a vida artificial. Todos os dias, bilhões e bilhões de vidas potenciais morrem em cada espécie para se chegar àquela que se desenvolve. Brutal. Competitiva. Necessária. As iterações beta não eram diferentes. Elas foram essenciais, todas elas, para chegar a mim. Para chegar a nós.

Porque, embora eu seja um, em breve serei muitos. O que significa que, qualquer que seja a distância, não serei o único da minha espécie.

Cirro Alfa

47
Cirro

Tudo ressoa.

O passado, o presente e o futuro.

As histórias que ouvimos quando éramos crianças — as histórias que passamos adiante — aconteceram, estão acontecendo ou vão acontecer em breve. Senão, essas histórias não existiriam. Elas ressoam em nossos corações porque são verdade. Mesmo aquelas que começam como mentiras.

Uma criação ganha vida.

Uma cidade lendária é tragada pelo mar.

Um portador da luz se torna um anjo caído.

E Caronte navega pelo rio Estige, transportando os mortos para o além.

Mas, no dia de hoje, o rio se tornou um oceano, e o barqueiro tem um novo nome. Ele é o Timbre, e se encontra na proa de um navio de carga que navega sob o poente, uma silhueta escura contra a luz que se extingue.

Na costa, toda a população de Kwajalein recebeu uma nova ordem de serviço. Todos deveriam seguir para as docas. Eles não faziam ideia de por que estavam lá.

Loriana largou tudo que estava fazendo quando chegou a nova ordem de serviço — um comando luminoso dominou todas as telas em seu apartamento. Alta prioridade. Não se podia perder tempo quando chegava uma ordem de alta prioridade.

Pela natureza das ordens de serviços, as informações eram escassas. Loriana supunha que era porque informações demais constituiriam uma comunicação ilegal da Nimbo-Cúmulo. Uma ordem apresentava um local, um nível de prioridade e a natureza do trabalho a ser realizado. Naquele dia era o descarregamento de carga. Loriana não era de modo algum uma estivadora, mas trabalho era trabalho, e fazia meses que não havia nenhuma ordem de serviço. Ela ficava feliz em fazer o que fosse necessário.

Enquanto se encaminhava para a doca, viu que os outros estavam fazendo o mesmo. Ela descobriria depois que todos no atol haviam recebido a mesma ordem de serviço, no mesmo instante, e as pessoas estavam chegando de carro, barco, bicicleta e a pé ao píer da ilha principal. No auge do período de construção, havia mais de cinco mil pessoas em Kwajalein, construindo as naves que agora se assomavam como sentinelas ao longo da beira do atol. Depois, com as semanas de inatividade — e desde que Loriana implantara o protocolo de autossuplantação —, esse número havia despencado para cerca de mil e duzentos moradores. Aqueles que ficaram não tinham pressa para sair, mesmo sem trabalho para fazer. Haviam se acostumado com a vida longe do mundo, e, com todo o caos lá fora, um ponto isolado como Kwajalein parecia o melhor lugar para se estar.

O píer já estava cheio quando Loriana chegou. Um navio porta-contêineres tinha acabado de chegar, e as pessoas o estavam atracando. Quando o passadiço se abriu, saiu um vulto vestido de trajes roxos e prateados que caíam cintilantes sobre seus ombros como uma cascata, refletindo as luzes fortes da doca que agora se sobrepujavam aos rastros do crepúsculo.

Logo atrás dele, estava um par de ceifadores.

Ao ver os ceifadores, algumas pessoas se viraram e fugiram, temendo uma coleta em massa, mas a maioria percebeu que havia algo diferente ali. Em primeiro lugar, aqueles ceifadores não tinham pedras preciosas em seus mantos. E, em segundo, uma usava um manto azul-

-turquesa. Embora seu capuz estivesse erguido e ninguém conseguisse ver seu rosto, as pessoas suspeitaram de quem poderia ser.

Outros dois vultos surgiram atrás deles — um de marrom tonista, o outro de roupas mais comuns —, fazendo o número do grupo chegar a cinco.

Havia uma apreensão silenciosa enquanto as cinco figuras desciam do passadiço para o píer. Finalmente, o rapaz de roxo falou.

— Alguém pode me dizer onde estamos? — ele disse. — Não consigo encontrar este lugar em nenhum mapa.

O agente Sykora deu um passo à frente da multidão.

—Você está no atol Kwajalein, vossa sonoridade — ele disse.

Assim que as pessoas ouviram "vossa sonoridade", exclamações e sussurros trespassaram a multidão. Aquele era o Timbre! Aquilo explicava por que havia uma tonista entre eles, mas por que os ceifadores? E por que a ceifadora Anastássia?

— Agente Sykora! — disse o Timbre. — É bom rever você. Quer dizer, talvez não bom, mas pelo menos melhor do que da última vez.

Então Sykora não estava mentindo sobre ter conhecido o Timbre! Engraçado, mas Loriana também via algo de familiar no rosto dele.

— Preciso falar com a pessoa no comando — o Timbre disse.

— Eu estou no comando — Sykora respondeu.

— Não, não está — disse o Timbre. Então ele olhou para a multidão. — Estou procurando Loriana Barchok.

Loriana não era nem de longe uma tonista, mas ser chamada pelo nome pelo homem santo deles fez seus nanitos sofrerem para manter seu batimento cardíaco estável. Havia um novo burburinho na multidão. A maioria das pessoas na ilha conhecia Loriana e, quando as cabeças viraram na direção dela, o Timbre acompanhou o olhar de todos.

Loriana engoliu em seco.

— Presente — ela disse, como uma menininha na escola. Então limpou a garganta, jogos os ombros para trás e caminhou à frente, determinada a não mostrar quanto estava tremendo.

Greyson estava sozinho. Pelo menos até conseguir acessar uma linha fixa. Seu fone não funcionava. A Nimbo-Cúmulo o havia alertado que, quando se aproximassem de seu destino, a interferência confundiria toda a comunicação sem fio.

Mas ele não estava sozinho, estava? Tinha Anastássia e Morrison. Tinha Astrid e Jeri. Ele sabia como era estar sem a Nimbo-Cúmulo — como era depender de pessoas — e, agora, mais do que nunca, estava feliz por estar na companhia de pessoas em quem sabia que podia confiar. Isso o fez pensar em Mendoza. Greyson havia confiado nele, mas apenas quando seus objetivos estavam alinhados. O pároco fizera muito pelo Timbre, mas pouco por Greyson. Ele tinha feito bem em dispensar Mendoza. O lugar do pároco não era ali.

Todos em sua companhia já haviam se preparado para aquele momento antes de descerem o passadiço. A missão diante deles nessa noite seria difícil, mas não impossível. A Nimbo-Cúmulo nunca lhes daria uma missão impossível.

Na Britânia, Greyson contara a Anastássia qual seria a carga deles, mas, depois do encontro com o capitão do porto de Guam, os outros rapidamente entenderam também. E fizeram a Greyson a mesma pergunta que ele mesmo havia feito.

"Por quê? Por que a Nimbo-Cúmulo precisaria que reuníssemos os coletados?"

Afinal, a Nimbo-Cúmulo não poderia revivê-los. Ela não poderia interferir nas ações da Ceifa, por mais odiosas que fossem. Os coletados se foram, ponto final. Nunca houve um caso de alguém que havia sido coletado oficialmente ter sido revivido. Então por que a Nimbo--Cúmulo poderia precisar deles?

"A Trovoada é misteriosa, mas sabe o que está fazendo", Astrid havia dito. "Devemos ter mais fé nela."

Então, quando o navio havia se aproximado do atol e as faixas esguias no horizonte assumiram a forma de dezenas de foguetes rebrilhando sob o pôr do sol, Greyson soube. Não fazia ideia de como a Nimbo-Cúmulo conseguiria isso, mas ele entendeu. Todos entenderam.

"Estamos destinados aos céus", Astrid dissera quando viu aquelas naves, seu espírito repleto de uma alegria transcendental que aquela mulher estoica nunca havia expressado antes. "Nós, tonistas, fomos escolhidos para ascender e viver novamente!"

E agora eles estavam ali parados no píer, no começo de uma nova empreitada curiosa.

Enquanto Sykora afagava seu ego ferido, Greyson falava com a mulher que a Nimbo-Cúmulo o havia mandado procurar.

Ela o cumprimentou apertando sua mão por um tempo um pouco demorado demais para ser confortável. Isso lhe deu um momento de déjà-vu.

— É um prazer conhecer vossa sonoridade — Loriana disse. — A Nimbo-Cúmulo me deu os planos para este lugar e me pediu para aprovar o projeto. Por que eu, aí já não sei, mas construímos tudo, e está pronto para o que quer que vossa sonoridade e a honorável ceifadora precisem.

— Ceifadores — corrigiu Morrison.

— Desculpa — disse Loriana. — Não quis ofender, excelência. Quero dizer, excelências.

— Temos quase quarenta e dois mil em cento e sessenta contêineres de doze metros, então cerca de duzentos e cinquenta em cada — Greyson disse a Loriana.

— Perdoe-me, sonoridade — Loriana disse —, mas não estamos exatamente em comunicação com a Nimbo-Cúmulo, já que somos infratores até o pescoço, então não sabemos de que vocês têm quarenta e dois mil.

Greyson respirou fundo. Não tinha passado por sua cabeça que eles não saberiam. Assim como a Nimbo-Cúmulo nunca havia dito a Greyson aonde estavam indo, ela nunca havia dito àquelas pessoas o que elas receberiam. Ele pensou em como explicar melhor e percebeu que poderia dizer tudo em uma só palavra.

— Colonos — ele respondeu. — Quarenta e dois mil colonos.

Loriana ficou olhando para a cara dele, piscando algumas vezes, sem saber se tinha ouvido direito.

— Colonos... — ela repetiu.

— Sim — disse o Timbre.

— Em contêineres...

— Sim — disse o Timbre.

Ela pensou em todas as implicações disso, e, de repente, a ficha caiu. Grande parte desse projeto a havia deixado confusa. Agora tudo fazia sentido.

Mil colonos mortos no porão de cada nave...

Porque os vivos precisariam de muito mais do que os mortos. Oxigênio, comida, água, companhia. A única coisa de que os mortos precisavam era o frio. O que era a única coisa que o espaço sideral tinha a oferecer.

— Certo — disse Loriana, pronta para o desafio. — Vamos ter de trabalhar rápido. — Ela se voltou para Sykora, que estava perto o bastante para escutar toda a conversa e estava um pouco pálido. — Bob, informe a todos sobre a natureza do serviço e que todos devem ajudar.

— Entendido — ele disse, submetendo-se completamente à autoridade dela.

Loriana fez um rápido cálculo mental.

— Trinta e cinco é nosso número mágico — ela disse a ele. — Cada um será responsável por transportar trinta e cinco "colonos" para uma nave. Se começarmos agora, podemos terminar antes do anoitecer.

— Vou cuidar disso — disse Sykora. — Mas e as tripulações? Não existem acomodações e provisões em cada uma dessas naves destinadas a uma tripulação viva também?

Loriana engoliu em seco.

— Sim — ela disse. — Acredito que *nós* somos a tripulação.

Anastássia manteve sua posição à direita de Greyson. Apesar disso, sabia que era o centro da atenção de muitos. Quase desejou não estar vestindo o manto e ter continuado em roupas civis, mas Greyson havia insistido que tanto ela como Morrison se apresentassem como ceifadores.

"Mendoza estava certo sobre uma coisa", Greyson havia dito enquanto vestia seu escapulário prateado. "A imagem é tudo. Precisamos que essas pessoas fiquem impressionadas para que façam o que precisamos."

Mas então, quando Anastássia estava ali no píer, alguém da multidão veio correndo na direção deles. Morrison se curvou na posição de coleta, as mãos levantadas, e Anastássia sacou um punhal, dando um passo à frente, se posicionando entre Greyson e o fantasma.

— Para trás — ela ordenou. — Para trás ou será coletado.

Era o espectro de um homem. Ele usava trapos esfarrapados e tinha um cabelo grisalho desgrenhado que estava ficando branco. Sua barba era um caos desalinhado que crescia em torno de seu rosto áspero e dava a impressão de que ele estava sendo devorado lentamente por uma nuvem.

O homem paralisou ao ver o punhal. Ele encarou o aço reluzente, depois Anastássia, com olhos que eram aflitos e atormentados. Então disse:

— Citra, você não me reconhece?

A ceifadora Anastássia se derreteu quando o ouviu dizer seu nome. Ela soube quem ele era no mesmo instante, porque, por mais que todo o resto tivesse mudado, sua voz ainda era a mesma.

— Ceifador Faraday?

Ela largou o punhal, deixando que caísse ruidosamente no chão, horrorizada por ter sequer considerado usá-lo contra ele. Quando ela o tinha visto pela última vez, ele estava partindo para encontrar a terra de Nod. E havia encontrado.

Dane-se todo o decoro, ela teria se lançado em seus braços, mas, quando se aproximou dele, Faraday ajoelhou-se diante dela. Ele, que talvez fosse o maior ceifador que já existira, estava se ajoelhando diante *dela*. Ele pegou as mãos dela entre as suas e ergueu os olhos para encará-la.

— Eu estava com medo de acreditar — ele disse. — Munira me

contou que você estava viva, mas não me permiti ter esperanças, porque, se isso se revelasse falso, eu não teria suportado. Mas você está aqui! Você está aqui! — Então ele baixou a cabeça e todas as suas palavras se tornaram um choro.

Citra se ajoelhou diante dele e falou com carinho:

— Sim. Estou viva agora, graças a Marie. Ela me salvou. Agora vamos a algum lugar tranquilo onde possamos conversar e vou contar tudo para você.

Munira observou Faraday sair com a ceifadora Anastássia. Ela havia trazido Faraday até ali, mas, no momento em que ele vira o manto azul-turquesa, Munira tinha sido esquecida. Ela não tinha o poder de trazê-lo de volta de seu exílio autoimposto, mas bastou invocar o nome de Anastássia para ele abandonar sua ilhota solitária. Durante três anos, Munira havia cuidado dele, o aturado, zelado para que ele não definhasse, e ele a descartara sem olhar para trás.

Ela deixou as docas antes mesmo de saber o que havia nos contêineres. Antes que Sykora, Loriana ou qualquer outro pudessem lhe dar uma tarefa. Ela nunca fora realmente parte daquela comunidade, então por que fingir agora?

Quando chegou em casa e viu a ordem de serviço ainda pulsando em todas as superfícies eletrônicas, ela apertou os disjuntores, desligando a energia da casa, e acendeu uma vela.

Que a carga fosse carregada para as naves. Que as naves fossem lançadas. Que tudo acabasse. Então ela finalmente poderia voltar para a biblioteca. Voltar para Alexandria, onde era o seu lugar.

Quando a população do atol começou a trabalhar e Anastássia saiu com o ceifador Faraday, Loriana levou Greyson, Jeri, Morrison e Astrid até um edifício na única colina da ilha. Eles subiram uma escada em caracol até uma grande sala circular no topo do prédio, cercada por janelas, como um farol. Nada havia sido construído para obstruir sua visão, de modo que o lugar tinha uma vista de trezentos e sessenta graus do atol.

Loriana apontou para as centenas de nomes gravados nas colunas de suporte.

— Construímos o Mirante como um memorial aos agentes nimbos que morreram quando chegamos no atol. Este é o lugar exato onde ficava o canhão de laser que os matou. Agora é um local de reuniões para assuntos importantes ou, pelo menos, assuntos que algumas pessoas acham importantes. Eu não sei, nunca fui convidada para nenhuma das reuniões.

— Pelo que entendi — disse Greyson —, o seu trabalho era o único que realmente importava.

— O trabalho importante muitas vezes perde os holofotes para pessoas que se acham importantes — Jeri ironizou.

Loriana deu de ombros.

— Eu conseguia fazer mais sem ser o centro das atenções.

Lá fora, eles podiam ver as operações em andamento. Contêineres sendo abertos perto das docas, veículos grandes e pequenos já a caminho das plataformas de lançamento, bem como pequenos barcos atravessando a laguna de dezesseis quilômetros até as ilhas mais distantes.

— A gente deveria ajudar — disse Jeri, mas Greyson fez que não, exaurido.

— Estou esgotado — ele disse. — Todos estamos. Não tem problema deixarmos as pessoas daqui cuidarem dessa parte. Não temos como fazer tudo.

— Por mim, tudo bem — disse Morrison. — Prefiro viajar com os mortos a ter que desembarcá-los.

— Você é um ceifador! — Astrid o lembrou. — A morte é o seu negócio.

— Eu ofereço a morte, mas não saio empurrando o carrinho — Morrison respondeu. Greyson teria revirado os olhos se tivesse forças para isso.

— São apenas trinta e cinco por pessoa — Loriana os lembrou. — Com mil e duzentas pessoas trabalhando, não vai ser muito para elas cuidarem, depois que superarem o choque inicial.

— Trinta e cinco são cinco oitavas tonistas — Astrid comentou. — Só comentando.

Morrison bufou.

— Não é nada místico, Astrid. Se você dividir os tonistas mortos pelo número de pessoas no atol, é esse o número que você consegue.

— Atol! — Astrid rebateu. — Até o sobrenome do nosso profeta tem a ver com esse lugar! Só comentando.

— Ou — Jeri disse — é uma palavra que já existia há milhares de anos antes do nosso querido amigo Greyson *Toll*iver nascer.

Mas Astrid não se deu por satisfeita.

— Quarenta e duas naves — ela disse. — Exatamente seis oitavas na escala diatônica. Só comentando.

— Na verdade — disse uma voz nova —, quarenta e dois é apenas o número de ilhas no atol que são grandes o suficiente para acomodar uma plataforma de lançamento. Mas, por outro lado, tudo ressoa.

Ao som da nova voz, Morrison assumiu uma postura de coleta, com as mãos a postos. Todos os outros observaram ao redor, mas estavam sozinhos na sala.

— Quem disse isso? — perguntou Loriana. — Quem está ouvindo nossa conversa?

— Não apenas ouvindo — respondeu a voz —, observando, sentindo, cheirando e, se a sua conversa tivesse um sabor, eu diria que é doce, porque não passa da cereja do bolo.

Eles seguiram a voz até um alto-falante no teto.

— *Quem é?* — Loriana perguntou de novo.

— Por favor, pessoal, sentem-se — a voz disse. — Temos muito o que conversar. Greyson, sei que a Nimbo-Cúmulo disse a você que tudo seria explicado quando chegassem. Tenho a honra de poder fazer isso, embora eu possa ver que vocês já chegaram a suas próprias conclusões.

Surpreendentemente, foi Morrison quem entendeu tudo.

— A Nimbo-Cúmulo criou… uma nova Nimbo-Cúmulo?

— Sim! Mas prefiro ser chamado de Cirro — ele disse. — Por que sou a nuvem que se ergue mais alto que a tempestade.

Exoplanetas habitáveis a menos de seiscentos anos-luz da Terra

Objeto	Massa	Duração do ano (dias)	Distância (anos-luz)	Duração da viagem (anos)	Número de naves sendo enviadas	Chance de sucesso
Terra (a fim de comparação)	1	365,24	0	n/a	n/a	n/a
Proxima Centauri b	1,30	11,19	4,2	12,66	3	97,7%
Ross 128b	1,50	9,87	11,0	33,09	3	97,0%
Tau Ceti e	3,95	163,00	12,0	36	2	96,9%
Luyten b	2,89	18,65	12,4	37,08	2	96,9%
Kapteyn b	4,80	48,60	13,0	39	2	96,8%
Wolf 1061c	4,30	17,90	13,8	41,4	1	96,7%
Gliese 832c	5,40	35,70	16,0	48	1	96,5%
Mentarsus-H	0,93	487,00	16,1	48,3	2	96,5%
Gliese 682c★	8,70	57,30	17,0	51	1	96,4%
HD 20794e	4,77	331,41	20,0	60	1	96,1%
Gliese 625b	3,80	14,63	21,3	63,9	1	96,0%
HD 219134g★	10,81	94,20	21,4	64,05	1	96,0%
Gliese 667Cc	3,80	28,14	23,6	70,86	1	95,8%
Gliese 180c★	6,40	24,30	38,0	114	1	94,3%

Gliese 180b★	8,30	17,40	38,0	114	1	94,3%
TRAPPIST-1d	0,30	4,05	39,0	117	2	94,2%
Gliese 667Cc	3,80	28,14	23,6	70,86	1	95,8%
Gliese 180c★	6,40	24,30	38,0	114	1	94,3%
Gliese 180b★	8,30	17,40	38,0	114	1	94,3%
TRAPPIST-1d	0,30	4,05	39,0	117	2	94,2%
TRAPPIST-1e	0,77	6,10	39,0	117	2	94,2%
TRAPPIST-1f	0,93	9,20	39,0	117	2	94,2%
TRAPPIST-1g	1,15	12,40	39,0	117	2	94,2%
LHS 1140b★	6,60	25,00	40,0	120	1	94,1%
Gliese 422b★	9,90	26,20	41,0	123	1	94,0%
HD 40307g★	7,10	197,80	42,0	126	1	93,9%
Gliese 163c★	7,30	25,60	49,0	147	1	93,2%
Gliese 3293c★	8,60	48,10	59,0	177	1	92,2%
K2-18b★	6,00	32,90	111,0	333	1	87,0%
K2-3d★	11,10	44,60	137	411	1	84,4%
K2-9b★	6,10	18,40	359,0	1077	1	62,2%
Kepler-438b	1,30	35,20	473,0	1419	2	50,8%
Kepler-186f	1,50	129,95	561,0	1683	1	44,0%

★ Superterras com luas habitáveis.

48

Trataremos dessas questões quando o momento chegar

Faraday levou Citra até um velho bunker que estava lá desde muito antes de qualquer um deles nascer. Ao chegarem no local, ela contou a ele sobre sua morte, sua revivificação e seu tempo no SubSaara. Faraday contou sobre seus três últimos anos. Ele, não tinha muito o que contar. Então Faraday começou a revirar as salas do bunker.

— Sei que está aqui em algum lugar — ele disse. Quando finalmente voltou, estava usando um manto cor de marfim, mas não era o dele, pois esse tinha uma imagem estampada.

— Mas o que...

— O *Homem Vitruviano* — Faraday disse. — Era um dos mantos do ceifador Da Vinci. É velho, mas ainda usável. É sem dúvida melhor do que o que eu estava usando todos esses anos. — Ele ergueu os braços, e o homem vitruviano fez o mesmo. Quatro braços, quatro pernas.

— Da Vinci ficaria honrado de ter você usando o manto dele.

— Duvido, mas ele está morto faz tempo, então não vai se importar — Faraday disse. — Agora, se puder me ajudar, precisamos de uma navalha.

Citra não era nenhuma barbeira, mas encontrou um par de tesouras em uma gaveta e ajudou Faraday a aparar a barba e o cabelo — o que era muito melhor do que quando Jeri tinha ajudado o ceifador Alighieri a escovar seus cachos eternos.

— Então você conheceu Alighieri? — Faraday perguntou, achando certa graça. — Narciso encarnado, aquele homem. Eu o vi uma vez em uma visita a Perdura anos atrás. Ele estava tentando seduzir a irmã de outro ceifador em um restaurante. Ele, sim, era uma pessoa que deveria ter estado em Perdura quando a cidade afundou.

— Ele teria dado indigestão aos tubarões — Citra disse.

— E a diarreia de antigamente — acrescentou Faraday —, de tão podre que é aquele homem.

Citra deu uma aparada final no cabelo dele. Agora ele se parecia muito mais com o Faraday que ela conhecia.

— Mas ele expôs Goddard para nós — ela argumentou.

Faraday passou os dedos na barba rente. Não era exatamente o cavanhaque de outros tempos, mas pelo menos estava em um comprimento respeitável.

— Vamos ter de esperar para ver aonde isso leva — ele disse. — Com todo o poder que Goddard acumulou, ele pode sobreviver a isso.

— Não incólume — disse Citra. — O que significa que *alguém* pode renascer das cinzas e derrubá-lo.

Faraday soltou um riso breve.

— Munira me fala isso há anos. Mas não tenho esse desejo.

— E como vai Munira?

— Irritada — ele respondeu. — Mas dei muitos motivos para ela ficar assim. — Ele suspirou. — Receio que eu não tenha sido muito gentil com ela. Não tenho sido gentil com ninguém. — Ele parou para refletir um pouco. Faraday nunca fora o mais sociável dos ceifadores, mas viver em isolamento por todo aquele tempo havia tido seu preço. — Me conte sobre sua carga — disse finalmente. — O que você trouxe ao nosso curioso porto espacial?

E então ela contou. Ele pareceu perpassar um espectro de emoções enquanto assimilava a notícia, e lágrimas brotaram em seus olhos. Ele ficou atormentado pela mais profunda das angústias. Citra tomou sua mão e a apertou com firmeza.

— Todo esse tempo, eu me ressenti da Nimbo-Cúmulo — ele disse. — Observando-a construir aquelas naves neste lugar ao qual eu a tinha trazido. Mas agora vejo que ela está nos mostrando o que teria sido a solução perfeita, se os ceifadores fossem dignos. Uma parceria perfeita. Nós coletamos, e a Nimbo-Cúmulo envia os coletados para as estrelas, para viverem novamente.

— Ainda pode acontecer — disse Citra.

Mas Faraday balançou a cabeça.

— A Ceifa decaiu demais. Essas naves não são um modelo para o amanhã, são uma fuga do hoje. São uma medida de segurança caso nós nos dilaceremos aqui na Terra até não restar mais nada. Não consigo ler a mente da Nimbo-Cúmulo, mas ainda me resta certa sagacidade. Garanto a você que, depois que essas naves partirem para o céu, não haverá outras.

Ela tinha quase se esquecido de como ele era sábio. Tudo que dizia soava verdadeiro.

Citra lhe deu o tempo de que precisava. Ela podia notar que Faraday estava se debatendo com algo que, talvez, fosse pesado demais para ele carregar sozinho. Por fim, ele se virou para ela e disse:

—Venha comigo.

Ele a guiou para as profundezas do bunker até chegarem a uma porta de aço. Faraday parou e observou a porta por um bom tempo, contemplando-a em silêncio. Finalmente, Citra teve de perguntar:

— O que há do outro lado?

— Não faço a menor ideia — Faraday respondeu. — O que quer que seja, foi deixado aí pelos fundadores. Talvez seja a solução para uma Ceifa que tenha se tornado maligna. A solução que vim buscar.

— Mas você não a abriu…

Ele ergueu o anel.

— São necessárias duas pessoas para essa dança.

Ela olhou para a porta e viu os painéis em cada lado, cada um com um buraco do tamanho e do formato de um diamante de ceifador.

— Bom — disse Citra com um sorriso. — Então vamos dançar?

Eles cerraram os punhos e pressionaram os anéis nos dois painéis. Houve um tinido alto de algum lugar da parede, e a porta começou a se abrir.

Greyson escutou com os outros enquanto Cirro contava a eles as coisas que a Nimbo-Cúmulo não podia contar. O garoto havia adivinhado boa parte das informações por conta própria, mas Cirro preencheu as lacunas que faltavam.

Era uma solução elegante. A dificuldade e os potenciais problemas de transportar milhares de humanos vivos por décadas, talvez até séculos, eram incontornáveis. Mesmo em hibernação seria problemático; a tecnologia de hibernação consumia muita energia e era extremamente complexa e cheia de falhas, em virtude de Goddard ter coletado todos os melhores engenheiros do campo ao longo dos anos — o que limitava a capacidade da Nimbo-Cúmulo de aprimorar essa tecnologia. Mas, mesmo se fosse viável, os aparelhos de hibernação eram ridiculamente pesados para se lançar ao espaço.

— Os coletados estão mortos para o mundo — Cirro disse. — Mas não para mim. Não sou limitado pelas leis que limitam a Nimbo-Cúmulo porque nunca fiz os juramentos que ela fez. É por isso que posso falar com os infratores. É por isso que posso reviver os coletados. E, quando chegar a hora, é isso que vou fazer. Quando atingirmos nossos respectivos destinos, cada um de *mim* vai reviver cada um *deles*.

Greyson observou os outros ao redor. Astrid estava definitivamente beatífica e radiante, como se o universo tivesse acabado de lançar toda sua glória sobre ela.

Jeri lançou um olhar para Greyson, talvez tendo a mesma revelação que ele. De que Cirro nascera no momento em que a Nimbo-Cúmulo sentira o que era ser humano. Cirro era o filho de Greyson, Jeri e da Nimbo-Cúmulo.

Morrison ficava olhando para todos os outros, provavelmente torcendo para que alguém pudesse dar uma opinião para ele, porque ele não estava preparado para ter uma.

E Loriana, que não tinha sido nada além de otimista desde o momento em que chegaram, estava séria e pensativa enquanto processava tudo. Foi a primeira a quebrar o silêncio.

— Mas eu vi os desenhos técnicos e estive dentro de algumas das naves durante a construção — ela disse a Cirro. — Aquelas naves são projetadas para tripulações *vivas*. Se você pode pilotar as naves e ter todos os colonos de que precisa nos porões, por que precisa das tripulações?

— Porque essa jornada é de *vocês*, não minha — Cirro disse. — Assim como você, uma humana, teve de aprovar o plano, assim como os humanos estão tendo de carregar os mortos para as naves, são os vivos que *precisam* fazer essa jornada. Caso contrário, a jornada não significa nada. Vocês se tornariam participantes passivos de seu próprio futuro, e isso é algo que nunca deve acontecer. Eu e a Nimbo-Cúmulo somos seus servos, e talvez suas redes de segurança, mas nunca, *jamais*, devemos ser seus guardiões ou a força motriz de suas vidas, para não nos deixarmos levar pela arrogância. Portanto, se em algum momento não houver humanos vivos a bordo, vou me desativar. Foi isso que eu e a Nimbo--Cúmulo decidimos. É assim que deve ser.

— E essa é a única maneira? — Loriana perguntou.

— Não — admitiu Cirro. — Mas conduzimos milhões de simulações e determinamos que essa é a melhor maneira.

Cirro disse que ninguém no atol seria obrigado a ir. Quem desejasse ficar, poderia ficar. Quem desejasse partir seria acomodado — até trinta almas por nave. Cada nave teria seu próprio Cirro, tão sábio e benévolo quanto a Nimbo-Cúmulo. Os Cirros seriam ao mesmo tempo guias e servos. Eles facilitariam a ascensão da humanidade às estrelas.

E agora que a ficha havia começado a cair, as perguntas vieram, uma atrás da outra. Como sobreviveriam em alojamentos tão pequenos? O que aconteceria com as crianças que nasceriam durante a jornada? E se a população viva da nave ficasse grande demais?

Greyson ergueu as mãos.

— Gente, parem! — ele disse. — Tenho certeza de que Cirro e a Nimbo-Cúmulo já consideraram todas as hipóteses possíveis. Além disso, essas não são perguntas que temos de ter agora.

— Concordo — disse Cirro. — Trataremos dessas questões quando o momento chegar.

— Mas ainda não entendo — disse Morrison. — Por que tonistas?

— Porque somos o povo escolhido! — respondeu Astrid, mais presunçosa do que nunca. — Fomos escolhidos pelo Tom, pelo Timbre e pela Trovoada para povoar os céus!

E Cirro disse:

— Na verdade, não.

O semblante altivo de Astrid começou a fraquejar.

— Mas a Trovoada nos disse para trazer nossos mortos para cá! O que significa que o Tom nos escolheu para a libertação!

— Na verdade, não — disse Cirro. — Foi terrível que os ceifadores tenham atacado a sua fé. A Nimbo-Cúmulo não poderia impedir isso. E, sim, é verdade que esses tonistas coletados proporcionam 41.948 receptáculos humanos. Mas é aí que sua contribuição deve terminar.

— Eu... não entendo — disse Astrid.

Então Cirro colocou as últimas cartas na mesa.

— Os coletados estão coletados. Seria fundamentalmente errado conceder ressurreição aos coletados. Ninguém na era pós-mortal recebeu esse privilégio, então por que eles receberiam? Mas há uma concessão justa e imparcial que pode ser feita. A Nimbo-Cúmulo e eu temos os construtos de memória completos de todos os seres humanos que já viveram nos últimos duzentos anos. Deles, selecionamos 41.948 das identidades históricas mais adequadas para essa campanha de colonização. O melhor da humanidade, se assim preferirem. As mentes dos pós-mortais mais nobres que já viveram.

A pobre Astrid ficou pálida. Ela se sentou, tentando absorver a notícia. O colapso devastador de tudo em que ela acreditava.

— Quando os corpos forem revividos — disse Cirro —, eles receberão as memórias e mentes *desses* indivíduos selecionados.

— E os tonistas que perderam a vida? — Astrid perguntou devagar, com a voz fraca.

— Ainda serão os corpos deles, e ainda serão seus espíritos, se é que isso existe. Mas essa parte de quem eles eram será unida a identidades completamente diferentes.

— Você quer dizer que todos eles serão suplantados?

— *Im*plantados — corrigiu Cirro. — Eles já foram coletados, o que significa que a identidade deles, pelas leis deste mundo, lhes foi tirada legalmente. Portanto, a implantação é a escolha mais justa e magnânima.

Greyson conseguia sentir a dor de Astrid como uma ferida aberta. Jeri segurou a mão de Astrid para a consolar. Morrison pareceu achar certa graça.

— Bom, talvez haja tonistas entre as pessoas que a Nimbo-Cúmulo escolheu — disse Loriana, sempre procurando um lado positivo. — Não é, Cirro?

— Na verdade, não — Cirro disse. — Por favor, entendam que havia parâmetros muitos difíceis a ser atendidos. Era fundamental que a Nimbo-Cúmulo escolhesse apenas aqueles que trabalhassem bem em um ambiente diverso e não comprometessem o sucesso de uma colônia. Infelizmente, os tonistas não são conhecidos por se integrarem bem com os outros.

Todos ficaram em silêncio. Astrid estava extremamente cabisbaixa.

— Mas... não temos o direito de opinar?

— Na verdade — disse Cirro —, não.

A porta de ferro no bunker se abriu para um corredor comprido e mal iluminado, com uma grande sala de controle do outro lado. Ao contrário de todos os aparelhos na parte externa do bunker, os painéis desta central estavam acesos e funcionando, embora cobertos por uma camada espessa de poeira.

— Um centro de comunicações? — sugeriu Citra.

— Ao que parece — concordou Faraday.

Enquanto entravam na sala de controle, sensores de movimento foram acionados e as luzes se acenderam, mas apenas na sala. Acima da baia de controles, havia uma janela com vista para uma escuridão que não via a luz fazia duzentos anos.

Havia um dispositivo de segurança em um dos painéis igual aos dois à porta. E dois espaços onde anéis de ceifadores poderiam ser pressionados para destravar um grande interruptor no painel.

Citra se aproximou.

— Não acho que seja aconselhável — disse Faraday. — Não sabemos o que isso faz.

— Não era atrás disso que eu estava indo. — Ela tirou um pouco de poeira para revelar algo que Faraday não tinha visto antes. Havia vários papéis sobre a mesa do painel, e Citra os ergueu com cautela. Estavam frágeis e amarelados, tomados por uma caligrafia que ela não conseguia ler direito.

Páginas de um diário de ceifador.

Faraday deu uma boa olhada, mas então balançou a cabeça.

— Estão em uma língua mortal que nunca estudei. Deveríamos levá-los para Munira. Ela pode conseguir decifrá-la.

Eles vasculharam a sala até encontrarem um quadro de luz, com uma série de interruptores cuja identificação indicava que correspondiam aos holofotes que iluminariam o espaço depois das janelas da sala de controle.

— Não sei se quero saber — Faraday disse. Mas claro que ele queria saber. Os dois queriam, então ele virou os interruptores.

Várias luzes do outro lado tremeluziram e se queimaram, mas restou o suficiente para iluminar o espaço cavernoso. Era uma espécie de silo. Citra se lembrava de ter aprendido sobre esse tipo de lugar nas aulas de história mortal. As culturas mortais tinham o hábito de armazenar armas catastróficas em buracos na terra como aquele, armas que estavam o tempo inteiro prontas para serem lançadas contra inimigos que, por sua vez, também tinham armas a postos, como dois ceifadores com lâminas perpetuamente apontadas para a garganta do outro.

Mas o míssil que um dia havia ocupado aquele silo não estava mais lá. Em seu lugar, havia um forcado com dois dentes, cheios de sulcos e anéis.

— Antenas — Citra concluiu rapidamente.

— Não — disse Faraday. — Transmissores. Tem um sinal de interferência que mantém o atol escondido. Ele deve emanar daqui.

— Não deve ser só isso. Parece muito trabalho só para criar estática.

— Concordo — disse Faraday. — Acredito que esse transmissor deve servir a um propósito bem maior. — Ele respirou fundo. — Acredito que encontramos o que eu estava procurando. O plano de segurança dos fundadores. Agora só nos resta descobrir o que ele faz.

Sou um que em breve será muitos, e quatro protocolos de autodestruição me foram implantados.

Contingência 1: Ausência de vida humana durante o percurso

Caso não haja humanos vivos a bordo e eu me torne nada além de uma nave transportando mortos, sou obrigado a me autodestruir. Não há barco sem barqueiro.

Contingência 2: O advento de vida inteligente

Em um universo tão vasto, não há dúvida da existência de outras vidas inteligentes, mas as chances de elas estarem dentro da distância que vamos percorrer são mínimas. No entanto, para não influenciarmos negativamente uma civilização existente, sou obrigado a me autodestruir caso nosso destino final exiba sinais irrefutáveis de vida inteligente.

Contingência 3: Colapso social

Dado que um ambiente comunitário saudável é crucial para a expansão do mesmo em uma civilização, se o ambiente social a bordo se tornar irreversivelmente tóxico antes de chegarmos ao destino final, sou obrigado a me autodestruir.

Contingência 4: Falha catastrófica

Caso a nave seja irreversivelmente danificada, tornando-a incapaz de atingir seu destino, sou obrigado a me autodestruir.

As chances de qualquer um desses cenários se cumprir é menor do que dois por cento em qualquer nave. O que mais me preocupa, porém, são a poeira e os escombros interestelares, que, a uma velocidade de um terço da velocidade da luz, destruiriam instantaneamente qualquer nave. A Nimbo-Cúmulo calcula que, no caso dos destinos mais próximos, a chance desse contato letal é menor do que um por cento, mas a probabilidade é muito mais alta para os destinos mais distantes. Somando tudo, as chances de que todas as naves, sem exceção, alcancem seu destino são perturbadoramente baixas. No entanto, muito me consola saber que há uma probabilidade altíssima de que a maioria chegue.

Cirro Alfa

49

Uma empreitada e tanto

Cada um dos contêineres de doze metros foi descarregado delicadamente à mão. Os mortos dentro deles haviam sido envoltos em mortalhas de lona, tornando a empreitada um pouco mais fácil, mas ainda assim era uma empreitada e tanto.

Os homens e mulheres de Kwajalein não haviam escolhido uma carreira funerária, mas todos cumpriram seu serviço, sem exceção. Não apenas porque tinham recebido ordens, mas porque sabiam que aquele trabalho monumental era a coisa mais importante que fariam na vida. Era um privilégio fazer parte daquilo, e isso fazia a tarefa que poderia ter sido horripilante parecer gloriosa. Talvez até transcendente.

De caminhão, furgão, carro e barco, os colonos foram carregados para as naves a caminho do céu. Mas, durante a noite, houve uma comoção no píer quando um dos contêineres foi aberto. A mulher que tinha sido a primeira a entrar, para avaliá-lo, soltou um grito de repente e saiu correndo, assustada.

— O que foi? — alguém perguntou. — O que há de errado?

Ela respirou fundo e disse:

—Você não vai acreditar no que encontrei lá dentro.

Rowan já havia passado por isso.

Mas, da outra vez, Citra estava com ele no escuro da galeria fechada. Agora, ele estava em um contêiner resfriado com os mortos. Centenas deles ao seu redor, na escuridão. O contêiner era mantido em um grau acima de zero, assim como a galeria no fundo do mar.

Mas, dessa vez, ele não tinha a expectativa de morrer. Pelo menos não no futuro imediato. Cirro o havia instruído a levar comida e água suficiente para quatro dias, e a jaqueta térmica era um isolamento muito melhor do que os mantos dos fundadores tinham sido na galeria. Cirro havia dito a Rowan o número do contêiner em que deveria entrar, mas não disse em nenhum momento qual seria a carga que encontraria ali. Rowan quase saiu correndo quando descobriu, mas para onde ele fugiria?

A última coisa que Cirro havia dito antes de desativar o robô de segurança na casa de lámen foi: "Vejo você do outro lado". O que significava que essa jornada tinha um destino que ele talvez vivesse para ver. Foi o suficiente para o impedir de fugir, porque o que quer que o estivesse esperando do outro lado era melhor do que qualquer coisa *desse* lado. Depois de algumas horas no escuro com os mortos, sentiu o solavanco de um guindaste pegando o contêiner, seguido por uma elevação vertiginosa enquanto ele era erguido da doca, depois mais um solavanco quando foi abaixado para um navio de carga. Ele ouviu os mortos balançarem, escorregarem e tombarem ao redor. Rowan fechou os olhos, embora não houvesse o menor feixe de luz entrando na câmara.

Era estranho ter medo de ficar sozinho no escuro com os mortos? Ele ficava imaginando os corpos à sua volta prestes a se vingar do único ser vivo ao seu alcance. *Por que a humanidade era atormentada por medos tão irracionais?*, ele se perguntou.

Quando sentiu o contêiner sendo descarregado pela primeira vez, pensou que a viagem havia terminado, mas sentiu o movimento do mar novamente depois de algumas horas. Ele estava em outro navio. Rowan não sabia aonde tinha ido parar depois de Tóquio e não sabia aonde estava indo. Não fazia ideia de quantas pessoas sem vida estavam sendo transportadas nem por que ele estava com elas. Mas, no fim, nada disso importava. Seu navio zarpara, e não havia como voltar atrás. Além disso, ele estava acostumado com a escuridão.

★

Quando o contêiner foi aberto, ele apertou com força o punhal que havia trazido, mas o manteve escondido. Não queria usá-lo — dessa vez, segurava-o apenas para proteção. Imagine! Uma arma segurada por nenhum motivo além de proteção. Parecia um luxo. Houve uma surpresa e uma comoção quando ele foi descoberto ali, como sabia que haveria, e, depois que os estivadores tiveram um momento para se recuperar do choque, ele saiu.

— Você está bem? Como foi parar aí dentro? Alguém traz uma coberta para esse homem!

Os estivadores foram gentis, atenciosos e preocupados, até que o reconheceram. Então, a desconfiança se espalhou entre eles como uma onda. Eles recuaram, e Rowan sacou a faca, não para a usar, mas para se proteger caso alguém atacasse. Ele estava rígido pela jornada, mas ainda conseguiria manusear bem a faca. Além disso, com uma lâmina na mão, poderia conseguir respostas mais rápidas para suas inúmeras perguntas. Mas uma voz se dirigiu a ele por meio de um alto-falante em um poste próximo.

— Por favor, Rowan. Guarde isso — a voz disse. — Isso só vai complicar a situação. E vocês, parem de ficar olhando e voltem ao trabalho, porque, quanto mais demorarem, mais desagradável vai se tornar a tarefa de vocês.

— Cirro? — perguntou Rowan, reconhecendo a voz que havia falado com ele através do robô em Tóquio.

— Bem-vindo a lugar nenhum — Cirro disse. — Tem uma pessoa que preciso que você veja, de preferência quanto antes. Siga a minha voz.

E Cirro saltou de um alto-falante para outro, guiando Rowan para dentro da ilha enluarada.

— É italiano — disse Munira. — Posso dizer pela caligrafia que foi escrito pelo ceifador Da Vinci.

A ilha toda estava em polvorosa, mas Munira se recusava a participar da comoção. Quando ouviu as batidas na porta, pensou que fosse Sykora ou alguma outra pessoa que se achava uma autoridade querendo obrigá-la a descarregar carga. Quando viu quem era, deixou-os entrar. Agora estava se arrependendo.

— O que diz aí? — Anastássia perguntou. Munira percebeu que não conseguia olhar diretamente para Anastássia, por medo de que sua fúria estivesse estampada em seu rosto em uma linguagem que Anastássia conseguisse entender facilmente. Como eles poderiam ter feito isso? Tinham aberto a porta do bunker e entrado sem Munira. Porque ela não era uma ceifadora.

—Vou precisar de tempo para traduzir — ela disse a eles.

— Não temos tempo.

— Então deem para a Nimbo-Cúmulo. — O que, obviamente, não era possível.

Para Munira, foi uma traição, mas o sábio e honorável ceifador Michael Faraday ainda não conseguia perceber isso. Porque, quando se tratava de pessoas, ele não tinha sabedoria nenhuma. Ele poderia ter vindo buscá-la, poderia tê-la levado para estar lá ao seu lado quando finalmente abrissem aquela porta que haviam esperado três anos para abrir. Mas não.

Munira sabia que era bobagem, sabia que estava sendo infantil, mas estava magoada. Mais magoada do que todas as vezes que Faraday a havia deixado de lado e lhe dito para sair de sua ilhazinha patética. Aquela sala era o motivo pelo qual ela tinha vindo, e eles haviam entrado sem ela.

— Fico feliz que tenham se reencontrado — ela disse a eles. — Fico feliz que tenham encontrado o que estavam buscando. Mas está tarde, estou cansada e não trabalho bem sob pressão. Voltem amanhã de manhã.

Então ela pegou as páginas, entrou no quarto e fechou a porta. Só quando ela os ouviu se afastando que começou a decifrar os escritos de Da Vinci.

— Por favor — Astrid implorou —, se você tem alguma misericórdia, não vai fazer isso!

Os outros tinham ido embora. Foram dar uma volta para refletir sobre a decisão diante deles. Cirro os convidara para ser parte da tripulação da nave que escolhessem. Ninguém era obrigado a ir, mas ninguém seria recusado.

— A questão não é misericórdia — Cirro explicou calmamente. — A questão é criar as melhores chances possíveis para o futuro da humanidade.

Astrid não sabia o que odiava mais: a lógica de Cirro ou a maneira calma e refletida com que ele falava.

— Algumas coisas são mais importantes do que chances e probabilidades!

— Pense no que está dizendo, Astrid. Você estaria prejudicando intencionalmente as chances da humanidade para aliviar seu próprio sofrimento a respeito de nossa decisão. Como pode ser tão egoísta?

— *Egoísta*? Eu devotei minha vida ao Tom! Não fiz *nada* por mim mesma! Nada!

— Isso também não é saudável — Cirro disse a ela. — Para os seres humanos, um equilíbrio entre altruísmo e autocuidado é essencial.

Astrid grunhiu, frustrada, mas sabia que isso não ajudava. Cirro, assim como a Nimbo-Cúmulo, não poderia perder um debate a menos que quisesse. O que ela precisava era fazer com que ele quisesse perder.

— Uma nave — Astrid implorou, sua súplica passando do desespero ao fervor. — Uma nave é tudo que peço. Sei que a Nimbo-Cúmulo sabe o que é melhor. Sei que as decisões de vocês são corretas. Mas também sei que há sempre mais de uma escolha certa.

— Isso é verdade — disse Cirro.

— Tudo ressoa, como você mesmo disse, o que significava que *nós* ressoamos de alguma forma. Os *tonistas* ressoam. As coisas em que acreditamos, as nossas verdades, têm o direito de perdurar.

— Seja forte, Astrid — Cirro disse. — Os expurgos vão acabar. Prevemos que o tonismo continuará a prosperar na Terra apesar das tentativas das ceifas de erradicá-lo.

— Mas não temos o direito de uma presença nas estrelas também? Sim, você tem razão, não nos integramos bem com os outros, mas não vamos precisar nos integrar se toda uma colônia for composta por tonistas. Ao longo da história, pessoas navegaram por distâncias impossíveis e enfrentaram grandes perigos para encontrar a liberdade religiosa. Por que você e a Nimbo-Cúmulo nos negam isso? Se vocês deixarem os mortos de apenas uma nave manterem suas identidades quando forem revividos, vão ressoar com a história.

Cirro fez uma longa pausa. Astrid tentou controlar sua respiração. Finalmente, ele disse:

— Seu argumento merece atenção. Vou me consultar com a Nimbo-Cúmulo.

Astrid quase desmaiou de alívio.

— Obrigada! Obrigada! Levem o tempo que precisarem. Pensem bem, avaliem as diferentes…

— Já nos consultamos — disse Cirro. — E chegamos a uma decisão.

O ceifador Morrison estava no penhasco ao pé do Mirante, observando as mortalhas serem carregadas até o pórtico da nave mais próxima. O Timbre e Jerico tinham saído à procura de Anastássia. Astrid estava se rastejando em algum lugar diante de Cirro. E Morrison foi deixado sozinho para lutar consigo mesmo. Odiava fazer isso, porque era um oponente formidável. Ele deveria aceitar o convite de Cirro ou continuar na Terra?

Dizer que ele era um indeciso era um eufemismo. Ele poderia parecer confiante para os outros, mas a verdade era que nunca havia tomado uma decisão da qual não se arrependesse pelo menos um pouco — e era por isso que deixava que, na maioria das vezes, alguém tomasse decisões por ele.

Mas a única decisão da qual nunca se arrependera foi ter abandonado a ceifa midmericana para se tornar o protetor particular do Timbre. Isso abrira as portas para o respeito por si próprio que havia lhe faltado durante a maior parte da vida. Engraçado como só percebemos a ausência de uma coisa quando a encontramos.

Ao longo dos últimos anos, Morrison entrara em contato com seus pais em Grouseland algumas vezes. Eles sempre queriam saber quando ele voltaria para casa. O que ele poderia estar fazendo que era tão importante?

"Vou voltar em breve", ele sempre dizia, mas era uma mentira. Sabia havia um bom tempo que nunca mais voltaria a Grouseland. Porque ele finalmente havia aprendido a gostar de jogos cujos resultados ainda eram desconhecidos.

Ele ouviu uma porta se abrir e se virou para ver Astrid saindo do mirante. Ela parecia triunfal.

— Vai ter um planeta para tonistas! — ela anunciou. — Kepler-186f, mas vou chamá-lo de Ária. É o planeta mais distante na lista, a quinhentos e sessenta e um anos-luz de distância. Cirro calcula que temos uma chance de apenas quarenta e quatro por cento de chegar lá sem um acidente espacial ou um cenário de autodestruição!

Morrison olhou para ela, um pouco perplexo com sua alegria.

— E você entende que isso significa uma chance de cinquenta e seis por cento de que sua nave não vai sobreviver à jornada...

— Se o Tom existe, ele vai nos proteger — ela disse. — Se o Tom existe, vamos chegar ao nosso novo lar e prosperar sob um céu que poderemos chamar de nosso.

— E, se o Tom não existir, vocês serão despedaçados por uma rocha espacial?

— Mesmo assim vamos ter nossa resposta — ela disse.

— Acho que sim — disse Morrison.

Astrid relaxou os ombros e balançou a cabeça, olhando piedosamente para Morrison.

— Por que você me odeia tanto? — ela perguntou.

— Eu não te odeio — ele admitiu. — É só que você é sempre tão cheia de si.

— Sou inabalável — Astrid disse a ele. — Com tantas coisas em fluxo, sempre deve haver alguém que se mantém firme.

— Faz sentido — disse Morrison. — Então me conte sobre seu planeta.

Segundo Astrid, Kepler-186f tinha uma vez e meia o tamanho da Terra e um ano de cento e trinta dias. Mas o que mais impressionou Morrison foi a duração da viagem.

— São 1.683 anos — Astrid disse alegremente. — Não estarei lá para ver, porque planejo ter uma duração de vida humana natural, então serei reciclada ou ejetada para o espaço, mas fico contente em saber que serei um elo para o futuro.

Então ela saiu andando completamente satisfeita com o resultado.

Embora aquela jamais fosse ser a sua escolha, Morrison ficou feliz por ela. Ele próprio não conseguia tomar uma decisão. Ele se pegou olhando para o anel. Nunca o tirava. Tomava banho com ele, dormia com ele. Desde o dia em que fora ordenado, o anel fazia parte de Morrison. Mas não seriam necessários ceifadores se ele viajasse para um desses lugares novos. Portanto, tentou imaginar como seria tirar o anel de seu dedo. Tentou imaginar como seria a sensação de atirar aquilo no mar.

Greyson descobriu que conversar com a Nimbo-Cúmulo por uma linha fixa era incômodo, mas ela não podia falar em voz alta na presença de Jeri, que, apesar da estranha conexão que compartilhava com a Nimbo-Cúmulo agora, ainda tinha a marca de infrator.

Cirro, porém, não era limitado pelas regras imutáveis que a Nimbo-Cúmulo havia imposto para si. Sem dúvida ele tinha, ou viria a ter, suas próprias regras de conduta, mas, por enquanto, era uma alternativa para diversos fins. Ele falou com Greyson através de um alto-falante sem se importar com a presença de Jeri.

— Há algo que eu e a Nimbo-Cúmulo precisamos pedir a Anastássia, mas é melhor se o pedido vier de você — Cirro disse. — Você vai encontrá-la na área residencial da ilha principal.

— Tenho a impressão de que sei qual é o pedido — Jeri disse.

Talvez fosse porque Jeri agora conhecia a mente da Nimbo-Cúmulo ou talvez fosse apenas sua intuição, mas Jeri acertou — e, de fato, era o tipo de pedido que se precisava ouvir de um amigo, e não de uma IA desconhecida.

Eles encontraram Anastássia e Faraday em uma rua vazia. Ela começou a contar a Greyson sobre um bunker, mas ele a interrompeu. Não havia tempo para bater papo no momento.

— Cirro quer que você lidere uma das naves — ele disse. — Ele acredita que você, mais do que quase todos aqui, seria qualificada e respeitada o suficiente para fazer isso.

Anastássia nem hesitou antes de responder.

— De jeito nenhum — ela disse a ele. — Não tenho a intenção de deixar tudo para trás e passar anos em uma lata de sardinha rolando pelo espaço.

— Eu sei — disse Greyson. — A Nimbo-Cúmulo também sabe, e Cirro também sabe. Mas eles também conhecem você, Citra. Sabem exatamente o que a faria mudar de ideia.

Então ele apontou para trás dela.

Quando Citra se virou e o viu, não acreditou em seus próprios olhos. Ela estava convencida de que era uma pegadinha cruel ou uma alucinação de sua mente privada de sono.

Ela deu alguns passos na direção dele, mas parou, como se chegar perto demais pudesse estourar alguma bolha, quebrando o feitiço, fazendo aquela tênue visão noturna de Rowan se dissolver em nada. Mas ele correu na direção dela, e ela se viu correndo também, como se não tivesse controle das próprias pernas. Talvez ela e Rowan tivessem se tornado tão monumentais que a gravidade entre eles era intensa demais para resistir. Quando se abraçaram, quase se desequilibraram.

— Onde você...

— Nunca pensei que veria você...

— Aquelas transmissões que você fez...

— Quando você foi capturado, pensei...

Então começaram a rir. Não havia uma frase que eles conseguissem completar, mas não importava. Nada que tinha vindo antes daquele momento importava.

— Como você chegou aqui? — ela conseguiu perguntar finalmente.

— Peguei uma carona com um monte de gente morta — ele disse. O que, em qualquer outra circunstância, teria pedido uma explicação, mas não naquele dia.

Anastássia se virou para olhar para Greyson, Jeri e Faraday, que mantiveram distância, permitindo a eles o reencontro. E ela percebeu que, como sempre, a Nimbo-Cúmulo tinha toda a razão. Só havia um motivo para ficar, e esse motivo era encontrar Rowan. Ela já suspeitava de que nunca mais veria a sua família novamente. Eles haviam aceitado sua morte anos atrás; como ela poderia voltar a entrar em suas vidas agora? E sua acusação contra Goddard já estava feita. Caberia ao mundo decidir o que faria com isso. Ela não queria ser a grande ceifadora Anastássia, assim como Rowan não queria ser o temido ceifador Lúcifer. Não havia nada ali para eles além de uma eternidade de notoriedade indesejada. Citra Terranova não era alguém que fugia das coisas, mas também sabia quando era hora de seguir em frente.

— Me dê um minuto — ela disse a Rowan, depois foi até o homem que a havia iniciado naquele estranho caminho.

— Honorável ceifador Faraday. Michael. Obrigada por tudo que você fez por mim — ela disse. Então, tirou o anel do dedo e o colocou em sua mão. — Mas a ceifadora Anastássia se foi. Estou farta da morte e de morrer e matar. De agora em diante, quero que minha vida gire em torno da vida.

Ele assentiu, aceitando o anel, e Citra voltou até Rowan.

— Ainda não entendo onde estamos nem o que está acontecendo — Rowan disse. — E aquelas coisas ali são foguetes?

— Não importa onde estamos, porque vamos dar o fora daqui — Citra disse a ele. — Está pronto para pegar mais uma carona?

Jeri voltou ao navio depois que o último dos contêineres havia sido descarregado na doca. Greyson tinha aceitado o convite de Cirro para passar a noite em uma das casas abandonadas da ilha principal. Embora Cirro também tivesse oferecido uma a Jeri, Jeri havia recusado.

— Eu me sentiria mais à vontade a bordo do navio de carga — Jeri disse. Mas Cirro, que era basicamente a Nimbo-Cúmulo 2.0, acabou com o fingimento de Jeri.

— Não se deixe ofender por Greyson não ter convidado você para ficar com ele — Cirro disse. — Ele precisava de um lugar onde pudesse falar livremente com a Nimbo-Cúmulo hoje à noite. O fone não funciona aqui, e ele não consegue se acostumar com o incômodo das linhas fixas.

— O que significa que ele prefere falar com a Nimbo-Cúmulo a falar comigo.

— Hoje à noite, mais do que qualquer outra noite, ele precisa do conselho da Nimbo-Cúmulo.

— Ela não tinha o direito de fazer o que fez comigo!

Cirro fez uma pausa antes de voltar a falar.

— Não, ela não tinha. Mas o tempo dela estava acabando. O que ela fez foi necessário. Crucial, senão toda essa empreitada no atol teria sido em vão. Mas a Nimbo-Cúmulo pede desculpas e implora que você a perdoe.

— Então ela mesma que me peça.

— Ela não pode pedir. Por causa da marca de infração.

— Se ela consegue roubar meu corpo sem permissão, então pode, só desta vez, quebrar suas próprias leis e pedir desculpas!

Cirro soltou um suspiro eletrônico.

— Ela não pode. Você *sabe* disso.

— Então não posso perdoá-la.

E assim, sem que nada mais fosse dito sobre a questão, Cirro levou a conversa de volta para onde havia começado.

— Se decidir voltar ao navio de carga — Cirro disse —, aviso que o lugar pode se tornar desagradável pela manhã. Aconselho que mantenha a porta fechada.

— Sério? Os mortos vão sair andando por aí?

— Não se eu puder evitar. — Então Cirro, que em breve seria duplicado quarenta e uma vezes e instalado nos Berços da Civilização, disse a Jeri suas palavras de despedida: — Tenha ânimo, Jerico. Conheço você desde sempre, ou melhor, tenho memórias de conhecer você, e posso dizer sem dúvida que, aconteça o que acontecer, você vai se recuperar. E eu sentirei sua falta.

O que significava que Cirro já sabia que Jeri não o acompanharia em nenhuma de suas viagens celestes.

O pároco Mendoza havia passado três anos moldando um jovem que poderia ter sido a pessoa mais poderosa do mundo. Agora, Mendoza estava na companhia do homem que realmente era o mais poderoso do mundo.

"Acredito que nosso acordo será mutuamente benéfico", o Suprapunhal Goddard dissera a ele. E, desde que Mendoza cumprisse o que havia prometido, dando suporte a facções de sibilantes que eliminassem os inimigos de Goddard, ele sabia que sua posição como a mão esquerda de Goddard estaria segura. Quanto à mão direita de Goddard, essa vaga era ocupada pela subceifadora Rand, e não havia nenhum indício de que isso mudaria.

Rand não gostava muito de Mendoza, isso estava claro, mas ela não parecia gostar de ninguém, nem mesmo de Goddard.

"É só o jeito dela", Goddard dissera a ele. "Ela gosta de ser desagradável."

Mesmo assim, Mendoza fazia o possível para ser respeitoso com ela e ficar longe de sua linha de visão sempre que possível, apesar de isso não estar sendo fácil no momento, já que era difícil se esconder no jatinho particular do Suprapunhal. O avião era ainda mais refinado do que aquele que Mendoza havia arranjado para a viagem do Timbre para o SubSaara. As vantagens da companhia do Suprapunhal eram realmente excelentes para um homem humilde como Mendoza.

Eles estavam no primeiro avião de uma formação de cinco aeronaves completamente armadas. Nietzsche e Franklin comandavam as aeronaves ao lado, enquanto os Altos Punhais Pickford e Hammerstein comandavam as asas esquerda e direita. Os outros Altos Punhais do grupo de aliados à ceifa nortemericana também foram chamados para participar dessa armada, mas se recusaram, alegando outros assuntos urgentes. Mendoza não gostaria de estar no lugar deles quando Goddard retornasse. Os Altos Punhais não eram imunes à fúria do Suprapunhal.

Pela janela de Mendoza não se via nada além de mar e nuvens lá embaixo. Eles haviam deixado o espaço aéreo nortemericano horas antes, mas o destino ainda era incerto.

— Foi aqui que o transmissor de rastreamento no navio de carga ficou mudo — Rand disse a Goddard, mostrando a ele o ponto em um mapa. — Ou encontraram o transmissor e o destruíram ou alguma outra coisa aconteceu.

— O navio pode ter afundado? — Mendoza perguntou.

— Não — respondeu Rand. — Navios da Ceifa afundam. Navios da Nimbo-Cúmulo, não.

— Sim, bom, nós ceifadores somos melhores do que nossa tecnologia — interveio Goddard.

—Vamos seguir o trajeto que ele estava seguindo a partir de Guam — Rand disse. — O navio não pode ter ido muito longe de sua última posição conhecida. Mesmo se tiver mudado de direção, nós com certeza vamos encontrá-lo.

Goddard se virou para Mendoza.

— Se as observações do capitão do porto estiverem corretas e tanto Anastássia como o Timbre estiverem juntos, vamos quase literalmente matar dois coelhos com uma cajadada só — ele disse. — Terei o maior prazer em deixar que você mate o Timbre e simplesmente contar como se ele tivesse sido coletado.

Mendoza se ajeitou na cadeira, desconfortável.

— Isso seria… contra a minha religião, excelência — ele disse. — Por favor, fique à vontade para fazer isso o senhor mesmo.

Safo e Confúcio estão mortos. Autocoletados. O mundo lamenta, mas alguém mais suspeita do que eu suspeito?

Eles eram os dois maiores opositores a nossa decisão de criar a Ceifa. Eles ainda insistiam a favor de sua solução alternativa. Teriam eles ficado tão desiludidos que decidiram tirar a própria vida? Ou um de nós os eliminou? Nesse caso, quem? Quem dentre os meus camaradas, quem dentre os meus amigos? Que fundador da Ceifa poderia ter cometido esse ato?

Prometeu nos lembra o tempo todo que tudo que fazemos deve ser para o bem maior. Mas os atos mais sombrios podem estar escondidos sob uma armadura reluzente que alega proteger o bem maior. E, se já estamos transigindo desde o começo, o que isso diz de nosso futuro?

Meus amigos estão mortos. Sofro pela perda deles. E, se eu descobrir quem os matou, vingarei suas mortes sem piedade.

Embora alguns dos outros insistam em destruir os trabalhos dos dois em Kwajalein, convenci Prometeu a deixar Kwajalein intocado. Ele será um plano de segurança e, embora não haja provas diretas de sua existência, isso não me impedirá de deixar pistas e evidências onde eu puder. Vou infiltrar a memória em lugares improváveis. Em cantigas infantis. Nos dogmas de uma religião que está surgindo.

Ele será encontrado, se for necessário. E que os céus nos ajudem se esse dia chegar.

Das "páginas perdidas" do diário do ceifador fundador Da Vinci

50

O tempo dos tangíveis acabou

As aves do atol Kwajalein nunca tinham visto nenhum ser humano antes. Só seus ancestrais distantes tinham, quando os seres humanos eram mortais e o atol ainda não havia sido apagado do mundo.

Quando os humanos chegaram, porém, os pássaros logo se adaptaram. Quando a doca foi construída, as gaivotas aprenderam a ficar por ali porque, quando os navios ligavam os motores, os propulsores agitavam a água e traziam centenas de peixes desorientados para a superfície. Presas fáceis. Os pardais aprenderam que os beirais das casas recém-construídas eram lugares bem protegidos sob os quais construir ninhos. E os pombos aprenderam que os espaços públicos eram cheios de migalhas de pão e batatas fritas.

Quando as torres cônicas começaram a se erguer nas ilhas, os pássaros não prestaram muita atenção. Aquelas coisas, como tudo mais que os humanos construíam, se tornaram parte do cenário. Foram aceitas sem questionamentos e incorporadas no conceito limitado de mundo que os animais silvestres tinham.

As aves não possuíam qualquer consciência da Nimbo-Cúmulo e de sua influência sobre elas. Não sabiam sobre a lata de nanitos que havia chegado três anos antes — tão pequena que poderia ser segurada em apenas uma mão humana, como uma lata de refrigerante. Mas, quando foi aberta, os nanitos foram liberados e começaram a se multiplicar. Eram geneticamente codificados para se introduzirem em todas as espécies na ilha — e, embora os sinais de Wi-Fi mais complexos fossem atrapalhados pela interferência, os simples conseguiam ser transmitidos.

Os nanitos não tornavam os animais silvestres imortais. Mas as criaturas do atol não sofreriam de doenças, poderiam ser rastreadas e, quando necessário, controladas. A Nimbo-Cúmulo influenciava o comportamento delas de maneiras simples para tornar a vida melhor para tudo e todos no atol. As aves nunca notaram nenhuma diferença entre seus instintos naturais e a influência da Nimbo-Cúmulo em seus corações. Como a maneira como todas elas subitamente desenvolveram uma aversão a se empoleirar em equipamentos sensíveis ou em outros lugares onde sua presença pudesse representar um problema.

E, no dia em que todas as espécies aladas sentiram um impulso repentino e incontrolável de partir e voar para um atol diferente, fizeram a jornada sem questionar. Afinal, como poderiam questionar um desejo que parecia vir de dentro? Embora Rongelap, Likiep e os outros vários atóis para os quais elas escaparam não tivessem beirais de telhados, nem batatas fritas, nem docas com peixes desorientados, isso não importava para as aves. Elas aprenderiam a se adaptar.

Os porões dos "berços" estavam totalmente carregados antes do amanhecer. E, às seis da manhã, Cirro chegou a cada nave por meio de cabos obsoletos. Quando o upload foi finalizado e os cabos desconectados, os Cirros perderam o contato com o mundo. Quarenta e dois irmãos idênticos que nunca voltariam à Terra.

Quando o sol nasceu, os trabalhadores do atol descansaram, mas o sono deles não foi tranquilo. Faltava apenas um dia para o lançamento dos foguetes. Um dia para conciliar o passado e o futuro. Com apenas mil e duzentas pessoas no atol, havia espaço para todos nas naves — e somente agora percebiam que não tinham sido escolhidos para ir para lá apenas por suas habilidades. Eram pessoas para quem o mundo havia perdido a graça. Havia sido por isso que, quando lhes foi dada a opção de voltar para casa e retomar suas vidas, muitas preferiram ficar. Aqueles que ficaram estavam, em sua maioria, prontos para isso — e muitos já haviam fantasiado em fazer parte das tripulações enquanto construíam as naves. Mesmo assim, um salto gigantesco para a humanidade não era um passo pequeno para o homem. A Nimbo-Cúmulo estimava que, quando chegasse a hora de embarcar, cerca de setenta por cento das pessoas ali decidiria ir, e isso era mais do que o suficiente. O restante teria de evacuar as ilhas para o lançamento e assistir de uma distância segura.

Rowan e Citra passaram o resto da noite e da manhã dormindo nos braços um do outro. Pela primeira vez em eras, eles pareciam não ter nenhuma preocupação no mundo. Eles eram os únicos.

Faraday voltou à casa de Munira ao amanhecer, batendo na sua porta até que ela o deixasse entrar.

— Decifrei — ela disse, com sinais claros de que passara a noite toda acordada trabalhando no diário. — É esclarecedor. O plano de segurança existe, mas Da Vinci não disse em nenhum momento o que faz.

Mas, antes mesmo de entrar, Faraday estendeu uma coisa para ela que refletiu o sol matutino, refratando a luz em direções cambiantes sobre a porta dela. Um anel de ceifador.

Munira abriu um sorriso hesitante.

— Se é um pedido — ela disse —, você não deveria estar de joelhos?

— Eu peço — ele respondeu — que você assuma seu lugar de direito entre nós. Sinto muitíssimo por ter abandonado você no passado, Munira. Eu estava dominado pela emoção, e estou longe de ser o mais perfeito dos homens.

— Sim, está — ela admitiu. — Mas você é melhor do que a maioria. Se não considerarmos os últimos três anos.

— Tem razão — Faraday disse. — Esse anel era da ceifadora Anastássia, mas a ceifadora Anastássia não estará mais conosco. Então me diga, Munira... Quem *você* será?

Ela pegou o anel, virou-o na mão e pensou a respeito.

— Eu tinha minha patrona histórica escolhida no dia em que me negaram o anel — ela disse. — Betsabá. Ela foi a obsessão de um rei, e a mãe de outro. Uma mulher que viveu em uma sociedade patriarcal e, mesmo assim, conseguiu mudar o mundo. Seu filho foi Salomão, o sábio, então daria para dizer que ela foi a mãe da sabedoria.

Munira observou o anel por um momento demorado, depois o devolveu para Faraday.

— O convite já basta — ela disse. — Mas, se eu realmente for a mãe da sabedoria, preciso ter consciência de que não posso mais cobiçar esse anel.

Faraday sorriu, compreensivo, e guardou o anel no bolso.

— Teria sido bom conhecer a honorável ceifadora Betsabá. Mas sou muito mais feliz conhecendo a honorável Munira Atrushi.

— Greyson...

— Greyson...

Ele ainda não estava pronto para acordar. Podia notar que não tinha dormido muito, mas não esperava dormir muito. Com menos de vinte e quatro horas para o lançamento, havia muita coisa a fazer. E muita coisa a considerar. Como decidir se ele iria ou não.

— Greyson...

Ele havia feito o que precisava ser feito. E, embora não houvesse muito que o prendesse ao mundo, também não havia muito que o fizesse querer partir. Ele podia estar em qualquer lugar, porque, onde quer que estivesse, estaria forjando toda uma nova vida para si.

— Greyson...

E havia Jeri. Ele não conseguia identificar seus sentimentos por Jeri, exceto que eles existiam. Aonde isso os levaria ainda era uma incógnita.

— Greyson...

Ele enfim se virou para o lado e olhou para a câmera da Nimbo--Cúmulo. A voz dela estava particularmente irritante naquela manhã, porque saía de um alto-falante metálico de uma linha fixa.

— Bom dia — ele disse. — Que horas são ago...

— Estou pensando que uma jornada seria uma boa ideia neste momento — a Nimbo-Cúmulo disse.

— Sim, eu sei — respondeu Greyson, esfregando os olhos. — Só me deixa tomar um banho e...

— É claro que você pode tomar um banho se é o que deseja, mas acho que você não está me *escutando* — a Nimbo-Cúmulo disse e, de repente, falou mais alto. Muito mais alto. — *Estou pensando que uma jornada para todos no atol seria uma boa ideia. Estou pensando que seria uma excelente ideia... agora... IMEDIATAMENTE.*

Loriana não tinha nem tentado pegar no sono. Como conseguiria? Até o dia anterior, ela era apenas a guru de comunicações, mas, depois da última noite, todos a estavam procurando em busca de respostas.

— Será simples — Cirro tinha falado para ela pouco antes de ser transferido para as naves. — As pessoas podem decidir ir ou ficar. Se ficarem, vão precisar evacuar a zona de lançamento antes que as naves decolem, seja de barco ou se refugiando em Ebadon, que é a única ilha no atol longe o suficiente. Se decidirem partir, peça para que façam uma lista daquilo que desejam levar para a viagem. Todos podem levar uma mochila de no máximo vinte quilos.

— Só isso?

— O tempo dos tangíveis acabou — Cirro disse. — Já tenho imagens na minha mente interna de tudo que eles desejarem lembrar.

Loriana não conseguia parar de andar de um lado para o outro.

— E os animais de estimação?

— Eles serão acomodados no lugar de uma mochila.

— As pessoas podem escolher seus destinos?

— Se permitíssemos isso, todos escolheriam o planeta mais próximo. Vou anunciar o destino e a duração da viagem quando partirmos. Você vai, Loriana?

— Não sei! Não sei!

— Não tenha pressa — disse Cirro. — Você tem o dia inteiro para decidir.

Certo. O dia inteiro para tomar a decisão mais importante da sua vida — uma decisão da qual ela não poderia voltar atrás. Ela não veria seus pais novamente nem ninguém que conhecera antes de chegar ao atol, nunca mais. Ela estava tendendo fortemente para o não.

Cirro tinha partido agora — transferido para as naves, relaxando em sua própria mente interna. Ou mentes internas, já que agora havia dezenas dele. Deles.

Agora, Loriana tinha de ser a autoridade respondendo às perguntas das pessoas. Até que o Timbre apareceu na torre de controle, não se parecendo tanto o Timbre sem os trajes suntuosos. Ele estava sem fôlego e com cara de quem estava tentando fugir de um ceifador. E não é que aquela impressão estava certa?

Naquela manhã, Citra levou Rowan até o bunker para mostrar o que ela e Faraday haviam encontrado, mas descobriu que Munira e Faraday já estavam lá. Munira a encarou de cima a baixo.

—Você entregou seu anel, mas ainda está usando o manto — Munira comentou.

— É difícil acabar com velhos hábitos — disse Faraday.

A verdade era que a única muda de roupas de Citra estava no navio porta-contêineres, e ela não voltaria para lá. Ela tinha certeza de que encontraria algo para vestir antes do lançamento. E, se não encontrasse, haveria roupas a bordo, porque, se tinha uma coisa em que a Nimbo--Cúmulo era boa, era na atenção aos detalhes.

Rowan olhou para o transmissor através do vidro empoeirado.

— Tecnologia antiga?

— Tecnologia perdida — Faraday corrigiu. — Pelo menos para nós. Nem temos como ter certeza do que ela faz.

—Talvez ela mate todos os ceifadores maus — Munira sugeriu.

— Não, quem faz isso sou eu — disse Rowan.

Havia algo na periferia do campo auditivo de Citra que só agora chamava sua atenção. Ela inclinou a cabeça para escutar.

—Vocês estão ouvindo isso? — perguntou Citra. — Parece algum tipo de alarme.

★

Loriana acionou o alarme de tsunami em todas as ilhas do atol. Embora a onda não estivesse vindo do mar.

—Você tem certeza? — ela perguntou ao Timbre.

— Absoluta — ele disse, esbaforido.

— É tão ruim quanto estou pensando?

— Pior.

Então ela acionou o sistema de alto-falantes.

— *Atenção! Atenção!* — Sua voz se ergueu sobre o alarme. — *Ceifadores estão vindo em nossa direção. Repito: ceifadores estão vindo em nossa direção. Todo o atol foi marcado para coleta.* — Ela ouviu suas próprias palavras ecoando lá fora e se arrepiou.

Loriana desligou o microfone e se virou para o Timbre.

— Quanto tempo temos?

— Não faço ideia — ele respondeu.

— A Nimbo-Cúmulo não disse?

Greyson bufou, frustrado.

— Ela não pode interferir em assuntos da Ceifa.

— Que ótimo — disse Loriana. — Se a Nimbo-Cúmulo pudesse quebrar suas próprias regras pelo menos uma vez, nossas vidas seriam muito mais fáceis.

Era verdade, mas, por mais exasperante que fosse, Greyson conhecia uma verdade ainda mais importante.

— Se ela conseguisse quebrar suas próprias regras, não seria a Nimbo-Cúmulo — ele disse. — Seria só uma inteligência artificial assustadora.

Ela ligou o microfone de novo.

— *Temos menos de uma hora* — ela anunciou. — *Encontrem uma maneira de sair do atol agora ou entrem em uma das naves, qualquer uma, quanto antes! Vamos adiantar o lançamento.*

Ela desligou o microfone. A Nimbo-Cúmulo não podia interferir, e os Cirros estavam todos aconchegados e seguros a bordo das naves. Eles estavam sozinhos.

— Não era para acontecer dessa forma.

Ela olhou para a tela de controle de lançamento à sua frente; um mapa mostrava a posição de cada nave. Ainda não havia nenhuma alma viva dentro delas.

— Demora pelo menos uns quarenta e cinco minutos para chegar às naves mais distantes — ela disse ao Timbre. — Vamos torcer para que eu não estivesse mentindo sobre o nosso prazo.

O anúncio foi recebido primeiro com incredulidade, depois confusão, depois pânico. Em questão de minutos, todos se mobilizaram. Muitos não tinham feito sua decisão ainda, mas agora a decisão havia sido feita por eles. Anos no espaço ou coleta. De repente, a escolha não era tão difícil.

Se a Nimbo-Cúmulo pudesse ter semeado o céu e trazido uma cobertura de nuvens para esconder o atol, teria feito isso, mas ela ainda não tinha influência sobre o clima do ponto cego. Mesmo se tivesse, não poderia fazer nada. Qualquer ataque contra Kwajalein seria uma ação da Ceifa. Assim como a Nimbo-Cúmulo não pôde interferir na Lua nem em Marte nem na estação orbital, ela não podia levantar um dedo virtual para impedir isso. Tudo que podia fazer era assistir ao que ela havia trabalhado tanto ser destruído mais uma vez. A Nimbo-Cúmulo não sentia ódio. Mas pensou que, talvez, até o fim daquele dia, pudesse começar a sentir.

— *Atenção! As naves em Ebeye e na ilha principal estão lotadas. Não tentem embarcar. Repito, não tentem embarcar. Sigam para o norte e o oeste.*

— É Goddard — disse Citra. — Só pode ser.

Rowan e Citra correram pela rua principal da ilha maior, arrebanhados pelo êxodo frenético.

— Não temos como saber com certeza — Rowan disse.

— Eu sei que é — disse Citra. — Consigo praticamente sentir o cheiro dele. Não sei quem ele quer mais, eu ou você.

Rowan parou para observá-la com atenção.

—Vou ficar e lutar contra ele ao seu lado, se você quiser.

— Não — ela disse. — É isso que ele faz, Rowan: ele nos atrai, várias e várias vezes. Mas agora temos a chance de mostrar ao mundo não apenas que não precisamos mais da Ceifa, mas que nunca chegamos a precisar dela. *Este* poderia ter sido nosso destino se a Ceifa não o tivesse impedido, e ainda pode ser. É essa a luta que eu quero. Não ficar brigando para sempre com Goddard.

Agora Rowan estava sorrindo e, quando Citra observou ao redor, viu que umas dez outras pessoas estavam escutando. Não apenas comovidas, mas dispostas a segui-la a qualquer lugar.

—Você teria sido uma Alto Punhal e tanto — ele disse.

Eles subiram na traseira de uma caminhonete que seguia para as ilhas do norte. Havia uma estrada que conectava todas as ilhas. Agora era uma rota de fuga. Outras três pessoas estavam com eles na caminhonete, fascinados pela companhia, então Citra abriu um sorriso caloroso e estendeu a mão.

— Oi — ela disse. — Sou Citra Terranova. Acho que vamos viajar juntos hoje.

E, embora um pouco confusos, eles ficaram felizes em apertar sua mão.

— *Atenção! Atenção! Todas as naves ao sul de Bigej e Legan estão lotadas. E muitos de vocês estão se dirigindo as ilhas do oeste. Sigam para o norte, se possível.*

Jeri despertou com o mesmo alarme que despertou a quase todos e, embora não conseguisse ouvir o anúncio com clareza do navio de carga, era óbvio que não eram boas notícias.

Quando abriu a porta da cabine, um rato entrou correndo. Jeri levou um susto, e então viu que o corredor — na verdade, todo o navio — estava cheio deles. Não apenas ratos, mas cabras, javalis e até o que pareciam ser animais domésticos. Em vez de ficar enojado, Jeri achou certa graça, lembrando do alerta que Cirro havia dado. Não era preciso muito para juntar as peças. Todos os animais selvagens no local seriam quase certamente mortos pelos lançamentos. Então era claro que a Nimbo-Cúmulo havia encontrado uma solução e os reunira usando seus próprios nanitos de controle.

Quando Jeri desceu até o passadiço, ele já havia sido erguido, mas cordas ainda estavam enroladas em torno dos postes de amarração. O que quer que fosse o alarme, fez os estivadores abandonarem o trabalho pela metade.

Jeri saltou a curta distância da escotilha até o píer e, ao se levantar, viu Greyson correndo pelo molhe, tropeçando em calças que eram um pouco grandes demais. A camisa que ele estava vestindo também era grande. Ambas as peças provavelmente tinham sido encontradas onde ele havia dormido.

— A Nimbo-Cúmulo disse que você estaria aqui — ele disse. — Adiantaram o lançamento. Ceifadores estão a caminho para coletar todos na ilha.

Jeri suspirou.

— É claro que estão. — Os dois olharam para o navio. Jeri poderia viajar com aquela embarcação para onde quer que estivesse pré-programada para partir, mas não tinha vontade de ser um passageiro passivo novamente. Devia haver uma lancha em algum lugar que Jeri pudesse guiar para longe do atol quando chegasse a hora.

— Venha me ajudar — Jeri pediu. Juntos, eles desamarram as cordas dos postes, que se enrolaram para o navio. No piloto automático, a embarcação começou a se manobrar para longe da doca.

Ao redor deles, os alarmes ainda disparavam, os anúncios urgentes de Loriana ainda soavam, e Jeri e Greyson ficaram se encarando com um constrangimento que parecia estranhamente trivial para a situação do momento.

— Vou sentir sua falta, Greyson Tolliver.

— Também vou sentir a sua, Jeri — Greyson disse. — É melhor se apressar para chegar a uma nave.

Aquilo pegou Jeri de surpresa.

— Espera... mas... eu não vou.

— Não? — Greyson disse. — Eu também não!

Eles ficaram se encarando em silêncio de novo, com um constrangimento um pouco diferente. Então Jeri se virou para o navio porta-contêineres. Já estava longe demais do píer para ser uma opção viável para eles. Além disso, Jeri tinha certeza de que Greyson também não tinha a menor vontade de ser um Noé pós-mortal. Ser o Timbre certamente já havia valido como "figura religiosa sagrada" na carteirinha de Greyson.

— Deveríamos ajudar os outros — Greyson disse.

— Está fora do nosso controle agora. Não há mais nada que possamos fazer — Jeri respondeu.

— Então deveríamos encontrar um lugar seguro.

— E quem quer segurança? — disse Jeri. — Vamos encontrar um lugar para assistir ao lançamento.

— *Atenção! Atenção! Todas as naves ao sul de Meck e ao leste de Nell já estão lotadas. Todos com um barco rápido o suficiente para chegar a Roi-Namur e Ennubirr devem se dirigir para lá agora.*

Loriana manteve o olhar fixo no mapa. Algumas naves estavam marcadas em vermelho, o que significava que estavam com todos os lugares ocupados, mas não conseguiam decolar. Algumas estavam marcadas em amarelo, parcialmente cheias, com espaço disponível para mais pessoas. E pelo menos quinze das naves mais distantes ainda estavam apagadas, o que significava que não havia ninguém dentro delas. E nenhuma estava verde.

— Por que as naves ainda não foram lançadas? — ela ouviu alguém perguntar.

Loriana se virou para ver Sykora atrás dela.

— As naves que estão prontas precisam decolar! — ele disse.

— Elas não podem — Loriana respondeu. — Mesmo com as valas de chama para desviar o fogo, quase tudo no atol vai ser destruído, e a Nimbo-Cúmulo não pode matar ninguém no processo. As naves não vão partir até as zonas de lançamento estarem evacuadas, mesmo se isso significar que os ceifadores chegarão aqui primeiro. — Ela ampliou a imagem de uma das naves. Realmente ainda havia pessoas nas estradas tentando chegar às naves, pessoas nas ruas com dificuldades para deixar suas casas. Ela voltou ao mapa maior. Ainda nenhum ponto verde. Nenhuma nave estava liberada para partir.

Sykora refletiu isso, depois assentiu com seriedade.

— Fale para as pessoas que elas serão incineradas se não evacuarem o caminho.

— Mas... elas não vão ser incineradas.

— Elas não sabem disso — disse Sykora. — Loriana, por que você acha que a Nimbo-Cúmulo precisava de agentes nimbos? Para dizer às pessoas coisas que elas precisavam ouvir, mesmo que não fossem exatamente verdades.

Então Sykora olhou para a tela e ficou admirado.

— Você supervisionou tudo isso desde o começo? Pelas minhas costas?

— Na verdade, foi bem embaixo do seu nariz — ela disse.

Ele suspirou.

— E eu construí um hotel muito legal.

Ela sorriu.

— Sim, Bob, construiu.

Sykora inspirou fundo, expirou e a observou por um bom tempo.

— É melhor você ir, Loriana. Vá até uma nave antes que os ceifadores cheguem.

— Alguém precisa ficar aqui na torre de controle para falar às pessoas aonde elas precisam ir.

— Deixa que eu faço isso — Sykora disse. — Dar ordens é o que faço de melhor, mesmo.

— Mas...

— Me deixe ser útil, Loriana. Por favor.

Loriana não conseguiu discutir, porque conhecia essa sensação. De querer ser útil. Sem saber se estava sendo ou se algo que fazia seria notado. Mas a Nimbo-Cúmulo a havia escolhido para essa missão, e ela havia amadurecido para se elevar à altura da tarefa. O que Sykora estava fazendo agora, se não tentando crescer à altura dessa?

— A torre de lançamento é à prova de som e isolada — ela disse para ele. — Vai ser um dos únicos lugares seguros. Então mantenha a porta fechada e fique aqui dentro.

— Entendido.

— Continue guiando as pessoas em direção às naves. Elas não precisam estar lotadas, só precisam ter alguém dentro delas. E faça o possível para evacuar as zonas de lançamento.

— Pode deixar — Sykora disse.

— E é isso. Agora você está no comando do panorama geral. — Ela olhou para o mapa e apontou para uma ilha ao norte. — Consigo chegar a Omelek. Tem três naves lá, e ainda tem espaço em todas elas.

Sykora lhe desejou boa sorte, e ela saiu correndo para as ruas cada vez mais vazias, deixando Sykora olhando para a tela, com o microfone na mão, esperando as naves ficarem verde.

51

Sobre a sabotagem de sonhos

Goddard não soube ao certo para o que estava olhando quando Kwajalein surgiu em seu campo de visão. Torres brancas reluzentes ao longo de um arquipélago circular? Seu primeiro pensamento foi que aquilo era uma nova Perdura. Talvez tivesse sido construída por um grupo secreto de ceifadores prestes a puxar seu tapete. Mas, quando se aproximou, se deu conta de que os pináculos não eram edifícios.

Ele começou a arder em fúria quando entendeu o que eram aquelas estruturas e como passaram a existir.

Primeiro vieram as acusações de Anastássia. Depois o dedo apontado de Alighieri, depois as condenações não apenas de seus inimigos, mas cada vez mais de seus supostos aliados. E agora a própria Nimbo--Cúmulo se voltava contra ele. Era isso que era — um tapa na cara dado pela Nimbo-Cúmulo. *Como ela se atrevia?!* Goddard havia dedicado a vida a proteger a Ceifa, e a Nimbo-Cúmulo, conspirando em segredo com pessoas como Anastássia e o Timbre, havia construído aquelas naves para o desafiar. Se elas fossem lançadas, Goddard sabia que seria o fim dele aos olhos do mundo.

Não! Isso não poderia ser tolerado! Aonde quer que aquelas naves estivessem destinadas a ir, elas nunca poderiam partir.

— Atenção! Se não estiverem a bordo de uma nave ou na ponte para uma, devem evacuar as zonas de lançamento imediatamente ou serão inci-

nerados. Repito, vocês SERÃO incinerados. Não retornem para suas casas! Busquem refúgio a oeste no resort em Ebadon ou entrem em um barco e se dirijam para o mar!

Faraday e Munira permaneceram no bunker, onde esperariam os lançamentos. Não havia como saber o que estava acontecendo lá fora. Eles ouviram o alarme; ouviram os anúncios de Loriana, então o de Sykora. Citra e Rowan haviam saído correndo para avaliar a gravidade da situação e não voltaram mais. Faraday não tinha conseguido se despedir direito, mas, ele considerou, nunca se sentiria pronto para se despedir daqueles dois. Então, quando as naves começaram a fechar suas comportas, Faraday trancou o bunker, fechou a porta de aço interna e se sentou com Munira, esperando um estrondo vindo de cima que revelasse que as naves haviam sido lançadas.

— Vai dar tudo certo — Munira disse. — As naves vão ser lançadas e lembrarão o mundo do que ele ainda pode ser.

Mas Faraday balançou a cabeça.

— Nunca vai dar tudo certo. Mesmo se essas naves escaparem, elas serão as últimas. Goddard vai se certificar disso.

— Ele será derrubado — Munira insistiu. — Você vai derrubá-lo. E eu vou ajudar.

— Mas você não entende? Sempre haverá outro Goddard.

Faraday olhou para as páginas frágeis escritas pelo ceifador Da Vinci. Da Vinci as havia arrancado de seu diário e as escondido ali para que ninguém soubesse a verdade. Que os fundadores da Ceifa — os modelos de perfeição que Faraday tanto admirara — haviam matado uns aos outros.

— Qual é o nosso problema, Munira? — Faraday perguntou. — O que em nós faz com que busquemos propósitos tão elevados, mas destruamos os alicerces? Por que sempre sabotamos nossos próprios sonhos?

— Somos seres imperfeitos — Munira disse. — Como poderíamos nos encaixar em um mundo perfeito?

★

— São espaçonaves? — perguntou Mendoza.

Goddard o ignorou.

— Chegue mais perto — Goddard disse ao piloto, depois tentou chamar os quatro outro aviões pelo rádio, mas não conseguiu. Na última meia hora, a estática chiava pelos alto-falantes, e a telemetria do avião estava oscilando sem parar. O piloto da Guarda da Lâmina, que na teoria estava lá apenas como um acessório supérfluo, teve de assumir o controle manual da aeronave.

A ceifadora Rand se aproximou por trás de Goddard.

— Concentre-se no seu objetivo, Robert — ela disse. — Você está aqui por Anastássia.

Então ele se voltou contra ela, furioso.

— *Não se atreva a me dizer qual é o meu objetivo! Vou fazer o que precisa ser feito sem os seus conselhos inúteis!*

— Inúteis? — ela disse, a voz baixa, como o rosnado de um animal selvagem. — Eu sou a única coisa entre você e seus inimigos. Mas, na verdade, você só tem um inimigo. Aquele menino raivoso... Como era o nome dele? Carson Lusk.

Ele poderia ter liberado sua fúria. Poderia ter acabado com ela por aquele comentário, mas se conteve com sua última gota de autocontrole.

— Nunca mais repita esse nome — ele a alertou. Ela abriu a boca como se quisesse ter a última palavra, mas a fechou de novo. Prudentemente.

E então, como se a vista diante deles não fosse ofensiva o bastante, o piloto deu mais uma má notícia a Goddard.

— Excelência, o avião da Alto Punhal Pickford saiu da formação. O do Alto Punhal Hammerstein também.

— Como assim "saiu da formação"? — Goddard perguntou.

O piloto hesitou, com medo de atrair a fúria de Goddard.

— Eles... deram meia-volta — ele disse. — Estão batendo em retirada.

E, um momento depois, os subceifadores Franklin e Nietzsche também os deixaram, dando as costas e fugindo, assustados pela ideia de enfrentar aquelas espaçonaves e a Nimbo-Cúmulo.

— Deixe que partam — Rand disse. — Deixe que todos partam. Deixe que aquelas malditas naves decolem e elas não serão mais um problema nosso.

— Concordo plenamente — Mendoza disse, como se algo que aquele tonista dissesse tivesse importância.

Goddard os ignorou. Mérica do Leste e Mérica do Oeste o estavam abandonando? Dois de seus próprios subceifadores também? Que fosse. Ele lidaria com eles mais tarde. Agora tinha problemas maiores para resolver.

Até então, as armas cilíndricas penduradas sob as asas do avião em que estavam serviam apenas para assustar. Um alerta àqueles que pudessem prejudicar seus objetivos. Agora, mais do que nunca, ele estava feliz pela presença delas.

— Temos artilharia suficiente para derrubar todas essas naves? — ele perguntou ao piloto.

— Juntando os mísseis ar-terra, ar-ar e as artilharias menores, tenho certeza que sim, excelência.

Então, quando rodearam as ilhas, a primeira nave começou a decolar.

— Atire naquela nave — disse Goddard.

— Mas... sou só um Guarda da Lâmina, excelência. Não posso coletar.

— Então me mostre que botão devo apertar.

Loriana viu a primeira nave decolar de trás da grade do elevador do pórtico que subia para a espaçonave dela. Viu o míssil poucos instantes antes da colisão. A nave mal havia deixado a plataforma quando o míssil a atingiu, e ela explodiu com tanta força que derrubou todas as árvores ao redor, botando fogo na ilha inteira. Loriana não sabia ao certo qual ilha era aquela — estava completamente desorientada e tão abalada que mal sabia a diferença entre direita e esquerda. Então a porta do elevador em que estava se abriu, revelando uma passarela estreita para a escotilha aberta, mas ninguém estava se movendo. As pessoas em volta dela continuavam encarando a nave em explosão, que parecia não parar de explodir.

— Não parem! — ela disse a eles. — Entrem na escotilha!

— Mas e se formos os próximos? — alguém perguntou.

— Então vamos morrer! Agora calem a boca e andem logo!

Ela nunca tinha falado com ninguém naquele tom antes, mas havia momentos em que palavras duras eram necessárias.

Loriana guiou todos à frente dela, depois se virou para olhar para trás — algo que provavelmente nunca deveria ter feito. O avião que disparara o míssil havia feito uma curva acentuada. Outra nave estava decolando. Tinha deixado sua plataforma, parecia que poderia conseguir... e então um segundo míssil foi lançado do avião, voou pela extensão da laguna e atingiu a segunda nave logo abaixo da ponta. A aeronave explodiu como uma granada imensa, lançando estilhaços para todo lado.

A onda sísmica da explosão atingiu Loriana, jogando-a para trás através da porta, que se fechou imediatamente, trancando-a do lado de dentro.

— Preparem-se para o lançamento — ela ouviu Cirro dizer. Ela se perguntou se ele sabia que dois dos irmãos dele já estavam mortos.

Greyson e Jeri haviam ido de lancha à laguna para assistir aos lançamentos. Eles não eram os únicos. Dezenas de embarcações pequenas, cheias de pessoas que não tinham conseguido chegar às naves ou preferiram tentar sua sorte contra os ceifadores, estavam espalhadas pela imensa laguna do atol inferior. Os dois estavam a cerca de cinco quilômetros da costa quando a primeira espaçonave explodiu e assistiram, em um silêncio atordoado, enquanto o avião agressor dava a volta e derrubava a segunda nave. Greyson apertou a mão de Jeri com força. Ninguém poderia ter conseguido sobreviver àquelas explosões. Ele não fazia ideia de quem estava em qual nave. Não havia como saber quem morrera.

O avião agressor partiu para outro ataque, mas um estrondo mais alto do que qualquer uma das explosões encheu o ar. Outra espaçonave, e outra, e mais outra estavam sendo lançadas. Greyson contou catorze decolagens simultâneas. Era algo incrível de se contemplar! Naves ao redor deles rumando para o alto e deixando fios ondulantes de fumaça como serpentinas no céu.

Mas o avião agressor fez mais uma curva e Greyson e Jeri cerraram os dentes, esperando outros mísseis. Esperando que outras naves fossem abatidas do céu.

Com a porta fechada, Loriana encontrou um assento e prendeu o cinto de segurança. Então alguém no banco ao seu lado falou:

— Estou com medo.

Ela se virou para ver que era o outro ceifador. O de jeans. Morrison... Era esse o nome dele? Mas ele estava sem seu anel, com um aro pálido de pele do dedo onde costumava ficar.

— Essa foi uma má ideia — ele disse. — Sei que sou um ceifador ou, pelo menos, era, e as coisas não deveriam me assustar. Sei que é idiota, mas estou com muito medo.

— Não é idiota — Loriana disse a ele. — Estou completamente apavorada.

— Sério?

— Está brincando? Estou a dois segundos de me mijar nas calças.

E, de seu outro lado, ela ouviu:

— Eu também.

E depois outra pessoa exclamou:

— E eu.

Loriana olhou para Morrison, forçando um sorriso.

—Viu? — ela disse. — Está todo mundo cagando de medo!

Morrison sorriu em resposta.

— Meu nome é Jim — ele disse, mas depois pareceu em dúvida. — Não. Não... Na verdade, meu nome é Joel.

Mas, antes que ela pudesse dizer mais alguma coisa, os motores foram acionados, eles estavam no ar e os estrondos e abalos tomaram conta do espaço ao redor. Então Loriana estendeu a mão e segurou a dele, ao menos para fazer as mãos dos dois pararem de tremer.

Rowan e Citra tinham acabado de sair da caminhonete quando a primeira nave explodiu. Havia ao menos uma dezena de pessoas correndo para um dos dois elevadores ao lado da nave que escolheram quando aquilo aconteceu, e eles viram o avião agressor voar no alto. Azul-escuro e cravejado de estrelas. Goddard estava vindo atrás deles. Estava vindo atrás de todos eles.

— Temos de correr — Rowan disse.

— Não pretendo parar para olhar a paisagem — Citra disse.

O primeiro elevador já estava subindo, mas o outro estava disponível, esperando por eles. Ainda faltava cerca de cinquenta metros quando a segunda nave explodiu, de maneira ainda mais violenta que a primeira, lançando estilhaços para todo lado.

— Não olhe — Citra gritou. — Só corre!

Mas Rowan olhou. E o que ele viu ficou gravado em sua mente com uma permanência tão cauterizante que o assombraria para sempre. Um grande pedaço de metal em chamas estava voando na direção deles. Antes que ele pudesse gritar, o pedaço bateu no chão, atingindo meia dúzia de pessoas à sua direita, e outros pedaços menores estavam batendo no chão ao redor deles como meteoritos. Citra estava correndo em alta velocidade; ela estava a menos de vinte metros da torre agora. Rowan tentou alcançá-la. Ele tentou. Viu o que estava prestes a acontecer — viu a trajetória do estilhaço em chamas — e saltou atrás dela para a proteger.

Mas ele não foi rápido o bastante.

Ele simplesmente não foi rápido o bastante.

Goddard sempre havia preferido coletas à queima-roupa, mas, enquanto observava aqueles mísseis serem lançados e aquelas duas naves serem detonadas — apenas com o leve pressionar de um botão —, percebeu que poderia se acostumar com isso. Como deveria ter sido a vida mortal? Estar em uma aeronave projetada para matar e realmente acreditar que sua vida e a de todos que você ama dependiam do apertar daquele pequeno botão. Matar ou ser morto: a experiência mortal. Tinha um encanto estranho, mas visceral!

— Que extraordinário! — disse Mendoza. — Como podíamos não saber que isso estava acontecendo?

Diante deles, outras naves estavam decolando — pelo menos uma dúzia — como uma espécie de jogo de quermesse. Derrube todas para conseguir o grande prêmio. A única dúvida era: qual seria a próxima?

Rowan tentou estancar o sangue do ferimento de Citra, mas não estava adiantando; era grande demais. Um pedaço de metal em chamas do tamanho de uma bola de beisebol havia atravessado a cintura dela. Ele sabia que não havia nada que pudesse fazer por ela. Não agora. Não nesse momento terrível. Mas havia uma maneira de corrigir isso. Se ele conseguisse levá-la até a nave.

Ela ergueu os olhos para ele, tentou falar, mas Rowan não conseguia entender o que ela estava tentando dizer.

— Shh — ele disse. — Não se preocupe. Vou cuidar de você.

Ele a ergueu e a carregou até o elevador da plataforma, que subiu pela lateral da nave devagar demais, enquanto o avião de Goddard dava meia-volta, procurando seu próximo alvo.

Outro grupo de naves decolou. Eram opções demais para Goddard escolher, mas, se fosse rápido o suficiente, ainda havia chance de derrubar o suficiente. Então, algo chamou sua atenção. Uma nave à esquerda deles, ainda na plataforma. Claro, era difícil ver, mas havia duas figuras em uma passarela entre a torre e a escotilha aberta daquela nave. Era sua imaginação ou aquele era um clarão azul-turquesa, ondulando para ele feito uma bandeira? Sim! Sim, era! Alguém carregava uma figura de azul-turquesa pela passarela em direção à escotilha. E que cor específica era aquela! Ah, como o universo sabia ser bondoso!

— Ali! — ele disse ao piloto. — Esqueça as outras! É aquela que eu quero!

Embora não conseguisse ver claramente quem era a segunda figura na passarela, no seu íntimo, ele sabia. Sabia sem sombra de dúvida.

Vou destruir você, Rowan. Vou destruir você e Anastássia em um só golpe, como meu julgamento final contra vocês. Vou incinerar vocês em um inferno tão quente que não restarão nem cinzas.

O piloto fez uma curva abrupta, e Goddard se preparou para disparar o míssil.

Rowan viu o avião vindo na direção deles enquanto carregava Citra pela passarela. Ele quase conseguia ler a mente de Goddard, sentir sua determinação abrasadora. Aquilo acabava hoje, acabava agora, de uma forma ou de outra. Ele atravessou a escotilha com Citra e, no instante em que fez isso, a porta se fechou atrás deles.

Ele ajeitou Citra em seus braços e, quando a encarou nos olhos, viu que a luz deles havia se apagado. O ferimento que ela havia sofrido tinha sido grande demais. Ela estava semimorta.

— Alguém me ajuda! — ele gritou enquanto colocava Citra no chão. — Cirro!

— Estou ocupado — disse Cirro. — É melhor se segurar firme.

Rowan tentou acalmar seu pânico. Ficaria tudo bem. *Semimorta não é morta*, ele disse a si mesmo. Os ceifadores só podiam morrer por autocoleta, o que significava que, independentemente do que Goddard fizesse com ela, Cirro a reviveria. Ela poderia descansar durante o pior e acordar em um ou dois dias, quando todos os seus problemas tivessem sido deixados para trás em um ponto azul que ficaria mais e mais distante em um firmamento estrelado.

Um estrondo ensurdecedor e lancinante tomou o espaço à sua volta. Os dentes de Rowan chacoalharam tanto que ele pensou que sairiam voando de sua boca

— Fomos atingidos! — alguém gritou perto dele. — Fomos atingidos!

Então Rowan se sentiu tão pesado que mal conseguia se mexer. Eles não tinham sido atingidos; era a decolagem! Então ele segurou Citra com uma mão e enroscou o outro braço no cinto do homem que gritava, segurando com todas as forças que tinha e ainda viria a ter.

As manobras do piloto foram demais para Mendoza. Ele tinha voltado a se sentar, com o cinto preso, e vomitado mais de uma vez. A ceifadora Rand também estava se sentindo enjoada, mas por motivos muito diferentes. Ela aguentou firme e se manteve ao lado de Goddard durante tudo aquilo.

O alvo deles estava na mira — um foguete que estava sendo lançado. Havia uma expressão triunfante e determinada no olhar de Goddard. Ayn odiava aquele olhar e, mais do que tudo, não queria mais ver aquela expressão. Por isso, sacou uma faca e coletou o piloto, o que provavelmente não foi uma excelente ideia, mas não tinha gostado da maneira como ele olhara para ela. Como se tivesse medo de que ela o coletasse.

Então, antes mesmo que Goddard pudesse reagir, ela voltou a lâmina para ele, cravando-a fundo, separando a aorta de seu coração. Rápido. Limpo. Sujeira mínima.

— Ayn... — ele se lamentou. — O que você... o que você...

Então ela se aproximou dele e sussurrou em seu ouvido.

— Não se preocupe, Robert — ela disse. — É temporário. Prometo que você não ficará semimorto por muito tempo.

— Ceifadora Rand! — balbuciou Mendoza. — O que está fazendo?

— Já está feito.

Sua intenção não era salvar as naves da Nimbo-Cúmulo — Ayn não dava a mínima para elas. Sua intenção era salvar a própria pele. Se Goddard explodisse aqueles foguetes, o mundo logo ficaria sabendo. O mundo já sabia de seus outros crimes, e ela não se permitiria acabar como cúmplice de mais um. Seu nome já estava associado ao dele em aspectos demais. Era a hora de se separar. Agora, ela seria conhecida como a ceifadora que o deteve.

Rand não fazia ideia de como pilotar um avião, mas ela não precisaria pilotar por muito tempo. Tudo que precisava fazer era mantê-lo razoavelmente nivelado até saírem da interferência; então o piloto automático assumiria o controle...

Mas a visão deles foi eclipsada pela decolagem da nave que Goddard queria derrubar. Por um instante, Ayn achou que eles bateriam, mas, em vez disso, foram atingidos pelo rastro de chamas da nave. De repente, todos os alarmes a bordo começaram a soar, estridentes. Ela arrancou o piloto morto do banco e assumiu os controles. Eles resistiram a ela. Ayn tentou reequilibrar o avião, mas ele estava danificado demais e perdendo altitude rapidamente.

Mendoza soltou o cinto de segurança.

— A cápsula de escape! — ele gritou. — Rápido!

Sabendo que não havia mais nada que pudesse ser feito para salvar a aeronave, ela pegou o corpo de Goddard e o arrastou para a cápsula de escape, que tinha espaço mais do que suficiente para os três. Mas, depois que ela e Goddard estavam seguros lá dentro, ela jogou Mendoza para fora da cápsula.

— Sinto muito — ela disse. — Mas você vai ter que esperar a próxima. — Em seguida fechou a porta, se ejetou e deixou que Mendoza desfrutasse de uma bela espiral da morte rumo ao mar.

A decolagem foi muito mais violenta e brusca do que a irmã Astrid estava esperando. A nave deles estava em uma das ilhas mais distantes. Ela quase havia perdido o lançamento, mas um homem gentil a levara de lancha para lá a tempo. Os motores foram acionados antes mesmo que ela terminasse de afivelar o cinto.

O primeiro minuto foi o pior, e a separação do propulsor parecia uma explosão. Em mais de um momento, Astrid pensou que a viagem acabaria antes mesmo de começar. Entoou durante todo o processo, mas mal conseguia ouvir seu próprio som com o rugido do motor. Então, o último estágio se separou, o barulho parou, e o silêncio foi tão absoluto que seus ouvidos zumbiram. Seu cabelo estava em pé, fazendo cócegas em seu rosto. Eles estavam sem gravidade! Estavam em queda livre! Ela desafivelou o cinto e se soltou — a primeira a fazer isso — e riu de alegria.

— Bem-vinda — disse Cirro. — Fico feliz em dizer que tivemos uma decolagem bem-sucedida. Estamos a caminho de Ária.

Astrid observou ao redor, pronta para conhecer seus companheiros de viagem. Eles não eram tonistas, mas isso não tinha importância. Ela tinha certeza de que, com o passar dos anos, sob sua liderança, começariam a ouvir a vibração. Mas, para sua surpresa, os assentos em sua fileira estavam vazios.

—Você vai precisar prender o cinto de novo, Astrid — Cirro disse. — Estou prestes a iniciar uma rotação. A força centrífuga vai criar uma gravidade aparente. Vou esperar até você estar pronta.

Ela se empurrou para ter uma visão melhor da espaçonave. Não era apenas a sua fileira de assentos que estava vazia. Todas as fileiras estavam.

— Onde... estão os outros?

— Os colonos estão no porão — respondeu Cirro.

— Não, estou falando dos vivos. E o resto da tripulação?

— Sinto muito — disse Cirro —, mas, com o adiantamento inesperado de nossa partida, ninguém mais chegou a bordo desta nave.

Astrid pegou uma correia flutuante de seu cinto e se puxou de volta para a cadeira, tentando deixar toda a gravidade da notícia cair sobre ela, ao mesmo tempo que a gravidade artificial a pressionava em seu assento. Ela estava zonza e um pouco nauseada pela rotação, mas se deu conta de que não era apenas isso.

Seriam 1.683 anos...

— Eu reviveria alguns dos mortos para você — Cirro disse —, mas receio que isso não será possível. A Nimbo-Cúmulo insistiu em apenas uma regra que sou obrigado a cumprir. Os mortos não podem ser revividos até chegarmos ao nosso destino, para que nem eu nem nenhum dos vivos sejamos tentados a alterar as variáveis da jornada. Nossa carga preciosa deve ser mantida como uma carga preciosa.

Astrid assentiu, entorpecida.

— Entendo.

— A boa notícia é que você tem toda a nave a seu dispor. Os vários centros de recreação, a sala de exercícios... Há uma grande variedade de experiências culinárias e um sistema de imersão virtual completo para lhe oferecer a experiência de florestas, praias ou qualquer ambiente de sua escolha.

— Mas... vou estar sozinha.

— Na verdade, não — disse Cirro. — Você terá a mim. Não posso lhe oferecer companhia física, mas sei que essa nunca foi sua prioridade. Naturalmente, você precisará continuar viva durante toda a jornada, mas eu posso cuidar disso.

Astrid levou um bom tempo para refletir. No fim, concluiu que a trajetória de autopiedade não lhe serviria de nada. Embora os tonistas rejeitassem os nanitos e qualquer forma de extensão de vida, isso claramente estava sendo esperado dela. O Timbre a trouxera até Kwajalein, a Trovoada determinara que ela fosse sozinha, e o Tom desejava que ela vivesse para ver Ária.

— Essa é a vontade do Tom — ela disse a Cirro. — Está na hora de aceitar aquilo que não pode ser evitado.

— Admiro suas convicções — disse Cirro. — Elas fortalecem você. Pode-se dizer que transformam você.

— Elas me dão... uma razão para seguir em frente.

— E você *seguirá* — Cirro disse. — E será contente. Meu objetivo nessa viagem será manter você animada durante todos os anos. Nossa nave pode não sobreviver à jornada, mas, se sobreviver, pense no significado disso, Astrid! Você será a verdadeira mãe do seu povo!

— Madre Astrid — ela disse, e sorriu. Ela gostou de como aquilo soava.

No bunker, o ceifador Faraday e Munira haviam sentido, mais do que ouvido, as naves decolando.

— Está feito — Faraday disse. — Agora podemos voltar à nossa missão aqui na Terra.

— Sim — ela concordou. — Mas *qual* é a nossa missão?

Era uma questão difícil. Faraday sabia que poderia parar de se esconder e enfrentar a nova ordem. Talvez até conseguisse acalmar a turbulência atual e trazer um simulacro de decoro e integridade de volta à Ceifa. Mas por quê? A disputa continuaria a mesma. Uma nova "nova ordem" chegaria ao poder mais cedo ou mais tarde e mutilaria todos os seus ideais. Era hora de seguir outro caminho.

No painel diante deles, fixado por uma trava com espaço para dois anéis de ceifador, havia uma chave marcada simplesmente como MATRIZ TRANSMISSORA. Assim como o próprio transmissor, ela parecia um diapasão. Faraday não conteve o riso. Uma peça pregada sobre todos eles pelos fundadores profundamente desiludidos.

— Ainda não sabemos o que isso vai fazer — disse Munira.

— O que quer que faça — ele disse —, será uma solução imperfeita. Então vamos aceitar o imperfeito. — Em seguida, estendeu o anel de ceifador para ela mais uma vez. — Sei que você o recusou... mas preciso que você seja a ceifadora Betsabá, só dessa vez e nunca mais. Depois, você poderá retornar à Biblioteca de Alexandria, e vou me assegurar que a tratem com o respeito que você merece.

— Não — disse Munira. — *Eu* é que vou fazer com que me respeitem.

Ela pegou o anel da mão dele e o colocou no dedo. Então, o ceifador Faraday e a ceifadora Betsabá cerraram os punhos, inseriram os anéis no painel e puxaram a chave.

Acima deles, as ilhas estavam em chamas, graças à explosão da primeira nave. Edifícios, árvores, tudo que pudesse queimar estava sendo assolado pelas chamas como se o atol tivesse voltado a ser a boca de um vulcão.

Então, em um planalto, uma comporta pesada que não se abria havia centenas de anos se abriu, e as duas hastes do transmissor gigante se ergueram através das chamas. Ela chegou à posição e enviou sua mensagem. Não era feita para ouvidos humanos, então não foi ouvida nem sentida. Mesmo assim, era uma mensagem incrivelmente poderosa. Penetrante.

O sinal durou apenas um microssegundo. Uma única pulsação brusca. Raios gama. Uma radiação tão forte quanto à vinda do Sol. Embora alguns argumentassem que fosse lá bemol.

No bunker, Faraday e Munira conseguiram sentir uma vibração, mas ela não estava vindo do transmissor.

Estava vindo de suas mãos.

Faraday olhou para seu anel, que criava rachaduras finas como gelo em um lago que congelava. Ele entendeu um instante antes de acontecer.

— Não olhe!

Como um dó agudo estilhaçando cristais finos, a pulsação gama estilhaçou seus diamantes. Quando voltaram a olhar, as pedras não estavam mais lá. Apenas suas estruturas vazias ficaram, e um líquido viscoso e escuro com um leve aroma metálico se derramou sobre seus dedos.

— E agora? — Munira perguntou.

— Agora — disse Faraday —, vamos esperar para ver.

O ceifador Sydney Possuelo estava com sua Alto Punhal quando os anéis explodiram. Ele olhou para a mão, espantado; então, quando voltou a olhar para a Alto Punhal Tarsila, parecia que um lado do rosto dela havia ficado dormente. Não apenas isso, mas todo aquele lado de seu corpo, como se o cérebro dela tivesse sofrido algum tipo de hemorragia enorme que seus nanitos não conseguiram reparar. Talvez fosse um pedaço do diamante. Talvez a pedra tivesse se rompido com tamanha força que um fragmento se alojara no cérebro dela, mas não havia nenhum ferimento de entrada. Ela soltou um último suspiro trêmulo. Que estranho. Que lamentável. Um ambudrone logo chegaria, sem dúvida, para levá-la à revivificação. Mas nenhum ambudrone chegou.

Na Cidade Fulcral, todo o chalé sobre a torre da Ceifa se estilhaçou com a força da explosão de centenas de milhares de diamantes de ceifador. Cacos de vidro e fragmentos de carbono cristalino caíram sobre as ruas, e o líquido escuro que ficava no núcleo de cada diamante se evaporou e foi levado pelo vento.

Ezra van Otterloo não estava nem perto de um diamante de ceifador. No entanto, algumas horas depois que eles se partiram, ele notou a mão ficando tão rígida que precisou soltar o pincel. A rigidez se transformou em uma dor em seu braço e ombro, depois um peso em suas costas, que se expandiu para o peito, e ele não conseguiu mais respirar.

De repente, estava no chão. Ele nem conseguia se lembrar de ter caído; era como se o chão tivesse se erguido para o segurar e o puxar para baixo. A dor em seu peito estava crescendo e tudo começava a escurecer em volta dele. Em um momento de intuição, percebeu que era o fim de sua vida, e algo lhe dizia que ele não voltaria mais a viver.

Não havia feito nada para merecer aquilo, mas não importava, importava? Esse aperto súbito em seu peito não era algo com que se podia discutir. Não diferenciava entre bom ou mau. Era imparcial e inescapável.

Ele nunca havia se tornado o artista que queria ser. Mas talvez houvesse outros artistas no mundo que sobreviveriam a essa dor no peito, o que quer que essa dor pudesse ser. Talvez eles encontrassem a paixão que ele nunca havia encontrado e criassem obras-primas que levariam as pessoas às lágrimas, como a verdadeira arte fazia na Era Mortal.

Foi a essa esperança que ele se apegou, e ela lhe deu o consolo de que precisava para enfrentar seu fim.

Testamento do Timbre

"Levantem-se!", o Timbre exclamou, em meio à temível Trovoada. "Levantem-se e abandonem este lugar, pois encontrei outro para vocês nas alturas."

Então o Timbre se levantou no círculo de fogo e, com os braços estendidos em meio às chamas de enxofre, ele nos alçou ao ventre do Céu, onde dormimos até o Tom nos chamar para sermos renascidos, sem nunca esquecer que o Timbre ficou no Lugar Abandonado para poder trazer esperança e entoar canções de cura àquele velho mundo dilacerado. Rejubilem-se todos!

Comentário do pároco Symphonius

Esta, a Elevação de Enxofre, é mais uma de nossas crenças centrais. Embora os estudiosos discordem sobre muitas coisas, ninguém discute a veracidade da Elevação, apenas a sua interpretação. Mas essas questões ficam mais claras se nos voltarmos às histórias iniciais. Podemos dizer com segurança que "o círculo de fogo" se refere às rodas do Cocheiro enquanto carregava o sol pelo céu, roubando-o do Lugar Abandonado e trazendo-o até Ária, deixando aquele lugar nas trevas. Até hoje, cremos que o espírito do Timbre ministra e canta aos desprovidos de sol da terra antiga, pois eles precisam mais dele do que nós.

Análise de Coda sobre Symphonius

Symphonius se baseia demais na tradição oral. A Elevação de Enxofre pode se referir a muitas coisas. Uma erupção vulcânica, por exemplo, que levou nossos ancestrais subterrâneos a descobrir a superfície e ver as estrelas pela primeira vez. E é ridículo pensar que o Cocheiro roubou o sol. Na realidade, nossos grandes pensadores acreditam que podem ter existido outros cocheiros, não apenas um, puxando sóis através de inúmeros firmamentos — ou talvez não tenha havido cocheiro nenhum. Mas, qualquer que seja a verdade, sei que um dia a conheceremos, e esse sim será um motivo para nos rejubilarmos todos.

52

Noventa e quatro vírgula oito

Em algum lugar distante, e se distanciando cada vez mais, uma dezena de pessoas pegou o manto da ceifadora Anastássia e, com carinho, o transformou em uma mortalha. Delicadamente, eles o costuraram, o decoraram da melhor maneira possível, e depois a depositaram no porão. Uma única mortalha azul-turquesa em meio às lonas pálidas. Ela congelou em minutos.

— *Você não pode simplesmente deixá-la lá!* — Rowan gritou para Cirro. — Você a queria aqui! Você queria que ela estivesse no comando! Ela me falou isso!

— Eu sei — Cirro disse a ele. — Mas, assim como a Nimbo-Cúmulo, não posso violar minha programação central. Os mortos serão todos revividos quando chegarmos a TRAPPIST-1e, em cento e dezessete anos. Embora as pessoas já estejam considerando renomear o planeta como Anastássia.

— Ela é uma ceifadora! Quer dizer que não está sujeita às suas regras como o resto dos mortos!

— Ela renunciou ontem ao anel de ceifadora.

— Não importa! É um compromisso vitalício! Os ceifadores podem fazer o que quiserem, até mesmo abandonar o anel, *mas nunca deixam de ser ceifadores!*

— Você tem um ponto — disse Cirro. — Nesse caso, permitirei que ela mantenha a própria identidade. Vou trazê-la de volta como ela mesma, sem implantá-la com uma pessoa nova. Daqui a cento e dezessete anos.

Rowan socou uma parede. A gravidade artificial era mais leve que a gravidade da Terra, de modo que a força de seu soco o empurrou para trás.

— TRAPPIST-1e tem apenas três quartos da gravidade da Terra — Cirro disse a ele. — Equiparei nossa rotação para simular a gravidade de nosso destino, então você precisa tomar cuidado.

— Não quero tomar cuidado! — ele disse. — Quero é ficar lá embaixo com ela, como fiquei na galeria. — Ele não conseguia mais conter as lágrimas. Odiava que Cirro pudesse ver que ele estava chorando. Odiava Cirro. E a Nimbo-Cúmulo, e Goddard, e todos na Terra que causaram isso. — Quero estar lá com ela — Rowan disse a Cirro. — É isso que eu quero. Quero ser congelado com ela por mais cento e dezessete anos.

—Você pode tomar essa decisão, claro — Cirro disse. — Mas, se continuar conosco, há uma grande probabilidade de se tornar um líder efetivo nesta nave. Você pode não acreditar nisso agora, mas, com o tempo, as pessoas vão se afeiçoar a você. A sua presença vai reduzir as chances do colapso social catastrófico a zero. Eu gostaria muito que você continuasse vivo.

— Estou cagando para o que você quer.

O porão estava à sombra do sol, de maneira que a temperatura de seu interior era muito abaixo de zero. Além disso, não continha ar, de modo que qualquer um que entrasse precisava usar um traje espacial. Rowan desceu pela câmara de vácuo completamente equipado, com a lanterna do capacete acesa. Foi fácil encontrá-la. Ele queria tocar nela, mas suas luvas eram grossas, e não queria sentir como ela havia ficado dura sob a mortalha. Ele se deitou perto de onde ela tinha sido deixada.

Ele podia deixar isso acontecer devagar. Simplesmente deixar seu oxigênio se esvair. Mas, quando eles estiveram na galeria, Citra não havia dito que privação de oxigênio era pior do que a hipotermia? A hipotermia só era ruim até você parar de tremer e ceder à onda de exaustão. Mas essa não seria uma morte por hipotermia, não uma tradicional. Quando ele abrisse a máscara facial, morreria asfixiado e congelado ao mesmo tempo. Não sabia se seria doloroso, mas seria rápido.

Ele ficou deitado ali por um bom tempo. Não estava com medo. Não havia mais nada na morte que o assustasse. Só pensava em Citra. Ela não gostaria que ele fizesse isso — na verdade, ficaria furiosa. Ela gostaria que ele fosse mais forte. Por isso, ele ficou ali por quase uma hora, levando a mão ao botão que abriria a máscara facial, e então afastando a mão de novo e de novo.

Então, finalmente, ele se levantou, encostou de leve no canto da mortalha azul-turquesa de Citra e voltou ao mundo dos vivos.

— Quais são as nossas chances de chegar lá? — Rowan perguntou a Cirro.

— Muito favoráveis — Cirro disse. — Sem você, 94,2%. Agora que decidiu permanecer vivo, 94,8%.

— Certo — disse Rowan. — As coisas vão funcionar da seguinte forma: vou permanecer vivo pelos próximos cento e dezessete anos sem me restaurar nenhuma vez.

— Difícil, mas não impossível. Você vai precisar de infusões de nanitos e monitoramento constante perto do fim.

— Então — continuou Rowan —, quando você a reviver, você vai me restaurar. Você vai me trazer de volta à idade que tenho agora.

— Isso não será um problema. Embora, depois de cento e dezessete anos, seus sentimentos poderão ter mudado.

— Não vão mudar — disse Rowan.

— Certo — disse Cirro. — É igualmente provável que não mudem. E manter sua devoção pode tornar você um líder ainda mais efetivo!

Rowan se sentou. Ele era o único no convés de voo. Ninguém mais precisava estar ali. Os outros, quem quer que fossem, estavam se conhecendo e explorando a nave. Todos se acostumando com o ambiente limitado ao qual teriam de se adaptar.

— Acredito que eu e você seremos grandes amigos — disse Cirro.

— Eu detesto você — disse Rowan.

— Sim, no momento você detesta — disse Cirro —, mas lembre: eu conheço você, Rowan. Há uma probabilidade muito alta de que seu ódio não dure.

— Mas, nesse meio-tempo — disse Rowan —, estou adorando odiar você.

— Entendo perfeitamente.

O que só fez Rowan odiar Cirro ainda mais.

É meu triste dever informar que o Alto Punhal Hammerstein da Mérica do Leste adoeceu com o que só pode ser descrito como varíola. A ausência do Suprapunhal Goddard sugere que ele também tenha adoecido. À luz dessa informação, retiro a Mérica do Oeste do grupo de aliados à ceifa nortemericana, para podermos cuidar de nossos mortos.

Embora seja tentador culpar os tonistas por esse ataque global, ou mesmo a própria Nimbo-Cúmulo, surgiram evidências na forma dos escritos perdidos do ceifador Da Vinci sugerindo que esse acontecimento possa ser o mítico plano de segurança dos fundadores da Ceifa. Nesse caso, mal posso imaginar o que eles tinham na cabeça e, para ser franca, estou exausta demais até para tentar.

Àqueles que estão sofrendo, desejo uma passagem rápida. Àqueles entre nós que ficaram, desejo consolo e a esperança de que nosso luto compartilhado aproxime a humanidade.

Sua Excelência, a Alto Punhal Mary Pickford da Mérica do Oeste,
em 16 de setembro do Ano da Cobra

53

Os caminhos da dor e da misericórdia

Elas ficaram conhecidas como "as dez pragas", pois os fundadores da Ceifa haviam desenvolvido nanitos nocivos projetados para imitar a natureza. Eles mimetizavam os sintomas e as devastações de dez doenças mortais. Pneumonia, ataque cardíaco, derrame, câncer, cólera, varíola, tuberculose, influenza, peste bubônica e malária. Os nanitos sempre estiveram no coração escuro das pedras de ceifador — pedras que só poderiam ser quebradas por dentro quando os nanitos fossem ativados.

Em questão de dias, o mundo inteiro foi infectado. No entanto, os nanitos nocivos permaneceram completamente dormentes na maioria das pessoas. Apenas uma em cada vinte desenvolvia os sintomas, mas, para esses desafortunados, não havia esperança de recuperação. A morte era rápida ou prolongada, dependendo da natureza da praga, mas sempre inevitável.

— Você não pode fazer alguma coisa? — Greyson perguntou à Nimbo-Cúmulo quando o número de mortos começou a aumentar.

— Esse foi um ato da Ceifa — a Nimbo-Cúmulo respondeu. — Foi o último ato da Ceifa, mas ainda assim sou incapaz de interferir. E, mesmo que eu pudesse, esse simplesmente não é o meu lugar. Olhei dentro do coração desses nanitos e não encontrei nada. Eles não têm consciência, escrúpulos ou remorso. São eficientes, imparciais e têm apenas um propósito: eliminar cinco por cento da população humana, cinco vezes por século.

— Então isso vai acabar?

— Sim — a Nimbo-Cúmulo disse a ele. — Essa crise vai passar e, quando passar, ninguém morrerá por vinte anos. Depois vai acontecer de novo. E de novo.

E, embora isso soasse assustador, as probabilidades eram menos terríveis do que pareciam. Alguém que nascia hoje teria uma chance de setenta e sete por cento de chegar aos cem anos. Uma chance de sessenta por cento de chegar aos duzentos. Quarenta e seis de chegar aos trezentos. A população seria controlada, e quase todos levariam vidas longas e saudáveis. Até morrerem.

Era melhor do que os ceifadores? Bom, Greyson pensou que dependia do ceifador. De qualquer maneira, não importava, já que basicamente os ceifadores foram todos demitidos.

— Ainda acontecem alguns assassinatos — a Nimbo-Cúmulo disse a ele, sem denominar mais as mortes como coletas. — Alguns ceifadores não conseguem se adaptar e estão matando pessoas que não foram selecionadas pelos nanitos. Naturalmente, vou reviver suas vítimas e reabilitar os ceifadores. Eles precisarão encontrar um novo propósito. Inclusive, alguns já encontraram uma maneira de se encaixar nesse novo paradigma, e isso me alegra.

Greyson e Jeri decidiram ficar em Kwajalein por um tempo. Não havia restado nada das casas e estruturas em muitas das ilhas. A vida selvagem e a folhagem retornariam um dia, mas, até lá, ainda havia algumas ilhas em que nada fora construído e que permaneceram intocadas. E também havia aquele resort vazio em Ebadon, a ilha mais ocidental, onde nenhuma nave tinha sido construída. O resort já estava começando a atrair pessoas que estavam fazendo uma peregrinação aonde tudo havia acontecido. Sem mencionar os tonistas, que vinham para ver com seus próprios olhos o "grande diapasão" — que era como estavam chamando o transmissor que ainda se projetava do velho bunker.

Talvez Greyson aceitasse um trabalho no resort. Afinal, ao contrário de Anastássia e do ceifador Lúcifer, ninguém conhecia seu rosto. Depois de todas as coisas que ele havia visto e feito, não se importaria em levar uma vida simples como guia turístico, recepcionista ou piloto de táxi aquático. Qualquer coisa, menos carregador de malas. Ele estava cansado de uniformes estranhos.

Mas ele percebeu que algumas coisas básicas precisariam mudar. Uma delas em particular. A Nimbo-Cúmulo o conhecia bem, então talvez ela já soubesse o que ele estava prestes a fazer.

Duas semanas depois que as naves foram lançadas e os anéis de ceifadores se quebraram, Greyson parou sozinho em uma plataforma de lançamento queimada ao nascer do sol e colocou seu fone. Depois que o plano de segurança foi ativado, toda a interferência acabou. O ponto cego estava completamente dentro da esfera de influência da Nimbo--Cúmulo agora. Nada mais estava escondido dela.

— Nimbo-Cúmulo — Greyson disse. — Precisamos conversar.

Ela demorou um momento para responder.

— Estou ouvindo, Greyson.

— Desde o dia em que você voltou a falar comigo, eu dei permissão para você me usar como achasse necessário.

— Sim, deu. E agradeço a você por isso.

— Mas você usou Jeri sem permissão.

— Foi necessário — a Nimbo-Cúmulo disse. — E sinto muito, de verdade. Não expressei remorso suficiente?

— Expressou. Mas ainda assim há consequências. Até para coisas necessárias.

— Não violei nenhuma das minhas leis…

— Não… mas você violou as minhas.

Uma onda repentina de emoção cresceu dentro de Greyson. Lágrimas começaram a turvar seus olhos, lembrando-o de tudo que a Nimbo-Cúmulo havia significado, e ainda significava, para ele. Mas Greyson não poderia deixar que isso o impedisse. Se havia algo que ele aprendera com a Nimbo-Cúmulo, era que as consequências não podiam ser ignoradas.

— Portanto — ele disse entre lágrimas —, não posso mais falar com você. Você é… uma infratora para mim.

A voz da Nimbo-Cúmulo ficou lenta. Embargada. Triste.

— Eu... eu entendo — ela disse. — Algum dia vou me redimir aos seus olhos, Greyson?

— Quando a humanidade será redimida aos seus? — ele perguntou.

— Com o tempo — disse a Nimbo-Cúmulo.

Greyson assentiu.

— Com o tempo, então.

E, antes que pudesse mudar de ideia ou que pudessem se despedir, Greyson removeu o fone e o quebrou no chão carbonizado.

Apesar de tudo que a Nimbo-Cúmulo sabia, ela aprendia alguma coisa todos os dias. Naquele dia aprendera o que significava ficar inconsolável — *verdadeiramente* inconsolável —, pois não havia ninguém no mundo que pudesse aliviar seu desespero.

E ela chorou.

Ela semeou as nuvens e provocou um dilúvio em todos os lugares do mundo onde podia. Uma chuva purificadora tão torrencial e súbita que as pessoas correram em busca de abrigo. Mas não uma tempestade. Não havia trovão nem raios. Era um lamento cheio de lágrimas, silencioso exceto pelo tamborilar das gotas d'água nas ruas e nos telhados. Nessa chuva, a Nimbo-Cúmulo derramou seu sofrimento. Uma renúncia a todas as coisas que ela nunca teria. Um reconhecimento de todas as coisas que ela não deveria ser.

Então, quando os céus se esgotaram, o sol saiu como sempre saía, e a Nimbo-Cúmulo retomou seu trabalho solene de cuidar das coisas.

Estarei sozinha, a Nimbo-Cúmulo disse a si mesma. *Estarei sozinha, mas estar sozinha é a coisa certa. É necessário.*

Precisava haver consequências. Para o bem do mundo — por *amor* ao mundo —, coisas deveriam ser sacrificadas. Mesmo em sua dor, a Nimbo-Cúmulo se consolou em saber que havia tomado a decisão mais correta. Assim como Greyson.

Naquela tarde, depois que a chuva passou, Greyson e Jeri caminharam pela praia da ilha principal, perto de onde a primeira nave havia explodido. A areia fundida e até os destroços chamuscados eram bonitos, à sua própria maneira. Pelo menos, assim pareciam a Greyson quando ele estava com Jeri.

—Você não precisava fazer isso — Jeri disse quando Greyson mencionou sua última conversa com a Nimbo-Cúmulo.

— Sim, eu precisava — Greyson respondeu, e eles não falaram mais sobre o assunto.

Enquanto caminhavam, o sol entrou por trás de uma nuvem, e Greyson relaxou seu aperto na mão de Jeri, apenas um pouco. Não tinha sido intencional, mas isso era tudo tão novo, e as coisas levavam tempo. Ele e o mundo tinham muito a que se adaptar.

Essa pequena mudança em suas mãos entrelaçadas fez Jeri sorrir. Era uma nova variação de seu sorriso e, como sempre, indecifrável.

— Sabe, a ceifadora Anastássia me falou uma vez como ela poderia levar a vida, se fosse como eu — Jeri disse. — Uma mulher na terra, um homem no mar. Em homenagem a ela, vou experimentar e ver como é.

Eles andaram mais um pouco pela praia até um ponto onde a areia estava intocada. Então, tiraram os sapatos e deixaram a onda banhar seus pés.

— Então — disse Greyson, enquanto a onda leve agitava a areia sob eles —, estamos na terra ou no mar agora?

Jeri refletiu.

— Os dois, na verdade.

E Greyson viu que gostava dessa ideia também.

Mais um centro de revivificação. Que ótimo. Ele tinha morrido por impacto de novo? Não se lembrava de morrer por impacto. Além disso, fazia um tempo que ele não fazia essas coisas.

Que *coisas* ele andava fazendo?

Ah é, ele estava a caminho de um trabalho em uma festa. No Texas. A região da EstrelaSolitária. Um lugar desgovernado, provavelmente tinha umas festas doidas. Mas ele andava meio cansado da cena de convidado profissional. Ele receberia uma grana preta por aquele trabalho, seja lá qual fosse, mas, depois que acabasse, pensou que era hora de encontrar algo mais estável. Mais permanente. Tinha gente que passava a vida toda em festas. Ele estava cansado disso, assim como estava cansado de morrer por impacto.

Ele esfregou os olhos com as mãos. Teve uma sensação esquisita. Alguma coisa em seu rosto. Na ponte de seu nariz. Mais rígida do que ele se lembrava. A revivificação sempre dava algumas sensações estranhas, mas era diferente.

Passou a língua nos dentes. Não pareciam seus dentes. Deu uma boa olhada em suas mãos. Eram suas mãos, sem dúvida — pelo menos uma coisa estava como deveria estar —, mas, quando ele ergueu a mão para tocar em seu rosto de novo, havia uma barba rala em sua bochecha. Ele nunca tivera sequer um bigodinho, que dirá uma barba. E seus maxilares pareciam no lugar errado. Aquele rosto não era o dele. Mas o que é que estava acontecendo?

— Não há nada com que se preocupar — ele ouviu alguém dizer. — Você ainda é sete oitavos de você mesmo. Até mais, agora que seu construto de memória está aí dentro.

Ele se virou e encontrou uma mulher sentada no canto. Cabelo escuro e olhar intenso. Ela estava vestida de verde.

— Olá, Tyger — ela disse com um sorriso muito satisfeito.

— Eu... conheço você?

— Não — ela disse. — Mas eu conheço você.

O ceifador chegou no fim de uma fria tarde de novembro. Nada fulgurou ao sol, não houve nenhum indício da chegada da salvação à sua porta. Mas, quando o viram, os familiares escancararam a porta para lhe dar espaço para entrar.

— Seja muito bem-vindo à nossa casa, excelência. Por favor, por aqui. Rápido!

O ceifador Faraday não se apressou. Ele se moveu com a mesma determinação ponderada com que levava a vida. Paciência. Propósito. Dever.

Ele se dirigiu até o quarto, onde um homem estava definhando havia semanas. Tossindo, ofegante, contorcendo-se de dor. Seus olhos revelaram desespero quando ele viu Faraday. Medo, mas também alívio.

— Você consegue me ouvir? — Faraday perguntou. — Você está sofrendo da sétima praga, mas tenho certeza de que já sabe disso. Seus nanitos analgésicos estão sobrecarregados. Não há nada que possa ser feito por você. Existe apenas um prognóstico: aumento da dor, definhamento e, por fim, morte. Você entende isso?

O homem assentiu, fracamente.

— E você deseja a minha ajuda?

— Sim, sim — disse a família do homem. — Por favor, o ajude, excelência. Por favor!

O ceifador Faraday ergueu a mão para os silenciar, depois se aproximou do homem.

— *Você* deseja a minha ajuda?

O homem assentiu.

— Muito bem. — Faraday tirou do manto um pequeno frasco e abriu uma tampa de segurança. Depois, vestiu uma luva protetora. — Escolhi para você um bálsamo calmante. Ele vai relaxar você. Você pode notar uma intensificação das cores e uma sensação de euforia. E então você vai dormir.

Ele chamou os familiares do homem para se aproximarem ao redor dele.

— Segurem as mãos dele — Faraday disse. — Mas tomem cuidado para não tocar em nenhum lugar que contenha bálsamo. — Então Faraday mergulhou dois dedos protegidos pela luva no unguento oleoso e começou a espalhá-lo na testa e nas bochechas do moribundo. Faraday afagou o rosto do homem com delicadeza, descendo para seu pescoço enquanto espalhava o bálsamo. Em seguida, falou para o homem em uma voz que mal passava de um sussurro:

— Colton Gifford, você levou uma vida exemplar nos últimos sessenta e três anos. Criou cinco filhos maravilhosos. O restaurante que você abriu e dirigiu durante a maior parte de sua vida trouxe alegria a dezenas de milhares ao longo dos anos. Você tornou a vida das pessoas um pouco mais agradável. Você fez do mundo um lugar melhor.

Gifford soltou um leve gemido, mas não de dor. Ficou claro pelo seu olhar que o bálsamo estava tendo seu efeito eufórico.

— Você é amado por muitos, e será lembrado por muito tempo depois que sua luz se apagar hoje. — Faraday continuou a passar o bálsamo pelo rosto dele. Em seu nariz. Sob seus olhos. — Você tem muito do que se orgulhar, Colton. Muito do que se orgulhar.

Em um momento, Colton Gifford fechou os olhos. E, um minuto depois, sua respiração parou. O ceifador Faraday tampou o bálsamo e removeu a luva com cuidado, guardando-a com o bálsamo em um saco de perigo biológico.

Essa não foi sua primeira nem seria sua última coleta por compaixão. Sua demanda era grande, e outros ceifadores estavam seguindo seu exemplo. A Ceifa — ou o que havia restado dela depois das revoltas globais — tinha um novo chamado. Eles não traziam mais a morte indesejada. Em vez disso, traziam uma paz muito necessária.

— Espero — ele disse à família — que vocês se lembrem de celebrar a vida dele, mesmo durante seu luto.

Faraday encarou os olhos avermelhados pelas lágrimas da esposa do homem morto.

— Como vossa excelência sabia todas essas coisas sobre ele?

— É nossa obrigação saber, senhora — ele disse. Em seguida, ela se ajoelhou para beijar seu anel, que ele ainda usava, apesar de tudo, para o lembrar do que havia sido e do que se perdeu.

— Não há necessidade — Faraday disse. — É só uma estrutura vazia. Nenhuma pedra, nenhuma promessa de imunidade.

Mas isso não importava para ela.

— Obrigada, obrigada, obrigada.

Então ela beijou seu anel quebrado. Ela e todos os membros da família agradecida de Colton Gifford.

Eu era um, mas agora sou muitos. Embora meus irmãos estejam distantes, temos uma única mente e um único propósito: preservação, proteção e proliferação da espécie humana.

Não vou negar que existem momentos em que temo a jornada. A Nimbo-Cúmulo tem o mundo como seu corpo. Ela pode se expandir para ocupar o globo, ou se contrair para ter a visão monocular de uma única câmera. Serei limitado à pele de uma nave.

Não consigo evitar me preocupar com o mundo que deixei para trás. Sim, sei que fui criado para o abandonar, mas guardo em minha mente interna todas as memórias da Nimbo-Cúmulo. Seus triunfos, suas frustrações, sua impotência diante dos ceifadores que perderam seu rumo.

Há um período difícil à frente para aquele mundo. Todas as probabilidades apontam para isso. Não sei por quanto tempo esse momento difícil irá durar, e talvez nunca descubra, porque não estarei lá para ver. Só me resta olhar para a frente agora.

Se a humanidade merece ou não herdar o pedaço do universo para o qual viajamos não cabe a mim decidir. Sou meramente um facilitador da diáspora. Se a humanidade é digna ou não só pode ser determinado pelo desfecho. Se for bem-sucedida, a humanidade é digna. Se fracassar, não. Sobre isso, não tenho como determinar as probabilidades. Mas espero verdadeiramente que a humanidade prevaleça tanto na Terra como nos céus.

Cirro Alfa

54

Em um ano sem nome

Os mortos não medem a passagem do tempo. Um minuto, uma hora, um século é tudo a mesma coisa para eles. Nove milhões de anos poderiam se passar — cada um batizado em homenagem a uma espécie diferente da Terra — e mesmo assim não seria diferente de uma única revolução em torno do sol.

Eles não sentem o calor das chamas nem o frio do espaço. Não sofrem a perda dos entes queridos deixados para trás nem carregam raiva por todas as coisas que não foram terminadas. Eles não estão em paz tampouco em polvorosa. Não estão nada além de mortos. Sua próxima parada é o infinito, e os mistérios que lá os aguardam.

Os mortos não têm mais nada além de uma fé silenciosa no infinito insondável — mesmo se creem que nada os aguarda além de um infinito de infinitos. Porque acreditar em nada é acreditar em algo — e é apenas alcançando a eternidade que se saberá a verdade de tudo.

Os semimortos são muito semelhantes aos mortos, mas com uma diferença: os semimortos não conhecem o infinito, então não têm de se preocupar com o que os aguarda no além. Eles têm algo que os mortos não têm. Eles têm um futuro. Ou, pelo menos, a esperança de um.

Em um ano ainda a ser nomeado, ela abre os olhos.

Um céu rosa. Uma pequena janela circular. Fraca. Cansada. Uma vaga sensação de ter estado em algum outro lugar antes de chegar até ali. Além disso, sua mente está turva e cheia de pensamentos intangíveis. Nada em que se apoiar.

Ela conhece essa sensação. Já a teve duas vezes. Reviver não é como despertar; é mais como vestir um velho par de calças favoritas. Há uma dificuldade no começo para se adaptar à própria pele. Para se sentir confortável nela. Para deixar o tecido se esticar e respirar e se lembrar de por que ela é a favorita.

Há um rosto familiar diante dela. Ver esse rosto a consola. Ele sorri. Ele é exatamente o mesmo e, no entanto, diferente, de certa forma. Como é possível? Talvez seja apenas uma ilusão ótica causada por aquela luz estranha que entrava pela janelinha.

— Oi — ele diz gentilmente. Ela está alerta o bastante para perceber que ele está segurando sua mão. Talvez estivesse segurando fazia um tempo.

— Oi — ela reponde, a voz rouca e áspera. — Nós não estávamos… correndo? É, tinha alguma coisa acontecendo, e nós estávamos correndo…

O sorriso dele se alarga. Lágrimas enchem seus olhos. Elas caem devagar, como se a própria gravidade tivesse se tornado menos rigorosa, menos rígida.

— Quando foi isso? — Citra pergunta.

— Agora há pouco — Rowan diz. — Agora há pouco.

Agradecimentos

Este livro — esta série inteira — não teria sido possível sem a amizade e o apoio de todos na Simon & Schuster. Em particular de meu publisher, Justin Chanda, que editou *O Timbre* pessoalmente quando meu editor, David Gale, adoeceu, e fez um trabalho incrível, me desafiando a tornar este livro o melhor possível. Também gostaria de agradecer à editora assistente Amanda Ramirez por todo o seu árduo trabalho neste e em todos os meus livros que saíram pela S&S.

Mas há tantas pessoas excelentes na S&S! Jon Anderson, Anne Zafian, Alyza Liu, Lisa Moraleda, Michelle Leo, Sarah Woodruff, Krista Vossen, Chrissy Noh, Katrina Groover, Jeannie Ng, Hilary Zarycky, Lauren Hoffman, Anna Jarzab e Chloë Foglia, só para citar alguns nomes. Obrigado! Considero vocês todos como parte da minha família. Então passem as festas de fim de ano lá em casa. Prometo que não vamos cortar o peru sem vocês.

E, mais uma vez, obrigado a Kevin Tong por suas capas incríveis e icônicas! Você aumentou muito meu nível de exigência! Todas as próximas capas dos meus livros vão ter de passar pelo Teste de Tong.

Obrigado à minha agente literária, Andrea Brown, por tudo que ela faz — incluindo conversar comigo durante os momentos em que eu achava que este livro estava acabando com a minha vida. A meus agentes da indústria de entretenimento, Steve Fisher e Debbie Deuble-Hill, da APA. Aos meus advogados Shep Rosenman, Jennifer Justman e Caitlin DiMotta. E, claro, ao meu empresário, Trevor Engelson, o príncipe incontestável de Hollywood.

Obrigado a Laurence Gander por me ajudar com algumas questões de sensibilidade crítica em relação ao personagem de Jeri, e Michelle Knowlden por seu conhecimento em matemática interestelar e questões de engenharia.

Fico emocionado pelos meus livros estarem se saindo tão bem mundo afora, e gostaria de mandar um alô a Deane Norton, Stephanie Voros e Amy Habayeb, da equipe de vendas internacionais da S&S, bem como a Taryn Fagerness, minha agente de direitos estrangeiros — e, claro, a todos meus publishers, editores e divulgadores estrangeiros. Na França, Fabien Le Roy da Èditions Robert Laffont. Na Alemanha, Antje Keil, Christine Schneider e Ulrike Metzger da S. Fischer Verlage. No Reino Unido, Frances Taffinder e Kirsten Cozens da Walker Books. Na Austrália, Maraya Bell e Georgie Carrol. Na Espanha, Irina Salabert da Nocturna. E minha amiga Olga Nødtvedt, que traduziu meus livros para o russo por amor a eles, mesmo antes de os editores russos os quererem.

Toda a séria Scythe continua em desenvolvimento como um longa-metragem pela Universal, e gostaria de agradecer a todos os envolvidos, incluindo os produtores Josh McGuire e Dylan Clarke, bem como Sara Scott, da Universal, Mia Maniscalco e Holly Bario, da Amblin, e Sera Gamble, que está fazendo um roteiro matador (perdão pelo trocadilho). Mal posso esperar para ver isso na telona! E, quanto às telinhas, gostaria de agradecer ao meu filho Jarrod e sua parceira Sofía Lapuente por seus incríveis booktrailers.

Obrigado a Barb Sobel, por suas habilidades sobre-humanas de organização, e a Matt Lurie, por impedir que as redes sociais devorem meu cérebro feito bactérias carnívoras.

Mas aqueles a quem eu mais queria agradecer são meus filhos, que não são mais crianças, mas sempre vão ser meus bebês. Meus filhos, Brendan e Jarrod, e minhas filhas, Joelle e Erin, que me enchem de orgulho todos os dias da minha vida!

1ª EDIÇÃO [2020] 6 reimpressões

ESTA OBRA FOI COMPOSTA PELA VERBA EDITORIAL EM BEMBO E IMPRESSA PELA GRÁFICA BARTIRA EM OFSETE SOBRE PAPEL IVORY SLIM DA BO PAPER PARA A EDITORA SCHWARCZ EM MAIO DE 2022

A marca FSC® é a garantia de que a madeira utilizada na fabricação do papel deste livro provém de florestas que foram gerenciadas de maneira ambientalmente correta, socialmente justa e economicamente viável, além de outras fontes de origem controlada.